J. PATOUILLET

PROFESSEUR DE PREMIÈRE AU LYCÉE MICHELET

DOCTEUR ÈS LETTRES

OSTROVSKI

ET SON

THÉATRE DE MŒURS RUSSES

PARIS

LIBRAIRIE PLON

PLON-NOURRIT ET Cⁱᵉ, IMPRIMEURS-ÉDITEURS

3, RUE GARANCIÈRE — 6ᵉ

1912

OSTROVSKI

ET SON

THÉATRE DE MŒURS RUSSES

A.-N. OSTROVSKI (1823-1886)

Peint par V.-G. Pérov   Galerie Trétiakov
1871   Moscou

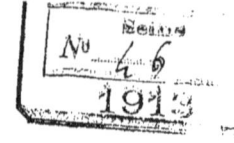

J. PATOUILLET

PROFESSEUR DE PREMIÈRE AU LYCÉE MICHELET

DOCTEUR ÈS LETTRES

OSTROVSKI

ET SON

THÉATRE DE MŒURS RUSSES

PARIS

LIBRAIRIE PLON

PLON-NOURRIT ET Cᵢₑ, IMPRIMEURS-ÉDITEURS

8, RUE GARANCIÈRE — 6ᵉ

1912

A

MONSIEUR PAUL BOYER

ADMINISTRATEUR DE L'ÉCOLE DES LANGUES ORIENTALES

Hommage d'affectueuse gratitude

INTRODUCTION

Ostrovski est unanimement regardé par les Russes comme le vrai créateur et l'exemplaire achevé du théâtre de mœurs nationales : une récente commémoration le déclare avec une précision solennelle et cette fois décisive. Ostrovski nourrit le répertoire dramatique des deux capitales et des provinces : à Saint-Pétersbourg le théâtre Alexandre, à Moscou le Petit Théâtre, dépositaire des traditions classiques, comme chez nous la Comédie-Française, lui gardent une place d'honneur ; le Théâtre Artistique le restitue, bien qu'un peu rarement, avec un souci, un succès de scrupuleuse fidélité ; le Théâtre Korch, sorte d'Odéon non subventionné, qui célébrait en 1907 son vingt-cinquième anniversaire, ne cesse de l'offrir en matinées à prix réduits à la jeunesse intellectuelle ; les scènes d'amateurs, les spectacles scolaires si répandus en Russie, les *Maisons du peuple* lui font de larges emprunts. Ses drames, ses comédies, quelques-unes de ses « chroniques historiques » et de loin en loin cette délicieuse *Snêgourotchka* tiennent l'affiche à côté des nouveautés russes ou étrangères. De cinquante pièces originales, sans compter celles qu'il écrivit en collaboration, une trentaine, soit plus de la moitié, reste au répertoire ou y rentre en reprises ; à ce jour enfin, c'est par milliers que se compteraient, à travers toute la Russie, les représentations de ses ouvrages. Nombre de ses héros sont là-bas aussi familiers que ceux de Molière chez nous : excellemment scéniques, ils furent et demeurent l'épreuve, l'école et le triomphe des meilleurs artistes. D'autres dramaturges ont connu des succès plus éclatants, plus prolongés même ; d'autres ont vu leur célébrité pâlir ou s'éteindre. Lui, dans un pays où hommes, idées, œuvres vieillissent si vite, s'effacent comme une empreinte sur la neige, il soutient victorieusement l'effort de durer. Certains critiques dénient tout intérêt actuel à ses peintures de la vie russe, n'y voient qu'une forme presque morte de la littérature nationale ; comme si leur

a

vérité se prescrivait au bout d'un demi-siècle et ne retenait pas les traits fonciers, permanents de cette « nature russe », dont il est un peu vain de se croire affranchi ! Ils avouent en revanche la saveur documentaire de la langue (1). L'unanime admiration d'aujourd'hui voit plus juste, à proclamer dans le théâtre d'Ostrovski une image fidèle, et toujours captivante par le comique ou l'émotion, de la société contemporaine.

De son vivant déjà, pour son labeur consacré tout ensemble à la production littéraire, aux progrès de l'art scénique, à l'éducation des acteurs, aux intérêts matériels de l'écrivain dramatique, Ostrovski a reçu de publiques et flatteuses marques d'estime. Après un temps d'injuste oubli, ses mérites sont remis en lumière et en honneur. En 1903, le Petit Théâtre fêtait solennellement le cinquantenaire de la première pièce, jouée chez lui, d'Ostrovski : *Ne t'assieds pas dans le traîneau d'autrui* (2). L'acteur, M. P. Sadovski, héritier d'un nom glorieux à la scène, rappela la mémorable lecture, chez le professeur Chévyrev, des premiers essais de l'auteur, les étapes de sa carrière féconde, souvent douloureuse. Suivirent les rites habituels de la glorification; le public moscovite, le plus constant admirateur d'Ostrovski, celui qui le sent le mieux et fut toujours le plus « près de son cœur », ratifiait cet hommage par de longues acclamations. Hier la Russie commémorait le vingt-cinquième anniversaire de sa mort (2 juin 1886-2 juin 1911); rien n'y a manqué de ce par quoi les usages nationaux honorent une grande figure : services et prières dans la maison natale d'Ostrovski et dans l'église voisine, dans la chambre de l'hôtel où il a vécu ses derniers jours de souffrance avant d'aller mourir à Chtchélykovo ; séances plénières, éloges dans les sociétés dont il a été membre ou président, institution d'un concours littéraire, hommage public dans la *Douma* de Moscou, lectures de fragments de ses œuvres dans les écoles municipales, projet de fonder un musée Ostrovski, articles de journaux et de revues, souvenirs évoqués. Des bibliothèques, des salles de lecture portent son nom ; sa statue s'élèvera bientôt sur la place des Théâtres, où l'on souhaiterait voir les effigies de ses illustres devanciers, Fonvizine, Griboêdov, Moscovites de naissance, où l'on eût mieux dressé peut-être celle de Gogol, Moscovite de résidence. Bref, au bout d'un quart de siècle, Ostrovski, objet de travaux déjà nombreux, matière d'étude

(1) OVSIANIKO-KOULIKOVSKI, *Voprosy psikhologii tvortchestva*. Saint-Pétersbourg, 1902, p. 209 sqq.
(2) 14 janvier 1853.

dans les gymnases et les universités, devient — encore que le mot sonne peu agréablement à une oreille russe — classique, comme les plus grands écrivains de sa terre.

Malgré cette universelle et saine popularité, à quoi celle d'un Molière serait seule comparable, il est presque ignoré en France (1). Alors que des versions ou des adaptations révélaient, avec plus d'empressement que de choix ou de fidélité, les poètes ou les romanciers ses prédécesseurs ou ses contemporains, — Pouchkine, Lermontov, Griboêdov, Krylov, Nékrasov, Gogol, Tourguénev, Tolstoï, Dostoevski, Pisemski, Saltykov, Gontcharov (2), — lui n'eut de son vivant qu'une seule de ses œuvres traduite et imprimée en français (3). Pourtant, dès 1874, la *Revue des Deux Mondes* était sur le point de publier *l'Orage* (4) ; en 1875, F. Sarcey, à la lecture d'une traduction manuscrite du drame, s'enthousiasmait pour ses beautés, exprimait le vœu qu'il fût joué sur une scène française (5). Des démarches tentées peut-être par Tourguénev en faveur de *l'Orage* n'aboutirent pas (6). Ostrovski lui-même eût désiré soumettre une de ses œuvres au jugement du public parisien : il donna à traduire *Fille pauvre* (*Bêdnaïa névêsta*), choix peu heureux, semble-t-il (7). En 1889, E. Durand-Gréville, qu'un séjour antérieur à Moscou avait familiarisé avec la littérature russe et mis en relations personnelles avec Ostrovski, publiait une excellente traduction de trois de ses pièces (8). La même année, I. Pavlovsky et O. Méténier faisaient paraître une traduction de *l'Orage;* avec *Vasilisa Mélentiéva*, du même

(1) Hors le groupe restreint des russisants.
(2) De 1850 à 1885.
(3) *L'Orage*, drame en cinq actes et en prose, par A.-N. Ostrovski. Traduit par A. Legrelle, Gand, 1885.
(4) D'après une communication que je dois à l'obligeance de M. E. Durand-Gréville, une traduction de *l'Orage*, qu'il avait faite sous la direction de Tourguénev, et dont Ostrovski avait autorisé la publication, devait paraître dans la *Revue;* Ch. Buloz avait trouvé la pièce intéressante et décidé de la publier... après les coupures nécessaires. Une discussion survenue à propos du *Roi Lear de la steppe* (que Tourguénev publiait à la *Revue*) sur l'expression « fille de chienne », jugée trop crue, et à laquelle Buloz voulut substituer « misérable », comme plus noble, suspendit le projet d'expurgation de *l'Orage :* le manuscrit fut retourné au traducteur, sans explication.
(5) Le *Temps*, feuilleton dramatique du 8 mars 1875.
(6) M. Denisiouk, *Krititcheskaïa litératoura o proïzvédéniiakh A.-N. Ostrovskago.* Moscou, 1906, t. Ier, p. 84.
(7) Au dire d'E. Durand-Gréville, c'est bien à *Bêdnaïa névêsta* qu'Ostrovski aurait songé, comme se rapprochant le plus du répertoire français. Durand-Gréville, sur cette indication, avait entrepris sa traduction, presque achevée au moment où les *Danicheff*, de Pierre Newski (1876), arrêtèrent ses projets.
(8) *Chefs-d'œuvre dramatiques de A.-N. Ostrovsky*, traduits du russe avec l'approbation de l'auteur et précédés d'une étude sur la vie et les œuvres de A.-N. Ostrovsky, par E. Durand-Gréville. Paris, Plon, 1889.

auteur, et *Puissance des ténèbres*, de L. Tolstoï, ils présentaient une trilogie symbolique, à leur sens, et représentative — bien arbitrairement — de tout le drame russe (1). L'exotisme étant déjà en faveur, on voulut profiter de l'Exposition universelle, de la curiosité qui se portait alors vers les choses de Russie, pour essayer *l'Orage* sur un public français. Par malheur il ne se put trouver pour cette hasardeuse épreuve qu'un théâtre lointain et de troisième ordre, un organisateur peu initié aux mœurs russes, une troupe recrutée à la hâte, mal stylée, des costumes peu exacts, des décors indigents ; les gaucheries, les fautes, les défaillances d'interprètes inégaux à leur tâche, la couleur fausse, le jeu forcé provoquèrent la stupeur, l'ennui, les rires : *l'Orage* succomba. F. Sarcey, dont le jugement n'avait pas fléchi, à quatorze ans d'intervalle, sur les fortes qualités de la pièce, s'affligeait d'une partie aussi mal engagée, aussi lamentablement perdue, signalait en vain l'originalité des types, leur relief psychologique, l'intensité dramatique de certaines scènes, et souhaitait au chef-d'œuvre une réparation méritée qui n'est pas venue encore (2). Au moment où notre « théâtre libre » lançait bruyamment ses formules réalistes, *l'Orage* ou toute autre pièce, comme *Entre siens on s'arrangera*, *Fais ce que dois*, *A qui n'arrive pas péché et malheur*, eût prouvé que dès 1847, ou entre 1850 et 1860, un étranger, un jeune aussi, avait, par la seule vertu de l'observation directe et de la vérité dans l'art, découvert le juste naturalisme dramatique. Mais en 1889, Ostrovski était mort ; par surcroît, il avait peu occupé l'Occident de sa personne. Éloigné par nature et par principe de tout subjectivisme doctrinaire ou tendancieux, de toute outrance satirique ou fausse idéalisation, enfoncé dans son labeur, aux prises avec les embarras d'argent — quel écrivain russe en a été exempt? — et le mauvais vouloir des administrations théâtrales, esprit foncièrement national plutôt qu'européen, peintre inimitable d'un monde que là-bas même l'*intelligence* affecte de dédaigner, sa gloire ne franchit pas les frontières, ne connut jamais les exportations tapageuses ou productives. On a joué *Puissance des ténèbres*, qui est une belle chose dans l'original ; on n'a pas songé à *Amère destinée* de Pisemski, ni à *Fais ce que dois*, ce type du drame populaire, antérieur de trente-deux ans à *Puissance des ténèbres* (3).

Depuis 1889, le flot des traductions a monté : A. Tolstoï, Grigoro-

(1) OSTROVSKY, *l'Orage*, drame en cinq actes et en six tableaux, traduit du russe par Isaac Pavlovsky et Oscar Méténier. Paris, Tresse et Stock, 1889.

(2) Le *Temps*, feuilleton du 11 mars 1889 : « Je n'aurai de consolation de cette soirée néfaste, que le jour où *l'Orage* sera joué sur une grande scène d'une façon digne de lui. »

(3) *Fais ce que dois* (1855), *Amère destinée* (1858), *Puissance des ténèbres* (1887).

vitch, de plus jeunes enfin, Tchékhov, Korolenko, Garchine, Gorki, Andréev, Vérésaev, Potapenko, Mérejkovski, Artsybachev même ont trouvé des traducteurs empressés : Ostrovski, comme avant, était négligé. On ne saurait légitimement imputer aux Russes cet abandon, invoquer l'oubli où l'auteur serait tombé dans son propre pays, puisque ses œuvres n'avaient jamais quitté la scène ni perdu leur crédit dans les provinces, si les capitales les délaissaient temporairement. Les causes sont ailleurs. Traducteurs, éditeurs auraient-ils jugé que la poésie, le roman surtout, une description touffue, minutieusement approfondie de la nature, de la vie, des sentiments et des idées russes dans l'aristocratie, *l'intelligence*, le peuple, réussirait seule à intéresser des lecteurs français ; qu'au contraire l'expressif raccourci de la scène, une action vivante, illustrée par les costumes, le décor, l'interprétation, laisserait indifférent un public amoureux de théâtre comme le nôtre? Se sont-ils dit que ce monde de marchands, de nobles ruinés, de brasseurs d'affaires, de fonctionnaires, de « lionnes pauvres », de tyrans et de victimes domestiques détonnerait sur notre scène ; que là où Hauptmann, Sudermann, Ibsen, Bjoernson, d'Annunzio, Perez Galdos et jusqu'aux Japonais ou aux Chinois avaient pris pied, seul le dramaturge russe ne soutiendrait pas au moins la lecture? que son œuvre manquait d'originalité et que mieux valait révéler, à la place du maître, les continuateurs ou les disciples, inégaux à lui ou inférieurs?

Quand la « religion de la souffrance humaine », nuageuse importation du Nord, où ne se reconnaissait plus le visage primitif d'idées toutes françaises, vint couvrir dans notre roman l'indulgence aux égarements élégants de la passion, aux « crimes d'amour » mondains, le moment semblait propice pour traduire un barbare dont le théâtre « déborde d'une pitié sublime. Dans *A qui n'arrive point péché et malheur*, dit Th. de Wyzewa, dans *Pauvreté n'est pas vice*, la pitié, l'indulgence ont trouvé une expression d'une éloquence, d'une grandeur extraordinaires. Plus encore que les romans de Dostoevsky et les derniers écrits de Tolstoï, le théâtre d'Ostrovsky est imprégné d'un ardent esprit évangélique. Je n'y ai point entendu un seul mot de haine et de colère, mais seulement une plainte qui résonnera toujours dans mon cœur. Et voilà pourquoi je préfère Ostrovsky à Ibsen et à Hauptmann, qui lui sont bien supérieurs pour l'habileté et la largeur de la pensée. Il est un poète, il ignore son métier, il n'a point d'idées, mais il sait aimer ceux qui souffrent et sentir leur souffrance (1) ». Réserves faites sur l'esprit évangélique,

(1) Th. DE WYZEWA, *le Théâtre russe. Revue politique et littéraire*, 10 février 1894, p. 180-182.

l'indigence de pensée et de technique, à quoi il est impossible de sous-
crire, cet éloge pourtant peu commun n'éveilla aucune curiosité. Dès
1886, le même critique, protestant contre l'invasion des traductions
russes, disait déjà des éditeurs : « Si au moins ils nous donnaient les
chefs-d'œuvre du théâtre russe, les comédies et les drames d'Ostrovsky,
ou bien plutôt encore quelques opéras de Dargomyjsky, le *Boris Godounov*
de l'étonnant Moussorgsky (1) ! » La musique russe est maintenant
acclimatée en France par plusieurs « saisons » ; les coryphées des corps
de ballets des Théâtres Impériaux ont montré avec quelle pureté de
style, agrémentée d'imagination chorégraphique, les traditions classiques
se conservaient sur les bords de la Néva et de la Moskva ; *Boris Godounov* a été joué en russe à notre grand opéra ; nos concerts ouvrent leurs
programmes aux compositeurs de là-bas : c'est un engouement où on
ne souhaiterait qu'un peu de mesure. Par une fatalité inexplicable, le
drame seul reste en quarantaine.

Serait-ce enfin la crainte de se mesurer avec une langue la plus nourrie
d'idiotismes qui soit, et si difficile à rendre, qu'un critique russe la déclarait intraduisible en la nôtre (2) ; ou simple connivence à la mode du
jour, savamment aiguillée vers la littérature prédicante ou militante ?
Quelles que soient les causes de l'ostracisme, Ostrovski n'a point béné-
ficié de la vogue dont jouit en France depuis vingt-cinq à trente ans la
littérature russe moderne.

A plus forte raison la production critique sur son œuvre est-elle,
chez nous, des plus restreintes : un extrait d'*Edinburgh Review*, inséré
dans la *Revue britannique*, avec quelques fragments traduits de *l'Orage*
et d'autres pièces (3) ; les deux feuilletons de F. Sarcey ; une notice de
L. Leger (4) ; la préface mise par Legrelle en tête de sa traduction de
l'Orage ; une étude substantielle et plus documentée d'E. Durand-Gréville ; les articles critiques qui ont suivi l'unique représentation de
l'Orage, les brèves appréciations de M. de Vogüé, de Wyzewa, Rzewusky,
Pavlovsky ; le chapitre, parfois discutable, de K. Waliszewski, dans son
Histoire de la littérature russe (5) ; un feuilleton de M. Delines, historique

---

(1) Th. DE WYZEWA, *Ecrivains étrangers.* Deuxième série. Paris, 1897, p. 176,
185-186.
(2) IAZYKOV, *Bezsilié tvortcheskoï sily. Délo*, 1875, n° 2.
(3) *Revue britannique*, 1868, décembre, p. 341-366 : *le Théâtre contemporain en
Russie.* L'auteur de l'article original est RALSTON, qui le premier a fait connaître en
Angleterre le fabuliste Krylov, et étudié le folklore russe.
(4) Louis LEGER, *la Littérature russe.* Notices et extraits. Paris, Colin, 1899.
(5) *Histoires des littératures. Littérature russe*, par K. WALISZEWSKI. Paris, Colin,
1900, p. 272-279.

succinct du théâtre russe moderne, où, par une surprenante injustice, Tchékhov et Gorki tiennent plus de place qu'Ostrovski (1). A peine peut-on citer les analyses badines et les fantaisies irrévérencieuses d'E. Combes ; on regrette que pouvant donner mieux, il ait feint de si mal comprendre (2). C'est tout. L'étranger, à cet égard, n'est pas plus riche (3).

En Russie, au contraire, les œuvres d'Ostrovski ont provoqué, à mesure qu'elles paraissaient, de très nombreux articles. La vivacité polémique, l'allure tendancieuse dominent au début et jusque dans les années 60, en liaison avec les luttes de doctrines, pour se ralentir, comme la production critique elle-même, dans les années 70. A l'heure actuelle, une *littérature* abondante, — biographie, bibliographie, analyses, études, — mais de valeur souvent médiocre, est dispersée dans les journaux et les revues depuis une soixantaine d'années (1848-1910) : Zélinski (4), Denisiouk (5) en ont colligé une partie. Jusqu'alors aucun travail d'ensemble n'embrasse l'homme et l'œuvre. A. Grigoriev (6) et Dobrolioubov (7), qui l'essayèrent les premiers, ont négligé tous éclaircissements biographiques, les jugeant inutiles pour le temps ; ardents, généreux, lyriques, ils ont involontairement prêté à l'auteur leurs propres idées, — l'un sa « narodnost » (amour du peuple, caractère national), l'autre le pessimisme de son « temnoé tsarstvo » (royaume des ténèbres), — et abouti ainsi à des interprétations diamétralement opposées. Leur critique au reste ne porte que sur les œuvres des années 50. Nézélénov a commenté uniquement, et dans un esprit étroitement conservateur, les pièces antérieures aux réformes (*doréformennyia*) (8). O. Miller a consacré à Ostrovski une large partie de son étude sur les écrivains russes après Gogol (9) : ce n'est guère qu'une suite d'analyses par ordre chronologique et par groupements un peu arbitraires, sans indication biographique ; on y relève toutefois plus de justesse et d'impartialité,

(1) Le *Temps*, feuilleton dramatique du 3 juillet 1905.
(2) *Profils et types de la littérature russe*, par Ern. COMBES. Paris, Fischbacher, 1896, p. 379-405.
(3) HALLER (K.), *Geschichte der russischen Litteratur*. Riga et Dorpat, 1882 ; *Geschichte der russischen Litteratur von ihren Anfängen bis auf die neueste Zeit*, von A. VON REINHOLDT. Leipzig, 1886.
(4) *Krititcheskié kommentarii k sotchinéniiam Ostrovskago*. 5 vol., Moscou, 1894-97.
(5) *Krititcheskaïa litératoura*. 4 vol., Moscou, 1906-07.
(6) A. GRIGORIEV, *Sotchinéniia*. Saint-Pétersbourg, 1876, t. Ier.
(7) DOBROLIOUBOV, *Sotchinéniia N. A. Dobrolioubova*. Saint-Pétersbourg, 1885, t. III.
(8) *Ostrovski v égo proïzvédéniiakh. Sotchinénié A. Nézélénova*. Saint-Pétersbourg, 1888.
(9) *Rousskié pisatéli poslé Gogolia*. Saint-Pétersbourg, 1887.

quelques rapprochements où la littérature et la vie contemporaines jettent un jour sur l'œuvre. L'opuscule d'I. Ivanov (1) résume en une centaine de pages, avec une suffisante précision, la biographie d'Ostrovski et les caractères généraux de son théâtre.

Une bonne édition manque jusqu'à ce jour, pour l'histoire du texte, sinon pour le texte lui-même. La plus récente, celle de Pisarev (2), renferme des variantes intéressantes, des éclaircissements ou appendices utiles sur la date de représentation ou de publication, la distribution des rôles, sur les vexations censurales, sur la mission littéraire, à laquelle Ostrovski participa en 1856 ; elle a inséré une courte pièce : *Aventure inattendue* (*Néojidanny sloutchaï*), que l'auteur avait lui-même retranchée des éditions publiées de son vivant. Mais la méthode, ou le goût d'en avoir, faisait défaut à l'intelligent acteur : la biographie, par exemple, est rejetée au tome X et dernier ; les documents explicatifs sont répartis au hasard ; la mission littéraire (1856), dont le récit partiel fut publié en 1859, figure à la fin du tome VII, qui contient les pièces écrites de 1872 à 1876 ; l'index du tome VII, reproduit en tête du tome VIII, convient au tome VIII seulement. La chronologie des œuvres, elle-même, n'a pas encore été dressée avec une exactitude définitive ; d'un biographe, d'un éditeur, d'un critique ou d'un bibliographe à l'autre, les écarts de date sont fréquents. Les manuscrits — brouillons ou rédactions écrits de la main de l'auteur, au crayon, et parfois peu lisibles, copies définitives — ont été légués par la veuve d'Ostrovski au musée Roumiantsev, où ils sont actuellement. Bézobrazov les avait sommairement étudiés (3) : Kachine en a commencé (dans les *Izvêstiia Otdêléniia roussk. iaz. i slov. Impér. Akad. Naouk*) une publication très attentive et détaillée (4), qui jette une lumière précieuse sur les procédés de travail et la probité artistique du dramaturge : c'est une réponse posthume, et victorieuse, à ces critiques qui jadis accusèrent Ostrovski d'improvisation hâtive.

Tant qu'ils n'ont pas décrété un écrivain de mort littéraire, les Russes le discutent avec passion, longtemps avant d'en aborder une apprécia-

(1) *A.-N. Ostrovski. Ego jizn i littératournaïa dêïatelnost. Biografitcheski otcherk I. I. Ivanova.* Saint-Pétersbourg, 1900. Pour le reste, voir l'Index bibliographique.
(2) *Polnoé sobranié sotchinéni A. N. Ostrovskago... pod rédaktsiéï M. I. Pisareva, artista Impératorskikh téatrov.* 10 vol., Saint-Pétersbourg, 1905. — Voir KNIAZEV, *Journal ministerstva narodnago prosvechtchéniia,* septembre 1905, p. 198-213.
(3) P. V. BÉZOBRAZOV, *Roukopisi Ostrovskago.* (*Istoritcheski Vêstnik,* 1890, nº 2, p. 344-710.)
(4) N. P. KACHINE, *K istorii texta proïzvédéni A. N. Ostrovskago...* dans les *Izvêstiia,* année 1908, t. XIII, fasc. 2 ; 1909 ; t. XIV, 3 ; 1910, t. XV, 2.

tion impartialement objective. Plus curieux des thèses que du détail
biographique, ils laissent trop souvent témoins et témoignages se dis-
perser, périr, au détriment des enquêtes futures. Leur critique littéraire
abrite des discussions politiques ou sociales ; elle offre un champ commode à ces excursions de pensée, où se plaît la souplesse capricieuse
et un peu fuyante de l'esprit russe. Entre autres dommages qu'auront
causés encore à la nation la lutte entre les aspirations réformistes et le
vieil absolutisme bureaucratique, l'octroi tardif et laborieux des libertés
ou des droits nécessaires, un des plus graves est de l'avoir comme désor-
bitée, de détourner du travail scientifique ses forces intellectuelles.
Quand se jouait, parfois tragiquement, le présent et l'avenir prochain
du peuple, la protestation absorbait tout. Qu'on ajoute l'existence
troublée, le statut précaire des universités où s'élaboreraient le mieux
les méthodes et les études d'histoire littéraire, un peu de répugnance
à la rigoureuse discipline critique, le contrôle toujours ombrageux du
pouvoir sur les maîtres et les enseignements. En ce qui touche Ostrovski,
malgré le succès renouvelé de ses œuvres à la scène, certains juges
estiment son théâtre vieilli, incapable de donner un aliment à la pensée
moderne, ses personnages trop étroitement russes, avec un coefficient
trop faible d'humanité générale. Étrange reproche à des types de mœurs
d'être trop spécifiques ! Raison de plus, dirait-on, pour liquider son
compte à l'auteur, et sans différer : car chaque jour emporte des témoignages, des souvenirs utiles. Causes générales ou particulières, toujours
est-il qu'Ostrovski attend encore, dans son propre pays, de ceux que
leur compétence qualifierait, une étude digne de lui.

Un étranger semblera donc hardi d'avoir entrepris une tâche qui
jusqu'alors n'a pas été vraiment tentée en Russie, et, s'agissant d'un
peintre de mœurs, impliquerait une notion précise de la vie nationale.
Aussi bien ne prétend-on point apporter ici des clartés nouvelles ni
l'assurance d'un jugement définitif. Révéler un noble talent, ébaucher
dans une coordination des matériaux rassemblés à ce jour, dans une étude
aussi fidèle et impartiale qu'il se pourra, l'œuvre critique qui se parfera
tôt ou tard, tel est le dessein.

En voici la conduite.

Le titre d'abord : Ostrovski a écrit des comédies, des drames, des
« chroniques historiques », un « conte de printemps » (*Snêgourotchka*), des
« scènes » et des « tableaux » de la vie moscovite et provinciale, qui
s'étendent de la préhistoire à l'époque contemporaine ; le tout en forme
dramatique, sauf un ou deux récits. Dobrolioubov appelait « pièces de

la vie » (*piésy jizni*) (1), pour leur vérité documentaire, les dix ou douze pièces — les seules qu'il ait pu connaître — directement inspirées des réalités indigènes. Les « chroniques historiques » ne devant pas entrer dans le présent travail, *théâtre de mœurs* rendra plus exactement en français les formules *bytovaïa komédiia*, *bytovyia piésy*, constantes sous la plume des Russes. Sur la biographie, en attendant les documents nouveaux, correspondances ou journaux intimes, non publiés encore, qui l'enrichiraient, on espère, grâce aux notices de Nos (2), de Kropatchev (3), de Pisarev (4), d'I. Ivanov, d'E. Durand-Gréville, à la précieuse compilation de Barsoukov (5), aux correspondances et mémoires déjà parus, et à quelques indications personnellement recueillies, avoir rassemblé ce qu'on peut savoir présentement de l'homme, de sa vie et de son caractère. La peinture des mœurs retiendra, de droit, la maîtresse part, dont les œuvres elles-mêmes délimiteront les mesures et les valeurs respectives : monde marchand, nobles, fonctionnaires, « affairistes » et roturiers, gens de théâtre. De cette peinture, les Russes n'ont guère contesté la ressemblance : Dobrolioubov s'en autorisait déjà comme d'un fait dûment acquis pour dénoncer les méfaits des principes traditionnels dans la vie domestique, l'administration, et pour revendiquer avec passion les droits de la personne ; tel autre lui attribuait une valeur ethnographique. Absolument, une vérification par l'histoire, la littérature, les hommes, choses et mœurs du temps, aurait son utilité ; à la distance d'un demi-siècle, et pour nous, étrangers, l'éclaircissement devient même nécessaire : on en trouvera ici l'ébauche sommaire. Sans prétendre restituer au dramaturge une originalité de penseur qu'il n'ambitionna jamais et que le genre n'impose pas, il a paru simplement équitable de reconnaître le sens hautement moral et social de son œuvre, de dégager la philosophie pratique, sagement adaptée aux classes et milieux observés, qu'enferme en soi ce riche tableau d'humanité. Il restera enfin à montrer qu'Ostrovski, accusé par quelques-uns d'ignorer son métier, fut au contraire un scrupuleux et habile écrivain, pleinement maître de son art : mais avec des ressources, des moyens parfois différents de la technique française, avec des lacunes ou des imperfections que des Russes tout au moins sont peut-être mal fondés à lui reprocher.

(1) *Sotchinéniia*, t. III, p. 433.
(2) *Sotchinéniia A. N. Ostrovskago*, 10e édit. Moscou, 1896, t. Ier, p. I-LV.
(3) *A. N. Ostrovski na sloujbé pri Impératorskikh téatrakh. Vospominaniia ego sekrétaria N. A. Kropatcheva*. Moscou, 1901.
(4) Au tome X.
(5) *Jizn i troudy... Pogodina*, 21 vol. Saint-Pétersbourg, 1888-1907.

Il n'a pas failli à la meilleure des règles : faire rire et émouvoir honnêtement. Sa langue surtout, puisée au plus pur du terroir, est un trésor
d'idiotismes, dont la saveur et le charme laissent trop souvent au traducteur le sentiment de leur être inégal.

Pour les indications ou conseils précieux dus à leur obligeance ou à
leur science, que Mme M. A. Chatelen, née Ostrovskaïa, M. Paul Boyer,
MM. les professeurs Karéev, Vengérov, de Saint-Pétersbourg, M. le
directeur du musée Roumiantsev, M. le professeur Krotov, de Kazan,
MM. E. Durand-Gréville, A. Mazon, veuillent bien trouver ici l'expression d'une vive gratitude. Par les soins de Mmes E. Ilina, O. et A. Kra-
mareva, N. Kisténeva, A. Pétrova, A. Coom, L. Rattner, M. Gorodtsova,
des documents utiles ont été recueillis : qu'elles en soient également
remerciées.

OSTROVSKI

ET SON

THÉÂTRE DE MŒURS RUSSES

LIVRE PREMIER

LA VIE

CHAPITRE PREMIER

ORIGINES. — INFLUENCES FORMATRICES. — PREMIÈRES ŒUVRES

I

Signalant, après bien d'autres, l'indifférence de ses compatriotes,
parfois des auteurs eux-mêmes, pour l'établissement de biographies
exactes ou complètes, et les dommages qu'en a subis l'histoire littéraire,
un biographe d'Ostrovski se plaint qu'à cet égard le grand dramaturge
soit encore plus mal partagé que tels de ses devanciers (1). Sans doute

---

(1) I. Ivanov, *A. N. Ostrovski. Ego jizn i littératournaïa déïatelnost.* Saint-Pétersbourg, 1900, p. 3, 5, 6, 8.

les matériaux actuellement recueillis, correspondances, mémoires, pièces officielles, empliraient à peine un volume : c'est peu, semblera-t-il, pour une existence active et féconde de soixante années ; on regrette encore des lacunes, des obscurités, des discordances de dates, des résistances à livrer des documents nouveaux. Leur actuelle insuffisance tient peut-être à d'autres causes. La vie d'Ostrovski s'est déroulée sans accidents mémorables, sans crises brusques ou profondes de pensée ou de croyance, comme en connut un Gogol, un Tolstoï ; le romanesque, la passion ora-geuse en sont absents. Ici le cœur s'est engagé de bonne heure et tenu dans la rectitude tranquille des affections conjugales et familiales. Pas de grands exposés de doctrines, pas de polémiques retentissantes ; nulle participation aux agitations politiques ou sociales, et même, vis-à-vis d'elles, une indifférence apparente qui fut blâmée. Enfin ni procès, ni prison, ni exil. D'autre part, s'étant proposé pour modèle la pure réalité, Ostrovski a résolument séparé sa vie de son œuvre, sa personne de ses personnages ; chercher de l'autobiographie dans ses comédies ou ses drames serait donc une vaine et fausse entreprise. Parmi les correspon-dances, celles-là seules offrent ou offriront de l'intérêt, qui justement éclaireront les rapports entre la réalité inspiratrice et l'esprit récepteur, le mode de transcription et d'expression dramatique ; ou encore qui permettront de suivre la lutte émouvante, presque quotidienne, d'un écrivain indépendant contre les jalousies, les critiques, les malveillances administratives, l'exploitation, et les soucis matériels.

Il est malaisé de tracer dans la vie d'Ostrovski des divisions qui ne soient pas un peu arbitraires ; car tout s'y enchaîne dans la continuité d'un effort voué à un idéal unique : le théâtre. Depuis ses rêves de jeu-nesse jusqu'au jour où il quitte son cabinet directorial, pressentant « le dernier acte du drame de sa vie (1) », tous ses travaux, toutes ses pensées, toutes ses amertumes et ses souffrances l'ont plus étroitement rivé à ce métier d'auteur dramatique, qu'il a préféré entre tous, lui demandant, au prix de tâches épuisantes, moins la gloire ou même l'indépendance, que les jouissances de l'art et le moyen de libérer des âmes. Il semble toutefois que les dates entre lesquelles se distribue l'étude biographique correspondent à des périodes effectivement discernables.

Les ascendants d'Ostrovski étaient d'église et vécurent longtemps à Kostroma. Son grand-père, Féodor Ivanovitch, était archiprêtre de l'église de l'Annonciation à Kostroma : devenu veuf en 1810, il entra au couvent de la Vierge du Don, à Moscou, y vêtit la *skhima* (2), et y mourut en 1843, grandement vénéré par ses frères pour son austérité et ses vertus.

(1) *A. N. Ostrovski na sloujbé pri Impératorskikh téatrakh. Vospominaniia ego sekrétaria N. A. Kropatcheva.* Moscou, 1901, p. 82.
(2) Vêtement, et rang monastique, réservés aux moines qui suivent les règles les plus sévères.

L'aîné de ses six enfants, Nicolas Féodorovitch, le père de l'écrivain, rompit, exception encore rare, avec la tradition du sacerdoce : du séminaire de Kostroma, puis de l'Académie théologique de Moscou, où il avait pris le grade de *candidat* (1), il passa dans l'administration civile, à la Chancellerie (secrétariat) de l'Assemblée générale des départements moscovites du Sénat dirigeant (1819). A vingt-quatre ans (1820), il épousa la fille d'une *prosfirnia* (2) de l'église Saint-Nicolas de Pokrovskoé. Le jeune ménage était venu habiter un coin tranquille du Zamoskvoretché (3) ; c'est là, dans la maison d'un diacre, à l'ombre d'une modeste église, que naquit, le 31 mars 1823, Alexandre Nicolaévitch.

Depuis ce temps déjà lointain, le Zamoskvoretché s'est notablement transformé : des usines y dressent leurs hautes cheminées à côté des coupoles dorées ou des clochers peints ; des tramways y circulent, des quartiers s'y sont créés et peuplés ; l'animation bruyante de la vie moderne y bat et enserre les îlots de vieilles demeures marchandes, aux blanches colonnades et aux vastes jardins. Mais la petite (rue) Ordynka (4) n'a guère changé d'aspect : peu fréquentée, presque silencieuse, avec ses petites maisons qui s'abritent derrière leurs clôtures et leurs jardinets, elle évoque, en dépit d'une ou deux constructions plus ambitieuses, les coins retirés, le *zakholoustié* (5), si volontiers décrit à la scène par Ostrovski. La maison natale de l'écrivain, une simple maison de bois, se voit encore, plus délabrée seulement, dans la cour de l'église. En septembre 1907 un ménage d'artisans l'occupait à loyer ; les pièces basses, aux étroites fenêtres déjà mastiquées pour l'hiver, avec quelques pots de géranium à demi fané sur les tablettes, des *polotentsy* (6) brodés, pendus çà et là, les canaris dans leur cage, le samovar sur la table, tout exhalait un charme paisible d'intérieur russe, qui eût réjoui le cœur du bon poète, ami des petites gens.

En 1825 Nicolas Féodorovitch devint secrétaire de la Chambre du tribunal civil de Moscou, fonction plus avantageuse qui lui permettait de subvenir à l'entretien de sa famille croissante. Sa femme mourut en 1831, lui laissant la charge de six enfants, dont l'aîné, Alexandre Nicolaévitch, n'avait pas neuf ans. Il confia leur éducation à un séminariste du couvent de Béthanie (7), puis à un répétiteur petit-russien,

(1) Conféré aux étudiants qui ont subi avec succès les examens probatoires, à la fin de leur « cours ».
(2) Femme qui fait les pains d'autel.
(3) On désigne ainsi la partie de Moscou qui se trouve sur la rive droite (littéralement : au delà) de la Moskva, par rapport à l'ancienne cité bâtie autour du Kreml, sur la rive gauche.
(4) Ainsi nommée (comme la Grande) de ce que les envoyés de la Horde y tenaient résidence.
(5) Dans une ville, quartiers retirés et peu habités.
(6) Serviettes de toilette.
(7) Couvent fondé par le métropolite Platon (1737-1812). Il se trouve à quelques

Tarasenko : ni l'un ni l'autre ne semblent avoir eu d'action marquée sur le jeune Ostrovski. Comme la plupart des enfants, dans la classe moyenne de cette époque, il dut grandir librement, plus souvent dans la rue qu'à la maison ; il fut sans doute témoin, sinon complice, des tours plaisants ou méchants que les jeunes fils de marchands jouaient aux *outchitels*, aux hommes d'affaires, aux passants livrés sans défense à leur malice. Quand il prit ses douze ans (1835), son père adressa une demande d'admission au gymnase du gouvernement de Moscou, le seul qu'il y eût alors, déclarant qu'il savait « lire, écrire et connaissait les quatre premières règles de l'arithmétique ». Durant ses cinq années de gymnase, Alexandre Nicolaévitch ne paraît s'être distingué ni par ses aptitudes, ni par son ardeur au travail ; il reçut tout de même après la septième classe, et malgré un rang plus que modeste — neuvième sur douze — à l'examen de sortie, l' « attestat de maturité » qui lui ouvrait l'entrée de l'université. Il est loin de la précocité littéraire d'un Pouchkine, d'un Griboêdov, d'un Gogol même, déjà acteur sur les bancs du lycée, et rêvant à dix-neuf ans d'écrire pour le théâtre. Ses dons sommeillent, et dans le jeune étudiant inscrit (1840) à la Faculté de droit, choix suggéré peut-être par la profession paternelle et la perspective de la continuer, rien ne promet un futur dramaturge.

Remarié en 1836 avec la baronne Émilie Andréevna Tessine, anobli deux ans après, inscrit avec sa famille sur le livre de noblesse du gouvernement de Moscou, Nicolas Féodorovitch avait quitté en 1840 le service d'État pour ouvrir un cabinet d'avocat consultant « au civil » ; sa clientèle était surtout composée de marchands. Grâce à la fortune de sa seconde femme, il jouissait dès lors d'une situation prospère : Alexandre Nicolaévitch en bénéficia pour sa part, put commencer à recevoir chez lui des amis ; il se rendait, dit-on, à ses cours en calèche à deux chevaux (1). A l'université, non plus qu'au gymnase, A.-N. Ostrovski ne fit montre de capacités exceptionnelles : il satisfaisait à peu près honorablement aux examens probatoires ; mais « pour raisons de service », c'est-à-dire pour quelques désagréments avec un de ses professeurs (Krylov), il ne fut pas admis à l'examen de troisième année et quitta l'université, le 22 mai 1843, sans avoir terminé son « cours ». Ostrovski évitait, paraît-il, de s'expliquer sur ce point. Névêjine, dans ses *Souvenirs sur Ostrovski*, dit qu'il fut congédié par l'autorité universitaire pour « incompréhension des sciences » ; Minorski, dans ses *Souvenirs*, pense que la mesure prise s'expliquait par la paresse d'Ostrovski, et aussi parce qu'il aimait s'amuser (*pokoutit*) (2). Son camarade Pisemski, entré

verstes de la fameuse *laure* (couvent) de la Trinité de Saint-Serge, à soixante-six verstes de Moscou.

(1) E. DURAND-GRÉVILLE, *ouv. cit.*, p. IX.
(2) *Ejégodnik Impératorskikh téatrov*, 1910, t. VI. *Vospominaniia ob. A.-N. Os-*

en même temps que lui, écrivait plus tard dans ses Mémoires : « Je n'ai guère acquis de connaissances scientifiques; en revanche j'ai appris à connaître Shakespeare, Schiller, Gœthe, Racine, Corneille, J.-J. Rousseau, Voltaire, Victor Hugo, George Sand ; et j'ai apprécié avec conscience la littérature russe (1). » Il en fut probablement de même pour Ostrovski. On ne voit pas qu'il ait pris plaisir, comme tant d'autres, à railler ses maîtres : peut-être, plus que les leçons de droit, fréquentait-il les cours de littérature ou d'histoire actualisée qui allaient bientôt opposer, dans des chaires voisines, Chévyrev et Granovski. Quant à l'étudiant, Ostrovski l'a maintes fois représenté dans ses comédies, et presque toujours sous des couleurs sympathiques : généralement pauvre, mais ayant la pauvreté gaie, sincèrement épris de liberté et de probité publiques, croyant en la vertu active des beaux enseignements, serviable, idéaliste convaincu, et parfois meurtri aux dures réalités, non pas « héros », mais « homme » ; tels Dosoujev, Jadov surtout dans *Une place lucrative;* Pogouliaev, dans *l'Abîme;* Grountsov, dans *Pain du travail;* Mélouzov, dans *Étoiles et adorateurs.*

Cette médiocrité apparente, cette docilité un peu inerte dans les années d'adolescence et de jeunesse s'éclairent déjà de traits significatifs. D'abord une passion précoce pour la lecture : « Grâce à la bibliothèque de son père (celui-ci faisait venir tous les périodiques qui paraissaient et achetait tous les livres un peu remarquables), Ostrovski s'initia de très bonne heure à la littérature russe et sentit l'inclination à écrire (2). » La littérature vivante, celle qui parle aux yeux et à l'esprit par la scène, l'attire aussi : dès le gymnase, comme ses camarades, comme son aîné, le futur acteur Bourdine, il aime et fréquente le théâtre. La scène moscovite passait alors pour la meilleure de Russie, s'enorgueillissait de talents comme Chtchepkine, Motchalov ; toute la jeunesse rêvait théâtre (3), formait des camps où l'on discutait avec une ardeur bruyante les mérites respectifs des acteurs ou actrices favoris, dans les œuvres de Shakespeare, de Schiller, de Racine, de Molière, de Polévoï, de Koukolnik, de Gogol. Ostrovski jouissait d'une sorte de célébrité parmi ses camarades pour le tour original qu'il donnait à ses jugements. Il assista sans doute, s'il n'y participa point, aux représentations données à l'université, où les interprètes volontaires étaient parfois applaudis à l'égal d'acteurs professionnels : tel Pisemski dans le rôle de Podkolesine (4).

---

trovskom E. M. Névéjina, p. 1 ; id. *A. N. Ostrovski v pismakh i v vospominaniiakh.* III, *Vospominaniia V. M. Minorskago*, p. 63.

(1) *Polnoé sobranié sotchinéni A.-F. Pisemskago.* Saint-Pétersbourg, Moscou, 1896, t. I, p. ccxxiii.

(2) *Galleréia rousskikh pisatéleï (Galerie des écrivains russes).* Saint-Pétersbourg, 1880.

(3) A.-F. Pisemski, *Vzbalamoutchennoé moré (la Mer agitée)*, 1863, deuxième partie.

(4) P.-N. Polévoï, *ouvr. cit.*, p. 492. Il connut aussi les théâtres de foire (*balagany*), qui se tenaient encore. dans les années 40, sur le Novinski val (ou boulevard), à

C'est à ces années 1835-1843 que se rapportent les articles enthou-
siastes de Bêlinski sur l'art dramatique. Skabitchevski se demande si
Ostrovski a pu les lire (1) : c'est fort probable. Dans son roman les
Hommes des années 40, Pisemski montre les étudiants disputant avec
chaleur sur Bêlinski, lisant avidement ses articles dans les *Annales de la
Patrie (Otetchestvennyïa Zapiski)*, quelques-uns même les savent par
cœur (2). Ostrovski ne dut guère échapper à une si forte influence, dans
le milieu qu'il fréquenta tout d'abord après l'université ; telles boutades
donnent à penser qu'alors il adopte les vues des occidentalistes. Surtout
les deux admirations de Bêlinski, — Shakespeare et Gogol, — l'orientation qu'il indique aux écrivains dramatiques, se laissent assez aisément reconnaître dans des œuvres comme *Entre siens on s'arrangera*,
l'Orage, les « chroniques historiques », *Snêgourotchka* (3). Enfin, à la
place des froides leçons du gymnase ou de la Faculté de droit, mieux
que l'excitation, malgré tout extérieure, du théâtre, la vie elle-même
allait développer et enrichir quatre ou cinq années de libre éducation
artistique, susciter, sur un objet désormais arrêté, des essais d'immédiate et personnelle observation.

II

Depuis que son père avait ouvert son cabinet d'avocat, Ostrovski
avait pu voir de près le monde des marchands et des gens de loi : il eut
bientôt l'occasion de le connaître plus directement, quand lui-même
entra au « service » comme employé du *Sovêstny Soud* (tribunal de conscience) (4) de Moscou. Là, pour la première fois, il put recueillir de précieux documents sur les dessous de la vie domestique et sociale dans le
monde populaire et marchand. La famille russe, dans des classes fidèles
aux traditions séculaires, lui révélait ses principes d'organisation privée,

Moscou, pendant la semaine de carnaval et la semaine sainte. Voir KROPATCHEV,
ouvr. cit., p. 38 ; et sur ces théâtres du Novinski, A. MARTYNOV, *Nazvaniia Moskovskikh oulits i péréoulkov.* Moscou, 1888, p. 145-155. Podkolesine est un personnage
du *Mariage*, de Gogol.
(1) A. SKABITCHEVSKI, *Istoriia novêïcheï rousskoï litératoury*, 4e édit. Saint-Pétersbourg, 1900, p. 395.
(2) PISEMSKI, *Lioudi sorokovykh godov (les Hommes des années* 40) (1869).
(3) Voir le *Mémoire* (d'Ostrovski) sur les écoles théâtrales (dans PISAREV, t. IX,
p. 699), pour sa connaissance de Shakespeare.
(4) Ces tribunaux, institués en 1775 par Catherine II, devaient juger selon l'équité
naturelle, « l'amour des hommes et le respect pour la personne du prochain... » Ils
connaissaient : 1o au civil, des affaires où les parties étaient d'accord pour régler leur
différend par voie de conciliation ; si leur sentence arbitrale n'était pas acceptée, l'affaire revenait devant les juges ordinaires ; 2o au criminel, d'affaires où il y avait des circonstances atténuantes (crimes commis par mineurs, irresponsables) ; là ils jugeaient
en appel. Plus tard ils jugèrent aussi les affaires commerciales ; les litiges, affaires de
partage, entre parents et enfants. Le tribunal dirigeait la procédure lui-même, sans
avoués. En 1861, il ne restait plus de *Sovêstny soud* qu'à Saint-Pétersbourg et à Moscou.

ses modes de conduite, jalousement fermés aux regards étrangers. En lisant les plaintes des parties, en écoutant les dépositions faites « en conscience », le jeune fonctionnaire surprenait, dans une survivance insoupçonnée, l'autorité brutale, les sujétions humiliées qui perpétuaient en plein dix-neuvième siècle les disciplines du Domostroï (1) et la Russie d'avant Pierre le Grand. C'était une école incomparable : sur des âmes mises à nu, il lisait la vie.

Après deux ans de service (10 décembre 1845), Ostrovski passe à la Chancellerie du tribunal de commerce, au « bureau oral » (2) : son *tchine* est celui de « régistrateur de collège (3) », son traitement, fixé d'après ses « travaux et services », c'est-à-dire le bon vouloir de ses supérieurs, s'élève à quatre roubles par mois, alors que le traitement officiel au tableau est de cinq roubles. Il n'y avait pas de quoi vivre, fût-ce modestement ; heureusement, le père donnait à son fils le logement et la table. Des bénéfices autrement appréciables compensaient cette maigre situation. Dans les séances du « bureau oral », notre tchinovnik put, en étudiant les affaires d'insolvabilité, s'initier par le menu à toutes les pratiques frauduleuses, aux roueries, à l'aide desquelles les commerçants peu honnêtes tournaient la loi ou dupaient leurs créanciers ; il voyait aussi de près les fonctionnaires eux-mêmes, leurs prévarications, leurs gains illicites. Plus tard, au souvenir de ces jours lointains, il se plaisantait un peu lui-même : « Si je n'avais pas été dans ce remue-ménage, peut-être n'aurais-je pas écrit *Une place lucrative* (4). » La comédie, le drame avec personnages, mœurs, langue, venus tout droit de la réalité, s'offraient d'eux-mêmes.

Son « avocature » prospérant, le père d'Ostrovski avait quitté le Zamoskvoretché pour un quartier un peu moins lointain, mais guère moins retiré, Saint-Nicolas de Vorobine (5). C'était encore du vieux Moscou : rues tranquilles, mœurs patriarcales, maisons sans « suisses » ni sonnettes, confiées à la surveillance de gardiens débonnaires, qui vivaient en bons termes avec les paisibles *obyvatéli* (6). Tout près de la maison qu'habitait Ostrovski, se voyaient des bains populaires,

(1) Sur le Domostroï, sorte de « ménagier » du seizième siècle, voir E. DUCHESNE, *le Domostroï, ménagier russe du seizième siècle*. Traduction et commentaire, Plon, 1910.

(2) « Slovesny stol », bureau où les affaires de commerce (traites, change, fret) s'examinent par procédure orale, sans secrétariat à part, sans puissance exécutive, et doivent se décider en huit jours.

(3) Quatorzième tchine, le moins élevé.

(4) *Éjégod. Imp. téat.*, 1910, t. VI, *Vosp. Névéjina...*, p. 2.

(5) Ainsi nommé d'une église construite en 1690 pour un régiment de Streltsy, sous le vocable de Saint-Nicolas-le-Thaumaturge, et consacrée en 1693. En 1697 le régiment des Streltsy de Vorobine, qui s'y trouvait, demeura fidèle au tsar ; en récompense l'église prit le nom de Vorobine.

(6) La partie sédentaire de la population, les bons bourgeois, avec une nuance d'ironie.

aujourd'hui disparus, où les choses se passaient comme dans le bon temps (1). En face, dans une guérite de police, de forme ancienne, se tenait un vieux gardien, pacifique malgré sa hallebarde, aimant priser du tabac, boire et dormir : il a fourni plus d'un trait au personnage de Silan dans *Cœur ardent* (*Goratchéé serdtsé*). Ainsi Ostrovski a connu une vie urbaine à son déclin, dont les formes archaïques et pittoresques ont déposé dans sa mémoire, pour resurgir plus tard, leur image dernière ; il a aimé de bonne heure, dans leur médiocrité humaine, la vie, les passions, les incidents comiques ou tragiques des « zakholoustié » ; dans maintes *Scènes de la vie moscovite*, passe et repasse tout un « petit monde d'autrefois ». Au moment où son talent va éclore, il est aisé d'en prévoir la forme ; la docilité passive des jeunes années s'est muée en une claire réceptivité d'esprit observateur. La réalité sera désormais la seule institutrice, et la discipline préférée ; penché sur elle par nécessité professionnelle et par goût réfléchi, il en a contracté l'amour et désapprend pour toujours la stérile imitation.

III

Le service n'absorbait en entier ni le temps ni la pensée d'Ostrovski : le jeune tchinovnik n'avait pas l'âme bureaucratique. En quoi une fonction si mal rétribuée pouvait-elle l'intéresser, sinon par le riche document d'humanité qu'il y puisait, et qu'il eut bientôt envie d'utiliser? « Avant l'automne de 1846, j'avais écrit nombre de scènes sur les mœurs marchandes. La comédie *Entre siens on s'arrangera* était déjà conçue dans ses grandes lignes, et quelques scènes esquissées. J'avais exposé la donnée à beaucoup de personnes et lu quelques détails (2). » Il garda l'ouvrage quatre ans sur le métier. La même année, il écrit une courte pièce en un acte : *Tableau de famille* (*Séméinaïa kartina*), où il rendait avec une étonnante fidélité d'observation et de langage la grossièreté, l'hypocrisie, l'improbité d'une « honorable » famille de marchands. Le 9 janvier 1847, parurent dans le *Moskovski Gorodskoï listok* (*Journal Municipal de Moscou*) (3) quelques fragments dramatiques sous le titre : *Scènes d'une comédie, le Débiteur insolvable : l'attente du fiancé* (4). Un peu

(1) Voir Chappe d'Auteroche, *Voyage en Sibérie, fait en* 1761. Paris, 1768, 2 vol. in-4°, p. 51-56.
(2) Pisarev, *ouvr. cit.*, t. X, p. xxxiv. Philippov, qui fit la connaissance d'Ostrovski en 1846, trouva la pièce écrite au brouillon. (I.-F. Gorbounov, *Sotchinéniia*, 2 vol. Saint-Pétersbourg, t. II, p. 578.)
(3) N° 7.
(4) Le fragment intitulé Scène IV renfermait en tout deux scènes devenues, presque sans changement, les scènes Iʳᵉ et IIᵉ de l'acte III d'*Entre siens...* Il portait la double signature A. O. (A. Ostrovski) et D. G. (Gorev.) Une polémique malveillante, d'où Ostrovski sortit à son honneur, s'engagea plus tard au sujet de cette collaboration qui se réduisit en réalité à fort peu de chose.

plus d'un mois après (14 février) vint le jour, qu'Ostrovski plus **tard** appelait « le plus mémorable de sa vie ».

Il était invité chez le professeur de littérature russe à l'université, Chévyrev, dont il avait fait la connaissance par un camarade de gymnase, Popov, précepteur des enfants de Chévyrev ; il y avait là des professeurs, des écrivains, des critiques, le slavophile A. Khomiakov, A. Grigoriev, Kolochine. Outre son enseignement, Chévyrev dirigeait avec Pogodine le *Moscovite* (*Moskvitianine*), revue à tendances conservatrices ; il s'y était réservé le département de la littérature. Son jugement faisait autorité dans les cercles slavophiles : aussi Ostrovski l'attendait-il **avec** quelque anxiété, comme une consécration officielle et un espoir de collaboration à la revue. Il lut, avec une diction expressive, ses *Scènes* (probablement le *Tableau familial*) : le professeur écouta sans interrompre, puis, enthousiasmé, embrassa l'auteur, saluant en lui un talent **appelé** à illustrer le théâtre national. « De ce jour, dit Ostrovski, je **commençai** à me considérer comme un écrivain russe ; et désormais, sans doutes ni hésitations, je crus à ma vocation (1). » La même année (2), il fit paraître, dans le même journal des *Souvenirs d'un habitant du Zamoskvoretché* (*Zapiski Zamoskvorêtskago jitélia*), le seul de ses ouvrages qui ne **soit** pas en forme dramatique, et n'ait figuré dans aucune des **éditions** publiées du vivant de l'auteur. Sans partager l'admiration un peu excessive d'un biographe pour cet essai de jeunesse (3), où l'ironie, le prosaïsme voulu et minutieux révèlent l'influence toute proche de Gogol, **on** peut du moins admettre que le Zamoskvoretché, sorte de *terra incognita* pour la littérature, venait de trouver son explorateur.

Bien avant la lecture chez Chévyrev, Ostrovski était déjà en relations avec des écrivains ; mais sa notoriété s'accrut grâce à l'élogieuse prophétie d'un juge écouté ; et c'est de 1847 que date vraiment la floraison de son talent. Dans le cercle large et varié qui encourage ses débuts, se rencontrent deux ou trois catégories de Russes, entre lesquelles justement il sert de trait d'union. Car il n'est pas un pur littérateur, **moins** encore un spéculatif ou un théoricien. La profession de son père, **la** sienne propre le mettent en contact journalier avec les représentants et les mœurs de la classe qui monopolisait l'argent et les affaires ; à côté des aigrefins qui défilaient au tribunal de commerce, il connaissait de braves *rousaki* (4), sachant allier les meilleures qualités nationales **au**

---

(1) Le *Tableau* parut dans le *Moskovski Gorodskoï listok*, n⁰ˢ 60 et 61, sans signature En 1856, lors d'une réimpression dans le *Contemporain* (*Sovrémennik*), Ostrovski eut encore à soutenir une méchante polémique.

(2) Dans le même journal, n⁰ˢ 119, 120, 121. La signature manquait, mais un sous-titre indiquait qu'ils étaient de l'auteur du *Tableau de bonheur familial*, inséré dans les n⁰ˢ 60 et 61.

(3) IVANOV, p. 16-17.

(4) « Rousak », l'homme russe, le vrai Russe, par la vie, les mœurs. Pris tantôt

culte des traditions : telle cette famille des Kocheverov, où l'aîné, respecté des cadets, recevait Ostrovski et ses camarades avec la cordiale, la généreuse hospitalité russe. En même temps, par l'université qu'il a traversée, par ses fréquentations littéraires, il appartient à *l'intelligence;* également accueilli et recherché dans ces sociétés diverses, il en recueillera un égal profit. Une ardeur joyeuse, sans crainte ni souci du lendemain, de franches camaraderies, de longues heures au *traktir* parmi des buveurs plaisants en gestes et en propos ; sous des apparences de récréation, un labeur tenace qui édifiera *Entre siens on s'arrangera;* des tendances ou plutôt boutades contradictoires, marques d'un esprit plus réceptif qu'original ; mais la réalité vivante prise pour point d'appui ; une possession déjà sûre du métier ; enfin un ascendant vite conquis par le talent, la simplicité avenante, qui font d'Ostrovski, à vingt-cinq ans, comme un chef d'école : tels sont les traits caractéristiques des années 1847-1850 (1).

En attendant qu'il se restreigne à une manière de cénacle, avec ses vues propres sur la vie russe, et forme la rédaction du *Jeune Moscovite,* le cercle où Ostrovski se délassait d'un service peu exigeant, groupait les idées et les types les plus divers, sans étroitesse de doctrine ni de classe. Le goût des réalités nationales y dominait visiblement : n'est-il pas dans l'air même qu'on respire à Moscou, la vieille capitale où l'on touche l'histoire, la ville du gros et du petit commerce, des rites et des coutumes religieusement conservés? Au *traktir* Gourine, au *Britannia,* lieux favoris de réunion des étudiants, de jeunes écrivains, des conteurs, des acteurs, des marchands, de simples amateurs, des dévots de la chanson populaire, des artistes, des musiciens, un peu de bohème parfois, fraternisaient sans étiquette. Presque tous avaient une occupation, études, « service », commerce. La gaieté s'épanouissait en plaisanteries, en farces, dont les « barbes » (2) du Zamoskvoretché fournissaient l'intarissable matière ; saillies et mots (*krylatyia slova*) volaient d'une table à l'autre. Pisemski, dans *Lioudi sorokovykh godov,* évoque avec un humour presque attendri ces scènes divertissantes : « Oui, c'était le rire véritable, honnête et bon (3). »

Parmi ces révélateurs du *koupetchestvo* moscovite, un des plus goûtés était Chanine, marchand lui-même aux rangées du Gostiny-Dvor (4) :

en bonne part, comme ici, tantôt ironiquement. Cf. les mêmes nuances dans *Rous,* la « *vieille Russie* ».

(1) Pour étudier cette période de la vie d'Ostrovski, consulter les souvenirs de Maximov, et surtout ceux de T. Philippov, qui ont servi en grande partie à former les chapitres VIII-X, XII-XIII du tome XI de l'ouvrage de Barsoukov.

(2) Les tchinovniks désignent souvent ainsi, par dérision, les marchands, à cause de leurs longues barbes.

(3) PISEMSKI, *Lioudi sorokovykh godov.*

(4) Cour des marchands, c'est-à-dire primitivement l'emplacement réservé aux

belle nature, esprit et langue alertes. Il excellait à retracer, dans le vocabulaire imagé de ses confrères, leurs ruses et leurs filouteries, leur habileté à tromper l'acheteur crédule, à écouler sans scrupule aux petits marchands de province leurs stocks démodés (*naval*) ; il peignait aussi leur tyrannie domestique, leur autorité bruyante, le mensonge à côté de la violence ; il abondait en saillies, semait à la volée ces idiotismes de la langue marchande, qu'Ostrovski put recueillir et enchâsser dans sa comédie *Entre siens on s'arrangera*. On lui attribue la paternité de Lioubim Tortsov, dont il aurait connu et dépeint l'original vivant. Il y avait là encore un cosaque de l'Oural, Jéléznov ; un simple paysan de Kimry (1), Volkov, prototype probable d'Agathon dans *Fais ce que dois,* homme de piété et de grave droiture, à qui Ostrovski garda une longue amitié (2). Ceux-là formaient l'élément de terroir, net de toute empreinte savante.

Les littérateurs et les artistes eux-mêmes avaient une vive inclination pour cette forme originale d'art populaire, la chanson. Les années 40 marquent précisément une reprise d'explorations, d'enquêtes méthodiques, de travaux auxquels demeurent liés les noms de Bouslaev, d'Afanasiev, de Tikhonravov, de Pierre Kiréevski, le frère du slavophile, d'Iakouchkine, ces deux-ci parcourant à pied, besace au dos, la terre russe, loin des grandes routes, pour recueillir des chants populaires. Grâce à eux, la chanson trouve de fervents adeptes parmi les amis de la *narodnost* (3). Pisemski, dans *Vzbalamoutchennoé moré* rappelle l'enthousiasme qu'elle suscitait chez la jeunesse de ce temps ; quand « Tertiev (4) chante » au *traktir* « Britannia », tous accourent, font silence, les joueurs s'arrêtent, les marchands, les garçons écoutent de loin, immobiles et charmés (5) ; « la chanson russe vous saisissait l'âme », dit Gorbounov, « dans l'exécution si expressive de Philippov (6) ». On cherchait de bons chanteurs dans tous les coins de Moscou ; Philippov, mieux doué et plus cultivé, les surpassait tous par sa voix de ténor bien timbrée, la richesse de son répertoire, la force ou le charme de son expression ; et la chanson, avec lui, pénétra dans les salons littéraires ou mondains. Ostrovski, sympathique déjà à toute image de la vie russe, partageait

marchands étrangers établis en permanence ou de passage dans une ville russe ; puis, plus tard, quartier des marchands russes eux-mêmes.

(1) Bourgade du gouvernement de Tver, sur la Volga, à cent vingt-neuf verstes de Tver.

(2) MAXIMOV, *A. N. Ostrovski po moïm vospominaniiam.* (*Rousskaïa Mysl*, 1895, nᵒˢ 1, 3, 5.)

(3) Littéralement : ce qui caractérise le peuple, la vie populaire ; dans la littérature des années 1830-1850, tendance à dépeindre les mœurs, la vie du peuple, rural ou urbain, en l'idéalisant.

(4) Tertiev désigne ici Terti Philippov.

(5) *Vzbalamoutchennoé moré*, deuxième partie.

(6) GORBOUNOV, *Sotchinéniia*, t. II, p. 569.

l'enthousiasme général ; lié avec Philippov depuis 1846 (1), ce fut sans
doute l'exemple de son ami qui l'entraîna un temps à s'essayer lui-même
dans l'art du chanteur. Certes, l'expression chantée de la vie populaire
a laissé une indéniable empreinte dans certaines de ses œuvres, où il mêle
aux scènes de mœurs un harmonieux accompagnement de chœurs et de
mélodies ; la première ébauche de *Fais ce que dois* renferme des vers
entiers empruntés à la vieille chanson ; *Pauvreté n'est pas vice*, *l'Orage*, *le
Voévode*, *Snêgourotchka* y puiseront plus ou moins largement. Mais n'est-il
prématuré d'attribuer dès ce moment à Philippov une influence, telle
qu'elle ait ramené Ostrovski à une vision moins amère de la réalité?

Cette jeunesse vibrante ne s'égayait pas uniquement, on le voit, de
pochades et d'improvisations facétieuses : ceux mêmes qui arboraient
le surnom d'*oglachennyé* (endiablés), Pisemski, Grigoriev, Edelson,
Philippov, Ostrovski, étaient des esprits de solide culture, curieux, à
leurs heures, de plaisirs plus délicats. Mais c'est dans la claire intelligence d'Ostrovski que cette active création, cette élaboration en cordiale
communauté venait se déposer et se condenser. Les matériaux affluent :
et c'est de lui qu'on attend la mise en œuvre artistique. Depuis la
soirée chez Chévyrev, il est une espérance ; on sait, entre 1847 et 1849,
qu'il écrit une grande comédie documentaire ; on pressent que son originalité va se dégager, définitive. Lui-même, tout en partageant les distractions de ses camarades, sait réserver le meilleur de son effort au
travail attentif, réfléchi, difficile à soi-même, qui seul enfante les œuvres
fortes. Il est le centre vers qui convergent les sympathies déjà défé-
rentes ; le trait d'union entre des gens de condition, de culture, de tendances diverses : entre les *rousaki* et l'*intelligence*, entre les artistes et
les littérateurs, entre la jeunesse slavophile et l'occidentaliste. Et ce
n'est pas sur le terrain neutre d'une personnalité inexpressive que sym-
pathisent ces éléments hétérogènes : Ostrovski a sur eux un ascendant
propre. A cette époque, c'est un jeune homme svelte, blond, aux clairs
yeux bleus, avec une mobilité frappante d'expression dans les traits ;
au dehors, il affecte une certaine coquetterie dans l'ajustement (2) ;
chez lui, simple de manières, c'est en *poddevka* (3) courte, déboutonnée
et laissant la poitrine ouverte, qu'il accueille tous ceux — littérateurs
dramatiques surtout — qui fréquentent sa maison ; un peu timide et
réservé, et même fermé, au premier abord, avec un pli d'humeur mali-
cieuse ; mais cette raideur un peu gênée se détendait vite en un bon
sourire, cordial et franc. Devant les étrangers, et, paraît-il, devant les

---

(1) Sur les circonstances et les suites de la rencontre entre les deux jeunes gens, voir
Barsoukov, *ouvr. cit.*, t. XI, chap. IX, p. 64-68.
(2) Barsoukov, t. XI, chap. IX.
(3) Plus courte et plus légère que le caftan, croisée aussi sur la poitrine, mais moins
habillée.

dames, il lui restait quelque gêne et comme un faux air d'homme qui n'a pas l'habitude du monde. Cette réserve même, cette cordialité voilée de discrétion, mais qu'on sentait sûre, conquit de bonne heure ses camarades. Il émanait de lui, sans grande dépense de paroles, une séduction persuasive et féconde, que tous subissaient (1), et qui, dans des esprits impétueux comme un Grigoriev, suscitait une sorte de ferveur (2) ; par elle, plus encore que par l'absence de tout exclusivisme, Ostrovski se conciliait ceux mêmes que ses amis traitaient en adversaires et évitaient de fréquenter. Dans la conversation, plus volontiers auditeur que protagoniste, et mieux pourvu de justesse que de verve, il laissait parler les autres, les observait, suivait avec attention le débat, n'intervenant que pour le clore d'un mot net et fin qui éclairait tout. S'il était engagé lui-même, il gardait une parfaite égalité d'humeur : un bon sourire animait son visage, avec une légère expression d'ironie ; si bien que la défaite ne laissait pas d'amertume au vaincu. Cette possession de soi-même, indispensable et précieuse au peintre de mœurs, cet équilibre vite retrouvé après de brèves et contradictoires instabilités, lui permettront, un peu plus tard, d'observer entre slavophiles et occidentalistes une impartiale neutralité, que facilitait sans doute une foncière indifférence aux formes doctrinales de leur antagonisme. Reçu dans les meilleures sociétés, il réunit chez lui les jeunes « forces littéraires » de Moscou ; on se retrouve chez Edelson, plus tard aux dimanches de Grigoriev (3).

Dans ses souvenirs sur cette période de la vie d'Ostrovski, Maximov parle en termes très flatteurs de la compagne d'Ostrovski, Agathe Ivanovna (4), et de l'heureuse influence qu'elle exerça sur son talent. D'origine modeste, elle sut, par son cœur excellent, son intelligence, son caractère, à défaut de beauté et de savoir, inspirer « respect et affection » à tous les amis du jeune littérateur : « Nous la comparions en plaisantant », dit Maximov, « à Martha la Posadnitsa (Mairesse) (5). » Maîtresse de maison fort entendue, elle réussissait, avec des ressources limitées, à donner un air d'aisance au ménage, et « à bien traiter les hôtes ». Elle tenait sa place dans les causeries. Elle connaissait une foule de chansons populaires, et les chantait avec beaucoup de charme ; elle connaissait

---

(1) Maximov, *art. cit.;* Gorbounov, *ouv. cit.,* t. II, p. 556, 575 ; Barsoukov, t. XI, chap. x, xi ; Névéjine, *art. cit.*
(2) Voir ci-dessous, p. 14.
(3) Gorbounov, *ouv. cit., id.,* p. 569, 589-590.
(4) Ostrovski épousa, beaucoup plus tard, vers la quarantaine, une jeune actrice, Maria Vasilievna Bakhmétéva (Vasilieva, à la scène), qui renonça presque tout de suite au théâtre.
(5) Martha ou Marfa Boretskaïa, veuve du « posadnik » (bourgmestre) de Novgorod, Boretskoï ; avec ses deux fils, elle poussa les boïars à l'alliance avec Casimir IV de Pologne contre Ivan III ; elle fut vaincue et finit sa vie en prison. Entendre ici la comparaison non dans le sens de « femme ambitieuse et hardie », mais de « maîtresse femme, femme de tête ».

aussi jusque dans le détail la vie marchande, les mœurs et coutumes du Zamoskvoretché. Son expérience ne fut pas inutile à Ostrovski : aussi, loin de négliger ses appréciations, il lui lisait ses pièces, et tenait grand compte de ses conseils, même pour des retouches. Sur le dire de deux familiers de la maison, Maximov lui attribue une part importante dans le contenu et l'agencement extérieur d'*Entre siens on s'arrangera* (1).

Ce cercle est plus intime déjà que les larges camaraderies du traktir : Philippov, Edelson, Almazov que Philippov lui a fait connaître, Grigoriev bientôt, des artistes, comme Nicolas Rubinstein, Dioutch, en sont les habitués : Ostrovski en est l'âme et le héros, accueillant aux impressions et à l'esprit de ses amis, mais sans aveugle docilité ni parti pris étroit, les dominant par des dons supérieurs, sachant garder son indépendance sans leur être suspect, imposant son autorité sans heurt, sans résistances, par l'action d'une nature facile, excellant à créer la sympathie et l'attachement ; témoin le récit enthousiaste et attendri que Grigoriev, âme exaltée, ardemment éprise de *narodnost*, a laissé de la soirée où il eut, dit-il, la « révélation d'Ostrovski (2) ».

IV

Telle était la situation littéraire, et la notoriété d'Ostrovski, quand il termina la comédie qu'il travaillait depuis trois ans, avec la collaboration non plus d'un misérable Gorev, mais d'amis éclairés dont le jugement sûr et délicat sur les mœurs comme sur la langue rassurait sa conscience (3). Au commencement de l'hiver (1849), la pièce était achevée et recopiée (4) ; le bruit s'en étant répandu, l'auteur, qui l'avait lue à Pisemski, son camarade d'université, se vit inviter de tous côtés à en donner des lectures. La première eut lieu chez Katkov (5), que le « cercle » connaissait et visitait souvent ; il y avait là quelques occidentalistes. L'effet surpassa l'attente : l'auteur lisait du reste admirablement, sans précipitation, nuançant avec soin chaque phrase, mettant les mots en valeur ; « chaque personnage, masculin ou féminin, se détachait en plein

(1) Maximov, *art. cit.*
(2) A la fin d'une grande soirée littéraire chez Ostrovski, où s'étaient rencontrés des représentants de toutes les tendances littéraires, et quand il ne restait plus que les intimes, on pria Philippov de chanter. Grigoriev, au comble de l'émotion, tomba à genoux et pria le cercle de l'accepter : il dit sa longue attente de la vérité, et sa joie de l'avoir enfin trouvée chez les amis d'Ostrovski, et le bonheur qu'il aurait à jeter l'ancre là. (Barsoukov, t. XI, chap. xii, p. 88.) Pour Grigoriev, Ostrovski est le prophète d'une « nouvelle parole », avec qui il se sent en « pleine communauté ». Le néophyte sourit plus tard de ces enthousiasmes ; le « prophète » n'en fut pas ébloui.
(3) Voir Ivanov, p. 34.
(4) Gorbounov, t. II, p. 555-556.
(5) Depuis son retour de l'étranger (1843), il habitait alors, à Moscou, dans la maison des Khomiakov.

relief, et, à l'entendre, il semblait que des artistes différents jouaient leurs rôles (1) ». Tout l'hiver Ostrovski fut sollicité : presque chaque jour, chez des hôtes connus ou inconnus, dans les salons aristocratiques des Chérémétiev, des Novosiltsev, des Pavlov, des Mechtcherski, de la comtesse Rostoptchina, du gouverneur général, comme dans ceux du Zamoskvoretché, tantôt accompagné de ses camarades invités avec lui, tantôt avec l'acteur P. Sadovski, recrue d'amitié récente, qui le relayait, il déroulait, jouait presque, devant des auditoires enthousiasmés, la tragicomique histoire du marchand Bolchov, banqueroutier frauduleux, volé à son tour par son gendre.

La comtesse Rostoptchina mandait à Pogodine : « Aujourd'hui Sadovski lit pour moi le Failli (2)... Je n'ai pas voulu perdre cette intéressante soirée... Quel charme que le Failli! C'est notre Tartufe russe, et il ne le cède pas à son frère aîné en vérité, en force et en énergie. Hourrah ! Notre littérature dramatique à nous vient de naître ; l'année présente est pour elle une année bénie. » Pogodine, directeur du Moscovite, qui habitait à l'extrémité de Moscou, au champ des Vierges, aussi loin de la ville que du monde, avait tout de même ouï parler d'Ostrovski comme d'un talent plein de promesses : « Il y a un certain Ostrovski, écrit-il à Chévyrev, qui n'écrit pas trop mal dans le genre léger, paraît-il. Interroge Popov. Pourrait-il lui demander ses œuvres? Je les examinerais et je lui ferais connaître mes conditions (3). » Le 24 novembre 1849, le Moscovite mentionnait le Failli, avec une phrase élogieuse pour l'auteur (4).

Pogodine se décida enfin à donner une soirée le 3 décembre : il y avait là des littérateurs, Veltman, Meï, des acteurs, Chtchepkine et Sadovski ; Gogol était invité ; la comtesse Rostoptchina devait lire une pièce, Nélioudimka. « Depuis longtemps, écrit-elle à Pogodine, je désirais serrer amicalement et fraternellement la main à Meï, et maintenant je brûle du désir de saluer bas, bien bas Ostrovski (5). » Le jeune dramaturge

---

(1) A.-G. PANAÉVA, Rousskié pisatéli i artisty (1824-1870). Saint-Pétersbourg, 1890, chap. XI, p. 249 sqq.

(2) BARSOUKOV, ouv. cit., t. XI, chap. X, p. 69. La comédie d'Ostrovski portait d'abord le titre de Bankrot (Failli). Elle fut lue aussi en manuscrit à Saint-Pétersbourg. (Voir PISAREV, t. X, p. XXVII.)

(3) A ce moment donc Pogodine ne connaît pas encore Ostrovski personnellement ; il dut le rencontrer à l'un des samedis de la comtesse Rostoptchina, où Sadovski lut la pièce. Chévyrev répondit à Pogodine : « Je connais Ostrovski. Il est venu plusieurs fois chez moi. C'est un ami de Popov. J'attends de lui le Banqueroutier ». (BARSOUKOV, t. XI, chap. XI, p. 67.)

(4) « A.-N. O..., jeune écrivain, connu du public moscovite par quelques vives esquisses, vient d'écrire une comédie en cinq actes, en prose, le Banqueroutier, œuvre remarquable, qui, lue par notre artiste bien connu, P. Sadovski, soulève un enthousiasme général. » Le numéro suivant fit quelques rectifications sur le titre, le nombre des actes, le nom de l'auteur, mais affirmait le succès croissant des lectures.

(5) BARSOUKOV, t. X, p. 332. D'après les souvenirs de Berg.

étant souvent absent de la maison, on eut beaucoup de peine à le découvrir pour l'amener. Gogol arriva au milieu de la lecture : il s'approcha doucement de la porte et resta debout jusqu'à la fin, prêtant une attention visible. La lecture finie, il ne prononça pas une parole. La comtesse Rostoptchina (1) s'approcha et lui demanda : « Eh bien ! qu'en dites-vous, Nicolas Vasiliévitch? — C'est bien, répondit-il, mais on voit quelque inexpérience de procédés. Cet acte aurait dû être plus long, cet autre plus court. On ne reconnaît ces lois qu'après coup, et on ne croit pas tout de suite à leur immuabilité. » Il n'en dit pas plus et ne parla à personne, je crois, de toute la soirée. Il ne s'approcha pas une fois d'Ostrovski, et ne manifesta pas le désir de faire sa connaissance. Il n'est guère douteux que *Entre siens on s'arrangera* ait frappé Gogol, comme l'avait déjà frappé *Tableau de famille;* un mot de Pogodine : « Bêlaev me touchera tout de même, comme Ostrovski a touché Gogol » semble le prouver, ainsi que le soin qu'il prit de remettre à l'auteur, qui la garda comme un document précieux, l'opinion de Gogol, transcrite au crayon. Après le départ de Gogol, Chévyrev, s'adressant aux invités, dit : « Je vous annonce, messieurs, un nouvel astre dans la littérature dramatique. » — « Je ne me souviens plus, racontait plus tard Ostrovski, comment je rentrai chez moi ; j'étais dans une sorte de brouillard ; au lieu de me coucher, je marchai toute la nuit dans ma chambre : tant me paraissait fantastique le jugement de Chévyrev (2). »

En mars 1850, la comédie parut dans le *Moscovite;* dès lors la célébrité commence, également bien accueillie dans tous les camps : le vieux professeur de littérature, Davydov, reconnaît dans Ostrovski l'élu (littéralement, l'oint); Khomiakov, qui disait de l'année 1849 : « la science sommeille, la littérature écrit des fadaises, à l'exception de la comédie d'Ostrovski », voit dans l'œuvre « un phénomène triste, mais qui a son côté réconfortant. La satire violente témoigne d'une vie intérieure qui pourra se réorganiser un jour sous des formes plus hautes ». Le prince V. Odoevski, qui avait été l'ami de Pouchkine, et assignait à la littérature un grave ministère social, dit : « Il serait temps de montrer au grand jour la classe de gens la plus corrompue d'esprit. Si la comédie, ou mieux la tragédie du *Failli* n'est pas une étincelle fugitive, un champignon poussé de lui-même d'un sol rempli de toute sorte de pourriture, cet homme est un grand talent. Je compte dans notre Russie trois tragédies :

---

(1) BARSOUKOV, *ibid.,* t. XI, chap. x, p. 69. Maximov dit : « le maître de la maison ».

(2) BARSOUKOV, *ibid.* On lit dans le « journal » de SNÊGIREV, sous la date du 24 février 1850 : « En soirée chez S.-P. Chévyrev, où Ostrovski a lu sa comédie originale *le Banqueroutier...* Il y avait les professeurs Armfeldt, Soloviev, Granovski, Vavrinski, Pogodine, en outre Sverbéev, Khomiakov, Bouslaev, Kochélev, Menchikov, et quelques étudiants; après quoi on a soupé ». (*Rousski Arkhiv,* 1903, 11, p. 437.)

le Mineur, le Mal de trop d'esprit et *le Réviseur.* Sur *le Failli* j'ai mis le numéro 4 (1). »

Ces éloges trouvaient de chaleureux échos dans toute la société, depuis les salons jusqu'au fond du Zamoskvoretché (2). La jeunesse étudiante, qui savait le succès des lectures en manuscrit et le jugement de Gogol, attendait avec impatience le texte imprimé ; quand il parut dans le *Moscovite*, on se l'arrachait pour le lire ; dans les traktirs, on attendait son tour des heures, des jours entiers, on soudoyait les garçons ; et parfois, en échange d'un bon régal, quelque volontaire la lisait tout haut, comme un diacre à l'église, et plusieurs fois de suite, sans épuiser le plaisir de son auditoire. Ostrovski entrait de bonne grâce en rapports avec ses lecteurs, qu'il gagnait vite par sa cordialité sans apprêt, son attention à leurs avis. Passé au rang de héros parmi ses camarades, il porta sa gloire avec modestie : aussi bien n'allait-elle pas être un « chemin de fleurs ».

Avant l'impression, le général Nazymov, curateur de la circonscription universitaire de Moscou, en même temps chef de la censure locale, s'enquit auprès du gouverneur général Zakrevski de l'effet produit dans le monde marchand par la pièce lue en manuscrit : bien disposé envers l'auteur, rassuré par la moralité foncière de l'œuvre, il concluait à l'autorisation d'imprimer, que Zakrevski confirma. Mais le fameux Comité du 2 avril 1848 (3), cette Inquisition, ce Comité de Salut public littéraire, veillait : au nom de la censure morale dont il était investi, il évoque l'affaire. Tout en approuvant l'auteur de railler et de châtier sur la scène « la passion aveugle de notre *koupetchestvo* de donner aux enfants l'éducation à la mode, et la plaie de notre temps, la banqueroute frauduleuse et préméditée », il lui reproche de ne montrer aucun personnage honnête, ne fût-ce que pour le contraste et la justesse d'effet dramatique : on pouvait faire voir « les tristes fruits de l'éducation à demi française dans Olympiada Bolchova (fille du marchand) d'une manière aussi insensée et plaisante, mais moins criminelle » ; il critique enfin le dénoûment, où « la victoire reste en somme au jeune couple ingrat, donc aux méchants, et laisse le spectateur sous une impression trop pénible ». Le Comité ne refuse pas formellement le permis d'imprimer : sur son désir, le ministre

(1) BARSOUKOV, *ibid.*
(2) Voir la lettre d'Ostrovski au curateur (chef de la circonscription universitaire) Nazymov. (PISAREV, t. X, p. XXXII.)
(3) Il constituait la plus haute instance de la censure, présentait son avis directement à l'empereur, par-dessus le ministre de l'instruction publique. Il avait pour mission non seulement de surveiller la littérature courante — journaux ou livres — mais encore de contrôler les actes de la censure ordinaire. Il subsista jusqu'en 1856. Il était composé de cinq membres ; d'où le nom de Comité des cinq qu'on lui donnait. (SKABITCHEVSKI, *Otcherki istorii rousskoï tsenzoury* (1700-1863). Saint-Pétersbourg, 1892, p. 344 ; M. LEMKE, *Otcherki po istorii rousskoï tsenzoury i journalistiki XIX-go stolétiia.* Saint-Pétersbourg, 1894, p. 203 sqq.)

de l'instruction publique prie le curateur d'arraisonner (*vrazoumit*) l'auteur, pour qu'il amende sa comédie en s'attachant à montrer que le mal trouve son châtîment « même sur terre ». En même temps, il émet l'avis, partagé par l'empereur, de ne pas laisser jouer la pièce (1). Nazymov obéit, et joignit à sa réponse au Comité, où il tâchait de justifier son premier mouvement de libéralisme, une lettre d'Ostrovski lui-même.

Dans ce plaidoyer personnel, Ostrovski invoque l'accueil sympathique fait à son œuvre encore inachevée, dans toutes les classes de la société ; le désir exprimé de l'entendre, de la voir jouer ; les lectures faites par lui devant de nombreuses compagnies « composées exclusivement de marchands moscovites, qui, grâce à cet amour de la vérité, propre à la nature russe, non seulement ne se sont point offensés, mais encore ont témoigné leur gratitude à l'auteur pour l'exacte peinture et la juste révélation des vices de leur classe, sans prendre ombrage de la vérité ». Quant à la forme, c'est celle de la comédie qu'il juge la meilleure pour atteindre un but moral : ayant la vocation, il devait « écrire une comédie ou rien ». Il s'efforçait encore de prouver la moralité de son œuvre (Bolchov châtié par l'ingratitude de ses enfants, Podkhaliouzine par le mépris public) : « J'ai voulu que par ce nom de Podkhaliouzine le public stigmatisât le vice, tout comme il le stigmatise par le nom d'Harpagon, de Tartufe, du Mineur, de Khlestakov et d'autres... Rendre le vice ridicule et méprisable, faire triompher le bien, le vrai, la loi, tel était mon désir (2). » Ces honnêtes déclarations ne rassurèrent pas le Comité : il refusa de laisser jouer *Entre siens on s'arrangera;* et l'interdit ne fut levé qu'au bout de onze ans (1861).

D'autres hostilités d'ailleurs avaient surgi : le tableau si cruellement véridique des mœurs commerciales et domestiques dans le *koupetchestvo,* sous les traits de la famille Bolchov, n'avait pas été sans soulever des protestations et des clameurs (3); comme jadis les tchinovniks prévaricateurs contre Kapnist et Gogol, les confrères de Bolchov, banqueroutiers avérés, honnêtetés suspectes qui ne veulent pas être soupçonnées, crièrent au scandale contre le *strokoulist* (gratte-papier) assez osé pour livrer en pâture à la risée publique un « marchand de la première guilde ». Ils portèrent plainte devant le gouverneur général Zakrevski. Celui-ci ne pouvait repousser une requête émanant d'une classe riche, puissante, au loyalisme éprouvé : une information fut ouverte discrètement sur — c'est-à-dire contre — Ostrovski. Le gouverneur général

(1) PISAREV, *Ejégodnik Impératorskikh téatrov...* Saison 1901-1902, *Prilojénié* 4 : *K matérialam dlia biografii A. N. Ostrovskago.*
(2) ID., *ibid.*
(3) Voir NÉVÊJINE, dans *Ejégodnik Impératorskikh téatrov*, 1910, VI : *Vospominaniia ob A. N. Ostrovskom,* p. 3.

adressa au président du tribunal de commerce une demande de renseignements confidentiels sur « le tchine, les fonctions, la condition sociale, les capacités, le genre de vie, et les idées (1) » d'Ostrovski. Au tribunal, on savait que celui-ci était fils d'un honorable *striaptchi* (2), et qu'il s'occupait peu de son service ; le lendemain même, un rapport, secret également, répondait qu'Ostrovski « avait tchine de secrétaire de gouvernement (3)..., qu'il n'avait pu faire montre de capacités au service, dans les occupations habituelles du bureau ; quant à son genre de vie et à ses idées, comme il vivait avec son père, ses chefs avaient bonne opinion de lui, et il ne faisait remarquer aucune manière de penser « malintentionnée ». Malgré cette favorable attestation, le nom d'Ostrovski fut porté sur la liste des suspects, soumis à la surveillance de la police (4) : Pogodine, il est vrai, ce pur conservateur, Khomiakov, slavophile à l'âme si profondément russe, y figurèrent ; le pouvoir frappait à l'occasion amis comme ennemis. Défense fut faite aux journaux de parler d'*Entre siens on s'arrangera;* et ce silence imposé par ordre chagrina plus Ostrovski que la surveillance, assez bénigne, de la police. Par une de ces contradictions qui n'étonnent pas en Russie, il lut plusieurs fois ses œuvres, en soirée, chez ce même comte Zakrevski ; celui-ci assista aux premières représentations de *Pauvreté n'est pas vice;* et comme l'écrivain protestait contre le malentendu qui l'avait fait passer pour « suspect », le vieux comte lui répondit : « Cela ne vous fait que plus d'honneur (5). » La surveillance ne cessa qu'à l'avènement d'Alexandre II, et le *kvartalny*, venant complimenter Ostrovski de sa libération, ajoutait : « Vous ne nous avez pas donné beaucoup de mal : nous vous avons signalé comme un homme bien né (6). »

Après cette histoire, rapportée avec quelque détail pour montrer quelles lisières durement nouées entravaient alors, sous la « Terreur censurale », la littérature et particulièrement le théâtre, il était difficile à Ostrovski de rester, fût-ce nominalement, au service. Le 10 janvier 1851, il reçut son congé avec attestation de « travail et de bonne conduite (7) ».

Ce n'est pas tout : de cette œuvre qui lui valait des admirations et des inimitiés, la paternité lui fut contestée (8). Quand *Entre siens on s'arrangera* fut réimprimé à part, en 1856, un certain Pravdov demanda

(1) Politiques, bien entendu.
(2) Homme d'affaires, avoué, ou, comme on disait au dix-septième siècle, procureur.
(3) Tchine n° 12, qu'Ostrovski avait reçu en 1849, et qu'il garda.
(4) Nos, p. xi ; IVANOV, p. 32.
(5) IVANOV, *ibid.*
(6) ID., p. 32-33. Le *kvartalny* était l'officier de police pour un quartier.
(7) Voir, dans KROPATCHEV, la copie intégrale de l'attestat. Les mots : travail et bonne (conduite) étaient soulignés par le président du tribunal de commerce, Sozonovitch.
(8) BARSOUKOV, t. XI, chap. x, p. 76 ; PISAREV, t. X.

pourquoi Ostrovski taisait la collaboration de Gorev, et pourquoi les deux noms ne figuraient pas au bas de la pièce entière, comme jadis, en 1847, au bas des fragments. Dans une *Explication littéraire*, Ostrovski raconta l'origine, la brièveté modeste de cette collaboration, suivie d'un remaniement presque intégral, d'une élaboration patiente et minutieuse sous les yeux, avec les conseils de guides plus sûrs et plus discrets. Les œuvres antérieures et postérieures de Gorev, sa culture grossière et ses mœurs, disaient éloquemment lequel avait pu être le débiteur de l'autre (1). La réimpression de *Tableau de famille* (2) ramena la même accusation de déloyauté, cette fois dans un journal de Saint-Pétersbourg, que répéta celui de Moscou, où la première avait paru. Ostrovski prit encore la peine de se justifier dans le *Sovrémennik* et fustigea vertement les « bachibouzouks littéraires (3) ». Les calomnies cessèrent : et telle était la bonté foncière d'Ostrovski, que loin de repousser dans la suite, en pleine gloire, les collaborations qui le sollicitaient, il les acceptait volontiers (4).

(1) Gorbounov, t. II, p. 577-578.
(2) Dans le *Sovrémennik*, 1856, nº 4.
(3) Pisarev, t. X, p. xxix-xxxvi ; Ivanov, p. 33, 35.
(4) Voir chap. v ; Névêjine, *art. cit.* p. 9-12, 15-16.

CHAPITRE II

OSTROVSKI ET LE *MOSCOVITE*

I

Bonne aubaine pour la revue de Pogodine qui de cinq cents bondit à onze cents abonnés (1), — chiffre élevé pour le temps, les *Otetchestvennyia Zapiski* (*Annales de la Patrie*) seules atteignant trois mille, — *Entre siens on s'arrangera* ne rapporta rien à son auteur ; Pogodine avait payé un prix dérisoire, que plus tard Ostrovski avait honte lui-même d'avouer (2). Il s'ensuivit du moins des relations fréquentes entre ces deux hommes, et la collaboration d'Ostrovski au *Moskvitianine* (*Moscovite*). La place malgré tout appréciable que le *Moscovite* et son directeur tiennent dans l'histoire des idées et des lettres russes entre 1840 et 1855 nous justifiera d'en retracer brièvement l'histoire et l'esprit : la question de la « Jeune Rédaction » (3), l'entrée d'Ostrovski à la revue, la rupture s'en trouveront du même coup éclairées.

Le *Moscovite* doit sa naissance à Joukovski : sa publication fut décidée à un dîner chez le prince Golitsyne (2 novembre 1837) ; à la requête du comte Stroganov, le comte Ouvarov promit d'accorder l'autorisation. Les circonstances étaient favorables : le *Télégraphe de Moscou* (*Moskovski Télégraf*) de Polévoï ne paraissait plus — pour cause d'interdiction — depuis 1834 ; il n'y avait plus à Moscou, en 1839, que la *Galathée*, de

---

(1) MAXIMOV ; BARSOUKOV, t. XI, chap. XIII, p. 90-91.
(2) IVANOV, p. 35.
(3) Terme employé par Pogodine lui-même.

Raïtch ; les rédacteurs de l'*Observateur moscovite* (*Moskovski Nabliou-datel*) étaient passés aux *Annales de la Patrie*. Les hésitations de Pogo-dine, ses voyages à l'étranger avec Chévyrev retardèrent la publication : au milieu de 1840 seulement, ils se préparèrent à éditer leur revue, Pogodine (1) dirigeant la partie historique, et Chévyrev (2), comme codirecteur, la partie littéraire. Pogodine invita les Académies théolo-giques de Moscou et de Kiev à lui apporter leur collaboration. Le pro-gramme, imprimé dans les *Nouvelles de Moscou* (*Moskovskiia Védo-mosti*) (3), reçut bon accueil. Le premier numéro parut le 1er janvier 1841 : il contenait le fameux parallèle, de Chévyrev, entre l'Europe corrompue et la Russie riche de forces intactes. Cette vue plut médio-crement aux occidentalistes, et même aux slavophiles. Parmi les pre-miers collaborateurs on trouve les noms de Glinka, Samarine, Davydov ; Grigoriev en fut un instant, au sortir de l'université ; un peu plus tard, en 1842, le poète Fet, en 1845, Meï. Pogodine veut y attirer Gogol ; des pourparlers, qui n'eurent pas de suite, furent engagés avec Granovski et Korch, occidentalistes convaincus. Le succès fut médiocre. Pogodine avait l'appui officiel, sa revue était recommandée par le ministre (Ou-varov) à tous les recteurs (4), mais interdite — singulière exception — dans la circonscription scolaire où « servaient » les deux rédacteurs en chef.

En 1845, Pogodine cède la rédaction en chef au slavophile I.-S. Kiréev-ski, pour la reprendre au bout de quelques mois. Il songe à Grigoriev. En 1847 il remet la revue à Stouditski : le comité de rédaction est renou-velé par l'adjonction de Bêlaev, de Gorlov ; Edelson y débute, Dal y donne ses *Tableaux de mœurs russes* (*Kartiny iz rousskago byta*). Après une tentative infructueuse pour remettre de nouveau son « journal » aux slavophiles, Pogodine l'offre, en 1849, à Dal et à Veltman. Celui-ci devient rédacteur en chef : parmi les collaborateurs figurent Gorlov, Grigoriev, Zagoskine, Dmitriev, un peu plus tard le prince Viazemski. En 1850, rupture avec Veltman : c'est alors qu'entre en scène Ostrovski, et que se constitue la « Jeune Rédaction » (*Molodaïa Rédaktsiia*) (5).

Lorsque Ostrovski, après avoir accepté de collaborer au *Moscovite*, transmit aux autres membres du « cercle » l'offre de se joindre à lui, il eut quelque peine à les convaincre que Pogodine n'était pas l'homme qu'ils se figuraient. Ils vinrent au rendez-vous, causèrent avec le vieux professeur, sortirent enchantés : ainsi commença la collaboration, avec une entière confiance en Pogodine (6). Ce groupe de jeunes écrivains

(1) Alors professeur d'histoire à l'université de Moscou.
(2) Professeur de littérature à l'université.
(3) No 90.
(4) Exactement : curateurs de circonscriptions scolaires.
(5) BARSOUKOV, t. V-XI.
(6) ID., t. XI, chap. VIII.

— Ostrovski, Grigoriev, Edelson, Almazov, T. Philippov, Pisemski, Potêkhine, Melnikov, Stasioulévitch — donna à la revue souvent languissante une activité et une allure un peu combatives. La comtesse Rostoptchina, parfois Khomiakov, quelque temps Grigorovitch, se joignirent à eux ; un peu à l'écart, Méï ; P. Sadovski et bientôt Gorbounov, acteurs tous deux : voilà le groupement. Les rédacteurs se rencontraient fréquemment chez Pogodine, où Gogol venait souvent aussi, mais toujours concentré en lui-même, chez la comtesse Rostoptchina, qui leur parlait de Saint-Pétersbourg, leur contait ses souvenirs sur Pouchkine et Lermontov.

D'abord, tout alla bien : le *Moscovite* monta de cinq cents à onze cents abonnés ; Chévyrev écrivait : « Pletnev dit qu'avec trois années de pareil succès, la revue attirera sur elle les yeux de toute la Russie... La littérature, d'après lui, est seulement à Moscou (1). » De l'aveu même de ses adversaires, le *Moscovite* était le centre de l'activité « journalistique » dans la vieille capitale (2).

La « Jeune Rédaction » vécut d'abord en bons termes avec son directeur, qui en aimait la vivacité, même un peu bruyante, fréquentait parfois chez tel ou tel de ses membres, s'entremettait pour prévenir les rigueurs censurales. Mais des questions d'amour-propre littéraire, d'intérêt, les négligences dans le service de la revue troublèrent assez vite la bonne entente et amenèrent peu à peu les collaborateurs à se séparer de leur chef. La vieille rédaction, au dire de Panaev, censurait volontiers ce que louait la jeune (3) ; d'où des froissements. Ostrovski et Edelson prirent une fois parti pour Almazov ; Grigoriev plus tard s'est plaint des entraves que Pogodine mettait à l'exercice de leur droit critique, de son obstination insidieuse à glisser dans la revue, comme venant d'eux, l'éloge de médiocrités, à leur imposer des voisinages insuffisants (4). D'autre part Pogodine ne payait pas plus de quinze roubles par feuille d'impression ; encore le plein tarif était-il réservé aux rédacteurs mariés : les célibataires devaient se contenter de moitié moins. « Il exploitait positivement sa jeune équipe », dit Vengérov. Philippov ne touchait rien ; Stasioulévitch, n'ayant pas de besoins d'argent, se tenait assez rémunéré par l'envoi des exemplaires ; Almazov, plus habile, réussissait à arracher vingt ou trente roubles ; Grigoriev et Ostrovski se plaindront plus d'une fois de la lésine de leur « principal », sans que prières ni menaces le touchent (5). En 1851, le chiffre des abonnés baissa de huit cent cin-

(1) Barsoukov, *ibid.*, chap. xiii, p. 90.
(2) Id., t. XI, chap. xliv, p. 334 sqq.
(3) Id., *ibid.*, chap. lviii, p. 410.
(4) *Obrazovanié*, 1896, nᵒˢ 5-6, IIᵉ *otdêl.*, p. 100-101.
(5) Barsoukov, t. XI, chap. xiii, p. 91. — En 1850, Ostrovski demanda cinquante roubles par mois (lettre du 24 février 1851). Pogodine note : « Ces collaborateurs me dégoûtent, avec leurs prétentions ». (*Ibid.*, chap. lviii, p. 410.)

quante à sept cent cinquante : la régulière et presque proverbiale irrégularité de la publication, son aspect inélégant, les fautes d'impression,
l'incurie de Pogodine rebutaient rédacteurs et abonnés. Pogodine se
plaignait de la censure, mais il était pour une bonne part coupable.

La passage de Kolochine à la rédaction en chef ramena le désaccord
avec Grigoriev, Edelson, Philippov (1853). Pogodine songea alors à
remettre le *Moscovite* à Katkov : l'opposition des slavophiles, surtout
de S.-T. Aksakov, empêcha le projet d'aboutir. En 1854 la défection de
Pisemski fit un vide dans la rédaction, où Potêkhine seul collaborait
activement ; pourtant S.-T. Aksakov apporta ses *Récits et souvenirs
d'un chasseur* (*Razskazy i vospominaniia okhotnika*). Après de vaines
tentatives de cession de sa revue à Soumarokov, puis à Korch, ce qui,
joint à l'irrégularité de publication (1), fit courir le bruit d'une cessation
prochaine (2), Pogodine fit de nouveau appel à la « Jeune Rédaction ».
Au nom du groupe, avec Ostrovski au centre, Grigoriev mena les pourparlers et posa les conditions : liberté entière d'appréciation dans leurs
articles, certains points réservés. L'avarice du directeur gâtait tout :
les *Annales de la Patrie* offraient une rémunération avantageuse : cela
seul attira des auteurs dont les œuvres auraient pu paraître dans le
Moscovite (3). En somme, en 1855, les derniers fidèles sont Ostrovski
et Grigoriev : sollicité de prendre la direction, Grigoriev ne veut s'engager par contrat qu'après avoir reçu une somme d'argent ; le traité rompu,
il passe au *Contemporain* (*Sovrémennik*) « parce qu'on payait mieux (4) ».
La même raison amena bientôt le départ d'Ostrovski. Après une dernière proposition, demeurée infructueuse, aux slavophiles, Pogodine
découragé note dans son *Journal* : « J'ai écrit l'épilogue du *Moscovite*. »
Il annonçait néanmoins pour mai 1856 la reprise de la publication :
en fait les derniers numéros de 1856 parurent à la fin de 1857 ; dans le
dernier numéro de 1855 (5), le directeur fit son adieu définitif au public :
il rappelait les services rendus aux écrivains de la jeune génération,
qu'il avait contribué à révéler, et à la cause des Slaves, qu'il avait seul
défendue infatigablement.

En 1841 l'occidentalisme dominait parmi les professeurs des universités
et chez beaucoup de gens cultivés ; d'autre part se dessinait la tendance
opposée, le slavophilisme. Le *Moscovite* se posa en défenseur résolu de
la tradition russe — orthodoxie, autocratie et *narodnost* — avec une
franchise et une vigueur qui exaspéraient l'adversaire, mais inquiétèrent

(1) La livraison de février 1855, par exemple, ne parut qu'en avril.
(2) « Le *Moscovite* est à l'agonie », écrit Tourguénev (3 août 1855) à S.-T. Aksakov.
(BARSOUKOV, t. XIV, chap. XLIII, p. 210.)
(3) Les *Mémoires* de Jikharev, et un drame de Potêkhine, *Tchoujoé dobro v prok
ne proïdet*.
(4) Lettre de Bêlaev à Pogodine, 29 mars 1856. (*Ibid.*, chap. LXVI, p. 368.)
(5) Paru en avril 1856. (BARSOUKOV, t. XIV, chap. LXIX, p. 385.)

plus d'une fois un pouvoir ombrageux. Ce n'est guère qu'en 1843 que Chévyrev formule décidément l'essence de l'antagonisme entre *zapadniks* (occidentalistes) et slavophiles.

En histoire, la revue fait profession de conservatisme national et de panslavisme, mais d'un conservatisme averti, qui vérifie le présent par le passé, sans nier les abus, sans ménager les bureaucrates, sans fermer les yeux aux dures vérités, même dites par un étranger : Pogodine juge presque comme Herzen *la Russie en 1839* (1) de Custine, affrontant ainsi ou provoquant les indignations de Benckendorf et des patriotes impénitents, comme plus tard il condamnera la politique qui devait aboutir à la guerre de Crimée. Les chroniques nationales révèlent la grande parenté slave : la notion de fraternité ethnique devient une foi agissante, une revendication hardie en faveur des peuples slaves non libérés, à l'encontre de l'idée régnante que « le gendarme autrichien est le principe civilisateur des terres slaves » ; par des voyages répétés, Pogodine établit des liens directs de pensée et de sentiment entre la Russie et les savants ou les hommes d'étude des autres pays slaves, tchèques surtout.

En littérature, Chévyrev, qui opposait à « l'Europe pourrie » la Russie jeune, riche de forces et d'avenir, ne reconnaît d'autre modèle que Pouchkine ; il attaque le manque de goût et d'amour pour le peuple dans l'école « naturelle (2) », dont justement Bêlinski affirme la légitime et nécessaire victoire sur le romantisme épuisé (3) ; Gogol seul trouve grâce ; quelques nouvelles de lui (*Rome*) ont paru dans le *Moscovite*, dont par ailleurs il ne dit pas grand bien (1843) (4) ; plus tard, après les *Ames mortes* et sa conversion, il sera fervemment admiré. En 1848, Chévyrev morigène les jeunes « bellétristes » à qui les *Annales de la Patrie* osent reconnaître du talent, Nikitenko, Tourguénev (5), alors que leur mauvaise « écriture » porte gravement atteinte à la pureté du parler russe ; continuateur de Chichkov, de Chalikov (6), il voudrait surveiller le style, expurger la langue, remettre en honneur des formules et des tournures archaïques (vieux pronom *ijé, iajé, éjé*, datif absolu).

Dans la réalité, ces intransigeances doctrinales, parfois pédantesques, souffraient quelques accommodements, sans quoi s'expliqueraient mal certains voisinages ou sympathies. Le monde littéraire, même les *Annales de la Patrie*, où écrivait Bêlinski, avait bien accueilli le *Moscovite* naissant. Hors le chef intransigeant, qui de Saint-Pétersbourg fulminait

(1) *La Russie en 1839*, 4 vol. in-8°. Paris, 1843.
(2) *Moskvitianine*, 1848, n° 1.
(3) *Sovrémennik*, 1848.
(4) Barsoukov, t. VII, chap. LIV.
(5) Cf. Tchernychevski, *Otcherki Gogolevskago périoda rousskoï littératoury*, chap. III, Saint-Pétersbourg, 1892.
(6) *Moskvitianine*, 1841.

contre les thèses provocantes de Chévyrev, les rapports, à Moscou,
entre occidentalistes et slavophiles, étaient empreints de courtoisie,
voire de cordialité : en 1842, Granovski, Korch offraient à Pogodine
leur collaboration ; mais, pour un article donné, Granovski fut rappelé
à l'ordre par Bêlinski ; Herzen fréquente chez les Elagine, les Kiréevski, chez K. Aksakov. On doit noter aussi, dans les années 1840-1845,
la confusion bruyante des doctrines, la multiplication des partis, l'im-
précision d'esprit ou l'éclectisme inquiétant d'un public, qui, à l'université de Moscou, applaudissait Chévyrev après avoir acclamé Granovski (1). A la rupture entre zapadniks et slavophiles, dont quelques
vers d'Iazykov furent le prétexte, les divergences se tranchèrent, du
moins entre les personnes.

Le court passage d'I. Kiréevski à la direction du *Moscovite* (2) donna
lieu aux gens superficiels ou intéressés de considérer la revue comme
l'organe attitré du slavophilisme. Sans doute, slavophiles et conservateurs avaient assez d'idées communes pour se rapprocher à l'occasion ;
Pogodine insérait volontiers les articles des premiers ; Khomiakov touche
de près à la « Jeune Rédaction ». Depuis le renforcement des rigueurs
censurales, les uns et les autres étaient également suspects ; si le *Recueil
de Moscou* (*Moskovski Sbornik*), composé par les slavophiles, était
interdit dès le second fascicule (1852-1853) (3), Pogodine avait été
censuré pour un éloge de Karamzine, pour son panslavisme, pour la
publication des *Souvenirs d'un directeur de postes* (4), mis en surveillance
policière pour avoir critiqué un drame patriotique de Koukolnik et
encadré de noir la couverture de sa revue à la mort de Gogol (5). Néanmoins il n'y eut jamais partie liée entre les slavophiles et le *Moscovite* :
les premiers, malgré quelques affectations extérieures de conservatisme,
port du costume national et de la barbe, avaient au fond beaucoup de
l'esprit occidentaliste ; ils admettaient la culture européenne, récla-
maient le droit de libre critique, surtout allaient prendre une part active
au généreux mouvement d'où sortit l'acte du 19 février (3 mars) 1861 (6).
Avec la mort de Bêlinski, le départ de Herzen pour l'étranger, la scission

(1) « Notre public, écrit Bêlinski à un ami, c'est le bourgeois gentilhomme. Pour
lui Granovski est bien, mais Chévyrev n'est pas mal... Il regarde toujours comme le
meilleur celui qui a parlé le dernier. » (BARSOUKOV, t. VIII, p. 86.)
(2) Voir plus haut, p. 22.
(3) SHABITCHEVSKI, *Istoriia rousskoï tsenzoury*, p. 365-369.
(4) BARSOUKOV, t. XIII, chap. XXXIX.
(5) ENGELHARDT, *Istoriia rousskoï littératoury XIX-go stolétiia*, t. II, p. 134. Saint-
Pétersbourg, 1902.
(6) Herzen comparait les slavophiles et les zapadniks à un *Janus bifrons* (à deux
visages) mais avec un seul cœur. Cf. NÉLIDOV. *A.-N. Ostrovski v. kroujkê « Molodogo
Moskvitianina »* (*Rousskaïa Mysl*, 1901, mars) ; PYPINE, *Istoritcheskié otcherki. Kharaktéristiki littératournykh mnêni ot 1820 do 1850 godov*, p. 288. Saint-Pétersbourg,
1890.

des occidentalistes entre les *Annales de la Patrie* de Kraevski et le *Contemporain* de Panaev et Nékrasov, les polémiques du *Moscovite* avec les revues pétersbourgeoises, sous la Terreur censurale, perdirent de leur intérêt doctrinal. D'ailleurs la « Jeune Rédaction » ne traitait plus avec irrévérence l'européanisme et ne craignait pas de montrer les aspects sombres de la vie russe : les distances allaient se rapprochant entre camps opposés (1), jusqu'au jour prochain où une dure épreuve allait réunir les esprits, sans barrières artificielles, dans des amertumes et des aspirations communes (2).

Le *Moscovite*, on l'a vu, périt par la négligence de son directeur ; de plus son esprit malgré tout « bien intentionné » rendait la revue un peu suspecte. On lui doit néanmoins cette justice, qu'ayant choisi, dans un temps d'ardentes controverses, de défendre les idées conservatrices, il a pris hardiment parti et s'est astreint à préciser ses thèses : d'où l'importance et la vive impulsion que Pogodine donna aux études historiques par la mise au jour de matériaux précieux. Une idée préconçue (valeur en soi de tel état historique de la Russie) guide la recherche et l'interprétation des faits ; mais cette idée suggère à son tour, pour se vérifier, des investigations, des découvertes, des acquisitions de documents, dont le prix survivra intact aux passions, aux tendances d'un temps ou d'un parti. De nombreuses notes de voyage (Pogodine avait parcouru presque toute la Russie et les pays slaves) ont fourni d'utiles contributions à la géographie, à l'ethnographie russe et slave (3). Le *Moscovite* avait appliqué ses théories panslavistes en accordant une large place à la littérature petite-russienne. Lermontov, Fet, Meï, Gogol, Dal, Grigorovitch, Melnikov, Pisemski, Potêkhine, S. Aksakov, Ostrovski : tels sont les noms par lesquels il tient à l'art national.

Quelques critiques (4) se sont demandé quelles raisons purent attirer et attacher à une revue d'esprit conservateur, puritaine et presque puriste, une jeunesse avide de lumières et de vérité, volontiers libre d'allures, avec une pointe de débraillé, un cercle « hardi, buveur, mais honnête et rempli de talents (5) » ; le rapprochement eût été, semble-t-il, plus indiqué avec les *Annales de la patrie* ou le *Contemporain*. Ce n'était pas l'espoir d'honoraires fructueux. Vengérov allègue les rigueurs

(1) L'acteur Chtchepkine, zapadnik convaincu, est dans les meilleurs **termes avec** Pogodine ; le conteur Gorbounov, recrue du *Jeune Moscovite*, est très goûté par Tourguénev, et attiré à Saint-Pétersbourg par les zapadniks, tout en demeurant fidèle à ses amis de la première heure, Philippov, Ostrovski, Grigoriev.

(2) Cf. Pypine, *ibid.*

(3) Bestoujev-Rioumine, *Biografii i Kharaktéristiki*. Saint-Pétersbourg, 1882.

(4) Vengérov, *Molodaïa rédaktsiia « Molodogo Moskvitianina »*. (*Vêstnik Evropy*, 1886, n° 2, p. 581-612.) — Nélidov, *A.-N. Ostrovski v kroujkê « Molodogo Moskvitianina »*, p. 1-37.

(5) Grigoriev.

censurales, l'affaiblissement de la critique pétersbourgeoise après le départ de Herzen et la mort de Bêlinski, son intolérance envers tout ce qui sentait le slavophilisme, son indifférence dédaigneuse pour les traditions, pour la chanson populaire ; enfin, chez ces esprits forts, le mépris de l'orthodoxie ; quant à l'entrée d'Ostrovski au *Moscovite*, pur hasard dû à la publication d'*Entre siens on s'arrangera;* et, sauf Grigoriev, que des convictions y ramenaient, les autres ne seraient venus que par sympathie pour Ostrovski. Selon Nélidov, Terti Philippov, le propagateur si goûté de la chanson populaire, put exercer sur Ostrovski une action réelle, moindre pourtant que le prétend Barsoukov (1) ; mais amitiés littéraires et raisons logiques durent avoir, sur une nature impressionnable que ne gouvernait pas une forte culture, moins de prise que « les impressions mêmes de la vie russe originale » : or celles-ci affluaient en souvenirs et visions du Zamoskvoretché, en scènes du tribunal, en anecdotes contées ; la chanson, naïve expression des vieux us, aurait hâté seulement une évolution interne, une tendance à l'atténuation, bientôt visible dans *Ne t'assieds pas dans le traîneau d'autrui* et *Fais ce que dois*.

Ces deux critiques semblent s'être mal gardés de préventions contre les idées du *Moscovite* et son directeur. En fait, Pogodine fut-il uniquement le bonhomme bourru, avare et insociable, qu'on nous représente? Professeur à l'université, ses élèves ont loué sa parole animée, sans apprêts, attentive au sens seul des choses, instigatrice de réflexion et de sentiments russes, — disons russophiles ; — une science systématique en ses vues, mais de matériaux solides ; enfin, dans l'initiation des étudiants à la recherche historique, une bonté toujours prête et commode (2). Quand il quitta sa chaire pour se donner entièrement à ses travaux et à la direction de sa revue, il avait déjà beaucoup publié, beaucoup voyagé, tant à l'étranger qu'en Russie (3), rassemblé en partie son *Recueil de documents anciens (Drevnékhranilichtché)*, fondé deux revues, dont l'une, le *Messager de Moscou (Moskovski Vêstnik)* (1827-1830), par l'originalité des œuvres insérées et le caractère scientifique, l'emporta souvent sur le *Télégraphe* de Polévoï. Il a entendu, un des premiers, Pouchkine lire, à une soirée chez Vénévitinov, son *Boris Godounov*, et l'a admiré d'enthousiasme. Il reçoit de Samarine, pour le *Moscovite* naissant, le dernier poème de Lermontov (4) ; Fet, Meï lui donnent leurs premières œuvres ; avec P. Kiréevski, il a éveillé la vocation de cet étrange Iakouchkine,

(1) Maximov attribue plus d'influence à Edelson et Grigoriev; pour ce dernier, c'est au moins surprenant, après ce qu'on sait de ses sentiments pour Ostrovski. Il convient d'accueillir parfois avec réserve les idées de Maximov.

(2) BESTOUJEV-RIOUMINE, *ouv. cit.*

(3) Au milieu du dix-neuvième siècle, on pouvait encore découvrir la Russie. Plusieurs missions eurent pour objet d'en dresser l'inventaire géographique, économique, statistique ; c'est à l'une d'elles que prit part Ostrovski. Voir chap. III.

(4) *Spor (le Débat)* (1841).

qui, pour l'amour de la chanson, abandonna la Faculté Mathématique, prit une balle de colporteur, parcourut la bonne terre russe, fit ample moisson de chants populaires, d'impressions de voyage et mourut à Samara sur un lit d'hôpital, en murmurant encore : « Nous chanterons, et nous jouerons. Et la mort viendra, et nous mourrons (1). » C'est chez lui que Gogol lut, en 1834, une comédie, les *Epouseurs* (*Jénikhi*), devenue ensuite le *Mariage* (*Jénitba*) (2), et plus tard, en 1841, ses *Ames mortes* (3). Ne fut-il pas l'ami, et un jour le confident du jeune Léon Tolstoï? Tout perdu qu'il semblât en son lointain logis du Champ des Vierges, et enfoncé dans ses poussières d'archives, il entretenait une active correspondance, notait tout sur son journal, connaissait, recevait ou fréquentait toute l'*intelligence* moscovite; mêlé enfin si intimement aux choses de son temps, que sa biographie éclaire un demi-siècle d'histoire et de littérature russe. Si l'écorce un peu rude, la parcimonie notoire purent inquiéter d'abord Ostrovski et ses amis, il ne pouvait leur sembler inutile ou peu glorieux de fréquenter un homme si considérable. En ce qui concerne proprement Ostrovski, rappelons que, dès 1847, il est en relations avec l'ami de Pogodine, le codirecteur Chévyrev, et en droit de souhaiter une publicité plus relevée que celle d'une gazette locale; que le *Moscovite* la lui offrait, par la médiation de Popov et de Chévyrev, et qu'il y pouvait trouver, avec des honoraires tout modestes, de quoi grossir, tant qu'il était au service, ses maigres appointements; qu'enfin Pogodine avait tout de même imprimé dans sa revue réactionnaire une œuvre d'un terrible réalisme psychologique, s'était entremis pour obtenir l'autorisation d'impression (4), et pouvait être dans l'avenir d'un secours précieux au jeune dramaturge.

D'autre part, la collaboration au *Moscovite* impliquait-elle une adhésion formelle à ses doctrines; ou plutôt les idées d'Ostrovski, ses convictions littéraires et sociales étaient-elles assez arrêtées pour préférer tel camp, telle revue? Ce que nous savons de sa culture jusqu'à cette date permet d'en douter. A l'université il semble être resté indifférent aux luttes doctrinales qui commençaient à passionner le public; au *Sovêstny Soud*, puis au tribunal de commerce, les réalités l'éloignent davantage encore de la spéculation; dès 1846, les scènes de famille, les querelles d'affaires dont il est l'auditeur, le témoin, le transcripteur, sans parler de ce qu'il voit chez son père, éveillent sa vocation dramatique, par l'impérieux besoin de reproduire en image scénique les choses saisies au

---

(1) Skabitchevski, *ouv. cit.*, p. 227.
(2) S. Aksakov, *Polnoé sobranié sotchinéni*, t. III. *Séméïnyia i litératournyia vospominaniia...*, p. 327. Saint-Pétersbourg, 1886.
(3) Barsoukov, t. VI, chap. xxxvi.
(4) Au dire de Philippov, ce serait à l'intervention d'un propriétaire de fabrique, Skouratov, que serait dû le permis d'imprimer. (Barsoukov, t. XI, p. 77.)

passage. Sans dévier, sans se laisser troubler par les mêlées d'écoles, les suggestions et les influences voisines, il travaille pendant quatre ans à son ouvrage : les *koûptsy* l'intéressent plus que « l'homme du temps », dont les romanciers des années 40 s'essaient à fixer le type.

Qu'il ait partagé d'abord l'engouement de la jeunesse contemporaine pour Bêlinski ; qu'il lût au *traktir*, dans les *Annales de la patrie*, les traductions des romans d'Eugène Sue, de Paul de Kock, de George Sand (1) ; qu'il lançât une boutade sur les « pagodes » du Kreml ; que plus tard Philippov, investigateur curieux et interprète admiré de la chanson populaire, ait ramené son ami à une vue plus sympathique des traditions nationales, l'ait même retourné au point de le faire partir en guerre, après boire, il est vrai, contre Pierre le Grand (2) : tout cela indique seulement une nature vive et mobile, un esprit plus sensible que conséquent, et des agitations ou des enthousiasmes de surface. Les éléments formateurs, le vrai fond où vit et se nourrit le talent d'Ostrovski, où il prendra corps et couleur, c'est le cercle, large ou restreint, qu'il fréquentait ; c'est là que son observation, alimentée déjà au « service », sa langue s'enrichissent et s'affinent parmi les particularités de mœurs ou de vocabulaire sans cesse évoquées. Si par ailleurs on prétendait attribuer à l'influence occidentaliste les traits « négatifs » dont est rempli *Entre siens on s'arrangera*, et qu'invoquaient plus tard les zapadniks eux-mêmes pour prouver les caractères « négatifs » du peuple russe (3), il ne faudrait pas oublier que la pièce, élaborée dans un milieu composite et plutôt de couleur nationaliste, fut prônée d'abord par un conservateur avéré, Chévyrev, et par des slavophiles comme Khomiakov. En somme, entre 1846 et 1850, Ostrovski est successivement et superficiellement moderniste et traditionaliste ; au fond, il est Russe et Moscovite ; Moscou lui donne la matière et la consécration de son talent, avec ce que souhaite tout écrivain à ses débuts : une grande revue (4). Ces faits et ces déductions suffisent à expliquer la collaboration d'Ostrovski au *Moscovite* : pendant cinq années (1850-1855) Pogodine et sa revue vont être étroitement liés avec l'activité littéraire d'Ostrovski, sans que cette liaison, on le verra plus loin, amène les suites qu'on en a voulu tirer.

En 1850, Ostrovski était donc déjà célèbre, et « suspect ». Par Pogodine, il approche Gogol. Il est invité à un dîner que Gogol, à l'occasion de son anniversaire (5), donne chez Pogodine ; des propos qui purent s'échanger sur le théâtre entre le créateur de Khlestakov et celui de

(1) E. DURAND-GRÉVILLE, *ouv. cit.*, p. IV ; BARSOUKOV, t. XI, chap. IX, p. 64-68.
(2) BARSOUKOV, t. XI, p. 64-66.
(3) ID., *ibid.*
(4) ID., *ibid.*, chap. XLIV, p. 334-340.
(5) ID., *ibid.*, p. 79.

Podkhaliouzine, nulle trace n'est restée, bien que le suffrage public désignât déjà l'un comme le digne continuateur de l'autre. Il est l'âme et l'orgueil du *Jeune Moscovite;* Grigoriev, rappelant plus tard ces années de généreuse foi aux lettres, écrit : « Ostrovski parut, et autour de lui, comme d'un centre, le cercle où se révélèrent à elles-mêmes mes croyances jusque-là confuses... Oh! comme nous croyions avec ardeur à notre œuvre! Quels hauts discours prophétiques coulaient parfois, dans nos buveries, des lèvres d'Ostrovski! Avec quelle assurance alors le bonhomme Pogodine répondait de ses jeunes gens! Avec quelle conscience, malgré nos folies, nous marchions vers un but grand et honnête! Après un tel rêve, la vie est nue et vide. » Cette primauté, Ostrovski l'exerce d'ailleurs sans morgue ni pédantisme. Il aime les joyeuses réunions au *traktir*, les causeries animées chez Edelson ou Grigoriev; mais il se plaît aussi bien dans la calme intimité du poète Meï, avec Berg, Philippov, parfois Pogodine (1). Les salons littéraires le recherchent; il est aux samedis de la comtesse Rostoptchina; seul il accepte les invitations de la comtesse Salhias de Tournemire (Eugénie Tour), que refusent ses amis pour ne par se rencontrer avec des zapadniks; lui-même enfin donne des soirées littéraires, qui réunissent des adeptes de toutes les tendances, sans que cet éclectisme coûte rien à l'estime et à l'affection dont il est entouré (2).

Pris encore par le « service », il ne donne en 1850 au *Moscovite* (3) qu'une petite comédie : *Matinée de jeune homme*, qui rappelle assez la manière de Gogol dans l'*Office* et *Matinée d'homme d'affaires*. Il travaille surtout à sa grande pièce, *Fille pauvre (Bêdnaïa Névêsta)*. En 1851 il est rendu à la vie privée et peut désormais se vouer tout entier aux lettres : encore fallait-il non pas en vivre, mais vivre. Il entre à la revue comme correcteur, chargé en outre de menues chroniques, de la lecture d'articles pour en faire les comptes rendus, des traductions et de la correspondance; et, pour cette tâche ingrate, qui l'oblige à faire chaque jour le trajet de la maison de son père, près l'église Saint-Nicolas de Vorobine, au Champ des Vierges, il reçoit 15 roubles par mois, juste de quoi remplacer le traitement perdu (4). Alors commence la fâcheuse « faute d'argent », plus cruellement sentie avec des besoins croissants de bien-être, et surtout aux veilles de fêtes. « Vous savez vous-mêmes, écrit-il à ses amis, ma situation. Pour une fête comme celle-là, où les dépenses décuplent, rester absolument sans un kopek est chose fort désagréable. Je ne sais que faire... Je perds la tête. » Plus tard, il disait, toujours affligé du même mal : « Dans la jeunesse on supporte aisément le besoin. »

(1) Engelhardt, t. II, p. 110.
(2) Gorbounov, t. II, p. 567-570.
(3) *Moscovite*, 1850, n° 22.
(4) Ivanov, p. 36.

Dès février 1851, il demande à Pogodine 50 roubles par mois (1), hésite déjà s'il doit rester au *Moscovite* ou partir ; et toujours cette misérable question d'honoraires`interviendra entre son directeur et lui, aigrissant les rapports pour aboutir à une rupture, inévitable le jour où les revues pétersbourgeoises accueilleront ou solliciteront sa collaboration. En lui envoyant *Fille pauvre*, il invoque « des dettes forcées » et « d'extrêmes besoins d'argent » pour demander 100 roubles. « Ne vous étonnez pas que je la traite non à la chrétienne, mais à l'asiatique, c'est-à-dire que je veuille prendre pour elle le kalym (2). Jusqu'à présent, bien que je fusse sans argent, ma pièce restait sur ma table ; mais maintenant je n'aurai ni comédie ni argent ! A quoi cela ressemble-t-il? Que deviendrai-je? Pour tout homme, un grand travail s'accompagne de grandes espérances ; les miennes sont très limitées : pouvoir seulement acquitter des dettes forcées... (3). » Après les premières lectures de *Pauvreté n'est pas vice* et leur vif succès, il écrit encore à Pogodine : « Je reçois les plus brillantes propositions ; mais je ne veux rien décider avant de savoir si vous voulez prendre ma comédie et à quel prix. Vous m'avez fort désobligé en me montrant de la défiance, et pour des vétilles, au moment le plus critique de ma vie... Je suis heureux de travailler au *Moscovite*, mais il faut que je vive. J'ai grand besoin d'argent en ce moment, il faut que j'aille à Pétersbourg. D'après mes calculs, je ne peux demander moins de 600 roubles, sans quoi je ne puis joindre les deux bouts. On m'en offre 1.000. Dans ma situation, refuser une pareille somme serait de l'héroïsme ; mais... je refuserai volontiers le superflu, si j'ai le nécessaire (4). » De 15, puis de 50 roubles à 600, l'augmentation paraît rondelette ; mais les charges sont venues à Ostrovski, et l'on verra que ses pièces procurèrent de fructueuses recettes aux théâtres impériaux avant de lui rien rapporter.

Aventure inattendue (*Néojidanny sloutchaï*) (5), encore une étude à la Gogol de ce même type d'irrésolu, qu'un ami blasé dissuade, en vain, d'épouser une veuve jeune et coquette, quelque chose comme le *Mariage* à rebours, mais plus faible ; quelques fragments de *Fille pauvre* (6) : voilà tout ce qu'Ostrovski fait imprimer en 1851. Pourtant la pièce est prête dès l'été : ce travail absorbant l'a même empêché, ou dégoûté, de donner au *Moscovite* des articles qui ne s'accordaient pas à sa vocation : « Écrire autrement sur des choses de l'art m'est pénible, m'ennuie » ; et puis il veut autant que possible conjurer les attaques de la critique,

(1) BARSOUKOV, t. XI, p. 410, lettre du 24 février 1851.
(2) « Kalym », en djagataï (turc oriental) « galym », forme corrompue de « galyn », argent envoyé au moment des noces pour indemniser celui ou celle qui fait le mariage.
(3) BARSOUKOV, t. XII, chap. XXXI, p. 210-212.
(4) ID., *ibid.*, chap. XLIX, p. 284 sqq.
(5) *Comète*, 1851, p. 427-468.
(6) *Raout*, 1851, p. 206-211.

donner de l'achevé. « Ma comédie a été lente à venir, écrit-il à Pogodine, parce que j'avais entendu une comédie de Pisemski, et j'ai cru devoir la *repeindre* un peu pour ne pas avoir à *rougir* d'elle (1). » En décembre, il lit sa comédie chez la comtesse Rostoptchina : le sujet, emprunté cette fois au petit monde fonctionnaire et marchand, exposait l'immorale connexion de l'argent et du mariage, l'amer destin d'une jeune fille qu'un intérieur gêné, les jérémiades d'une mère affolée devant la pauvreté menaçante, le lâche abandon des jeunes Dons Juans prêts à être amants, mais non épouseurs, amènent, avec une résignation courageuse, à une union humiliante pour ses vingt ans, ses rêves, son esprit et sa beauté. L'impression fut très forte : Chévyrev louait les caractères « pris profondément dans la vie » ; la comtesse voyait une « étude dans le genre flamand, des caractères simples, ordinaires même, mais supérieurement présentés et soutenus ; chez Ostrovski le comique voisine toujours avec l'élément tragique et le rire passe aux larmes (2) ». Imprimée dans le *Moscovite*, la pièce retrouva son succès de lecture ; Grigoriev célébrait en termes lyriques la « nouvelle parole » apportée par Ostrovski ; Pisemski, de Kostroma, annonçait l'admiration générale, rêvait des personnages, apprenait par cœur le rôle de Bénévolenski (3) ; Tourguénev, dans un article du *Sovrémennik*, tout en relevant de nombreux défauts, longueurs, répétitions fastidieuses, étude émiettée de caractères, louait la vérité des types, et attendait de l'auteur « quelque chose d'extraordinaire (4) ».

II

Déjà ces suffrages, tout flatteurs, ne contentaient plus Ostrovski : écrivain dramatique, il ambitionnait des spectateurs et non plus seulement des auditeurs, les émotions de la scène au lieu des froids succès de salons. L'adaptation d'un drame d'Osnovianenko pour les artistes du Petit Théâtre l'avait mis en rapports suivis avec eux, et aiguillonnait son désir de voir jouer ses propres ouvrages. Les scènes provinciales vivaient du répertoire des théâtres impériaux : hors de ceux-ci, nul espoir de percer. Mais la censure théâtrale, qui avait étouffé à sa naissance *Entre siens on s'arrangera*, ne désarmait pas : toute l'année, elle mit des entraves à la représentation de *Fille pauvre;* elle avait imposé d'abord

---

(1) Barsoukov, t. XI, chap. LIV, p. 390. Jeu de mots, intraduisible en français, qui repose sur le double sens de la racine *kras* (idée de « rouge », d'où « rougir », et de « beau », d'où « orner », « embellir »).

(2) Id., t. XI, p. 392. Certains biographes (Ivanov, p. 37-38 ; Pisarev, t. X, p. XIII-XIV) veulent que la touchante héroïne, Maria Nézaboudkina, soit l'image d'une jeune fille instruite, mais pauvre, qui aurait inspiré une passion à Ostrovski. Il est malaisé de dire lequel eut plus de part, l'amour ou l'amour-propre, dans l'effort qui remit trois fois l'ouvrage à la forme.

(3) Id., t. XII, p. 212.

(4) *Sovrémennik*, 1852, n° 32.

la suppression de tout le cinquième acte, et n'accorda son visa que
contre la suppression d'un seul personnage, jugé contraire aux bonnes
mœurs, celui de Dounia , pauvre fille, jadis maîtresse de Bénévolenski
et qui vient, en pleines noces, lui reprocher son abandon. L'interdit
pesa dix ans sur le texte primitif (1). Ces vexations répétées, les soucis
d'argent, dont se ressentaient les rapports avec Pogodine, expliquent
ces premiers symptômes de lassitude et de pessimisme qu'on aperçoit
chez Ostrovski ; heureusement, la vocation était tenace. Quel crève-
cœur qu'un interprète idéal comme Sadovski ne lui servît que de lec-
teur ! « Mes pièces, écrit-il, furent longues à paraître à la scène. C'est
au bénéfice de l'actrice L. Kositskaïa, le 14 janvier 1853, que je connus
mes premières angoisses d'auteur et mes premiers succès. On donnait
Ne t'assieds pas dans le traîneau d'autrui (2). »

Il travaillait à sa pièce dès le début de 1852, comme on le voit par une
lettre à Pogodine (3), qui note sur son journal, sous le 6 octobre : « J'ai
entendu la comédie d'Ostrovski ; bons portraits, mais toujours pas de
crescendo dramatique. » Et que d'intrigues, de craintes, de prières, de
justifications, avant que la censure acceptât la pièce, sur l'intercession
probable de Pogodine, et la laissât représenter sans correction, mais
non sans inquiétude ! L'actrice Kositskaïa jouait le rôle d'Avdotia, la
fille du marchand, avec Sadovski dans le rôle du père, Rousakov. Philippov, qui assista à la première, l'appelle une date mémorable dans
l'histoire du théâtre de Moscou ; Gorbounov, qui s'y trouvait également,
note la surprise, le ravissement ému du public devant cette action et
ces personnages si vivants, si vrais ; dans la loge directoriale, l'auteur
vint, « timide comme une jeune fille », recevoir les ovations (4). Cent
représentations n'épuisèrent pas le succès de la pièce, soutenue par des
interprètes excellents.

La direction des théâtres impériaux se vit obligée de monter aussi
la pièce à Saint-Pétersbourg à la fin de la saison ; mais ses craintes renais-
saient. Sous couleur de donner une leçon de sagesse sociale aux filles
de marchands qui rêvent d'épouser des nobles, l'auteur n'attribuait-il
pas le beau rôle à deux marchands, rendant ainsi plus odieux le noble
ruiné, Vykhorev, coureur de dots et lâche suborneur? Et que dirait
l'empereur, sûrement présent, à voir la première classe de l'État — appui
du trône, toujours prête à payer de ses biens et de ses personnes —
abaissée au profit du *koupetchestvo?* L'empereur ne vint qu'à la seconde
représentation ; il se retira enchanté en disant : « Il y a très peu de pièces

(1) PISAREV, t. I, p. 500.
(2) SÉMEVSKI, *Znakomyé, Albom M.-I. Sémevskago*, p. 165. Saint-Pétersbourg,
1888.
(3) BARSOUKOV, t. XII, p. 284-285.
(4) GORBOUNOV (t. II, p. 561-562) dit que cette pièce « marque une ère nouvelle
pour la scène russe ».

qui m'aient fait autant de plaisir que celle-là. *Ce n'est pas une pièce, c'est une leçon* (1). » Il revint à la troisième, accompagné de l'impératrice, du tsarévitch et de la tsarevne ; il entendit encore la pièce une quatrième fois. La direction respira, mais sans manifester de dispositions plus bienveillantes pour Ostrovski : la censure maintenait en surveillance policière l'auteur d'une pièce jugée exemplaire par l'empereur lui-même !

Au terme des règlements, une pièce jouée en bénéfice devenait la propriété gratuite de la direction : Ostrovski ne retira donc pas un kopek des cent représentations de Moscou, ni de celles de Saint-Pétersbourg (2). Il y gagna du moins d'aller pour la première fois à Saint-Pétersbourg, où l'appelaient la surveillance des répétitions et la mise en scène de sa comédie : il y retrouva Bourdine, qui jouait Borodkine, l'amoureux honnête ; de là datent entre les deux hommes une longue amitié, et une correspondance d'un précieux intérêt biographique. Peut-être noua-t-il les premières relations avec les littérateurs pétersbourgeois : Nékrasov désirait vivement connaître Ostrovski et eût souhaité le voir collaborer au *Sovrémennik* (3). Le *Moscovite* publia *Ne t'assieds pas...* (4) ; I.-S. Aksakov écrivait d'Abramtsevo à Tourguénev : « La pièce n'est qu'une actualité, dont l'intérêt social décroîtra, dès que le contraste pâlira entre la dignité morale de l'homme et son extérieur ridicule (allusion à Borodkine, qu'il considère — à tort, selon nous — comme le personnage principal!) ; mais elle est pleine de force scénique (5). »

Entre temps, Ostrovski avait perdu son père : celui-ci, dont les affaires avaient prospéré, possédait deux maisons à Moscou, des biens et des « âmes » dans les gouvernements de Nijni-Novgorod et de Kostroma. Le domaine de Chtchélykovo (6), où il passait les étés et où il mourut, revint par testament à sa seconde femme : ses fils aînés le rachetèrent plus tard à frais communs (7).

Avec la gloire, le jeune auteur va enfin connaître un commencement de profit matériel : *Fille pauvre* jouée à Moscou (20 avril 1853), puis à Saint-Pétersbourg (octobre), pour un bénéfice, lui rapporta 700 roubles (8), mais il dut abandonner tous droits sur son œuvre. La même année, il achevait *Pauvreté n'est pas vice* (*Bêdnost né porok*) : l'action se déroulait

---

(1) En français dans le texte.
(2) SOUKHOVO-KOBYLINE, dont la *Noce de Kretchinski* (*Svadba Kretchinskago*) tint si longtemps l'affiche et divertit des milliers de spectateurs, ne toucha rien des cent mille roubles qu'il fit gagner à la direction des théâtres impériaux.
(3) A.-G. PANAEVA, *ouv. cit.*, p. 249.
(4) Mars 1853.
(5) BARSOUKOV, t. XII, p. 284.
(6) Village avec maison seigneuriale (*seltso*) du district de Kinechma (gouvernement de Kostroma).
(7) En 1867 ; voir *Artist*, 1891, n° 18.
(8) NÉVÊJINE (*Ejégodnik Impér. téat.*, 1909, t. IV, p. 4,) dit 500.

encore dans une famille de marchands ; mais, au lieu du brave Rousakov, enrichi par un labeur honnête, fier d'une vie droite, fidèle aux traditions, père à la tendresse indulgente, toutefois ferme et avisée, le héros était ici une épave sociale, un de ces *byvchié lioudi* (déchus, déclassés) devenus si chers au roman ou au théâtre russe : un marchand ruiné par ses folies et tombé dans le « bas-fond », mais en qui la dignité humaine longtemps abolie s'est enfin réveillée sous la souffrance, dans les longues heures d'hôpital, et finit par vaincre la dureté vaniteuse du frère riche. Par quel changement intérieur le peintre impitoyable des Pouzatov, des Chirialov (*Tableau de famille*), des Bolchov et des Podkhaliouzine (*Entre siens on s'arrangera*) en venait-il à mêler des types sympathiques, « positifs », aux personnages ridicules ou odieux, accepter la possibilité du bien même dans un être avili, substituer, en un mot, la réalité au réalisme? L'équilibre, la justesse foncière de son esprit le laissaient sans doute prévoir ; *Ne t'assieds pas dans le traîneau d'autrui* l'affirmait déjà nettement ; une lettre à Pogodine en apporte l'explication formelle : « Je ne voudrais pas, dit-il, faire de démarches pour *Entre siens on s'arrangera*, 1° parce que je ne veux pas me faire d'ennemis, ni même d'ennuis ; 2° parce que mes idées commencent à changer ; 3° parce que ma vision de la vie, dans ma première comédie, me semble jeune et trop cruelle ; 4° que le peuple russe, en se voyant à la scène, se réjouisse plutôt que de s'ennuyer. Il se trouvera bien des correcteurs sans nous. Pour avoir le droit de corriger le peuple sans l'offenser, il faut lui montrer qu'on reconnaît aussi du bon en lui ; c'est justement de quoi je m'occupe en ce moment, en réunissant le haut et le comique. *Le Traîneau* a été le premier exemple, j'achève le second (1). » Ainsi Ostrovski semble se détacher de l'œuvre qu'il avait travaillée pendant quatre ans, et d'une forme d'observation froidement amère ; la maturité de l'âge, le sens de la vie et de la justice, une bonté native, l'amour de son peuple lui dictent une représentation plus impartiale des mœurs ; il répugne à l'enlaidissement satirique comme à l'idéalisation : il n'obéit qu'à la libre vérité. Par là, sans formules prétentieuses, il dépasse, ou, si l'on préfère, il achève Gogol.

Après les salons, *Pauvreté n'est pas vice* triomphe à la scène (23 janvier 1854), tient l'affiche toute la saison jusqu'au grand carême, réduit notre tragédienne Rachel, alors en tournée, à jouer aux spectacles *du matin;* tableaux de mœurs entremêlés de chansons, comique et drame domestique, types, langue, tout est d'un exact coloris, qui enchante le public moscovite ; surtout Lioubim Tortsov, l' « ivrogne sublime », sous les traits et dans le jeu de Sadovski, prend un relief inoubliable (2).

(1) Barsoukov, t. XII, p. 284.
(2) Gorbounov (t. II, p. 574-575) raconte qu'un brave professeur de littérature russe, Mentor d'une jeunesse assidue au théâtre, et déjà enthousiasmé de *Ne t'assieds*

Grigoriev, fumeux et lyrique, entonne en son honneur de nouveaux dithyrambes : il tenait enfin son héros populaire, saluait en lui le symbole vivant de l'esthétique nationale, provoquant ainsi les sarcasmes furieux des critiques pétersbourgeois. Il passait la mesure, — il l'avoua plus tard de bonne grâce, — car Lioubim Tortsov est tout de même gâté par son vice ; mais les délicats de Saint-Pétersbourg n'avaient pas raison, car cette âme « ressuscitée » trouve des colères et des candeurs admirables. Éloges maladroits, méchantes querelles laissaient l'auteur indifférent, et sa gloire intacte ; *intelligents* et marchands se rencontraient maintenant dans une commune admiration. Par surcroît de bonne fortune, il perçut pour la première fois un semblant de droits d'auteur, tout modeste : un trentième de la recette. Aussi, devant ces perspectives encourageantes et les « brillantes propositions » qu'il reçoit, semble-t-il moins disposé à prolonger avec Pogodine une collaboration trop peu rémunératrice à son gré ; du moins il demande le « nécessaire » honorable.

En 1854, Ostrovski travaille à un drame, *Fais ce que dois* (*Né tak jivi, kak khotchetsia*), dont l'action « tirée de récits populaires » se déroule à Moscou, à la fin du dix-huitième siècle. Ici la chanson ou la poésie populaire, en grand honneur dans le cercle du *Jeune Moscovite*, eût pu inspirer ce premier retour vers le passé. En fait l'archaïsme n'est qu'apparent, car ces marchands, ces petites gens, artisans et journaliers, n'avaient pas beaucoup changé en un demi-siècle ; mais il justifiait d'avance la couleur symbolique et profondément religieuse que l'auteur donnait à ce drame violent de désunion conjugale. Les occidentalistes voulurent voir une abdication intellectuelle dans ce qui n'était qu'une rigoureuse conformité à la vérité du temps et des personnages, absolument faux s'ils n'eussent été « croyants » ; les adorateurs de la *narodnost* (1) prirent pour pensée personnelle ce qui n'était qu'unisson artistique avec le caractère national. Dans *Fais ce que dois*, la lutte entre les forces du bien et du mal, où rôde la superstition et un peu de sorcellerie, les remontrances des parents à des jeunes gens oublieux de la « loi » religieuse (indissolubilité du mariage), l'aveu et le repentir final du coupable, arrêté au bord de l'abîme par un son de cloche lointaine, créent un pathétique violent ou grave qui devance, et dépasse peut-être *Puissance des ténèbres* en vérité

---

pas dans le *traîneau d'autrui*, répondit à un étudiant qui voyait dans Lioubim Tortsov un ivrogne, et rien de plus : « Je vois la vérité, oui, la vérité. Place ! La vérité passe sur la scène. Lioubim Tortsov, c'est la vérité. C'est la fin des « paysans » de théâtre, la fin de Koukolnik : la vérité incarnée est entrée en scène. » Ces mots rappellent le si naturel, sinon authentique : « Courage, Molière ! Voilà la bonne comédie ! » Le succès de la pièce et la présence de Rachel mirent aux prises zapadniks et slavophiles : ce fut à cette occasion qu'un rédacteur des *Moskovskiia Viêdomosti* accusa pour la première fois Ostrovski de plagiat.

(1) Voir p. 18.

et en profondeur. Ostrovski travailla longtemps à son ouvrage, et le recopia, dit-on, cinq fois (1), changeant le titre, substituant la prose à la forme du vers primitivement choisie, et un dénouement heureux à une catastrophe sanglante (2). Jouée à Moscou à la fin de 1854 et à Saint-Pétersbourg au commencement de 1855, la pièce ne parut qu'assez tard dans le *Moscovite* (3) : avec elle se termina la collaboration d'Ostrovski. C'est au *Messager russe* (*Rousski Vêstnik*) de Katkov, où se rencontrent zapadniks, slavophiles et «narodniks», qu'il donne sa comédie en deux actes : *Tel en pâtit qui n'en peut mais* (*V tchoujom pirou pokhmélié*) (4), pour passer bientôt au *Sovrémennik*. Aussi bien la rupture avec Pogodine était-elle inévitable.

III

C'est ici, à cette date seulement, qu'on peut apprécier le rôle de la « Jeune Rédaction », les rapports du *Moscovite* et d'Ostrovski. Vengérov (5) conteste qu'elle représente le slavophilisme orthodoxe ou le pur conservatisme, et ne voit dans Ostrovski qu'un esprit purement « humain » (6), étranger à toute tendance, à tout dessein d'idéaliser les vieilles mœurs soi-disant conservées dans le *koupetchestvo* : ainsi, dit-il, l'a démontré Dobrolioubov, ainsi l'a reconnu Ostrovski lui-même en passant au *Contemporain*, acte que Grigoriev qualifia de trahison (7) ; et si dès 1850 eussent paru les articles sur le *Royaume des ténèbres* (8), jamais le dramaturge n'eût collaboré au *Moscovite*, ni donné lieu à ses fidèles de triompher avec *Fais ce que dois;* Tourguénev, à son retour de l'étranger, n'a-t-il pas, avec plus d'impartiale clairvoyance que les zapadniks de Saint-Pétersbourg, reconnu dans l'auteur de *Fille pauvre* un peintre remarquable de toute une région de la vie russe ? Vengérov admet toutefois que l'ancienne et la « jeune» rédaction se rapprochent par un commun respect de la tradition nationale, par le goût de la réalité, plus porté chez les « jeunes » vers les scènes de la vie urbaine, provinciale ou paysanne (9), et cette exactitude quasi ethnographique

(1) MAXIMOV.
(2) Meurtre de Dacha par son mari, que reprit plus tard le musicien Sérov dans l'opéra tiré du drame d'Ostrovski, sous le titre de *Vrajia sila* (*Puissance du mal*) (1871). D'après Kropatchev, Ostrovski n'aurait écrit que les trois premiers actes du livret (p. 31).
(3) Nᵒˢ 17-18 (septembre). — Voir BARSOUKOV, t. XIV, chap. XLV.
(4) Nᵒ 2 (janvier). — Narodniks : partisans d'une sorte de nationalisme littéraire et politique.
(5) Voir p. 27-28.
(6) Dans le sens large que les Russes donnent à ce mot.
(7) *Épokha*, 1864, p. 80.
(8) De DOBROLIOUBOV. Voir plus loin, liv. III, chap. Iᵉʳ.
(9) D'où leur nom de « *potchvenniki* » (les partisans du terroir). — Cf. SKABITCHEVSKI, *Istoriia roussk. litér.*, p. 42 sqq.

où de bonne heure ils excellèrent. Pour Nélidov (1), l'intimité de Philippov, la chanson populaire, l'influence de Sadovski, slavophile convaincu, de Grigoriev, d'Edelson (en tant que théoriciens) ; les efforts de Pogodine et de la comtesse Rostoptchina pour éloigner la « Jeune Rédaction » des entraînements à la Panaev et à la Kraevski ; les rigueurs de la censure, l'hostilité même des classes sociales qui se croyaient visées par la satire ; les injustices maladroites de la critique occidentaliste : voilà ce qui aurait retenu Ostrovski dans un parti, dont les idées ne pouvaient que nuire à son talent. Voilà pourquoi, après les premières pièces purement « négatives », il a peu à peu atténué la rudesse de ses peintures par des concessions au goût de son cercle ; et dans ce cercle même il n'a pas trouvé de quoi combler les lacunes d'une culture insuffisante. Donc, au lieu de mûrir son talent, la chanson l'a faussé ; *Pauvreté n'est pas vice* et *Fais ce que dois* sont tout à fait dans les idées du Comité censural de 1848, et le fruit de trois années de stagnation intellectuelle. Heureusement sa raison bien équilibrée a corrigé en partie les erreurs de sa sensibilité ; son amour de la vérité l'a préservé de « la fausse *narodnost* et du patriotisme d'un Koukolnik » ; et, s'il a pu se libérer d'un endoctrinement pernicieux, c'est grâce à un occidentalisme foncier, à l'action première et féconde de Bêlinski ; mais il gardera toujours, après avoir répudié « les idées rétrogrades », l'habitude d'unir le « haut » avec le comique.

Il est étrange qu'en Russie, où il y a tant d'autodidactes, la critique veuille presque toujours faire d'un écrivain le disciple ou l'esclave d'une pensée étrangère. Ici en particulier on craint que les faits ne soient choisis — ou omis — dans le dessein d'amoindrir une revue dont l'esprit déplaît, de soustraire — rétrospectivement — Ostrovski à des contaminations imaginaires. Est-il d'une saine critique de prendre des conséquences pour des causes ; de faire pressentir en 1855 par Ostrovski la justesse des articles de Dobrolioubov, écrits en 1859 et en 1860 ; d'accoupler la féroce méfiance du comité de 1848 avec l'inspiration de *Pauvreté n'est pas vice* et de *Fais ce que dois ;* de prendre pour affaiblissement les libres démarches d'un talent respectueux avant tout de la vérité ; de juger néfaste le commerce d'esprits aussi cultivés que Meï, Edelson, Grigoriev, Philippov, Pisemski et tant d'autres, sans parler de Pogodine, de Chévyrev, de Khomiakov? Certains faits, certaines raisons positives ne suffisent-ils pas à rendre compte de la cohésion, puis de la désagrégation du *Jeune Moscovite*, du concours apporté, puis rompu, par Ostrovski?

On a vu qu'il ne fallait pas confondre, surtout à partir de 1848, les slavophiles et le *Moscovite ;* les divergences de doctrine n'empêchaient

(1) Voir p. 28.

pas de cordiaux rapports entre les personnes ; mais les tendances de Khomiakov, des Kiréevski, des Aksakov (K.-S. et I.-S.), de Samarine, les vrais slavophiles d'alors, avaient plus de hardiesse et s'orientaient davantage vers les grandes questions sociales.

En ce qui concerne proprement Ostrovski, Philippov, dont les souvenirs ont constitué en grande partie plusieurs chapitres de l'ouvrage de Barsoukov, n'a pas dû taire ou restreindre l'influence qu'il put avoir sur son ami ; et il convient d'accueillir parfois avec prudence son témoignage, par ailleurs si précieux. Mais, outre sa maîtrise de chanteur, c'était encore un connaisseur délicat de la langue et des us populaires, capable de conseiller utilement Ostrovski. Et l'on ne voit pas que son russophilisme ait combattu ou fait atténuer l'image peu flatteuse qu'*Entre siens on s'arrangera* donne du monde marchand, pourtant fidèle aux vieilles coutumes. Si Ostrovski lui doit l'idée d'avoir mêlé la chanson à l'action dans *Pauvreté n'est pas vice* et *Fais ce que dois*, qui songerait à s'en plaindre aujourd'hui ? Quant aux autres membres du cercle, la supériorité de talent et le don de séduction personnelle qu'ils reconnaissaient à Ostrovski, témoin la dévotion admirative de Grigoriev, se concilient mal avec l'idée que c'est lui qui aurait subi, et non exercé, l'influence.

Jusqu'en 1855, trois pièces d'observation amère, les trois premières, en balancent trois autres, d'esprit moins pessimiste : c'est donc après 1855 seulement qu'on pourra voir en quel sens se rompra l'équilibre, s'il doit se rompre. Depuis qu'il a quitté le tribunal de commerce (1851), Ostrovski n'a plus la révélation et comme l'obsession quotidienne des laideurs morales, d'où s'inspira *Entre siens on s'arrangera;* ne pouvait-il dès lors, sans mentir à la vérité des mœurs, porter à la scène des types sympathiques, et d'une vérité égale? Vienne un changement dans l'état de choses et dans l'esprit public, des réalités nouvelles, d'autres sentiments se refléteront dans *Tel en pâtit qui n'en peut mais* et dans *Une place lucrative.* Toute sa vie il gardera une sorte d'indépendance jalouse, volontairement fermée à l'esprit de secte ou d'apostolat. Fidèle et sûr à ses amis choisis, il n'en fréquentait pas moins les salons où venaient leurs adversaires ; et cette impartialité, où l'on découvrirait bien un peu d'indifférence pour tout ce qui n'est pas son art, frayait encore les voies à un rapprochement avec les revues de Saint-Pétersbourg.

Restent des raisons d'ordre matériel. Congédié du service, Ostrovski, pour réparer la perte de son maigre traitement, dut se contenter d'abord de son salaire au *Moscovite :* nulles offres ne venaient d'ailleurs. Avec des exigences modestes, mais malaisément resserrées, une célébrité croissante, bientôt élargie aux deux capitales, des relations plus nombreuses, les voyages à Saint-Pétersbourg, le légitime désir de vivre de son travail, les dettes enfin, — plaie si fréquente là-bas, — les questions d'argent se posent et reviennent chaque fois plus aiguës. Les rapports avec Pogodine, malgré un peu d'ombrage au début, sont longtemps cordiaux, et, chez le second, empreints de chaude bienveillance : puis viendront les récriminations, les menaces. Quand Ostrovski met le marché en main à son directeur, il est visible qu'il ira au plus offrant, et à d'autres revues toutes prêtes à l'accueillir. Si le *Moscovite* ne se fût éteint de sa belle mort, l'avant-dernier de ses rédacteurs eût comme les autres repris sa liberté.

Ainsi les faits connus et des raisons tout objectives nous semblent expliquer seuls, et suffisamment, le bail de cinq ans et la rupture avec le *Moscovite*.

CHAPITRE III

LA PÉRIODE DE MATURITÉ (1855-1868)

I. Caractères généraux de la période 1855-1868 : richesse, force et variété. — Indifférence apparente d'Ostrovski aux grands événements contemporains, guerre de Crimée, émancipation des serfs.
II. La *Mission littéraire* (1856) : comment il s'est acquitté de sa tâche ; ce qu'il en a recueilli de précieux pour son art.
III. Les grandes œuvres : *Une place lucrative* (1857), *la Pupille*, *l'Orage* (1859). — Récompenses officielles. — Les articles de Dobrolioubov (1859-1860) : consécration définitive. — Les comédies, et les *Scènes de la vie moscovite*.
IV. Le voyage en Europe (1862). — Le théâtre d'histoire : les *Chroniques dramatiques* (1862-1868). — Nervosité maladive et découragement : leurs causes diverses. — Résolution de renoncer au théâtre.

I

La séparation d'avec le *Moscovite* clôt une période de l'activité littéraire d'Ostrovski : elle n'en marque pas l'arrêt. Désormais, sans parler d'entreprises, d'œuvres sociales, de solennités auxquelles il participe, et de quelques voyages, comédies, drames, « scènes », « tableaux », « chroniques dramatiques », traductions se succèdent avec régularité, parfois avec rapidité, sous le double aiguillon des besoins matériels et d'une irrésistible vocation, en dépit d'une santé chancelante et bientôt délabrée, de l'hostilité ouverte ou déguisée des théâtres impériaux, des accès de désespoir, des velléités de tout abandonner. Toutefois, par la variété d'une observation qui explore les différentes classes du monde russe, Moscou et la vie provinciale, le présent et le passé, prend contact avec la terre natale et l'étranger ; par la consécration définitive qu'apportent les récompenses officielles et les articles de Dobrolioubov, les treize années 1855-1868 marquent dans la vie d'Ostrovski le temps de la plus heureuse et brillante fécondité.

Au cours de ces treize années, de grands événements se sont accomplis. La désastreuse guerre de Crimée a déchiré le voile de trompeuse confiance qui masquait les abus et les faiblesses ; le bâillon censural s'est dénoué ; l'avènement d'Alexandre II (1) suscite une prodigieuse éclosion

(1) 19 février 1855.

de livres, de revues, de journaux ; les esprits cherchent avec une âpreté de récrimination et d'espérance les causes du mal, les moyens du remède. On accuse les mauvais fonctionnaires qui ont trompé l'empereur et la nation, les *poméchtchiks* indignes qui ne méritent plus leurs privilèges. Depuis près d'un siècle des voix généreuses ont en vain réclamé pour les innombrables paysans serfs la libre jouissance de leurs personnes et un peu de cette terre où ils peinent, plus durement traités que des bêtes de somme. Quand l'acte du 19 février 1861 a contenté enfin, sans l'assouvir, cette attente de réformes sociales que d'autres suivront, rendu leur dignité d'hommes à des millions d'asservis, on épie avec anxiété les signes de cette émouvante transformation. Sébastopol n'avait entraîné dans sa chute que le régime de l'omnipotence mal éclairée et du terrorisme bureaucratique ; l'affranchissement allait révéler une Russie régénérée. Nul doute que la liberté, l'instruction désormais dispensées au peuple n'élevassent sa moralité : un optimisme excusable, mais un peu chimérique, crédule à des images idéalisées de la vie paysanne, déduisait d'une mesure légale une immédiate rénovation morale. Les observateurs trop impatients ou trop vite déçus, qui osèrent critiquer, douter, furent qualifiés d'attardés, de malveillants, d'ennemis du peuple. Nul ne pouvait, nul ne voulait demeurer indifférent à pareille crise nationale et sociale : il semblait même que chacun dût se passionner.

Ostrovski ne fut pas indifférent ; mais rien n'atteste qu'il se soit passionné. Ce bruit de forteresse qui saute, puis de chaînes qui tombent ne l'a pas détourné de sa tâche coutumière. Dès le début, en 1854, quand occidentalistes et slavophiles, quand un Pogodine lui-même multiplient les avertissements, ses lettres ne portent nulle trace des angoisses contemporaines. Un peu plus tard, à Saint-Pétersbourg, où il est allé surveiller la mise à la scène d'une de ses comédies (1), il dîne avec Nékrasov, Tourguénev et d'autres littérateurs ; tous les convives ne parlent que de la guerre ; lui n'est préoccupé que de savoir si la direction montera sa pièce. A Tourguénev, choqué d'une telle indifférence pour le sort de la patrie, il répond : « Si vous étiez dans ma situation, vous vous inquiéteriez aussi du sort de votre œuvre ; j'écris pour le théâtre ; et si on ne me permet pas de monter mes pièces, je serai l'homme le plus malheureux du monde (2). » L'indignation de Tourguénev, après le départ d'Ostrovski, contre le « Shakespeare du monde marchand et son orgueil fou (3) », surprendrait moins, si lui-même semblait n'avoir senti guère plus pro-

---

(1) Sans doute *Pauvreté n'est pas vice*, si l'on rapproche les dates, le titre de « comédie », et la présence de Tourguénev, revenu à Saint-Pétersbourg seulement à la fin de 1853.

(2) A.-G. PANAÉVA. *Rousskié pisatéli i artisty*, chap. XI, p. 249 sqq. Saint-Pétersbourg, 1890.

(3) *Ibid.*, p. 251.

fondément les épreuves nationales (1). Ostrovski, uniquement auteur dramatique, aigri déjà par le mauvais vouloir de la censure et des théâtres impériaux, pressé d'argent, et pour qui une pièce jouée est l'espoir d'un profit urgent, n'est-il pas ici excusable dans sa sincérité, étant de cette catégorie d'écrivains qui demandent à leur plume le nécessaire, quand d'autres en attendent à peine le superflu?

Malgré ces apparences de détachement, où l'on ne doit voir que l'inquiétude du présent, l'égoïsme d'une vocation jalouse, et une aversion foncière pour tout étalage de sentiments, il ne reste ni insensible, ni étranger aux grands mouvements d'opinion des années 1853-1860. A défaut de témoignages biographiques, ses œuvres de cette époque reflètent une curiosité attentive aux réalités ambiantes, cette délicatesse d'instrument récepteur et transmetteur, qui est un des traits de son art ; par delà l'actualité passagère, il tâche d'atteindre les causes explicatrices, les états de mœurs et la psychologie des groupes sociaux touchés par les réformes. Il a noué des relations désormais fréquentes avec les occidentalistes de Saint-Pétersbourg, heureux de l'accueillir ; chaque fois que les répétitions ou la mise en scène d'une pièce l'appellent, il les retrouve avec plaisir. Mais des liens plus forts l'attachent à Moscou : c'est la vie moscovite, jusqu'en ses aspects médiocres et ses humbles drames de coins perdus, qu'il s'attache à peindre de préférence ; et toujours, envers les choses et les gens, il se garde en pleine liberté de vision et de jugement.

Après une comédie en deux actes, *Tel en pâtit qui n'en peut mais* (1856), où paraît pour la première fois non pas avec ses caractères, déjà étudiés, mais avec son étiquette désormais consacrée, le « marchand samodour », dont l'orgueil obtus et têtu cède tout de même devant l'intransigeante honnêteté d'un vieux professeur, type de l'*intelligence* pauvre, Ostrovski, sous l'indéniable influence du temps, porte à la scène le monde des fonctionnaires. C'est sa contribution au vaste réquisitoire dressé contre les abus ; mais il y insère un souci d'humanité vraie, et une force dramatique qui dépassent la verve amusante de Gogol, l'invention fertile, l'ironie corrosive de Saltykov. Quelle plus éloquente condamnation du fonctionnarisme prévaricateur, que de le peindre corrompu et dissolvant, de mettre aux prises avec le cynisme arrogant ou ingénu de ses représentants un jeune homme honnête, courageux, voulant appliquer dans le « service » les beaux enseignements reçus, mais pauvre, et de montrer comment, assaillie par les exigences matérielles de la vie, la gêne humiliante, les récriminations domestiques, sollicitée par l'amour, les exemples tout proches, l'impunité des gains illicites, cette honnêteté doit fatalement, humainement, succomber !

(1) E. HAUMANT, *Ivan Tourguénief*, p. 61. Paris, A. Colin (1906).

II

Ostrovski élaborait déjà *Une place lucrative* (c'est le titre de sa pièce) quand, pour avoir l'occasion de connaître mieux la Russie, de recueillir des impressions et des scènes de mœurs, pour nourrir aussi un budget toujours étique, il demanda et obtint de participer à une mission organisée sous les auspices du grand-duc Constantin Nikolaévitch (1).

Le frère d'Alexandre II dirigeait le ministère de la marine, alors centre de toutes les entreprises de caractère géographique. Il apportait dans l'exercice de sa charge, avec de l'activité et une préoccupation toute nouvelle de probité administrative, un esprit sincèrement ouvert aux idées libérales et réformatrices. Grâce à lui, le *Recueil naval* (*Morskoï Sbornik*), jusque-là strictement confiné dans les questions de service ou de technique, devint un organe vivant et d'intérêt élargi, où trouvaient place les questions les plus actuelles, institutions de justice élective, jury, abolition des châtiments corporels, pédagogie, hygiène, médecine, traitées par les hommes les plus éclairés. Le grand-duc crut aussi l'heure venue d'étudier en détail la situation économique, les ressources, la vie et les mœurs de la Russie ; il confia la tâche non à des fonctionnaires, mais à des écrivains, presque tous bons connaisseurs et peintres de la vie populaire. Pisemski reçut avec Potêkhine la direction de la mission ; Gontcharov, Grigorovitch, Afanasiev, Tchoujbinski, Maximov, Philippov, Mikhaïlov, furent leurs collaborateurs. Ostrovski, dont Pogodine et Chévyrev avaient laissé échapper le nom sur la liste de présentation, demanda de lui-même à rejoindre ses camarades : Potêkhine, à qui pour sa part était échue la Volga jusqu'à Saratov, lui céda le bassin supérieur, depuis les sources jusqu'à Nijni-Novgorod. Les membres de la mission devaient observer le type physique, le costume, les mœurs et toutes particularités distinctives des populations, rassembler des données sur les habitations, les métiers et les conditions favorables ou défavorables de leur exercice, la navigation, la batellerie fluviale, les industries de pêche, leur rendement, bref, procéder à une vaste enquête ethnographique et économique. Pour subvenir à tous frais, il leur était alloué 100 roubles par mois. Dès les premiers mois de 1856, ils avaient déjà gagné leurs postes respectifs ; Ostrovski date sa première relation de Tver (avril 1856).

Ces enquêteurs d'un nouveau genre furent un peu suspects aux fonctionnaires, troublés dans leur autorité et dans leur quiétude, ainsi qu'aux habitants, retenus souvent par la crainte de se compromettre. Leurs

(

(1) Décret du 11 août 1855. — Cf. Maximov, *Litératournaïa expéditsiia* (*Rousskaïa Mysl*, n° 2, 1890) ; Ivanov, p. 51-52.

rapports devaient paraître dans le *Recueil naval ;* mais le comité technique, à la tête duquel se trouvait l'amiral Reineke, brave marin peu sensible à la littérature, voulut les examiner et n'accepter que ce qui se rapportait directement aux choses de sa compétence ; il rogna les articles trop abondants en impressions personnelles. Les littérateurs de la mission durent bientôt chercher ailleurs où publier leurs relations. Celle d'Ostrovski subit le sort commun : elle ne parut dans le *Recueil naval* qu'en 1859 (février), pas trop amputée, heureusement, malgré la suppression d'une foule de détails précieux ; telle quelle, à défaut du manuscrit original, non encore publié, elle fait honneur à sa conscience et à son goût (1).

L'économiste improvisé avait pris sa tâche fort au sérieux, témoin la quantité de matériaux amassés : bibliographie du sujet, observations personnelles. Il notait exactement les progrès et les besoins de la navigation sur la haute Volga, les modes de transport fluviaux, la pauvreté de la classe des artisans, son ignorance, le bas prix du travail, l'honnêteté et la dureté des « lotsman » (pilotes) ; il cause avec les pêcheurs d'un pauvre village dont l'industrie végète ; il aligne des chiffres, des statistiques éclairées de dessins.

Mais les sèches nomenclatures s'animent de scènes vivement contées, se colorent d'impressions pittoresques, que les censeurs du *Recueil naval*, heureusement, n'ont pas biffées. Tantôt il retrace l'animation lucrative des stations de poste, bientôt détrônées par le chemin de fer Nicolas (2), les cuisines ronflantes, les gras pourboires d'antan ; il enregistre les doléances d'un postillon en savoureux parler populaire ; tantôt il s'arrête à décrire un paysage, et ce manieur d'âmes possède l'œil exercé d'un peintre, à n'en juger que par les deux tableaux suivants : « A mes pieds la Volga toute bleue, par l'effet du temps sombre, et toute froncée de rides ; quelques pêcheurs, debout dans leurs agiles petites barques, soulevaient les nasses avec des crocs ; d'amont venaient des chaloupes noires que le vent de la rive, malgré les efforts du lotsman et de son équipe, montés à bord, chassait vers le rivage opposé et finit par échouer sur le sable. Une « glinkovka » (barque de transport) légère à deux rames, chargée de monde, accosta : la longue file des passagers se déroula le long de la falaise jusqu'au village, où ils allaient se réconforter avant de continuer leur voyage. Au delà du fleuve, une prairie inondée, qui s'étendait comme un tapis jusqu'à une haute forêt de pins sombres. A droite et à gauche entre des bouquets d'arbrisseaux brillaient çà et là des anses et des lagunes de la Volga ; sur les berges escarpées, on apercevait au loin, toutes blanches, les églises de pierre des villages...

« ... Sur les bords du lac Séliguer, le village tout tapissé de filets pen-

(1) PISAREV l'a reproduite, t. VII, p. 499-527.
(2) On appelle ainsi en Russie la ligne qui relie Saint-Pétersbourg à Moscou, dont la construction eut lieu sous le règne et selon le tracé de l'empereur Nicolas Ier.

dants ; en travers du chenal de la lagune Roudinskaïa s'étend un réseau ininterrompu de tramails ; à l'infini se prolongeait le lac bleu avec ses îles ; au loin les clochers et les maisons d'Ostachkovo presque plongé dans l'eau, l'île de Gorodomel couverte d'un bois épais, et, presque à l'horizon, entourés d'eau, les murs blancs et le monastère de Saint-Nil (1). »

Séjourne-t-il à Torjok, il cite les passages des vieilles chroniques ou des légendes relatifs à la ville ; il fait connaissance d'un marchand, collectionneur de vieux manuscrits, énumère ceux qu'il a vus ; il regrette que le pittoresque local du costume commence à disparaître. Certaines coutumes le frappent tout particulièrement : liberté absolue dont jouissent les jeunes filles (2) ; habitude et presque obligation de convenance d'avoir un cavalier, un « objet », qui deviendra presque toujours le mari ; simulation de l'enlèvement (*oumykanié*) de la mariée (3) ; au contraire, vie tout enclose et sans liberté de la femme après le mariage (4).

Il est probable qu'Ostrovski n'attacha pas dans la suite un prix excessif à ses documents de statistique patiemment amassés ; un trésor plus précieux de fraîches impressions, de mœurs curieuses saisies à leur déclin, d'évocations inspiratrices, lui restait d'avoir respiré le parfum de la terre russe. Les coutumes observées à Torjok ont suggéré les personnages de Koudriache et de Varvara dans *l'Orage*, comme aussi certains aspects de celui de Catherine ; un vieil « arc » ou plutôt passage souterrain que les « anciens » se souviennent avoir vu à Rjev, avec des restes de peintures représentant des scènes du Jugement dernier, a fourni le décor du troisième acte (5) ; et peut-être le sujet lui-même — une mésentente domestique aboutissant à un suicide — aurait-il été recueilli dans une autre ville, encore vivant dans le souvenir populaire. Ostrovski se voit refuser un gîte pour la nuit par un hôtelier de mauvaise mine, mal accueillant et qui, on le sut après coup, trafiquait de ses cinq filles : de cet incident de route naîtra la comédie, presque sombre, de *En place marchande*.

La Volga surtout parle à son cœur et à son imagination ; le vieux fleuve si étroitement lié à la vie et à l'histoire nationales, à la poésie

(1) PISAREV, t. VII, p. 513, 527. Ostrovski note également avec soin les particularités du dialecte : il promet un article spécial sur les parlers du gouvernement de Tver.

(2) « Elles se promènent le soir seules, ou en compagnie de jeunes gens, en couples enlacés, sans que personne y prête attention. » (PISAREV, *ibid.*, p. 523.)

(3) « Cet enlèvement à la dérobée passe pour acte de crânerie, quoique accompli presque toujours avec le consentement des parents. Les jeunes gens viennent le lendemain faire amende honorable aux parents, et un grand festin a lieu. Cette manière de prendre femme passe pour parfaitement respectable : « c'est donc qu'il l'aime bien, « puisqu'il l'a enlevée en cachette. » (*Ibid.*)

(4) « On ne les rencontre pas le soir au temps des promenades... ; quand elles sortent de la maison pour quelque raison, elles s'enveloppent tout le corps, et se couvrent la tête, outre le bandeau habituel, d'un large fichu noué autour du cou. (*Ibid.*, p. 524.)

(5) *L'Orage*, acte III, scène 3 ; *ibid.*, acte III, deuxième tableau, scène 2.

populaire, avec les cités tranquilles ou les villes mortes assises sur ses bords, les campagnes où se perpétuaient des us séculaires, est associé à mainte action dramatique. C'est dans ses flots que la douloureuse Catherine Kabanova cherchera l'oubli d'un amour trahi ; son épopée farouche passera dans *le Voévode ou Songe sur la Volga*. Ouglitch (1) et son château rappellent un sanglant épisode : le meurtre mystérieux de Dmitri, fils d'Ivan le Terrible ; la vivante impression des lieux ramènera le dramaturge à ce centre commun de tout le théâtre historique russe : le « temps des troubles ». Enfin à Nijni-Novgorod, se lève le souvenir de Kozma Minine, le marchand héroïque ; bien des fois, sans que son âme eût frémi, Ostrovski avait passé devant sa statue, campée en faux antique sur la place Rouge (2) ; mais devant le confluent majestueux des deux fleuves (3), au pied de l'obélisque commémoratif, sur les ruines du vieux Kreml, qui soutint tant d'assauts et d'où partit le geste libérateur, le héros national lui réapparut dans son cadre et son type natif, avec ses vertus de terroir ; et l'enthousiasme lyrique des invocations à la Volga (4) n'a pas le son creux de la prosopopée d'école, mais l'accent fort de l'émotion sentie. La « mission littéraire » explique donc en partie qu'Ostrovski se soit tourné vers le drame historique : la vue des lieux facilite ou précipite le dessein de traiter à la scène — comme nombre d'écrivains l'essayaient — les grands événements de l'histoire nationale. Là encore, il se montrera habile évocateur de la vie extérieure, des sentiments ou des passions collectifs, psychologue capable de faire revivre — et vivre — une figure d'histoire.

Un seul accident assombrit les joies de ce voyage : une chute de voiture amena une fracture de la jambe, qui nécessita un long repos et laissa toujours des traces.

III

Tout en s'acquittant de sa tâche officielle et en recueillant d'utiles indications pour les créations prochaines, Ostrovski ne ralentissait pas son activité dans le champ des réalités contemporaines. Après *Une place lucrative* (5), il revint à son monde préféré, celui du petit tchinovnisme, des marchands, des hommes d'affaires, des marieuses, où se mène la

(1) Aujourd'hui chef-lieu de district, sur la rive droite de la Volga, à deux cent quarante-huit verstes de Tver.

(2) A Moscou.

(3) L'Oka et la Volga.

(4) *Kozma Zakharitch Minine, Soukhorouk*, acte Ier, premier tableau, scène III (première rédaction). Dans une lettre à Karzinkine (16 juin 1857), Ostrovski écrit : « J'ai recueilli de riches matériaux. » (*Ejég. Imp. téat.*, 1910, t. VI, p. 27.)

(5) *Dokhodnoé mésto*, paru en janvier 1857 dans la *Conversation russe* (*Rousskaïa Bésséda*) de Kouchelev-Bezborodko.

chasse aux filles riches du *koupetchestvo*, aisément prises, si la clairvoyance un peu brutale de bons « samodours » ne les ramenait à leur
place, « dans leur traîneau », et ne démasquait les intrigants (1). Dans ces
« scènes de vie moscovite », le comique est moins agile et bouffon que
dans *le Mariage*, de Gogol, mais plus contenu et plus proche de la vie.

La préoccupation des grandes réformes sociales, l'attention portée
sur les propriétaires fonciers et leurs serfs à la veille de l'affranchissement,
se traduisent chez notre auteur par une pièce en quatre actes, *la Pupille*
(*Vospitannitsa*), *Scènes de la vie de campagne* (2), d'une couleur plutôt
tragique que comique, d'un réalisme sombre qui fait pressentir *l'Orage*,
avec un dénouement presque pareil. Ostrovski y dessine pour la première fois, avec vigueur, un type de vieille *pomêtchtchitsa* (propriétaire
noble), riche et coquette, dévote et hypocrite, entourée, selon une habitude fréquente, de parasites, de pupilles, faisant naître chez l'une d'elles
des espérances d'heureux destin, pour la précipiter ensuite, par la contrainte d'un mariage humiliant, au désespoir et au suicide. Le choix
d'une si odieuse héroïne semblait donner à la pièce une allure de protestation contre les privilèges et les abus de pouvoir de la noblesse
terrienne. La troisième section de la censure (censure dramatique) la
trouva « nuisible de tendance » et en interdit la représentation. « A
mon regret, dit le général Potapov, chef de la troisième section, je suis
obligé de refuser. Je ne puis autoriser ce qui a été interdit par mon
prédécesseur, le général Timachev... ; nous devons avoir de l'esprit de
suite en nos actes. Il faut un système en tout. » On lui représenta que
la Pupille n'était qu'un tableau de mœurs : « Mais elle raille, répondit-il,
et ridiculise la noblesse. Les nobles ont une conduite patriotique, font
de grands sacrifices, affranchissent les paysans ; et, en retour, on se gausse
d'eux. » On lui prouva qu'il ne s'agissait ni de la question paysanne,
ni des sentiments de la noblesse : « Sans doute, dit-il ; ouvertement,
on n'en parle pas ; mais nous ne sommes pas assez naïfs pour ne pas
savoir lire entre les lignes. » Le veto ne fut levé que par l'intervention
d'Annenkov, ami de Tourguénev, auprès de son frère le général Annenkov, temporairement placé à la direction de la troisième section ; celui-ci
autorisa en bloc tout ce qui lui fut apporté : tel était « l'esprit de suite »
de la censure (3).

Cette année 1859 fut particulièrement heureuse pour Ostrovski. Il
écrivait son chef-d'œuvre dans un feu d'inspiration que les entraves
officielles, les maux physiques n'arrêtaient pas.

---

(1) *Songe de veille de fête ne se réalise qu'avant dîner* (*Prazdnitchny son — do obéda*)
Sovrémennik (1857, n° 2) ; *Incompatibilité de caractères* (*Né sochlis kharaktérami*) (*Sovrémennik*, 1858, n° 1).
(2) *Bibliothèque de lecture* (*Bibliotéka dlia tchténiia*), 1859, n° 1.
(3) BOURDINE, *Vospominaniia* (*Vêstnik Evropy*, 1886, n° 12) ; IVANOV, p. 49.

Une première édition de ses œuvres (1), propre à faire mieux juger dans son ensemble la variété, la vérité de son théâtre, fut publiée par son ami Kouchelev-Bezborodko, directeur de la *Conversation russe* (*Rousskaïa Bésêda*). Et du côté des zapadniks, avec qui il entretenait maintenant des relations suivies, sans adhésion explicite à leurs idées, un témoignage flatteur lui vint : à l'occasion de l'édition de Kouchelev-Bezborodko, le jeune critique Dobrolioubov publia deux articles (2), qui fondèrent définitivement la réputation du dramaturge. Dobrolioubov reconnaissait formellement dans Ostrovski un écrivain étranger à toute tendance préconçue, et renvoyait dos à dos les deux partis qui avaient prétendu l'embrigader ; mais, en bon zapadnik, il assombrissait encore à dessein ou involontairement la couleur des mœurs portées à la scène, dénaturait les bourreaux et les victimes du monde appelé par lui et après lui *Royaume des ténèbres*, retenait les seuls traits « négatifs », pour mieux prouver l'infériorité intellectuelle et morale d'une classe puissante, détentrice de l'argent, et justifier ainsi des revendications sociales ou politiques. Quoi qu'il en soit, cette étude, dont les arrière-pensées et les lacunes se découvrent mieux aujourd'hui, signifiait l'adoption définitive d'Ostrovski par un camp où il n'avait été toujours ni bien compris ni bien traité, réparait des injustices et des erreurs de la critique antérieure, dégageait en somme la qualité maîtresse de l'œuvre : la vérité.

Le souci de « l'honnête profit » ne se séparait guère, chez Ostrovski, de l'amour de produire. Le 8 novembre 1859 s'était fondée à Saint-Pétersbourg une « Société de secours aux littérateurs et aux savants pauvres » : il en fut un des promoteurs et des plus anciens membres, avec Tourguénev, Pisemski, Nékrasov, Maïkov, Droujinine ; il annonça au comité son intention de donner des lectures publiques de ses œuvres au profit de la Société, ce qui incita celui-ci à solliciter d'autres concours. Ces lectures, instituées en 1860 et 1861, obtinrent un vif succès et procurèrent à la Société des ressources notables.

Conçu, construit, écrit, achevé en trois mois (juillet-octobre), mais sans doute inspiré bien avant, *l'Orage* fut joué à Moscou le 16 novembre 1859, au « bénéfice » de l'acteur Vasiliev, à Saint-Pétersbourg le 2 décembre, à celui de l'actrice Linskaïa, avant de paraître dans la *Bibliothèque de lecture* (3) dirigée alors par Pisemski. Cette fois l'enthousiasme fut unanime parmi les critiques, chez les spectateurs et les lecteurs. Chargé par la deuxième section de l'Académie des sciences de rédiger un rapport sur la pièce, Pletnev louait « l'ampleur d'observation, la fidèle peinture des mœurs mi-villageoises, mi-urbaines, le conflit de

(1) *Sotchinéniia A. Ostrovskago*, 2 vol. Saint-Pétersbourg, 1859.
(2) *Sotchinéniia N.-A. Dobrolioubova* (4e édit.), t. III, p. 1-125. Saint-Pétersbourg. *Ibid.* dans le *Sovrémennik* (1859, nᵒˢ 7, 9).
(3) Janvier 1860.

l'ignorance et de l'intruction naissante, surtout la poétique création du personnage de Catherine, les qualités de l'action, l'analyse profonde du cœur humain » et déclarait l'ouvrage digne du prix Ouvarov (1). Gontcharov écrivait au secrétaire perpétuel, que pareil drame manquait encore dans la littérature russe et que « ses beautés classiques » lui assuraient pour longtemps le premier rang. Sur cet avis élogieux des rapporteurs (2), l'Académie décerna le prix. Dobrolioubov, dans un article fameux, célébrait Catherine Kabanova comme le « rayon de lumière dans le royaume des ténèbres », comme une protestation, une leçon et un exemple consolant (3) : cette fois, c'était beaucoup d'honneur pour une pauvre martyre d'amour.

Après ce drame de la passion coupable, dont les péripéties troublent un instant la quiétude d'une petite ville sur les bords de la Volga, Ostrovski est ramené, comme par une attache invincible, à ses *Tableaux de la vie moscovite*, où se renouvellent, dans des milieux variés, les mêmes convoitises, les mêmes ruses d'attaque et de défense autour de l'appât doré du mariage riche : *Un vieil ami vaut mieux que deux nouveaux (Stary droug loutchché novylkh dvoukh)* (1860) (4); *Les chiens du logis se chamaillent, que celui du voisin ne les agace pas (Svoï sobaki gryzoutsia, tchouῳaïa né pristavaï)* (1861) (5); *On finit par trouver ce qu'on cherche (Za tchem poïdech, to i naïdech)* (1861) ou *le Mariage de Balzaminov (Jénitba Balzaminova)* (1861) (6). Les deux dernières forment, avec *Songe de veille de fête...*, une trilogie comique, dont le héros, Balzaminov, fonctionnaire prétentieux, cupide et sot, traverse de multiples aventures, parfois humiliantes, avant de « trouver » la veuve et la dot confortables. La censure avait renvoyé, sans opposition, la troisième pièce au Comité littéraire théâtral, qui, contre toute attente, refusa par sept voix contre trois le permis de représentation. Ostrovski, mortifié de cette décision, réclama un second examen ; le Comité y consentit ; mais, considérant la répartition du répertoire russe entre les théâtres Marie et Alexandre, l'affectation à ce dernier des pièces qui « satisfaisaient le goût de la partie la moins exigeante du public », et la pauvreté de son répertoire, il décida « malgré le peu de valeur littéraire et scénique de la pièce, par égard pour la célébrité de l'auteur », de laisser jouer *le Mariage de Balzaminov* au théâtre Alexandre (7). Ces délicats — ou ces

(1) Prix institué par le comte Ouvarov en faveur du meilleur ouvrage dramatique.
(2) Voir dans ZÉLINSKI, deuxième partie, p. 1-12, les rapports de Gontcharov, de Pletnev, de Galakhov.
(3) DOBROLIOUBOV, *ouv. cit.*, p. 404-472 ; ou *Sovrémennik*, 1860, n° 10.
(4) *Sovrémennik*, n° 9, septembre 1860.
(5) *Bibliotéka dlia tchténiia*, 1861, n° 3. Comp. le proverbe : Entre l'arbre et l'écorce il ne faut mettre le doigt.
(6) Le *Temps (Vrémia)*, 1861, n° 9.
(7) PISAREV, t. III, p. 466-467 ; *Ejégod. Impér. téat.*, t. V, 1910. *A.-N. Ostrovski*

jaloux — avaient le goût difficile et faux ; car il y a de l'excellent comique
de mœurs dans cette trilogie bourgeoise ; et le public a depuis longtemps
cassé l'arrêt des mauvais juges.

Dans *Kozma Zakharitch Minine Soukhorouk*, « chronique dramatique
avec épilogue, et en vers » (1), Ostrovski aborde pour la première fois
le théâtre d'histoire. Trouvant insuffisamment scénique la rédaction
primitive, il la refit presque en entier (2). Mais par une fatalité comique
et mortifiante, alors que le ministre de l'instruction publique Golovine
jugeait « excellente » cette glorification du héros national, pure, semblait-il, de tout soupçon de « mauvais esprit », et décidait d'attirer sur
elle l'attention de l'empereur, alors que le souverain lui-même, en reconnaissance des sentiments patriotiques dont l'ouvrage était rempli, avait
gratifié l'auteur d'une bague enrichie de brillants, la troisième section en
trouva la représentation « inopportune » ; et *Kozma Minine*, comme *Une
place lucrative*, comme *la Pupille*, dut attendre des jours meilleurs (3).

IV

Le besoin d'une diversion et de quelque repos après tant d'avanies,
peut-être aussi la curiosité ou la mode, ou tout simplement l'occasion (4),
déterminèrent Ostrovski à un voyage dans l'Occident européen.

Il partit accompagné du fidèle Gorbounov, et d'un de ses anciens
camarades d'université, le chimiste Chichko, plus familiarisé avec les
idiomes étrangers. Les voyageurs firent le tour des capitales et des
grandes cités : Berlin, Vienne, Venise, Rome, Florence, Paris, Londres.
Leur journal de route les montre visitant les musées, les bibliothèques,
fréquentant les théâtres, les églises catholiques romaines (pour en
observer les rites), mais témoigne d'une particulière attention à l'abondance et au prix modique des menus allemands, autrichiens, italiens :
leur curiosité est surtout gastronomique. En Italie, les chefs-d'œuvre
de l'antiquité ou de la Renaissance leur inspirent une admiration polie
et sèche. Ostrovski paraît intéressé davantage par les monuments, les
paysages, les costumes, par tout le décor extérieur de la vie. A Rome il
a pour guide Botkine, il lit son *Kozma Minine* aux jeunes pensionnaires

v pismakh i vospominaniiakh, N.-P. *Kachina*, lettre à Féodorov (26 octobre 1861).
C'est par erreur que GORBOUNOV (t. II, p. 576) mentionne, comme ayant été l'objet
des rigueurs de la censure, la comédie *Svoï sobaki...*
(1) *Sovrémennik*, 1862, nº 1.
(2) PISAREV, t. IV, p. 139-250 et p. 625.
(3) IVANOV, p. 49-50. La pièce ne fut jouée pour la première fois qu'en 1866. —
Voir PISAREV, t. IV, p. 625 ; et la lettre à Samoïlov dans *Ejég. Imp. téat.*, 1910, t. VI,
p. 34.
(4) Le passeport de sortie pour l'étranger, qui était de cinq cents roubles, venait
d'être abaissé à cinq roubles : une foule de Russes en profitèrent.

de l'Académie des beaux-arts. A Paris, nos Russes ne voient guère que des Russes ; ils dînent chez Tourguénev ; une représentation de *l'Avare* au Théâtre-Français provoque chez Gorbounov cette seule réflexion : « Martynov joue bien mieux (1). »

Cette promenade de deux mois à travers l'Europe fut loin d'apporter un aussi riche butin que la « mission littéraire » ; elle ne déracina pas Ostrovski ni ne le convertit à un occidentalisme factice ; du moins éveilla-t-elle un désir encore lointain de mieux connaître les œuvres des théâtres étrangers, et d'en enrichir, par de bonnes traductions, la scène russe. Un voyage en Crimée (1860), un autre tout d'agrément sur les bords de la Volga, en compagnie de Gorbounov (1865), et au cours duquel il eut occasion de connaître des troupes d'acteurs provinciaux (2), clôt pour toujours la carrière voyageuse d'Ostrovski. De goûts paisibles, attaché à sa terre, ami de distractions innocentes, souvent cloué par la maladie, il passe chaque année l'été à Chtchélykovo parmi les siens, avec quelques amis fidèles, Gorbounov, Bourdine, Maximov.

A qui n'arrive pas péché et malheur (*Grêkh da bêda na kogo ne jivet* (1863) (3) est encore un drame de mœurs provinciales, sorte de pendant tragique à *Ne t'assieds pas dans le traîneau...* et *Incompatibilité de caractères :* ici l'épouse infidèle, une bourgeoise prétentieuse, sans aucun des traits qui rendent si touchante Catherine Kabanova, est tuée dans un accès de fureur jalouse par son mari, simple boutiquier, mais profondément loyal et bon, qu'une trahison provoque presque à l'acte meurtrier ; des personnages épisodiques traversent en symboles ce drame fort, qui obtint encore le prix Ouvarov. *Les jours qui portent malheur* (*Tiajelyé dni*) (1863) (4) ; *les Farceurs* (*Choutniki*) (1864) (5) ; *l'Abîme* (*Poutchina*) (1866) (6) ramènent à des scènes de la vie moscovite ; quelques rares figures honnêtes ou sympathiques reposent de la grossièreté des uns, de l'avilissement des autres, de l'effritement pitoyable de la dignité sous les coups de la vie ou les exigences de la cupidité. Les incidents ou les impressions de la « mission littéraire » prirent forme scénique avec *En place marchande* (*Na boïkom mêstê*) (1865) (7) ; *le Voévode ou Songe sur la Volga* (*Voévoda ili son na Volgê*) (1865) (8). *Dmitri Samozvanets* (9),

(1) MAXIMOV, *Rousskaïa Mysl*, 1895, n° 5.
(2) Voir *Ejégodnik Imp. téat.*, t. VI, 1910 : *A.-N. Ostrovski v pismakh i vospominaniiakh*, N.-P. *Kachina*, lettres 9, 17 et 18, p. 31, 37-41.
(3) *Vrémia*, 1863, n° 1. Cette année-là Ostrovski fut nommé membre correspondant de l'Académie des sciences de Saint-Pétersbourg.
(4) *Sovrémennik*, 1863, n° 9.
(5) *Ibid.*, 1864, n° 9.
(6) *Skt Pétersbourgskiia Védomosti*, 1866, n°s 1, 4, 5, 6, 8.
(7) *Sovrémennik*, 1865, n° 9.
(8) *Ibid.*, n° 1.
(9) *Véstnik Evropy*, 1867, t. Ier. .

Touchino (1867) (1), *Vasilisa Mélentiéva* (1868) (2) correspondent déjà à une période d'abattement physique et de découragement, où Ostrovski semble vouloir quitter le théâtre de mœurs pour la littérature pure : or les suggestions du passé national devaient être ici plus efficaces que les influences du théâtre étranger, subies en Occident (3).

Quant aux causes de cette nervosité maladive, de ces irritations menaçantes suivies d'affaissements, la principale est sans doute qu'en dépit d'une production féconde, Ostrovski ne sortait pas de la gêne, quand il eût fallu l'aisance pour subvenir aux besoins d'une famille croissante (4). D'autres s'y ajoutèrent qui ne retentissaient pas moins douloureusement sur un organisme prématurément affaibli : la malveillance ou l'indifférence des directions théâtrales, les rigueurs de la censure. Pour celle-ci, on a vu que sa vigilance ombrageuse ne laissait rien passer, et que son arbitraire déconcertait toutes prévisions : frappées par elle, les œuvres tombaient dans leur fleur, comme de beaux êtres vivants. Parfois le ridicule le disputait à l'odieux : Bourdine ayant désiré jouer pour son bénéfice, à Saint-Pétersbourg, *Tableau de famille*, le chef de la troisième section refusa, sous prétexte que c'était une pièce à tendances ; puis, sur la recommandation de Gédéonov, directeur du théâtre, et la protestation de Bourdine, que ce tableau de mœurs ne touchait ni à la politique, ni à la religion, ni à la société, il se fit remettre la pièce, inscrivit d'office : « Autorisé. Le lieutenant général Doubbelt », sans même prendre la peine d'effacer la mention voisine : « Interdit. Le lieutenant général Doubbelt (5) ». Ces heureuses inconséquences étaient rares.

La direction des théâtres impériaux avait, elle, la constance dans le mauvais vouloir. Tandis que le public faisait fête à Ostrovski, sans méconnaître toutefois les talents voisins ou rivaux, et reconnaissait en lui le premier dramaturge du temps, elle s'ingéniait, eût-on dit, à le décourager. En 1860, Verstovski (6), directeur du répertoire à Moscou, compositeur d'esprit tout classique, inféodé au théâtre d'Occident, déclarait que « la scène puait les demi-pelisses d'Ostrovski (7), » et préférait monter des vaudevilles, des mélodrames insipides comme *Don César de Bazan* (8). A Saint-Pétersbourg, où dominait le goût européen

(1) *Vsémirny Troud*, 1867, t. Ier.
(2) *Véstnik Evropy*, t. Ier. Sur la prétendue collaboration de Gédéonov, voir NÉVÊJINE, *Ejég. Impér. téat.*, 1910, t. VI, p. 11.
(3) Voir IVANOV, p. 58.
(4) Ostrovski a eu six enfants, nés entre 1865-1878 : Alexandre, Michel, Marie, Serge, Lioubov, Nicolas. Michel est mort depuis longtemps, Lioubov, il y a quelques années ; les autres vivent encore.
(5) BOURDINE, *Vospominaniia*.
(6) Directeur des théâtres de Moscou, de 1860 à 1862.
(7) BOURDINE, *ibid.;* NÉVÊJINE, *Vospiminaniia ob A.-N. Ostrovskom. (Ejég. Imp. téat.*, 1910, t. VI, p. 7.)
(8) Drame, par DUMANOIR et DENNERY (1844).

parmi les gens de cour et les fonctionnaires, la même hostilité s'affichait, la même prédilection pour les œuvres étrangères (1) : Koukolnik honorait mieux l'art national. S'il fallait tout de même céder au désir du public, la lésine des directions allait jusqu'à refuser à Ostrovski, pour la mise à la scène de ses œuvres, les sommes les plus modiques, ou à n'accorder qu'une décoration misérable, sans déférence pour les indications de l'auteur ; à un « bénéfice », les acteurs durent faire eux-mêmes les frais d'une charmille. Ces procédés offensaient profondément l'auteur dans son souci de juste réalité, plus encore que dans son amour-propre ; pour des pièces qui peignaient les mœurs contemporaines, à plus forte raison pour les pièces historiques, les erreurs ou les lacunes de décor, de costume étaient plus que des fautes esthétiques : c'étaient des infractions à la vérité. Le *Voévode* fut monté à Moscou, au commencement de la saison d'automne, quand le public théâtral était encore à la *datcha* (1) ou en voyage ; par surcroît, l'acteur qui jouait un des principaux rôles tomba malade et mourut, sans pouvoir être remplacé : les représentations s'en trouvèrent interrompues pour nombre d'années. A Saint-Pétersbourg, au contraire, la pièce fut donnée en fin de saison, quelques jours avant la clôture, quand déjà la capitale se vide. Si la province plus tard consolait Ostrovski de la discourtoisie officielle, le succès même tournait contre lui : à Kazan (1875) l'enthousiasme fut tel, que le gouverneur effrayé, après la seconde représentation, fit enlever la pièce du répertoire, comme renfermant un « dangereux élément révolutionnaire (2) ». La direction refusait de monter *Dmitri Samozvanets*, mais jetait l'argent sans compter pour une pièce de Tchaev sur le même sujet (3) ; ou bien elle demandait à l'auteur, par télégraphe, la veille d'une première, de remanier une fin d'acte (l'acte II des *Farceurs*) (4) : ici, malveillance et sottise se valent. Par amour de son art et souci d'assurer une interprétation exacte, Ostrovski s'occupait lui-même de la distribution des rôles, des accessoires ; comme cela lui attire des ennuis, il remet ce soin à la direction : on sait comment elle s'en acquittait. Alors, tantôt il se fâche contre les régisseurs qui ne savent pas planter un décor de Moscou (5), tantôt, abreuvé de mauvais procédés, il s'abandonne à une totale indifférence. Avec plus de souplesse et un peu de flatterie, il eût pu se ménager la bienveillance des directions théâ-

(1) PISAREV (t. X, p. xxix) déclare avoir plus d'une fois entendu dire à ceux qui avaient le pouvoir dans la direction, qu'on était dégoûté des pièces grossières (*moujiiskiia*) d'Ostrovski.
(1) Maison de campagne aux environs des grandes villes.
(2) PISAREV, t. IV, p. 629.
(3) Baron N. DRYSEN, *Epizod iz jizni Ostrovskago* (*Istoritcheski Vêstnik*, n° 11, 1906), p. 528-543 ; *Ejégod. Imp. Téat.*, 1910, t. VI, p. 34. Lettre à Samoïlov.
(4) BOURDINE, *Pisma k Bourdinou*. (*Artist*, 1891, n° 18.)
(5) BOURDINE, et PISAREV, t. IV, p. 627-28.

trales : sa dignité un peu ombrageuse repoussait ces moyens de parvenir ; eût-il voulu complaire, que son manque d'entregent l'eût vite fatigué et desservi. Il écrit alors à Bourdine : « Je suis malade, et je suis dégoûté de faire des courbettes (1) » ; il se repose sur lui du succès de ses démarches.

D'autres déboires lui venaient des acteurs mêmes. A Moscou, presque tous étaient convertis et dociles, depuis les interprètes de la première heure, Sadovski, Vasiliev ; Chtchepkine lui-même ne s'était-il pas avoué vaincu (2)? Il leur suffisait d'ailleurs, pour jouer bien, de regarder autour d'eux : types, mœurs, costume, langage, tout leur était enseignement direct ; d'intelligentes actrices ne se jugeaient pas humiliées de jouer des « filles pauvres » ou les beautés, plus riches d'argent que d'esprit, du Zamoskvoretché. A Saint-Pétersbourg, il n'en allait plus de même : formés à une autre école, ne pratiquant du théâtre national, en comédie, que Griboêdov et Gogol, les acteurs croyaient déchoir à représenter un monde inférieur de l'autre capitale, toujours opposée à la capitale européenne, comme symbole de vie provinciale, vieillotte et ridicule ; de plus ils manquaient de modèles vivants sur qui informer et régler leur jeu. Quelques-uns seulement, Martynov, Bourdine, Gorbounov (ces deux derniers étaient Moscovites) se soumirent avec une sincérité convaincue aux indications ou aux exigences d'Ostrovski. Aussi quand par hasard il ne pouvait mettre lui-même sa pièce en scène, les bévues des régisseurs embarrassaient ses interprètes et l'obligeaient à rédiger des instructions détaillées (3), dont nul à Moscou n'avait besoin, tant un sûr instinct, éclairé par la réalité prochaine, dictait attitudes et gestes voulus.

Il avait encore à lutter contre certains acteurs trop enclins à grossir le texte par des saillies de leur cru (otsébiatina) (4) : autant il admire, avec une intensité d'émotion qui va jusqu'aux larmes, les interprètes excellents, autant il se fâche et se désespère des volontaires infidélités : « Ce n'est pas ma pièce, qu'ils jouent, dit-il ; c'est la leur (5). » Il y a loin de là à cette prétendue liberté qu'il aurait laissée à ses acteurs de broder sur son texte, comme sur un libre canevas (6), liberté d'ailleurs mal conciliable avec la minutieuse rédaction qu'attestent les manuscrits, et la précision des indications scéniques, données par écrit ou verbalement (7). Enfin quand l'opérette parisienne envahira à son tour la scène

---

(1) BOURDINE, *Pisma k Bourdinou*. (*Artist*, 1891-1892.) « Cette canaille de dos ne veut pas se courber », dit-il ailleurs. NÉVÊJINE, *Vospominaniia ob A.-N. Ostrovskom*. (*Ejégod. Impér. téat*, 1909, t. IV, p. 6.)
(2) IVANOV, p. 43.
(3) Par exemple pour le deuxième acte des *Farceurs*. PISAREV, t. IV, p. 628.
(4) Proprement : ce qui vient « de soi », « *ot sébia* ».
(5) Voir NÉVÊJINE. (*Éjég. Imp. téat.*, t. VI, 1910, p. 13.)
(6) WALISZEWSKI, *Histoire de la littérature russe* (Paris, A. Colin 1900), p. 274.
(7) PISAREV, t. X, p. 588-89 : lettre d'Ostrovski à l'actrice Strépétova (29 dé-

russe, disputant et plus d'une fois enlevant la faveur du public aux
pièces sérieuses, Ostrovski en ressentira comme une humiliation, pour
lui-même et pour l'art national (1).

Pour résister à tant d'épreuves et de cuisantes blessures, il n'avait
même pas la vigueur physique. Sauf de courtes accalmies, la souffrance
ne le quitte guère ; et peu importe que chez le malade elle soit parfois
imaginaire, si elle est sentie comme réelle. Dès 1853 les plaintes apparaissent dans les lettres à Bourdine ; à partir de 1860, elles se renouvellent
sans trêve : « Depuis mon retour de Pétersbourg, je suis toujours malade :
insomnie, absence d'appétit, congestions, douleurs aux bras et à la
poitrine, apathie et langueur effrayante. Je reste à la maison sans pouvoir sortir, ni rien faire ; il m'est particulièrement pénible d'écrire (2). »
En 1867, « brisé moralement et physiquement », il supplie ses amis de
ne pas le laisser seul, il leur offre à tous de venir à la campagne, ou de
voyager tout l'été avec lui, à ses frais ; il leur reproche leur abandon :
« Gorbounov seul est venu passer cinq jours. Par mes services, mes
obligeances constantes, n'ai-je pas su mériter encore l'affection des
artistes, et en général de ceux qui m'entourent? Cela me peine. » La
maladie se complique ici d'une sorte de phobie ombrageuse : tel est l'état
d'Ostrovski entre trente-sept et quarante-cinq ans, dans la pleine maturité de l'âge et du talent.

Puis toujours la triste plaie d'argent ! Ne disposant pour lui-même
que de faibles ressources, voyant ses charges s'accroître avec sa famille,
ne voulant néanmoins ni faire sa cour, ni devoir qu'à sa plume un peu
d'aisance pour les siens, les démarches, les frais de mise en scène
de ses pièces, les voyages à Saint-Pétersbourg, la modicité des honoraires l'obligeaient à produire sans relâche ; une pièce à peine terminée,
il en commençait une autre. Par là sa condition apparaît plus dure qu'à
beaucoup d'écrivains de son temps, romanciers ou poètes : ceux-ci
s'endettaient — c'est si commun là-bas ! — mais grâce à leur fortune
propre ou à de plus larges bénéfices, le problème de vivre ne se posait
pas avec une si pressante acuité. En dépit du succès de ses pièces, des
recettes fructueuses qu'elles assuraient aux théâtres officiels, Ostrovski
ne gagnait pas plus d'argent et de crédit. Ainsi s'explique l'amertume
découragée de cette lettre à Bourdine : « Je t'annonce confidentiellement que je quitte tout à fait la carrière théâtrale. Et voici pourquoi :
je ne retire presque aucun profit du théâtre, bien que toutes les scènes

cembre 1884) ; à un étudiant de Kazan sur la façon d'interpréter Neznamov dans
les *Innocents coupables.* (*Ejég. Imp. téat.*, 1910, t. VI, p. 53-54.)

(1) IVANOV, p. 60. Sur l'engouement des Russes pour l'opérette, voir SALTYKOV,
Dnevnik provintsiala v Péterbourgê, Saint-Pétersbourg, 1873-81-85 ; GORBOUNOV,
t.-Iᵉʳ, p. 103-104, et ses récits : *Bêlaïa Zala, Rybnaïa lovlia* (t. II) ; WARNEKE, *Istoriia
rousskago téatra*, t. II, chap. XIII, Kazan, 1910.

(2) *Artist*, 1891. Lettre du 9 octobre 1860.

russes vivent de mon répertoire. La direction des théâtres est sans bienveillance à mon égard, et il est temps pour moi de voir non seulement de la bienveillance, mais un peu d'estime ; je ne puis rien obtenir sans démarches ni courbettes : or tu sais toi-même si je suis propre à cet exercice servile. Avec ma situation littéraire, jouer le rôle d'un quémandeur à plat ventre est pénible et humiliant. Je vieillis à vue d'œil, je suis constamment malade : aussi j'en ai assez d'aller à Pétersbourg grimper de hautes marches d'escaliers. Crois-moi, j'aurai bien davantage, en renonçant au théâtre, la considération que j'ai conquise et à laquelle j'ai droit.

« Après avoir donné à la scène vingt-cinq pièces originales, je n'ai même pas gagné qu'on me distingue un peu d'un mauvais traducteur. Au moins me serais-je assuré, en place des tracas et des humiliations, le repos et l'indépendance. Je n'écrirai plus de pièces sur les mœurs actuelles ; depuis longtemps déjà je travaille l'histoire russe et je veux m'y consacrer exclusivement : j'écrirai des chroniques, mais pas pour le théâtre. Si on me demande pourquoi je ne les mets pas à la scène, je répondrai qu'elles ne peuvent y réussir. Je choisis la forme de *Boris Godounov*. Ainsi, insensiblement, et par degrés, je me retirerai du théâtre. La direction, des artistes chers se fâcheront ; mais au bout d'un an on n'en parlera plus (1). » Comme Bourdine lui objecte les suites fâcheuses de ce projet, il répond par l'exposé de son budget : « En 1865, les théâtres lui ont payé, pour l'hiver, 2 000 roubles, cet hiver-ci moins » ; il calcule qu'avec 1 000 roubles assurés pour les pièces déjà parues, 3 000 pour celles qu'il écrira chaque année, plus 1 000 roubles de ses maisons, il atteindra en tout 5 000 roubles : « C'est assez pour lui (2). » Quelques jours après, il presse Bourdine de lui faire envoyer sa part d'auteur sur les recettes : « J'en ai grand besoin (3) », dit-il ; par moments il ne sait comment vivre, avec quoi élever ses enfants. Lors des tribulations de *Dmitri Samozvanets*, il écrit à son ami, qui lui conseille de s'adresser au ministre : « Cher ami, ma main tient à peine la plume ; le travail continu, les nuits sans sommeil m'ont absolument détraqué les nerfs. La nouvelle que j'ai reçue de toi m'a donné le coup de grâce, bien que je m'y attendisse... ; je me suis trouvé mal ; aujourd'hui je suis tout brisé... Tu as maintenant la lettre (au ministre) : envoie-la ou déchire-la ; agis selon ce que te suggérera ton affection pour moi (4). »

Tant de vexations, de dégoûts, de souffrances, ne pouvaient pourtant vaincre une passion de dévouement à son art ou à son pays. Au moment où il songe à quitter le théâtre, Ostrovski élabore un projet que la ferme-

(1) Lettre à Bourdine, 27 septembre 1866.
(2) *Ibid.*, sans date.
(3) *Ibid.*, 4 octobre 1866.
(4) *Ibid.*, 1867.

ture de la classe dramatique au Conservatoire théâtral de Moscou rend plus urgent : celui de favoriser l'éducation professionnelle des acteurs. Littérateurs, artistes, acteurs, musiciens, chanteurs, formèrent une alliance, dont il fut le zélé promoteur, et qui aboutit à la constitution du *Cercle artistique* de Moscou ; le but était de répandre dans le public des idées plus justes sur toutes les formes de l'art, de développer son goût, de procurer aux interprètes débutants les moyens de se faire connaître ; les réunions devaient consister en soirées artistiques, familiales, spectacles d'amateurs. La première eut lieu le 15 novembre 1866. Ostrovski l'appelait plus tard « un des plus beaux jours de sa vie (1) ». Lors de l'exposition ethnographique russe et du Congrès slave (mai 1867), en bon Russe qu'il était, il fraternisa cordialement avec ses frères de race ; sous sa direction, le *Cercle artistique* organisa en l'honneur des congressistes, la veille de leur départ, une soirée littéraire : lui-même présidait à l'échange des souhaits, à la lecture de poésies ou de récits, exprimait les sentiments d'affectueuse union, qui doivent lier dans un culte commun des souvenirs et de l'art les membres de la grande famille slave (2).

Cette nature toujours prête à se donner, dès qu'il y avait quelque bien à faire, pouvait-elle sincèrement se déprendre de sa plus intime et chère inclination, dire pour toujours adieu à la scène? Les serments de lâcher la plume, arrachés aux heures de souffrance physique et de désespoir, ne tenaient pas contre l'appel d'une vocation plus impérieuse encore que la soif du repos ou de l'oubli. Ostrovski était allé au drame historique bien avant le jour où il mande à Bourdine son intention de s'y donner exclusivement ; il y renonce après *Vasilisa Mélentiéva* (1868), c'est-à-dire moins de deux ans après ; enfin, au lieu d'abandonner, comme il le déclare, le théâtre de mœurs, il va s'y confiner avec plus de régularité encore, pour ne s'en écarter que deux fois dans le reste de sa laborieuse carrière.

(1) IVANOV, p. 61-63 ; PISAREV, t. X, p. XVI. Ostrovski a pour actif collaborateur Nicolas Rubinstein. — Cf. SÉMEVSKI, *Znakomyé*, p. 165.
(2) Nos, p. XXI-XXII.

CHAPITRE IV

SECONDE PÉRIODE (1868-1881). — OBSERVATION ÉLARGIE :
ACTIVITÉ VARIÉE

I. Caractères de la production littéraire d'Ostrovski dans les années 1868-1881 : abondance, sujets élargis. mais inégalité et faiblesses : désarroi et sévérités des critiques. — Humeurs et velléités contradictoires. — Œuvres originales : *Le plus malin s'y laisse prendre* (1868); *Cœur ardent* (1869); *Fol argent* (1870); *la Forêt; Ce n'est pas tous les jours fête* (1871); *Pas un gros, et tout d'un coup un altyne* (1872). Traductions.
II. Le jubilé des vingt-cinq ans de lettres (1847-1872) : sa célébration à Saint-Pétersbourg et à Moscou ; indifférence officielle. — Le deuxième centenaire du théâtre russe (1672-1872) : *le Comédien du dix-septième siècle. Snêgourotchka* « conte de printemps » (1873).
III. Retour définitif aux sujets de mœurs contemporaines ; teinte de réalisme pessimiste : *le Pain du travail. Amour tardif* (1874) ; *Loups et brebis* (1875): *Filles riches* (1876) ; *Il faut de la chance pour que la vérité triomphe* (1877) ; *Dernier sacrifice*(1878) ; *Sans dot* (1879) ; *le Cœur n'est pas une pierre* (1880) ; *les Esclaves* (1881).
IV. Affaiblissement physique ; gêne matérielle persistante. — Ostrovski fonde la *Société des écrivains dramatiques :* objet et utilité proposée (1874). — Participation aux fêtes en l'honneur de Pouchkine (1880).

I

Durant les treize années qui vont suivre, depuis la résolution annoncée — heureusement non suivie d'effet — de renoncer au théâtre, jusqu'au jour où il souhaitera consacrer le meilleur de ses forces restantes à la réorganisation de la scène moscovite (1868-1881), Ostrovski ne ralentit pas sa production (1). Il donne une, quelquefois deux pièces par an aux *Annales de la Patrie* que dirigent Nékrasov, Saltykov, Eliséev : la livraison du 1er janvier apporte aux lecteurs une pièce d'Ostrovski avec une ponctualité que soulignent ironiquement certains critiques. En même temps, toujours attentif et associé à ce qui, dans la vie sociale, peut servir son art, il fonde ou encourage des associations, des projets destinés à protéger les droits légitimes des auteurs contre le monopole abusif des théâtres impériaux ou le sans-gêne des scènes provinciales ; il accepte

(1) De 1847 à 1867, Ostrovski a écrit vingt-cinq pièces ; de 1867 à 1881 il en écrit dix-sept, sans compter les traductions et les ouvrages en collaboration.

même une fonction judiciaire, plutôt honorifique à vrai dire, que lui a value l'admiration de ses compatriotes.

Dans cette période, son observation s'élargit : elle laisse encore la part majeure au *koupetchestvo*, mais pour en noter les transformations extérieures, en liaison avec le développement de l'industrialisme ; les « fabricants » sont devenus des « négociants (1) », grands entrepreneurs ou brasseurs d'affaires commerciales, autour de qui — c'est-à-dire de leurs capitaux — rôdent les nobles ruinés, les aventuriers, les parasites, les fonctionnaires ou même les « lionnes pauvres ». Elle embrasse encore les arrivistes de salon ou de club ; les gens de théâtre ; les propriétaires de campagne, à qui les réformes n'ont point amendé l'âme ; elle saisit quelques types de l'*intelligence* moyenne, et s'arrête volontiers parmi les petites gens et tous ceux à qui la vie est dure, mais sans affectation de démocratisme, ni dessein de voir en tout homme du peuple un héros ou une victime.

Du dehors, cette œuvre en impose toujours par la sincéritéde l'effort diligent, par une docile attention à la réalité, qui gardent leur vertu intacte. Pourtant quelques traces d'affaiblissement s'y révèlent déjà : l'action, souvent forte chez Ostrovski, mais rarement rapide, semble s'attarder par moments et s'étirer ; elle somnole parmi des racontars de commères, des bavardages de domesticité, plaisamment rendus, mais trop digressifs ; une étreinte plus molle laisse se relâcher la cohésion nécessaire des éléments dramatiques. Le public, sentant parfois cette inégalité de valeur, se refroidit aussi. La critique surtout, beaucoup plus injuste et moins clairvoyante depuis la mort de Dobrolioubov (1860), accuse l'auteur de se répéter, de ne pas suivre son temps, de manquer d'idées, de ne pas porter à la scène les grandes questions qui agitent les esprits contemporains ; elle lui jette le mot brutal, qu'ont si souvent entendu en Russie ceux qui duraient trop : « *ispisalsia* » (2) ; les uns lui reprochent des artifices vaudevillesques bons pour un Français, les autres le déclarent incapable d'égaler jamais les modèles français, classiques ou modernes ; tel autre ne voit en lui qu'un « poète épique », dépourvu de tout don dramatique (3). Non intimidé, mais parfois rebuté par les sinistres prophéties de « ces catastropheux de la littérature (4) », Ostrovski poursuit sa tâche, soutenu par la faveur du public, qu'une bonne pièce reconquérait, par l'autorité inattaquable de son œuvre antérieure, et par de victorieuses énergies. Le dramaturge qui eût écrit *Le plus malin s'y laisse prendre, Ce n'est pas tous les jours fête, la Forêt,*

---

(1) « Fabricants » signifie : manufacturiers ; « négociants » passait pour plus relevé.
(2) « Il est usé, épuisé » (en écrivant).
(3) Boborykine, *Délo*, 1871, n° 11 : *Rousski téatr*. « Ostrovski, dit-il, est un épique qui traîne le boulet du dramaturge. »
(4) *Journal des Goncourt*, 2ᵉ série, 2ᵉ vol. (t. V), 1872-1877. Paris, 1881-92, p. 342.

Pas un gros, et tout d'un coup un altyne (1), *Loups et brebis*, même *Étoiles et adorateurs*, se classerait encore dans les premiers de son temps et de son pays. Les défaillances ont leur raison, et peut-être leur excuse, moins dans l'âge que dans les dures conditions d'existence physique et matérielle où se débattait l'auteur.

En 1867-1868, après avoir racheté à frais communs avec son frère le « magnifique » Chtchélykovo, Ostrovski entrevoit un refuge, la possibilité de se livrer à un modeste « ménage » (*khoziaïstvo*) et de « jeter là » enfin ses épuisants travaux dramatiques, pour lesquels il a immolé sans profit les meilleures années de sa vie (2). Mais on a vu qu'en moins d'un an et demi, il a donné trois pièces historiques ; il a publié une seconde édition de ses œuvres en quatre volumes (3) ; et malgré l'appréhension de la mort, qui assombrira désormais toutes les lettres à Bourdine, l'année 1868 sera justement l'une des plus fécondes. Quitter le théâtre, ne plus écrire, voilà au contraire ce qui pour lui, disons-nous, serait vraiment mourir. Livré par un énervement douloureux à des agitations contradictoires, il s'inflige ainsi de perpétuels démentis ; il écrit, dans le moment même qu'il résout de ne plus écrire : la vocation relève l'âme et le corps abattus. Il s'enquiert du sort et du succès de ses pièces à Saint-Pétersbourg ; les menées hostiles qu'il sent autour de lui le troublent, l'irritent ; mais sa gloire lui tient au cœur plus que jamais. S'il renonce à des protestations écrites et publiques contre « le seul coupable » (le monopole des théâtres impériaux), il se promet une revanche prochaine sous forme de mémoires, qu'il publiera petit à petit ; après quoi il entrevoit tout de suite la possibilité et la joie de reprendre la plume. A quelque jours d'intervalle, il s'intéresse et se désintéresse, il veut lutter « énergiquement pour l'art », et renoncer définitivement à la scène ; dans une même lettre, il prie Bourdine de le tenir au courant de tout, « cela lui est absolument nécessaire », et de « transmettre ses adieux à la troupe, avec un mot aimable pour chacun ». Quand il est en goût ou en veine de travail, voici ce qu'il mène de front : « Je travaille en ce moment à une grande pièce » (*Cœur ardent*) : ce sera la dernière ; « je travaille à une grande pièce (*Le plus malin s'y laisse prendre*). Je vais travailler jusqu'à Noël ; j'ai une riche provision : j'ai commencé trois comédies originales et un arrangement, outre le « conte » (4). » Qu'importe ce qui suit : « J'achèverai tout cela, après quoi je quitterai le théâtre (5). » Le lien, on le sent, ne se dénouera qu'avec la vie.

Le plus malin s'y laisse prendre (*Na vsiakago moudretsa dovolno pros-*

---

(1) C'est-à-dire : « Après la gêne, l'abondance ». Le *gros* et l'*altyne* sont d'anciennes monnaies valant respectivement deux et trois kopeks.
(2) Lettre à Bourdine, 1867.
(3) Edités par Kojantchikov (1867).
(4) *Snêgourotchka*.
(5) Voir les lettres des années 1867 et 1868.

toty) et *Cœur ardent* (*Goratchéé serdtsé*) parurent et furent joués à quelques mois de distance (1). Le monde dépeint dans la première de ces comédies n'est pas sans analogie avec celui sur lequel Tchatski exerçait sa verve cinglante : tout y est mensonge, intrigue, vain bavardage sur les choses publiques. Le héros, Gloumov, jeune ambitieux, d'appétits supérieurs à ses moyens, est franchement antipathique, tant qu'il masque ses desseins sous de plates flagorneries ; il retrouve quelque avantage quand, trahi par une imprudence et rejeté comme une brebis galeuse, il prouve à cette société hypocrite qu'elle n'est pas meilleure que lui, et qu'elle l'absoudra bientôt, le rappellera, parce qu'avec ses vices et ses manies, elle ne peut se passer de lui. Dans *Cœur ardent* l'action, reportée vers la fin des années 40, mêle d'amusants tableaux de mœurs administratives dans une bonne ville de province, à un de ces conflits domestiques entre parents et enfants, si fréquents dans le *koupetchestvo*, et à une aventure romanesque, où l'amoureuse, comme presque toujours, a le « cœur » plus « ardent » et plus viril que l'amant. La pièce eut peu de succès à Moscou même, et à Saint-Pétersbourg ; la réforme des institutions judiciaires ne laissait plus qu'un intérêt rétrospectif, du moins le croyait-on, à des procédures, dont l'expéditive et patriarcale immoralité eût soulevé douze ans plus tôt les mêmes rires qu'*Une place lucrative* ou les *Esquisses de gouvernement* (2).

Fol argent (*Bêchennyia dengi*) (1870) (3) confronte deux catégories sociales dont l'enrichissement ou la ruine sont des conséquences économiques des grandes réformes. D'un côté, des nobles en mal d'argent, qui exploitent dans l'hospitalière Moscou leur unique fonds encore intact : leur nom, leurs relations, leurs manières, leur entregent; pour tout dire, qui vivent d'expédients. De l'autre, un parvenu de l'industrie, provincial avide de paraître, riche et économe, épouse par vanité une jeune coquette et finit par dompter ses résistances à la règle de « compter ». Chez les premiers, le « fol argent », qui s'envole et se dissipe sans utilité ; chez le second, l'argent « sage », qui sait se fixer là où il a été laborieusement acquis. Le héros, Vasilkov, est un type, nouveau dans le théâtre d'Ostrovski, d'homme résolu, froid en affaires, malgré des entraînements de sensibilité ou d'ambition, quelque chose comme un Russe américanisé.

Si *la Forêt* (*Lês*) (1871) (4) passa longtemps pour un chef-d'œuvre presque égal à *l'Orage* (5), et captive encore son public, elle le doit à deux personnages, l'un acteur tragique, d'âme et de langage romantique,

(1) *Otetchestvennyia Zapiski*, 1868, n° 11 ; *ibid.*, 1869, n° 1.
(2) Saltykov (Chtchédrine), *Goubernskié otcherki* (1856-1857).
(3) *Otetch. Zap.*, 1870, n° 2.
(4) *Ibid.*, 1871, n°⁸ 1-2.
(5) Pourtant la pièce n'eut pas de succès à la première représentation. (Boborykine, *Dêlo*, 1871, n° 11.)

l'autre tout en comique bouffon, dont les rôles sont habilement taillés pour faire valoir en contraste des talents opposés ; elle le doit aussi à cette passion voisine de l'idolâtrie que beaucoup de Russes nourrissent pour la scène et l'acteur. Ostrovski met ces vagabonds de l'art, insouciants ou dédaigneux des conventions sociales et de l'argent, en face de « gens respectables », qui vivent dans leur campagne perdue, comme des loups dans une « forêt », c'est-à-dire malfaisants et sans pitié pour les faibles ; et ses préférences vont aux premiers. Les figures de Nestchastlivtsev et de Stchastlivtsev ont dû vieillir, à mesure que disparaissaient ces types de comédiens errants, nombreux encore il y a un demi-siècle ; les autres, la vieille Gourmyjskaïa, et son entourage, n'ont rien perdu de leur vérité documentaire et psychologique entre *la Pupille*, qu'ils rappellent et *Loups et brebis*, qu'ils annoncent.

Avec *Ce n'est pas tous les jours fête* (*Né vse kotou Maslianitsa*) (1871) (1), *Pas un gros, et tout d'un coup un altyne* (*Né bylo ni grocha, a vdroug altyn*) (1872) (2), Ostrovski revient à ses marchands-samodours et à son petit monde moscovite. Il appelle lui-même la première de ces comédies « une étude plutôt qu'une pièce, sans effets scéniques, écrite pour les connaisseurs, où il y a la vie de Moscou et la langue des marchands poussée jusqu'au dernier détail » ; scrupule surprenant, il craignait qu'elle ne parût « faible, après une œuvre aussi forte que *la Forêt*, et n'en refroidît l'impression (3) ». Contre son attente, Saint-Pétersbourg la goûta plus que Moscou : une action tout enfermée dans des entretiens et des chocs d'idées contraires, et qui ne languit pas, une vigoureuse analyse de l'orgueil marchand justifiaient cet applaudissement. *Pas un gros, et tout d'un coup un altyne* est, malgré son titre, plutôt un drame de mœurs qu'une comédie : Ostrovski y a crayonné le seul type d'avare qui soit dans la littérature dramatique russe, comme Tchatski en est le seul misanthrope.

Outre ces pièces originales et le « conte », auquel il continuait de travailler, Ostrovski s'occupait encore de traductions : en 1865, il avait adapté une pièce de Shakespeare (4) ; en 1871, il traduit une œuvre de l'italien Franchi (5) ; en 1872, il publia un volume de *Traductions dramatiques* (6). Il exposait dans la préface son dessein et les raisons de ses

(1) *Otetch. Zap.*, 1871, nº 9.
(2) *Ibid.*, 1872, nº 1.
(3) Lettre à Bourdine, 17 avril 1871.
(4) *Ousmirénié svoénravnoï* (*Taming of the Shrew*).
(5) Sous le titre de *Véliki Bankir*.
(6) *Dramatitcheskié pérévody A.-N. Ostrovskago*. Le volume, outre *Véliki bankir*, contenait : 1º *Zabloudchiia ovtsy*, comédie en quatre actes, arrangement d'une comédie de CICCONI, *le Pecorelle smorite* ; 2º *Kofeïnaïa*, traduction de *la Bottega del caffe*, de GOLDONI ; 3º *Rabstvo moujéï*, en trois tableaux, arrangement d'une pièce de A. DE LÉRIS, *les Maris sont esclaves;* 4º *Sémia prestoupnika*, drame en cinq actes, traduction de *la Morte civile*, de GIACOMETTI.

choix : « procurer aux artistes, insuffisamment entraînés, un exercice utile ; choisir uniquement des pièces où les rôles sont bien écrits et offrent de l'intérêt artistique, sans se préoccuper de leur valeur intrinsèque ou morale (1). » Cicconi, Goldoni, pour l'italien, passe encore ; mais un de Léris (2) pour le français ! Ce choix un peu étrange surprendra moins, si l'on entre dans les intentions uniquement didactiques qui l'ont dicté ; de plus les grandes œuvres du théâtre français étaient presque toutes traduites ; surtout, il n'est pas douteux qu'Ostrovski en connût autre chose et mieux que *les Maris sont esclaves*. Bien que par tempérament et par goût il soit Russe avant tout, indépendant de toute influence étrangère, il n'a pu ignorer nos romanciers, nos auteurs dramatiques, connus, discutés, souvent imités autour de lui, non plus que leurs tendances. Bourdine soumettait fréquemment à son examen des traductions de pièces françaises qu'il désirait jouer, et les brefs jugements que lui retourne son ami, révèlent un appréciateur net, sûr, autant qu'informé. De là à retrouver dans telle œuvre de notre auteur tel sujet, tel personnage d'Alexandre Dumas fils, d'Augier, de Flaubert même (3), il y a un grand pas, qu'il serait hasardeux de franchir.

II

Tel était, au début de l'année 1872, l'actif, un de ses marchands eût dit le bilan, d'Ostrovski : ce long effort d'un quart de siècle, soutenu avec une ardeur obstinée, avait muni véritablement le théâtre national du répertoire qui lui manquait encore. Les Russes le comprirent, à quelque classe et quelque camp qu'ils appartinssent ; ils voulurent rendre à l'homme, au bon ouvrier, un public témoignage.

La mode n'était pas encore, dans les années 1870, aux jubilés pompeux à grande affluence (4) : ainsi celui d'Ostrovski n'eut-il qu'un éclat modeste, mieux conforme à ses goûts. Le premier hommage vint de la scène même, côté acteurs ; car, Gédéonov excepté, les autorités théâtrales ne désarmaient pas. Ostrovski était venu à Saint-Pétersbourg pour faire jouer son *Dmitri Samozvanets ;* et ses démarches, comme toujours, n'avaient qu'à demi réussi. La pièce passa au théâtre Marie, presque à la veille de la clôture (17 février), avec des interprètes satisfaisants ; mais la mise en scène, décors, costumes, était d'une pauvreté

(1) Préface.
(2) Pseudonyme d'Alfred Desrosiers (1814-1870). *Les Maris sont esclaves*, comédie en trois actes, en prose. Paris, 1868.
(3) Legrelle (*Ostrovski, l'Orage...* traduit par Legrelle, Gand, 1885) émet l'hypothèse, bien aventureuse, que *Madame Bovary* aurait pu inspirer certains traits de Catherine Kabanova.
(4) Du moins dans le monde littéraire ; car ils étaient fréquents, ou habituels pour les hauts fonctionnaires administratifs.

indigne ; l'acoustique défectueuse de la salle brouillait ou défigurait les beaux vers du texte : un succès d'estime pouvait-il consoler l'auteur d'un rêve d'art si médiocrement réalisé? Dans les coulisses, il reçut des artistes une couronne d'argent et une adresse : le régisseur Iablotchkine loua les services rendus depuis vingt-cinq ans à l'art dramatique russe ; Ostrovski évoqua sa lointaine affection pour les acteurs. Obligé de quitter Saint-Pétersbourg pour Moscou, qui lui préparait des fêtes, son absence y simplifia forcément les solennités : le 15 mars, la Réunion des Artistes donna en son honneur une soirée où assistèrent Nékrasov, Stasioulévitch, Maximov, deux professeurs de l'université, un mathématicien et un naturaliste, quelques rédacteurs de journaux et de revues. Une adresse de félicitations fut envoyée au jubilaire, d'autres vinrent de la province ; une souscription fut ouverte pour fonder sous le nom d'Ostrovski une école primaire à Chtchélykovo, et la première somme recueillie forma le capital d'une « bourse Ostrovski » dans l'école primaire de zemstvo la plus voisine du district de Kinechma. Ceci est caractéristique : presque toutes les cérémonies jubilaires (1) ou commémoratives dans le monde de l'*intelligence* se terminent par une souscription, une fondation d'utilité ou d'esprit démocratique.

A Moscou, dans la vieille capitale qui l'avait vu naître, l'avait gardé et comme nourri durant de longues années, qui était sa patrie d'esprit et de cœur, Ostrovski fut honoré avec plus de chaude cordialité. La Réunion des Auteurs dramatiques lui remit un album et une adresse ; des membres de la société moscovite, principalement du monde des marchands, lui offrirent, à un dîner chez Testov (2), un grand vase en argent, avec les bustes de Pouchkine et de Gogol (3) ; Gorbounov et Bourdine étaient là. A l'éloge de son œuvre, Ostrovski répondit avec simplicité :

La sensation de pure joie est rare... Oublier les échecs subis, les amertumes et le poids du travail, auquel s'ajoutent souvent les privations, pour ne se souvenir que des heures lumineuses, l'homme de labeur ne le peut que lorsque des gens honnêtes et judicieux lui disent que son effort n'a pas été inutile, et qu'il a mérité l'estime (4).

Au Cercle artistique, dont il avait été le fondateur, quelques fragments de *l'Orage* furent joués en sa présence ; Sadovski lut la fin du premier acte d'*Entre siens on s'arrangera*. Le professeur d'université Kitary, président d'une commission d'organisation d'un théâtre populaire destiné à commémorer le deuxième centenaire de la naissance simultanée de Pierre le Grand et du théâtre russe, signala l'heureuse

(1) Surtout quand elles ont un caractère et un intérêt national.
(2) Grand restaurant de Moscou.
(3) Lettre à Bourdine, 30 mars 1872.
(4) Nos, p. xxvii.

coïncidence du jubilé avec la création projetée ; Sadovski ajouta que, quelle que dût être dans l'avenir la fortune d'une scène populaire, Ostrovski en demeurerait toujours le premier fondateur. Le 9 avril, la Société des Amateurs de la littérature russe tint sa séance annuelle, jointe à la célébration du vingt-cinquième anniversaire littéraire du dramaturge, sous la présidence d'I.-S. Aksakov, et salua d'éloges unanimes le rénovateur de l'art national ; Ostrovski lut lui-même une scène d'une pièce encore inachevée : *le Comédien du dix-septième siècle.* Enfin le zemstvo d'*ouïezd* (de district) de Kinechma le nomma à l'unanimité « juge de paix honoraire ». Le jubilé provoqua dans la presse périodique nombre d'articles trop souvent superficiels ou même inexacts sur la vie et l'œuvre d'Ostrovski, mais nulle étude sérieuse d'ensemble (1).

Une si flatteuse et cordiale unanimité de toutes les classes, de tous les groupes littéraires à reconnaître les mérites de son long effort put consoler Ostrovski de bien des heures mauvaises : elle ne fléchit pas la mauvaise grâce officielle. Dans ce concert de louanges, la bureaucratie tint à donner sa note. Le 12 janvier 1872, le directeur des théâtres, Gédéonov (2), exposait au ministre de la cour, le comte Adlerberg, qu'en vingt-cinq années d'activité littéraire Ostrovski avait écrit pour la scène russe trente-deux pièces originales, dont la grande majorité avait obtenu un très légitime succès, et qui toutes avaient contribué notablement à accroître les recettes de la direction, mais sans procurer d'avantages particuliers à l'auteur, vu l'insignifiance des « honoraires d'auteur », parce que « grâce aux *bénéfices* fréquents, presque hebdomadaires, des artistes dramatiques, le répertoire s'emplit constamment de pièces nouvelles, qui empêchent de rejouer des pièces ayant réussi » ; qu'ainsi l'auteur, « tout en ayant consacré les meilleures années de sa vie à la littérature, se trouvait présentement dans une situation si gênée, qu'il ne lui était pas possible de poursuivre ses travaux ». Pour ces raisons, Gédéonov demandait en faveur d'Ostrovski une pension viagère, analogue à celle qui avait été accordée au compositeur Sérov pour sa *Judith* et sa *Rognéda.* Le ministre non seulement ne jugea pas suffisants les services d'Ostrovski, mais infligea encore un blâme à l'auteur de la requête, « attendu qu'aux termes de l'article 54, etc., le directeur des théâtres n'a pas le droit de solliciter une pension non établie par la loi ». Cette fin de non recevoir, réglementaire, cette indifférence à l'égard d'une gloire nationale, paraîtront plus choquantes, ou plus piquantes, si on les compare au traitement privilégié qu'on réservait à des étoiles étrangères. Quand Rachel venait jouer à Saint-Pétersbourg, elle, sa troupe, son frère, organisateur de ses tournées, recevaient de la cour, pour quelques représentations, de somptueux cadeaux, sans compter

(1) Pour tous les détails de ce jubilé, voir Nos, p. xxiv-xxx.
(2) Directeur des théâtres impériaux de 1867 à 1875.

la libre disposition du théâtre Michel ; le monde officiel les comblait de prévenances, s'empressait à satisfaire leurs désirs, leurs caprices même. L'illustre tragédienne ayant déclaré qu'il lui fallait, pour sa santé, boire du lait d'ânesse, l'empereur ordonna immédiatement de mettre à sa disposition une ânesse et son petit, envoyés du parc de Gatchina ; quand la bête eut cessé d'allaiter, ce même comte Adlerberg se hâta d'adresser un rapport au souverain et de faire envoyer une autre ânesse (1).

Comme son jubilé se rencontrait avec le deuxième centenaire du théâtre russe, Ostrovski voulut honorer à sa manière un souvenir mémorable. Le professeur Tikhonravov avait préparé, pour en donner lecture à *l'Acte*, séance solennelle de l'université de Moscou (12 janvier 1873), une étude sur les *Cinquante premières années du théâtre russe*. Ostrovski en eut connaissance par l'oncle de Tikhonravov et par Bourdine ; il s'en inspira, ainsi que des recherches de Zabêline (2), pour écrire son *Comédien du dix-septième siècle*. Cette adaptation scénique d'un travail d'histoire ne saurait égaler *l'Illusion comique*, où un contemporain, Corneille lui-même, expose, pour les vaincre finalement, les préventions bourgeoises d'un père contre le théâtre et contre la profession d'acteur où il voit son fils engagé. Dans cette évocation de la Moscou d'avant Pierre le Grand, le mieux venu est encore la peinture des mœurs : autorité despotique des pères sur les enfants, voleries des *podiatchi*, croyance grossièrement superstitieuse au rachat de toutes les fautes par des pratiques tout extérieures, idées et préjugés de la société contemporaine sur le théâtre récemment instauré par ordre tsarien. Jouée au Petit Théâtre, la pièce eut d'ailleurs peu de succès ; avec la notice de Tikhonravov, ce fut tout ce qu'inspira le deuxième centenaire du théâtre russe.

En même temps Ostrovski achevait l'unique ouvrage dont il ait pris le sujet des contes populaires : ce fut sa dernière excursion au passé national. Si distante qu'elle paraisse du théâtre de mœurs, *Snêgourotchka* le rappelle encore en image rétrospective ; elle occupe de plus une place privilégiée dans l'œuvre totale, par le long temps que l'auteur la porta en lui, et par le faible qu'il avouait pour elle entre toutes ses créations (3) ; sans compter qu'on se dérobe mal à l'enchantement, une fois goûté, de ce « conte de printemps ».

Il en faut reporter la conception première à l'époque où Ostrovski s'annonçait résolu à se réfugier dans le drame historique ; il y travaillait, bien que sans grands espoirs, et ne s'en détacha plus (4). Soit lenteur, soit retardements, l'élaboration l'avait tenu quatre années : un mois

(1) DENISIOUK, *Krititcheskaïa litératoura o proïzvédéniiakh A.-N. Ostrovskago*, Moscou, 1906, première partie, p. 90-92.
(2) ZABÊLINE, *Istoriïa goroda Moskvy*, 2e édit. Moscou, 1905.
(3) E. DURAND-GRÉVILLE, *ouv. cit.*, p. XLII-XLVI. Témoignage confirmé par Mme Chatelen, fille d'Ostrovski.
(4) Lettre à Bourdine (1868), sans date.

presque lui suffit pour la rédaction définitive (1). Par delà les confins de l'histoire, dans les lointains de la mythologie populaire, son imagination évoquait les vieux cultes de la nature, dont maints rites épars et vivaces subsistaient encore à la fin du dix-huitième siècle (2), y mêlait une royauté d'appareil presque épique, et d'esprit tout patriarcal ; le merveilleux, les chansons, les scènes de mœurs primitives se nouent à une action gracieuse, par endroits dramatique. Comme son Bérendéï, ce bon roi de légende, qui, assis sur un siège d'or, deux bouffons à ses pieds, enlumine de naïfs dessins une colonne de son palais, Ostrovski peint des âmes enfantines et neuves, à qui suffit la joie de vivre, l'amour ingénument senti et proclamé, l'émoi du renouveau, son attente passionnée sous un ciel pâle où le premier rayon d'Iarilo doit déchaîner d'un coup, après l'évanouissement du dernier gel, l'ardeur des sèves longtemps prisonnières. Nulle philosophie ne se cache sous ces clairs symboles, suggérés par la nature russe elle-même ; tout l'art vise, et réussit presque toujours à s'accorder au peuple. Le don poétique s'épanouit dans l'invention luxuriante, l'abondance des images, la saveur archaïque de la langue, l'harmonieuse variété du rythme et du mètre. Mais, à résumer l'histoire de Snêgourotchka, fille de Vesna (3) et de Bonhomme Gel, de Bérendéï, ce pasteur d'un peuple heureux, ce monarque qu'un berger et autres petites gens approchent avec une libre familiarité, de Koupava, l'amante délaissée, du marchand Misgir, tout le charme du conte fondrait, comme dans les doigts un givre aux fins cristaux. L'influence de Shakespeare (4) est visible, avec quelque chose de moins aérien, une couleur plus localisée et un accent purement russe ; par contre, le nom inattendu d'une belle Hélène, sa rencontre avec Lel, le beau berger, les chants héroïques des « gousliari (5) » aveugles, éveillent un écho d'épopée antique ; tandis que les chœurs d'oiseaux, les joyeux cortèges de la semaine grasse, la fête nocturne dans l'attente d'Iarilo, rappelleraient la grâce ailée et souriante, la gaieté rustique et large des *Oiseaux*, des *Acharniens* ou de *la Paix*.

Avec ses éléments lyriques et ses danses, *Snêgourotchka* semblait attendre un musicien, qui fut Tchaïkovski ; elle fut donnée ainsi, sous la forme d'opéra-ballet-féerie, au Grand Théâtre (11 mai 1873). Ostrovski surveillait en personne les répétitions, instruisait chaque artiste séparément (6) ; la mise en scène coûta 14 000 roubles : malgré des fontaines

(1) Le premier acte était terminé le 9 mars 1873, toute la pièce le 4 avril. (BÉZO-BRAZOV, *Roukopisi Ostrovskago*. (*Istoritcheski Vêstnik*, 1890, n° 2, p. 344-374.)
(2) ZABYLINE, *Rousski narod*, p. 80-83. Moscou, 1880.
(3) En russe « *vesna* » (printemps) est du féminin.
(4) Le *Songe d'une nuit d'été*.
(5) Chanteurs qui s'accompagnent des « *gousli* » (féminin pluriel), sorte de harpe, primitivement à cinq cordes, qu'on tient posée à plat, sur les genoux.
(6) Lettre à Bourdine, 16 août 1873.

d'eau vive, des jeux de lumière électrique, — une nouveauté, — des nuages qui se mouvaient, le succès fut médiocre ; un compte rendu parle même de « fiasco complet (1) ». Peut-être l'irréalité charmante du poème per- dait-elle à se matérialiser au jour factice et cru du théâtre, dans la froi- deur d'une machinerie compliquée. La critique contemporaine, ne sachant où se prendre, affecta une sévérité dédaigneuse ; elle ne voulut voir dans l'œuvre qu'un laborieux caprice d'esprit inquiet en mal de renouvellement ; où elle se trompait, car nul sujet ne mûrit avec plus de conscience et de soin. Les « utilitaires » y raillaient une absence de « sérieux », « qui répondait bien à la stagnation actuelle de la pensée et du progrès (2) ». *Snêgourotchka* condamnée ne reparut qu'en 1900, à Saint-Pétersbourg ; à Moscou, la troupe du Théâtre Artistique l'a reprise et réhabilitée avec cette perfection de jeu, cette piété d'art, qu'elle réserve aux œuvres élues. Entre temps le compositeur Rimski- Korsakov en avait tiré un opéra (3). En somme, le « conte de printemps » veut un auditoire populaire et surtout russe ; mais comme c'est un conte de fées traité avec toutes les ressources de la poésie et de la langue, des lettrés peuvent s'y plaire, s'ils ont le cœur assez simple pour dire avec La Fontaine : « Si *Peau d'âne* m'était conté... »

III

Lassé peut-être du théâtre d'histoire par des insuccès répétés, ces reconstitutions du passé, où le *costume* tenait une grande place, exigeant un appareil scénique qu'on leur mesurait avec une offensante parcimonie, ou trompé par un entraînement passager, où il entrait quelque dépit, sur son aptitude réelle à manier un genre difficile, Ostrovski, après *Snêgourotchka*, se restitue tout entier aux réalités contemporaines. Les meilleurs de ses dons réapparaissent, dès qu'il se borne à peindre, sous ses aspects complexes, une société en fermentation : le déclin d'un groupe social ; l'ascension d'autres, qui brise les cloisons de classe tra- ditionnelles : bref, tout un monde affairé de la métropole commerciale

(1) Cf. ZÉLINSKI, *ouv. cit.*, quatrième partie, p. 181 sqq.
(2) ID., *ibid.*, p. 161 sqq.
(3) *Snêgourotchka*, opéra en quatre actes (1881), fut donnée à Saint-Pétersbourg, le 29 janvier 1882, avec grand succès, et reprise en 1889 ; à Moscou, en 1885 sur une scène non subventionnée, et en 1893 seulement au Grand Théâtre, avec peu de succès d'ailleurs. C'est uniquement sous cette forme musicale, car peu de Français connaissent la traduction fidèle et expressive d'E. Durand-Gréville, que *Snêgourotcha* nous a été révélée ; mais combien peu ressemblante à elle-même ! Le livret russe abrégeait déjà le texte primitif ; sa traduction en français a dû être accommodée aux exigences de notre langue et aux commodités des chanteurs ; les quatre actes ont été réduits à trois, sans parler d'autres coupures. Même ainsi écourtée, l'œuvre a paru quelquefois longue, grâce aux entr'actes. Enfin l'esprit de la poésie populaire russe est si éloigné d'un public parisien de 1908 !

et des provinces, où des formes nouvelles d'activité économique et de vie morale heurtaient la survivance des vieilles mœurs. Ce qui le frappe visiblement, jusqu'à une sorte d'obsession, que la gêne privée éclaire et avive encore, c'est la prépotence de l'argent, son âpre poursuite, sa possession facile aux uns, pénible aux autres ; un appétit de jouir, qui pousse aux expédients douteux, aux marchés matrimoniaux, à l'abandon d'une vertu ou d'une honnêteté incommode, à des révoltes parfois, au dégoût, au suicide même. Si quelques-uns échappent à la contagion, c'est que la nécessité, rétrécissant les besoins, leur a rendu chère une tranquille médiocrité. Plus soucieuse d'expliquer, non pas d'excuser, que de railler ou de condamner, l'observation est empreinte tantôt d'une froide indifférence, tantôt d'une indulgence résignée, où perce à peine l'ironie : on y découvre déjà cet esprit d'universelle pitié, qui pendant plus d'un quart de siècle s'épanchera dans le roman et le théâtre russe, de Dostoïevski à Tolstoï, à Tchékhov, à Gorki.

Qu'elles déroulent leurs tableaux dans quelque quartier retiré de Moscou ou dans les *datchas* de sa banlieue, dans une ville de province ou dans un club de marchands, plus de la moitié des pièces écrites de 1873 à 1881 tirent leur intérêt dramatique de ces conflits exaspérés ou lamentables entre l'argent et l'honneur ou l'amour ; mais les conditions des personnages, leurs passions, leur idéal, quel qu'il soit, en diversifient l'apparente uniformité. Dans *le Pain du travail* (*Troudovoï khlêb*) (1874) (1), la pauvreté gaiement, fièrement portée d'un vieil *outchitel* et d'un étudiant contraste avec l'égoïsme veule d'un richard, et les agitations d'un « affairiste », meneur de spéculations louches. *L'Amour tardif* (*Pozdniaïa lioubov*) (1874) (2), et son irrésistible aveuglement, pousse une jeune fille, plus tout à fait jeune, à sacrifier son père, à lui soustraire de l'argent, pour éviter à un homme indigne les suites fâcheuses de dettes ou de pertes peu honorables. *Loups et brebis* (*Volki i ovtsy*) (1875) (3) exposent, en allusion voilée à un procès contemporain, les procédés tortueux, les imprudences habiles d'une vieille bigote et de son entourage, tous les pièges tendus pour capter, comme proies sans défense, une riche veuve de marchand et un vieux célibataire bien accommodé. Dans cette mêlée d'intrigants, de prudes ardentes, d'intendants à tout faire, de larrons à façade respectable, les voleurs sont finalement les volés, et les « brebis » ne valent pas mieux que les « loups » : pièce d'une vérité hardie, et crue par places, dans la manière dure des *Corbeaux* d'Henri Becque (4), mais avec plus d'étoffe et un réalisme plus enfoncé. Une émotion plus reposante se dégage de *Filles riches* (*Bogatyïa*

(1) *Otetch. Zap.*, 1874, n° 11.
(2) *Ibid.*, 1874, n° 1.
(3) *Ibid.*, 1875, n° 11.
(4) *Les Corbeaux*, comédie en quatre actes (1882).

névêsty) (1876) (1) qui porte à la scène la réhabilitation de la femme tombée, son rachat par l'amour ; encore le rédempteur, ici, n'est-il pas le séducteur, qui se contente d'une large réparation pécuniaire, mais un jeune homme au cœur généreux, intrépide idéaliste, sûr d'avoir retrouvé, malgré la faute, la pure image entrevue dans les années d'enfance.

Larisa Ogoudalova, l'héroïne de *Sans dot* (*Bezpridannitsa*) (1879) (2), belle, coquette et pauvre, désespérée de ne pouvoir vivre l'existence de ses goûts et de ses rêves, incapable d'aimer le vulgaire Karandychev, qu'elle s'était résignée à accepter pour mari, le brave et se fait tuer, déjà frappée au cœur par l'abandon de Paratov, qu'elle aimait ; mais son dernier mot est tout de pardon et d'amour. Moins dramatiques en apparence, *Dernier sacrifice* (*Poslêdniaïa jertva*) (1878) (3) et *les Esclaves* (*Névolnitsy*) (1881) (4) ne laissent guère une impression moins amère : là une femme trahie épouse un vieux marchand, enterrant ainsi son bonheur et un peu de son honneur dans un contrat d'où le cœur est absent ; ici, dans le grand monde des affaires, l'indifférence ou les écarts de conduite des maris réduisent les épouses à une luxueuse servitude, sans autre issue que la liaison adultère, pratiquée sans remords, ou l'enlisement dans les plaisirs insipides.

A ces drames modernes de la vie, de l'argent et de la passion, des types modernes d'industriels, d'armateurs, de brasseurs d'affaires fournissaient des personnages de premier plan. Ostrovski reprend et dessine à côté d'eux quelques *samodours* du vieux *koupetchestvo*, dont l'esprit du temps n'a en rien adouci le despotisme patronal ou domestique ; toutefois, nouveauté significative, leur oppression ne trouve plus les victimes aussi résignées. Ainsi la vanité brutale et grossière d'un Barabochev cède à la droiture d'un simple commis, entêté de sincérité et conscient de ses droits humains : *Il faut de la chance pour que la vérité triomphe* (*Pravda khorocho, a stchastié loutchché*) (1877) (5), mais la vérité triomphe tout de même. Dans *le Cœur n'est pas une pierre* (*Serdtsé né kamen*) (1880) (6), la colère soupçonneuse du vieux Karkounov capitule, après des violences et des menaces vaines, devant la douceur patiente et ferme, la vertu inattaquable de sa jeune femme, qui refuse d'enchaîner, dans la loyauté où elle se tient, le droit de son cœur pour l'avenir. Ces libérations morales qui s'accomplissent aux dépens du « samodourstvo » justifieraient, s'il était besoin, Ostrovski du reproche

---

(1) *Otetch. Zap.*, 1876, no 2.
(2) *Ibid.*, 1879, no 6.
(3) *Ibid.*, 1878, no 1.
(4) *Ibid.*, 1881, no 1.
(5) *Ibid.*, 1877, no 1.
(6) *Ibid.*, 1880, no 1.

de monotonie et de redite : la variété des sujets, des situations morales, et des types prouve avec quelle active et souple sagacité son regard interrogeait la réalité contemporaine.

IV

Pour juger équitablement le fructueux effort qui donne en huit ans neuf pièces originales, dont plusieurs ont une force voisine du chef-d'œuvre, il convient de ne pas oublier dans quel affaissement du corps et de l'âme, parmi quels soucis matériels Ostrovski l'a obstinément soutenu. Par les lettres à Bourdine, on voit d'année en année ses forces baisser, son humeur s'assombrir, la tristesse et le découragement le gagner : « Les quintes l'étouffent (1) » ; « sa santé est dégoûtante ; il a les nerfs brisés et ne sait comment se traîner à Moscou pour se soigner sérieusement (2) » ; l'organisme débilité se refuse à l'esprit : « il est réduit à garder la chambre, malade ; il lui est impossible de sortir deux ou trois heures sans prendre catarrhe ou fluxion (3) » ; bientôt « il ne peut travailler plus d'une heure ou d'une heure et demie » ; certains jours, « il ne peut même pas lire : ce n'est pas un mal particulier, mais une souffrance générale (4) ». Le mal ne lui arrache plus, comme jadis les affronts de la censure ou le dépit, la résolution de ne plus écrire ; au contraire l'excès de fatigue, le pressentiment d'une fin prochaine lui font craindre de ne pouvoir achever l'œuvre qu'il croit irrévocablement la dernière.

La déchéance physique s'aggrave de causes morales : le travail d'abord, jusqu'à épuisement des forces ; et. cette usure dévorante de l'effort créateur, chez l'écrivain possédé de son sujet : « Je m'y plonge de toute mon âme », écrit-il à Bourdine, « ce qui me détraque encore davantage (5). » L'indifférence du public si longtemps fidèle, mais détourné par la malveillance des critiques ou perverti par l'opérette, le mauvais vouloir des administrations théâtrales, et ce protectionnisme à rebours, qui réservaient toutes les faveurs aux troupes étrangères, le blessaient comme une injure personnelle. Mais pouvait-il s'arrêter, quand la dure nécessité le contraignait à une production sans relâche? Avec ses charges de famille et ses besoins d'argent, la gêne et les dettes ne le quittent guère : tant qu'il n'aura pas assuré, bien modestement, ses droits légitimes d'auteur, sa plume est sa seule ressource. Aussi les recettes de ses pièces, leur succès préoccupent-ils moins sa gloire que ses intérêts ; leur fléchissement l'inquiète ; il confie à Bourdine le mauvais état de ses

(1) Lettre à Bourdine, 5 décembre 1875.
(2) *Ibid.*, 3 septembre 1877.
(3) *Ibid.*, 30 avril 1878.
(4) *Ibid.*, 2 janvier 1879.
(5) *Ibid.*, 6 septembre 1877.

finances, les exigences de son budget : un déficit de 400 roubles pour la
saison lui est une grosse somme ; il lui arrive « d'être sans argent (1) ».

Contre l'engouement du public pour l'opérette (2), Ostrovski restait
sans défense : *Snêgourotchka*, qui dans sa pensée devait, comme opérette
populaire et nationale, contenter ce goût et le redresser, échoua presque.
Contre la médiocrité des spectacles d'amateurs, des entreprises privées,
avec répertoires vulgaires ou équivoques, mise en scène grossière, interprétations de fortune, il avait lutté par l'œuvre efficace du *Cercle artistique*. Contre le mauvais vouloir des théâtres impériaux, il fut soutenu
par Gédéonov, tant que celui-ci fut directeur du répertoire : réconfort
passager, car Gédéonov perdit bientôt sa place et son crédit. Ainsi
comprend-on que, n'ayant ni pension à espérer, ni grâces administratives, Ostrovski, tout en écrivant pour le théâtre, soit amené à défendre
les intérêts matériels des auteurs dramatiques avec les siens propres, à
empêcher que les bénéfices de leur travail soient indéfiniment confisqués
par les scènes officielles ou particulières.

Grâce à leur monopole qui dura jusqu'en 1882 (nulle entreprise théâtrale, soirée de bienfaisance, nul concert, nul spectacle public, jusqu'à celui des cirques, ne pouvait être organisé par des particuliers dans
les deux capitales), les théâtres impériaux faisaient la loi aux auteurs
et ne se croyaient tenus à aucun ménagement envers un Ostrovski,
qui les enrichissait. En vingt ans, de 1853 à 1873, les trente-deux pièces
d'Ostrovski, données sept cent soixante-six fois (3) sur les théâtres « de
la couronne » à Saint-Pétersbourg et à Moscou, leur avaient rapporté
un gain net d'environ deux millions de roubles. On a vu plus haut quelle
part dérisoire en revenait à l'auteur : c'était une indigne exploitation.
N'était-il pas légitime de vouloir assurer à l'écrivain dramatique un droit
formel et un « honnête profit » sur son œuvre? En Occident, en France
en particulier, depuis la fin du dix-huitième siècle, grâce aux efforts de
Beaumarchais, l'un et l'autre étaient reconnus ; et Bourdine souligne
le contraste douloureux entre un Alexandre Dumas, un Sardou faisant
fortune avec quelques pièces à succès, et Ostrovski n'ayant guère retiré
des théâtres, en vingt-cinq années de production applaudie, que quelques
milliers de roubles. Chaudement encouragé par ses confrères, activement
secondé par Rodislavski, Ostrovski rencontra heureusement des dispositions bienveillantes en haut lieu. Sous son inspiration et sa direction
se constitua à Moscou la *Réunion des auteurs dramatiques*. D'abord les
entrepreneurs (4) (impresarios) se refusaient obstinément à payer les

(1) Lettre à Bourdine, 4 avril 1878.
(2) Cf. SALTYKOV, *Dnevnik provintsiala v Péterbourgê* (1873).
(3) Voir dans Nos, p. XXVI.
(4) Transcription russe : « *antreprener* ». Ce mot désigne en particulier un directeur
de théâtre non subventionné ou un chef de troupe. Voir NÉVÊJINE, *Vospominaniia ob
A.-N. Ostrovskom. (Ejég. Imp. téat.*, 1909, t. IV, p. 4.)

auteurs pour avoir le droit de représenter leurs pièces ; de nombreux procès s'engagèrent ; le dessein et les espérances de la *Réunion* eussent peut-être avorté, sans l'aide gouvernementale et judiciaire. Frappés par les tribunaux, quand ils montaient des pièces sans autorisation, les *impresarios* commencèrent à entrer directement en pourparlers avec les auteurs ; mais dans ces discussions de gré à gré, la quotité de la redevance variait trop avec l'habileté de chaque partie à défendre ses intérêts. La reconnaissance officielle et le statut légal de la nouvelle *Société des écrivains dramatiques et compositeurs d'opéra* russes affermirent définitivement l'entreprise : Ostrovski fut, à l'unanimité, élu président (21 octobre 1874), titre et fonction qu'il garda jusqu'à sa mort, sans connaître pour autant, dans leur plénitude, les bienfaisants effets de sa propre initiative : car ses droits d'auteur furent toujours modiques, et il les obtenait moins aisément des théâtres de la couronne que des scènes non subventionnées. S'il pouvait se flatter avec raison que les théâtres de Russie vivaient de son répertoire (1), ses lettres à ses amis et à Bourdine montrent que pendant près de quarante ans (1843-1881), autant dire toute sa vie, il n'aura pas connu la rémunération large ni l'indépendance pécuniaire (2).

Sa sollicitude allait plus haut que l'argent. Il eût souhaité que la *Société des écrivains dramatiques* devînt un centre d'action morale sur les écrivains, pour le développement et le bien du répertoire dramatique ou lyrique ; qu'elle créât une bibliothèque de littérature théâtrale et d'opéra, où figureraient les classiques russes et étrangers ; qu'elle publiât des ouvrages pour les théâtres. Comme premier fonds, il songeait à léguer sa riche bibliothèque. Il demandait encore des conférences sur l'art scénique, l'établissement d'une scène modèle, avec représentations que dirigeraient les auteurs eux-mêmes, aidés de quelques connaisseurs ; la constitution d'un capital destiné à récompenser les meilleurs ouvrages dramatiques ou relatifs au théâtre, en des concours dont la Société choisirait les sujets. Ce projet ne fut exécuté qu'en partie. Seule la question des droits d'auteur reçut une solution ; celle de la bibliothèque, faute de local, n'aboutit pas. Les lectures ou conférences eurent lieu, à titre d'essai, au Cercle artistique, les représentations types à la Société des amateurs de l'art musical et dramatique, fondée alors à Moscou (Ostrovski en fut membre dès l'origine) et d'où sortit la Société philharmonique, près laquelle fut instituée une école ayant rang de conservatoire. La souscription autorisée en souvenir du cinquantième anniversaire de la mort de Griboêdov (1829-1879) forma le premier capital pour la fondation de prix aux meilleures pièces ; les 7 000 roubles recueillis permirent d'instituer le Prix Griboêdov.

(1) P. POLÉVOÏ, *Istoriia rousskoï slovesnosti*, t. III, p. 506. Saint-Pétersbourg, 1900.
(2) BOURDINE, *Vospominaniia*.

Aux fêtes en l'honneur du monument de Pouchkine (1) (juin 1880), Ostrovski eut une nouvelle occasion, parmi tant d'écrivains réunis, d'affirmer son culte et de traduire l'admiration publique pour une pure gloire russe. Dans le discours qu'il prononça à la Société des amateurs de la littérature russe (2), il releva, entre autres mérites de Pouchkine, ceux qu'une affinité de nature le portait à sentir d'un prix supérieur : l'invention ramenée des jeux de l'art à un caractère sérieux, dégagée de l'imitation étrangère ; l'âme nationale cherchée, retrouvée à tous ses degrés, dans tous ses tons ; le désir d'être « Russe », proposé comme idéal à l'écrivain (3). Ne reconnaît-on pas ici les qualités maîtresses d'Ostrovski lui-même, ardent et infatigable promoteur d'art « national »? Enfin, l'année suivante, en pleine terreur nihiliste, au lendemain d'événements tragiques, qu'allait clore ou rouvrir, on ne savait encore, le manifeste impérial, il goûta avec une joie mêlée pourtant d'amertume la tardive réparation d'une longue injustice : ce fut à cette soirée mémorable, où *Entre siens on s'arrangera* fut joué dans son texte intégral pour la première fois ; l'attente avait duré trente ans (30 avril 1881) (4).

Après cette lueur d'apothéose sur son couchant, Ostrovski, malgré les forces défaillantes, ne cesse pas d'écrire. Mais une circonstance imprévue va de nouveau le ramener à l'œuvre qui lui tient tant au cœur, l'organisation et le perfectionnement du théâtre national, en attendant l'heure où lui-même, pour le bien rêvé, sera officiellement commis à la charge d'où lui venaient jadis tant d'obstacles et d'avanies.

---

(1) Érigé à Moscou, porte de Tver, à l'endroit où commence le boulevard de Tver, en face du monastère de la Passion.
(2) 7 juin 1880.
(3) V. PISAREV, t. VIII, p. 555-558.
(4) PISAREV, *Ejégodnik Impératorskikh téatrov. Saison* 1901-1902. *Prilojénié* 4 : *K matérialam dlia biografii A.-N. Ostrovskago.*

CHAPITRE V

LES DERNIÈRES ANNÉES (1882-1886). OSTROVSKI A LA DIRECTION
DES THÉATRES IMPÉRIAUX A MOSCOU. — SA MORT

I. Ostrovski à la commission de réformes des théâtres (1881). — Abolition du monopole des théâtres impériaux (1882). — Mémoire pour la création d'un théâtre national
à Moscou. — Récompenses officielles.
II. Dernières œuvres : *Étoiles et adorateurs* (1882) ; *le Bel homme* (1883) ; *les Innocents
coupables* (1884) ; *Pas faite pour ce bas monde* (1885). — Indifférence ou excessive
sévérité de la critique.
III. Ostrovski codirecteur des théâtres impériaux à Moscou (1885-1886). — Comment
il comprend et remplit ses nouvelles fonctions. — La ruine physique : les derniers
jours ; la mort (2 juin 1886).
IV. L'homme. — Sa nature : cordialité, simplicité, qualités sociables. — Son esprit :
absence d'exclusivisme et de subjectivisme. — Sa culture. — Son caractère : probité,
bonté, manque de sens pratique. — Conclusion.

I

En 1881, par ordre du nouveau tsar, Alexandre III, une commission (1) fut instituée à Saint-Pétersbourg, sous la présidence du directeur des théâtres impériaux, pour reviser toute la législation du « département des théâtres ». Ostrovski, à qui l'occasion s'offrait de formuler
officiellement ses idées favorites sur l'art scénique, prit une part active
aux délibérations et rédigea un mémoire sur les écoles théâtrales (2).
Après l'abolition du monopole, de cet obstacle à tout progrès et à toute
émulation féconde, il soumit à l'empereur, en sa qualité de président
de la Société des auteurs dramatiques, un mémoire sur la création d'un
théâtre national à Moscou (3). Depuis longtemps il nourrissait le dessein
d'édifier dans la vieille capitale, gardienne du pur esprit indigène, une
maison qui fût à l'art dramatique russe ce qu'est au nôtre la Comédie-
Française (4).
Il invoquait le constant accroissement de la population urbaine depuis

(1) Composée d'Ostrovski, de Potêkhine et d'Averkiev.
(2) Reproduit par PISAREV, t. IX, p. 695 sqq.
(3) 19 février 1882. Publié dans le *Pravitelstvenny Vêstnik*, le 9 mars.
(4) Sur un projet de ce genre proposé déjà par Ostrovski au prince V. Dolgoroukov,
général-gouverneur, voir NÉVÊJINE, *art. cit.*. (*Ejég. Imp. téat.*, 1909, t. IV, p. 5.)

le temps peu lointain (1853) où le Grand Théâtre abritait aussi la scène dramatique ; l'ascension graduelle des petites classes à la culture, dont le goût des bons spectacles est un élément et une preuve ; les milliers d'étrangers, que les voies ferrées déversaient chaque jour à Moscou de quatorze ou quinze gouvernements, jusque de la Sibérie et du Caucase. Le Petit Théâtre, où l'on jouait le drame et la comédie, avait pu suffire, quoique deux fois moins grand que l'autre, pour des spectacles français et pour un public aisé ; mais ses dimensions restreintes, l'absence de places à prix modeste ne répondaient pas aux besoins d'un public de plus en plus nombreux, pour qui il eût fallu non pas une, mais trois ou quatre grandes scènes. « Moscou est surtout composée de marchands, de petits patrons, d'employés, d'artisans ; elle est le centre commercial de l'Empire, étendu encore par des villes et des bourgades jusqu'à la Volga, le centre patriotique surtout, le cœur de la sainte Russie : le monument du « grand marchand russe » Minine ne se dresse-t-il pas sur la place Rouge en face des Rangées? A Moscou, tout ce qui est russe devient plus intelligible et plus cher ; la force puissante, mais fruste, de l'immigration paysanne s'y ouvre à la culture. D'où la nécessité de créer à Moscou un théâtre exclusivement russe, pour le peuple laborieux, qui l'aime et saura l'apprécier, parce que la littérature dramatique lui est plus accessible et que les auteurs trouveront en lui des auditoires neufs, à l'âme fraîche et non blasée. Le répertoire se composera de comédies, où l'on verra le bon et le mauvais de la nature russe, de drames historiques, propres à inspirer l'amour du pays. Comme les académies, les universités, les musées, un bon théâtre est, pour une nation, le signe de sa majorité. Devant servir de modèle, il visera non aux recettes, mais à la perfection technique ; vu l'abstention probable des spéculateurs, c'est aux marchands, pour qui il sera créé, que reviennent le devoir et l'honneur de faire les frais d'une œuvre désintéressée, mais durable et glorieuse (1). »

Le mémoire obtint l'approbation du souverain, qui inscrivit : « Très désirable serait la réalisation de cette idée, que je partage pleinement. » Ainsi autorisé officiellement à fonder un théâtre, Ostrovski se met à l'œuvre sur-le-champ. En 1883, son projet est imprimé et répandu dans la société moscovite éclairée : 1° un édifice aménagé selon les plus récents perfectionnements, avec mille places pour les moyennes et les basses classes, depuis un rouble jusqu'à 15 kopeks (environ 3 francs à 0 fr. 40) ; 2° une troupe recrutée avec soin, homogène, avec une ferme discipline ; 3° l'interprétation, la mise en scène étudiées dans le dernier détail ; 4° un répertoire de choix, qui se bornerait pour chaque saison à quelques comédies, deux drames historiques, et une féerie divertissante pour

(1) PISAREV, t. VIII, p. 559-564.

les fêtes de Noël et de la Semaine grasse. Voilà pour la partie artistique. Un projet de société par actions au capital de 750 000 roubles (environ 1 900 000 francs) pourvoyait à l'organisation matérielle (1). Ces plans bien conçus, où se révèlent un noble souci des intérêts nationaux et de l'éducation populaire, une connaissance approfondie des choses du théâtre et un singulier sens d'organisation pratique, ne pouvaient manquer de susciter d'actives sympathies ; déjà de riches marchands avaient souscrit des actions, la ville promettait l'emplacement.

Un événement heureux pour Ostrovski changea la direction, non la nature de ses efforts. L'empereur, en reconnaissance de ses longs services à l'art dramatique, lui octroyait une pension viagère de 3 000 roubles (30 janvier) (2). Ce geste spontané réparait l'injustice des règlements invoqués par le comte Adlerberg (1872) (3) et assurait un peu d'aisance à l'écrivain ; surtout, venant après l'acceptation de son projet et la suppression du monopole, il lui ouvrait des espoirs nouveaux. Ce rêve de diriger librement un théâtre, le dramaturge croyait le toucher de la main. Ses pensées désormais se concentrent sur cet unique objet. Dès l'année 1884, des pourparlers s'échangent entre Saint-Pétersbourg, Chtchélykovo et Moscou (4) ; et quand ils touchent à leur fin, la production littéraire d'Ostrovski s'arrête, tant il est voué corps et âme à la mission qu'il assume de relever la scène, de la faire conspirer à des fins morales et nationales.

Jusque-là, autant par nécessité que par goût, il n'avait pas quitté son métier d'auteur. Malgré le délabrement croissant de sa santé, il avait dû parer avec son seul travail à des charges permanentes, six enfants dont l'éducation n'était pas achevée, ou à des embarras accidentels, deuils de famille, déficits sur les recettes théâtrales, mauvaises récoltes dans son domaine ; d'où dépenses, dettes, emprunts. Aussi loin de diminuer, son activité paraît même s'étendre ; mais la part originale y diminue. Dès 1878 il avait accordé sa collaboration à de jeunes dramaturges, Névêjine, Soloviev (5) : pour en avoir été si mal payé jadis avec Gorev, et avec d'autres (6), c'était un beau trait de confraternité.

II

De ses quatre dernières pièces (1881-1884) deux peignent les gens de théâtre et leur entourage habituel, les deux autres retournent à la

---

(1) Nos, p. XLI-XLV.
(2) Sur les circonstances, voir NÉVÊJINE, *art. cit.* (*Ejég. Imp. téat.*, 1909, t. IV, p. 7.)
(3) Voir chap. IV.
(4) KROPATCHEV, *ouvr. cit.*, *Prilojéniia k vospominaniiam*, p. V-XI.
(5) Voir plus bas, p. 90-91.
(6) NÉVÊJINE, *art. cit.* (*Ejégod. Impér. téat.*, 1909, t. IV, p. 6.)

comédie, presque au drame domestique et mondain. Dans *Étoiles et adorateurs* (*Talanty i poklonniki*) (1882), une jeune actrice, Nêgina, hésite entre deux vòies, l'honnête, où veut la retenir l'idéalisme d'un étudiant, ami et presque déjà fiancé, et l'autre, où la poussent la gêne, les « bénéfices » peu fructueux, les plaintes d'une mère, l'exemple d'une rivale et le mirage d'une vie de luxe promise par « un adorateur » opulent. Avec des regrets poétiquement exprimés et une inquiétude légère, c'est l'autre qu'elle prendra, s'absolvant avec ce mot tout humain : « Je ne suis pas une héroïne. » Malgré ce choix, Nêgina demeure sympathique par sa sincérité, et le sentiment attendri du calme bonheur qu'elle va sacrifier. Autour d'elle, Ostrovski a dessiné quelques types plaisants ou grotesques de ce monde des scènes provinciales, qu'il connaissait bien : la mère, une Madame Cardinal russe, fort réjouissante ; un vieil adorateur, et un souffleur original en son genre. *Les Innocents coupables* (*Bez viny vinovatyé*) (1884) sentent plus le mélodrame embrouillé ou peu naturel : pour amener quelques scènes pathétiques, reconnaissance d'une mère et de son fils, artistes tous deux dans la même troupe, l'apprêt est long et pénible. Malgré quelques tirades véhémentes contre les trahisons des « adorateurs » et les hypocrisies sociales, l'intérêt documentaire réside plutôt dans les scènes où s'étalent les mœurs grossières, brutales des acteurs provinciaux et des théâtreux (*téatraly*) qui les incitent ou les aident à la débauche déshonorante. On peut s'étonner qu'Ostrovski, comptant parmi les artistes de nombreuses et même ses plus fidèles amitiés, trace d'eux un portrait si peu flatteur ; mais il s'agit d'acteurs provinciaux. Recrutés au hasard, vaniteux, médiocres, dévergondés, il a témoigné dans mainte occasion les tenir en piètre estime : encore incrimine-t-il plutôt les causes que les personnes (1).

Le *Bel homme* (*Krasavets moujtchina*) (1883) et *Pas faite pour ce bas monde* (*Né ot mira sévo*) (1884) représentent une dernière fois ces « scènes de famille », par quoi Ostrovski, à vingt-quatre ans, avait affirmé sa maîtrise. Seulement les marchands ont fait place à un monde de moralité facile, quoique de condition plus relevée, — grands industriels, propriétaires nobles, gens de finance ou de banque, richards prodigues, dissipateurs « tenus à l'écart de la bonne société », — où l'argent conduit, excuse tout. Autre différence : les enfants ne sont plus engagés dans l'action : le drame se circonscrit entre époux ; et le mari, sous des apparences moins brutales, est aussi odieux, parfois plus répugnant que le pire *samodour*. Un « bel homme » dilapide l'avoir commun, conjure sa femme de se prêter à une comédie d'adultère pour pouvoir épouser après divorce une riche vieille, échoue dans ses vilains calculs, déshonore ainsi sans profit sa femme, qui l'aime encore assez pour payer ses dettes

---

(1) Ceci, bien entendu, se rapporte aux troupes provinciales des années 1850-1880.

et lui laisser espérer le pardon : tel est le héros, et le fond, de la première pièce. Une femme a rêvé l'amour dans le mariage, l'épanouissement du cœur dans une affection mutuelle, a cru à la fidélité de son mari : la découverte, dans les papiers de celui-ci, d'une facture au nom d'une certaine « Mamzelle Clémence » brise d'un coup son âme, fragile comme son corps : elle n'était « pas faite pour ce bas monde » : voilà le thème de la seconde. Ces dernières œuvres ne justifient pas, semble-t-il, les sévérités, en leur temps excessives, des critiques (1). Si la langue a perdu de sa saveur idiomatique, c'est que les personnages eux-mêmes ont moins de couleur professionnelle. Sauf des complications factices dans *les Innocents coupables*, l'action marche sans lenteurs fatigantes. Quant aux mœurs, ces maris volages, ou artisans réfléchis de leur propre déshonneur, ces « cœurs ardents » de femmes qu'enchaîne la seule beauté physique d'un homme, et capables de lui sacrifier toute dignité, ces sceptiques, ces viveurs de réputation un peu douteuse, peignent un monde assez vil, malgré son irréprochable tenue extérieure. Mais qu'eût signìfié ici la thèse, la prédication? Sur ces égoïstes avides de jouir, les belles idées sociales glisseraient comme « de l'eau sur les plumes d'une oie ». L'auteur eût été bien autrement repris, si, à ce réalisme amer, il avait substitué quelque facile optimisme. On croirait plutôt que le vrai défaut de ces pièces est d'avoir pour auteur le même qui fit *Entre siens on s'arrangera* et *l'Orage;* signées d'un Tchékhov, elles eussent paru découler d'une « poétique » nouvelle ; car nul ne tenterait de démontrer que les personnages d'Ivanov dans *la Mouette*, de *l'Oncle Vania*, des *Trois sœurs* soient beaucoup plus édifiants, plus équilibrés, avec leur nuageuse phraséologie, que les « loups » d'Ostrovski. La Société des auteurs dramatiques, plus équitable, avait décerné au *Bel homme* et à *Pas faite pour ce bas monde* le prix Griboêdov (1884-1886) (2).

Contre les chicanes de gens qu'on eût dit lui en vouloir de durer, Ostrovski, outre les tardives faveurs officielles, eut le réconfort de sympathics fidèles : en 1883, les artistes du Petit Théâtre, la Société des amateurs de la littérature russe fêtèrent son trente-cinquième anniversaire de « service aux lettres nationales » ; des adresses vinrent de Russie et de l'étranger ; en 1885, la Société des auteurs dramatiques commémora ses dix années de présidence. Ainsi, malgré d'obscures cabales, il jouissait d'une gloire incontestée.

Pour enrichir le répertoire russe, qu'il estimait trop pauvre encore en œuvres originales, Ostrovski se remet aux traductions. Toujours ouvert aux entreprises propres à servir le théâtre, il avait promis sa collaboration à une jeune revue, *les Belles-Lettres (Iziachtchnaïa Litéra-*

(1) Cf. O. MILLER, *Rousskié pisatéli poslé Gogolia*, p. 368-383. Saint-Pétersbourg, 1887.
(2) Les quatre dernières pièces d'Ostrovski se jouent encore.

toura) : de 1883 à 1885 (1), il y donna les *Intermèdes* de Cervantes, mis
en russe ; il avait promis une traduction de l'Italien Gozzi. Il songeait
même à traduire Molière, en prenant pour sa part les comédies en prose,
et laissant les comédies en vers à sa correspondante, Mme Mysovskaïa (2).
Enfin, quelques jours avant sa mort, il revoyait en épreuves une traduction d'*Antoine et Cléopâtre*, de Shakespeare (3). Un biographe voit
dans cette tâche méritoire et volontairement modeste, non la marque
d'un goût cultivé, mais un aveu de déclin et presque un signe de décré-
pitude (4). C'est oublier que, vingt ans auparavant, en pleine maturité,
Ostrovski avait déjà traduit, de l'anglais, de l'italien, du français.
L'idée de couronner sa carrière par un commerce plus étroit avec notre
grand comique, qu'il invoquait dès sa jeunesse, de l'incorporer, dans
une fidèle adaptation, au théâtre russe, prouve plutôt une intelligente
vitalité : Ostrovski paraîtrait incomplet, s'il n'eût « aimé Molière ».

III

Pas faite pour ce bas monde fut écrite à la fin de 1884 (5) ; Ostrovski
travaillait alors à obtenir une solution pour « une affaire de la plus
haute importance (6) » (direction des théâtres impériaux de Moscou). Le
partage paraissant désormais impossible entre la création littéraire et
les fonctions auxquelles il a l'espoir d'être appelé, il clôt l'une sans retour,
pour se réserver tout entier aux autres. « Si je vis jusque-là, disait-il,
le rêve de toute ma vie sera réalisé, et je pourrai dire en toute sérénité :
Maintenant, Seigneur, renvoyez en paix votre serviteur (7). » En
novembre 1884, de retour de Saint-Pétersbourg, il tient Maïkov (8) au
courant de ses démarches, de leur prochain et sûr aboutissement. En
janvier 1885, il lui annonce confidentiellement, que « l'autonomisation
des théâtres impériaux de Moscou est décidée en principe, mais pour
n'entrer en vigueur qu'à la saison suivante (1885-1886) (9) ». Les lenteurs administratives, la dispersion estivale, l'absence du souverain et
du comte Vorontsov, ministre de la cour (10), le mauvais état de santé
de Maïkov, retardèrent jusqu'à la fin de l'année les promulgations offi-

(1) 1883, n° 12 ; 1884, n° 4 ; 1885, n° 4.
(2) IVANOV, p. 66.
(3) KROPATCHEV, p. 82.
(4) IVANOV, p. 87.
(5) Voir la lettre d'Ostrovski à l'actrice P. Strépétova, datée de Moscou, 29 décembre 1884. (PISAREV, t. X, p. 588-589.)
(6) KROPATCHEV, *ouv. cit.* (*Prilojénia k vospominaniiam*, p. v.)
(7) IVANOV, p. 88.
(8) Il était attaché à la personne du général gouverneur de Moscou, le comte Dolgoroukov, en qualité de « fonctionnaire pour missions spéciales ».
(9) KROPATCHEV, *ibid. Priloj.*, p. VI-XI.
(10) Il occupait ces fonctions depuis 1881.

cielles : Maïkov gardait la direction matérielle et financière, Ostrovski prenait la direction artistique (répertoires, écoles, personnel). Celui-ci, qui avait soutenu seul le labeur des négociations à Saint-Pétersbourg, avait pu s'initier ainsi aux détails de sa future charge, à laquelle sa longue pratique du théâtre le préparait excellemment. Il avait même, dès le mois d'août (1885), dans son paisible Chtchélykovo, où il espérait réparer ses forces, rédigé des instructions et dressé ses plans de réformes. Les deux directeurs arrivèrent à Moscou le 14 décembre seulement, pour entrer en fonctions le 1er janvier ; ils devaient uniquement terminer la saison en cours, et préparer celle de 1886-1887.

La désignation d'Ostrovski rencontra dans la société moscovite, comme parmi les artistes, la plus unanime et cordiale approbation (1) : nul, par son talent, son expérience, sa droiture, son long attachement à la vieille capitale, n'était mieux qualifié pour restaurer dans leur prestige les deux scènes impériales. Lui-même, s'il est sensible au bonheur qui lui vient « sur la fin de sa vie laborieuse » et qu'il a « attendu avec patience (2) », ce n'est point par le vain orgueil d'occuper un poste envié et difficile, mais dans l'espoir de réaliser enfin des idées anciennes et réfléchies sur l'exécution scénique, que le mauvais vouloir de ses prédécesseurs avait toujours négligées ou fait avorter. Il veut remplir ponctuellement toutes ses obligations, si fatigantes, si ingrates soient-elles ; de probe écrivain, il deviendra, sans effort, irréprochable administrateur.

Une lointaine fréquentation l'a familiarisé avec ce monde des artistes qu'il va gouverner, monde où les prétentions devancent ou dépassent les talents, où chacun veut primer, où les jalousies et les intrigues s'agitent sans cesse. « Me voilà plongé dans le gouffre : je ne sais comment j'en sortirai (3) », disait-il. Affable avec tous, il écoute patiemment les doléances, enveloppe de conseils réconfortants les refus nécessaires, mais sait évincer les fâcheux, arrêter net les requêtes mal fondées ; il limite strictement ses promesses à ce qu'il peut et veut tenir. Qu'il rende leurs emplois à des artistes injustement congédiés, ou qu'il élimine d'encombrantes non-valeurs, la justice seule et le souci des intérêts dont il a la garde dictent ces mesures ; contre les vanités ou les droits mal acquis, il veut rétablir l'ordre et la discipline ; pour corriger des abus nombreux, que le laisser aller, le relâchement de l'autorité avait introduits, il porte partout sa clairvoyante activité.

Il assiste aux représentations du Grand ou du Petit Théâtre, allant parfois de l'un à l'autre en une même soirée, afin de contrôler de ses propres yeux l'interprétation, la mise en scène, l'état et le rendement

(1) KROPATCHEV, p. 14-16 et pour la plupart des indications qui suivent.
(2) ID., p. 14.
(3) ID., p. 18.

de toute la machine théâtrale. Il tient la main à la rigoureuse observation des règlements : exception faite pour les concerts symphoniques, il interdit aux musiciens et aux artistes des théâtres impériaux toute participation à des spectacles étrangers : il règle d'un bref arrêté la question des chapeaux (féminins) au théâtre. Il songe à renforcer la troupe dramatique en doublant les chefs d'emploi, pour qu'une absence, une mort imprévue (il en avait fait l'expérience à ses dépens) (1) n'arrête pas une pièce en pleine marche ; à instituer auprès de ses deux théâtres un conseil du répertoire et un comité d'opéra, chargés d'examiner les œuvres, de désigner celles qui devront être reçues et montées ; Tikhonravov, Storojenko, Tchaev, Iouriev, Flerov devaient composer le premier. Il projette de faire reconstruire le Petit Théâtre, pour l'agrandir, d'édifier une nouvelle scène dramatique en face du Grand Théâtre, et de la rendre accessible à la partie la plus pauvre de la population, en abaissant le plus possible le prix des places ; de relever le ballet, à l'aide de féeries, de sujets à légendes (*skazotchnyé sioujéty*) où des artistes de drame et d'opéra joueraient à côté des danseurs (2) et des ballerines (3). Sa grande préoccupation est l'école théâtrale : il espère, à l'aide d'un recrutement sévère, d'un solide enseignement théorique et pratique, y former une pépinière de bons artistes pour les deux théâtres : il consacre de longues heures à élaborer et rédiger des plans de réorganisation, se propose de rouvrir en automne les classes dramatiques d'après son programme et d'en confier la direction à son ami, l'acteur Bourdine. En attendant, il visite l'école, inspecte les classes, les cuisines même, protège la santé morale des élèves contre des voisinages malsains, subit aux examens d'admission, non sans ennui, l'audition de « toutes sortes de non-valeurs des deux sexes ». Il arrête enfin son attention sur des détails ou des questions d'ordre tout matériel et financier, mais qui intéressent l'art directement : économe des deniers publics, il opère des réductions sur les accessoires, le nombre des « bénéfices », des musiciens, des bouches inutiles, c'est-à-dire aphones ; il débrouille son budget d'opéra, prétend voir tout par lui-même.

Malheureusement la tâche était trop rude pour une santé en ruine ; et il y avait quelque chose de « tragique » — Ostrovski le disait lui-même — dans ce duel entre le corps affaibli et la vigueur encore intacte de l'esprit. Découragé parfois à l'idée que ses forces pourraient le trahir, avant d' « avoir amené à l'effet, pour le bien de l'art national, les idées qui lui sont chères, qui font sa vie et son âme (4) », il puisait, dans une volonté

(1) Voir chap. III, p. 55.
(2) Les ballets, parfois les opéras, dont les sujets sont empruntés aux mœurs ou aux contes populaires, nécessitent et comportent un grand nombre de danseurs hommes.
(3) Ostrovski adapta lui-même, en collaboration avec un acteur, Boubrovine (de son vrai nom Wattson, Anglais d'origine), un conte anglais.
(4) IVANOV, p. 89.

ardente, de quoi supporter les fatigues de la journée, l'insomnie ou le travail de la nuit, et les effets d'une alimentation presque nulle. Il gravissait péniblement les deux étages de son cabinet directorial : « Chaque jour presque il rentrait épuisé, le regard éteint, se laissait choir sur un fauteuil, incapable de proférer une parole, avant un long moment. « Laisse-moi me remettre, disait-il (à son vieux camarade Bourdine). J'ai cru mourir aujourd'hui. L'air me manquait. Je ne pouvais plus respirer... Mon rhumatisme me fait mal et m'empêche de remuer les bras... Une foule de gens à recevoir, puis des rapports... aujourd'hui j'ai dû signer soixante pièces ; tu vois dans quel état je reviens à la maison. » Après quelques instants de repos, il retournait le soir au théâtre, trouvant le temps de voir le Grand et le Petit Théâtre, souffrait des fautes d'exécution, et, revenu chez lui, s'endormait d'un sommeil agité (1). » La saison finie, il ne voulut partir à Chtchélykovo qu'après avoir mis la dernière main à différents projets et réglé diverses questions matérielles ; il envoya les siens dans la bonne demeure familiale d'été, et demeura seul à Moscou, s'installant à l'hôtel. La seconde quinzaine de mai ne fut qu'une suite de crises de plus en plus longues et douloureuses (16, 20, 21 mai) (2) ; celle du 24 dura de dix heures du matin à quatre heures du soir, sans autre soulagement, pour le patient, que de rester debout. C'était comme autant d'avertissements sinistres, qui ne laissaient nul espoir aux médecins, nulle illusion non plus à Ostrovski lui-même. Le 28, il achève ses préparatifs de départ, veille encore avec attention à ce que tous ses dossiers et ses papiers soient bien classés, pour les retrouver à Chtchélykovo ; mais il n'a même plus la force de donner une signature. Il sent venu le « dernier acte du drame de sa vie ». «Dieu ! dit-il, voilà trois jours que je ne mange pas, trois nuits, non... pas trois... car j'ai dormi une nuit, par intermittences,... donc deux nuits sans sommeil. Quelles forces possibles avec cela, quelle énergie, à plus de soixante ans (3) ! » Il arriva fatigué à Chtchélykovo, après un voyage inconfortable, depuis Kinechma, sous la pluie et le vent ; les souffrances ne le quittèrent plus ; le 2 juin, à dix heures du matin, assis à son bureau et lisant une revue, il fut emporté en quelques secondes, par un étouffement, sans agonie douloureuse. Sa femme, pendant ce temps, était à l'église, où il l'avait envoyée prier pour lui : pieux prétexte, ou délicatesse suprême pour lui épargner l'horreur du premier déchirement (4).

L'été, qui disperse les Russes à tous les coins de leur pays et de l'Europe ; le désir exprimé par Ostrovski lui-même de reposer près des siens dans un cimetière de campagne ; sa vie enfin, déroulée, comme son

(1) IVANOV, p. 89.
(2) KROPATCHEV, p. 61, 63, 68, 74.
(3) ID., p. 86.
(4) ID., p. 100. Ce jour-là était le lundi de la Pentecôte.

œuvre, sans ces persécutions retentissantes, ces proclamations d'idées ou de sentiments qui émeuvent facilement les âmes russes et assemblent des foules innombrables derrière un cercueil, souvent en manière de muette protestation : tout cela explique la solennité moindre de ses funérailles. Hors les siens, quelques intimes (dont Chanine, compagnon des jours de jeunesse, et qui disait avoir, avec lui, « découvert le royaume des ténèbres »), hors les autorités du district et de nombreux paysans, ses proches amis du monde des théâtres et beaucoup de ses confrères n'y purent assister. Les journaux et les revues lui consacrèrent de brefs articles nécrologiques, et pas une étude approfondie ; puis il parut délaissé. Mais son œuvre était à l'épreuve du temps. Ses vastes projets de réformes théâtrales ne périrent pas tout entiers avec lui : ceux où l'art seul était intéressé, sans menace pour les personnes dans la jouissance d'abus profitables, s'accomplirent, par la force même de leur justesse. Korch avait déjà créé (1) une scène accessible au moyen public, à la jeunesse des écoles, et qui joue à Moscou le rôle de notre Odéon. Le Théâtre Artistique (2), par le patronage et l'appui financier qu'il trouve dans le *koupetchestvo* riche et instruit, par son souci exclusif d'art, et l'hospitalité qu'il offre aux écrivains étrangers, par la perfection de l'exécution scénique, a traduit en actes les idées et les espoirs d'Ostrovski. Enfin les maisons du peuple (*Narodnyé doma*) qu'on voit non dans les capitales seulement, mais dans presque toutes les grandes villes russes,

---

(1) En 1882.

(2) L'idée première en était venue presque simultanément à C.-S. Alexéev (au théâtre, Stanislavski) et à V.-S. Némirovitch-Dantchenko, à la suite de participation à des spectacles d'amateurs et, pour Némirovitch-Dantchenko, de rapports constants avec les jeunes gens, en sa qualité de professeur aux cours dramatiques de la Société philharmonique. Dans la saison 1897-98, on commença à parler dans le public du projet en préparation. Le premier appel trouva un écho immédiat et un appui efficace parmi des commerçants et des industriels cultivés, et dévoués à l'art : Vostrekov, Gennert, Gutheil, Koznov, Loukoutine, S. Morozov, Osipov, Prokofiev et d'autres, qui apportèrent capital, bibliothèques, tableaux, objets d'art. Les principes essentiels de l'entreprise étaient de rendre le théâtre accessible à la jeunesse des écoles, à « l'intelligence » pauvre, aux ouvriers, d'y introduire plus d'art, plus de nouveauté ; enfin de fournir aux jeunes talents pourvus d'une bonne éducation scénique les moyens de se développer. La création une fois décidée, on prépara sans retard le répertoire et la troupe, celle-ci composée d'amateurs, élèves de Stanislavski, et d'élèves de Némirovitch-Dantchenko. Les premières représentations eurent lieu à l'automne de 1898, au petit théâtre de l'Ermitage. Tout fut à acheter : le peintre Simov s'occupa des décors, confiés à des artistes familiers avec les époques et les styles. Chaque mise en répétition était précédée d'exposés sur la pièce, son époque, son esprit, les caractères des personnages ; à ces séances assistaient non seulement les artistes, mais tous les autres participants, décorateurs, accessoiristes, « électrotechniciens », costumiers ; toute indication utile était prise en considération. Parmi les auteurs des dix-sept pièces jouées au cours de la première saison (1898-99), on relève les noms d'OSTROVSKI (*Amour tardif, Sans dot*), MOLIÈRE (*les Précieuses ridicules, Georges Dandin*), A. TOLSTOÏ (*Tsar Fédor Ioannovitch*), TCHÉKHOV (*la Mouette*), etc. ; enfin de SOPHOCLE (*Antigone*). Tels furent les débuts du *Théâtre Artistique pour tous*, comme il s'intitula d'abord. (*Extrait du compte rendu de la première année d'existence du Théâtre Artistique*.)

possèdent des théâtres, avec d'assez bonnes troupes, destinés à des auditoires populaires.

IV

Dans le tableau de cette existence si pleine, qui connut, à défaut d'infortunes tragiques, tant de déboires, c'est le travailleur (*troujénik*) inlassablement passionné pour son art, le chef de famille assurant par sa seule production un peu d'aisance aux siens, qui a retenu surtout la lumière. L'homme, qui s'entrevoit, mérite aussi d'être regardé : car les enthousiasmes, les amitiés meilleures, et fidèles jusqu'au soir de la vie, les désignations honorifiques, tant de spontanés témoignages d'estime et d'admiration n'allaient pas au seul talent ; une bonne part en revenait à la personne.

Pour ressaisir de cette personne une image juste et comme achevée, on n'évoquerait pas le jeune auteur d'*Entre siens on s'arrangera*, un peu étourdi, sans infatuation, de sa gloire naissante, et désireux de la soutenir en laissant chez le tailleur, pour un habit à la dernière mode, les premiers honoraires reçus de Pogodine (1) ; ni l'écrivain déjà consacré, qui figure dans un groupe aux côtés de Tourguénev, de Gontcharov, ses aînés, de L. Tolstoï, son cadet, du conteur Grigorovitch, du critique Droujinine (2) ; ni le vieillard usé avant l'heure, rhumatisant et catarrheux, aux traits tirés et las, au corps amaigri sur qui « pendaient les vêtements (3) » ; mais l'homme en sa maturité vaillante encore, tel que l'a rendu le peintre Pérov (4), ou tel que le décrit le seul Français qui l'ait approché et un peu connu : « Grand, encore svelte et bien pris dans une sorte de costume de chasse, portant courts les cheveux et la barbe d'un blond doré, la tête ronde, le front haut, les yeux gris bien encadrés sous une belle arcade sourcilière, le nez légèrement élargi à la base, la lèvre assez épaisse, mais finement dessinée, il avait à l'état normal une expression bienveillante accentuée par un demi-sourire très fin et très bon... Un grand charme se dégageait de toute sa personne (5). »

Nature contenue plutôt qu'expansive, il avait dans l'abord premier un peu de froideur, de timidité raide, mais qui se détendait vite, la confiance une fois établie, en un sourire ouvert et franc (6). Vite guéri de toute affectation extérieure, accessible à tous, la célébrité venue ne troubla

(1) Ivanov, p. 37.
(2) Pisarev, t. V.
(3) Kropatchev, p. 87 ; Efros, *Ostrovski i aktery*.(*Rêtch*, 2-15 juin 1911.)
(4) Ce portrait se trouve à la galerie Trétiakov, à Moscou. Il date de 1871.
(5) E. Durand-Gréville, *ouv. cit.*, p. xlvi. A la date de 1877, Ostrovski semble vu un peu rajeuni. « Rares » serait plus juste que « courts », « roux » que « doré », « bleu clair » que « gris ».
(6) Maximov.

point la simplicité de ses manières et de ses goûts, la régularité d'une vie partagée entre le labeur de la production et le repos ou les paisibles distractions de la campagne (1), entre la famille et des amitiés dévouées. Celles-ci, il les réclamait aux heures de découragement ; il avait besoin de leur présence et de leur soutien. Ainsi ses mécontentements ne tournèrent jamais en misanthropie ; et c'est toujours près des hommes qu'il voulut oublier l'injustice des hommes. Il aimait les réunions et les libres entretiens ; parmi la chaude estime qu'il respirait autour de lui, dans sa chère Moscou, où l'on a encore le temps et le goût de causer, ses heureuses qualités s'épanouissaient sans contrainte. Réclamé, dans sa jeunesse, confisqué presque par deux partis, il a su échapper, sans ruptures blessantes, à des influences où les personnes comptaient souvent plus que les idées (2). La forme objective de vérité qu'il aspire à traduire refuse de s'emprisonner dans un camp ; surtout il évite d'en altérer l'expression par le mélange indiscret des théories, de la sensibilité ou de la passion individuelles. A cet égard il est, entre les écrivains russes, un des plus impersonnels : du jour où il s'est expliqué sur l'attitude que doit tenir le dramaturge devant la réalité, on chercherait vainement dans toute son œuvre un personnage dont on puisse affirmer avec certitude qu'il est le porte-parole de l'auteur. Dosoujev (3) seul, proposé par les uns, est repoussé par d'autres.

Au rebours des romanciers, des poètes et de quelques-uns de ses illustres prédécesseurs, Ostrovski n'a pas confié au public, par la voix de ses héros, ses idées politiques, sociales ou religieuses. On ne doit pas inférer de là qu'il en ait manqué. Cette âme, si ouverte et confiante pour toutes les choses de l'art, se retranchait, sur des questions où tant d'autres en Russie voient matière à prédication, dans une discrétion voulue et comme dans un réduit intérieur jalousement défendu. C'était, dans la force du mot, un indépendant (4), en ce sens qu'il ne reconnaissait à nulle autorité humaine le pouvoir de forcer sa raison et sa pensée ; dans ses conversations avec Tolstoï (ils se tutoyaient) (5), il contestait à son ami, de même qu'il se le refusait à lui-même, le droit d'affirmer ou de

---

(1) Ostrovski travaillait d'ordinaire jusqu'à deux heures du matin ; à sept heures il était debout ; seuls un ardent amour du travail, une vie sobre et réglée pouvaient le conserver. (Pigoulevski, *Ostrovski kak litératourny déïatel*. Vilna, 1889.) Il passait l'été à Chtchélykovo ; quand il n'écrivait pas, la lecture, la promenade, la pêche, la cueillette des « baies » et des champignons, ou encore le découpage sur bois étaient ses distractions favorites. (Ivanov, p. 89-90 ; Kropatchev, p. 82-83 ; S. Spiro, *V iménii Ostrovskago, Rousskiia Védomosti*, 3-18 juin 1911, et la rectification de N. et M. Ostrovskaïa, sœurs (du second lit) du dramaturge.)
(2) Voir chap. II.
(3) Dans *Une place lucrative.*
(4) Pigoulevski, *art. cit.*
(5) Communiqué par Mme Chatelen, fille de l'auteur, et par M. André Mazon, qui le tient de Tolstoï lui-même.

répandre comme un dogme sa propre interprétation de l'Évangile et sa conception de la vie. Il avait foi en la vertu interne et spontanée de la vérité. C'est encore pour sauvegarder cette indépendance morale, qu'il ne voulut jamais, l'ayant quitté, revenir au « service », et vécut de son seul travail, dans une fière médiocrité.

Ce volontaire éloignement de l'idéologie, de la littérature personnelle ou tendancieuse a fait trop légèrement accuser Ostrovski d'insuffisante culture. Lui-même eût avoué sans honte ses lacunes et ses ignorances ; jeté, avant la fin de son « cours » universitaire (1), dans les plus prosaïques réalités, il a délaissé de bonne heure la métaphysique sociale et les controverses abstraites : invinciblement attiré vers l'humanité vivante, il aimera mieux peindre le Russe « tel qu'il est », que de lui enseigner ce qu'il doit être. En revanche, il possède à fond son art, et en pratique les maîtres. Dans sa riche bibliothèque, où sont rassemblés les chefs-d'œuvre des théâtres européens, antiques et modernes, les tragiques grecs occupent la place d'honneur, entre Aristophane, Plaute, Térence et les « pseudo-classiques », en original ou en traductions, et les dramaturges russes (2). Les traductions qu'il a données lui-même, ou qu'il projetait, attestent le désir de contribuer pour sa part à l'accroissement des acquisitions nationales. Quant au français, en particulier, il le savait assez pour suivre une conversation, mais n'osait le parler, par gêne de prononciation défectueuse (3). Sa connaissance de notre littérature paraît avoir été étendue et solide ; Bourdine le consultait sur des pièces françaises qu'il voulait adapter à la scène russe, et tels jugements sur les *Faux Bonshommes* (4), sur Daudet écrivain dramatique, le choix de telles pièces à traduire, révèlent un jugement sûr et assez éclectique (5). Seule, l'opérette n'a pu trouver grâce : jalousie et dépit d'auteur, pensera-t-on, contre l'étrangère aguichante, « aux hanches nues », au geste libre, au langage épicé, dont Saint-Pétersbourg et Moscou s'engouèrent au milieu des années 1860. L'aversion d'Ostrovski a des causes plus honnêtes, dont il s'est lui-même expliqué sur le tard : le genre frivole importé de Paris offense la dignité de l'art et menace d'avilir le goût public. « Alors que notre théâtre, écrit-il, parvient à une représentation de plus en plus fidèle de la réalité, l'opérette, avec la charge continuelle qui fait tout son mérite et sans quoi elle n'a plus de raison d'être, est la négation de la réalité et de la vérité (6) .»

(1) Voir chap. Ier.
(2) PIGOULEVSKI, *ibid.*
(3) KROPATCHEV, p. 34.
(4) Comédie en quatre actes, en prose, de Th. BARRIÈRE et Ernest CAPENDU, jouée au théâtre du Vaudeville, 11 novembre 1856.
(5) Lettres à Bourdine, 28 avril 1870 ; 30 août 1876.
(6) IVANOV, p. 60-61. Voir dans *Pas faite pour ce bas monde* (1, 3), ce que Kotchouev raconte sur une opérette française.

L'âme, chez Ostrovski, est toute de probité et de bonté. Les habitudes d'ordre, même matériel, et de précision qu'il apportait à son travail (1), passeront plus tard en conscience professionnelle et en droiture à l'égard d'autrui. Juge honoraire élu, depuis 1874, il se rend chaque mois à Kinechma, à la réunion (*siézd*) des juges de paix du district (2) ; codirecteur des théâtres impériaux, il n'entend pas se dérober à la moindre obligation de sa charge. S'agit-il de collaborations ou d'emprunts? S'il s'est défendu contre les prétentions d'un Gorev, s'il a repoussé de basses imputations, il concède une part à Gédéonov dans l'invention de *Vasilisa Mélentiéva* (3), et reconnaît publiquement sa dette envers Tikhonravov et Zabêline pour *le Comédien du dix-septième siècle*. Ennemi de toute intrigue, il voudrait que ses pièces ne dussent leur succès qu'à elles-mêmes : « Ni réclame en leur faveur ni cabale contre elles (4) », écrit-il à Bourdine. Il s'est toujours refusé à faire sa cour, à flatter ceux dont dépendait le sort de ses œuvres ; mais cette inaptitude à se ménager des appuis par adresse, intrigue, humble sollicitation, il l'a expiée par plus d'un échec et par la longue attente des bienveillances censurales ou théâtrales. Sous une apparente indifférence, l'injustice le touchait profondément, jusqu'à le rendre injuste lui-même ; aux heures d'irritation il supportait mal qu'on fît l'éloge d'autrui, et s'étendait sur ses mérites méconnus avec une insistance ombrageuse qu'on eût pu confondre avec de la vanité.

Ni jaloux, ni orgueilleux (5), il était au contraire d'une bonté spontanée et toujours prête, que ne lassaient ni importunités ni mauvais procédés. Il accueillait avec cordialité, écoutait avec patience les débutants empressés à lui soumettre leurs essais dramatiques, à solliciter ses conseils et ses corrections : il aida ainsi de jeunes talents à sortir de l'ombre. Névêjine, désireux de mettre ses œuvres à la scène en 1870, — il écrivait depuis 1862, — se heurtait à une opposition irréductible de la censure : il eut recours à Ostrovski. Celui-ci fit l'éloge de la pièce incriminée, la reprit avec l'auteur, et en retoucha si habilement quelques parties secondaires, qu'elle obtint, sous sa nouvelle forme, le visa et le succès (6).

N. Soloviev végétait en province dans d'ingrates fonctions, quand Ostrovski lut son *Mariage de Bêlougine* ; il en fut enthousiasmé, le remania et réussit à le faire jouer. Venu par cette occasion à Moscou, Soloviev se lia si étroitement avec Ostrovski, qu'ils écrivirent en colla-

(1) Voir liv. V, chap. IV.
(2) MAXIMOV, *A.-N. Ostrovski po moïm vospominaniiam.*
(3) PISAREV, t. VI, p. 509-510 ; GORBOUNOV, t. II, p. 586.
(4) Lettre à Bourdine, 1879.
(5) Il lisait toujours ses pièces en manuscrit, à un cercle d'amis, sollicitait les avis, discutait ou acceptait les changements proposés.
(6) Voir NÉVÊJINE, *art. cités.*

boration plusieurs pièces (1). Quelques années plus tard, de Nijni-Nov-gorod, Mme Mysovskaïa, ayant arrangé *Snêgourotchka* en libretto, écrivit à Ostrovski pour lui demander le droit d'user de cette adapta-tion ; ainsi se noua un commerce de lettres, au cours duquel Ostrovski a exposé d'intéressantes idées sur son art. Malgré sa tâche absorbante (direction théâtrale) et sa mauvaise santé, il trouve le temps d'écrire à son interlocutrice inconnue, lui conseille de traduire des contes étran-gers en forme dramatique pour les féeries, qu'il projette en place de l'opérette et du ballet ; il lui propose une traduction en commun de Molière, luxueusement éditée ; il l'entretient de ses propres occupations, de ses projets, de ses appréhensions ; il exprime enfin le désir de la connaître personnellement : « Nous avons tellement correspondu qu'il est temps de causer à cœur ouvert » ; mais, après l'entrevue, où il a été surpris en pleine besogne, il craint de n'avoir pas laissé de lui une opi-nion assez nette et flatteuse (2).

Les artistes surtout, ceux des deux capitales, ont éprouvé l'active et délicate bonté d'Ostrovski : ils sont sa première famille, et quelques-uns sont demeurés ses meilleurs amis. Il donnait volontiers ses pièces pour leurs « bénéfices », car il les savait escomptées comme des assurances de succès et de recettes (3) ; il les dirigeait eux-mêmes dans l'étude de leurs rôles, leur prodiguait, de vive voix ou par écrit, les indications, les reprenait avec patience ; tandis que Tourguénev, dit-on, sortait furieux des répétitions, Ostrovski les laissait contents d'eux, donc de lui, et pleins de bon vouloir (4). Sadovski, Gorbounov, Bourdine, ont été les fidèles de la première heure ; puis Martynov, Vasiliev ; plus jeunes, Pisarev (5), Lenski. Directeur du répertoire, qu'il s'agisse de signer, de renouveler, ou de résilier des engagements, il apporte, dans la fermeté nécessaire, les tempéraments compatibles avec la règle impérieuse de servir les intérêts de l'art.

Enfin, l'honnêteté, chez Ostrovski, comme chez beaucoup de ses pareils de l'*intelligence*, s'achève par un défaut presque total de cet esprit pra-tique, de cette habileté en affaires, dont ses héros du monde marchand ou industriel se disent si largement dotés. Malgré le succès de ses œuvres, la demande du public, il se plie mal à l'idée et à la nécessité de les faire paraître séparément, et ne sait comment s'y prendre. Il songe d'abord à les éditer lui-même, pour y renoncer bientôt, crainte de s'embrouiller

(1) SKABITCHEVSKI, *Istor. nov. rouss. lit.*, p. 423. Les *Œuvres dramatiques* d'Os-TROVSKI et de N. SOLOVIEV ont été éditées séparément. (Saint-Pétersbourg, 1881.)
(2) IVANOV, p. 66.
(3) Voir dans *Ejég. Impér. téat.*, 1910, t. VI, *A.-N. Ostrovski v pismakh i vospomi naniiakh, N.-P. Kachina*, lettre 16 et autres.
(4) A.-G. PANAEVA. *ouv. cit.*, p. 250.
(5) Auteur de la plus récente édition des œuvres d'Ostrovski. Saint-Pétersbourg, 1905, 10 vol.

dans les comptes de publication ; une inexpérience si préjudiciable l'humilie et l'affecte : « Croiriez-vous, écrit-il à un ami, que je suis parfois tout triste de conduire si mal mes finances. Avec quatre enfants, c'est impardonnable. Nékrasov s'est plus d'une fois moqué de moi en face, en m'appelant le « désintéressé ». Il disait que pas un littérateur ne vend ses éditions aussi bon marché que moi (1). » Loin de divulguer cette faiblesse, qui eût incité les éditeurs à traiter plus durement le dramaturge, Nékrasov prit la défense de ses intérêts et entreprit lui-même l'édition. Ostrovski ne rencontra pas toujours d'aussi loyaux courtiers : témoin sa mésaventure avec le directeur de *la Parole Russe*, Kouchélev-Bezborodko, pour la première édition de ses œuvres, en deux volumes (1858) : les trois mille exemplaires n'étaient pas encore épuisés en 1862 ; Ostrovski, gêné d'argent, abandonnait ses droits sur son *Minine* à qui éditerait un troisième volume (2). La fondation de la Société des écrivains dramatiques en 1874 le protégea, tardivement, contre sa propre inexpérience, contre ceux qui eussent pu en abuser, et les directeurs de théâtre. D'avoir durant tant d'années traîné les ennuis d'argent, il lui reste non l'âpre désir, mais la défiance de la richesse possible et l'acceptation tranquille de la médiocrité : « Je ne crois pas beaucoup à la mirifique affaire dont tu me parles, écrit-il à Bourdine ; les entreprises honnêtes et nobles ne sont jamais lucratives. Espérer tirer profit d'une affaire pareille, autant espérer gagner 200 000 roubles. Travailler sans répit, récolter un kopek pour sa peine, voilà notre sort et notre affaire sûre, avec cela honnête et noble (3). » Ce trait peint tout l'homme.

Cette vie, exempte en somme d'agitations profondes et de cruelles épreuves, n'a été qu'un labeur continu, voué à l'idéal choisi, et dont les soucis matériels, les déboires accumulés, les réparations tardives n'ont pu paralyser l'énergie ni troubler la solide sérénité. Avec des vertus moyennes, mais pleines, que le pays et les circonstances font plus méritoires, la figure d'Ostrovski est d'un grand honnête homme.

(1) IVANOV, p. 67.
(2) ID., *ibid.*, ; *Ejég. Impér. téat.*, 1910, t. VI : *Ostrovski v ego pismakh...*, lettres 4 et 8 à Gorbounov.
(3) Lettre à Bourdine, 7 septembre 1879.

LIVRE II

LES MŒURS PROFESSIONNELLES ET SOCIALES

DU MONDE MARCHAND

CHAPITRE PREMIER

LES MILIEUX OBSERVÉS. — PRÉDOMINANCE DU MONDE MARCHAND

I. Division de l'étude. — Prédominance du monde marchand dans le théâtre de mœurs d'Ostrovski. — Raisons alléguées par les critiques contemporains.
II. Organisation historique de la classe des *kouptsy*. Ses mœurs professionnelles. — Son évolution. — Matière neuve offerte au peintre de mœurs. — Raisons personnelles à Ostrovski.
III. *Tableau de famille* (1847).

I

Drames et comédies déroulent une vaste fresque de mœurs, dont on a suivi l'exécution par parties et reprises successives. Son étude par ordre chronologique, acceptable chez Dobrolioubov, qui connut un quart seulement de l'œuvre totale, n'évite plus, chez Nézélénov, O. Miller, I. Ivanov (1), la monotonie, l'obscurité, faute d'éclaircissement biographique, ou la confusion, par exposé conjoint de la vie et de la production littéraire. La division de Boborykine (2) en « théâtre de mœurs contemporaines » sous prétexte que le terme de « comédies » convient mal à des pièces de caractère mixte qui sont « plutôt de purs drames, sinon des tragédies », et « théâtre de mœurs historiques », est toute formelle et manque de précision. La plupart des critiques distinguent trois périodes, en apparence plus rationnelles : mœurs du *koupetchestvo*, pièces historiques, pièces de mœurs contemporaines ; mais les uns datent la seconde

---

(1) *Ouv. cités.* Voir Introduction.
(2) BOBORYKINE, *Ostrovski i ego sversiniki.* (*Slovo*, 1878, n°s 8, 9, 10.)

de 1865 ou 1866 (1), les autres la troisième de 1870. Déjà suspect avec de telles divergences (2), ce classement va encore contre les faits : car à l'époque où il composait ses « chroniques dramatiques (3) », Ostrovski ne cessait pas d'écrire des pièces de mœurs (4) ; *le Comédien du dix-septième siècle* n'est qu'un ouvrage de circonstance, et *Snêgourotchka* est conçue dès 1868. Donc pas de coupure, pas de démarcation chrono-logique entre les deux genres : le théâtre de mœurs se développe, sans interruption, de 1847 à 1885, doublant, pour ainsi dire, le théâtre d'histoire. Pas de division de matière non plus ; bien qu'elle domine dans les premières pièces (1847-1860), la peinture du monde d'affaires s'étend sur les autres périodes : de *Tableau de famille* (1847) aux *Esclaves* (1881) la chaîne est continue (5).

Le groupement par ordre d'importance paraît plus logique et, malgré d'inévitables enchevêtrements, plus commode : les proportions respec-tives des parties dans l'ensemble s'y détachent avec plus de relief. Sur quarante-six pièces — laissant ici de côté le théâtre d'histoire — la peinture de mœurs en retient trente-neuf, dont plus de la moitié embrasse le monde des affaires ; une dizaine, par moitiés égales, les fonc-tionnaires et la noblesse rurale ; quelques-unes, les *raznotchintsy;* et trois le monde du théâtre. Sans dommage pour les autres groupes sociaux, le *koupetchestvo* gardera donc dans l'étude de l'œuvre la prépondérance qu'il avait dans l'œuvre elle-même.

Tableau de famille (1847) et *Pas faite pour ce bas monde,* « scènes de famille» (1885), telles sont les limites extrêmes entre lesquelles s'échelonne cette multiple et forte élaboration : plus de vingt pièces, presque tout le meilleur d'Ostrovski, dont plusieurs chefs-d'œuvre.

Comment se distribue cette matière? Si l'on excepte le drame popu-laire *Fais ce que dois*, dont l'action est reculée au milieu du dix-huitième siècle, mais pourrait avec autant de vraisemblance se placer au milieu

---

(1) Alors que *Kouzma Minine* est de 1862.
(2) Voir Nézélénov, p. 18-23. — V. Soloviev (*Rousski mir*, 1875, n° 237) divise en trois parties : 1° mœurs marchandes ; 2° histoire ; 3° caractère mêlé ; Efstafiev (*Novaïa rousskaïa littératoura*, Saint-Pétersbourg, 1887, 4e livraison, Ostrovski) divise en : 1° scènes dramatiques ou tableaux de mœurs ; 2° comédies de mœurs, comédies artistiques et drames ; 3° drames ou chroniques historiques ; Savodnik (*Otcherki po istorii rousskoï littératoury XIX-go vêka*, Moscou, 1907, 2e partie, 3e édit., chap. v, Ostrovski, p. 124-156) distingue trois périodes : 1° marchands et fonctionnaires ; 2° pièces historiques ; 3° 1870-1880, retour à la peinture de mœurs contemporaines. En 1869, on divisait généralement le théâtre d'Ostrovski en : 1° mœurs du monde marchand ; 2° mœurs des petits fonctionnaires ; 3° mœurs des petits *pomêchtchiks.*
(3) De 1862 à 1868, cinq pièces.
(4) De 1862 à 1868, six pièces.
(5) *Entre siens on s'arrangera* (1850), *Ne t'assieds pas dans le traîneau d'autrui* (1853), *Pauvreté n'est pas vice* (1854), *Tel en pâtit qui n'en peut mais* (1856), *l'Orage* (1860), *A qui n'arrive pas péché et malheur* (1863), *les Farceurs* (1864), *En place marchande* (1865), *Cœur ardent* (1869), *Ce n'est pas tous les jours fête* (1871), *Il faut de la chance pour que la vérité triomphe* (1877), *le Cœur n'est pas une pierre* (1880).

du dix-neuvième, tout le reste, comme les dates le montrent, n'enferme guère moins d'un demi-siècle (1839-1885) (1). Les personnages appartiennent aux différentes catégories du monde marchand, du simple boutiquier, du *lavotchnik* (2) au « *koupets* de la première guilde », au *fabricant*, au grand industriel, aux armateurs, aux hommes de finance, avec leur entourage de gens de loi, de parasites, de *chéromygy* (3), de marieuses ou d'entremetteuses. Moscou fournit le décor préféré, surtout le Zamoskvoretché, parfois les faubourgs écartés, les coins perdus et tranquilles de la grande cité ; plus rarement la province, chefs-lieux de gouvernement ou de district des bords de la Volga, où traditions et coutumes perpétraient leur rudesse intacte. De Saint-Pétersbourg il n'est jamais question : c'est que dans la nouvelle capitale, à l'époque où Ostrovski découvrit son sujet, l'activité commerciale et industrielle était moindre ; les marchands n'y formaient point la classe la plus nombreuse et la plus puissante, noyés d'ailleurs parmi les gens de cour et les tchinovniks ; enfin, au contact de confrères étrangers, ils s'européanisaient plus vite.

Des Occidentaux, des Français s'étonneront qu'un dramaturge moderne et d'esprit éclairé ait pu consacrer un si long effort d'observation à un groupe social dont les prosaïques occupations et les passions bornées semblent, à première vue, peu capables de dégager un tragique ou un comique comparable, en intérêt comme en intensité, à celui de *Goré ot ouma* et de *Révizor*. En Russie même, l'*intelligence* affecte un dédain quelquefois injuste pour les marchands : elle ne voit en eux que la classe possédante, détentrice du « capital », cupide et accapareuse, éprise uniquement de gain, de luxe, de jouissances grossières, conservatrice de traditions surannées, superstitieuse, étrangère et hostile à toute pensée indépendante, aux idées de progrès et de réformes, bref, le vrai « royaume des ténèbres », selon le mot de Dobrolioubov. Comment donc expliquer la prédominance du *koupetchestvo* dans l'œuvre d'Ostrovski ?

Les premiers qui en rendirent raison, amis et collaborateurs d'Ostrovski au *Moskvitianine*, invoquaient un idéal social commun à toute la « Jeune Rédaction ». Pour Grigoriev, « c'est chez les marchands que se maintiennent avec le plus d'intégrité et que se marquent le plus nettement les types du caractère national en général, dont les traits essentiels et fonciers sont uniformément communs à toutes les couches de la société (4) ». Pour Edelson, « le *koupetchestvo* se trouve, par la nature même de ses occupations, en constants et étroits contacts avec les autres classes sociales, et renferme toutes les formes de vie et de coutumes qui se sont

(1) L'action de *Cœur ardent* (1869) est reportée à une trentaine d'années en arrière ; de même celle de *Pas un gros et tout d'un coup un altyne* (1872).
(2) Boutiquier, par exemple Epichkine dans *Pas un gros et tout d'un coup un altyne.*
(3) Écornifleurs, pique-assiettes.
(4) *Sotchinéniia A. Grigorieva*, t. Ier, p. 120. Saint-Pétersbourg, 1876 ; et BARSOUKOV, *ouv. cit.*, t. XIV, p. 367.

élaborées dans notre société : du petit marchand, villageois d'hier, au marchand des capitales, qui suit la mode étrangère, s'étage toute une série de types intermédiaires, où la vieille vertu russe, sans alliage étranger, l'attachement aux us séculaires, jusqu'en leur menu détail, côtoie la légèreté, la vanité, l'engouement complet pour le confort européen ». D'autre part « la langue du *koupetchestvo*, qui offre toute la richesse et la variété de la langue populaire, abondante en tours épiques, riche de liberté inventive, favorisait ainsi l'auteur dramatique, dont la sûreté et la justesse de langue sont l'avoir essentiel (1) ». Quinze ans plus tard, quand le débat s'est apaisé entre slavophiles et occidentalistes, un autre critique allègue non plus les vertus nationales du *koupets*, mais le peu de liberté laissé à l'écrivain de théâtre dans les années 40 ; celui-ci, gêné et contraint dans la peinture des rapports familiaux chez les hautes classes, — sévèrement protégées contre toute vérité indiscrète, dès qu'elle ne tournait pas à leur avantage, — ne retrouvait que dans les coins éloignés de la vie populaire, c'est-à-dire chez les marchands, la liberté d'observer et de traduire fidèlement la grossièreté, la barbarie des uns, l'oppression des autres (2).

Mieux que ces explications subjectives, ou de circonstance, les faits éclaireront la question.

II

Rappelons brièvement l'histoire du *koupetchestvo*. Dès le quatorzième siècle, les marchands étaient, à Novgorod, à Moscou, un élément important d'activité et de progrès économique : en raison de leur richesse, ils prirent part de bonne heure aux événements politiques (3). Toutefois leur organisation spéciale ne date que de la fin du seizième siècle. Le gouvernement, ayant besoin, pour la conduite de ses affaires commerciales et la perception d'impôts, de différentes sortes de « gens de service », et d'autre part ne se fiant qu'à demi aux employés des *prikaz* (chancelleries, bureaux), songea à imposer un service obligatoire aux meilleures gens de commerce. Ainsi furent formées à Moscou des « compagnies » (*sotnias*) particulières : la compagnie des marchands forains (*gostinaïa sotnia*), la compagnie des drapiers (*soukonnaïa sotnia*) (4). A la fin du dix-septième siècle, la population commerçante et industrielle ne ressortissait à aucun « bureau » spécial, et figurait, selon l'expression de Pierre le Grand, « une chambre en démolition » : il se proposa de lui

(1) *Moskvitianine*, 1854, n° 5, article sur *Pauvreté n'est pas vice*.
(2) OUTINE, *Véstnik Evropy*, 1869, n° 1, article sur *Le plus malin s'y laisse prendre*.
(3) Par exemple le marchand boucher Kozma Minine Soukhorouk, de Nijni-Novgorod.
(4) A Novgorod la Grande, les marchands étaient déjà répartis en *sotnias*.

donner un statut. Il considérait les marchands comme une classe de contribuables utile et précieuse à l'État par son activité. Entre autres mesures propres à favoriser l'essor économique, il leur interdisait, dès 1709, le passage à d'autres états ; en 1711 il permettait le commerce aux Russes de toute condition, sauf à ceux qui servaient dans l'armée. Les marchands étaient soumis à la capitation et tenus de fournir un service, par voie d'élection. Obligés d'aller dans d'autres villes, leur commerce en souffrait : ils s'en sont plaints maintes fois.

Les guildes ou corporations marchandes qui existaient depuis longtemps en Allemagne, en Angleterre, en France, furent instituées en 1721, au nombre de deux : la première comprenait les « marchands du premier degré ou de la première classe » (*pervostépennyé, pervostatéïnyé*) : les banquiers, les commerçants notables faisant l'exportation ou vendant en gros aux Rangées, les docteurs, apothicaires, médecins, les capitaines de bateaux marchands, etc. L'inscription dans les guildes conférait l'exemption du recrutement, à charge de payer cent roubles au fisc (1) ; en 1721, s'y ajouta le droit d'acheter des paysans, mais à condition de les inscrire à des manufactures ou usines ; en 1739, celui de se racheter du service en fournissant des remplaçants. On voit, d'après l'*Instruction au magistrat* (1724), que les guildes avaient leurs représentants élus : doyens, syndics et adjoints, chargés de veiller à tout ce qui concernait le bien des citoyens de la ville. Sous Élisabeth Pétrovna, une *Instruction* ordonna la répartition des marchands en trois guildes (2), dont chacune élisait un doyen, un syndic et un adjoint, pour un an ; les doyens de la seconde et de la troisième étaient soumis au doyen de la première, et dans chacune, les syndics et adjoints, aux doyens. Ils étaient chargés de quelques fonctions de police, de justice corporative, et de la perception d'un certain nombre de taxes. L'inscription dans chacune des guildes était fixée par le quantum du « capital » déclaré : 10 000 roubles pour la première, de 1 000 à 10 000 pour la seconde, de 500 à 1 000 pour la troisième ; au-dessous de 500, on était inscrit dans la classe des *mêchtchanes*. Toutes les taxes commerciales instituées jusqu'alors furent abolies et remplacées par un « impôt de guilde » ou patente commerciale (*guildéïski sbor*), de un pour 100 du capital. La déclaration du capital était laissée à la discrétion de chacun, sans enquête sur les dissimulations possibles.

Le *Règlement* de 1785 éleva la proportion du capital : 10 000 à 50 000 roubles pour la première guilde, 5 000 à 10 000 pour la seconde, 1 000 à 5 000 pour la troisième, avec maintien d'une taxe de un pour 100. En même temps les droits et privilèges des marchands furent précisés :

(1) En 1783, le chiffre fut élevé à cinq cents.
(2) Ramenées plus tard à deux.

exemption des peines corporelles pour ceux des deux premières guildes (1785), exemption de la capitation pour les habitants des villes inscrits aux guildes, uniformément fixées à trois (1795) (1). En 1807, le capital fut élevé à 50 000 roubles pour la première guilde, 20 000 pour la seconde, 8 000 pour la troisième. Les chiffres ont été maintenus en 1824 ; le dernier statut date de 1863, avec quelques modifications en 1865 (2) : il n'y a plus que deux guildes. Les marchands ne sont pas affranchis de l'impôt. Les patentes commerciales (3) sont délivrées aux gens de toute classe, excepté les prêtres catholiques et les pasteurs protestants. Les femmes peuvent faire commerce ; les nobles ont faculté de s'inscrire à une guilde, d'avoir tous les droits commerciaux, sans perdre ni leurs droits ni leurs charges de noblesse. Dans chaque ville, les *kouptsy* des deux guildes forment une société marchande qui, pour la surveillance des intérêts corporatifs, élit des syndics et leurs adjoints : ceux-ci répartissaient également les impôts dans chaque guilde.

La classe marchande ne pouvait être une classe absolument fermée : les nobles en effet y avaient accès par en haut, par en bas les *méchtchanes* y pénétraient dès qu'ils pouvaient payer le cens exigé ; et la perte ou la diminution du capital entraînait l'exclusion de telle ou telle guilde, le retour à la condition de *méchtchane* D'autre part, en dépit de leur situation de classe privilégiée, par l'exemption de la capitation, du service militaire personnel, des peines corporelles, les marchands des deux premières guildes ne pouvaient posséder des « terres habitées », c'est-à-dire peuplées de serfs : ils étaient ainsi exclus de la propriété terrienne, limités à l'acquisition et à l'exploitation d'immeubles urbains ou suburbains. Déjà retenus dans les villes par leurs affaires, la loi les y enchaînait encore ; d'où cet esprit de comptoir, ce mercantilisme que les peintres de mœurs attribuent si volontiers aux *kouptsy* russes, l'étroit attachement aux us traditionnels, l'absence d'influence sociale. L'abolition du servage, en supprimant la distinction entre les terres « habitées » et « non habitées », a ouvert à la bourgeoisie marchande l'accès de la propriété rurale, et de nouveaux débouchés à ses capitaux.

Bien que possédant presque tous les privilèges personnels de la noblesse, les marchands de la première guilde cherchaient à s'évader de leur classe : ils convoitaient l'anoblissement, pour eux ou leurs enfants.

---

(1) Au contraire des corps de métiers (*tsekh*), les guildes ne furent pas organisées en corporations ou communautés (*obchtchina*).

(2) Il forme dans le tome V du Code des lois (*Svod zakonov*) le *Polojénié o pochlinakh za pravo torgovli i drougikh promyslov.*

(3) Cinq cent soixante-cinq roubles dans la première guilde pour le commerce à l'étranger, et le commerce en gros, dans toutes les localités de la Russie ; dans la deuxième, pour les commerçants en détail, les propriétaires de manufactures ou d'usines occupant plus de seize ouvriers, quarante à cent vingt roubles selon les cinq classes de localités pour le commerce intérieur.

Le service de l'État leur permettait d'y arriver, par l'acquisition du tchine voulu. Mais dès lors que des familles enrichies par le négoce entraient dans la classe noble, le *koupetchestvo* s'appauvrissait numériquement au sommet ; cela explique qu'à Moscou, métropole commerciale de la Russie, on trouve peu de firmes séculaires, au contraire de ce qui est fréquent dans les autres pays de l'Europe. La vanité sans doute entrait pour une bonne part dans ces ambitions nobiliaires : elle n'agissait pas seule. Les droits et privilèges marchands étant essentiellement liés à l'inscription dans la guilde, un revers de fortune pouvait brusquement ramener un marchand de la première guilde à la seconde, — autrefois encore à la troisième, — ou à la condition des *mêchtchanes*, soumis à la capitation, au recrutement et aux verges. Seuls, la noblesse héréditaire, et par suite le service de l'État pouvaient mettre une famille marchande à l'abri de ces risques et de ces déchéances. Pour remédier à cet état instable de la classe commerçante et la détourner du « service », l'empereur Nicolas Ier créa pour elle une sorte de noblesse corporative, par le titre de « citoyen honorable, ou bourgeois notable » (*potchetny grajdanine*) personnel ou héréditaire. D'autres prérogatives honorifiques, propres à rehausser le prestige ou à flatter l'amour-propre marchand, y furent ajoutées : port de l'épée, de l'uniforme, etc. (1).

Aujourd'hui, depuis l'abolition de la taille, des peines corporelles, l'extension à tous les habitants des villes des privilèges jadis réservés aux guildes, l'affranchissement des serfs, le service militaire personnel et obligatoire, tous ces privilèges, distinctions et titres n'ont plus guère qu'une valeur sociale. Mais les barrières que la loi tendait à effacer entre les classes mettent plus de temps à disparaître des mœurs : la noblesse a longtemps vécu isolée des marchands et d'une bourgeoisie encore insuffisamment cultivée ; dans les grandes villes, il y a le club de la noblesse et le club des marchands.

Confiné dans le commerce pendant des siècles, le marchand russe a longtemps gardé certains vices professionnels, excusés peut-être par le marchandage : l'habitude de ruser, l'inclination à tromper clients ou confrères. De bonne heure les voyageurs européens ont signalé son improbité, ou la rappellent comme un lieu commun, une vérité reconnue (2). En faisant la part de l'exagération, et, chez les premiers obser-

(1) Pour plus de détails, voir *Rousski Entsyklopéditcheski Slovar*, édit. BROKHAUS-EFRON : t. XXXIII, *Kouptsy* (p. 57-58) ; t. XVI, *Guildii*, p. 679-680 ; t. XXXVIII, *Moskva*, p. 934 ; t. XXXIX, *Mêchtchané*, p. 339-340 ; NAÏDÉNOV, *Istoriïa Moskovskago Koupetchestva* ; NÉMIROV, *Istoriïa S. Pétérbourgskoï birji*, Saint-Pétersbourg, 1888-1889 ; A. LEROY-BEAULIEU, *l'Empire des Tsars et les Russes*, t. I, liv. V, chap. III.
(2) *Sigismondi liberi baronis in Herberstein Rerum moscoviticarum commentarii*, p. 56. Basileae 1571 : « Mercantur fallacissime ac dolosissime. » *Relation du voyage d'Adam Oléarius en Moscovie...*, traduit de l'allemand par A. de Wicquefort, t. Ier, p. 145. Paris, 1659 : « Les marchands ne croient pas qu'il y ait du mal à surprendre dans le négoce ceux qui trafiquent avec eux, alléguant pour raison qu'il faut que le

vateurs, de cette injustice que Griboêdov reproche à « l'aventurier
étranger (1) » : la presque unanimité des dires ne laisse pas d'être une
forte présomption ; et, si la confirmation indigène s'y ajoute, la preuve
semblera décisive. Or les Russes sont encore plus catégoriques que les
étrangers. Dans un chapitre consacré aux marchands, l'honnête Posochkov, qui fut de la corporation, leur rappelle les préceptes de la loyauté
commerciale : « garder sa parole en affaires, ne pas rechercher le gain,
avoir de bons poids et non deux poids et deux mesures, ne pas tromper
sur la marchandise, par faux lustre, ne pas tromper un enfant, ne pas
même lui prendre un denier de plus (2). » Kantemir, dans plusieurs de ses
satires, vise les pratiques d'improbité (3). Dans une comédie de Plavilchtchikov, *l'Employé*, le marchand moscovite Khariton Avdoulovitch
voulant dépouiller à l'aide de faux comptes son employé et pupille André,
trouve un appui empressé auprès de ses confrères des Rangées, Bez-
douchnikov, Pliougavtsev, Népravdine ; et le prévôt, le loyal Pravodêlov,
qui sauve l'innocent persécuté, paraît moins vrai que le groupe des
fripons (4). Une fable de Krylov, *le Marchand*, sur le thème inépuisable
du voleur volé, formule la morale courante de tout commerce, en pays

marchand se serve de l'industrie ou de l'esprit que Dieu lui a donné ou qu'il ne se
mêle point de trafiquer. C'est pourquoi lorsqu'un marchand hollandais eut vilaine-
ment trompé plusieurs Moscovites, eux, au lieu de s'en offenser, louèrent fort son
adresse, et le firent prier de les associer avec lui, et de leur enseigner quelque bon tour
de son métier » ; *les Voyages de Jean Struys en Moscovie, Tartarie, Perse...*, par
Monsieur GLANIUS, p. 124. Amsterdam, Paris, 1681 : « La tromperie dans la marchandise passe chez eux pour un tour d'adresse et d'esprit » ; *Voyage en Moscovie d'un
ambassadeur conseiller de la Chambre impériale, envoyé par l'empereur Léopold au
czar Alexis Mihalowics, grand-duc de Moscovie*, p. 161. Leide, Paris, 1688 : « Les
marchands, toujours trompeurs dans leur commerce, appuient leurs fourberies de
faux serments » ; *Voyages historiques de l'Europe. Contenant l'origine, la religion, les
mœurs. les coutumes et les forces des Moscovites...*, par Claude JORDAN, t. VII de la
collection (1692-1700), chap. III, Mœurs et coutumes : « Ils trompent habilement
dans le commerce et ce qui passe ailleurs pour un vice n'est regardé que comme une
adresse en ce pays-là... Un marchand anglais ayant vendu au poids quelques couver-
tures de laine, sur lesquelles il avait semé du sable et les avait tenues quelques jours
dans un lieu humide, les Moscovites s'en étant aperçus quelques jours après, bien loin
de s'en plaindre, exaltèrent cette subtilité, et il y en eut plusieurs qui recherchèrent
l'amitié de cet Anglais et de s'associer avec lui » (p. 29) ; *Voyage en Russie* (1790-1792)
par FORTIA DE PILES, t. IV, p. 313 et sqq. Paris, 1796 : l'auteur dit qu'il n'y a chez
eux aucune espèce de bonne foi, et raconte quelques-uns de leurs tours ; DUCRET DE
PASSENANS, *la Russie et l'esclavage dans leurs rapports avec la civilisation européenne*,
2 vol. Paris, 1822.

(1) « Qui buvait, mangeait, s'enrichissait dans nos térems, et, rentré chez lui, payait
en injures à l'adresse des Russes l'hospitalité reçue chez eux. » (Lettres de voyage à
BÉGITCHEV, *Sotchinéniia*, t. I, p. 42.)

(2) *Zavêchtchanié otetcheskoé k synou. Sotchinénié Ivana Posochkova*, chap. v. Moscou,
1875 : *O Koupetchestvê*, p. 190-191. — Cf. le mot final de Podkhaliouzine dans *Entre
siens on s'arrangera*, IV, 6.

(3) *Satires du prince Cantemir*. Traduites du russe en français. Londres, 1750,
satires V, VI, VII.

(4) *Sidêlets* (*l'Employé*), IV, 2, 3. — Voir sur PLAVILCHTCHIKOV notre *Théâtre de
mœurs russes, des origines à Ostrovski*, chap. v.

russe : « Volé ! Mais il avait volé, le marchand ! en cela rien d'étonnant ; mais si on regarde le monde — un peu plus haut que les boutiques — on verra que là aussi les choses vont du même train ; — tous, en presque tout, n'ont qu'une idée : — qui trompera le mieux l'autre, — et qui volera l'autre le plus habilement (1). »

Les rapports entre patrons et commis ou fondés de pouvoir commerciaux (*torgovyé dovêrennyé*) étaient déterminés par la loi : les règlements insérés dans une des dernières éditions du Code de commerce (1887) datent en réalité de 1799 ; ils portent un caractère domestique depuis longtemps disparu, et ont beaucoup vieilli. La responsabilité civile y est confondue avec la criminelle. Un des traits de cet archaïsme était l'obligation, pour l'employé, de se bien conduire, de respecter son patron, la famille de celui-ci ; pour mauvaise conduite, le patron pouvait sévir par rigueur domestique, comme avec ses enfants, et, en cas de non-soumission ou de non-amendement, déposer une plainte entraînant de sept jours à trois mois d'arrêts.

Voilà les données générales de l'histoire. En quoi favorisaient-elles proprement Ostrovski et quelle est ici la part du choix personnel ? Hors les étés à Chtchélykovo et de brefs déplacements, Ostrovski a passé toute sa vie à Moscou, métropole commerciale de la Russie. Il pouvait étudier à l'aise, dans la maison paternelle, au *Sovêstny Soud*, au tribunal de commerce, chez des amis du Zamoskvoretché, les types du monde marchand, suivre avec les années leur lente ou rapide transformation. Comment se fût-il lassé de reproduire en leurs aspects et leurs poses variées des originaux qui s'offraient avec une si complaisante abondance ? La prédominance du *koupetchestvo* dans son œuvre ne procède donc pas d'une doctrine sociale, d'une préférence personnelle ou de quelque ambition de nouveauté : c'est la réalité ambiante elle-même qui l'imposait, facilitant du même coup cette immédiate communication entre l'artiste et le modèle, d'où le portrait tire plus d'intime vérité. Par surcroît, cette classe marchande, déjà signalée par Bêlinski comme riche matière d'observation, esquissée d'un trait rapide par Gogol, Ostrovski la connut au temps où, fière de son importance croissante dans l'État (2), de sa richesse et de sa force, avide de briller à son tour, elle quittait l'ombre des boutiques et des us séculaires. Grâce aux chemins de fer, à l'extension commerciale et industrielle, à la pratique modernisée des grandes affaires, elle tendait à former, en face de la noblesse foncière en déca-

(1) *Basni (fables)*, liv. VIII, 11 : *Koupets*.
(2) « Les marchands ont acquis sous le règne actuel une importance manifeste, qui s'étend chaque jour davantage ; enfin, les bourgeois, dont l'existence se lie à celle des marchands et qui ne tarderont pas à former, eux aussi, une classe nombreuse et forte. » (SAINT-JULIEN, *Revue des Deux Mondes*, octobre 1847.) Pour la période d'après les réformes, voir A. LEROY-BEAULIEU, *l'Empire des Tsars et les Russes*, 4ᵉ édit., t. II, p. 244-58. Paris, 1898.

dence (1), et anémiée dès avant l'amputation de 1861, une sorte de tiers ou de bourgeoisie, intermédiaire entre l'aristocratie de naissance ou de tchine, et le peuple innombrable, pas encore ou à peine libéré de la servitude. Or, dans tout État hiérarchisé, légalement ou de fait, en classes, la classe moyenne semble plus expressément solliciter le peintre de mœurs. Toute proche encore du peuple, d'où elle sort, elle s'efforce d'oublier, de polir la crasse originelle ; elle rougit de l'humilité de la veille, pense acquérir du lustre par l'argent et la fréquentation de la caste supérieure. Ce que fut pour notre Molière le bourgeois parisien, vaniteux, ou avare, ou ennemi des nouveautés, entêté et sot dans son bon sens même, le *koupets* moscovite ou provincial le fut pour Ostrovski : une humanité à la fois routinière et prétentieuse, à mi-côte de la vie sociale, et que le dramaturge, de même provenance souvent, raille, malmène sans ménagements, mais toutefois avec un fonds secret de tendresse, qu'ignore la moquerie insolente du noble ou la gausserie un peu envieuse du plébéien.

Outre l'attrait qu'offrait ce mélange de rusticité et de culture, de parties évoluées et de parties attardées, de traits d'origine permanents et d'expressions d'emprunt passagères, le *koupetchestvo* porté à la scène pouvait, mieux que toute autre classe, servir aux fins morales, inséparables du plaisir dramatique. Car le théâtre, tel que le conçoit Ostrovski, avec sa rigoureuse vérité de mœurs et de langue, doit être non l'image seulement, mais l'école de la vie ; il ne se justifie et ne s'impose que par cet office d'éducation ; le rire, l'émotion doivent éclairer, amender les âmes. Cette idée, depuis longtemps chère à toute la littérature russe, est déjà formulée dans la défense d'*Entre siens on s'arrangera* (2) ; et la preuve que ce n'était pas un argument de circonstance, est qu'Ostrovski l'invoque trente ans plus tard en faveur de la création d'un théâtre national à Moscou (3). Or le *koupetchestvo* constitue justement le public le plus aisé, et le plus nécessaire, à toucher. Avant la naissance d'un prolétariat industriel, qui aujourd'hui le dépasse souvent en appétit d'instruction, de progrès et d'émancipation, il était le seul groupe social,

(1) La cession de ses terres aux paysans, l'abolition de ses privilèges frappait la noblesse dans sa puissance et dans ses biens, en dépit des titres de rente compensatoires : beaucoup de nobles étaient déjà ruinés ou endettés, d'autres dépensèrent follement « l'argent du rachat », la minorité se mit résolument à l'œuvre pour exploiter elle-même ses domaines diminués ; l'endettement de la noblesse terrienne, considérable avant la réforme de 1861, s'accroît rapidement après elle. Cette crise aiguë n'atteignait ou ne menaçait en rien la classe commerçante : augmentée par un afflux de paysans libres, les ventes de terres seigneuriales offraient encore un champ plus vaste à ses opérations. Sa richesse augmentait, excitant son appétit de jouissance et de domination ; ses conditions de vie n'étaient pas bouleversées. Voir P. MILIOUKOV, *Otcherki po istorii rousskoï koultoury*, 4ᵉ édit., première partie, p. 188-190. Saint-Pétersbourg, 1900.

(2) Voir PISAREV, t. X, p. XXXII.
(3) *Ibid.*, t. VIII, p. 562-563.

où une teinte de culture n'eût pas altéré le vrai fond russe, populaire même ; en y accédant par degrés, le moujik des campagnes se dégros- sissait, prenait contact avec les formes extérieures de la vie européenne, avant d'en saisir l'esprit. Même sa franchise abrupte et massive, sa nature capable de brusques générosités le préparaient mieux à entendre les leçons venues de la scène. Qu'il fût un sujet « inoffensif », la chose n'a d'intérêt que pour la période de la « terreur censurale (1) » ; encore ne faut-il pas oublier qu'*Entre siens on s'arrangera* provoqua des colères dans le monde marchand, fit mettre l'auteur en surveillance policière, l'obligea à quitter le service, et attendit trente ans le droit de paraître dans son texte intégral.

Ainsi, par des faits et des raisons soit objectives, soit personnelles, s'expliquerait la part si importante que le monde marchand détient dans le théâtre d'Ostrovski.

Dans les *Mémoires d'un habitant du Zamoskvoretché*, dont le trans- cripteur, Ostrovski lui-même, feint d'avoir retrouvé le manuscrit, la région urbaine qui, vue des hauteurs du Kreml, s'étend sur la rive droite de la Moskva, est donnée comme un pays inconnu et mystérieux, séparé du reste des vivants, sur lequel circulent des bruits confus, des légendes étranges ou terrifiantes : demeures hermétiquement closes, bien qu'habitées, endroits hantés, longueur interminable des rues ; hors son nom et sa situation, tout : les habitants, leur genre de vie, langue, mœurs, coutumes, degré de culture, demeurait enveloppé d'une épaisse obscurité.

De fait, si on laisse de côté ses représentants épiques, héros de *bylines*, comme Sadko, Vasili Bouslaev, ses images poétisées, comme le marchand Kalachnikov, de Lermontov (2), où résident des traits réels et fonciers du *koupets* russe, le *koupetchestvo* russe, et moscovite en particulier, avait peu fourni à la littérature antérieure (3) : au dix-huitième siècle, dans la satire (Kantemir) (4) ou la comédie (Loukine, Catherine II) (5), quelques aspects et types, uniquement de cupidité mercantile, caute- leuse ou arrogante ; chez les auteurs de second ordre (Ablésimov, Pla-

(1) Le comte Sollogoub écrit sur la pauvreté de la littérature dramatique en 1851 : « L'objet de la comédie, ce sont les défauts, les vices de la société. De qui le comique peut-il représenter les défauts? De la noblesse, du koupetchestvo, du tchninovnit- chestvo, de la classe militaire, de la haute classe? Impossible : de personne ; tous se fâcheront, pousseront les hauts cris. »

(2) *Pêsnia pro tsaria Vasiliévitcha, molodogo opritchika, i oudalago kouptsa Kalach- nikova* (1837).

(3) Voir professeur A.-I. SÊLINE, *Ouniversitetskiia Kievskiia Izvêstiia*, 1868, n° 8.

(4) KANTEMIR, *Satires du prince Cantemir*. Traduites du russe en français. Londres, 1750. Voir *Satire V*, sur le marchand vaniteux, sur la tromperie commerciale jointe à la dévotion ; *Satire VI*, début ; *Satire VII*.

(5) KNIAJNINE, le *Sbitenchtchik* ; LOUKINE, le *Prodigue corrigé par l'amour*, et passim; CATHERINE II, *la Fête de Madame Vortchalkina*, I, 5 : *le marchand banque- routier Nékopêikov* (sans le sou).

vilchtchikov) (1), des esquisses trop oubliées aujourd'hui ; au dix-neuvième, quelques indications dans le roman des années 20 (2) ; chez
Gogol, quelques scènès du *Mariage;* enfin, quelques méchants vaudevilles. Et c'est tout, jusqu'aux années 50, où Dal, Zagoskine, Melnikov,
Pisemski, bientôt Saltykov, Gorbounov, plus tard Léïkine, Gorki don-
neront de fidèles portraits ou d'amusantes caricatures.

Pendant longtemps, en effet, les écrivains russes, uniquement soucieux
de démasquer la corruption administrative, de railler les outrances des
gallomanes ou des xénophobes, de batailler pour des idées, ne trouvèrent
nul intérêt, surtout s'il s'agissait de pousser la Russie dans les voies de
la culture européenne, à étudier la classe la plus réfractaire, emmurée
dans des formes d'activité exclusives de toute aspiration intellectuelle,
marquée encore, par ses origines rurales, du vieil esprit russe. Quant aux
poètes, ils lui préféraient le vrai peuple avec son naïf trésor de mœurs et
de croyances. En outre, l'imitation des chefs-d'œuvre occidentaux, les
genres comme la tragédie, le drame, le mélodrame, la comédie même
ne pouvaient guère, pensait-on, s'alimenter aux platitudes boutiquières,
bonnes pour les vaudevillistes. D'autre part les *kouptsy* constituaient
encore un monde à part, entre la noblesse qui les tenait toujours un peu à
l'écart, et les *méchtchanes* qu'eux-mêmes dédaignaient. Grâce à cet
isolement corporatif, ils ont gardé plus aisément certaines habitudes de
vie, de sentiment, de langage russes ; la culture les a touchés tardivement
et les gagne avec lenteur ; aussi leur plat utilitarisme, respectueux du
pouvoir, du tchine, les rend-il encore suspects en bloc aux idéalistes
ennemis de toute domination traditionnelle. Les mots de *koupets, kouptchikha,* éveillent presque toujours, chez un *intelligent,* le même sourire
que chez nous Jourdain, Turcaret, Perrichon, Benoîton. On ne concevait
pas qu'un monde réputé inférieur pût devenir matière de beau théâtre ;
et quand Ostrovski révéla, au grand jour de la scène, les mœurs professionnelles et sociales, les drames domestiques, ce fut un étonnement
d'y voir frémir tant de vie.

III

Le *Tableau de famille* ou *Tableau de bonheur familial* (rien de commun
que le titre avec le roman de L. Tolstoï) représente au naturel les idées,
les manières, le langage d'une riche famille marchande à Moscou entre
1840 et 1850 : immoralité foncière et discorde intestine sous des dehors
de tenue sociale et de cordialité, voilà le bonheur ironique.

(1) Sur ces auteurs, voir notre *Théâtre de mœurs russes, des origines à Ostrovski,*
chap. v.
(2) BOULGARINE, *passim.*

Quatre personnages : Pouzatov (1), sa femme, sa mère, sa jeune sœur. Assise devant son métier à broder, Maria Antipovna, dix-neuf ans, songe tristement à l'été enfui, à l'automne proche, à sa vie solitaire, sans liberté, aux ruses nécessaires pour tromper les règles et la surveillance, donner le champ à son jeune cœur : heureusement sa belle-sœur, la femme de Pouzatov, vingt-cinq ans, partage et favorise ses intrigues ; les vêpres dans une église lointaine sont prétexte à rendez-vous avec de modestes tchinovniks, et une servante dévouée protège les galants contre toute surprise. Le mari, trente-cinq ans, qui reste parfois des journées entières hors de chez lui à boire avec des compères, entre à grand bruit, selon son habitude, et la causerie s'engage autour du samovar, dans une tiède et paisible atmosphère familiale. Pouzatov raconte ses exploits :

— Aujourd'hui j'ai plumé Brioukhov d'un millier de roubles.

STÉPANIDA TROFIMOVNA. — Toi ? tromper ? Tu en es bien incapable, mon pauvre petit ! C'est toi qu'on trompe à tour de bras.

Et comme une Madame Pernelle, la mère acariâtre va reprendre tout le monde, son fils et sa bru pour leur vie paresseuse et molle, leur abandon des vieilles coutumes, lui en particulier pour son manque de surveillance, elle pour ses toilettes au-dessus de sa condition, et sa coquetterie un peu suspecte :

— Tu as beau faire, tu ne seras jamais une barynia, ma chère ; tu n'es qu'une kouptchikha... Avec mon défunt mari, nous vivions autrement mieux que vous, bien plus amoureux l'un de l'autre ; mais tout de même, il me tenait dans la crainte, Dieu ait son âme ! Malgré tout son amour, malgré toute sa tendresse, le fouet pendait à un clou, dans la chambre, à tout événement.

L'aigre discussion, après une accalmie, recommence à propos de Marie Antipovna : « A quatorze ans, dit Stépanida Trofimovna j'étais mariée : et toi, c'est honte de le dire devant le monde, tu en as bientôt vingt. » Mais pour sa fille, qui sera un riche parti, elle ne veut pas d'un noble : non qu'il n'y en ait d'honnêtes, mais « chacun chez soi. Nos pères nous valaient bien et pourtant ils ne cherchaient pas à se faufiler dans la noblesse... il ne faut pas s'asseoir dans le traîneau d'autrui ». Elle ne veut pas davantage un fonctionnaire, mais un bon marchand, un « gaillard au teint vermeil, comme moi, — il y a de quoi aimer... », dit Pouzatov, « et caresser », souligne crûment la vieille Stépanida : le mot met en fuite les deux jeunes femmes. Et posément la mère et le fils cherchent quel mari conviendrait à Maria Antipovna ; la mère propose le vieux marchand Chirialov, veuf, mais riche à foison, rangé, pieux, bien considéré :

(1) Marchand de la première guilde.

— Seulement, maman, c'est un filou fieffé, dit Pouzatov.

— Un filou? Comment cela, je te prie? A chaque fête il va à l'église, il arrive avant tout le monde ; il observe les jeûnes ; dans le grand carême il ne prend pas le thé avec du sucre, mais rien qu'avec du miel ou du raisin sec. Aussi vrai que je te le dis, mon ami! Ce n'est pas comme toi. Si après cela il vole son prochain, eh bien, où est le mal? Il n'est ni le premier ni le dernier ; c'est un homme de négoce. Le commerce, mon petit Antip, ne repose que là-dessus. Ce n'est pas pour rien que le proverbe est répandu : « Sans vol, pas de vente. »

Pouzatov en convient sans embarras :

— Pourquoi ne pas rouler un confrère, si l'occasion est bonne? On sent bien quelques légers remords de conscience, un peu d'inquiétude à la pensée de la dernière heure ; mais le remède est aisé : on avoue à la dupe, et on redevient amis comme avant.

Suit le récit d'une escroquerie — la victime ici était un Allemand — qui a fait éclater les « gros ventres des Rangées (1) » :

— Mais Chirialov! c'est un vrai juif! il tromperait son propre père. Oui vraiment! il a une façon de regarder les gens dans le blanc des yeux (2). Et pourtant il fait le saint homme. (*Chirialov entre.*) Ah! Paramon Férapontytch! Bonjour, tous mes respects!

Chirialov se plaint de ses maladies, de ses médecins, de son fils surtout, qui le ruine par ses folies :

— Mais c'est toi-même le coupable, Paramon Férapontych, dit Stépanida Trofimovna ; vous avez gâté ce gamin-là ainsi pour rien. Vous n'auriez pas dû lui donner de la liberté dès l'enfance, mais maintenant c'est trop tard. Il aurait dû trotter à la ville (3) avec les employés, s'exercer l'œil, se faire la main, cela eût mieux valu.

Chirialov. — Ah! bonne dame, ce n'est plus comme de notre temps : jusqu'à dix-huit ans on jouait aux osselets, après quoi on vous mariait, et aux affaires! Aujourd'hui, sans instruction, on vous appelle imbécile. Voyez, tout le monde est devenu savant... On ne veut pas être au-dessous des autres. On entend dire : un tel a mis son fils en pension, un autre encore ; un autre l'a mis à l'Académie commerciale. Alors j'ai conduit Senka en pension. J'ai payé un an d'avance. Mais lui, au bout de trois ou quatre mois, s'en est sauvé...

Pour faire diversion aux ennuis, Chirialov raconte lui aussi ses petites voleries : effets de commerce sans valeur repassés à un Arménien, clientes

---

(1) Galeries parallèles et couvertes, qu'occupaient les marchands à Moscou ; reconstruites de 1888 à 1893.
(2) Pour voir s'il a affaire à des clients naïfs ou malins, capables de le tromper.
(3) Ici désigne la partie de la ville où sont les magasins de vente des marchands.

trompées au magasin sur une étoffe : simple manière de s'entretenir la
main et de donner en passant une leçon aux employés. Un seul moyen
reste à Chirialov de mettre son fils à la raison : c'est non pas de le marier,
mais de se marier lui-même, afin de ne lui rien laisser. Pouzatov propose sa sœur :

— Mais, répond le vieux marchand en baissant les yeux, elle ne voudra pas
de moi... Elle dira : « Il est vieux ! »
— Vieux ! La belle affaire ! Ça ne fait rien, elle t'épousera. Et puis ma mère
t'aime. Voyons, on sait bien que tu es un homme comme il faut, bien posé,
pourquoi ne t'épouserait-elle pas?

Pendant que Chirialov, « manufacturier conseiller, marchand de la
première guilde », retourne chez lui préparer des réjouissances, — les
ouvrières de sa manufacture chanteront des chansons, — Pouzatov,
clignant de l'œil, dit : « Seulement, sur le compte de la dot, qui trompera
l'autre, c'est encore à voir. Nous non plus, ma mère et moi, nous n'avons
pas les mains gourdes. » Et il s'en va. « Il en a maintenant pour trois
jours à ne plus reparaître », dit sa femme, qui rentre habillée en
grande toilette ; sa jeune belle-sœur la rejoint : toutes deux partent
« au monastère de Saint-Siméon, à vêpres », c'est-à-dire retrouver
leurs galants.

Ce petit acte (1), d'une scrupuleuse vérité dans les mœurs et le langage, annonce en un raccourci de vingt pages toute la vaste observation
ultérieure, dont s'enrichira progressivement la peinture du *koupetchestvo*.
La vie marchande y est déjà représentée sous ses deux aspects, professionnel et domestique ; d'une part, le culte de l'argent avec absence
totale de scrupules quant aux moyens de l'acquérir, et sa néfaste répercussion sur les rapports sociaux, le goût du luxe, la vanité du parvenu
avec un fonds de malfaisance ; de l'autre, la corruption des sentiments
familiaux, le marché matrimonial, la discorde toujours prête d'éclater
entre les vieilles disciplines du Domostroï et l'appétit d'indépendance,
entre oppresseurs et leurs victimes, passives ou jetées au mensonge, à
la révolte, au désespoir. Il y a là toute une réalité à double face, et
marquée d'un trait si sûr, qu'elle dicte le plan même de notre étude :
mœurs professionnelles et sociales, puis mœurs domestiques du monde
marchand.

(1) Non divisé en scènes.

CHAPITRE II

L'IMPROBITÉ COMMERCIALE

I. Le culte de l'argent. — Improbité commerciale ; patrons et employés ; créanciers et débiteurs. L'escroquerie entre parents ; entre confrères.
II. La banqueroute frauduleuse et le drame d'affaires : *Entre siens on s'arrangera.*

I

Dès lors que dans une classe importante de la nation le commerce est l'exclusive occupation, et le gain l'appât unique, sans contrepoids de vie sociale supérieure, tous moyens de s'enrichir deviennent licites, puisque justifiés par la fin ; leur immoralité s'abolit ; la tromperie, de virtuosité, passe à vertu professionnelle ; l'argent dessèche l'âme ; affections naturelles, amitiés, devoirs, règles morales se dissolvent dans cette ardente cupidité ; seule règne la loi brutale : duper sous peine d'être dupé (1). Ostrovski a noté ces principes (2) et ces pratiques de mercantilisme, en y insérant des éléments dramatiques, des retours imprévus, des leçons amères et toujours inutiles.

« Sans vol, pas de vente », « pas vu, pas pris », « tu n'es ni le premier ni le dernier », voilà les règles à l'abri desquelles un « homme de commerce » (*kommertcheski tchélovék*) exerce en toute sécurité de conscience sa malhonnête habileté. Tromper sur la quantité et sur la qualité est de mise courante : dans *Tableau de famille*, le vieux Chirialov, entrant dans son magasin, une fois en quinze ans, a « roulé » deux acheteuses « pour

_____

(1) Le commerce repose séculairement en Russie sur le marchandage, le débat entre acheteur et vendeur ; un même verbe signifie à l'actif (*torgovat*) « faire commerce », et au réfléchi (*torgovatsia*) « chercher à faire affaire pour soi, marchander ». Cette forme de négoce suppose du temps : c'est un duel qui met en jeu les ressources de patience, de ruse, de finesse ; l'avantage reste en général au vendeur, spécialisé, ou au plus roué des deux. Il y a donc une psychologie marchande, variée dans ses modes, identique en son mobile essentiel. Si, à l'exemple de l'Occident, l'usage se répand de substituer le « prix fixe » au marchandage, la formule russe *bez zaprosa* « sans demande au delà du prix » révèle encore naïvement la pratique antérieure.
(2) « Tous n'ont que l'argent en tête : peu importent les moyens, pourvu qu'ils en gagnent. Et que de péchés ils se mettent sur la conscience pour cet argent, pas un même n'y pense. » (*En place marchande*, III, 1.)

se refaire la main et donner une leçon à ses commis » ; l'employé Podkhaliouzine, dans *Entre siens on s'arrangera*, se flatte devant son maître de
tirer sur l'étoffe pour allonger l'aunage et d'y dresser ses jeunes subordonnés : « Si les clients ont un instant de distraction, alors personne n'est
coupable, et on peut tout simplement escamoter un archine (1) de
plus (2). » Notons que pour traduire ces menues filouteries, faux métrage,
faux poids, faux compte, la langue n'a besoin que d'un tout petit proverbe, aussi léger et rapide que le coup de pouce qui incline la balance,
fausse la mesure ou le compte (3).

Ce qui est nécessaire, car « alentour ce sont tous fripons (4) », devenant
permis et naturel, apparaît finalement comme innocent et honnête.
Dans *Sans dot*, la mère de Karandychev conte que son fils, voulant
acheter du vin d'un rouble la bouteille et plus, prix élevé pour elle, est
tombé sur un marchand « consciencieux » : « Prenez n'importe quel vin à
60 kopeks, et nous collerons dessus toutes les étiquettes que vous voudrez. » Et il lui a livré un vin... On peut dire que c'est en toute honnêteté (5). » L'improbité des confrères et la crédulité des acheteurs, voilà
l'excuse et l'encouragement ; si bien que le vol devient la règle, partout
acceptée, du commerce. Dans *Ce n'est pas tous les jours fête*, Hippolyte,
neveu et premier commis du marchand Akhov, lui demande, au
moment de le quitter, un certificat attestant qu'il recevait chez lui
un salaire de 2 000 roubles (bien qu'en réalité il ne touchât rien).
« Pourquoi cela? dit Akhov. — Simplement pour la forme. Si j'entre
dans une autre maison... — Hein? c'est pour tromper les gens? C'est
bon, je puis faire ça (6). » Pouzatov, Chirialov dans *Tableau de famille*,
Bolchov dans *Entre siens on s'arrangera*, Brouskov dans *Tel en pâtit...*,
Dikoï, « personnage considérable de la ville », dans *l'Orage*, Borovtsov
dans *l'Abîme*, Khrioukov dans *Farceurs*, Kouroslêpov, « marchand
notable, maire de la ville », dans *Cœur ardent*, sont donnés pour filous (7).

Avec leurs employés ou commis, ces patrons se gênent aussi peu
qu'avec leurs clients : l'exploitation ici revêt même une forme tyrannique et brutale. Ils les rémunèrent maigrement ou pas du tout, s'enrichissent de leur travail, les bernent de promesses, les tiennent par la
menace des coups ou du renvoi, c'est-à-dire de la ruine totale ; s'ils ont
affaire à des parents, des neveux, cas fréquent, ils abusent de leurs
prétendus droits et s'approprient le bien de leurs pupilles. Tels Gordiéï

(1) 0 m. 71.
(2) *Entre siens on s'arrangera*, I, 11.
(3) *Ob-vêsit* « tromper en pesant », *ob-mérit* « tromper en mesurant », *ob-stchiiat*
« tromper en comptant ».
(4) *Entre siens...*, I, 11.
(5) *Sans dot*, III, 3.
(6) IIIe tableau, scène 3.
(7) Voir dans *la Forêt*, III, 8, comment agit le marchand Vosmibratov.

Tortsov avec Mitia dans *Pauvreté n'est pas vice* (1), Dikoï avec Boris dans *l'Orage* (2), Akhov avec Hippolyte dans *Tel en pâtit* (3), Kouroslêpov avec Gabriel dans *Cœur ardent* (4), Barabochev avec Platon dans *Il faut de la chance...* (5). Les Rasliouliaev, « marchands riches et braves gens », les Rousakov (6), sont l'exception rare. Si les commis sont honnêtes, ils n'ont de ressource que la résignation apeurée, comme Mitia et Boris, ou la révolte, comme Hippolyte et Gabriel. Les autres suivent l'exemple du maître et préparent leur fortune aux dépens de la sienne, sans vergogne. Celui-ci d'ailleurs ne se leurre pas sur leur probité : par principe il refuse d'y croire ; par prudence et intérêt, il tolère ce qu'il sait ne pouvoir empêcher ; s'il proteste, c'est par acquit de conscience (7). Le marchand Akhov ressent même un certain mépris pour la probité de son neveu, qu'il nie d'ailleurs :

— Je me commets à causer avec toi, quand ça me dégoûte de te parler. Ou tu n'es qu'une bête, ou tu cherches à me tromper. Ne connais-tu pas le proverbe russe : « Vole, mais sauve les apparences? » Tu ne le connais pas? Je vais te croire, attends un peu ! Et si en vérité, vivant chez moi, tu n'as rien amassé, à qui la faute? Mon cher, vous vous valez tous. Ne viens pas crier misère. Je ne vais pas m'apitoyer sur ton honnêteté ; parce que tu n'arriveras pas à m'y faire croire. Pourquoi les patrons vous paient peu? Parce que, on aurait beau vous donner, vous volerez toujours ; alors il faut que le patron se rattrape sur le salaire. Et on vous appâte avec la gratification, sots que vous êtes, pour que vous gardiez un brin de conscience, que vous voliez moins.

Et ailleurs :

— J'avais promis de promettre une gratification, mais maintenant j'ai changé d'avis. Tu as donc bien peu volé, que tu demandes une gratification (8)? »

Une autre pratique, familière aux marchands d'Ostrovski, est d'oublier, de nier leurs dettes, ou d'en éluder le payement, tout en se moquant de leurs dupes. Dans *Tableau de famille*, Pouzatov déclare avec sévérité qu'on ne paye pas de dettes à un Allemand : « Puisque les marchands allemands volent nos seigneuries, il convient de ne pas demeurer en reste avec eux. » Dans *le Cœur n'est pas une pierre*, le vieux marchand Karkounov, sur le point de faire rédiger son testament avec la formule consacrée « ayant ma pleine mémoire, etc... », se plaint que justement sa mémoire ne soit plus aussi sûre ; Khalymov, son compère, lui dit :

(1) I, 5. « Mitia » diminutif de « Dmitri ».
(2) I, 3.
(3) IIIᵉ tableau, scène 3.
(4) II, 6.
(5) I, 8.
(6) *Pauvreté n'est pas vice, Ne t'assieds pas dans le traîneau d'autrui.*
(7) *Entre siens on s'arrangera*, I ; II, 4.
(8) *Ce n'est pas tous les jours fête*, III, 3.

« Mais tu te souviens bien de tous ceux qui te doivent? — De tous, de tous. — Donc ta mémoire est bonne. Peut-être oublies-tu ceux à qui tu dois toi-même. Le mal n'est pas grand : ils sauront bien te le rappeler (1). » Dans *l'Orage*, le marchand Dikoï se distingue entre autres choses par cette amnésie commerciale, d'autant plus odieuse que les victimes, pauvres ouvriers ou moujiks, n'ont aucun recours contre sa mauvaise foi :

— Pour l'argent, c'est pis que tout ; pas un compte qui se règle sans injures. On y laisse volontiers du sien, pourvu qu'il se calme... Savez-vous ce que votre oncle Savel Prokofitch a répondu au gorodnitchi (2)? Des moujiks étaient venus se plaindre au gorodnitchi, qu'il ne réglait aucun d'eux honnêtement. Le gorodnitchi lui dit : « Écoute, qu'il dit, Savel Prokofitch, règle les moujiks comme il faut, chaque jour il me vient des plaintes. » Votre oncle tapa sur l'épaule du gorodnitchi : « Ça vaut-il la peine, Votre Noblesse, de parler de bêtises pareilles? Il passe chez moi beaucoup de monde dans l'année ; comprenez donc : si je rogne quelque kopek à chacun, ça me fait à la fin des milliers de roubles, et mes affaires n'en vont que mieux. » Voilà, monsieur (3).

Même aux dépens de proches parents, l'escroquerie est avouée avec un cynisme presque joyeux. Dans *l'Abîme*, le marchand Borovtsov, qui n'a jamais versé à son gendre Kiselnikov la dot de sa fille et le laisse se débattre dans la gêne comme « un poisson contre la glace », vient le supplier de le sauver — lui seul le peut — de la faillite :

— Mais nous sommes pauvres ! dit Kiselnikov. — Qu'y faire, mon ami? Moi aussi je suis dans une misère noire, il faut se soumettre à la volonté de Dieu. Pourtant je ne suis pas un banqueroutier frauduleux, mais un débiteur insolvable, un malheureux, une victime innocente. — Qui vous a reconnu malheureux? des créanciers supposés à qui vous avez repassé des effets sans valeur. Le beau malheur ! Vous n'avez subi ni incendie, ni perte. Vous avez récolté de l'argent, papa. Ayez au moins pitié de vos petits-enfants, les voilà qui sont malades. — Tout doux, tout doux ! Est-ce ainsi qu'on parle aux anciens? Observe les commandements, respecte les vieillards. — Je ne puis pourtant pas aller mendier avec mes enfants ! — Nous sommes tous sous la main de Dieu. Je t'ai aidé dans ta pauvreté, tant que j'ai eu les moyens. — Vous m'avez trompé sur la dot ; vous ne m'avez rien donné en échange ; soit, je ne réclame pas ; mais mon argent, mon argent à moi? la maison? — A quoi bon crier? Je ne t'ai rien emprunté, je ne t'ai pas fait de billet, mais un reçu ; c'est toi qui me l'as donné, pour le faire produire, tu voulais t'enrichir. Or, la spéculation, c'est une affaire chanceuse : on gagne ou on perd. Nous avons perdu ; à qui réclamer à présent? Porte plainte contre ceux qui t'ont fait perdre ton argent. Si ta maison est empêtrée dans les hypothèques, est-ce

(1) I, 3.
(2) Autrefois fonctionnaire des villes de district (ou non de district) principalement, qui avait la charge de maître de police, comme maintenant l'*ispravnik*.
(3) I, 3.

ma faute? Tu étais libre de la céder ou non. Une entreprise, c'est tout comme une loterie, au petit bonheur (1).

Vaincu par les protestations de son beau-père, Kiselnikov renonce par écrit à toute réclamation ultérieure et reprise de ses droits sur la somme d'argent et la maison promise en dot à sa femme. Borovtsov, qui s'attendait à plus de résistance et s'apprêtait à lâcher 2 000 roubles pour faciliter la transaction (c'est donc un faux ruiné) remercie ironiquement son gendre de son désintéressement, que n'imiteront sûrement pas les autres créanciers. Quelques années plus tard ce beau-père escroc, à qui sa fourberie n'a pas profité, se retrouve aussi pauvre que son gendre, et réduit, ou presque, à la besace.

Entre frères, la tromperie est fréquente. Dans *Pauvreté n'est pas vice*, Lioubim Tortsov, faisant à Mitia le récit de ses misères, dit :

— Mon frère et moi avons fait notre partage ; il a pris l'établissement, et m'a donné mon dû en argent, en billets, en traites. Après cela, comment a-t-il fait le partage? Ce n'est pas mon affaire ; que Dieu le juge (2) !

En dépit du proverbe russe : « Le corbeau n'arrache pas l'œil au corbeau », un bon marchand ne semble jamais plus heureux qu'à tromper un confrère. Quel que soit le mobile, cupidité, émulation, jalousie, ou plaisir d'amateur, la victoire le remplit d'une joie épaisse, mauvaise parfois. Volé lui-même, il acceptera ce juste retour comme une leçon, un stimulant à mieux faire. Pouzatov et Chirialov, dans *Tableau de famille*, se content mutuellement leurs exploits, et s'en absolvent : « une main lave l'autre. » Lioubim Tortsov, déjà dépouillé par son frère, a été achevé par un de ses anciens compagnons de fête :

— J'avais confié, dit-il à Mitia, le reste de mon argent à mon ami Afrikan Korchounov, contre serment et sur parole d'honneur ; nous avions bu et gallé ensemble ; il était le boute-en-train, le metteur en branle de tout ce dévergondage ; il m'a floué et réduit à la dernière des misères (3).

Dikoï, dans *l'Orage*, trompe ses pareils, et les ruine ou les use par des procès :

— Et entre eux, monsieur, comme ils vivent! dit l'horloger Kouligine. Ils se coupent l'herbe sous le pied les uns aux autres, et pas tant par cupidité que par jalousie. Ils se font la guerre : ils appellent dans leurs hautes demeures des scribes ivrognes, de ces scribes, monsieur, qui n'ont plus ni aspect ni visage humain. Et ceux-ci, pour un morceau de pain, leur écrivent sur papier timbré de mauvaises chicanes contre leur prochain. Procès et affaires s'engagent pour eux, et ce sont des tourments sans fin. La procédure commence ici, après quoi ils se rendent au chef-lieu du gouvernement : là on les attend et de joie

(1) IIIe tableau, scène 3.
(2) I, 12.
(3) *Ibid.*

on bat des mains. Le conte se raconte vite, mais l'affaire ne se fait pas vite (1) ; on les amuse, on les fait traîner, traîner ; et eux sont même enchantés de ces traîneries, ils ne demandent que cela. Je dépenserai gros, disent-ils, mais à lui aussi, ça lui coûtera quelque chose (2).

II

L'idée d'extraire une action dramatique de la vie marchande, de ses fourberies habituelles, pouvait aisément naître en un pays où une classe importante de l'État, détentrice de la richesse liquide, s'engage dans le négoce de tout son être, de toute sa masse. Aussi bien le sujet choisi, banqueroute frauduleuse, représente-t-il le plus rapide moyen d'enrichissement, le plus profitable en dépit des risques, le plus facile à colorer. *Entre siens on s'arrangera* est une pièce « d'affaires », où se mêlent tout naturellement le comique et le tragique ; le thème simplement amusant de *Patelin : tel est pris qui croyait prendre*, s'élargit ici, s'amplifie jusqu'à embrasser et entraîner dans ses développements un drame familial et des drames de conscience. C'était une nouveauté dans le théâtre russe, qu'un fait-divers, ramassé dans la vie quotidienne, pût être ainsi tout chargé de burlesque ou de poignante humanité (3).

Après les premières scènes, entretiens aigres-doux d'une mère avec sa fille impatiente de « monter dans le traîneau d'autrui », c'est-à-dire d'épouser un noble, bavardages enjôleurs et fleuris de la *svakha* (marieuse), l'affaire importante s'amorce entre le marchand Bolchov et l'agent d'affaires véreux Rispolojenski, ancien fonctionnaire révoqué. Comme le vieux Strepsiade d'Aristophane, Bolchov rêve d'achever sa fortune au plus vite en ne payant pas ses dettes ; mais il ignore les moyens légaux de violer ou de tourner la loi. « Nous autres marchands », dit-il, « nous sommes des imbéciles, nous n'y entendons rien ; mais pour des sangsues comme toi, c'est votre fort. » Il veut en finir : l'exemple d'autrui l'y pousse : il n'est ni le premier, ni le dernier qui recoure à de tels procédés ; s'il hésite, d'autres ne se gênent pas, « qui roulent carrosse, habitent des maisons à deux étages, élèvent des belvédères à colonnes, où, avec leurs grosses faces, ils rougissent d'entrer ; et une fois là, kapout ! rien à tirer d'eux. Les équipages filent on ne sait où, toutes les maisons sont hypothéquées ; il reste aux créanciers juste deux ou trois vieilles paires de bottes ». Lui, il n'a que des créanciers riches : « Quel mal cela peut-il leur faire? » Sa conscience tranquillisée, Bolchov avise aux moyens : hypothéquer ou bien vendre maison et magasin, conseille le

(1) Proverbe russe.
(2) I, 3.
(3) C'est une erreur, selon nous, de ne voir dans *Entre siens...*, comme l'ont fait DOBROLIOUBOV, puis NÉZÉLÉNOV, qu'un exposé des méfaits de la demi-européanisation. — Cf. PISAREV, t. X, p. XXVI et XXXII.

8

striaptchi (1) Rispolojenski ; mais à qui? à la femme? acte illégal et non valable. Une vente fictive à un étranger serait plus sûre ; mais il faudrait un homme « qui ait de la conscience ». — « Où en trouver aujourd'hui? répond Bolchov. Aujourd'hui chacun ne songe qu'à vous sauter à la gorge ; et tu parles de conscience ! » Il y a bien Podkhaliouzine, l'employé de confiance ; c'est un garçon de tête, qui possède un petit capital, et comprend à demi-mot. Bolchov lui céderait sa maison, puis s'en irait offrir 25 pour 100 aux créanciers, quitte à payer, intégralement ou en partie, les mauvais coucheurs, à condition toutefois qu'ils lui signent un reçu de 25 pour 100, au vu duquel les autres céderaient :

— Là, dites ce que vous voudrez ; mais j'ai une fille à marier ; si je pouvais m'en défaire de la main à la main, et bon voyage ! Moi aussi, l'ami, il est temps que je me repose ; nous pourrions nous donner nos aises, sans rien faire, et envoyer au diable tout ce commerce.

Ainsi Bolchov envisage sa banqueroute frauduleuse en brave homme qui songe à se retirer des affaires, en bon père désireux d'établir sa fille (2).

Tout en ruminant ce coup de maître, il ne néglige pas les menus profits, le vol au détail, recommande à Podkhaliouzine de surveiller et de dresser les commis : « S'ils dérobent pour leurs parents, leurs maîtresses, qu'ils apprennent au moins les ficelles du métier. »

Il lit sur le journal que tel..., tel... et tel..., gros marchands de la première guilde, avec qui il est en affaires, ont été mis en faillite : perte sèche pour lui. Aussi les traite-t-il sans pitié. De l'un, qui lui a pris trois barils d'huile de lin pour le grand carême : « Les voilà bien, les mange-sec, les jeûneurs ! Ça pense à plaire à Dieu sur le dos d'autrui ! Ne vous fiez pas à leur mine confite ! Ce sont gens qui se signent d'une main, pendant que l'autre fouille dans la poche d'autrui. » Il y en a d'autres encore : « Ah çà ! est-ce qu'ils se sont donné le mot?... On en aurait jusqu'à demain à les compter. — Quel scandale pour toute la corporation (3) ! » souligne Podkhaliouzine.

Après avoir énuméré tous les mécomptes du commerce : créances irrecouvrables, débiteurs introuvables ou rebelles, préférant la prison au moindre payement, traites sans valeur ou escomptées à un taux exorbitant, vente à crédit aux marchands de province, pots-de-vin, régalade, tromperies, Bolchov tâte son employé, lui rappelle qu'il l'a

---

(1) Scribe ou avoué, chargé des intérêts des parties, en justice ; ce n'était guère qu'un courtier entre juges et plaideurs ; on le voit souvent en qualité de conseil chez les marchands. Depuis les réformes judiciaires (1862-1865) il est remplacé par l'avocat avoué (*prisiajny-povêrenny*).

(2) I, 10.

(3) I, 11. Dans son examen de la pièce (20 mars 1850) le comité censural appelle la banqueroute frauduleuse « le fléau du temps présent ». (PISAREV, t. X, p. XXVI. — Voir *la Forêt*, I, 5.)

« élevé, soigné, poussé » ; des protestations de dévouement le rassurent :
il lâche le paquet :

— Pour moi, Lazare, c'est le vrai moment : j'ai pas mal d'argent liquide ;
toutes les traites sont à échéance. A quoi bon attendre? Attendre qu'un confrère vous dépouille jusqu'à la dernière chemise? après quoi il viendra vous
offrir un concordat de 10 pour 100, trônera sur son million et ne voudra plus
seulement vous regarder ; et vous, l'honnête marchand, qui voyez ça, tout
ébaubi, à vous d'en pâtir.

PODKHALIOUZINE. — Tant qu'à payer 25 pour 100, à votre place, je ne
paierais rien du tout.

BOLCHOV. — Hein? c'est ma foi vrai ! Inutile de casser les vitres, mieux
vaut arranger sa petite affaire en douceur. Après cela, que le Seigneur me
juge au second avènement... Seulement, c'est des ennuis à n'en plus finir.
Je te cède la maison et les magasins.

On écoulera traites et marchandises. Podkhaliouzine, chaudement
remercié et encouragé, se jetterait « au feu et à l'eau » pour son maître :

— Samson Silytch, hors votre tranquillité, je n'ai besoin de rien. J'ai vécu
chez vous dès mon enfance et j'ai vu tous vos bienfaits ; j'ai été pris tout
gamin, on peut dire, pour balayer les magasins ; en conséquence je dois avoir
du sentiment (1).

Voilà la « mécanique » montée. Si le type moral de Bolchov s'y révèle
en pleine lumière, avec une sorte de rouerie ingénue, la figure de Podkhaliouzine reste voilée et énigmatique : c'est par là que l'épisode en soi
banal de l'escroquerie va se hausser au drame : le Tartufe de boutique
sera le héros.

Menacé dans tous ses intérêts et risquant d'être jeté à la rue après
vingt ans de travail, pendant que son patron s'enrichira, Podkhaliouzine
pèse ses devoirs et ses droits :

— On dit : il faut avoir de la conscience. Oui, bien sûr, il faut en avoir, mais
dans quel sens est-ce qu'il faut l'entendre? Vis-à-vis d'un homme de bien
tout le monde en aura ; mais si lui-même trompe autrui, quelle raison d'en
avoir encore? Samson Silytch est un marchand très riche ; et maintenant
toute cette affaire-là, c'est pour rien, pour passer le temps, qu'il l'a mani-
gancée. Mais moi, je ne suis qu'un pauvre homme. Si dans cette affaire je retire
un léger bénéfice, où est le mal, puisque le patron agit malhonnêtement, en
violation de la loi? Pourquoi le plaindrais-je? La fortune me favorise : évitons
les bévues ; lui conduit sa politique, à moi de suivre ma direction. J'aurais
fait bien d'autres choses de lui, mais il n'y a pas moyen. Hum ! Il vous vient
en tête de ces idées ! Bien sûr, Alimpiada (2) Samsonovna est une demoiselle
bien élevée, qui n'a pas sa pareille au monde ; mais voilà, l'autre épouseur
n'en voudra plus à présent ; il dira : je veux de l'argent. Où en prendre? Et

(1) I, 12.
(2) Pour : Olimpiada.

fini pour elle d'épouser un noble, puisqu'il n'y a plus d'argent. Tôt ou tard il faudra la marier à un marchand. (*Il marche en silence.*) Mais quand j'aurai ramassé une petite fortune, j'irai vite saluer Samson Silytch : me voilà, je lui dirai, dans l'âge où je dois penser à me créer une descendance ; et pour votre tranquillité, Samson Silytch, j'ai sué sang et eau. Sans doute, Alimpiada Samsonovna, je dirai, est une jeune fille instruite, mais moi non plus, je ne suis pas le premier venu, vous voyez, j'ai un petit avoir, et je puis me tenir comme il faut sur ce chapitre. Pourquoi ne pas me donner votre fille? Est-ce que je n'en vaux pas un autre? Je ne me fais pas remarquer, j'ai le respect des aînés. En plus de cela, puisque Samson Silytch m'a cédé la maison et les magasins, on peut lui faire peur avec le contrat de vente. Et connnaissant son caractère, tel qu'il est, ça peut parfaitement prendre. Avec lui, c'est comme ça : ce qui lui passe par la tête, impossible de l'en faire démordre. Tout comme il y a quatre ans, quand il a voulu raser sa barbe : Agraféna Kondratievna (1) avait beau prier, beau pleurer : non, dit-il, je la laisserai repousser après, mais maintenant, j'en veux faire à ma tête. Et, sitôt dit, sitôt fait. Ici ce sera pareil : que je le touche au bon endroit, ou que la fantaisie le prenne, demain même on se marie, et fini, défense de dire un mot. Une joie pareille, c'est à se jeter en bas d'Ivan Vélik (2) !

Ainsi absous à ses propres yeux de ménager ses intérêts, Podkhaliouzine dresse et démasque vite sa « mécanique » à lui ; avec sa froide hardiesse, l'ardente convoitise qui couve sous l'hypocrisie et la feinte humilité, on le sent d'une autre envergure que Bolchov. A Rispolojenski il promet 2 000 roubles pour « arranger » l'affaire de la cession (3), autant à la marieuse Oustinia Naoumovna pour défaire le mariage d'Olimpiada Bolchova avec un noble (4). Puis il joue à Bolchov lui-même la comédie de l'honnête homme qui recule devant un faux, mêle les larmes aux affirmations de désintéressement, aux arguments d'affaires, se fait arracher l'aveu de son amour pour Olimpiada. Ces scrupules, cette modestie, cette indignité invoquée, comme chez Tartufe, ne manquent pas le but : Bolchov offre à son commis la main de sa fille, se fait fort d'imposer le consentement ; il a vu là une fructueuse combinaison, la perspective de jouir tranquillement de sa faillite, de vieillir entre l'affection reconnaissante de ses enfants ; il a cru aux démonstrations pathétiques de Podkhaliouzine : il est pris (5).

Déchue de son rêve, la jeune fille, et sa mère avec elle, se récrient contre le choix paternel : « A-t-on vu des jeunes filles ayant reçu une bonne éducation épouser leurs ouvriers? Me prend-on pour une cuisinière (6)?... » Elle pleure. Podkhaliouzine gagne d'abord la mère, créa-

(1) Femme de Bolchov.
(2) II, 3. Ivan Vélik est le nom d'une haute tour dans l'enceinte du Kreml, à Moscou.
(3) II, 5.
(4) II, 7.
(5) II, 10.
(6) III, 4.

ture bonne et faible, par des protestations toutes filiales de sollicitude
et de « respect jusqu'au tombeau ». Resté seul avec la fille, il recourt à
d'autres arguments : un noble n'épousera pas sans argent ; or Bolchov
est en faillite :

OLIMPIADA SAMSONOVNA. — Comment, en faillite? Et la maison, et les
magasins?

PODKHALIOUZINE. — La maison et les magasins, c'est à moi.

OLIMPIADA SAMSONOVNA. — A vous? Allons donc ! Vous vous moquez ! Je
ne suis pas plus bête que ça.

PODKHALIOUZINE. — Mais j'ai les actes en bonne et due forme. (*Il les tire.*)

OLIMPIADA SAMSONOVNA. — Alors, vous avez acheté à mon père?

PODKALIOUZINE. — Oui.

OLIMPIADA SAMSONOVNA. — Où donc avez-vous pris l'argent?

PODKHALIOUZINE. — De l'argent? J'en ai, Dieu merci, un peu plus que
certain noble.

OLIMPIADA SAMSONOVNA. — Que vais-je devenir? On m'élève, on m'élève,
et après cela, on fait banqueroute ! (*Silence.*)

Le commis, qui connaît à fond la demoiselle, sa coquetterie, son
égoïsme sec d'enfant gâtée, fait miroiter devant elle, en face de la vie
étroite de maint noble, les toilettes, les bijoux, les équipages ; pour lui
plaire, il endossera le frac, rasera sa barbe, suivra la mode, apprendra
le français, achètera une maison Rangée des voitures (1), avec « plafonds
peints ». Lipotchka (2) rêvait plus de romanesque, un enlèvement. Mais
la promesse d'une vie de luxe, la délivrance désormais certaine d'une
tutelle pesante l'ont vite consolée. Et les deux jeunes gens, dignes l'un
de l'autre par l'hypocrisie et l'indifférence, arrangent leur avenir sans
souci de leurs parents ruinés (3) :

— Je ne me figurais pas du tout, dit Lipotchka à sa mère, que Lazare
Elizarytch était un cavalier si bien appris. Mais je m'aperçois maintenant
qu'il est bien plus respectueux que les autres (4).

Suivent les compliments aux fiancés, les souhaits de long bonheur ;
Bolchov, qui touche à la félicité, n'oublie pas dans son émotion les affaires :

— Vivez à votre guise, vous êtes assez grands. Et pour que la vie vous
soit agréable, la maison et les magasins remplaceront la dot, et nous le compte-
rons sur la somme liquide... Prends tout, Lazare, seulement tu nous nourriras,
la mère et moi, et tu paieras 10 pour 100 aux créanciers.

PODKHALIOUZINE. — A quoi bon parler de cela, père? Est-ce que je n'ai
pas du sentiment? Entre siens on s'arrangera.

(1) Rue de Moscou, ainsi nommée des constructeurs de voitures ou d'équipages
qui y étaient en grand nombre.
(2) Diminutif d'Olimpiada.
(3) III, 5.
(4) III, 6.

BOLCHOV. — Prends tout, on te dit, et que ce soit fini. Je suis le maître ici. Paie seulement les créanciers. Tu les paieras?

PODKHALIOUZINE. — De grâce, père, ce sera mon premier devoir.

BOLCHOV. — Seulement, attention, ne leur donne pas trop. Sans quoi, je gage que tu serais tout prêt, sottement, à tout rembourser.

PODKHALIOUZINE. — Il y aura bien moyen de s'arranger, père! Voyons, c'est entre siens.

BOLCHOV. — Justement. Ne leur donne pas plus de 10 pour 100. C'est assez pour eux. Allons, embrassez-vous (1).

Un comique grave, et comme une âcre vérité s'exhale de cette scène, où Bolchov, en croyant assurer le succès de sa machination, a consommé sa perte.

Le drame d'affaires se dénoue dans le salon richement et prétentieusement meublé des jeunes mariés, elle, étincelante de toilette et de bijoux, lui, portant avec aisance un costume du bon faiseur; et tous deux rivalisent de fourberie, de dureté. A la marieuse qui vient complimenter, quémander des cadeaux, réclamer son dû, Podkhaliouzine remet froidement 100 roubles, et essuie sans broncher le flot des récriminations injurieuses (2). A son tour Bolchov arrive, mais de la « fosse (3) », où il a été envoyé comme ces débiteurs insolvables dont il se moquait au premier acte; autorisé à se rendre à la réunion des créanciers, il entre en passant chez son gendre pour lui rappeler sa promesse de verser les 25 pour 100. Par le réalisme pathétique, c'est ici la scène culminante du drame. Bolchov a beau invoquer ses bienfaits, clamer sa honte de traverser la ville entre des soldats, montré au doigt par les enfants, et de passer devant la Sainte Vierge d'Iverski, exposer sa détresse, la Sibérie menaçante : reproches et prières du père, malédictions de la mère se heurtent à des cœurs impitoyables. Podkhaliouzine et Lipotchka allèguent les besoins de leur commerce, les dépenses d'une installation, le droit de vivre pour eux-mêmes. Et si odieux est leur égoïsme, que Bolchov, victime prise à son propre piège et jusque-là peu intéressante, finit par inspirer quelque sympathie. Les jeunes gens refusent de donner plus de 10 pour 100 : Podkhaliouzine va jusqu'à 15 :

— Adieu, Alimpiada Samsonovna! dit le marchand ruiné. Ainsi vous allez être riches maintenant, vivre en grands seigneurs. Les sorties, les bals, pour la joie du Malin. Mais n'oubliez pas qu'il y a des cages avec des barreaux de fer où sont enfermés des pauvres détenus. Ne nous oubliez pas, nous les pauvres détenus!

(1) III, 8.
(2) IV, 2.
(3) On appelait ainsi à Moscou la partie de la prison affectée aux débiteurs insolvables.

Cette prière ne touche pas la fille ; elle émeut, ou plutôt trouble le gendre : il promet d'aller débattre un peu avec les créanciers ; pour cela il vêtira sa redingote la plus râpée (1). Enfin il renvoie les mains vides Rispolojenski venu pour se faire payer ; et aux menaces de l'homme d'affaires, qui prend le public à témoin de cette mauvaise foi, il répond, s'adressant aussi au public :

— Ne le croyez pas. Ce qu'il dit là, c'est tout mensonge. Il n'y a rien eu de tout cela. Il l'a rêvé pour sûr. Nous ouvrons un petit magasin : donnez-vous donc la peine d'entrer. Vous enverriez un petit enfant, que nous ne le tromperions pas sur le prix d'un oignon.

Ce trait achève de peindre le Tartufe commercial, héros d'*Entre siens on s'arrangera* (2).

On voit de combien cette ampleur dans la friponnerie dépasse l'invention juste, mais rudimentaire de *Patelin :* c'est bien à *Tartufe* ou à *Turcaret* qu'il faut en revenir ; et telle forte pièce contemporaine, comme *les Affaires sont les affaires*, n'atteint pas, avec des effets plus violents, au naturel, à la gradation d'intensité, à la rude énergie intérieure d'*Entre siens on s'arrangera*. Plus hardi que Molière, Ostrovski, dramaturge de vingt-cinq ans, indifférent au sauvetage de la morale et aux bénins accommodements, donnait à son drame un dénouement brutal, le seul logique, enfonçant en pleines mœurs la pointe aiguë de la vérité. On sait comment la censure, gardienne de la vertu, imposa l'autre, celui du Tartufe, du « prince ennemi de la fraude » : le kvartalny mettant la main au collet de Podkhaliouzine, qui sera condamné lui aussi à la Sibérie.

Trente ans plus tard, et dans une œuvre plus moderne, *Dernier sacrifice* (1871), l'industrie de la banqueroute semble toujours en faveur (3) ; elle allèche par la chance d'un gain facile, abrège le chemin de la richesse ; de plus il s'y mêle la vanité : le désir d'éclipser le voisin enfle le chiffre de la faillite comme d'une fortune honorable. Les millionnaires (*milliontchiki*), auparavant rares, se sont multipliés : « C'est ma façon de compter, par millions », dit Glafira Firsovna, alerte commère, intrigante et exploiteuse, chez qui la pauvreté, les cahots de la vie ont émoussé la fausse honte :

— Tout ce qui dépasse mille, c'est un million. Combien ça représente d'argent, je n'en sais rien, mais je dis comme ça, parce que le mot est à la mode. Auparavant, on appelait les richards tysiatchniki (4) ; maintenant, on n'entend plus parler que de millionnaires. Dites aujourd'hui d'un bon marchand qu'il a fait une banqueroute de cinquante mille roubles, il est capable de s'en

(1) IV, 4. Comp. ARISTOPHANE, *les Acharniens :* Dicéopolis chez Euripide.
(2) IV, 5.
(3) *La Forêt*, I, 5 : « Les marchands font banqueroute, les nobles se ruinent. »
(4) Qui possèdent mille roubles.

fâcher tout rouge : mettez carrément un million ou deux, alors ce sera la vérité... Jadis les déficits étaient modestes ; aujourd'hui voilà que dans une seule banque, on en a découvert un de sept millions (1).

Improbité habituelle et comme nécessaire, où la défiance, l'hostilité, l'égoïsme tuent tout sentiment élevé et simplement humain, course effrénée à l'argent, au lucre : tel est le premier trait des mœurs profes sionnelles dans le *koupetchestvo* que dépeint Ostrovski. Par les pro- cédés de ces banqueroutiers pour la plupart riches marchands de la pre- mière guilde, bien considérés au dehors, passant pour mener dans leur intérieur une vie tranquille, on peut juger de l'âpreté de la lutte, des formes à peine inférieures de tromperie chez les boutiquiers qui peinent autour du mille, les *tysiatchniki*, la petite roture du comptoir à l'ascension du « capital ».

(1) *Dernier sacrifice*, I, 1. Entendre sept millions de roubles.

CHAPITRE III

LA VANITÉ ET L'AMBITION BOURGEOISES

I. Luxe et vanité des parvenus : les nababs russes.
II. L'ambition bourgeoise. — Aspect attendrissant : *Ne t'assieds pas dans le traîneau d'autrui.*
III. Aspect tragique : *A qui n'arrive pas péché et malheur.*
IV. Aspect comique : le « bourgeois gentilhomme » russe dans *Pauvreté n'est pas vice.*

I

Enrichi, le *koupets* brûle d'étaler sa richesse, de la gaspiller à de coûteuses satisfactions d'amour-propre, d'éclabousser ses confrères, de triompher de leur dépit et de leur humiliation ; il veut surtout effacer la mémoire de ses origines en frayant avec une caste supérieure. La vanité de ceux qu'on appelle là-bas des « sacs d'or » (*zolotyé mêchki*) est immuable en son principe : « se montrer » ; seuls le temps, le degré de fortune, l'éducation plus ou moins dégrossie des personnes, les mœurs, les transformations économiques ou sociales en varient les manifestations : celles-ci, grossières ou prétentieuses, puériles ou extravagantes, quand ce n'est pas l'ivresse, et l'orgie crapuleuse, manquent souvent de cette tenue qu'observent malgré tout nos Jourdain et nos Poirier ; on y retrouve le « moujik riche ». Telles quelles, Ostrovski en rapporta une ample observation.

De l'izba à la boutique, au magasin, à la « fabrique », au club des marchands et aux salons, du petit revendeur, du *mêtchtchanine* au gros marchand, au brasseur d'affaires moderne, le *koupetchestvo* s'ordonne en une hiérarchie d'argent, et de ridicules. Comme la noblesse russe du dix-huitième siècle, il joint à de vieilles coutumes traditionnelles une gauche imitation du « genre » occidental ; en les copiant, il déforme mots et choses, d'où de singuliers mélanges, dont lui seul ne rit pas. L'accoutrement des marchands dans les toiles de Prianichnikov, Jouravlev, Féodotov, etc... (1) : grandes bottes, vaste manteau à pèlerine et à palatine,

(1) PRIANICHNIKOV (1840-1894), *les Farceurs*, scène du Gostiny Dvor ; JOURAVLEV, *Repas de commémoration chez un riche marchand* (galerie Trétiakov, à Moscou).

ou simplement *roubachka* et caftan, haut « cylindre » (1), symbolise bien cette européanisation extérieure, aux années 50 et 60. Beaucoup, il est vrai, demeurent fidèles au costume national : casquette, caftan ou *poddevka*, bottes et large barbe (2) ; actuellement encore, plus d'un marchand de Moscou ne laisse nullement deviner à sa tenue ou à sa profession, qu'il « pèse » 10 à 20 millions de roubles. Ceux qui ont voyagé, ou qui résident dans les capitales, les jeunes, les « fabricants », suivent de plus près la mode : Korchounov, dans *Pauvreté n'est pas vice*, en impose à Gordiéï Tortsov par la coupe exotique de ses habits et son visage ras (3). Dans ses dernières pièces, Ostrovski met en scène des négociants impeccables, affectant dans leur tenue la froide correction anglaise : ceux-là sont, quant au vêtement, de vrais Européens.

Il suffit de mentionner, par prétérition, les ribotes où se plaisent les marchands sans que l'âge ou le mariage les retienne :

— Quelquefois nous nous rassemblons, les patrons, et nous nous livrons à de telles orgies, que ni conte ne saurait les conter, ni plume les décrire (4).

C'est chose admise dans toute la « gent buveuse » (*zapoïnyé lioudi*) ; le *koupets* ne se distingue ici que par la durée, le coût, le débridé de ses plaisirs. Mais le réalisme d'Ostrovski délaisse les scènes où la basse débauche fait de l'homme une brute sans conscience.

Les maisons, la toilette : voilà où commence volontiers l'ostentation. La fortune faite (on a vu que la faillite y aidait) se proclame par les maisons à deux étages, les belvédères à colonnes, les plafonds peints avec oiseaux de paradis, lilas, amours ; à la porte cochère, au lieu de « dvorniks » qui ne sont que des « moujiks », un ancien soldat médaillé : « Un unter (5) est ce qu'il y a de meilleur pour tout, surtout s'il a une croix de chevalier... Premièrement, le bon ordre, secondement, le décorum. Une maison de marchand, riche, et pas d'unter à la porte cochère, à quoi cela ressemble-t-il (6) ? » Après son mariage avec Podkhaliouzine, Olimpiada Bolchova énumère avec orgueil devant la marieuse éblouie ses trente et une toilettes, sans compter les dizaines de « blouses » et de « capotes (7) ». Tout cela pour la montre bien plus que pour le besoin ou même le plaisir. Le marchand Akhov habite une vieille demeure seigneuriale « solide, toute en pierre » ; mais les quarante chambres en

---

(1) La *roubachka* est la blouse ou « chemise » russe ; le « cylindre » est passé en russe de l'allemand « cylinder » « chapeau » (familièrement tuyau de poêle, chez nous).

(2) D'où le nom de « barbe » (*boroda*) que le tchinovnik donne parfois, par moquerie, au marchand.

(3) De même Pribytkov dans *Dernier sacrifice*.

(4) *Ce n'est pas tous les jours fête*, I, 7.

(5) Ancien sous-officier (en allemand unter offizier) médaillé, employé comme « suisse ».

(6) *Il faut de la chance pour que la vérité triomphe*, I, 4.

(7) *Entre siens...*, IV, 2. Par « capotes » entendre ici « peignoirs ».

sont vides : il s'y perd parfois et la peur le prend (1). Invité à s'asseoir par le riche marchand Brouskov, le fonctionnaire Dosoujev allait prendre une chaise :

— Allons ! qu'est-ce que tu fais encore? Ne va pas toucher aux sièges. Ils sont en place. Viens t'asseoir ici près de moi (2).

Lioubim Tortsov, pressé de jouir de son héritage, qu'il croit inépuisable, est allé à Moscou mener la grande vie :

— Impossible de n'y pas aller. Il faut voir le monde, montrer ce qu'on est, et acquérir le grand genre... Mon premier soin fut de m'habiller à la mode, comme pour dire : voyez, nous autres !... Du premier jour, bien entendu, je courus les traktirs... (3).

C'est un point d'honneur de dépenser beaucoup et sans compter ; il semble que cet argent si vite ou si facilement gagné, tout ce « capital injuste (4) » brûle les doigts. L'important est de donner à connaître qu'on peut le gaspiller aux plus coûteuses folies « parce que pour nous autres marchands, si quelque désir nous vient, il n'y a rien de trop cher (5) ». Dans un récit de Tourguénev, *Eaux de framboise*, le vieux domestique Michel Savéliev, surnommé Brouillard, rappelle avec admiration que le défunt seigneur, son maître, offrait des banquets où l'on tirait des feux d'artifice et même le canon, entretenait un orchestre de quarante musiciens (6). Les parvenus du négoce ont pieusement recueilli cet exemple, et d'autres, du « chic » nobiliaire. Tel, dans *Cœur ardent*, le gros adjudicataire Khlynov :

Vasia. — Il est présentement à sa datcha (7), dans son parc. Et rien n'y manque. Il a installé des charmilles dans le jardin, des jets d'eau ; il a ses chanteurs à lui ; aux jours de fête la musique du régiment joue ; il a équipé des embarcations variées, avec des rameurs en caftan de velours. Il est toujours sur son balcon, sans redingote, toutes ses médailles (8) pendent sur sa poitrine, et dès le matin il boit le champagne. La foule s'assemble autour de la maison ; tous le regardent avec admiration. Et quand il ordonne de laisser entrer la foule dans le jardin, pour voir toutes ces merveilles, alors aussi on arrose les allées avec du champagne.

Gavrila. — Il n'y a pourtant pas si longtemps qu'il était encore paysan.

Vasia. — Il a tant d'esprit ! Toutes ses fantaisies, il les satisfait. Il a acheté un canon. Dis voir un peu ! Hein ! un canon !

(1) *Ce n'est pas tous les jours fête*, IIe tableau, scène 1.
(2) *Les Jours qui portent malheur*, III, 7.
(3) *Pauvreté n'est pas vice*, I, 12.
(4) *Cœur ardent*, I, 3.
(5) *Ce n'est pas tous les jours fête*, I, 7.
(6) Tourguénev, *Polnoé sobranié sotchinéni*, t. I, p. 37. Saint-Pétersbourg, 1897. — Voir Pouchkine, *Mysli na dorogé, II, Moskva*.
(7) Maison de campagne aux environs de la ville.
(8) Il s'agit de médailles obtenues dans les expositions, les concours, ou de décorations (professionnelles).

GAVRILA. — Pourquoi un canon?

VASIA. — Comment, pourquoi? Avec son capital, c'est un objet indispensable. Quand il boit une première fois, on tire, une seconde, on tire, afin que tous sachent quels honneurs on lui rend devant tout le monde (1).

Pour rehausser son prestige, ce richard original a amené de Moscou et traîne partout avec lui un « barine », qui n'œuvre de la main ni de la langue, se borne à boire du champagne, et reçoit un gros traitement rien que pour son air grave et ses longues moustaches. Khlynov a encore comme « adjudant » un *mêchtchanine* du lieu ; cet intendant des menus plaisirs a charge d'inventer des distractions. Aristarque, c'est son nom, fabrique donc des appareils, peint des oriflammes, construit des jets d'eau, arrange des lanternes vénitiennes, sculpte un cygne à l'avant d'une barque, installe une horloge à musique au-dessus de l'écurie. Comme il gagne et boit moins, Khlynov a moins de considération pour lui ; mais il estime tout de même sa rude franchise : « Que veux-tu, dit Vasia, Khlynov a tant d'argent ! la vie l'ennuie, parce qu'il ne sait comment dépenser cet argent pour se donner de la gaieté. Alors Aristarque lui est nécessaire, parce qu'il pense à sa place. Car s'il imagine quelque chose tout seul, ça n'a jamais ni queue ni tête. » Un jour Khlynov fera atteler douze jeunes filles à un traîneau, en donnant une impériale à chacune, pour le promener en plein été dans la campagne ; une autre fois, dans un accès d'hypocondrie, il convoquera le clergé, l'installera en rond dans son salon, sur des fauteuils, s'inclinera devant chaque prêtre ou clerc, voudra les chants, assis lui-même au milieu de la pièce et pleurant à chaudes larmes (2).

Dans *Sans dot*, Larisa Ogoudalova sursaute à un coup de canon tiré sur la Volga : « Qu'est-ce? » demande-t-elle? — « Quelque koupets samodour qui débarque : alors on tire une salve en son honneur (3). » L'armateur Paratov a aussi un canon sur son bateau, pour saluer son arrivée et son départ ; au débarcadère, une calèche attelée de quatre trotteurs bien dressés, avec livrée en grande tenue, l'attend pour le conduire. « Il a du chic, Paratov », dit un des personnages (4). Et le « chic », justement, est de ne pas compter ; mais cette prodigalité sent toujours l'imitation d'une noblesse aussi grossière parfois et excentrique en ses plaisirs ; il y entre du caprice d'enfant terrible, et le dédain de la dépense :

Ardalion Martinytch (Mourougov) est ainsi fait : si une chose lui passe par la tête, il la veut tout de suite ; et sans regarder au prix... Si on lui demande : Voyons, tu dois dépenser gros par an? Ardalion Martinytch répond : Est-ce

---

(1) *Cœur ardent*, I, 3. Vasia Choustri est le fils d'un marchand ruiné depuis peu ; Gavrila (Gabriel) est le commis de magasin du marchand Kourouslêpov.

(2) *Cœur ardent*, I, 3 ; voir *ibid.*, IV, Ier tableau, scène 4. L'impériale est la pièce de dix roubles.

(3) *Sans dot*, I, 4.

(4) *Ibid.*, I, 2.

que j'en sais? Je mène le train qu'il faut, et c'est à mon bureau qu'on fait le compte de mes dépenses. Ce n'est pas mon affaire... Il l'a dit tout net ; donc, basta, on n'en parle plus. C'est gentilhomme (1).

Ce Paratov, ce Mourougov sont grands manufacturiers ou brasseurs d'affaires, de venue plus récente et de goûts plus modernes ; ils voyagent à l'étranger, projettent de visiter l'Exposition universelle de 1878, à Paris. S'ils organisent des pique-nique « légers », c'est à 300 roubles par tête : « Ce n'est pas cher ; il y aura des dames ; les bouquets des dames viennent directement de Nice, les fruits, le poisson aussi de France (2) », ainsi que les « Mamzelle Clémence ». Voilà qui leur confère brevet d'élégance et les rend égaux de ces nobles, qui jadis recevaient de chez nous costumes, livres, idées, et maîtresses.

II

Plus encore que d'éblouir par son luxe et ses prodigalités, le *koupets* rêve de s'évader de ses origines, de les dépouiller comme une défroque humiliante ou accusatrice, de se donner, par une belle alliance, un air de qualité (3). Rougir de parents pauvres, les éloigner, exciter la jalousie des confrères, flatter le noble : tel fut l'éternel caractère du bourgeois vaniteux. Cette ambition souffre parfois une excuse : désir ou espoir de participer à des formes de vie jugées de loin supérieures, illusion sincère de s'élever en pénétrant par le mariage dans un monde d'apparence plus affinée. Le comique et le tragique naîtront ainsi des formes ou des mobiles du débourgeoisement, des résistances, en haut ou en bas, à l'union mal assortie, de la mésentente ultérieure.

La lutte est fréquente entre l'esprit de tradition et le goût de la mode, entre la vanité et la modestie. Dans le vieux monde marchand, soit orgueil corporatif, soit bon sens soumis à l'inégalité sociale, soit défiance à l'égard des coureurs de dots, on raille et on condamne ceux qui recherchent mariage au-dessus de leur classe. Dans *Tableau de famille*, Stépanida Trofimovna, sans nier qu'il y ait des nobles « honnêtes », s'en tient à la règle des ancêtres :

— Nos pères nous valaient bien ; pourtant ils ne cherchaient pas à se faufiler dans la noblesse... Voilà Lopatikha : elle a marié sa fille à un noble, sans consulter les gens d'expérience. Dès alors je lui disais : Eh ! Maximovna, ne t'assieds pas dans le traîneau d'autrui. Tu te souviendras de mes paroles, mais il sera trop tard (4).

(1) *Pas faite pour ce bas monde*, I, 1.
(2) *Ibid.*, I, 2.
(3) « Aujourd'hui, c'est un usage qui s'établit : la racaille veut s'établir. » (*Entre siens on s'arrangera*, II, 7.)
(4) *Tableau de bonheur familial.* — **Voir** ce que disent Néouêdénov dans *Songe*

Rousakov, qui habite une ville de district, est allé parfois à Moscou
« pour ses affaires », mais « se trouve bien où il est ». A Vikhorev, jeune
noble ruiné, qui tâche de l'amadouer par des propos flatteurs sur sa simplicité, sa bonté d'âme, sa « vie patriarcale » et lui demande sa fille pour
en faire une dame, une « élégante de la capitale », le clairvoyant provincial répond un peu durement :

— Allons donc, Votre Noblesse ! Nous sommes des gens du commun, nous
mangeons des prianiki sans jolis dessins (1), comment pourrions-nous? La
vérité, c'est qu'on nous estime pour la poche... Sans ça, pourquoi nous aimer?...
Vous ne parlez pas sérieusement. Vous autres, gens de noblesse, cherchez-
vous des demoiselles... éduquées, et laissez-nous donc nos pauvres sottes,
nous leur trouverons des épouseurs moins coûteux.

Vikhorev. — Cependant, vous ne désirez donc pas le bien de votre fille,
que vous ne voulez pas la marier à un noble, et qui l'aime, encore?

Rousakov. — C'est justement parce que je veux son bien que je ne vous
la donnerai pas. Lui voudrais-je peut-être du mal? Voyons ! quelle barynia (2)
ferait-elle, jugez vous-même, monsieur : elle a passé sa vie ici entre quatre
murs, elle n'a pas vu le monde. Tandis que pour un marchand, ce sera une
bonne épouse, elle tiendra le ménage et soignera ses enfants... Non, vous ne
pouvez pas l'aimer. C'est une fille toute simple, sans éducation soignée, et
qui ne peut faire votre compte. Vous avez des parents, des amis : tous riront
d'elle, comme d'une sotte ; et vous-même vous en serez plus dégoûté que
d'absinthe amère... Et j'enverrais ma fille dans un enfer pareil !... Que Dieu
me punisse (3) !...

Et il repousse catégoriquement la demande de ce prétendant d'une
autre caste. Advotia essuie le même refus : ses larmes seules, un évanouissement triomphent des résistances paternelles. Rousakov la laissera
épouser son noble, s'il consent à la prendre sans argent : au fond il est
bien convaincu que Vykhorev en veut plus à la dot qu'à la personne. Et
il ne ménage pas ses congénères, dont le sot orgueil ébranle les vieilles
et saines traditions :

— Prenons par exemple les gens de notre classe : les vieux soit, passe encore,
mais les jeunes?... De quoi ça a-t-il l'air?... Ni honte, ni conscience. Impossible, n'est-ce pas, d'avoir confiance en eux, ce n'est pas pour en attendre du
respect. Non, nous, autrefois, nous avions de la crainte ; nous respections les
aînés. Et puis, cette mode, qu'on a imaginée! Auparavant il n'y en avait
pas, et c'était mieux, vrai. On vivait plus simplement, et puis les gens étaient
plus honnêtes. Mais voilà, on dit : je veux vivre à la mode, comme on vit aujour-
d'hui, et vous voyez dettes ici, dettes là...

de veille de fête..., IIIe tableau, scène 4, et Tolstogorazdov dans *Incompatibilité de
caractères*, IIe tableau, II.

(1) Les gâteaux ornés de dessins variés sont plus chers que les autres. Entendre ici :
nous vivons simplement.

(2) Dame.

(3) *Ne t'assieds pas dans le traîneau d'autrui*, II, 9.

BORODKINE. — Oui, Maxime Fédotych, la véritable cause, c'est le manque de principes sensés... pour la vie. S'il y avait du bon sens, oui, ce serait une autre affaire ; mais quoi? ils n'ont qu'une idée en tête, faire quelque tour bien étonnant, tel qu'on n'ait jamais vu ça... (1).

Avdotia Rousakova est loin de ces sages idées : comme presque toutes les filles de marchands, son rêve secret est d'épouser un noble, un officier. Elle aime Borodkine ; mais cet amour paisible, presque fraternel, contente mal son goût de romanesque. Une tante entichée de bel air pour avoir jadis vécu à Moscou endoctrine Avdotia et l'excite à repousser une union si prosaïque. Vienne un Vikhorev : il subjuguera sans peine ce cœur prêt à s'offrir : aux yeux d'une enfant ignorante des hommes et de la vie, le plus banal attrait exprime la distinction suprême. Le réveil est brutal : Avdotia avait consenti à un enlèvement : sitôt arraché l'aveu que son père ne donne pas de dot, elle est chassée sans pitié par le séducteur déçu ; et son équipée finirait lamentablement, si l'amour fidèle, énergique, de Borodkine ne la sauvait du désespoir, n'imposait le pardon à la colère paternelle. Guéric d'un fol entraînement, la « colombelle » retrouve les affections sûres au gîte familial.

Ici la leçon de modestie sociale vise non un père ou un épouseur vaniteux, mais les filles bourgeoises que l'imprudent désir de « s'asseoir dans le traîneau d'autrui » expose aux plus fâcheux mécomptes. Toutefois, comme Avdotia Rousakova est une petite âme candide, désintéressée, trop facile à capter, fleurie de charmantes qualités, l'auteur lui évite le naufrage et rejette tout l'odieux sur le suborneur « noble ». De ce chef la pièce, avec son intérêt humain et documentaire, prête plus à l'émotion qu'au comique.

III

Que le mariage, au lieu de se dénouer, précède ; que recherché d'un côté par honnête ambition, subi de l'autre sous l'aiguillon de la gêne, il pèche par inégalité d'apport sentimental ; que la passion un peu fruste d'un cœur profondément bon soit payée d'indifférence méprisante, le tragique jaillira de la désunion, violent jusqu'au meurtre. Tel est le nœud du sombre drame *A qui n'arrive pas péché et malheur.*

Simple boutiquier, « marchand de légumes », dont le commerce prospère, Krasnov est d'une nature généreuse que choquent les mœurs grossières et le despotisme marital de ses confrères ; ainsi a-t-il jugé plus digne, plus flatteur aussi, de prendre femme dans un monde que les marchands considèrent malgré tout avec respect, celui des fonctionnaires ou même (à cette époque-là) des simples « employés de chancellerie ».

_____

(1) *Ne t'assieds pas dans le traîneau d'autrui*, III, 5.

Tatiana Jmigoulina et sa sœur aînée, Loukéria, restées seules après la mort de leur père, pauvre *prikaznoï* (1), n'ont pas un sou vaillant ; mais elles ont pris chez une vieille dame de Saint-Pétersbourg, mi-pupilles, mi-parasites, des goûts d'élégance. Sans dot que sa beauté, Tatiana, pour échapper au célibat et à la vie étroite, se résigne à une mésalliance : elle a épousé Krasnov :

— Entre ceux de son monde, c'est un très bon homme, dit Loukéria ; il aime beaucoup ma sœur. Seulement, vous savez, il y a quelque chose d'indéracinable dans les gens de cette profession-là. Tout ce qu'on voudra, mais tout de même il sent encore le moujik. Et pour ce trait de son caractère, on le ferait bouillir sept ans dans la marmite avant de l'enlever. Il faut avouer au reste que pour la maison c'est un maître parfait : il ne se donne trêve ni jour ni nuit, toujours affairé et courant. Et maintenant, pour ma sœur, tous ses moindres désirs, il y dépenserait jusqu'à son dernier kopek, afin de lui plaire seulement : si bien que ma sœur ne fait absolument rien, elle vit en barynia. Il n'y a qu'un mais : il a des manières vulgaires et son langage nous fait honte. Ce n'est pas du tout ce bonheur-là que je rêvais pour Tania. A voir sa beauté, tous ceux qui l'admiraient, elle aurait dû rouler carrosse. Et voilà : pour un morceau de pain presque, il lui a fallu épouser un moujik et rougir à cause de lui devant le monde (2).

Bravant les railleries de sa parenté, les plaintes d'un jeune frère maladif et jaloux, Krasnov défend Tatiana contre des insinuations qui visent à troubler la paix domestique, et confesse son faible :

— Cela te déplaît que je l'aime? dit-il à sa sœur. Alors apprends une fois pour toutes que je ne la changerais pour personne au monde. J'ai bûché comme un malheureux pour ma famille, j'ai travaillé jusqu'à une sueur de sang, et je n'ai songé à m'établir qu'après avoir mis sur pied toute la maison. Je n'ai connu aucune joie pendant trente ans. Par conséquent je dois lui être reconnaissant, à ma femme, avec toute sa beauté et son éducation, d'avoir aimé un simple moujik comme moi. Auparavant je travaillais pour vous, maintenant je travaille tout le temps pour elle. Je crèverai à la besogne, mais je ferai tout son bon plaisir. Je devrais lui baiser les pieds, parce que je comprends très bien, qu'avec toute ma maison, je ne vaux pas seulement le bout de son petit doigt. Et après cela j'irais la laisser insulter? Je la respecte, que tous en fassent autant. Elle est ma seule joie, ma seule consolation (3).

Lui-même avoue et tâche à justifier les défauts de sa nature :

— Ce n'est pas que je sois violent : je suis ardent... Il n'y a pas de mal pour un homme... Il est ardent à toute chose, au travail aussi ; et il peut aimer plus, parce qu'il sent davantage.

Il attend, espère avec patience l'amour de Tatiana :

(1) Employé de bureau.
(2) *A qui n'arrive pas péché et malheur*, acte Ier, Ier tableau, scène 5.
(3) *Ibid.*, acte II, Ier tableau, scène 2.

mérite d'en tirer une action comique et émouvante. *Pauvreté n'est pas vice*, c'est le triomphe final rudement disputé, et précaire encore, du bon sens sur le sot orgueil : mais le goût des us et plaisirs traditionnels, en contraste avec la prétentieuse imitation des manières européennes, n'est pas le moins savoureux attrait de la pièce.

Gordiéï Tortsov, riche marchand d'une ville de district, s'est lié sur le tard, vers la soixantaine, avec un gros manufacturier moscovite dont la richesse, le faste l'ont ébloui. Soudain honteux de sa roture et de son train inélégant, il veut mettre sa maison, choses et gens, au ton de la capitale. Le trouble, parfois comique, l'épouvante même et la tristesse suivent cette brutale rupture avec les idées et les habitudes du bon vieux temps : ·

— Peut-être, dit Mitia, Gordiéï Karpytch est-il en affaires avec Afrikan Sawytch?

Pélagéia Egorovna (1). — Quelles affaires ! Pas seulement une. La vérité, c'est qu'Afrikan Sawytch et son Anglais, ils ne font que boire. Il a comme dilecteur (2) à la fabrique un Anglais et ils boivent... oui ! Ce n'est pas la place de mon mari d'être avec eux. Mais allez donc lui faire entendre raison ! Rien que son orgueil, ce n'est donc rien? « Ici », il dit, « il n'y a pas de compagnie pour moi, c'est tout de la racaille, vois-tu, tous moujiks et qui vivent en moujiks ; tandis que l'autre, vois-tu, c'est un Moscovite, il habite presque tout le temps Moscou..., et il est riche ! » Et qu'est-ce qui l'a pris? mais c'est venu tout d'un coup, mon ami, d'un coup ! Autrefois tout de même il avait du jugement. Nous vivions, bien sûr, pas luxueusement, mais enfin, j'en souhaite autant à tout le monde ; et voilà que l'an dernier, il a fait un voyage, pour ses affaires, et il a pris les manières de je ne sais qui. Il a singé, singé, on me l'a assez dit, toutes ces façons. Maintenant toute notre vie russe lui déplaît ; il ne fait que répéter : « Je veux vivre au goût du jour et suivre la mode. » Oui, oui !... Il voudrait me faire mettre un bonnet ! En voilà une idée ! Je vais peut-être, à mon âge, chercher à séduire les gens et à faire des coquetteries ! Fi ! mais allez donc l'arrêter !... Ainsi, il ne buvait pas, avant... vraiment... jamais, et maintenant, c'est avec cet Afrikan qu'il boit ! Et la boisson, nécessairement, lui a brouillé les idées (*montrant sa tête*). (*Silence.*) Je crois bien que c'est le Malin qui le trouble ! N'avoir pas plus de raisonnement que ça !... Encore si c'était un jeune homme : pour un jeune homme, la parure, tout le reste, c'est flatteur ; mais voyons, à près de soixante ans ! Oui, mon ami, soixante ! Mais vos modes, et votre goût du jour, je lui dis, ça change tous les jours ; tandis que nos bonnes coutumes russes, elles subsistent depuis les temps des temps ! Les vieilles gens n'étaient pas plus bêtes que nous. Mais le moyen de lui faire entendre raison, mon cher, avec son caractère violent (3)?

L'établissement de sa fille, la jolie Lioubov Gordéevna, sera pour le père vaniteux l'occasion d'affirmer avec éclat sa conversion :

(1) Femme de Tortsov ; Mitia est son employé comptable.
(2) Elle estropie le mot « directeur ».
(3) *Pauvreté n'est pas vice*, I, 3.

— Lioubotchka, dit la mère, est maintenant en âge : il faut l'établir, et lui n'a que ceci à la bouche : « Il n'y a rien d'assez bien pour elle... rien de rien. » Et voilà !... Avec lui, toujours non... Quelle souffrance pour le cœur d'une mère !

MITIA. — Peut-être Gordéï Karpytch veut-il marier sa fille à Moscou?

PÉLAGÉIA EGOROVNA. — Qui sait ce qu'il a en tête ! Il a un air féroce, il ne dit pas un traître mot, tout comme si je n'étais pas la mère... oui, c'est vrai... je n'ose pas lui parler. Tout au plus si je peux confier mon chagrin à un étranger, pleurer un peu, me dégonfler (1).

C'est la donnée même de notre *Bourgeois gentilhomme;* mais les folles visées du Jourdain russe ont une constante répercussion sur son entourage ; le drame, action et intérêt, s'enferme rigoureusement, sans emploi de farce adventice, entre les perspectives morales et documentaires d'un intérieur marchand.

Tortsov a recueilli chez lui son frère Lioubim, lamentable épave ; mais une telle présence le gêne, l'humilie :

— Ça lui fait honte, vois-tu, dit Lioubim à Mitia, d'avoir un frère pareil. Soutiens-moi, je lui disais, remets-moi dans le bon chemin, réchauffe-moi, je deviendrai un homme. — Pas moyen, dit-il, qu'est-ce que je ferai de toi? Il vient chez moi des invités de marque, de riches marchands, des nobles ; tu me déshonorerais. Avec mes sentiments et mes idées, dit-il, je n'aurais jamais dû naître dans notre famille. Moi, tu vois sur quel pied je vis : qui peut reconnaître que notre père n'était qu'un moujik? C'est déjà bien assez pour moi de cette humiliation, sans t'avoir encore sur le dos (2).

Des camarades, commis et fils de marchands, sont venus tenir compagnie à Mitia dans sa chambre : la guitare, l'accordéon accompagnent des chansons ou tristes ou gaies. Le « patron », entré brusquement, accable d'un injurieux mépris ce passe-temps si populaire en Russie :

— Eh bien ! On s'en donne de chanter ! On braille comme de vrais moujiks ! (*A Mitia.*) Et toi aussi ! Tu habites pourtant une maison d'un autre ton, tu n'es pas chez des moujiks. Quelle taverne ! Que je ne voie plus ça chez moi (3) !

A l'occasion des fêtes de Noël, Pélagéia Égorovna invite chez elle des bonnes dames du voisinage, des jeunes gens et des jeunes filles : celles-ci « mènent une vie de recluses, ne voient jamais le monde ; elles peuvent bien s'amuser pendant qu'elles sont jeunes ; et puis, c'est leur fête ». Tout en donnant ses ordres pour le « madère », les « prianiki », les « konfekty », elle dit à une commère ses goûts et ses préférences :

— Moi, bonne dame, j'aime les choses à la manière d'autrefois, oui, d'autre fois, à la manière de chez nous, à la russe. Mon mari, c'est tout le contraire. Que faire, c'est son caractère ! Mais moi, j'aime ainsi, j'aime la gaieté... oui,

---

(1) *Pauvreté n'est pas vice*, 1, 3.
(2) *Ibid.*, I, 12. — Voir aussi I, 2.
(3) *Ibid.*, I, 7.

oui... régaler, entendre des chansons ; ça tient de famille ; chez nous, c'est tous gens gais... bons chanteurs .. Dans ma jeunesse, j'étais une boute-en-train sans rivale pour la chanson et pour la danse, on pouvait s'adresser à moi... oui... ce que je savais de chansons ! On n'en chante plus de pareilles aujourd'hui.

Et elle en demande une du vieux temps (1).

Chœurs de jeunes filles et chansons de circonstance, danses et *prisiadki* (2), mascarades avec l'ours et la chèvre, ces divertissements à la russe se déroulent joyeusement, quand, au coup frappé à la porte, tout le monde se lève : « C'est lui qui arrive », a dit la vieille domestique. Accompagné cette fois de Korchounov, Gordiéï Tortsov commence par envoyer dehors la « racaille » de masques, reproche tout bas à sa femme de le couvrir de honte, et renverrait les jeunes filles mêmes, si le vieux Korchounov, avec une pointe de sensualité, ne s'y opposait :

— Pourquoi les chasser? Chasse-t-on des jeunes filles?... Hé, hé, hé !... Elles vont chanter un peu, nous les écouterons, nous les regarderons, nous leur donnerons aussi de l'argent, mais les chasser, non !

GORDIÉÏ KARPYTCH. — Comme il te plaira, Afrikan Sawytch ! J'en suis confus seulement devant toi. Mais ne va pas conclure de cela à mon manque d'éducation ; c'est toujours ma femme. Je ne peux pas le lui faire entrer dans la tête. (*A sa femme.*) Que de fois je t'ai dit : Si tu veux organiser chez toi une soirée, fais venir des musiciens, pour que tout soit dans les formes. Il me semble que je ne te refuse rien.

PÉLAGÉIA EGOROVNA. — Eh ! à quoi bon des musiciens... pour de bonnes femmes comme nous ! C'est à vous de vous amuser ainsi.

GORDIÉÏ KARPYTCH. — Voilà les idées qu'elles ont de la vie. Tu dois rire, je pense, d'entendre cela.

Pélagéia Égorovna va offrir à son hôte, pour la bienvenue, du madère.

— Femme ! Tu perds la tête, voyons? La belle nouveauté que ton madère, pour Afrikan Sawytch ! Fais servir le champagne... six bouteilles... et vivement ! Donne ordre d'allumer les flambeaux dans le salon, où le meuble neuf est installé. Là l'effet sera tout autre (3).

Korchounov, encensé de chansons, cajole Lioubov Tortsova, verse des poignées de monnaie aux jeunes filles, mais sa visite a un motif intéressé que Tortsov se charge d'exposer :

— Femme, je t'ai dit depuis longtemps que je suis dégoûté d'habiter cette ville, parce qu'à chaque pas, ici, tu peux le voir, ce n'est qu'ignorance et gros-

_____

(1) *Pauvreté n'est pas vice*, II, 4-5. *Prianiki*, gâteaux sucrés, pains d'épice ; *konfekty*, bonbons.
(2) Figure de danse qui consiste à se baisser en pliant les genoux, et à lancer la jambe en avant.
(3) *Pauvreté n'est pas vice*, II, 7.

sièreté. C'est pourquoi je veux quitter d'ici pour aller à Moscou. Nous aurons là quelqu'un qui ne sera pas un étranger, nous aurons un bon gendre, Afrikan Sawytch (1).

Aux plaintes de sa femme, à la résignation suppliante de sa fille, Tortsov ne répond que par l'affirmation sans réplique de la puissance paternelle, et de la parole donnée à Korchounov : « Ce qui est dit est fait... » Ainsi l'honnête Mitia, l'amoureux timide, et Lioubov, qui l'aime, seraient victimes de la vanité de Tortsov, sans l'opportune intervention de Lioubim, le frère pauvre aux frasques inquiétantes. Tortsov offre un dîner à son futur gendre, Korchounov ; et c'est au luxe du service qu'il mesure sa propre élévation : la petite ville n'est plus un cadre digne de lui ; il est mûr pour vivre dans les capitales :

— Dis-moi, demande-t-il à Korchounov, tout est-il dans les formes chez moi ? Ailleurs le service de la table est fait par un garçon en poddevka, ou par une fille : moi, j'ai un ficiant (2) en gants de fil. Ce ficiant est instruit, il vient de Moscou, il connaît tout le cérémonial : la place de chaque invité, ce qu'il doit faire. Mais chez les autres ! Ils vont se rassembler dans une chambre, s'asseoir en rond, entonner des chansons vulgaires ! C'est gai, sans doute, mais je considère que c'est vulgaire, dépourvu de genre. Et ils boivent, quoi ! dans leur ignorance ! des liqueurs variées, des cerises à l'eau-de-vie, et ils ne savent pas que c'est du champagne qu'il faut ! Ah ! si je pouvais vivre à Moscou, ou bien à Pétersbourg, je crois que je suivrais toutes les modes... Toutes. Tant que mon capital y suffirait, je saurais tenir mon rang. Toi, Lioubov, attention, surveille tes manières, sans quoi ton fiancé, — il est de Moscou, n'est-ce pas, — pourrait bien blâmer. Tu ne sais guère marcher, et, dans la conversation, tu ne vois pas ce qu'il faut dire, ni le moment (3).

Par un ingénieux détour et d'observation vraie, le mal que l'orgueil allait causer, l'orgueil le répare. L'oncle Lioubim Tortsov, dont les facéties viennent d'égayer les convives dans la grande salle, pénètre jusqu'à Korchounov ; et là sans souci des convenances, ni des menaces de Gordiéï Tortsov, sous les yeux de spectateurs inquiets et amusés, il lui décoche des traits plaisants bientôt suivis de dures vérités. Le Moscovite feint d'abord d'en rire, puis fâché tout de bon, s'en prend à son hôte :

— Ainsi, voilà le ton qui règne dans ta maison ! Voilà les modes que tu as introduites : des ivrognes qui insultent les invités ! Hé, hé, hé ! Je pars pour Moscou, dis-tu, ici on ne me comprend pas. Eh bien, à Moscou, les fous de cette espèce ont à peu près disparu : on se moque d'eux. Gendre ! mon gendre ! Hé ! hé ! Cher beau-père ! Ah non, par exemple, je ne me laisserai pas insulter impunément. Non : à toi maintenant de venir t'incliner devant moi pour que je prenne ta fille.

GORDIÉÏ KARPYTCH. — J'irais chez toi, m'incliner ?

(1) *Pauvreté n'est pas vice*, II, 10.
(2) Tortsov estropie le mot « officiant », qui en russe signifie « serveur ».
(3) *Pauvreté n'est pas vice*, III, 8.

KORCHOUNOV. — Tu viendras, je te connais. Il faut que tu fasses célébrer une noce, à tout prix, pourvu seulement que tu étonnes toute la ville, mais il n'y a pas de marié. Voilà le malheur pour toi ! Hé, hé, hé !

GORDIÉÏ KARPYTCH. — Du moment que tu dis des mots pareils, moi-même je ne veux plus te connaître. De ma vie je ne me suis incliné devant personne. Moi, puisque la chose en vient là, je marierai ma fille à qui bon me semblera ! Avec la dot que je lui donne, tout homme sera... (*Apercevant Mitia qui entre*)... Je la marierai à Mitia.

MITIA. — Vous dites?

GORDIÉÏ KARPYTCH. — Silence ! Oui, à Mitia... et dès demain. Et je donnerai un repas de noces comme tu n'en as jamais vu : je ferai venir des musiciens de Moscou, je partirai tout seul dans quatre landaus (1).

Mitia, dont Tortsov ne se servait ici que pour humilier Korchounov, croit déjà à son bonheur : il est brutalement détrompé par Tortsov. Heureusement, les supplications réunies de la mère, de la fille, de l'oncle Lioubim, de la vieille domestique Arina ont raison de l'orgueil bourgeois. Gordiéï Tortsov retrouve le cœur avec le bon sens, et tout finit par le mariage attendu, que salue un chœur joyeux de jeunes filles.

Les trois actes de *Pauvreté n'est pas vice* paraissent courts à côté du *Bourgeois gentilhomme* ou du *Gendre de Monsieur Poirier;* mais sans prétendre épuiser un sujet fécond, Ostrovski l'a traité avec une variété d'effets dramatiques et un pittoresque de mœurs qui balancent le franc comique de Molière ou celui, un peu guindé, en style Louis-Philippe, d'Augier. Molière a multiplié les scènes de farce, d'ailleurs excellente, imaginé pour la cour les « turqueries » de la fin. Quelle vie, quel intérêt eussent jailli de scènes où Madame Jourdain, tenant cercle avec des amies d'enfance, bonnes bourgeoises comme elle, assistant aux ébats de quelque jeunesse du quartier, aurait été surprise par son mari en flagrant délit d'encaillement ! où l'apparition de quelque frère, de quelque parent pauvre, serait venue confondre le jeune seigneur Dorante, exploiteur des vanités roturières, sans demander le dénouement au Grand Turc !

Pauvreté n'est pas vice, satire au fond indulgente d'un ridicule social commun à tout temps et à tout pays, déchaîna en Russie d'ardentes controverses. Tombant en pleine querelle entre occidentalistes et slavophiles, la pièce dut bon gré mal gré porter leurs couleurs. Les seconds y trouvaient une glorification de la « large nature russe » (personnage de Lioubim Tortsov) et des us nationaux (tableaux de second acte) ; les premiers, une concession impardonnable aux idées rétrogrades, une satire déplacée des formes, extérieures, avouaient-ils, de la civilisation (personnage de Gordiéï Tortsov). A distance, rien de plus vain, de plus anticritique que ces interprétations tendancieuses : l'auteur, plus sage, demeura indifférent.

(1) *Pauvreté n'est pas vice*, III, 12-13.

CHAPITRE IV

L'ORGUEIL TYRANNIQUE

I. L'orgueil marchand : ses caractères. — Entre confrères ; marchands et nobles ; marchands et fonctionnaires.
II. Idée de l'omnipotence de l'argent : Akhov dans *Ce n'est pas tous les jours fête*.
III. Mépris des pauvres gens ; dureté envers les employés et les subalternes. — Humiliations : *les Farceurs.* — Défiance du savoir.
IV. Causes de la tyrannie d'argent. — Attitudes des « humiliés » et des « offensés ». — Conversion des oppresseurs.

I

Chez les parvenus de l'argent, la vanité est le plus souvent inoffensive ; l'orgueil, au contraire, éveille un appétit de domination qui veut s'assouvir dans le mal ou la diminution d'autrui. Enivrés de leur « capital », armés par lui d'une force que les lois furent longtemps impuissantes à mater, et que des sujétions séculaires acceptaient, ils mettent en lui leur dignité et ce qu'ils appellent « l'honneur ».

Ils ont des égards pour leurs confrères, non toutefois jusqu'à les plaindre ou à les secourir dans la débâcle ; ils ménagent ou recherchent volontiers les nobles ruinés, moniteurs de belles manières et de gaspillage élégant, entremetteurs à l'occasion ; ils abordent avec une déférence un peu méprisante les fonctionnaires qu'ils savent n'être pas inaccessibles à la *vziatka*. Mais sur tout le reste, subalternes, inférieurs, leur puissance s'exerce avec un complet dédain pour les droits et la dignité de la personne humaine. Flatteries, honneurs, ce qui se paye ou s'achète les amène à regarder comme dus les hommages qui ne s'adressent qu'à leur bourse et qu'ils rapportent à eux-mêmes (1). La pauvreté surtout, ou cette misère décente des petites gens, est la cible préférée de leur injurieuse arrogance. Ils traitent en esclaves ceux qui sont à leur merci, se plaisent à les humilier, à les avilir par des abdications forcées ; les résistances les irritent ; leur âme mercantile s'étonne de ne pas rencontrer partout des âmes mercenaires. Fermés aux scrupules de l'honnêteté, ils

(1) Voir par exemple dans *l'Orage*, IV, I : lorsque entre le marchand Dikoï, « tous saluent et prennent une attitude respectueuse ».

n'en comprennent pas les révoltes, la tiennent pour naïveté ou pour manœuvre suspecte ; capables pourtant de céder à sa vertu, sans la comprendre encore. Le goût de s'instruire, le savoir, ne leur déplaît guère moins ; ils sentent ou pressentent en lui une force libératrice, donc hostile ; ce qu'ils en voient, généralement allié à la gêne ou à une insouciance un peu débraillée, les justifie de la tenir en petite estime, elle et ses représentants.

Ici, l'aspect des mœurs sociales est tout de rudesse, de moquerie lourde et méchante : il y entre, avec les « humiliés » et les « offensés », un comique amer et douloureux.

On a vu (1) les marchands se tromper ou se dépouiller mutuellement, sans inquiétude de conscience, leurs efforts pour éblouir et surpasser les ostentations rivales. Liée au « capital », leur dignité ne redoute d'autre atteinte que l'amoindrissement ou la ruine de ce capital : car le déshonneur n'est pas dans l'improbité, mais dans la déchéance ou l'infériorité à autrui. La solidarité dans l'épreuve, la pitié leur sont inconnues : ils n'ont que dédain pour le confrère que la veille, avant la déconfiture, ils traitaient en égal. Ils se passent leurs fraudes réciproques et les grosses plaisanteries où l'on ne pâtit que de sa personne ou de sa bourse : cela est dans le code d' « honneur » corporatif ; tout comme ils ne reconnaissent d'offense que si elle vient au moins d'un égal (2).

Ils recherchent volontiers le noble ruiné, qui promène dans la capitale son parasitisme, bat monnaie de ses relations et de son entregent mondain, exploite la vanité ou l'inexpérience des parvenus mal éduqués ; ils l'approchent avec un respect involontaire, sont fiers de boire le champagne avec lui, recourent à son patronage pour être admis dans la société élégante et viveuse. Vasilkov, riche entrepreneur, mais provincial d'allures, d'accent, de langage et de costume, prie Téliatev, « dvorianine qui n'est pas au service », de le présenter à la belle Lydia Tchéboksarova, « le plus beau parti de Moscou ». Une fois dans la place, il est vrai, Vasilkov, tenace, calculateur, et honnête, reprend l'avantage sur son introducteur et ses acolytes, incapables d'assagir et de fixer par le travail le « fol argent (3) ».

Envers la loi et ses agents officiels, l'attitude du *koupets* est à la fois prudente et irrévérencieuse. De la loi il ignore en général la lettre et méconnaît l'esprit ; il redoute sa puissance mystérieuse, dont les tchinovniks, détenteurs et interprètes des textes, conjurent ou dispensent les effets, peines, amendes, faveurs. Il lui obéit par nécessité ; mais des marchandages, des compromis fructueux — malgré le prix — et malhonnêtes l'ont habitué à reporter sur la loi la mésestime qu'il ressentait pour

(1) Chap. ii et iii.
(2) *Il faut de la chance pour que la vérité triomphe*, I, 7.
(3) *Fol argent.*

ses représentants infidèles ; il a cru fermement que l'argent comptait plus qu'elle. Riche, il n'a que dédains pour le petit fonctionnaire, qu'il affuble de surnoms comme « gratte-papier », « graine d'ortie », « rat de bureau », « l'écrivassier », etc... Comment estimer un homme si peu payé ?

— Quel est votre tchine? demande le marchand Néouêdénov au tchinovnik Balzaminov.

Balzaminov. — Le premier.

Néouêdénov. — Alors, vous êtes loin de celui de général. Et votre fonction est-elle bien rétribuée?

Balzaminov. — Cent vingt roubles.

Néouêdénov. — Pour nous, cela veut dire : crépuscule dans une poche, aurore dans l'autre ; en tatar, iok, et en russe, rien (1).

Khrioukov désigne ainsi le jeune tchinovnik Goltsov, prétendant de Vêrotchka Obrochenova :

— Bien sûr quelque méchant expéditionnaire de tribunal. Son facies l'indique. C'est bien ca, n'est-ce pas ?

Anna Pavlovna. — Oui, il est au service.

Khrioukov. — Bon, je vois d'ici l'oiseau. Un pauvre garçon bien insignifiant, qui ne mange peut-être pas tous les jours à sa faim.

Anna Pavlovna. — Il est encore jeune.

Khrioukov. — Un gueux, bien sûr, qui n'a pas de chemise. Il ne sait pas encore voler. Et comment le saurait-il? Mariez-la donc à un homme qui s'y connaisse en volerie (2).

Ici la probité bureaucratique même est prise en pitié parce qu'inhabile ou rebelle à la concussion. Dans l'Abîme, Borovtsov blâme son gendre, Kiselnikov, employé à un tribunal où les solliciteurs sont des marchands, de reculer, par scrupule déplacé, devant le pot-de-vin :

— Il faut les plumer ; parce que voilà : ne nous tombez pas sous les mains, ne manigancez pas des affaires ; si vous manigancez des affaires, alors payez. Je te dis ça, moi qui suis marchand moi-même (3).

Traditionnellement exploité par le fonctionnaire, le marchand respecte plus chez lui l'habileté malhornête pour qui « une affaire est une affaire (4) », que la vertu naïve ou gênante.

Avec les fonctionnaires de plus haut rang, le *koupets*, le brasseur d'affaires, surtout dans les provinces, n'a guère moins de désinvolture. Gogol, Saltykov l'ont dessiné à l'arrière-plan, en silhouette plutôt humble de quémandeur timide toujours dupé, et toujours content de ne

(1) *Songe de veille de fête...*, IIIe tableau, scène 4.
(2) *Farceurs*, I, 6.
(3) *L'Abîme*, IIe tableau, scène 2.
(4) *Id., ibid...* : « *dêlo-dêlom* ».

pas l'être davantage. Ostrovski le montre en pleine lumière, ainsi que le fonctionnaire prévaricateur, et plein d'une assurance où se devinent des complicités suspectes. Tel Dikoï dans *l'Orage*, frappant familièrement sur l'épaule du « gorodnitchi (1) » qui lui reproche de mal payer ses moujiks (2). Le riche entrepreneur Khlynov traite avec une familiarité cavalière le « gradonatchalnik (3) » ; celui-ci refusant de boire, après une copieuse *zakouska* (collation), le verre de champagne que lui présente Khlynov :

— Avec moi, monsieur le colonel, c'est la loi : qui ne veut pas boire, on lui verse sur la tête.. Vous n'aurez pas le dessus, nous vous arroserons. Je puis faire le pari...

GRADOBOEV. — Mais l'on t'infligera une sévère condamnation.

KHLYNOV. — Je n'ai pas peur, monsieur le colonel, ne cherchez pas à m'effrayer. Vraiment, mieux vaut ne pas essayer... Parce que je ferai pis, encore. Voulez-vous parier que je ne crains rien? Tenez, voici un exemple palpable. M'arrive-t-il de causer de l'esclandre, je vais tout de suite au gouvernement. Le premier mot de Son Excellence est : — Khlynov, ta conduite est bien inconvenante ! — Oui, Excellence, parce que j'ai été ainsi élevé, force coups et sans profit. Mais j'ai beaucoup entendu causer au sujet de la brigade de pompiers (4), des réparations et des refontes s'imposent ; je puis faire cela pour rien. — Mais, dit l'Excellence, tu es d'un caractère très violent. — Violent, oui, Excellence, je maudis mon caractère, une vraie bête sauvage ; mais les prisons aussi sont délabrées (5), Excellence. C'est mauvais, les prisonniers se sauveront. Je peux aussi, pour rien. Voilà ma politique, monsieur le colonel. Et ce n'est pas tout encore. Du mari, je vais à la femme : — Vous plairait-il, Madame Excellence, que je fasse bâtir dans la ville une maison et que j'en fasse don pour les orphelins? Parce que, non seulement j'ai mes entrées chez elle, mais j'y ai pris souvent le thé et le café, oh ! je n'en tire pas vanité. La morale de ceci, monsieur le colonel, c'est qu'un gorodnitchi n'a guère à gagner à disputer avec moi. D'autres peuvent en avoir peur ; pour moi, c'est autant rien. Alors mieux vaut pour vous ne pas entrer en contestation avec moi, parce que je peux immédiatement remonter sur ma bête ; vous feriez mieux de m'infliger une amende : pour chaque esclandre, cent roubles d'argent.

Aussi bien Gradoboev n'est-il rien moins qu'incorruptible. Khlynov ne veut pas le laisser partir sans restaurer par quelques billets de banque l'atteinte portée à son prestige officiel :

— Mettez que ce sera en guise d'amende.

GRADOBOEV. — Fi donc ! mais non.

KHLYNOV. — (*Il l'embrasse et lui fourre de force l'argent dans la poche.*)

(1) Voir p. 111, note 2.
(2) *L'Orage*, I, 3.
(3) Maître de police, ou « gorodnitchi ».
(4) Il faut sous-entendre que le « gouverneur » touchera un pot-de-vin sur ces travaux.
(5) *Ibid.*

Impossible. Je ne vous laisse pas partir sans un petit cadeau. Nous aussi nous savons fort bien ce qu'est votre service.

GRADOBOEV. — Tu m'as étouffé, brigand !

KHLYNOV. — Vous n'y êtes pour rien, ne vous inquiétez pas, puisqu'on vous l'a fourré de force.

GRADOBOEV. — Eh bien, au revoir. Merci. (*Ils s'embrassent.*) (1).

Contradiction bien humaine : autant le *koupets* tâche à éloigner de lui la rigueur des lois, quand elle le menace, autant il est prompt à l'invoquer, quand son propre honneur est en jeu. Il exige alors une justice sommaire et impitoyable. Pris faussement pour un voleur et enchaîné, Kouroslêpov veut que le *gorodnitchi* juge tout de suite l'auteur de la méprise, « lui inflige toutes sortes de supplices, pour avoir lié les mains, devant les gens, à un marchand honoré par toute la société pour diverses libéralités et actes de bienfaisance ». « Il faut faire envoyer en Sibérie le vieil outchitel, sa fille et leur logeuse, dit Tite Brouskov à son homme d'affaires ; écris ceci : on a offensé le marchand un tel ; au fils dudit marchand un outchitel a fait contre tout droit signer l'engagement d'épouser sa fille. Voilà l'engagement. Je ne regarderai pas à l'argent, si tu fais cela (2). »

En revanche, s'agit-il non plus de fonctionnaires, dont il faut malgré tout ménager les susceptibilités, acheter les complaisances, respecter les prérogatives officielles, mais d'inférieurs incapables de se défendre, ou jugés tels ? le mépris des lois s'affichera sans retenue. Dans *Ce n'est pas tous les jours fête*, Hippolyte réclame son dû à son oncle, le vieil Akhov, et refuse de sortir avant d'être payé :

AKHOV. — Je vais te prendre par le toupet.

HIPPOLYTE. — Le toupet? Je ne me laisserai même pas toucher du bout des doigts.

AKHOV. — Quoi? de la révolte?

HIPPOLYTE. — Encore que je me révolterais ! La première raison, c'est qu'il y a maintenant une loi et des droits.

AKHOV. — Quelle loi a pu être rédigée pour toi, imbécile? On a bien affaire d'écrire des lois pour de la racaille comme vous. Quels droits peux-tu bien avoir, quand tu n'es qu'un gamin et que tu ne vaux pas un gros, en tout et pour tout? Vous devenez bien prétentieux ! Des lois sont écrites et vous croyez que c'est pour vous ! Vous êtes encore trop menu fretin pour cela. On va te montrer les lois ! La loi, pour vous, c'est uniquement la volonté du patron, et surtout pour un parent comme toi (3).

_____

(1) *Cœur ardent*, IV, Ier tableau, scène 1.
(2) *Tel en pâtit qui n'en peut mais*, IIe tableau, scène 6. — Voir ce que dit Brouskov à Dosoujev (*les Jours qui portent malheur*, III, 7) : « A quoi bon être striaptchi, si tu ne sais pas innocenter un homme? »
(3) *Tel en pâtit qui n'en peut mais*, IIIe tableau, scène 3.

II

L'orgueil de l'argent entraîne l'idée d'une grossière omnipotence. Akhov dit : « Je puis tout, je suis un homme tout-puissant... En quoi la richesse est-elle flatteuse? Voici : tout ce qui vous passe par la tête, tout cela est à vous (1). » L'humanité dès lors se réduit à deux catégories : les riches, pour qui tout est permis, les pauvres, tout défendu ; les uns qui peuvent tout acheter (2), les autres, rien refuser, sinon l'adhésion intérieure à cette iniquité :

— Voilà ce que c'est qu'un riche homme, dit Krouglova à sa fille en parlant d'Akhov. Il m'est insupportable au suprême degré, et tout de même je le reçois. Je n'ai rien à gagner avec lui et je n'en attends rien ; mais le moyen d'aller lui dire, à lui, un millionnaire : « Décampe ! » Va ! si on lui enlevait son argent, il ne vaudrait plus un gros. Et partout on le respecte, et même pas par intérêt, non, tout simplement comme si c'était un homme qui vaille quelque chose. Pourquoi ne pas dire à ces gens-là : nous n'avons pas besoin de toi ni de tout ton argent, parce que tu n'es qu'une grosse bête. Mais on ne va pas le lui dire en face, les femmes encore moins. Si nous avions un peu plus de raison (3) !

Des façons, les unes ridicules, les autres insolentes ou brutalement méchantes, signifient la haute idée que ces richards ont d'eux-mêmes. Le gros brasseur d'affaires Knourov arpente chaque matin le boulevard « comme s'il avait fait un vœu », afin de prendre appétit pour ses somptueux repas ; mais il ne cause à personne. « Avec ses millions, comment veux-tu qu'il cause? » explique un patron de café :

— Avec qui? Il y a dans la ville deux ou trois personnes qui comptent ; il cause avec ; en dehors d'elles il n'y a personne ; alors, il ne dit rien. C'est justement la raison pourquoi il ne fait pas long séjour ici : il n'y habiterait même pas, sans ses affaires. Mais quand il veut causer, il va à Moscou, à Pétersbourg, à l'étranger : là, il y a plus de société (4).

Khrioukov, dans *les Farceurs*, ne veut pas être vu chez Obrochenov, fonctionnaire retraité :

· — Regarde à la porte du jardin, s'il n'y a personne dans la rue. — Pourquoi, petit père, mon bon ami? — Pourquoi? Ah! bonne cervelle! Mais pour qu'on ne voie pas que j'étais chez toi. — Père, et bienfaiteur! Eh quoi! Je suis donc

---

(1) « Si... tout le monde peut-être, si des centaines de gens sont dans nos mains, comment n'avoir pas d'orgueil? Chacun veut aussi sa part de gâteau... mais ceux qui n'ont rien à manger? Oh! j'en ai acheté pas bien cher, des gens, là, pas bien cher! Le croirais-tu, ça me fait parfois de la peine à moi-même. » (*Ce n'est pas tous les jours fête*, Iᵉʳ tableau, scène 7.)

(2) *Ce n'est pas tous les jours fête*, IIᵉ tableau, scène 7 ; I, 7. — Voir *Cœur ardent*, III, 8, même mot de Khlynov : « Je puis tout. »

(3) *Ibid.*, I, 3.

(4) *Sans dot*, I, 1.

un pestiféré? — Hé! pour être devenu vieux, tu n'en raisonnes pas mieux. Qui s'avisera de penser que je puisse avoir affaire avec toi? Pourquoi viendrais-je chez toi? Qu'est-ce que nous pouvons avoir à traiter ensemble? Quand j'ai besoin de toi, il me suffit de siffler, et tu accours comme si tu avais le diable à tes trousses. Chacun sait cela (1).

Ailleurs Khrioukov répond à Obrochenov, qui l'invite à s'asseoir :

— Je m'assoirai bien sans ton invitation. Crois-tu que je vais rester debout devant toi? Ce serait te faire bien de l'honneur (2).

Dikoï, dans *l'Orage*, ne veut pas se commettre avec l'horloger Kouliguine, qui offre d'installer gratuitement une horloge publique :

— Tu dois d'abord t'assurer si je suis en humeur de t'écouter ou non, imbécile que tu es. Suis-je un de tes pareils, par hasard? Voyez un peu la belle trouvaille! Et avec un museau pareil, ça se mêle de vouloir faire conversation... Il me plaît de penser du mal de toi, et j'en pense. Pour les autres tu es un honnête homme, moi je crois que tu es un brigand, voilà tout... Quoi! tu vas me faire un procès, peut-être? Mais sache donc que tu n'es qu'un ver de terre. Si je veux, je te ferai grâce, si je veux, je t'écraserai (3).

Akhov, le richard à la maison de pierre et aux quarante chambres, ce parfait exemplaire de l'orgueil marchand, trouve son employé, son neveu, en visite chez Krouglova : il oblige celle-ci à le chasser, par la raison que « là où est le maître, il n'y a pas de place pour le serviteur :

— Peut-être vais-je me laisser entraîner à causer avec vous, peut-être voudrai-je badiner un peu avec vous, et lui sera là, bouche bée, à écouter. Il n'a de sa vie entendu de moi autre chose que des ordres et des injures. Quelle crainte aura-t-il après cela? Il s'en ira dire : notre patron a dit des bêtises, comme tout le monde. Cela, il ne doit pas le savoir (4).

Non content de s'installer à son aise et de faire la loi chez autrui, Akhov trouve naturel, exige même qu'on l'accueille avec une exceptionnelle déférence ; c'est le privilège de la richesse :

— Un pauvre vient ; si on veut, on s'intéresse à lui ; si on veut, on le chasse. Mais un riche, encore qu'il ferait une grossièreté, on le respecte... Nous avons droit à des égards particuliers, en comparaison des autres gens. Et pourquoi cela? Je vais te le dire, si tu ne le sais pas... Un homme riche, si sa bonté descend jusqu'à toi, tiens-y comme à la prunelle de tes yeux. D'abord, tu n'as pas de fortune : que la gêne ou autre chose fonde sur toi? En second lieu, lis-tu dans l'âme d'autrui? Sais-tu pourquoi un riche a des bontés pour toi? Peut-être qu'il veut simplement s'amuser ; peut-être aussi c'est *surieux* (5)! Car pour

(1) *Les Farceurs*, I, 7.
(2) *Ibid.*, IV, 2. — Voir *Tel en pâtit...*, I, 7 et 8.
(3) *L'Orage*, IV, 2. — Voir la scène 2 de l'acte 1er (Dikoï et Boris).
(4) *Ce n'est pas tous les jours fête*, Ier tableau, scène 7.
(5) « Surieux » ou plus exactement « sourez » (prononcer : sourioz) est le mot français « sérieux », « chose sérieuse ».

nous autres, si quelque désir nous vient, le prix ne nous arrête pas ; mais vous, le pauvre monde, vous n'avez rien de sacré, tout est à vendre chez vous. Et tout d'un coup on passe d'un gros à un rouble... Tu as compris (1)?

Akhov descend-il à la libéralité? Il y apportera non cette délicatesse qui rehausse le présent, mais à l'inverse une bassesse d'âme qui marque ensemble l'estime du don et le mépris de la personne. En chargeant une vieille servante de porter un coffret à Krouglova et à sa fille Agnia, il lui recommande de le leur faire « examiner comme il faut », de leur mettre le nez dessus pour qu'elles comprennent que cela vaut de l'argent :

— Mille roubles, ça coûte ! Vous-mêmes, tu diras, vous ne valez pas ce qu'on vous donne... Il me semble qu'on peut avoir de la reconnaissance. Peut-être ne sentiront-elles pas ; alors explique-leur que : voilà, j'ai acheté, j'ai jeté là gros d'argent, donc qu'elles sachent... Qu'on pourrait leur faire cadeau d'une saleté, elles seraient encore très contentes, mais que moi, voilà... Alors qu'elles doivent... n'est-ce pas, à genoux... non, pas à genoux, mais qu'il y ait en elles ce sentiment : « Est-ce possible? nous ne sommes pas dignes ! » Tu comprends? Il ne faut pas que j'aie jeté mon argent pour rien, mais que je voie d'elles, à leur visage, que je les... comme qui dirait... gratifie au delà de toute mesure. Autrement, n'est-ce pas, je regretterai mon argent, si elles prennent comme cela, sans égard à la chose. Peut-être au fond elles sentiront, mais si elles ne l'expriment pas, autant rien. Que je voie en elles l'aveu spontané qu'elles sont des gens indignes, et que moi, je donne à qui je veux, sans regarder (2).

Lui-même vient juger de l'effet produit, recevoir les remerciements de sa générosité : tout de suite reparaît la facilité naturelle à désobliger :

— Qu'est-ce que tu me chantes là? Pour d'autres, oui, ce serait cher, pour moi, non. Je ne me suis pas ruiné. Ce n'est pas d'une maison de pierre que je vous ai fait cadeau. J'ai envoyé une bagatelle sans valeur, et te voilà déjà à pousser des oh ! et des ah (3) !

Séduit par la fraîche jeunesse d'Agnia, toute sa dot, il laisse entrevoir qu'il pourrait lui, millionnaire, jeter les yeux sur la jeune fille ; mais sous le pieux jargon (« Dieu envoie des épouseurs... pour prix de la vertu..., il faut prier convenablement ») perce bientôt le mépris du parvenu pour les pauvres. Il conseille de fuir l'orgueil :

— Nous ne sommes pas fières, dit Krouglova.

Aкноv. — De quoi pourriez-vous bien l'être? Un riche, oui, peut être fier, s'enorgueillir ; mais toi, Fédoséevna, tu dois seulement t'incliner. Salue bas tout le monde, salue bas pour tout : tes saluts te rapporteront toujours quelque chose, et chacun prendra plaisir à te voir (4).

(1) *Ce n'est pas tous les jours fête*, I, 6, 7.
(2) *Ibid.*, III, 2.
(3) *Ibid.*, IV, 3.
(4) *Ibid.*, II, 6.

Habitué aux encens d'une clientèle de faméliques, de quémandeurs et de quémandeuses, le richard, si tout ne plie à ses volontés, si quelque atteinte est portée à son « honneur », s'emporte au delà de tout bon sens et de toute mesure. Dupe de son neveu qui l'a supplanté dans la maison de Krouglova, furieux de s'être laissé surprendre en posture humiliée de prétendant éconduit, Akhov éclate en récriminations. Et vraiment on ne peut résumer, tant ceci est caractéristique d'une psychologie corporative, rendu avec l'accent de la vie ; même il y a une manière d'éloquence dans l'expression imagée de cette superbe vulgaire (1) :

— Tu crois en vérité, dit le bonhomme à Krouglova, que je suis amoureux de ta fille? Peuh! Il n'y a qu'une chose qui soit pénible et offensante : votre indocilité. Je suis pourtant un bourgeois notable, de la première guilde des marchands ; tous me saluent jusqu'à la ceinture ; et c'est dans ce taudis qu'on me manque de respect? A moi? Vous? Vous refusez de vous soumettre? Mais c'est à pouffer de rire! A-t-on jamais vu, entendu cela? Est-ce bien, ce que tu as fait là, voyons! Reprends ton bon sens! C'était par bêtise, et non sérieusement. Vous vivez comme au fond d'un bois, vous ne voyez pas le monde. Quand un des nôtres, un notable, s'égare dans un taudis pareil, il doit être là comme chez lui ; autrement, il n'y mettrait pas les pieds ; et le maître de la maison doit être comme un simple domestique : « Que désirez-vous? que voulez-vous? » Voilà comment les choses ont été réglées dès le commencement du monde, comment elles se passent chez toutes les bonnes gens. C'est la loi même. Et vous, sottes sans éducation, à vivre ici, vous êtes retournées au sauvage. (A Krouglova.) Et puis, à quoi bon se fâcher! il n'y a rien à exiger de toi, parce que tu ne connais rien aux bonnes manières. Quelle est ta vie? Une journée, une nuit, un jour de fini. Avec toi, riche ou pauvre, manufacturier ou traîne-savate, c'est tout un. Quelle grossièreté! Tu tiens les mêmes raisonnements, les mêmes propos à tout le monde. Mais vois ce que c'est que l'instruction : hier une dame noble venait me demander l'aumône ; elle jouait de la langue, comme des gousli (2). Elle m'appelait Excellence, elle m'a tiré des larmes. Mais toi, une bûche! Il n'y a rien à attendre de toi. Si tu savais ce que c'est que le respect, l'honneur...

KROUGLOVA. — Comment ne pas connaître l'honneur!

AKHOV. — Ça se voit, que tu ne le sais pas. Un honneur vous était fait, et il est parti. Je vous avais fait l'honneur de venir chez vous : si bien qu'il faisait plus clair dans vos chambres même, par ma seule présence. Ç'aurait été un honneur pour vous, si ta fille s'était appelée la femme du marchand Akhov. Voilà de l'honneur! Si je vous rejette, votre vie retombera dans les ténèbres. Mais l'honneur! Toute votre vie vous ignorerez ce que c'est!

La riposte est prompte : quelle âme ne se cabrerait devant de pareilles mortifications?

---

(1) Ostrovski appelait la pièce *Ce n'est pas tous les jours fête* une « chose écrite pour les connaisseurs ; il y a là la vie de Moscou et la langue des marchands, poussée au dernier détail ». Lettre à Bourdine, 7 avril 1871.

(2) Voir p. 69, note 5.

KROUGLOVA. — Assez chanté. Maintenant voici mon mot. Si tu veux être notre hôte, assieds-toi ; sinon, laisse-nous tranquilles ; ne gâte pas notre pauvreté joyeuse et honnête par ton esprit d'écus (1).

III

« Là où est le capital, là est l'honneur. » Dans la pensée et les actes d'un Akhov ou de ses pareils, cela se traduit : les pauvres, tous les mal vêtus, les mal payés, les mal logés, n'ont pas d' « honneur », c'est-à-dire de probité, de dignité ; donc, ne pas croire à l'une et ne pas ménager l'autre, voilà la règle. L'employé Gavrila, jeté à la porte, demande ses gages, en invoquant sa pauvreté : « Ce sont justement les pauvres qui volent », lui réplique Kouroslêpov (2). L'horloger Kouligine offre d'installer gratuitement un cadran solaire, sur le boulevard de la ville :

— Ce que je dis, c'est pour l'intérêt général, honoré monsieur ! Alors qu'est-ce qu'une dizaine de roubles, pour la société? Car il ne faudra pas plus. — Peut-être veux-tu voler, qui sait? répond Dikoï.

Rabroué encore pour l'installation d'un paratonnerre, Kouligine se tait :

— Rien à faire, il faut se soumettre. Mais quand j'aurai un million, alors je parlerai. — Hein? vas-tu voler par hasard à quelqu'un? Arrêtez-le ! En voilà un vilain faux bonhomme (3) !

L'outchitel Ivanov, indigné que sa logeuse ait extorqué mille roubles au marchand Brouskov, vient restituer l'argent, contre le reçu. Devant cet acte de probité ordinaire, Brouskov est pris de soupçons, craint une embûche cachée :

— L'argent ! Tu apportes l'argent ! Voilà qui est étonnant ! (*S'adressant à son homme d'affaires.*) Il rapporte l'argent ! N'y a-t-il pas là quelque fourberie? Sakharytch, qu'en dis-tu? Faut-il prendre l'argent ou non? N'y a-t-il pas de filouterie là-dessous?

Dans une autre pièce, le même Brouskov prend pour naïveté le désintéressement du jeune fonctionnaire Dosoujev, qui vient de le tirer des griffes de maîtres chanteurs (4).

Avec la foule intimidée, d'avance soumise ou presque toujours impuissante des employés, des subalternes, qu'enchaîne le salaire ou la peur du renvoi, des pauvres gens réduits à choisir entre le pain et l'avilissement, l'orgueil tourne à la dureté malfaisante. Le *koupets-samodour*, ici, n'est

(1) *Ce n'est pas tous les jours fête*, IVe tableau, scène 3.
(2) *Cœur ardent*, II, 6.
(3) *L'Orage*, IV, 2.
(4) *Tel en pâtit qui n'en peut mais*, II, 8 ; *les Jours qui portent malheur*, III, 7.

jamais à court d'injures et d'humiliations : même la souffrance, la bassesse d'autrui le délectent.

Envers ses employés, qu'il s'agisse de travail ou de salaire, le marchand patron ne connaît d'autre méthode que les insultes ou les coups. Mamaev, dans *Le plus malin s'y laisse prendre*, la formule ainsi, en l'opposant à la sienne (qui est toute d'admonestation verbeuse):

— Les marchands ont une habitude : veulent-ils réprimander, tout de suite ils prennent par les cheveux, et à chaque parole, ils secouent, ils secouent. Comme ça, disent-ils, plus on secoue fort, plus la leçon entre (1).

Le procédé paraîtra d'autant plus odieux, que le patron donne rarement lui-même l'exemple du travail. Le vieux Chirialov n'entre pas dans son magasin une fois tous les dix ans ; Bolchov y paraît à peine ; les Tortsov, les Karkounov, les « fabricants », les « manufacturiers » laissent à des ingénieurs, surveillants, directeurs, la conduite de l'usine ou de la fabrique. Akhov, lui, s'y transporte de temps à autre, grondeur, inutile et encombrant :

— Si d'un jour d'œuvre on pouvait en faire deux, dit Féona, sa servante, il serait, je crois, au comble de la joie. Dès l'aurore il va et vient dans la cour, dans le jardin, aux remises, aux écuries. Puis il va en voiture à la fabrique : là il ne fait que gêner les gens. Un ouvrier court pour une affaire : il l'arrête et se met à l'injurier pour rien ; il dit : ça servira de leçon aux autres. Rentré chez lui, c'est la bataille avec les enfants (2)...

Hippolyte, son neveu, est « un martyr, un souffre-douleur » ; et pourtant soit aux bureaux, soit à la manufacture, c'est lui qui dirige tout ; « il travaille à lui seul autant que tous, n'a pas une minute de repos, et ne reçoit en payement que des injures (3) ». Dikoï, dans *l'Orage*, houspille en pleine rue Boris, son commis et neveu : « Il l'a pris pour son souffre-douleur et il lui monte sur le dos,... pour un rien, il l'écharpe..., il n'a pas son pareil pour injurier les gens (4). » Avec cela les malheureux se débattent dans le manque d'argent ; car si le patron traite mal, il paye plus mal encore. Akhov nie effrontément rien devoir à Hippolyte et ne s'exécute que devant la menace d'un suicide qu'il aurait sur la conscience (5). Kouroslêpov fait jeter dehors Gavrila, à qui il redoit 150 roubles, avec sa malle, son *patchport* (passeport), des gros mots, la menace de la prison : c'est ce qu'il appelle « régler le compte (6) ». Kouligine, dans *l'Orage*, demande à Boris quelle situation il occupe chez Dikoï, dont il est employé et neveu. « Aucune », répond Boris ; « vis chez

(1) *Le plus malin s'y laisse prendre*, I, 4.
(2) *Ce n'est pas tous les jours fête*, IIe tableau, scène 1.
(3) *Ibid.*
(4) *L'Orage*, I, 3. — Voir *le Cœur n'est pas une pierre*, II, 6.
(5) *Ce n'est pas tous les jours fête*, IIIe tableau, scène 3.
(6) *Cœur ardent*, II, 6.

moi, m'a-t-il dit, fais ce qu'on t'ordonnera ; comme traitement, tu auras ce que je fixerai. Cela veut dire qu'au bout de l'année, il fera ses comptes avec moi comme il l'entendra. » De même avec les autres employés : « Si l'un ose souffler mot des gages, ce sont des injures à n'en plus finir : tel est l'usage chez les marchands », — faut-il dire seulement sur les bords de la Volga (1)?

Spolier en injuriant ne leur suffit pas : ils outragent encore dans la dignité et dans les sentiments les plus respectables, imaginent une vraie torture morale. Gordiéï Tortsov reproche à son employé Mitia sa redingote râpée :

— Voyons, tu montes dans nos appartements, il vient des invités... cela fait honte. Où fourres-tu ton argent?

MITIA. — Je l'envoie à ma mère.

TORTSOV. — Tu l'envoies à ta mère ! Tu devrais bien te décrasser toi-même auparavant : ta mère, sait-on de quoi elle a besoin ! Elle n'a pas été élevée dans le luxe... servante de ferme peut-être?

MITIA. — J'endurerai plutôt toutes les privations, mais que maman, au moins, ne manque de rien.

TORTSOV. — Vrai, c'est dégoûtant ! Si tu ne sais pas observer les convenances sur ta personne, reste dans ton écurie ; si tu es gueux sur toutes les coutures, inutile d'avoir des prétentions (2).

Barabochev intercepte une lettre de son comptable Zybkine, en raille grossièrement le contenu — c'est un message amoureux — et veut obliger Zybkine à révéler le nom de la jeune fille (3) ; celui-ci, homme de loyauté intransigeante, se laisserait « arracher les veines » plutôt que de parler ; mais il est en même temps débiteur de son patron, pour une faible somme ; du chantage (offre de délais de payement, même d'annulation de la dette) Barabochev passe à la menace (jugement de contrainte par corps, prison) :

PLATON ZYBKINE. — Comment, en prison? pourquoi? Je suis jeune ; de grâce, songez que je dois nourrir ma mère.

BARABOCHEV. — Ce n'est rien, l'ami ; reste un peu à l'ombre : on ne s'y ennuie pas ; nous irons te visiter.

MAVRA TARASOVNA (4). — Oui, mon bon, à vivre dans la richesse, nous avons trop oublié Dieu, nous ne venons pas assez en aide aux pauvres ; tandis que si un des nôtres est incarcéré, on pense tout de même à lui les jours de fête, on lui porte un petit pain, une chose, une autre : après cela, on a l'âme plus légère (5).

Pour venger sa déconvenue chez Krouglova, Akhov feint de con-

(1) *L'Orage*, I, 3.
(2) *Pauvreté n'est pas vice*, I, 7.
(3) Polyxène, fille de Barabochev.
(4) Mère de Barabochev.
(5) Ceci est ironique, bien entendu. *Il faut de la chance...*, I, 8.

sentir au mariage de son neveu Hippolyte avec Agnia Krouglova : il y aura chez lui dîner somptueux, avec « des maîtres d'hôtel en guêtres », fleurs partout, « deux orchestres, un dans l'appartement, l'autre sur le balcon pour les spectateurs », et une large gratification au marié ; mais (*s'adressant à Krouglova*) :

— Voici la condition. Le marié et la mariée, en revenant de l'église, dans mon équipage à six chevaux pommelés, une fois arrivés au porche, halte ! Défense de franchir le seuil ! Tout de suite le dvornik leur remettra à chacun un balai, et ils devront balayer soigneusement jusqu'au perron. Ne crains rien, ce sera propre : on aura déjà tout balayé devant eux ! Mais eux, ce sera seulement pour montrer l'exemple. Et moi, avec mes invités, nous nous tiendrons sur le balcon. Alors je vous pardonnerai et je vous ferai monter en honneur. Et vous serez pour moi, parmi tous mes invités, absolument comme des égaux (1).

Vasia Choustry, fils d'un marchand ruiné, se jette aux pieds de Khlynov, le supplie de ne pas l'abandonner pour quatre cents roubles :

— Avec l'aide de Dieu, mon père et moi, nous rétablirons nos affaires ; alors, à ce moment-là, nous serons heureux.

Khlynov. — Comment oses-tu, dans ma propre datcha (2), me parler ainsi ? Est-ce que je suis ton égal, que tu veux me rendre de l'argent ? Songerais-tu par hasard à m'emprunter, en ami ? Quand je te considère, tu n'as aucunes manières. Tu dois attendre quelle grâce viendra de moi : peut-être je te ferai remise de cet argent, peut-être te ferai-je faire une bonne pirouette, et nous serons quittes. Comment peux-tu connaître mon âme, quand moi-même je ne la connais pas, parce que... ça dépend de mon humeur.

Vasia. — Tout est en votre pouvoir, Taras Tarasytch ; mais il me semble, en ce moment, que mon âme quitte mon corps.

Khlynov. — Alors tu devrais d'abord te soumettre. Voici mon dernier mot : quatre cents roubles, pour moi, c'est autant cracher par terre ; en échange de cette somme, tu serviras chez moi un an, dans la fonction que je fixerai.

Vasia. — Dites-moi tout de suite laquelle, Taras Tarasytch, parce que... voilà ma situation : il y a mon père, nous avons beaucoup de connaissances — car nous habitions la ville — dans la haute société ; nous sommes nous aussi de la classe marchande...

Khlynov. — Mon cher, c'est toi qui entonneras les chœurs chez Monsieur Khlynov. Voilà le rang que je te donne.

Vasia. — Ce sera grande honte devant mes confrères, Taras Tarasytch !

Khlynov. — Si ça te fait honte, l'ami, je ne te force pas ; alors, à la caserne (3) !

Dans ces derniers exemples, l'humiliation revêt la forme de la dérision.

---

(1) *Ce n'est pas tous les jours fête*, IVᵉ tableau, scène 3.
(2) Voir p. 123, note 7.
(3) *Cœur ardent*, IV, Iᵉʳ tableau, scène 2. — Voir *ibid.*, III, 8 ; *les Farceurs*, I, 7 ; *Il faut de la chance pour que la vérité triomphe*, II, 6 ; *Sans dot*, IV, 7.

Un des modes préférés de cette dérision, dans la classe marchande, c'est la farce grossière, le besoin d'avoir des bouffons attitrés : nobles ou marchands ruinés, fonctionnaires pauvres, déclassés. Ceux-là, le *koupets* peut, hors de l'atteinte des lois, les bafouer sans crainte de représailles, quitte à panser, avec son argent toujours, les blessures de dignités en général peu exigeantes. Il continue ainsi les « jeux de prince ». Barabochev disant à Zybkina de son fils : « Il remplit chez nous l'office de Balakirev (1) », imite de loin les tsars, tsarines, kniazs du vieux temps qui eurent jadis leurs fous, comme nos rois, et plus près de lui, les *pomêchtchiks* et nobles d'avant les réformes. A Moscou, les bouffons abondèrent toujours, comme tel proverbe l'attesterait (2); ils trouvaient vite asile auprès de chaque grand seigneur (3). Leur industrie plus tard s'exerça plus fructueusement parmi le *koupetchestvo;* et elle ne paraît pas morte (4).

« Farceurs », le mot désigne à la fois les auteurs et les victimes (auteurs parfois) des bouffonneries humiliantes où la dignité s'abolit de chaque part. Ostrovski a voulu mettre à la scène des mœurs dont il pût être témoin, et qui ne se dissimulent pas, amener à l'art un aspect de pitoyable et grimaçante humanité. La psychologie des railleurs est déjà connue par tout ce qui précède; celle des bouffons apparaît dans *les Farceurs, tableaux de la vie moscovite.* Il s'en dégage l'impression que le sens moral peut coexister avec la déchéance. C'est le sujet du *Roi s'amuse,* avec une sorte de Triboulet comme héros ; mais le paradoxe romantique, en forme de mélodrame teinté de vague histoire et drapé de lyrisme, est ici remplacé par une vérité prise de la vie même.

Dans sa jeunesse, le fonctionnaire en retraite Obrochenov avait sa fierté, comme tout autre : les charges de famille l'ont obligé à chercher du travail au dehors pour grossir son maigre traitement. Du jour où il a « arrangé des affaires pour les marchands », il a déposé toute velléité d'indépendance, accepté les avanies. Et c'est à sa propre fille, attristée de cet abaissement, qu'il en confesse les étapes et les profits. La première fois, un *koupets* original a promené sur sa tête et sa figure « les cinq doigts de sa grosse main » :

— Je voulais me fâcher. Seulement, là un tchinovnik un peu plus âgé me dit : ne t'avise pas de prendre mal la chose; tu ne retireras pas un kopek; il n'aime pas qu'on se froisse. Que faire? J'ai tout enduré : aussi j'ai rapporté à ma femme trois demi-impériales (5), alors que sans ma patience, il ne m'aurait pas donné

(1) *Il faut de la chance...,* I, 6. Balakirev était un bouffon de Pierre le Grand.
(2) « On choutit po Moskvê », « il fait le pitre dans Moscou, il a ses entrées libres dans les maisons, pour divertir les gens ».
(3) Tourguénev, *Zapiski Okhotnika, Moï sosêd Radilov,* p. 57-59, le personnage de Fédor Mikhéitch.
(4) Ex. : *Pauvreté n'est pas vice,* I, 12; et plus haut, note 3; *Dernier sacrifice,* 1, 8.
(5) Pièces de cinq roubles.

plus de cinq roubles en billets. Après cela j'ai tiré de lui beaucoup d'argent. Voilà comment on m'a mis à bas du coup. Dans la suite, quand je me suis mis à introduire en justice les affaires ou les procès, je me suis lié avec de riches marchands, et tout amour-propre est tombé. Il fallait complaire à l'un d'une manière, à l'autre d'une autre. Celui-ci te frotte la figure avec de la suie, un autre veut que tu danses (1), un troisième te roule tout entier dans la plume. D'abord ça m'était dur à moi-même, mais je m'y suis fait, je me suis mis de moi-même à faire le pitre, et j'ai perdu toute honte vis-à-vis des gens. Je me suis contorsionné, désarticulé, je me suis tout défiguré et mon visage est devenu presque une tête de singe (2).

Quand le vieux Khrioukov, riche marchand, appelle Obrochenov « chicanous, pie bavarde, vieux coq ébouriffé, tête sans cervelle », et ne veut pas être vu dans sa maison, celui-ci ne fait qu'en rire : « Farceur, farceur, farceur ! Je ne me fâche pas... — Ne te fâche pas non plus », dit-il à sa fille. Caricature vivante et qui s'est faite elle-même, Obrochenov est une proie toute désignée aux polissons de la rue : car les enfants de riches (marchands) sont déjà « farceurs » ; et les pères en rient, se moquent des plaintes, rejettent la faute sur la victime :

— Tu as été au service? dit l'un. — Oui. — Pourquoi n'as-tu pas de décoration? Si tu étais décoré, personne n'oserait te toucher, donc c'est toi le coupable... Tu es toujours à chercher noise, tu es un voisin insupportable, un prétendant (3) ! — A quoi bon se fâcher ! avoue Obrochenov à sa fille, je supporte. Je vis en bon accord avec tous, j'emploie toujours de préférence la plaisanterie, la bonne petite plaisanterie, parfois les saluts. C'est vrai que les gens vous traitent en bouffon, mais au moins on ne meurt pas de faim (4).

Pourtant ces plaisanteries qui font la joie de leurs auteurs, sont loin d'être inoffensives : l'inconvenance de l'une compromet la dignité et les projets matrimoniaux d'un honnête jeune homme, futur gendre d'Obrochenov ; la stupidité méchante de l'autre coûte presque la vie à Obrochenov, bouffon par dévouement paternel.

Un dernier trait achève le tableau des mœurs professionnelles dans le *koupetchestvo :* défiance du savoir, mépris de ceux qui le recherchent par goût ou l'utilisent par nécessité. Dans un temps où la haute culture n'avait pas encore dans l'État le rang et la considération qu'elle mérite, où même elle était souvent tenue en suspicion par le pouvoir, le monde marchand, borné à son horizon étroitement corporatif ou platement utilitaire, n'avait guère l'occasion ou le désir d'approcher les hommes ni les lieux d'étude. Pour ne parler que de Moscou, un abîme séparait les Rangées et l'Université, distantes à peine de cinq cents pas. Sauf de rares exceptions, un

(1) Voir le tableau de Prianichnikov : *Farceurs*, à la galerie Trétiakov, à Moscou.
(2) *Les Farceurs*, I, 1.
(3) A entendre ici d' « homme qui a des prétentions, qui cherche chicane, disputailleur ».
(4) *Les Farceurs*, I, 1.

koupets du Zamoskvoretché, celui des provinces *a fortiori* (1), ne connaît et ne juge le savoir que par de modestes outchitels vivant de leçons, des répétiteurs domestiques, des artisans autodidactes, par les directeurs ou les ingénieurs (étrangers souvent) de son usine ou de sa « fabrique », par l'Académie commerciale où il envoie ses fils, le pensionnat où sa fille apprend le français et le piano : en un mot, par ce qui intéresse ses besoins économiques ou sa vanité. Personnellement, ses connaissances techniques sont rudimentaires, et son dégrossissement tout extérieur ; costume, manières et luxe de maison à l'européenne, quelques voyages à l'étranger, le théâtre, l'imitation superficielle, tout ce qui peut s'acheter, et s'étaler : voilà ce qu'il prend pour « obrazovanié » (instruction). Au fond la vie de l'esprit lui est étrangère ; elle n'enrichit pas, donc il l'estime peu ; il la juge, comme ailleurs la loi, par ses adeptes ou ses représentants, qu'il voit de condition ou de situation inférieure à la sienne. Enfin elle est le progrès, et lui la tradition ; elle croit à la force de la pensée, lui à celle de l'argent ; elle libère des esprits et des âmes, il les tyrannise :

— Qu'est-ce encore que ces bêtises? demande Gordiéï Tortsov en voyant sur la table de son employé un livre de Koltsov (2) et un cahier de vers.

MITIA. — C'est moi qui pour me désennuyer, les jours de fête, recopie des vers de Monsieur Koltsov.

TORTSOV. — Quelles mièvreries pour notre gueuserie !

MITIA. — C'est proprement pour mon instruction que je travaille, pour avoir des idées.

TORTSOV. — L'instruction ! sais-tu seulement ce que c'est?... Et ça se mêle de parler... Tu ferais mieux d'acheter une redingote neuve... Ça écrit des vers, ça veut s'instruire, et ça vous a une tenue d'ouvrier de fabrique (3) !

Kouligine, l'horloger-autodidacte, est un de ces artisans à l'esprit inventif et curieux dont l'espèce n'est pas rare en Russie. Il fait aussi des vers « à l'ancienne manière. Je me suis un peu plongé, dit-il, dans la lecture de Lomonosov, de Derjavine. C'était un maître, que Lomonosov, un investigateur de la nature... Et puis, n'est-ce pas, il sortait du peuple comme nous. »

Il a eu un instant l'envie de décrire en vers les mœurs grossières des marchands ; mais il y renonce : « Pas possible, monsieur ! On me mangerait, ici, on m'avalerait tout vif. J'ai déjà pas mal de désagrément, monsieur, rien que par mon bavardage ; mais c'est plus fort que moi, j'aime à faire aller ma langue. » Ce rêveur a son idée fixe : il cherche le mouvement perpétuel : « Vous savez que les Anglais donnent un million... J'emploierais tout cet argent pour la société... Il faut donner du travail

(1) Dans le monde de ceux que peint Ostrovski. « Nous sommes ici en pays marchand, l'instruction n'a pas cours », dit Lioubov Otradina. (*Les Innocents coupables*, I, 1.)
(2) 1809-1842. Poète d'origine et d'inspiration populaires.
(3) *Pauvreté n'est pas vice*, I, 7. — Voir ce que dit Brouskov (*Tel en pâtit...*, I, 3) à son fils, qui voudrait étudier.

à l'artisan ; autrement, il y a des bras et rien à faire (1). » Veut-il installer un cadran solaire, des paratonnerres? Le marchand Dikoï, « gros personnage de la ville », n'a que dédains et insultes pour cette ambition d'activité utile, désintéressée même : il accuse Kouligine de friponnerie et d'impiété :

— Et l'orage, qu'est-ce que c'est d'après toi, hein?

Kouligine. — De l'électricité.

Dikoï (*frappant du pied*). — Qu'est-ce que l'électricité vient faire là ! Hein, comment n'es-tu pas un brigand ! L'orage, il nous est envoyé en punition, pour que nous ayons de la conscience, et tu voudrais, Dieu me pardonne, te défendre avec je ne sais quelles perches et quels piquets ! Serais-tu par hasard un Tatar? Dis, es-tu un Tatar (2)?

Barabochev raille d'un méchant jeu de mots le titre de « citoyen notable personnel », que son employé Platon Zybkine invoque comme preuve de son instruction, et répond, par un brutal renvoi, aux théories de celui-ci sur la valeur respective du savoir et de l'ignorance (3). Le *mêtchtchanine* Aristarque n'invente pas seulement pour son patron Khlynov des divertissements variés : il est encore son fournisseur moral de conscience et de vérités ; pour prix de ces services, Khlynov le considère et le paye moins que l'intrépide buveur attaché à sa personne (4).

Mieux que ces indications épisodiques, la comédie *Tel en pâtit qui n'en peut mais* éclaire à plein les sentiments réels du *koupets-samodour* pour ceux qui, même modestement, incarnent le savoir.

Malgré sa pension et ses leçons, l'outchitel en retraite Ivanov mène avec sa fille Élisabeth une existence voisine de la gêne : il habite Moscou, un quartier de riches marchands, où sa mise indigente, sa profession même sont un objet de risée :

— Ce qui m'humilie surtout, dit Élisabeth, c'est qu'on se moque de papa. C'est vrai qu'il est un peu bizarre, mais aussi il a passé toute sa vie sur les livres, c'est son excuse. Et qu'y a-t-il de drôle qu'un homme aille en manteau râpé, ou en chapeau usé? Mais dans un quartier comme le nôtre, on vous rit presque au nez. Sans doute c'est par ignorance ; avec l'instruction, cela disparaîtra ; mais tout de même c'est pénible... On rend service aux gens d'une manière presque désintéressée, et ils vous méprisent (5).

Sans songer à mal, le fils du marchand Brouskov laisse échapper devant la jeune fille, qu'il aime et respecte pourtant, le mépris des gens de sa classe pour l'*intelligence* pauvre :

— Votre père n'est pas là? demande-t-il à Élisabeth.

(1) *L'Orage*, I, 3.
(2) *Ibid.*, IV, 2.
(3) *Il faut de la chance...*, I, 8.
(4) *Cœur ardent*, I, 3.
(5) *Tel en pâtit qui n'en peut mais*, I, 3.

ÉLISABETH. — Non, il est parti donner une leçon.

ANDRÉ TITYTCH. — En latin deux altynes, en russe six kopeks.

ÉLISABETH. — Que dites-vous là?

ANDRÉ TITYTCH. — Dans notre Rangée, quand passe un professeur, un pauvre, alors on se moque de lui, on le taquine, je veux dire. « Tu sais, on lui dit, parler en sept langues, sans parler de la langue de cochon. »

ÉLISABETH. — Vous n'avez pas honte de rire d'hommes respectables? Comme c'est mal !

ANDRÉ TITYTCH. — La belle affaire ! Une plaisanterie ne fait pas de mal, un brave homme ne prend pas cela pour lui.

ÉLISABETH. — Quittez cette habitude, ce n'est pas bien. Pourquoi offenser ainsi?

ANDRÉ TITYTCH. — Nous autres, il faut que nous nous divertissions, car ces crapules-là font avec nous des choses, il y a de quoi rire.

ÉLISABETH. — Quels mots dites-vous là ! Crapules !

ANDRÉ TITYTCH. — Ma foi ils méritent bien ce nom-là. L'un d'eux, qui vaudra en tout un gros (1), fera le grand seigneur ; si vous l'approchez, il ne vous passera rien ; mais donnez-lui un rouble, ou plus, suivant l'affaire, faites-le boire un peu, il va vous danser même Spiria (2) !

Quant à Brouskov lui-même, l'affront de se voir expulser du logis d'Ivanov, où il avait voulu pénétrer de force, le met hors de lui, venant d'un « drôle, d'un professaillon (3) ». Et plus loin, quand le vieux maître lui rapporte les mille roubles extorqués par la logeuse, Brouskov se rit de sa douleur, refuse de croire à son honnêteté, se croit dupé par cette « racaille (4) ». Cette attitude injurieuse du samodour procède de l'orgueil et d'un conservatisme étroit, plus encore que de l'ignorance. « Vous croyez, dit André Brouskov à Élisabeth Ivanova, que mon père ignore qu'un savant vaut mieux qu'un ignorant? Non ; il veut seulement avoir le dessus. Ce n'est que l'entêtement, l'amour-propre de pouvoir dire : voilà, moi je suis sans instruction, et tu veux, toi, être plus malin que moi (5). » Une bonne femme, qui pourtant a fait donner à son fils autant d'instruction qu'elle a pu, pour qu'il trouve une place, formule ainsi les idées marchandes : « Instruis-toi comme tu l'entends, décroche au besoin des étoiles, mais pour la vie, ne suis pas les livres, suis nos habitudes, comme c'est établi depuis le vieux temps (6). »

(1) Deux kopeks.
(2) « Danser Spiria », c'est-à-dire danser aux sons de la chanson : « Spiria, Spiria Spiridon ! etc. » *Tel en pâtit qui n'en peut mais*, I, 4.
(3) *Tel en pâtit qui n'en peut mais*, II, 5.
(4) *Ibid.*, II, 8.
(5) *Ibid.*, I, 4.
(6) *Il faut de la chance pour que la vérité triomphe*, I, 1.

IV

Dureté, sévices, chantage, dérision, mépris : pourquoi toute cette tyrannie, dont on vient d'entrevoir les marques, — tenons-les pour vraies jusqu'à vérification, — pouvait-elle s'exercer? N'a-t-elle pas rencontré de résistances chez les victimes, ni connu d'atténuations chez les persécuteurs?

L'observation d'Ostrovski embrasse une période contemporaine du servage, et postérieure à son abolition (1847-1861, 1861-1885). Même quand le servage ne retenait plus que les paysans, la séculaire inégalité des états et des droits pesait encore sur les rapports entre chefs et subordonnés, maîtres et serviteurs, patrons et employés. En particulier la classe marchande, à l'abri de son organisation corporative, de ses traditions et règlements intérieurs, des bazars, cours des marchands (gostiny dvor), Rangées, où se localisait et se spécialisait son activité, perpétua longtemps, par delà l'oukaz émancipateur, des pratiques et des abus de pur asservissement. Dès 1840, il est vrai, les « fabricants », avec la permission de la loi, affranchirent les « paysans-serfs inscrits (comme ouvriers) à leurs usines », et le louage remplaça dans l'industrie manufacturière le travail obligatoire (1). S'ensuit-il que les âmes aient quitté du même coup les formes de l'autorité ou de la servilité anciennes? Un texte de loi n'abolit pas des mœurs. L'accoutumance a d'ailleurs émoussé chez celui qui commande, comme chez ceux qui obéissent, la sensibilité morale, la conscience de ce qu'il y a d'odieux ou d'humiliant dans le pouvoir abusif d'un homme sur un autre. Aujourd'hui encore en Russie, après un demi-siècle d'égalité civile, l'obséquiosité du portefaix, du cocher, des gens de service, du paysan, et le ton, le langage, les manières, l'exigence parfois impérieuse du « barine » ne dénoncent-ils pas la longue inégalité antérieure? De plus, avant comme après l'émancipation, c'est le paysan qui renouvelle en grande partie la classe marchande : d'où le qualificatif de « grand village » appliqué à Moscou, et celui de « moujiks enrichis » aux marchands. Petit commis venu de son village, parent pauvre sur qui le chef de famille garde les droits en négligeant les devoirs, il a parcouru les étapes nécessaires, depuis le comptoir où « il connaissait seulement les injures et les coups » jusqu'à « la maison avec belvédère (2) ». Or, ce parvenu, s'il n'a pas connu lui-même l'état de servitude, en garde par hérédité les allures ; sa fortune trop rapide l'enivre : il y arrive mal préparé, avide de jouir et de commander à son tour ; il ne croit mieux

(1) P. Milioukov, *Otcherki po istorii rousskoï koultoury.* Première partie, p. 85 et suiv.

(2) *Tel en pâtit...*, I, 7 ; *Entre siens on s'arrangera*, I, 10.

se prouver sa propre élévation qu'en courbant ses égaux d'hier sous le
joug qu'il vient de quitter. L'argent lui confère une puissance plus redoutable que l'ancien droit seigneurial. A Krouglova demandant si l'on peut
être fier de son « capital », le marchand Akhov répond : « Et de quoi le
serait-on? C'est une force, Fédoséevna, une force (1) ! » Par elle il peut
faire échec aux lois, acheter des consciences, tenir d'autres hommes sous
sa domination, les réduire à la misère ou à l'avilissement.

Quelle est, en face de l'orgueilleux « capital », l'attitude de ceux qu'il
opprime ou veut opprimer? Les uns, natures honnêtes et pacifiques, se
bornent à des plaintes, à des protestations timides : des âges de sujétion,
l'appréhension d'une lutte inutile, une étroite dépendance économique,
une peur physique même les paralysent : ce sont des résignés (2). Il y a
ceux qui ont l'âme faite à l'obéissance comme le corps aux taloches :
« C'est le proverbe russe : inutile de courir après les coups (3) » ; ceux
qui se sauvent par la ruse, l'hypocrisie, édifiant petit à petit leur fortune
aux dépens, sinon à l'insu du maître (4) ; ceux qui, plus hardis, joignent
la violence ou la menace à la ruse (5). Il y a, moralement au-dessus de
leurs maîtres, ces inférieurs qui se sentent libérés par l'instruction.
Ceux-là, insensibles à la menace du renvoi, de la prison ou des coups,
font entendre la protestation énergique de l'esprit devant l'inique
oppression de l'argent. Tel le *méchtchanine* Aristarque refusant à Khlynov,
parce que « son capital est tout entier injuste », de rester chez lui pour y
« gagner des fortunes », et lui disant en face, avec une tranquille et mali-
cieuse indépendance, les plus dures vérités (6). Tel surtout Zybkine dans
Il faut de la chance pour que la vérité triomphe. Type unique chez Ostrovski,
Zybkine a une foi entière en tout ce qu'il apprit dans les livres et fait
de ces vertueux préceptes sa règle de conduite inflexible : cela lui vaut
d'être tourné en dérision par tout le monde, patron et commis, d'être
accusé d'improbité quand il dénonce les vols réels d'autrui, d'être soumis
à un odieux chantage pour une lettre dont il ne veut pas révéler la desti-
nataire. Fort de sa valeur intellectuelle et morale, il résiste :

— C'est vous qui êtes des gens de trop (7), et c'est moi qui suis un homme
nécessaire, un homme instruit, je puis être utile à mon pays. Je suis patriote
dans l'âme et je puis le prouver.

(1) *Tel en pâtit...,* I, 3.
(2) Mitia dans *Pauvreté n'est pas vice,* Boris dans *l'Orage,* Vasia et Gavrila dans
Cœur ardent.
(3) Élésia, dans *Pas un gros, et tout d'un coup un altyne,* III, 1.
(4) Podkhaliouzine et, au-dessous de lui, Tichka dans *Entre siens on s'arrangera,*
Moukhoïarov dans *Il faut de la chance...*
(5) Koudriache dans *l'Orage,* Hippolyte dans *Ce n'est pas tous les jours fête.*
(6) *Cœur ardent,* I, 3 ; III, 8 ; IV, Ier tableau, scène 4.
(7) Il retourne à Barabochev son jeu de mots : « lichni, de trop, inutile », pour « lit-
chny, personnel », à propos de : « citoyen notable personnel », titre invoqué par Zybkine.

BARABOCHEV. — Quel patriote peux-tu être? Tu ne dois même pas pro-
noncer... parce que c'est trop haut, et tu es incapable de comprendre.

ZYKBINE. — Non, je comprends, je comprends très bien. Tout homme, en
haut ou en bas de la société indifféremment, s'il vit selon la vérité, dans le bien,
l'honneur, la noblesse, remplit sa tâche à lui et est utile aux autres, voilà le
patriote qui aime son pays. Mais celui qui se borne à dissiper la fortune que
d'autres lui ont préparée, qui ne comprend ni l'esprit, ni l'instruction, n'écoute
que son ignorance, outrage et raille l'humanité uniquement pour se divertir,
celui-là est un vaurien, qui déshonore son existence (1).

Plus loin, surpris dans un rendez-vous nocturne auquel l'a appelé,
éprise de lui, la propre fille de Barabochev, et congédié avec l'assurance
qu'on ne le laissera pas « goûter à cette jolie pomme (2) », Zybkine constate l'avènement d'une modération toute nouvelle :

— Vous ne m'avez pas ligoté, roué de coups. Vous m'avez seulement arraché
l'âme, sans voies de fait sur ma personne.

BARABOCHEV. — Laisse là l'éloquence. Ça ne te va pas.

MAVRA TARASOVNA. — Ne le touche pas, laisse-le parler. Nous aurons le
temps de le reconduire.

ZYBKINE. — Vous ne me fermez pas la bouche? Je vous dois encore merci
pour cela. Vous m'avez tout pris, vous m'avez assassiné, mais avec politesse,
civilement... merci que ce ne soit pas au moins à coups de trique. Et voici qui
est encore bien plus aimable et poli : vous laissez embrasser votre jeune fille,
un riche parti, sous vos yeux ! Et par qui ? Par un homme de rien, un commis
renvoyé ! Ah ! bienfaiteurs, mes bienfaiteurs ! Vous allez la torturer, et me torturer aussi, me consumer, me jeter au tombeau, mais tout de même poliment,
non plus comme auparavant. Ainsi, c'est nous qui l'emportons. Hourrah ! Voilà
ce que c'est de vous dire un peu plus souvent la vérité. Comme vous êtes bien
mieux élevés qu'avant! A vous éduquer comme il faut, on fera peut-être
bientôt de vous des gens comme tout le monde (3).

Parmi les humiliés se trouvent encore ces déclassés, ces « farceurs »,
ces hommes d'affaires sans tenue et sans dignité, qui vivent des *kouptsy*,
les flattent grossièrement, subissent leurs caprices et leurs bourrades.
Pourtant ces âmes qu'on croirait tout à fait mortes ont d'émouvants
réveils de fierté. Lioubim Tortsov, tombé dans le « bas-fond », mais
purifié par la souffrance, ose, malgré sa misère, relever la tête devant
son frère riche, formuler et justifier la leçon nécessaire : *pauvreté n'est
pas vice;* c'est que « le sang vient de parler » en lui (4). Par dévouement
familial, et pour élever ses filles, Obrochenov s'est résigné au métier de
bouffon ; et il y a une lamentable humanité dans les raisons qu'il donne

---

(1) *Il faut de la chance...*, I, 8.
(2) Le mot est amené par une histoire de vol de pommes dans le jardin ; Zybkine,
après d'autres, est soupçonné.
(3) *Il faut de la chance*, III, 10.
(4) *Pauvreté n'est pas vice*, III, 11.

à sa fille et à lui-même de ne pas trop se mépriser, dans sa manière d'atténuer, de voiler sa bassesse (1). Mais quand sa fille lui transmet avec indignation l'offre du vieux Khrioukov de la prendre chez lui comme « économe », c'est-à-dire d'en faire en réalité sa maîtresse, l'honneur se redresse
dans l'amour paternel :

— Je ne m'attendais pas, Philémon Protasytch, de vous, un bienfaiteur, à
pareille honte sur mes cheveux blancs.

KHRIOUKOV. — Quelle honte y a-t-il là dedans? Pour moi, oui, qui me suis
encanaillé parmi vous. Je voulais du bien à ta fille, elle s'en est offensée ; elle
va encore, qui sait, raconter la chose. Alors on jasera, et s'il y a quelqu'un de
compromis, ce sera moi, et non elle. C'est sur moi que retombera l'esclandre,
mais vous?

OBROCHENOV. — Mais si on parle de vous, qu'est-ce que ça peut bien vous
faire?

KHRIOUKOV. — Te prends-tu pour mon égal? Vous, des gens de rien !
Qu'on dise de toi et de tes filles tout le mal qu'on voudra, ça n'a aucune espèce
d'importance ; parce que vous ne valez pas un gros (2) à vous tous. Mais moi,
je suis un personnage, comprends-tu?

OBROCHENOV. — Je ne vaux pas un gros, c'est entendu ; mais je ne laisserai pas outrager mes filles, pour des millions. Si ton honneur t'est cher, le
mien me l'est encore davantage.

KHRIOUKOV. — Le bel honneur, quand de faim on meurt ! Ta pauvreté
est-elle connue, oui ou non? Tout chacun la connaît. Je voulais te venir en aide,
dans ton indigence : tu aurais dû sentir cela ! La belle affaire, si on parle mal
de ta fille ! On causera un peu et tout sera dit.

OBROCHENOV. — Je n'ai jamais vendu mon honneur, entends-tu, jamais !

KHRIOUKOV. — Mais où est le déshonneur, que ta fille vienne habiter chez
moi? On dira seulement qu'elle est ma maîtresse. Le malheur n'est pas grand.
Tout homme sensé comprendra que c'est la pauvreté qui l'a décidée.

OBROCHENOV. — Assez, ou je t'étrangle ! Tais-toi. Si tu n'as jamais entendu
de moi ce langage, entends-le maintenant. Tu me prenais pour un bouffon.
Bouffon, oui, je le suis ; mais, pour mes filles, j'irai jusqu'à tuer, à tuer n'importe
qui. (*Il saisit un siège.*) (3).

D'autres, plus indépendants, quoique pauvres, et soutenus par un
caractère plus ferme, opposent sans peur leur honnêteté à la morgue
insolente, aux menaces du marchand-samodour : tels l'outchitel Ivanov,
vieil idéaliste de rigide loyauté, et la veuve Krouglova, au bon sens
déluré, disant leur fait à Brouskov et Akhov (4).

Enfin les résistances, les révoltes ne vengent pas seulement la conscience opprimée : salutaires à ceux mêmes qui les osèrent, elles ébranlent

(1) Voir plus haut, p. 149-150.
(2) Voir p. 153, note 1.
(3) *Les Farceurs*, IV, 4. Obrochenov regrette ensuite les conséquences de son emportement, comme Khrioukov répare son offense.
(4) *Tel en pâtit qui n'en peut mais*, II, 8 ; *Ce n'est pas tous les jours fête*, passim.

à leur tour les oppresseurs, provoquant chez eux d'heureuses contradictions, des retours imprévus aux bons sentiments. La peur, l'intérêt d'une passion (1), une tardive et brusque lueur de sagesse (2), la saine humanité rentrant dans le cœur endurci (3), réparent souvent les méfaits du « capital » tyrannique ; l'âme violente du samodour capitule finalement. Mais parfois « il faut de la chance, pour que la vérité triomphe (4) » ; parfois l'orgueilleux *koupets* demeure incorrigible et, furieux d'une « indocilité » qu'il impute aux temps nouveaux, s'enferme rageusement dans un vain regret de la servilité passée.

Improbité, sotte vanité de parvenus, absence de délicatesse morale et d'égards pour les inférieurs ou les faibles, tyrannie grossière qui ne cède qu'à l'énergie des bons, et ne revient à la raison que par à-coups, mais y revient pourtant et rachète ainsi ses propres excès : voilà ce qui, chez Ostrovski, découle des mœurs professionnelles et sociales du *koupetchestvo*.

(1) *Les Farceurs*, IV, 8.
(2) *Tel en pâtit...*, II, 9 ; *Il faut de la chance...*, IV, 10.
(3) *Pauvreté n'est pas vice*, III, 15.
(4) Dans la pièce qui porte ce titre, IV, 10.

LIVRE III

LES MŒURS DOMESTIQUES
DU MONDE MARCHAND

CHAPITRE PREMIER

LA FAMILLE RUSSE DANS LE PASSÉ. — LENTE ÉVOLUTION

I. La peinture des mœurs domestiques du *koupetchestvo* : valeur documentaire et force dramatique. *Le Royaume des ténèbres* : nécessité, pour le comprendre, de connaître l'organisation traditionnelle de la famille russe.
II. Le chef : caractère spirituel de son autorité sur la femme et les enfants.
III. Sujétion de la femme : sa vie enclose et vide. — Le mariage : cérémonial usité au dix-septième siècle ; les rites nuptiaux : suprématie maritale. — Le *Domostroï;* les idées populaires.
IV. L'autorité paternelle ; son étendue. — Conception religieuse et dureté de l'éducation ; les corrections.
V. Conséquences : mensonge, discorde, révolte. — Les réformes de Pierre le Grand ; lenteur de leur pénétration dans la classe marchande et dans le peuple. — Les émancipateurs.

I

Avec le portrait de ces marchands improbes, glorieux ou malfaisants, Ostrovski reprenait, pour l'élargir singulièrement, une matière à peine effleurée. Il est créateur, sans maître et sans rival, quand, du *Tableau de bonheur familial* à ses dernières pièces, il porte à la scène les mœurs domestiques (*semëïny byt*) du *koupetchestvo* : chefs de famille, maris et femmes, pères et enfants, maîtres et serviteurs ; tyranneaux gouvernant par la terreur au nom de la tradition, sujets réduits à l'obéissance servile, victimes résignées ou rebelles ; lutte incessante, ouverte ou sournoise, discorde implantée au cœur même du foyer. Tout un large pan de vie russe, pour la première fois tirée du secret où elle se perpétuait obscurément, révélait au grand jour ses principes, ses us, ses ridicules,

— ses drames aussi, car cette vérité, si forte qu'elle vaut un document d'histoire sociale, porte en elle ses moyens d'intérêt ou de pathétique. Là est peut-être le meilleur d'Ostrovski, sa plus précieuse et solide contribution à l'ample dessin du monde russe, que la littérature a complété, retouché sans cesse au long du siècle.

D'ailleurs, le choix était on ne peut plus heureux. Les grandes réformes, l'émancipation des serfs, la refonte des institutions judiciaires, le développement économique, l'extension modernisée de l'activité commerciale et industrielle, les chemins de fer, le télégraphe, l'électricité avaient dû modifier l'aspect extérieur du monde marchand. Et Ostrovski a exactement noté ces adaptations nécessaires, ces concessions à la mode, tout en indiquant la persistance des habitudes séculaires de dure autorité. Mais hors des lieux de commerce, ou de plaisir, dans la maison d'habitation bien protégée contre les curiosités indiscrètes par ses murs, ses verrous, ses portiers et ses chiens (1), principes et formes de vie familiale survivaient tenaces, à l'insu ou même à l'abri des lois. Idées et mœurs ne s'y adoucissaient qu'avec lenteur, au prix de crises parfois tragiques.

Il serait injuste, et par trop simple, de rabaisser à une « formule » de théâtre une inspiration réfléchie et clairvoyante, de songer à quelque indiscret démon décoiffant les maisons pour y surprendre l'intimité des existences, la livrer tout crûment à la malignité des spectateurs (2). En même temps qu'il découvrait la source d'un dramatique nouveau, Ostrovski apprenait ou rappelait à ses contemporains que, dans la classe la plus puissante par l'argent, les disciplines du lointain moyen âge russe réglaient encore les relations à l'intérieur de la famille, que le respect de la personne y était inconnu ou violé. Et du fait même de son exactitude, par les seuls mots qui jaillissent d'âmes ordinaires, sans thèse subreptice, cette partie de l'œuvre prend une haute signification morale, devient une éloquente revendication de la dignité et de la liberté humaines.

Un bouillant et généreux critique de vingt-trois ans, Dobrolioubov, traduisait ainsi sa pitié pour les opprimés domestiques :

— Nous avons devant nous les visages tristes et humiliés de nos frères cadets, voués par la destinée à une existence de sujétion et de souffrance. Le sensible Mitia, le brave André Brouskov, Maria Andréevna, la fille pauvre, Avdotia Maximovna, lâchement abandonnée, Dacha et Nadia (3), les malheureuses sont là devant nous, avec leur soumission muette au destin, leur abattement morne... C'est le monde de l'affliction cachée, soupirant tout bas, le monde de la douleur sourde et cuisante, le monde du silence, silence de prison, de tombeau, à peine réveillé de loin en loin par un sourd et impuissant murmure,

(1) *L'Orage*, III, 3.
(2) K. Waliszewski, *Littérature russe*, p. 272.
(3) Mitia dans *Pauvreté n'est pas vice;* André Brouskov dans *Tel en pâtit qui n'en peut mais;* Maria Andréevna dans *Fille pauvre;* Avdotia Maximovna dans *Ne t'assieds pas dans le traîneau d'autrui;* Dacha dans *Fais ce que dois;* Nadia dans *la Pupille.*

qui, aussitôt né, expire timidement. Ni lumière, ni chaleur, ni espace ; une pourriture humide s'exhale de la sombre et étroite prison. Pas un bruit venu de
l'air libre, pas un rayon de jour clair n'y pénètre. On y voit seulement briller
par intervalles une étincelle de la sainte flamme qui brûle en toute poitrine
humaine, tant que le flot de la fange de la vie ne l'éteint pas... A la faveur du
rayon qui les éclaire un instant, nous voyons que là souffrent nos frères, que
dans ces êtres assauvagis, muets, repoussants, on peut reconnaître des traits
du visage humain, et notre cœur se serre de douleur et d'effroi. Ils se taisent,
ces malheureux prisonniers, ils restent dans une captivité léthargique et ne
secouent même pas leurs chaînes ; ils ont presque perdu le sentiment de leur
douloureuse situation, mais néanmoins ils sentent le fardeau qui pèse sur leurs
épaules... Et de nulle part ils n'ont de réconfort à attendre, nulle part d'allége-
ment à chercher ; car sur eux s'exerce la domination turbulente et tyrannique
du stupide samodourstvo, dans la personne des Bolchov, des Tortsov, des
Brouskov, des Oulanbékova (1), qui ne reconnaît ni droits ni demandes raisonnables. Seuls ses cris sauvages, grossiers troublent ce calme sinistre et font
naître une agitation apeurée dans ce cimetière de la pensée et de la liberté
humaine (2).

Cette classe de vivants riches, pourvus ou avides, de frères arriérés,
Dobrolioubov l'appelle « royaume des ténèbres ». Et tous les critiques,
depuis, répètent à satiété ce qualificatif, que Fonvizine eût pu appliquer
déjà à son « Brigadier » ou à ses Prostakov, et que Tolstoï a tout naturellement retrouvé pour ses moujiks dans *Puissance des ténèbres*. Un des
personnages de *l'Orage*, l'horloger-autodidacte Kouligine, dépeignait
en termes aussi durs, mais transcrits de la vie même, le bonheur familial chez les marchands de sa ville de Kalinov, sur les bords de la Volga :

— Et les riches, que font-ils? Qu'est-ce qui les empêcherait, je suppose, de
se promener et de respirer l'air frais? Eh bien, non. Depuis longtemps, chez
tous, les portes sont closes, monsieur, et les chiens lâchés. Vous croyez peut-être
qu'ils font œuvre qui vaille, ou qu'ils prient Dieu? Non, monsieur. Et ce n'est
pas à cause des voleurs qu'ils s'enferment, c'est pour qu'on ne voie pas comme
ils déchirent à belles dents les gens de la maison, comme ils tyrannisent leur
famille. Derrière ces verrous, que de larmes invisibles et silencieuses ! Mais
pourquoi vous dire cela, monsieur? Vous en pouvez juger par vous-même. Et
derrière ces serrures, que de grossière débauche et d'ivrognerie ! Mais, ni vu
ni connu : personne ne voit et ne sait rien, Dieu seul voit ! Regarde-moi, vous
disent-ils, devant le monde et dans la rue ; mais tu n'as rien à voir dans ma
famille ; pour cela j'ai des serrures, des verrous et des chiens méchants. La
famille, disent-ils, est chose cachée et secrète ! On les connaît, ces secrets-là !
Eux seuls en ont de la joie, mais les autres, ce sont des cris de douleur. Et puis,
quel est-il, ce secret? Qui est-ce qui ne le connaît pas? Dépouiller les orphelins,

(1) Bolchov dans *Entre siens on s'arrangera;* Tortsov dans *Pauvreté n'est pas vice;*
Brouskov dans *Tel en pâtit...* ; Oulanbékova dans *la Pupille.*
(2) DOBROLIOUBOV, t. III, p. 24-25.

parents, neveux, rouer de coups tous les gens de la maison, afin que personne ne souffle mot de ce qu'ils manigancent : voilà tout le secret. Après tout, qu'ils aillent au diable (1)!

La réalité, à de rares exceptions, ne dément guère la vision dantesque de Dobrolioubov ou le témoignage accusateur de Kouligine. La famille marchande, dans les temps et les lieux observés par l'auteur, est souvent une geôle et un enfer. Toutefois on ne doit pas apprécier ce despotisme domestique, sa nature ou ses effets, en Occidental d'aujourd'hui (2), et d'un point de vue purement humain : il faut le replacer dans la tradition religieuse qui l'éclaire et, à ses yeux du moins, le justifie. Byzance, l'Orient, une autorité comme de droit divin, la crainte du péché, le souci d'une responsabilité au jour du « terrible jugement » : voilà les supports séculaires de l'autorité maritale et paternelle ; des principes, des coutumes immuables, inviolables, dont la douceur de nos mœurs est surprise et choquée, tracent les devoirs et les droits respectifs.

II

La famille russe avait jadis pour fondement l'autorité absolue du chef sur les siens : femmes, enfants, proches, serviteurs, réunis en *dvor* (maison avec enceinte) ; d'où les noms de *kniaz* (prince) et de *gosoudar* (3) (souverain), par où ce chef égale en puissance le kniaz dans sa principauté. Entre maints recueils ou instructions (*Pooutchéniia*), *Abeilles*, *Bouches d'or*, etc., qui en répandaient la formule et le commentaire, c'est dans le vieux « Ménagier » connu sous le nom de *Domostroï*, modèle et image de l'édifice familial dans la Russie du seizième siècle, que cette autorité revêt son expression achevée. Soutenue par la loi civile, la coutume, le respect et la croyance populaire, les efforts de ses détenteurs et de pieuses disciplines concouraient encore à son renforcement. Les prédicateurs de l'école de Byzance, invoquant un idéal « patriarcal » de la vie domestique, transformaient l'autocratie en devoir d'état pour chaque père ou chef de famille : on lui inculquait l'idée qu'il était le seigneur, le souverain (gosoudar), l' « higoumène », c'est-à-dire le directeur spirituel, l' « apôtre » de sa maison, qu'il devait la guider, l'instruire, comme appelé à en répondre un jour devant Dieu. Ainsi le chef, dans sa cité domestique, son *dvor*, est investi d'une souveraineté spirituelle, au nom de quoi il exerce en maître le gouvernement temporel. En revanche, il doit s'adresser souvent aux prêtres et aux moines, comme à des pères

(1) *L'Orage*, III, Ier tableau, scène 3.
(2) Comme l'ont fait la plupart des critiques français, lors de l'unique représentation de *l'Orage* à Paris, en 1889.
(3) Le *Domostroï* le désigne ainsi, ou encore « batiouchka, tsar ». — Cf. « Batiouchka-tsar », appellation populaire de l'empereur, « batiouchka » du « père » spirituel, du pope.

par l'esprit, afin d'apprendre à commander selon la « loi » (divine) et à faire le salut des siens. Dans ce moyen âge russe, sans écoles, sans universités, toute la vie est réglée selon un ordre monacal : jeux, chansons, danses, danses de femmes surtout, sont condamnés comme « diaboliques ». Ici *Domostroï*, *Stoglav* (1), doctrines d'Église, oukazs du pouvoir séculier se répondent et se soutiennent dans la guerre aux divertissements. Sous le règne de Mikhaïl Féodorovitch, au temps où l'opéra fleurissait déjà en France, où les théâtres, les cercles assemblaient les honnêtes gens, le patriarche ordonne de faire apporter à Moscou tous les instruments, pour y être brûlés au « Lobnoé mêsto » (lieu des exécutions) ; la mesure n'épargne que les étrangers de la *sloboda* (quartier de la colonie étrangère), à condition de ne jouer que chez eux. En 1648, des « lettres tsariennes » furent envoyées dans tout l'Empire pour confirmer et sanctionner par des châtiments corporels ces interdictions auxquelles les métropolites ajoutaient des peines spirituelles (2). L'ascétisme s'attaquait au mariage lui-même, le considérant ou plutôt le tolérant comme un mal nécessaire, dénonçant l'impureté du commerce charnel, jusqu'à susciter de bonne heure d'étranges aberrations (3).

III

Dans cette institution, la femme est réduite à une sujétion humiliée, où la maintiennent la coutume orientale de la réclusion et la croyance à une maléficité originelle. Tous les textes, païens ou chrétiens, sont dressés contre elle. Nombre de proverbes encore familiers à la mémoire populaire attestent ce grossier mépris pour la femme, regardée comme un être inférieur, source de péché. Au quinzième siècle, ni les Tatars ni les Moscovites ne laissent de liberté à leurs femmes : « Quiconque, disent-ils, donne liberté aux femmes, se l'enlève à soi-même. » Aussi passent-elles leurs jours dans le térem, loin de toute vie sociale (4). La tsarine même,

(1) Le *Stoglav* (littéralement : les cent chapitres) est le recueil, rédigé par le métropolite de Moscou, Macaire, des questions proposées par Ivan le Terrible et des réponses faites dans l'assemblée d'archevêques, d'évêques, d'archimandrites, d'higoumènes et de boïars titrés, tenue à Moscou en 1551. C'est un document précieux sur la culture, la vie, les mœurs russes au seizième siècle.

(2) S. Chachkov, *Istoriia rousskoï jenchtchiny*, p. 74-75. Saint-Pétersbourg, 1879. Aux noces des tsars, vers cette même époque, le divertissement artistique se bornait à des sonneries de trompes, des jeux de flûtes, des batteries de timbales, des feux de joie, « sans musique, ni danses ». G. Kotochikhine (1630-1667), *O Rossii v tsarstvovanié Alexéia Mikhaïlovitcha*, Izdanié Arkhéographitcheskoï Kommissii, chap. I, p. 17. Saint-Pétersbourg, 1840. On comprend un peu inquiétante que fut le premier spectacle dramatique pour Alexis Mikhaïlovitch, en 1672.

(3) Comme le *skoptchestvo* (castration volontaire), et, dans l'ancienne peinture, la représentation des anges en eunuques. — Voir Pypine, *Istoriia rousskoï litératoury*, t. II, chap. III, XIV, XVI, XXIII.

(4) Herberstein, *Rerum Moscovitarum Commentarii*, etc..., Basileæ, 1571, p. 48 :

les tsarevnes sont invisibles pour les simples mortels ; les boïarines (femmes nobles) vivent en cloîtrées ; elles n'apparaissent et ne se mêlent aux hôtes que pour s'incliner devant eux, recevoir leurs saluts, leur présenter l'eau-de-vie, « la romanée, le vin du Rhin ou autre boisson » ; aux réceptions, les hommes restent dans la « salle », l'hôtesse traitant les femmes dans ses appartements privés ; les deux sexes ne sont jamais réunis, sauf aux noces, ou réunions de famille sans étrangers. Quant aux jeunes filles, on ne les conduit jamais « chez les hôtes », c'est-à-dire en société, et on ne les montre à personne, mais elles vivent dans des appartements particuliers et éloignés (1). Les boïarines, été comme hiver, ne sortent qu'en équipage fermé, escortées de coureurs, surveillées dehors, comme à la maison. Incapables ainsi de cultiver leur esprit, privées de tout contact avec le monde, elles vivaient dans une ignorance à peu près complète : « Le sexe féminin de l'État moscovite », écrit Kotchikhine, « ne sait ni lire ni écrire, et ne l'apprend pas ; mais les femmes sont toutes naïves avec leur jugement naturel, et elles n'ont ni esprit ni assurance dans leurs reparties, parce que, dès leurs années d'enfance jusqu'à leur mariage, elles vivent chez leurs pères dans des appartements retirés ; et à l'exception des tout proches parents, aucun étranger ne peut les voir, ni elles en voir aucun ; après leur mariage, on les voit peu aussi ; on comprend qu'elles n'ont pas les moyens d'avoir de l'esprit et de l'assurance (2). »

Cette vie enclose ne profite qu'au corps : la femme reste « derrière vingt-sept serrures, elle reste derrière vingt-neuf clés, pour que le vent ne souffle pas sur elle, que le soleil ne brûle pas son teint, et pour que les beaux garçons ne la voient pas (3) ». La beauté se mesure au poids : chez les boïars, une femme de cinq *pouds* ne peut se dire belle (4) ; une taille fine passait pour imperfection aussi grave qu'un pied petit. L'amour, tel qu'il apparaît dans les mœurs polies d'Occident, chevalerie, courtoisie, galanterie, fine sensualité, à plus forte raison dévotion romanesque, ne se rencontre pas dans la vieille Russie : la femme semble ignorer ou méconnaître ses charmes. Dans une byline, la sage princesse Févronia repousse un séducteur par ce raisonnement : « Une eau est aussi bonne qu'une autre ; il en est de même de la femme ; pourquoi

Conditio mulierum miserrima est. Nullam enim honestam credunt, nisi domi conclusa vivat, adeoque custodiatur, ut nusquam prodeat.

(1) Kotochikhine, chap. XIII, 2, p. 167-168.
(2) Id., p. 63.
(3) Onéj. (Pêsni Kirêévsk..., III, 64.)
(4) Le *poud* pèse seize kilogrammes. « Si nos femmes, avec leurs sept pouds de poids, se promènent en tel équipage... », dit le « riche marchand » Pribytkov, dans *Dernier sacrifice*, d'Ostrovski, I, 7 ; cf. *ibid.*, II, 2 : « Chacun son goût, dit Irène : pour vous, la seule beauté est qu'une femme soit grosse et de teint vermeil... » — Cf. *Entre siens on s'arrangera*, I, 4. Comparer l'épithète de beauté pour la femme : « polnogroudnaïa » « à la belle poitrine », dans les contes populaires.

donc quittes-tu ta femme pour porter tes désirs sur celle d'autrui? »
C'est que la femme n'est pas regardée et ne se conçoit pas elle-même
comme une personne humaine (*tchélovêk*) : « la poule n'est pas un oiseau,
la femme n'est pas une personne humaine », dit un proverbe populaire.

Le mariage surtout, par ses caractères, ses rites, atteste l'infériorité
sociale de la femme. D'abord la liberté dans le choix en est absolument
bannie : d'où cette idée que le mariage est comme un « jugement de
Dieu » (*soud Boji*) (1), une destinée inévitable, sans nul moyen d'y
échapper (2). Au tsar seul appartenait le droit de choisir son épouse,
dans son entourage ou parmi les vierges qu'on lui amenait de toutes
les parties de l'empire à une sorte de revue ou présentation (*smotr*) (3).
Dans toutes les autres classes, c'étaient les parents qui négociaient et
concluaient le pacte matrimonial, à moins que le futur ou la future, âgés
ou veufs, fussent affranchis de la tutelle paternelle (4).

Kotochikhine donne de bien curieux détails sur la procédure en usage
dans la noblesse russe, au début de la seconde moitié du dix-septième
siècle (1650-1665) (5).

Lorsque le jénikh (épouseur) ou ses parents ont connaissance de
quelque névêsta, ils envoient demander à son père et à sa parenté s'ils
consentiront à la donner en mariage. Si le père, après avoir consulté sa
parenté, fait une réponse favorable, il dresse alors inventaire de ce qu'il
donne à sa fille en « dot, argent, vaisselle d'argent et autre », pour être
transmis à la famille du jénikh, mais « on n'en dit rien à la jeune fille,
ni à personne, et elle ne sait rien avant son mariage ». Si la dot plaît au
futur, il demande à voir la future ; les parents répondent qu'ils la mon-
treront avec plaisir, pas au futur lui-même, mais à un de ses parents ou
à une personne de confiance. Au jour convenu, les parents de la jeune

(1) « Les bons parents, avec joie et actions de grâces, marient leurs fils, selon leur
situation, d'après le jugement de Dieu... » (*Domostroï*, chap. xv.) « Demande avec une
fervente prière au Seigneur Dieu qu'il te donne une bonne épouse, car c'est l'affaire
de Dieu de savoir quelle épouse donner, mais toi tu aurais beau t'ingénier, tu n'en
trouveras pas de bonne, si Dieu ne la donne pas. » (POSOCHKOV, *Zavéchtchanié
otetcheskoé k synou*, publié par A. Popov. Moscou, 1873, p. 21.)
(2) « On n'échappe pas, même à cheval, à son destiné », proverbe populaire.
(3) On mariait les jeunes gens de bonne heure : le *Stoglav* fixe l'âge du mariage
à quinze ans pour les garçons, douze ans pour les filles. Dans *Tableau de bonheur
familial* d'OSTROVSKI, la vieille « marchande » Stépanida Pouzatova dit qu'elle a
été mariée à quatorze ans.
(4) C'est au nom du droit paternel que jadis le tsar, le *poméchtchik*, le *mir* (commune)
même pouvaient imposer des mariages. « Les boïars marient les servantes en âge
et les servantes veuves, en leur donnant une petite terre (*nadêl*), avec leurs domestiques, chacune avec celui qu'elle aime, ou il arrive parfois qu'ils les marient par force
(*tchrez névoliou*). » (KOTOCHIKHINE, XII.) — Cf. OSTROVSKI, *le Voévode*, I, 2 ; *la
Pupille; Songe de veille de fête...*
(5) Voir aussi HERBERSTEIN, *ouv. cit.*, p. 47 : Ratio contrahendi matrimonium ;
OLÉARIUS, *Relation du voyage d'Adam Oléarius en Moscovie..., traduit de l'allemand
par A. de Wicquefort*, p. 169-170. Paris, 1659 ; KORB, *Diarium Itineris in Moscoviam...*, p. 210 et suiv. : De nuptiis. Viennæ Austriæ, 1698.

fille invitent des hôtes, des proches, parent la névêsta, la font asseoir à table ; la « visiteuse » (*smotrilchtchitsa*), à qui on fait les honneurs, « se place à ses côtés, causè avec elle, observe son esprit, son langage, regarde avec attention son visage, ses yeux, les signes caractéristiques, afin de tracer son portrait au jénikh ». Celui-ci, si la visiteuse dépeint la névêsta « sotte, laide, boiteuse, ne sachant dire un mot », rompt les pourparlers ; si au contraire la visiteuse dit qu' « elle est bien faite, qu'elle a de l'esprit, beaucoup d'élocution et tout », il envoie annoncer aux parents « qu'il a choisi leur fille, veut rédiger avec eux un contrat et recevoir une promesse de mariage pour une date déterminée ». Il se rend à l'entrevue définitive « en habit de cérémonie », accompagné seulement de quelques proches ou amis intimes. Les clauses réciproques sont débattues, fixées avec un dédit plus ou moins élevé en cas de non-exécution. Une collation suit cette discussion toute d'intérêts ; « après quoi ils se séparent ; mais on ne montre pas la névêsta, et la névêsta ne voit pas le jénikh. C'est à ce moment qu'il reçoit de sa part un mouchoir plus ou moins richement brodé ou orné de dentelles (*chirinka*) (1) ». Si, après le contrat, le futur mieux renseigné sur les défauts physiques de la future, les parents de la jeune fille sur ceux du futur (qu'il est, par exemple, « buveur, joueur, estropié ») rompent le mariage, ceux-ci ou celui-là « battent du front », c'est-à-dire adressent une requête au patriarche ; après enquête le patriarche impose à la partie reconnue coupable le payement du dédit (1 000, 5 000 ou 10 000 roubles) ; après quoi le futur ou la future peut se marier ou être mariée ailleurs. Si les engagements sont remplis sans opposition, le mariage est célébré ; et ce n'est qu'après la cérémonie religieuse, la bénédiction nuptiale (en russe, le « couronnement »)(2), quand la mariée est reconduite à la maison, que, « pour la première fois, le voile levé, elle apparaît, telle qu'elle est, à son mari ».

En ces opérations matrimoniales qui ressemblent fort à un marché, la tromperie était fréquente, par maquillage, rembourrage de la névêsta, sièges dissimulés sous elle pour la hausser, supposition de belle à laide pour la « montre » ; « ainsi le jénikh est marié à un monstre, une fille qui peut être aveugle ou manchote ou bancale ou sourde ou muette, ou borgne ou stupide, et ne peut s'en apercevoir au moment du mariage, parce qu'elle est voilée ou ne dit pas un mot, ou que les commères (*svakhi*) la tiennent par le bras ». Le mari trompé adressait alors une plainte au patriarche et aux parents ; si après enquête et interrogatoire il est reconnu que la mariée est bien la névêsta mentionnée au contrat, le mari est débouté : « sans renseignements sûrs, ne te marie pas » ; si la supercherie est prouvée, le divorce est prononcé, le trompeur, puni d'amende,

---

(1) Oléarius, p. 170 : « Ce sont les pères qui échangent les bagues. »
(2) *Véntchanié*, de *vénets*, « couronne » : L'imposition de la couronne sur la tête des époux constitue le rite essentiel du sacrement de mariage.

de dommages-intérêts, et du knout. Mais les parents peu scrupuleux faisaient en sorte que la preuve de la fraude fût malaisée. Alors, le mari lié à une femme qui lui inspirait du dégoût se vengeait sur elle de ses mauvais calculs, l'accablait d'injures et de coups, l'obligeait à entrer au couvent, afin de recouvrer lui-même sa liberté, ou se dévergondait au dehors. Le jénikh voulait-il « voir lui-même la névésta, et les parents, sachant qu'elle n'avait pas honte de paraître en public, la lui montraient-ils », le risque n'était guère moindre pour lui. Car « si la névésta lui déplaît, qu'il ne l'épouse pas, la diffame par de mauvais propos et détourne d'elle d'autres épouseurs, le patriarche, sur la plainte des parents, lui impose par force le mariage ; et s'il s'est par hasard marié dans l'intervalle, il doit payer à la jeune fille une amende pour diffamation ». Et Kotochikhine ajoute : « Sage lecteur, ne t'étonne pas de tout ceci : c'est vérité vraie que, dans tout l'univers, il n'y a pas de tromperie sur les filles comme dans l'empire moscovite ; et il ne s'est pas établi cet usage, comme dans les autres pays, que le jénikh voie lui-même la névésta et s'accorde avec elle (1). »

Dans ces conditions, et plus encore si le futur était un veuf, un remarié, un barbon riche, le mariage prenait réellement le caractère d'une opération commerciale, de l' « achat-vente » (*kouplia-prodaja*), qu'il gardera longtemps parmi les classes moyennes et inférieures. Une fille, une nièce, une parente est une charge dont il faut se délivrer, une marchandise qu'il faut écouler, dirait un marchand (2) ; alors intervient, comme souvent en affaires, le désir du gain malhonnête ou la crainte d'être trompé, sur la dot ici, plus encore que sur la personne : d'où le dicton populaire : « Argent sur table, mariée à table. » Dans le *koupetchestvo* d'Ostrovski, cette tendance à tromper sur la dot est fréquente, et d'ailleurs tenue pour excusable (3).

Les rites nuptiaux (*svadébnyé tchiny*) formaient un chapitre important de la morale domestique : ils tendaient surtout à marquer avec force l'entière subordination de la femme à son nouveau maître (4). Quand jadis un tsar se mariait, après l'imposition des couronnes (*vêntsy*), un protopope rappelait les devoirs des époux dans leur nouvel état : obéissance de la femme au mari, pas d'emportement l'un contre l'autre ; toutefois, s'il y a eu faute, le mari doit « instruire » (c'est-à-dire punir)

(1) « Entre les gens de commerce et les paysans, les contrats de mariage et les rites nuptiaux se font conformément aux mêmes usages : c'est seulement dans les formes et dans le vêtement qu'il y a différence avec le cérémonial des boïars, selon les moyens de chacun. » KOTOCHIKHINE, *ibid.*, XIII ; OLÉARIUS, p. 172. — Voir RADICHTCHEV, *Poutéchestvié iz Pétersbourga v Moskvou*, 1790, *Tchernaïa griaz*, p. 417-418, et le commentaire de POUCHKINE. (*Mysli na dorogé*, IV.) — Voir ce que dit André Brouskov. (*Tel en pâtit...*, 1, 4.)
(2) *Entre siens on s'arrangera*, I, 10 ; *Tel en pâtit...*, II, 2.
(3) *Tableau de bonheur familial*, fin ; *les Jours qui portent malheur*.
(4) OLÉARIUS, p. 170-172.

légèrement avec le bâton (1), parce que l'époux est pour la femme comme
le clocher (*glava*) sur l'église ; vie pure dans la crainte de Dieu, observation des dimanches et fêtes, des jeûnes ; aumônes, fréquentation des
églises ; recours fréquents au « père spirituel », car celui-ci instruira à
toutes bonnes choses (2). Dans les autres classes, le père de la mariée
prenait un fouet et l'en frappait, disant : « Par ces coups, ma fille, tu
connais la puissance paternelle ; maintenant cette puissance passe en
d'autres mains : en mon lieu, c'est ton mari qui t'éduquera avec ce fouet
pour ta désobéissance (3). » Le mari alors attachait le fouet à sa ceinture,
en exprimant l'espoir qu'il n'aurait pas à y recourir ; et le fouet était
placé dans un coffret avec le cadeau ; plus tard il demeurait pendu au-
dessus du lit conjugal (4). En maints lieux le jeune marié administrait
à sa femme, selon le rite, une correction légère, au moment où elle pro-
cédait au déchaussement, c'est-à-dire lui tirait sa chaussure, le premier
soir des noces (5). Tel geste, telle formule, dans le petit monde marchand,
rappelait encore, au siècle dernier, cette lointaine coutume, avec son
sens très clair d'autorité maritale (6).

Selon les idées patriarcales, la femme n'espère et ne reçoit du mariage
aucune élévation en dignité. Sa fonction première est d'enfanter, de
donner au « chef » un héritier, un héritier mâle surtout (7) : la tsarine,
en haut, n'en a pas d'autre. Puis d'être, comme dit une chanson populaire, « éternelle ménagère, éternelle blanchisseuse », mais toujours sous
la tutelle et les ordres du mari, sans libre initiative, intendante, économe (8) plutôt que vraiment maîtresse en sa maison. Un chapitre du
Domostroï indique avec une minutieuse et naïve précision « comment le
mari doit instruire sa femme » à régler le ménage (9). Sur ce point, comme
sur d'autres, l'argent, l'abondance peu coûteuse des serviteurs encoura-
geait, dans les hautes classes et la bourgeoisie marchande, l'inobservance
des règles, épargnait à la femme une activité qui, bien comprise, eût mis
quelque intérêt dans sa vie de recluse. « Les femmes de Moscou, dit

(1) *Jezlo*, bâton qui est signe de commandement, d'autorité. — Cf. σχῆπτρον.
(2) KOTOCHIKHINE, I, 11.
(3) KORB, *Diarium itineris in Moscoviam*…, De nuptiis.
(4) CHACHKOV, p. 111 ; OSTROVSKI, *Tableau de bonheur familial*.
(5) « Cette coutume, avec l'idée de la femme servante du mari, qui s'y attachait,
existe en Russie dès avant Vladimir ; on la retrouve en Allemagne au seizième siècle ;
Oléarius, Herberstein, lors de leur séjour à Moscou, l'observaient dans les mariages de
kniazs et de boïars, ainsi que les trois coups de fouet. » (ZABYLINE, *Rousski narod*, p. 117.)
(6) OSTROVSKI, *A qui n'arrive pas péché et malheur*, acte II, I⁰ʳ tableau, scène 2 ; et
la formule : « que veut mon pied? » « tchégo moïa noga khochet? »
(7) Cf. M. GORKI, *Thomas Gordéev*. I. La femme stérile était battue, persécutée
par son mari, répudiée parfois ; ou bien elle recourait aux vœux, à la prière, à la magie,
à moins qu'elle ne se retirât d'elle-même au couvent.
(8) Voir OSTROVSKI, *Fol argent*, V, 7 ; *les Farceurs*, IV, 3.
(9) *Domostroï*, chap. XXIX et suiv. Toute cette partie du *Domostroï* prêterait à de
curieux rapprochements avec *l'Economique* de XÉNOPHON ; et ce n'est pas le « ménage
grec qui paraîtrait le plus archaïque.

Korb, ne font presque rien et passent leur existence enfermées dans la maison de leurs maîtres, où quelquefois elles filent et tissent... les femmes russes passent en général leur vie dans l'oisiveté, et il n'y a rien d'étonnant qu'elles aillent si souvent au bain, car cette forme d'oisiveté tient lieu, jusqu'à un certain point, de distraction dans l'ennui de ne rien faire qui ronge ces pauvres êtres (1). »

La femme demeurait la servante, l'esclave du mari : « Étudiez, dit un Nomocanon, l'instruction qui dit : Je ne veux pas qu'une femme fasse la leçon à son mari, ni le gouverne, mais elle doit être silencieuse et soumise... C'est pourquoi il ne convient pas d'appeler la femme « dame » (gospoja), elle doit au contraire appeler son époux « seigneur » (gospodine). Quel souverain appelle « seigneurs » ses serviteurs, ou quelle souveraine appelle une esclave « dame »? Ne déshonorez pas le chef marital (glava) : autrement c'est au Christ que vous ferez affront, et qui le fera ne sera pardonné ni dans ce monde ni dans l'autre (2). » Se laisser mener par sa femme était donc, au regard des vieilles disciplines, plus qu'un ridicule, un déshonneur, c'était un péché, une offense à la loi divine, une espèce de suicide spirituel (3). Le mari devait « instruire sa femme en toute décence, comment sauver son âme, plaire à son époux, bien conduire son ménage »; et la femme en tout devait « lui obéir, l'écouter avec crainte, le consulter chaque jour sur la manière de se présenter en société et de recevoir, sur les conversations avec les hôtes, s'informer près de ceux-ci comment les femmes honnêtes vivent, obéissent en tout à leurs maris (4) ». Et si la femme n'entend pas la leçon, n'a pas « la crainte » ni la soumission, il faut « lui donner le fouet, selon la faute, en tête à tête, pas en public, et après avoir instruit, ajouter de bonnes paroles et pardonner; et qu'il n'y ait pas de colère de l'un contre l'autre. Mais pour chaque faute, ne pas frapper à l'oreille et au visage, ni du poing au-dessus du cœur, ni du pied, ni battre avec un bâton, ni avec du fer, ni avec du bois. Qui de colère ou de dépit frappe ainsi, cela entraîne beaucoup d'accidents, cécité et surdité, bras ou jambe cassés, maux de tête ou de dents; et si les femmes sont enceintes, les enfants sont blessés dans leur sein même. Mais quand on punit, il faut administrer le fouet avec prudence : c'est raisonnable, cela fait mal, inspire la crainte (5), et c'est bon à la santé. En cas de faute grave seulement, colère, désobéissance grave,

---

(1) KORB, *Diarium itineris...*, p. 208-210 : De luxu femineo; OLÉARIUS, p. 174. Il n'en est pas de même à la campagne, où la femme est astreinte à tous les pénibles travaux.

(2) CHACHKOV, p. 128. Voir dans *Ptchéla :* Slovo o jénakh; *Izmaragda*, 42.

(3) « La chèvre n'est pas un bétail entre les bestiaux, le hérisson n'est pas un animal entre les animaux..., la chauve-souris n'est pas un oiseau entre les oiseaux, et le mari n'est pas mari, si sa femme le mène. » (DANIEL L'EXILÉ, *Molénié k kniaziou*, 24.)

(4) *Domostroï*, chap. XXXIV.

(5) Cf. *A qui n'arrive pas péché et malheur*, acte II, Ier tableau, scène 2.

négligence, alors donner quelques coups de fouet bien civilement, en tenant par les mains, selon la faute ; et après une remontrance, ajouter de bonnes paroles ; et qu'il n'y ait pas de colère, et que les gens ne voient et n'entendent rien ; et qu'il n'y ait point de plainte à ce sujet (1) ».

Tout dur qu'il fût, ce formulaire des corrections pouvait apparaître comme une sauvegarde pour la femme, un tempérament à la brutalité des maris : la rudesse des mœurs n'eût pas encore obéi à une prohibition totale. Quand un mari, armé du *dourak* (2), tirait sa femme par les cheveux, la garrottait et la fouettait jusqu'au sang ; quand un marchand battait la sienne avec une corde de deux doigts d'épaisseur, puis l'obligeait à revêtir un habit trempé d'eau-de-vie, pour y mettre le feu (3) ; quand on lit la plainte rédigée en 1714 par la femme du marchand Bajénine, d'Arkhangel (4), on bénirait presque le pope Silvestre d'avoir recommandé la prudence et l' « aimable civilité » (*vêjlivenko*) dans l'octroi du fouet. Les mauvais traitements découlaient et tiraient presque une monstrueuse excuse de l'idée que la femme est un être inférieur, non une « personne humaine » (*tchélovêk*), qu'il faut lui faire la leçon (*outchit oumou-razoumou*) : elle-même subissait cette forme d'éducation, jusqu'à l'admettre en raison (5).

La jalousie du mari n'était pas moins à redouter que sa colère : il pouvait tenir sa femme enfermée, la soumettre à une étroite surveillance (6), chez elle ou hors de chez elle ; quand il partait en voyage, la conduire devant les saintes images et lui imposer le serment de fidélité pendant l'absence. Mais lui-même avait licence d'être volage, traître à sa foi, adultère : la loi ne punissait pas ses infidélités (7) ; en revanche elle châtiait les atteintes portées à son honneur. S'il déposait une plainte, reconnue fondée, quoique ayant eu recours parfois à de faux témoignages, il pouvait obtenir que sa femme fût « rasée et enfermée dans un couvent ». Dans les idées du vieux temps, la femme, à faute égale, est toujours plus coupable que l'homme (8). Le mari peut répudier l'épouse, la faire condamner, la battre, la tuer même : il n'y a pas dans l'ancienne Russie de loi pénale qui poursuive l'homicide commis sur l'épouse ou le serf, si le meurtre est le châtiment d'une faute. Contre les sévices, la crainte ou la menace de la mort, la femme, surtout quand le mari voulait reconquérir sa liberté, n'avait d'autre refuge que le couvent ou le sui-

(1) *Domostroï*, chap. XXXVIII, et nombre de proverbes populaires.
(2) Nom que portait le fouet destiné à la femme.
(3) CHACHKOV, p. 136.
(4) ID., *Supplément*, p. 344-352.
(5) Cf. OSTROVSKI. *A qui n'arrive pas péché et malheur*, acte II, Ier tableau, scène 2.
(6) ID., *les Esclaves*, I, 8.
(7) Autrement que par le fouet, quelques jours de prison et de jeûne au pain et à l'eau. (OLÉARIUS, p. 176.)
(8) Voir L. TOLSTOÏ, *Sonate à Kreutzer*, I.

cide (1), ou bien, pour ramener l'amour volage, elle se livrait à des pratiques de magie et de sorcellerie. Chez les paysans, les artisans, même dans le *koupetchestvo* d'Ostrovski, on retrouverait encore la croyance à la mystérieuse vertu de l'incantation (*slovo*), des philtres, des maléfices (2).

Enfin la femme était exposée aux injures, aux violences de ses beaux-parents, de ses belles-sœurs, de sa belle-mère surtout, « qui la bat à trois morts ». Seul le décès du mari l'affranchissait, à condition qu'il restât des enfants : alors elle héritait de la puissance paternelle, devenait « gosoudarynia-matouchka » (littéralement : dame-mère) ; la sujette d'hier exerçait parfois en despote son autorité domestique (3). Et pour avoir été longtemps contrainte, comme ligotée dans des idées, des règles, des coutumes qui ne lui permettaient aucune personnalité, elle ne pouvait élever ses enfants que dans la crainte, la même soumission passive au chef de famille.

IV

Dans les anciennes mœurs, le père est maître absolu de ses enfants (4), car il tient son pouvoir de Dieu lui-même. Si elle ne va pas jusqu'à lui reconnaître droit de vie et de mort sur leurs personnes, la loi est d'une singulière douceur en traitant le meurtre d'un enfant comme un péché, une faute (*grêkh*), non comme un crime (*prestouplénié*) (5) et en le punissant d'un emprisonnement d'un an, suivi d'une pénitence publique à l'église. La volonté paternelle fait loi pour les enfants, astreints à une soumission sans réserve : tel est le sens du commandement spirituel, et le mérite attaché à sa pratique : « Que l'enfant tienne son père pour Dieu... Honorez vos parents comme Dieu et inclinez-vous devant eux... celui qui honore ses parents a rempli toute la loi. » Le code et l'opinion publique condamnaient impitoyablement les moindres manquements ou offenses à la personne et à la dignité du père ; le parricide était puni de mort. Les plaintes des parents étaient suivies d'une répression par le knout. Au contraire les plaintes des enfants contre les parents étaient considérées comme un crime : on refusait de les instruire et ceux qui les déposaient devaient être battus, puis renvoyés à leurs parents ; les fautes d'un seul engageaient une responsabilité collective. Le père disposait souverainement du sort et de la carrière des siens : il pouvait les

(1) KOTOCHIKHINE, p. 14.
(2) OSTROVSKI, *Fais ce que dois; Tel en pâtit qui n'en peut mais; Incompatibilité de caractères.* — Voir aussi les nombreux « charmes » d'amour (*zagovory lioubovnyé*).
(3) Cf. OSTROVSKI, *l'Orage; la Pupille.*
(4) ID., *Entre siens on s'arrangera; Ne t'assieds pas dans le traîneau d'autrui; Tel en pâtit...,* etc.
(5) C'est-à-dire que la notion de crime porte encore un caractère religieux.

déshériter, les chasser de la maison, les envoyer en condition ou en esclavage, les vendre même (1) jusqu'à trois fois, léguer son bien à tel d'entre
eux à l'exclusion des autres.

L'instruction, hors les enseignements tout pratiques, tient peu de
place. Le père et la mère sont les premiers et les uniques instituteurs :
« ils doivent élever leurs enfants dans la crainte de Dieu, les bonnes
manières et toutes choses bonnes ». Cette crainte salutaire, le pope Silvestre y revient sans cesse, et il indique, avec la nécessité, les moyens
de l'inculquer :

« En instruisant et en remontrant, en jugeant, donner des coups... Si tu
corriges ton fils dès sa jeunesse, il te tranquillisera pour ta vieillesse, et donnera
de la beauté à ton âme. Le père doit garder et préserver purs de corps et d'âme
ses enfants, comme la prunelle de son œil et comme son âme... Ne faiblis pas
en frappant ton enfant ; car si tu le frappes avec le bâton, il ne mourra pas,
mais s'en portera mieux ; car, en frappant son corps, tu délivres son âme de la
perdition. Si tu aimes ton fils, répète les corrections, et dans la suite tu te
réjouiras de lui. Châtie-le dès l'enfance, et tu te réjouiras de lui en son âge
viril : et même parmi les méchants tu seras loué, et tes ennemis en prendront
jalousie. Élève ton enfant avec sévérité : tu auras de lui repos et bénédiction.
Ne plaisante pas avec lui dans des jeux : car si tu faiblis dans les petites choses,
tu pâtiras dans les grandes, douloureusement ; et après cela tu causeras des
maux à ton âme. Et ne lui laisse pas prendre d'autorité dans sa jeunesse, mais
romps-lui l'échine, tant qu'il grandit, si par entêtement il n'obéit pas : autrement tu auras dépit, douleur en l'âme, peste dans la maison, ruine au domaine,
blâme des voisins, risée des ennemis, amende à payer aux autorités, et rancune
mauvaise (2). »

L'éloge des verges figure dans un alphabet du dix-septième siècle et
dans des traités de morale communément répandus. Les dévots traducteurs russes n'avaient, semble-t-il, retenu des *castoiements* byzantins
que les préceptes de sévérité, sans doute plus capables à leurs yeux
d'affermir l'autorité paternelle ou de plier le rude génie indigène : l'amour,
la tendresse eussent risqué d'énerver la crainte (3). Dans un conte pieux
en vers, *la Nouvelle de Malheur ou Porte-malheur*, l'idée que la désobéissance à la volonté des parents est la conséquence directe du péché
originel, introduit le récit des malheurs du fils rebelle. Celui-ci, pour
n'avoir pas voulu écouter ses père et mère, est entraîné et châtié par
le vieux démon Malheur (Goré-Zlostchastié). Après avoir quitté la maison

(1) OLÉARIUS, p. 152 : « Il n'y a que les dettes qui les obligent à engager leurs enfants
à leurs créanciers. »
(2) *Domostroï*, chap. XVII. Posochkov n'est pas moins dur. (*Zavêchtchanié*, chap. III.)
(3) Les *Instructions aux enfants* (*Pooutchéniia dêtiam*) nombreuses dans la vieille
littérature, versions ou adaptations d'originaux byzantins, par exemple *Sbornik
Viatoslava, Pooutchéniié Vladimira Monomakha*, plus tard *Domostroï*, etc., descendent
jusqu'aux temps modernes , dix-septième et dix-huitième siècle, sans perdre de leur
popularité.

natale, il songeait à se marier, à fonder une famille en terre étrangère ; mais sourd aux bons conseils, il n'est arrivé qu'à lier connaissance et parenté avec Goré-Zlostchastié et sa funeste engeance : or le chemin qui l'a conduit, après le premier écart, à l'infortune et bientôt aux dernières extrémités, c'est l'ivresse. Goré-Zlostchastié le poursuit, déjoue toutes ses tentatives, finalement le conduit par le bras, « l'incite à vivre richement, à tuer, à voler, afin que pour cela on pende le jeune homme, on le jette à l'eau avec une pierre au cou. Le jeune homme se rappelle le chemin du salut, alors il va dans un couvent se faire tonsurer, et Malheur s'arrête à la sainte porte, désormais il ne s'attachera plus à lui (1) ».

V

Telle est, jusqu'à la fin du dix-septième siècle, la dure vie familiale : de rares et faibles rayons de lumière ou de bonté s'y insinuent. Mais la révolte fermente au sein de tout esclavage : l'âme, le cœur, la chair même, opprimés et meurtris par des disciplines monacales et des rigueurs parfois sanglantes, ne ployaient et ne se taisaient que chez les bons, les résignés et les faibles. Le despotisme marital ou paternel engendrait la discorde, le mensonge, la rancune, la haine poussée au désespoir ou à la vengeance, ou bien une effrénée corruption, un libertinage secret ou public contre quoi tout était impuissant : car c'était l'explosion de l'instinct trop comprimé. D'où l'infanticide, l'assassinat, l'empoisonnement, le mariage libre. A la fin du dix-huitième siècle, Chappe d'Auteroche écrivait : « La corruption de la femme en Russie est une suite de la tyrannie des hommes (2). » Pourtant ces luttes, dans leur violence et leur grossièreté même, entr'ouvraient quelque espoir d'affranchissement : les rigueurs tendent à s'adoucir (3) ; les femmes aspirent et participent à un commencement de vie sociale. Au sortir du long et sombre moyen âge russe, la réforme de Pierre le Grand, ce bond prodigieux dans un autre monde de pensées, d'occupations, de principes s'expliquerait mal, et un tel bouleversement eût été impossible, sans une obscure préparation, parfois un tacite consentement, du moins dans les hautes classes.

L'œuvre réformatrice de Pierre n'eut en effet d'action et de succès que dans l'aristocratie des deux capitales (4) : les idées de l'Occident y avaient déjà ébranlé les vieilles disciplines ; la femme depuis longtemps luttait pour s'évader de l'engourdissement du térem. L'exemple du

(1) BOUSLAEV, *Rousskaïa Khrestomatia*, p. 331-345.
(2) CHAPPE D'AUTEROCHE, *Voyage en Sibérie, fait en* 1761. Paris, 1768, Debure, 2 vol. in-4°, t. I, première partie, p. 163.
(3) Dès avant Pierre le Grand, le patriarche Adrien condamnait le mariage forcé comme funeste à la vie familiale. (CHACHKOV, p. 295.)
(4) CHAPPE D'AUTEROCHE, p. 193 : « Depuis cinquante ans environ, les femmes ont secoué, à Saint-Pétersbourg et à Moscou, le joug de l'esclavage de leurs maris. »

souverain, l'appât de ses faveurs ou la crainte de sa colère déterminaient plus aisément les volontés. Encore le spectacle, au cours de cette première étape, fut-il singulier, quand, obligés par oukaz de se vêtir, de manger, de se réunir et de converser à l'européenne, boïars et boïarines ne savaient que se livrer en commun aux grossiers plaisirs de la table. Mais parmi la petite noblesse rurale, les classes moyennes, le peuple à plus forte raison, où la tradition maintenait toute sa vigueur, la réforme apparut comme une impiété sacrilège : l'ordre de raser la barbe, dans un monde où la barbe était le « poil du bon Dieu » (*Boji volos*) (1), outrageait une croyance. Pierre devint une figure d'Antéchrist ; et il fallut que des évêques, plus éclairés, jetassent dans la balance leur autorité spirituelle pour contrepeser, annihiler des préjugés à base religieuse. La réclusion des femmes se prolongea encore durant tout le dix-huitième siècle, et une bonne partie du dix-neuvième, dans le monde marchand. Chappe d'Auteroche constate l'absence en Russie de société, au sens européen du mot : « Les hommes ayant peu de considération pour les femmes au delà de Moscou, elles ne sont pour rien dans la société ; et sans elles, comment en former? Elles vivent presque toujours enfermées dans l'intérieur de leurs maisons : elles y passent leurs jours dans l'ennui, au milieu de leurs esclaves, sans autorité et sans occupation ; elles ne jouissent même pas du plaisir de la lecture ; car la plupart ne savent pas lire... Dans les grands repas, on invite les hommes et les femmes, mais ils ne sont ni à la même table, ni même dans le même appartement... On ne voit communément les femmes qu'en présence de leur mari ; et si on leur manque des soins et des attentions, on court risque de n'être plus à portée de les revoir (2). »

La distance est grande, on le voit, à cette royauté de grâce et d'esprit que les femmes exerçaient alors en Occident, surtout en France. Pourtant l'idéal étranger pénétrait peu à peu : la reconnaissance de sa supériorité ne laissait pas de relever dans les hautes classes la condition de la femme. Le Testament (*Doukhovnaïa*) de Tatichtchev, sorte de Domostroï modernisé et adouci, admet le libre choix dans le mariage (3) ; et s'il assujettit encore l'épouse au mari, c'est comme « compagne, aide en tout, et amie sincère, non comme esclave (4) ». Plus près du peuple même,

(1) Ostrovski, *Entre siens on s'arrangera*, I, 6.
(2) *Voyage en Sibérie*, t. I, p. 162, 187-188. « Ces mœurs se sont maintenues longtemps en plein dix-neuvième siècle, dans le koupetchestvo, le clergé, la petite bureaucratie des provinces reculées. » (Chachkov, p. 194.)
(3) En 1702, Pierre le Grand avait supprimé l'inventaire dotal (*riadnaïa zapis*) qui enchaînait dès avant le mariage la liberté du futur et de la future : il établit que « si quelqu'un marie fille, sœur ou parente, ou si une jeune fille elle-même, une veuve veut contracter mariage, et qu'après la conclusion du mariage et les fiançailles, le futur ne veut pas prendre la future, ou la future épouser le futur, là aussi il doit y avoir liberté ».
(4) *Doukhovnaïa Vasilia Nikititcha Tatichtcheva* (1734), 4 (1-2), Kazan, 1885.

chez un autodidacte contemporain de Pierre le Grand, le marchand Posochkov, les enseignements du Domostroï s'humanisent au nom de cette loi divine qu'invoquait jadis leur dureté. Dans le *Testament* qu'il adresse à son fils près de partir à l'étranger pour son instruction, Posochkov écrit : « Dans l'administration du ménage, ne fais rien sans le conseil de ta femme, car elle t'a été donnée par Dieu même, non comme esclave, ni même servante, mais comme aide : et tu l'as reçue de la sainte Église. Et si quelqu'un annihile sa femme et la change en un être servile, il enfreindra la volonté de Dieu. Dieu l'a appelée aide, non esclave, et non simplement aide, mais égale (1)... »

Toutefois, la majorité des potentats domestiques renonçait malaisément aux vieilles traditions ; et si la femme échappe peu à peu aux sévices, elle attendra jusqu'en 1863 l'oukaz qui l'affranchira des peines corporelles. La législation lui reconnaît l'égalité « quant aux biens » dans la communauté, mais n'assigne point de limites à l'autorité du mari, et n'intervient que dans les cas extrêmes, pour la tempérer, plutôt que pour l'affaiblir. D'où cette croyance longtemps survivante dans le *koupetchestvo*, les petites classes urbaines et le peuple, que le mari peut faire ce qu'il veut de sa femme, la battre, l'outrager, la tuer même (2).

Parallèlement, l'autorité du père sur les enfants, en dépit de quelque adoucissement des mœurs, d'intentions ou de mesures réformatrices, demeure presque illimitée, quels que soient l'âge ou le sexe : la mort seule l'abolit, ou la déchéance pour indignité. Hors certains cas prévus, les parents peuvent, sans violer la loi, exercer eux-mêmes une contrainte, une répression domestique, et, pour désobéissance opiniâtre, débauche, scandale, envoyer leurs enfants, même âgés, dans une maison de correction (3), ou au couvent. Aucune suite, ni au civil ni au criminel, n'est donnée aux plaintes des enfants contre les parents : celles des parents au contraire sont admises sans réquisition d'aucune preuve. La loi ne reconnaît, entre les uns et les autres, que des conflits relatifs aux biens, et uniquement sur instance des parents. Elle n'impose à ceux-ci aucune obligation envers les enfants : le devoir de les nourrir et de les élever n'est soumis à aucune garantie, tandis que les devoirs des enfants sont spécifiés, sous le contrôle de la loi et de l'autorité paternelle (4).

L'instruction seule enfermait une vertu libératrice ; et c'est encore l'honneur de Pierre le Grand d'avoir voulu arracher les esprits à de longues habitudes d'ignorance. Mais la fondation d'écoles, l'obligation d'étudier imposée aux fils de noblesse, l'envoi de jeunes gens à l'étranger, la création d'une Académie, le théâtre, les encouragements aux lettres

(1) POSOCHKOV, chap. III.
(2) Cf. OSTROVSKI, *A qui n'arrive pas péché et malheur; En place marchande.*
(3) CHACHKOV, p. 258-260.
(4) *Svod zakonov* (Code des lois), t. X. Édit. 1857.

et aux arts : toute cette œuvre, reprise et élargie par Catherine II,
Alexandre Iᵉʳ, suscita de violentes et tenaces oppositions. L'ignorance
ou l'indifférence au savoir, assises parfois sur le trône (1), habitèrent
longtemps parmi la noblesse de terre ou de service. A côté de quelques
femmes supérieures, comme Catherine II, comme la princesse Dachkova,
combien d'autres pensaient avec Madame Tchoudikhina : « A quoi bon
apprendre à lire aux filles? Le savoir ne leur est nullement nécessaire.
Moins une fille en sait, moins elle dit de bêtises (2) ! » Combien de mères
partageaient pour l'instruction le mépris de Madame Prostakova (3) !
Pendant longtemps, la lecture, l'écriture, quelques mots de français, et
pour les filles, la musique et la danse : voilà à quoi se bornait l'éducation
dirigée par des outchitels, des « mamzelles » venus de France, engagés
le plus souvent pour la montre ou la vanité. Le petit nombre des écoles,
la crainte même, en haut, de les multiplier, l'étroitesse des programmes,
l'esprit de défiance timorée qui les inspirait (4), faisaient trop souvent
de l'instruction un objet d'agrément ou de luxe, un privilège de classe,
moins estimé ou même jugé dangereux s'il eût pu devenir un droit, *a
fortiori* un devoir pour tous. D'où ce double type de la pédante et de
l'ignorante, également et successivement raillé par Pouchkine. De la
noblesse cette mode de « vain savoir » est passée au monde marchand,
de la maison de Famousov (5), sur la Tverskaïa, au Zamoskvoretché.
En général, les toilettes, les lectures romanesques ou sentimentales, les
intrigues, la pensée ou la poursuite du mariage sont l'unique occupation
de la jeune fille, incapable encore de concevoir et de réaliser un autre
idéal. « La jeune fille russe, écrivait Bêlinski vers les années 40 du
dix-neuvième siècle, n'est pas une femme, au sens européen du mot,
elle n'est pas une personne humaine : elle n'est pas autre chose qu'une
névêsta (fille à marier). » Aussi bien les parents eux-mêmes ne la consi-
dèrent-ils pas autrement : ils se préoccupent moins de son instruction
que de son établissement, vers quoi ils dirigent sa pensée et la leur.
Certaines « promenades », dont la coutume subsista longtemps à Moscou(6)

---

(1) Anna Ioanovna portait dans son palais le costume national et vivait comme
une boïarine d'avant Pierre le Grand, ne se plaisant qu'aux grimaces de ses bouffons
ou aux danses de ses filles d'honneur : extrêmement superstitieuse, elle aimait entendre
les contes de bonnes femmes et de marchandes.
(2) *O vrêmia! (O temps!)* comédie de Catherine II.
(3) *Nédorosl (le Mineur),* comédie de Fonvizine.
(4) Voir Chachkov, p. 224-226.
(5) *Goré ot ouma (le Mal de trop d'esprit),* comédie de Griboêdov, I, 4.
(6) Aux alentours des églises et des monastères. Dans les années 80, des exhibitions de ce genre avaient encore lieu près du couvent d'Andronik (Andronik en fut
le premier archimandrite) sur le bord de l'Iaouza ; sur le Novinski Val, aux fêtes
populaires, puis au Champ des Vierges ; près de l'église de Saint-Élie le Prophète.
Les filles à marier n'étaient pas sans doute là l'objet d'une demande : les jeunes
gens passaient, faisaient leur choix, mais n'osaient entamer eux-mêmes la conversation ; ils envoyaient la *svakha* (marieuse).

et dans les provinces, ne sont autre chose que des exhibitions ou des revues (*smotriny*) de filles à marier.

Dès lors cette croisade en faveur de l'égalité des sexes dans la liberté du sentiment, du relèvement intellectuel et social de la femme, dont George Sand avait été l'apôtre en France, ne pouvait manquer de provoquer en Russie une fervente adhésion. La longue captivité de la femme russe dans le térem, les siècles de sujétion résignée, de lutte impuissante ou dévoyée, le faux dogme de son infériorité originelle, expliquent la conviction, l'enthousiasme parfois utopique, avec lesquels Bêlinski, puis Herzen, Droujinine, Tchernychevski, Avdéev, Tourguénev (1) dessinèrent en figures idéalisées la femme, la jeune fille russe, appelée selon eux à épanouir, dans la douce atmosphère de la liberté et de la culture, les dons de son esprit et de son cœur. Et tandis qu'ils peignaient ce type de femme russe moderne, impatients de le voir vivre, à côté d'eux, dans un monde encore fermé ou entr'ouvert à peine aux idées généreuses qui soufflaient d'Occident, la tradition qu'ils voulaient abolir se perpétuait, à peine changée depuis un passé lointain. Le moyen âge russe, tel qu'on vient d'en esquisser les institutions « patriarcales », se retrouve dans le *koupetchestvo* moscovite ou provincial au milieu du dix-neuvième siècle ; et à la scène le révélateur de ce Domostroï en action est Ostrovski (2).

----

(1) *Kto vinovat?* (*A qui la faute?*), de HERZEN (1843) ; *Tchto délat?* (*Que faire?*), de TCHERNYCHEVSKI (1863) ; *Podvodny kamen* (*l'Écueil*) (1860) et autres nouvelles d'AVDÉEV ; *Polinka Saks*, de DROUJININE (1847) ; *Boïarchtchina* (*le Temps des boïars*) (1847), de PISEMSKI ; *Nakanounê* (*A la veille*), de TOURGUÉNEV (1860).

(2) Une de ces dernières années, à l'université de Moscou (Faculté de philologie), ce sujet a été donné à traiter pour un examen : *les Mœurs du Domostroï dans les comédies* d'OSTROVSKI.

CHAPITRE II

LE CHEF DE FAMILLE. — LES IDÉES MARITALES

I

Le chef de famille garde dans la maison sur sa femme, ses enfants, ses proches, ses serviteurs, une autorité acceptée ou subie, souvent redoutable ; et ceux-là mêmes qui en contestent le principe n'y échappent que par la ruse ou la révolte ouverte. On a vu que la veuve du mari pouvait hériter de cette autorité. Le chef doit vivre dans le petit monde qu'il est appelé à gouverner, s'y tenir sans rêver de connaître d'autres pays, d'autres mœurs : « Fausse sagesse, chimère que tout cela ! » répond le marchand Borovtsov à sa femme dont la curiosité s'excite à de vagues récits. « Nous sommes en ce monde comme en une hôtellerie ; alors, où qu'on vive, c'est toujours le même bout. Un homme de famille doit vivre au milieu des siens, parce qu'il est la tête. Où est-ce que je pourrais bien aller, moi? » Tous lui doivent obéissance : lui seul a droit de parler, c'est lui seul que tout regarde ; sa volonté n'admet ni discussion ni résistance : « Ma parole, c'est la loi », dit Brouskov (1) ; et femme, fils, employés, serviteurs se taisent ou s'humilient ; toute protestation passerait pour révolte. Quand « il tape du pied et dit : Qui suis-je? alors toute la maison doit tomber à ses pieds et rester là prosternée, sans quoi, gare (2). » Il fait dans la maison ce qu'il veut : personne n'a d'ordres à lui donner (3) ; il n'y a pas de droit devant lui : ce qu'il octroie, c'est par une grâce qu'il

(1) *Tel en pâtit qui n'en peut mais*, I, 1, 7.
(2) *Ibid.*
(3) *Les Jours qui portent malheur*, III, 7.

peut, s'il lui plaît, refuser. Nul ne doit porter atteinte à sa dignité, mais lui-même a toute liberté d'offenser autrui, quitte à verser une amende pour ses propos injurieux : « Quelqu'un ose-t-il m'offenser? » demande Brouskov à sa femme. — Personne, maître, c'est vous-même qui avez le droit d'offenser chacun (1). » A son entrée, à son retour après une absence, après les longues beuveries au traktir et avec un grain d'ivresse méchante, le son de sa voix, le bruit de son pas avant même qu'il ait paru, le seul mot : « C'est lui (sam prichel) » arrêtent les paroles, glacent les rires, jettent une sorte d'épouvante (2). « Chaque patron, dans sa maison, dit Hippolyte, neveu du marchand Akhov, est comme le sultan turc Mahmoud, à cela près qu'il ne coupe pas les têtes (3). » Même hors de chez lui, le chef de famille invoque ou revendique son autorité : Ilia Ivanovitch impose silence à son fils et à sa bru qui se querellent : « Qu'est-ce? Devant moi? (D'un ton menaçant.) Silence (4) ! » Akhov, rencontrant son neveu chez la veuve Krouglova, le chasse grossièrement (5). Par son écorce, — formules ou gestes, — cette rudesse trahit souvent une origine paysanne mal dégrossie ; le fond exprime la pure tradition domostroïenne.

Parfois c'est la mère, restée après la mort du chef maîtresse de la fortune, qui gouverne la maison. Ostrovski a dessiné quelques types de « gosoudar-matouchka », énergiques, sachant parler haut, et imposer le respect extérieur, sinon l'affection sincère. Là ce n'est plus une docilité inconsciente, mais une fidélité réfléchie, un appel revêche ou inquiet aux traditions chancelantes, un culte jaloux des us où se notifiait jadis la suprématie du chef, du potentat domestique. La possession de l'argent est pour leur autorité un soutien aussi efficace que la soumission intéressée ou la mollesse native des fils ; mais le principe qu'elles incarnent en impose toujours dans un monde si lentement ouvert aux idées de liberté individuelle. Dans *Tableau de bonheur familial*, Stépanida Pouzatova, rappelant à son fils ses devoirs de maître de maison, évoque le pope Silvestre instruisant « son fils et la femme de son fils » : pas d'ordre, dit-elle, le samovar sur la table jusqu'à onze heures du matin, un mari qui se lève seulement, sa « madame » encore plus tard :

— Tu devrais vivre, mon bon Antip, comme font les gens rangés, te lever à quatre heures, veiller à ce que l'ordre règne, jeter un coup d'œil au dehors, et ainsi de suite, tout comme il convient ; aller à la messe, mon ami, faire lever ta maîtresse de maison : « Debout ! » lui dire : « Assez dorloté, il est temps de se mettre à l'ouvrage ! » Ce que je dis là, c'est la vérité.

(1) *Tel en pâtit...*, II, 5. « Batiouchka », dans la bouche de la femme, est l'appellation traditionnelle du chef de famille, enfermant le respect plus que la tendresse.
(2) *Tableau de bonheur familial; Entre siens on s'arrangera*, II, 8; *Pauvreté n'est pas vice*, I, 6, etc...
(3) *Ce n'est pas tous les jours fête*, I, 4.
(4) *Fais ce que dois*, I, 3.
(5) *Ce n'est pas tous les jours fête*, I, 6.

MATRENA SAWICHNA (sa bru). — Voilà que vous allez commencer.

STÉPANIDA TROFIMOVNA. — Eh, ma chère! mais aussi c'est moi le seul soutien de la maison. Ne voudrais-tu pas être la maîtresse ici, par hasard? Non, attends encore, tù es un peu jeune, tu ne comptes pas assez!

Dans *Il faut de la chance pour que la vérité triomphe*, Mavra Barabocheva, habillée à l'ancienne manière, mais richement, tient l'argent du commerce et réduit son fils, déjà père d'une fille à marier, à la portion congrue, sans lésine d'ailleurs ; la « serrure de son coffre est solide » ; et quoique « peu instruite », elle se fait rendre les comptes. Elle ordonne en maîtresse : « Ce que je veux se fera, personne hors moi n'a puissance de commander dans la maison... J'ai à mettre de l'ordre dans la maison, et non à débiter des fadaises avec vous (1). » La vieille Kabanikha, dans *l'Orage*, affiche un souci hargneux de ses droits : aussi hait-elle sa bru, Catherine, qu'elle soupçonne, à tort, de détacher son mari de l'obéissance filiale.

Une sorte de rituel réglait jadis les attitudes du chef et des membres de la famille dans les relations journalières. Ostrovski en a relevé des survivances, quelques-unes déjà caduques. La vieille Stépanida Pouzatova reproche à son fils et à sa bru non seulement de ne plus aller chaque jour à la messe, mais de ne plus donner leur front à « signer (2) ». Une autre riche marchande, Mavra Barabocheva, en chef jaloux de ses prérogatives, aime qu'on s'incline devant elle jusqu'à terre : à la scène finale de *Il faut de la chance pour que la vérité triomphe*, elle observe, dans l'énoncé de ses volontés, le cérémonial traditionnel : « Bonjour! Asseyez-vous tous. (*Tous s'assoient, excepté Félitsata et Groznov...*) Voici, mes amis, j'ai résolu de mettre de l'ordre dans la maison, j'ai résolu et exécuté (3). »

Quand le marchand Vosmibratov entre chez la *pomêchtchitsa* Gourmyjskaïa, son fils Pierre le suit à quelques pas de distance, et ne s'assied au bord d'une chaise, à la porte, que sur l'ordre de son père déjà assis (4). La vieille Kabanikha, dans *l'Orage*, au moment où son fils Tikhon va partir en voyage, préside selon les vieilles coutumes à la scène des adieux :

KABANOVA. — Allons, Tikhon, c'est l'heure! Dieu te conduise! (*Elle s'assied.*) Asseyez-vous tous! (*Tous s'assoient. Silence.*) Allons, adieu! (*Elle se lève, et tous se lèvent.*)

KABANOV (*s'approchant de sa mère*). — Adieu, maman!

KABANOVA (*montrant d'un geste le sol.*) — A mes pieds, à mes pieds! (*Kabanov s'incline jusqu'à terre, puis échange des baisers avec sa mère.*) Fais tes adieux à ta femme!

Catherine, femme de Tikhon, ayant osé se jeter « comme une amante »

(1) *Il faut de la chance...*, I, 3, 5 ; III, 4, 5 ; IV, 10.
(2) *Tableau de bonheur familial.*
(3) *Il faut de la chance...*, IV, 10.
(4) *La Forêt*, I, 6.

au cou de son mari, sa belle-mère la rappelle rudement au respect dû au chef et, restée seule, se livre à des réflexions découragées sur l'oubli des traditions :

— Ce que c'est que la jeunesse ! Ils me font rire eux-mêmes, à les voir ! Si ce n'étaient mes enfants, je m'en donnerais de rire tout mon content. Ils ne connaissent rien, aucun usage. Ils ne savent même pas se dire adieu comme il faut. Heureux encore celui qui a des anciens dans la maison, c'est par eux que la maison se maintient, tant qu'ils vivent. Mais c'est qu'aussi, les sots, ils veulent vivre à leur guise, et quand ils se mêlent d'agir à leur guise, leurs bévues les couvrent de honte et de ridicule chez les honnêtes gens. Pour un qui les plaint, presque tous se moquent d'eux. Et le moyen de ne pas rire? On invite des hôtes, on ne sait pas seulement les placer, pour un peu, on oublierait encore de la parenté. Ça m'ôte même l'envie d'aller chez les autres. Quand il m'arrive d'y entrer, j'en crache de dégoût et je sors au plus vite. Qu'est-ce qui arrivera, quand les vieillards seront tous morts, comment le monde subsistera-t-il, je n'en sais vraiment rien. Il y a au moins cela de bon, c'est que je ne le verrai pas (1).

II

Chez les marchands d'Ostrovski, le mariage scelle rarement une union librement consentie ; l'inclination mutuelle, le don volontaire de soi, le ferme propos de vivre l'un pour l'autre y mêlent aussi peu leurs douceurs qu'aux temps lointains du Domostroï. La décision souveraine des parents, que dictent la vanité, l'argent, l'intérêt, les convenances, le besoin même, lui imprime au contraire un caractère d'inéluctable fatalité. « Tu n'échapperas pas à ton sort. Quand une chose est destinée à quelqu'un, elle se fera », dit la marchande Brouskova à son fils qui menace de fuir la maison paternelle pour ne pas être marié par contrainte (2). « Voilà un épouseur pour toi : c'est ta destinée, aime-le », dit à sa fille la veuve d'un général, « d'origine marchande (3) ». « La liberté du choix n'est pas inutile, dit un autre personnage, mais on ne peut pas dire qu'elle soit nécessaire (4). » On verra plus loin comment les parents exercent leur droit, quelles luttes tragiques s'engagent entre eux, obstinés dans leur volonté, et leurs enfants dont le cœur se refuse au muet asservissement, quels drames tantôt silencieux, tantôt violents couvent ou éclatent dans ces unions forcées. Si les époux sont d'âge et de condition différents, le mariage tourne au marché : tels ces Akhov, Karkounov, Khrioukov, Pribytkov, Styrov, dont le veuvage ou un célibat vieillissant, aiguillonné de sensualité, recherche ou acquiert à prix d'or des jeunes filles que la gêne

_____

(1) *L'Orage*, II, 6. Voir V, 5, 6, où elle défend à son fils, sous peine de malédiction, de courir au secours de Catherine, et de la pleurer, sous peine de péché.
(2) *Tel en pâtit...*, II, 4.
(3) *Pas faite pour ce bas monde*, II, 2.
(4) *Les Esclaves*, I, 2. — Voir aussi *Pas un gros, et tout d'un coup un altyne*, II, 4.

maternelle met à leur merci (1). Styrov dit crûment de sa femme : « Je l'ai achetée à sa mère (2). »

La « loi », la loi divine, déclare le mariage indissoluble. Légitime et souhaitée quand elle consacre l'accord explicite de deux volontés, cette indissolubilité apparaît au contraire injuste et inhumaine, quand, pour affermir une abusive conception d'autorité paternelle, elle les enchaîne à tout jamais. Et pourtant, malgré les tempéraments que cette loi, ou plutôt ses gardiens spirituels, apportait dans la pratique à ses propres rigueurs grâce aux cas prévus ou facilités de divorce, malgré les révoltes de la nature violentée et les évasions vers le « péché », la croyance que « l'homme » ne peut rompre un lien où « Dieu » a imprimé la sainteté, garde tout son empire sur les âmes. Le drame populaire *Fais ce que dois* en est l'émouvante illustration (3).

Pierre, fils du marchand Ilia Ivanovitch, a enlevé, pour l'épouser, Dacha, fille d'un *méchtchanine :* bientôt las d'elle, il la délaisse, la maltraite au point que la malheureuse songe à s'enfuir chez ses parents. Homme pieux et austère, Ilia Ivanovitch refuse toute indulgence à l'entraînement coupable des deux jeunes gens : auteurs de leur désunion, « sans avoir demandé conseil aux gens sages, mais n'écoutant que leur sotte volonté, ils se plaignent ensuite, murmurent contre le sort, accumulant péché sur péché, jusqu'à s'égarer dans leurs fautes comme dans un bois ». « Vis selon la loi », dit-il simplement à son fils, qu'il voit avec terreur courir à l'irrémissible damnation; « voilà mon ordre, mon ordre paternel, terrible : reprends-toi, jette enfin les yeux sur toi. » Pierre, Dacha prosternée implorent en vain son pardon et sa bénédiction : il refuse « tant qu'ils ne vivront pas bien (4) ». Dacha a fui : dans une hôtellerie, à l'entrée de la ville, elle rencontre ses parents qui venaient, inquiets, s'enquérir d'elle ; elle leur dit son remords d'avoir passé outre à leur volonté, son refus de continuer la vie commune, son projet de revenir près d'eux :

— Mais comprends donc, lui dit Agathon, son père, sotte, comprends donc, comment te reprendrais-je chez moi? N'est-il pas ton mari? (*Il se lève.*) Partons ! Pourquoi perdre son temps à discuter ce qui ne peut pas être ? Comment oses-tu t'enfuir de chez ton mari, sotte ! Tu crois que je n'ai pas pitié de toi? Tiens, nous allons tous pleurer ensemble sur ton malheur : notre aide s'arrête là. Que puis-je faire? Pleurer un peu avec toi, je pleurerai. Je suis, n'est-ce pas, ton père, mon enfant chéri ! (*Il pleure, et l'embrasse, puis prend ses vêtements*

(1) Akhov dans *Ce n'est pas tous les jours fête;* Karkounov dans *le Cœur n'est pas une pierre;* Khrioukov dans *les Farceurs;* Pribytkov dans *Dernier sacrifice;* Styrov dans *les Esclaves.*
(2) *Les Esclaves,* I, 2.
(3) Le sous-titre : « Drame populaire » signifie bien que les mœurs traditionnelles du monde marchand, ou de la petite bourgeoisie, sont toutes voisines des mœurs populaires.
(4) *Fais ce que dois,* I, 3.

et s'approche d'elle.) Comprends seulement ceci, ma chère fille : ce que Dieu a uni, l'homme ne le sépare pas. Ainsi vivaient nos pères sans se plaindre, sans murmurer. Est-ce que nous sommes plus savants qu'eux? Retournons chez ton mari. (*Il la prend par la main et sort suivi de la mère.*) (1).

Pierre, plus sombre que jamais, ivre et furieux, a quitté la maison : une terreur pèse sur tous ; Dacha de nouveau veut se sauver de ce mari, abandonné par son propre père :

— Tout cela n'est pas bien, lui dit Agathon. Toi-même, as-tu raison, voyons? Était-ce une chose à faire, de nous laisser ainsi, la mère et moi? Parle, était-ce une chose bonne à faire? Est-ce ainsi qu'il fallait agir? Est-ce là ce que la loi commande? C'est le démon qui vous a perdus. On dirait que vous n'êtes plus des êtres comme les autres. Alors, toi, supporte, résigne-toi. Et reçois le châtiment avec douceur, avec reconnaissance. Autrement, quoi? Vouloir s'en aller? Qu'est-ce que cette conduite? Où as-tu jamais vu que mari et femme vivent séparément? Voyons ! que tu viennes à le quitter, à le laisser là, et qu'il tombe dans le désespoir, à qui sera la faute, à qui? Et s'il vient à tomber malade, qui le soignera? N'est-ce pas ton premier devoir? Et que son heure suprême approche, s'il veut te dire adieu (2), et que toi, par orgueil, tu l'aies quitté... Songes-y, fille chérie, fais-y bien réflexion (3).

En peignant ces graves et pieuses figures d'Ilia Ivanovitch et d'Agathon, Ostrovski prétendit-il reporter sur les doctrines le respect qu'imposent les personnages? Certains critiques du temps l'en accusèrent avec véhémence, et raillèrent cette glorification d'une morale arriérée, offensante pour la liberté humaine. Ne retenons ici que le fait de mœurs : dans la croyance traditionnelle russe, dont Ilia Ivanovitch et Agathon sont les interprètes, le mariage est indissoluble, non seulement comme « arrêt » (*soud*), mais comme « venant de Dieu » (*Boji*). D'ailleurs le lien conjugal enchaîne plus encore la femme elle-même au mari ; elle lui appartient, corps, âme et cœur, jusqu'à la mort :

— Pourquoi es-tu venu, dit Catherine Kabanova à Boris, toi, auteur de ma perdition? Ne suis-je pas mariée? Ne dois-je pas vivre avec mon mari jusqu'aux planches du cercueil?

BORIS. — C'est vous-même qui m'avez dit de venir.

CATHERINE. — Comprends-tu, ennemi de mon salut? Jusqu'aux planches du cercueil (4) !

Krasnov, dans *A qui n'arrive pas péché et malheur*, refuse à sa femme Tatiana la séparation amiable qu'elle lui demande : « Elle ne doit pas me quitter. » Comme elle veut fuir pour rejoindre Babaev, il jette ce

(1) *Fais ce que dois*, II, 10.
(2) Littéralement : « se pardonner mutuellement ses torts » au moment d'une séparation.
(3) *Fais ce que dois*, III, IIe tableau, scène 3.
(4) *L'Orage*, III, IIe tableau, scène 2.

mot sinistre : « Elle ne quittera son mari que pour le cercueil, pas ailleurs »; et il la tue (1). Si le vieux marchand Karkounov veut arracher à sa jeune femme Vêra Philippovna un serment de veuvage éternel, ce n'est point par amour, ni même par jalousie, mais par grossier besoin de prolonger par delà le tombeau le lien d'asservissement (2).

III

Pareillement livrés avant le mariage à une tutelle souvent oppressive, les futurs époux reçoivent de lui un partage fort inégal. Investi de la puissance maritale, le *koupets* incline naturellement à l'exercer dans les idées et les formes que lui suggéra le spectacle de la vie familiale : la « loi divine », le code humain, la tradition mettent en des mains parfois inexpertes une arme redoutable, dont les conditions mêmes du mariage sont peu propres à conjurer ou à guérir les coups. Il ne conçoit d'autre revanche à sa longue sujétion, que d'exercer à son tour des rigueurs dont il a pâti. Si par le bienfait de coutumes locales la jeune fille a connu quelque liberté, elle tombe, du jour au lendemain, au rang de servante, d' « esclave » (*raba*), disent encore quelques grossiers continuateurs du passé, « esclave résignée » (*névolnitsa*), admettent la plupart, et heureuse ou malheureuse selon que le mari sera, de nature, bon ou méchant.

« Du côté de la barbe est la toute-puissance », prétention raillée et vaine menace chez nos bourgeois de Molière, devient ici une vérité entourée de respect et de crainte. Les rites humiliants qui symbolisaient jadis l'autorité du « chef » et la soumission de la femme ont à peu près disparu, leur sens primitif s'est altéré ; mais pas plus dans le Zamoskvoretché que dans les provinces plus lentement dégrossies, l'idée que cette domination était légitime ne s'est effacée. Elle garde même, chez certains, toute sa rudesse séculaire. Le mari est le maître, par droit non de primauté seulement, mais de propriété : « C'est ma femme, j'en suis donc le maître », « c'est ma femme, mon esclave », dit Bezsoudny dans *En place marchande* (3) ; de même Pierre, dans *Fais ce que dois :* « Où est ma femme, amène-la-moi. C'est ma femme, mon esclave (4). » Koblov, « homme riche », expose ainsi à Styrov, dont il est l'associé, quels principes doivent, pour un « homme dans les affaires, à la tête d'une grande entreprise industrielle », régler la vie entre époux :

— Je savais du reste, sans vous, que l'égalité d'âge et la conformité de caractère ne se rencontrent pas toujours entre maris et femmes. Mais, je le répète, vous êtes mariés : donc vous êtes vis-à-vis l'un de l'autre dans une

(1) *A qui n'arrive pas péché et malheur*, IV, 6.
(2) *Le Cœur n'est pas une pierre*, IV, 9.
(3) II, 7.
(4) III, IIe tableau, scène 2.

situation déterminée, celle de mari et femme. Or, cette situation est bien nette : qu'on soit jeune, vieux, passionné, indifférent, elle est toujours la même. Le mari, c'est le chef (*glava*), le maître (*khoziaïne*), la femme doit aimer et craindre le mari (1).

La coutume voulait autrefois qu'avant de partir en voyage le mari prescrivît à sa femme la conduite à tenir pendant son absence. Dans *l'Orage*, la mère de Kabanov, rigide gardienne des vieux us, dont l'inobservation l'inquiète comme une menace de révolution, dicte elle-même à son fils les prescriptions appropriées :

KABANOV. — Mais elle (Catherine) le sait bien, je pense.

KABANOVA. — Vas-tu te mettre à raisonner? Allons, allons, donne tes ordres ! Que j'entende ce que tu vas lui ordonner ; et quand tu reviendras, tu lui demanderas si elle t'a obéi en tout.

KABANOV (*se posant en face de sa femme*). — Obéis à ma mère, Katia.

KABANOVA. — Qu'elle ne soit pas grossière envers sa belle-mère.

KABANOV. — Ne sois pas grossière.

KABANOVA. — Qu'elle respecte sa belle-mère comme sa propre mère.

KABANOV. — Katia, respecte maman comme ta propre mère.

KABANOVA. — Qu'elle ne reste pas assise les bras croisés, comme une boïarine.

KABANOV. — Occupe-toi à quelque travail pendant mon absence.

KABANOVA. — Qu'elle n'ait pas les yeux collés aux fenêtres.

KABANOV. — Mais, maman, comment...

KABANOVA. — Allons, allons !

KABANOV. — Ne regarde pas par les fenêtres.

KABANOVA. — Qu'elle ne reluque pas les jeunes garçons pendant ton absence.

KABANOV. — Mais, maman, que signifie, en vérité?

KABANOVA (*avec sévérité*). — Pas tant de manières ! Tu dois faire ce que dit ta mère. (*Avec un sourire.*) Tout n'en va que mieux quand les ordres sont donnés.

KABANOV (*d'un air très embarrassé*). — Ne reluque pas les garçons. (*Catherine lui jette un coup d'œil sévère.*) (2).

Au moment des adieux, la femme devait se prosterner : Catherine, oublieuse ou ignorante de la règle, se jette au cou de son mari :

— Qu'est-ce que c'est, effrontée, tu te pends à son cou? dit la belle-mère. Ce n'est pas à un amant que tu dis adieu ! C'est à ton mari, à ton maître ! Ne connais-tu pas la loi? Prosterne-toi ! (*Catherine se prosterne.*)

En bonne épouse, Catherine aurait dû, en reconduisant Kabanov « se coucher sur le seuil et se lamenter pendant une heure et demie au moins »...

(1) *Les Esclaves*, I, 2.
(2) *L'Orage*, II, 5.

— Si tu avais aimé ton mari, tu aurais appris. Puisque tu ne sais pas te lamenter, tu aurais dû au moins faire semblant ; cela aurait été tout de même plus décent (1).

Ainsi, présent ou absent, le mari manifeste sa puissance.

Si l'épouse est infidèle, l'amant, le « cavalier » éprouvera parfois le vigoureux poing marchand (2), mais c'est elle qui paye le plus durement. Le mari se tient en droit de la punir, comme « juge » et comme « justicier ». Après la scène où Catherine Kabanova a crié l'aveu public de ses rendez-vous nocturnes, et de son péché avec Boris, Kabanov dit : « La tuer pour cela n'est pas encore suffisant... Maman dit qu'il faut l'enterrer vivante, pour être suppliciée (3). » Et ceci n'est pas une hyperbole ou une manière de parler : la dure belle-mère n'a pas oublié qu'aux temps lointains on infligeait ce châtiment à la femme adultère, ou meurtrière de son époux (4). Et Catherine elle-même a souvenir ou connaissance de la cruelle expiation :

— Pourquoi ne donne-t-on pas la mort pour cette faute-là? Pourquoi le faisait-on autrefois? Oui, il paraît qu'on tuait autrefois. Si on me jetait brusquement dans la Volga, je serais heureuse. « Mais la mort, disent les gens, t'ôterait ton péché ; il faut que tu vives et que tu subisses le tourment de ta faute (5). »

Kabanov n'aura pourtant ni désir ni besoin de venger son honneur : abandonnée par Boris, maltraitée dans la maison, Catherine court au fleuve libérateur.

Mais quand le mari est maître d'exercer en toute plénitude ses prétendus droits, il exige que la femme paye sa faute de la vie : en cela il assouvit moins une fureur jalouse qu'il ne châtie l'atteinte portée à son autorité ou à son orgueil :

— Que ferais-tu, demande quelqu'un à l'hôtelier Bezsoudny, si ta femme te trompait?

— Camarade, il y avait une fois un riche moujik, un homme au caractère raide. Seulement il avait remarqué que du côté de sa femme, ça n'allait pas droit. Il laissa partir l'amoureux, il attendit un peu, chauffa le séchoir, comme pour y sécher du blé, et y alla avec elle, avec sa femme, sa vilaine femme, et la fit rôtir toute vive, la mégère ! Voilà ce qu'il a fait.

— Et on ne l'a pas jugé?

— Non. Pourquoi? Mais il n'y a pas eu de témoins. Et pas de preuves. Sa

(1) *L'Orage*, II, 7.
(2) *Fol argent*, III, 6.
(3) *L'Orage*, V, 1.
(4) CHACHKOV, *Istoriia rousskoï jenchtchiny*, p. 156 : « On l'enterrait vivante, la tête seule hors du sol, et elle restait ainsi, sans nourriture, jusqu'à sa mort ; les passants pouvaient jeter des pièces de monnaie, qui servaient pour le cercueil et les cierges. »
(5) *L'Orage*, V, 3.

femme a été brûlée, voilà tout. Après cela il est allé faire un pèlerinage au mont Athos. Et d'après moi il n'y a pas de raison de mettre en jugement : « C'est ma femme, j'en suis donc le maître (1). »

Avant de frapper sa femme Tatiana, qui malgré prières et menaces veut aller rejoindre le bellâtre Babaev, l'honnête et ardent Krasnov lui laisse le temps de se justifier :

— Que personne ne la touche même du bout du doigt : je suis son mari, son juge. Voyons, dis-moi ce que tu as fait, comment? Pourquoi t'es-tu dévergondée? Est-ce le péché, par hasard, qui t'a égarée? Toi-même, tu n'en avais ni sentiment ni idée? Ou bien est-ce volontairement, qui sait, que tu t'es mise en faute? Et maintenant? Es-tu affligée de ta conduite, ou non? Ou bien, peut-être, penses-tu que tu as bien fait? Parle, pourquoi te taire? Est-ce de la honte que tu éprouves devant les gens, à présent, ou de la joie? Rougis-tu de te montrer, ou es-tu heureuse de tes actes? Hé quoi, es-tu de pierre, voyons? Roule-toi aux pieds de tous, ici ! Ou bien dis-moi franchement, en face, que tu as voulu me mortifier ! Comment savoir ce que je dois faire de toi, t'épargner ou te tuer? M'as-tu seulement aimé si peu que ce soit? ai-je une raison de t'épargner tant soit peu? Ou bien m'as-tu trompé toujours, voyons? est-ce donc en rêve que je les ai vécus, mes beaux jours (2)?

Bezsoudny, tenancier d'hôtellerie suspecte, Krasnov, boutiquier, gardent, dira-t-on, les idées brutales du peuple, d'où ils émergent à peine. Mais le *koupets* Karkounov est un riche manufacturier de Moscou : et pourtant, dans un mouvement de colère contre sa femme, Vêra Philippovna, qui refuse d'emprisonner sa liberté future dans un serment de veuvage ans consolation, il va la frapper : « Faut-il la tuer, bonnes gens, faut-il la tuer (3)? » Styrov s'est marié sur le tard, comme Karkounov ; mais bien plus européanisé, il a conduit sa femme à Saint-Pétersbourg, à Moscou, en Crimée, en Italie, deux fois à Paris ; c'est un de ces Russes qui promènent leurs richesses et leurs loisirs à travers le vieux monde. A Koblov, son associé, lui demandant ce qu'il ferait de sa femme infidèle : « Cela dépend de l'humeur, répond-il. Peut-être pleurerais-je seulement ; peut-être aussi tuerais-je ma femme. — Eh bien, vous voyez !... Donc, la première chose à considérer, c'est de ne pas permettre d'infidélité (4). »

IV

Ces grossières idées, sauvages parfois, sur la condition de la femme dans le mariage, ont leur racine dans une croyance lointaine, abusive-

(1) *En place marchande*, II, 7.
(2) *A qui n'arrive pas péché et malheur*, acte IV, IIe tableau, scène 6.
(3) *Le Cœur n'est pas une pierre*, IV, 9.
(4) *Les Esclaves*, I, 2.

ment déformée, dont on a vu plus haut l'expression : la femme n'est pas une personne (*tchélovêk*) (1), c'est un être inférieur, une sorte de mineure d'esprit, incapable de raisonner droit et de parler juste. Au cœur du dix-neuvième siècle, des écrivains russes hardiment émancipateurs revendiquent et rêvent pour la femme, dans leur pays, non seulement la pleine indépendance du cœur, mais les droits et le libre exercice de l'intelligence, l'affirment et la veulent apte aux grandes tâches sociales, égale de l'homme en dignité ; ils dessinent en figures idéales le type de la jeune fille ou de la femme russe de demain. Dans ce même temps, d'autres Russes, riches, considérés dans l'État, « bourgeois notables » chargés de fonctions publiques, continuent à la juger de capacité même insuffisante pour comprendre, pour suivre une conversation, fût-ce la plus plate ou la plus puérile. Et ceux-ci, les *gosoudars* domestiques, sont autrement nombreux et armés que le petit groupe, plus d'une fois décimé, des novateurs ; car ils s'appuient sur la vaste opinion populaire, qui repousse formellement l'égalité de l'homme et de la femme. « Il n'y a pas de moujik », dit l'employé Gavrila, « jusqu'au dernier des derniers, qui ne considère la femme comme au-dessous de lui (2). » D'où les rebuffades, les insolences, l'humiliante indifférence qui, sans méchanceté voulue, ni même foncière, sont la traduction naturelle de l'immanente inégalité :

— Causer avec toi, dit Tolstogorazdov à sa femme, c'est seulement se mettre la cervelle à l'envers. J'avais commencé de penser à une chose sérieuse, et tu viens avec tes propos et tes bêtises. Vous autres femmes, vous causez, vous causez, la vie entière ne serait pas assez longue pour vous écouter jusqu'au bout. Mais si l'on vous dit : taisez-vous ! alors ce sera plus vite fait... Si on ne leur fait pas peur, aux femmes, on ne s'entendra jamais avec elles. On a une affaire qui vous occupe : eh bien non, il faut qu'elle se mêle de ce qui ne la regarde pas (3).

Karkounov a convoqué, pour la rédaction de son testament, son compère Khalymov. Son neveu, Konstantin Karkounov veut, quoique légèrement pris de boisson (cela lui « délie la langue et les idées »), être présent ; mais il éloigne sa femme :

— Tu n'as rien à faire là. Ce sera un entretien d'ordre intellectuel (*oumstvenny*). Ma tante et Apollinaria Pamphilovna doivent venir tout de suite : ou bien on les priera de sortir, ou bien elles comprendront d'elles-mêmes, qu'étant donnée notre conversation, elles n'ont rien à y voir et qu'elles ne font que gêner : parce que c'est une affaire qui est de bien des degrés au-dessus de l'intelligence d'une femme (4).

Kouroslêpov, « de la première classe des marchands », fier de ses

(1) Proverbe populaire.
(2) *Cœur ardent*, II, 3.
(3) *Incompatibilité de caractères*, IIe tableau, II.
(4) *Le cœur n'est pas une pierre*, I, 1.

tchines, admiré du public « pour ses libéralités et sa munificence », cause avec le *gorodnitchi* Gradoboev, lui fait raconter ses campagnes contre les Turcs ; sa femme, Matrena, veut se mêler à la conversation, ose même suspecter la bonne foi du colonel : il la rabroue injurieusement :

— Kss ! sous le banc... Kss ! sous le banc, on te dit.

MATRENA. — Qu'est-ce que cette inconvenance ? Suis-je un chat, par hasard, voyons ?

KOUROSLÊPOV. — Sérapion Mardarytch, ne te fâche pas, de grâce. Ne la regarde même pas, tourne-lui le dos, et laisse-la bavarder en l'air... Fais-moi la grâce de ne pas lui laisser prendre de liberté, n'écoute pas ce qu'elle dit : laisse-la à ses propos. Autrement, si tu lui laisses tant soit peu à quoi s'accrocher, tu seras malheureux pour le reste de tes jours.

Le *gorodnitchi* se fâche de ce que Matrena l'appelle, sans penser à mal, Scorpion, au lieu de Sérapion Mardarytch :

— Envoie-la donc promener ! dit Kouroslêpov. En voilà une idée ! Je ne comprends vraiment... Causer avec une femme, c'est bien la dernière des occupations. Bon encore si on n'avait rien à faire !

La méprise devenant intentionnelle et blessante, Gradoboev menace Matrena d'une amende et des arrêts :

— Arrange-la comme il faut ! dit le mari, ne t'acoquine pas à elle ! Voilà longtemps que je ne cause plus de rien avec elle, bien longtemps : c'est au-dessus de mes forces. Toute ma conversation avec elle se borne à : « sers-moi », « prends », « va-t'en », rien de plus... Laisse-la, il vaut mieux te taire, sans quoi elle va débiter un tel amas de balivernes, qu'il faudra la pompe à incendie pour l'arrêter... Je te déclare positivement qu'il est impossible de causer avec elle. Essaie seulement : je gage ce que tu voudras, qu'au bout d'une demi-heure, forcément, tu deviendras fou, tu te jetteras contre les murs ; tu auras envie de tuer quelqu'un, d'absolument innocent. C'est une chose bien connue (1).

Dans l'orgueil d'une superficielle initiation à quelques élégances de la capitale ou de l'étranger, Gordiéï Tortsov condamne chez sa femme, comme une marque d'infériorité native, l'attachement aux bonnes coutumes du temps passé, aux formes nationales des réjouissances.

Kouroslêpov, Tolstogoradzov, Tortsov représentent, dira-t-on, le *koupetchestvo* d'avant les réformes. Mais les *Esclaves* (1881) peignent de vraies mœurs contemporaines ; les personnages, grands industriels familiarisés, par de fréquents voyages, avec les choses d'Occident, n'ont plus rien de vulgaire dans les manières, le langage, l'esprit même. Or chez Koblov l'expression du mépris pour la femme est tout aussi nette ; il sait qu'une femme peut dire la vérité parfois à ses amies, et encore avec beaucoup de prudence ; aux maris, jamais :

(1) *Cœur ardent*, II, 4 ; I, 8.

— Et vous, riposte sa femme, est-ce que vous dites la vérité à vos femmes?

Koblov. — Là, c'est une autre affaire : notre vérité à nous, vous n'avez pas besoin de la connaître. C'est assez, pour vous, de ce que nous jugeons à propos de vous dire : voilà la vérité, et il n'y en a pas d'autre pour vous.

Eulalie Styrova. — Il me semble que vous traitez la femme en esclave.

Koblov. — Eh bien, et quand cela serait? Est-ce le mot, par hasard, qui effraie? Vous croyez que j'en ai peur? Non, je ne suis pas peureux. Selon moi l'esclave résignée vaut encore mieux que la rebelle (1).

La vie enclose, véritable réclusion parfois (2), bornée aux soins du ménage ou coulée dans de molles oisivetés, qui fut durant des siècles celle des « marchandes » dans les petites villes provinciales (3), ou à Moscou, dans ce Zamoskvoretché, asile d'ignorance et de superstition (4) : voilà sans doute ce qui justifie leurs maris de les tenir en si faible estime. Malgré l'échange des visites, les réceptions, le théâtre, quelques assemblées (5), des exhibitions traditionnelles (6), elles sont vouées à l'inertie ; la dévotion superstitieuse, la visite des pauvres, les œuvres de bienfaisance en occupent quelques-unes, mais sans les relever aux yeux de leurs « maîtres ». Ceux-ci au contraire, que leurs affaires ou leurs plaisirs appellent, retiennent presque constamment au dehors, retrouvent sans joie et quittent sans regret des intérieurs, même somptueux, où manque le principe de tout bonheur familial : l'amour et la bonne entente. Ils se plaisent mal au milieu des leurs, qui les redoutent plus qu'ils ne les aiment. Pouzatov ne vit vraiment que parmi ses confrères des Rangées ; Tortsov, depuis qu'il s'est lié avec Korchounov, ne paraît dans sa maison que pour y jeter l'épouvante. Kabanov soupire après le moment où il échappera à la surveillance hargneuse de sa mère, à l'affection plaintive de sa femme, et retrouvera à Moscou de joyeux compagnons. Une des raisons pour lesquelles Karkounov méprise sa femme, c'est que vouée à une existence sédentaire, elle ne peut partager ses grossiers plaisirs :

— Nous ne les emmenons pas avec nous, compère! dit-il à Khalymov. (*Aux femmes.*) Sachez-le bien, vous! Oui, nous faisons la noce à tout casser, et vous, restez à la maison... Tiens, commère, demande à un cheval comment il est le mieux ou le plus libre, avec ou sans collier! Eh bien, la femme, c'est le collier (7)!...

(1) *Les Esclaves*, I, 7.
(2) *L'Orage*, III, II⁰ tableau, scène 2 : « Ce sont les femmes mariées seulement, qui restent sous les verrous », dit Koudriache à Boris.
(3) *Cœur ardent.*
(4) *Incompatibilité de caractères; les Jours qui portent malheur*, I, 1.
(5) Voir dans *Sorokovyé gody*, de Pisemski, III, 3, la conversation entre Vykrov et Salov, au Club des marchands (à Moscou) où pour la première fois les marchands amènent leurs femmes.
(6) Par exemple sur la place Rouge, à Moscou, le dimanche des Rameaux. — Voir p. 176, note 6.
(7) *Le Cœur n'est pas une pierre*, I, 7 ; *A qui n'arrive pas péché et malheur*, II, Iᵉʳ tableau, scène 4 : « C'est la règle dans notre condition », dit Krasnov ; « à la façon de

— A présent seulement, depuis que sa santé a commencé à décliner, Potap Potapytch, dit sa femme, passe parfois un jour à la maison : avant cela, les jours d'œuvre, je ne le voyais pas de la journée. Il allait de la ville au traktir, au club ; moi j'attendais jusqu'à trois heures du matin. Les jours de fête, il se met à table au retour de la dernière messe, puis se repose deux ou trois heures ; à son réveil, il prend thé sur thé : « On s'ennuie avec toi, dit-il. Je vais faire une partie de cartes. » Et on ne le revoit plus jusqu'au matin (1).

A vrai dire, il n'entre guère moins de mépris pour la femme dans le procédé contraire, qui consiste à l'associer aux divertissements du mari :

— Quand je me suis mariée, dit Olga Karkounova, j'étais innocente comme une colombe ; mais mon mari m'a conduite de traktir en traktir entendre des harpistes ; il les faisait asseoir à la même table que moi, leur prenait la taille ; quant à leurs conversations, c'était à faire dresser les cheveux sur la tête (2) !

Cette singulière initiation portera ses fruits, aux dépens du mari.

Inférieure, la femme ne connaîtrait encore que de lourdes plaisanteries, de froids dédains, une condition diminuée. Mais il s'y ajoute les humiliations grossières, les sévices, le déchaînement de brutalité, le système d'intimidation, l'espionnage et comme une séquestration qui violentent sa chair et son âme. « Les femmes vivent dans toute sorte d'humiliation et d'abandon (3). » C'est que le même préjugé tenace voit dans la femme une ennemie, dangereuse par son aspiration à la liberté (4), ou par la maléficité que les disciplines issues du moyen âge russe semblent avoir seule retenue de sa nature spirituelle. Et pour conjurer les menaces d'émancipation, entraver l'essor du mal qui gît en son être, il faut par la sévérité, par les coups même, le fouet jadis, par une crainte salutaire, inculquer une soumission servile. Rien n'étant à espérer de bons instincts, il faut réprimer les mauvais, abolir toute velléité d'indépendance et de libre action : l'honneur du « maître » l'exige, et sa sécurité. Ici surtout se voit à plein, dans ses plus odieuses applications, le principe de la primauté maritale : en écoutant les « moujiks riches », les parvenus dégrossis qu'Ostrovski fait parler à la scène, on retrouve, à travers des variantes, le même texte. « Ils sont tous taillés sur le même patron », dit Krouglova, « veuve de marchand » ; aussi ne veut-elle à aucun prix renouveler, même pour une fortune, la dure expérience du mariage :

— J'ai passé, ma fille, par cet agrément-là. Même maintenant, rien qu'à me le rappeler, j'en ai encore le frisson les nuits. Et quand parfois je rêvais de

chez nous, à la russe : l'homme et le chien courent dehors, la femme et le chat restent à la maison. »

(1) *Le cœur n'est pas une pierre*, I, 2.
(2) *Ibid*, I, 2.
(3) *Cœur ardent*, II, 3.
(4) « Vous dites vrai, Votre Noblesse. Si elles, les femmes, elles ont liberté en quelque chose, alors rien de bon à attendre », dit le marchand Vosmibratov, dans *la Forêt*, I, 5.

ton défunt père, que de fois j'ai pris une crise de nerfs ! Tu ne saurais croire
comme je leur en veux, à ces samodours maudits. Mon père était tout pareil
et mon mari encore pis ; et tous ses amis pareils ; ils m'ont tiré la vie, fil à
fil... Il n'y a qu'une différence : c'est que le mien, après nous en avoir fait
endurer, endurer, nous a laissées presque dans la misère, tandis que le vôtre
a de l'argent à ne plus le compter, et à se rouler dedans (1).

Krasnov, dans *A qui n'arrive pas péché et malheur*, justifie sa femme,
Tatiana, contre le reproche, que lui adressent son beau-frère et sa belle-
sœur, de ne pas offrir la vodka de bienvenue « selon le rite » :

— Mon épouse ne connaît pas vos habitudes, et elle n'a pas affaire de les
connaître. S'il vous plaît, sans cérémonie.

Kouritsyne. — Tu dorlotes ta femme, voilà ce que j'ai à te dire. Oui,
la liberté gâte même les meilleures. Si tu prenais exemple sur moi, que tu
l'éduques comme il faut, ce serait mieux, et plus sûr. Tiens, demande comment
j'ai mis ta sœur au pas : tout en tremblait.

Kouritsyna. — C'est vrai, Manuel Kalinytch, que vous êtes un vrai
barbare, un vampire. Humilier votre femme et bien montrer votre autorité,
voilà à quoi se passe toute votre vie.

Kouritsyne. — Qu'est-ce que ce langage-là? Qui est-ce qui dit cela ici?
Qui parle ici? (*Regardant autour de lui.*) N'y a-t-il pas ici quelque étranger, pas
de la famille? C'est sûr qu'avec moi les miens n'osent pas parler de la sorte !

Kouritsyna (*se reprenant*). — J'ai dit la chose comme cela, comme elle est
venue. Mais bien sûr, belle-sœur, qu'avec nous autres, la correction est nécessaire. On a raison de dire : bats ta femme, la soupe aura plus de goût.

Krasnova. — Chacun son goût, chacun a ses préférences. Belle-sœur, ces
manières-là vous plaisent, moi j'appelle cela de la grossièreté.

Jmigoulina (2). — C'est vrai qu'aujourd'hui tout le monde a rejeté ces
manières rustres ; elles ne sont plus de mode.

Kouritsyne. — Eh bien, ce n'est pas vrai ! Jamais cette manière qui existe
d'éduquer les femmes ne passera de mode, parce qu'elle est nécessaire. Écoute,
frère, à quoi j'ai réduit Ouliana, à quel point. Une fois, entre nous, entre amis
ou parents, on discutait pour savoir quel mari avait la femme la plus aimable.
Je les amène tous dans ma maison, je m'assieds sur le banc, j'allonge la jambe
comme cela, et je dis à ma femme : « Qu'est-ce que veut mon pied ? » Et elle
comprend, parce qu'elle a été dressée à cela : à l'instant donc elle se jette à
mes pieds.

Kouritsyna. — Eh bien quoi ! c'est vrai que je l'ai fait. Je le dis sans honte
devant tous.

Krasnov. — Il n'y a rien de bien là dedans, c'est de la bravade toute pure.

Kouritsyne. — Eh, frère ! Bats ta pelisse, elle sera plus chaude, bats ta
femme, elle aura plus d'esprit (3).

---

(1) *Ce n'est pas tous les jours fête*, I, 3; « le vôtre », ici, désigne Akhov.
(2) Belle-sœur de Krasnov.
(3) *A qui n'arrive pas péché et malheur*, II, Ier tableau, scène 2. Ces derniers mots
sont un proverbe populaire.

Le farinier Kouritsyne à son insu renouvelle, avec altération légère du sens, le vieux rite du « déchaussement », qui symbolisait, le premier soir du mariage, la sujétion de l'épouse, et qu'Oléarius, Herberstein avaient observé à des mariages de kniazs et de boïars (1) ; il continue la tradition, moins lointaine, du « Brigadier » qui éduquait à peu près de même la Brigadière : avec le poing. Tikhon Kabanov, harcelé par sa mère de remontrances hargneuses, d'insinuations jalouses, se plaint d'être le plus malheureux des hommes :

KABANOVA. — Pourquoi prends-tu cet air piteux? A quoi bon ces pleurnicheries d'enfant? Quel mari fais-tu là, voyons ! Regarde-toi ! Ta femme te craindra-t-elle après cela?

KABANOV. — Et pourquoi donc me craindrait-elle? C'est déjà assez pour moi qu'elle m'aime.

KABANOVA. — Comment, pourquoi te craindre ! Comment, pourquoi te craindre ! Mais tu perds l'esprit, je crois? Si elle ne te craint pas, toi, à plus forte raison moi. Quel ordre y aura-t-il dans la maison? C'est pourtant la loi (2), je pense, qui règle ta vie avec ta femme. Ou bien d'après vous, la loi ne compte pas? Si tu gardes dans la tête d'aussi sottes idées, au moins tu ne devrais pas causer à tort et à travers devant ta femme, ni devant ta sœur, qui est encore fille. Elle se mariera, elle aussi : et si elle se remplit les oreilles de tes sottises, son mari viendra nous dire merci de l'avoir ainsi éduquée. Tu vois comme tu as encore peu de raison, et tu voudrais être ton maître.

KABANOV. — Mais, maman, je ne veux pas faire mes volontés. Comment voudrais-je?...

KABANOVA. — Ainsi, d'après toi, il faut uniquement employer la caresse avec sa femme? Jamais le moindre cri, ni la moindre menace (3)?

Rêvant d'épouser la jolie Agnia Krouglova, Akhov s'assure qu'à la crainte de sa mère elle joindra celle de l'époux :

— Avoir la crainte, c'est le meilleur de tout.

AGNIA. — Mais vous, l'avez-vous?

AKHOV. — Et devant qui l'aurais-je? Et puis je n'en ai pas besoin, j'ai assez de raison sans cela. La crainte est bonne à l'homme, quand il est subalterne, à la femme, partout et toujours. Crains ta mère, crains ton mari : alors tu auras la louange de tous les gens sensés (4).

A des lieues et des années de distance, Kabanikha (Kabanova), la « riche marchande » des bords de la Volga, et Akhov, le vieux manufacturier moscovite, s'accordant dans cette doctrine de la crainte ; dévots tous deux avec étroitesse, raideur, superstition même, ils l'invoquent comme l'essence même de la « loi », quand elle n'est au contraire qu'une extension corrompue au seigneur domestique et terrestre du précepte :

(1) Voir p. 168, notes 5 et 6.
(2) Entendre toujours : la loi religieuse.
(3) *L'Orage*, I, 5.
(4) *Ce n'est pas tous les jours fête*, II, 7 ; II, 6, fin.

« La crainte du Seigneur est le commencement de la sagesse. » Chez un autre *koupets*, Tolstogorazdov, la défiance de la femme, de ses artifices, conclut à la même règle pratique d'intimidation ; ici l'emploi de termes d'église atteste encore la lointaine tradition religieuse :

— Si on n'inspirait pas la crainte à la femme, on ne ferait rien de bien avec elle. Elle a ses affaires : eh bien non, il faut qu'elle se mêle de celles d'autrui. Elle importune son mari : qu'il lui confie son affaire et son secret, elle le séduit par l'attrait, la ruse, le sourire enjôleur ; et c'est toujours sa perte. Qui lui confie ses affaires, elle lui fait la leçon, l'induit en tentation : « Ne fais pas comme ceci, mais comme cela, selon mon désir. » Et beaucoup de maris ont été perdus par leurs femmes. Un jeune homme sans expérience peut se laisser prendre à leur charme ; mais un homme d'esprit raisonnable et d'âge rassis, pour celui-là le charme de la femme ne compte pas, c'est même du dégoût (1).

L'amour, chez l'homme ou la femme, est parfois senti et redouté comme un sortilège et l'effet de quelque obscur maléfice, comme une puissance surnaturelle qui annihile la volonté : où sa violence gouverne, l'âme est en perdition. Dans la croyance populaire la femme est l'enchanteresse, irrésistible et maudite : elle sait les plantes, les charmes, les « mots (2) » qui fascinent.

Pour s'excuser d'avoir méconnu l'autorité paternelle, Pierre, dans *Fais ce que dois*, rejette la faute sur Dacha, sa femme :

— On m'a jeté un sort, pour sûr ;... elle m'a ensorcelé avec je ne sais quoi, avec quelque plante à poison... (*A sa femme.*) Je me suis perdu avec toi ! Tu m'as lié par les bras et par les jambes (3).

Follement épris de Groucha, fille de l'hôtelière Spiridonovna :

— J'ai perdu, dit-il, mon âme pour elle. Comment puis-je me séparer d'elle ! Et on veut nous séparer !... Comme je t'aime, Groucha ! Tu m'as ensorcelé. Tu m'aimes? Alors, que l'univers périsse ! Dis-moi maintenant : « damne-toi pour moi ! » je me damnerai sans sourciller !

Groucha. — Tais-toi, tais-toi ! C'est mal ! Est-ce qu'on dit des mots pareils ! Sait-on ce qui peut arriver (4)?

Catherine Kabanova traduit pareillement l'angoisse du péché et l'impuissance d'y résister :

— Pourquoi es-tu venu, auteur de ma perdition? dit-elle à Boris. Ne suis-je pas mariée, ne dois-je pas vivre avec mon époux jusqu'aux planches du cercueil? Ennemi !... pourquoi veux-tu ma perdition?... Tu m'as perdue, perdue !

Boris. — Dieu m'en préserve ! Que je périsse plutôt moi-même.

---

(1) *Incompatibilité de caractères*, IIe tableau, III.
(2) « Slovo ».
(3) *Fais ce que dois*, I, 3 ; *ibid.*, 7.
(4) *Fais ce que dois*, III, IIe tableau, scène 2 ; II, 5. — Cf. *En place marchande*, I, 6.

CATHERINE. — Comment ne m'as-tu pas perdue, quand je m'échappe de la maison pour venir te rejoindre la nuit?

BORIS. — Vous l'avez fait librement.

CATHERINE. — Je n'ai pas de volonté. Si j'avais eu ma volonté, je ne serais pas venue près de toi. C'est ta volonté qui est maintenant sur moi, ne le vois-tu pas (1) ?

Un peu plus tard seulement, dans la claire vision de son acte, elle en revendiquera la responsabilité.

Entre époux même, l'amour qui se manifeste par des effusions passionnées ou simplement par d'honnêtes caresses, est jugé contraire à la gravité du mariage ou pernicieux à l'autorité du mari ; les vieilles gens s'en offusquent comme d'un libertinage impur. Lorsque au moment des adieux, Catherine Kabanova veut se jeter au cou de son mari, sa belle-mère l'arrête rudement :

— Comment, effrontée, tu te pends à son cou? Ce n'est pas à un amant que tu dis adieu ! C'est ton mari, ton chef ! Ne connais-tu pas la règle? Prosterne-toi ! (*Catherine se prosterne.*) (2).

La tendre ardeur qui unit Kotchouev et sa femme scandalise Khionia, l'économe :

— Ils ne peuvent se lasser de se regarder. Avant, Xénia Vasilievna était une femme modeste et retenue. Maintenant elle se jette sans cesse au cou de son mari, y reste toujours pendue. Pour une personne d'âge mûr, comme voilà moi, c'est même déshonnête à voir. Sûrement il l'a ensorcelée en quelque manière. C'est que, vous savez, ces choses-là arrivent... Seulement, à qui veut connaître un charme pour les femmes, il faut s'être chargé l'âme de bien des péchés : il faut s'être voué à l'enfer (3) !

Dans les anciennes mœurs, la beauté, la coquetterie de la femme sont un piège du Malin : sans le contrepoids de la crainte, ces blandices mettent en péril l'honneur du mari :

— Eh, mon enfant, dit Stépanida Pouzatova à son fils, l'Ennemi est puissant ! Avec mon défunt, nous vivions autrement que vous : nous nous aimions bien davantage ; et tout de même il me tenait dans la crainte, Dieu ait son âme ! Il m'aimait et me cajolait bien ; mais dans la chambre à coucher le fouet pendait à un clou, pour parer à tout événement (4).

Tenir la femme dans la crainte ou l'y ramener rudement : tels étaient le principe et les moyens d'« éducation » au temps du Domostroï. La

(1) *L'Orage*, III, IIe tableau, scène 3.
(2) *Ibid.*, II, 5.
(3) *Pas faite pour ce bas monde*, III, 1. — Dans *Fais ce que dois* (I, 1) Afimia dit à Dacha, femme de Pierre : « Si tu vivais avec lui comme doit vivre une épouse, ce serait autre chose ; mais où a-t-on vu cela : comme à une maîtresse, Dieu me pardonne ! tu te pends à son cou ! Est-ce convenable à une femme mariée?
(4) *Tableau de bonheur familial.*

classe noble s'en est tardivement, quoique incomplètement désaccoutumée ; mais le peuple en a gardé la pratique, à peine adoucie : témoin nombre de proverbes, encore vivants, qui disent la bonté des corrections. Chez ses marchands, Ostrovski a noté maint exemple de la brutalité poussée jusqu'à une joie mauvaise du tourment d'autrui, ou mal déguisée sous d'humiliants procédés. Lever la main sur la femme, la menacer de mort est ordinaire même aux moins méchants (1). La femme redoute toujours d'être battue : c'est sa façon à elle d'être « instruite ». Fétinia Épichkina, femme d'un « marchand-boutiquier », conte à une commère, avec une résignation presque gaie, le secret de sa science :

— Je suis instruite, très instruite. Mais ma science ne te réjouirait pas : je l'ai toute reçue de mon mari.

DOMNA MIGATCHEVA. — De votre mari? Pas possible !

FÉTINIA. — Oui, de mon mari. Demande-moi seulement avec quoi je n'ai pas été battue : coups de tisonnier, coups de bûche, coups contre le poêle, il n'y a manqué que les coups de poêle.

MIGATCHEVA. — Pourtant...

FÉTINIA. — J'ai eu ma première leçon pour ma sensibilité, parce que j'étais sensible à tout, et que les larmes me venaient tout de suite. La seconde, pour mon caractère (2).

Caractère dont Fétinia avoue elle-même la vivacité : mais enfin Epichkine n'est pas donné pour mari violent. Kabanov, homme plutôt bon, quoique faible, aime vraiment sa femme, et s'en voudrait de la frapper du bout du doigt. Pourtant, après la faute, il l'a « un peu battue, sur l'ordre de sa mère ». Krasnov adorait sa femme d'une ferveur reconnaissante, pour l'espoir de s'affiner près de ses grâces délicates ; pour elle il affrontait les sarcasmes des siens : la trahison lâche de Tatiana le rejette d'un coup aux brutales habitudes de sa classe :

— Sur qui venger maintenant mon affront? Tu dis que tu ne m'aimes pas et que tu ne m'as jamais aimé ; mais moi, vois-tu, j'allais par la ville, me vantant d'être aimé par une demoiselle remplie de beauté. Sur qui maintenant venger cette honte? Va-t'en à la cuisine ! Tu n'as pas su être épouse, tu seras cuisinière ! Tu n'as pas su marcher avec ton mari la main dans la main, va chercher l'eau ! En un jour, tu as fait de moi un vieillard, c'est moi maintenant qui me moquerai de ta beauté ! Chaque jour, à chaque beau soleil qui se lèvera, tu ne recevras de moi, toute ta vie, que des coups de poing bien appliqués et des reproches, et rien ne dit que dans un moment de colère, je ne te tuerai pas, comme on tue un chien (3).

Le vieux Karkounov avoue que sa jeune femme, Vêra Philippovna, est une « sainte », et pourtant qu'il l'a tourmentée sans trêve :

(1) *Fais ce que dois*, I, 4 ; III, IIᵉ tableau, scène 2.
(2) *Pas un gros, et tout d'un coup un altyne*, II, 4 ; *ibid.*, III, 3.
(3) *A qui n'arrive pas péché et malheur*, IV, IIᵉ tableau, scène 6.

— Elle a fait tous mes caprices, toutes mes fantaisies ; ... c'est une âme angélique, une pure colombe. Quand je pense à elle, compère, les larmes me montent aux yeux. Tu vois, les larmes. Je l'ai fait mourir à petit feu : j'ai usé toute sa vie.

Même mort, il voudrait encore la tenir asservie (1).

Si avec le temps, l'adoucissement des mœurs, les coups ne tombent plus sur le corps, mais sur l'âme, on ne voit pas que la souffrance et l'humiliation soient moindres. L'obéissance inculquée par la crainte plie les volontés, plus qu'elle ne les soumet ; ceux mêmes qui la préconisent se défient de son efficacité, ils n'ignorent pas que la ruse, la corruption, l'appétit de liberté brisent barreaux et serrures des térems les mieux clos. La peur des galants hante les maris ; sinon eux, leurs mères prudentes. La vieille Kabanikha dicte à son fils Tikhon les recommandations qu'avant de se mettre en route il doit adresser à Catherine : « De ne pas avoir les yeux collés à la fenêtre... de ne pas reluquer les jeunes gens, pendant son absence (2). » Stépanida Pouzatova, plus clairvoyante que son fils, soupçonne que ce n'est pas pour plaire à lui seul que sa femme s'habille avec tant d'élégance et de coquetterie (3). Karkounov, sur le point de léguer à sa femme tout son avoir mobilier et immobilier, plus un million (de roubles) en argent, se ravise, à l'idée qu'elle pourrait, lui mort, prendre mari ou amant. Léguer le million sous réserve que « Vêra Philippovna ne prendra ni mari ni amant? — On dira que tu ne jouis pas de tes facultés », objecte son compère Khalymov. Orgueilleux et dévotieux, le fabricant imagine ceci : « Je lui dirai de dépendre l'icone du mur et de jurer sur elle (4). » C'est la contrainte et l'assurance spirituelle. D'autres, moins crédules — de tels serments sont trop faciles à tourner (5) — pensent attacher la femme à sa chaîne par un divertissement qui trompe la servitude, atrophie, pour ainsi dire, la liberté. Koblov expose cette théorie à son associé Styrov, inquiet sur la fidélité de sa femme :

— Si une femme a la passion des cartes, alors elle n'est pas amoureuse.

STYROV. — Des cartes?

KOBLOV. — Oui, sans doute, les jeux de hasard ; rams et autres, je ne les considère pas encore comme un indice sûr : mais dès qu'elle se met sérieusement au *vint*, alors, suffit, c'est la fin des amourettes.

STYROV. — Et pourquoi donc?

KOBLOV. — Mais il est impossible à une femme qui aime de jouer à ce jeu;

(1) *Le Cœur n'est pas une pierre*, I, 3, 4.
(2) *L'Orage*, II, 3.
(3) *Tableau de bonheur familial*.
(4) *Le Cœur n'est pas une pierre*, I, 3.
(5) « Mais », dit Khalymov, « elle (Vêra Philippovna) n'est pas bête : l'icone sur laquelle elle a juré, elle la retournera vers le mur, ou bien elle l'emportera tout à fait hors de la chambre, pour qu'il n'y ait pas de témoins, et fera alors ce qu'elle voudra. » (*Le Cœur n'est pas une pierre*, I, 3.)

elle est capable de renoncer, ou de couvrir son as avec un atout. Personne ne voudra jouer avec elle.

STYROV. — Oui, vous avez raison.

KOBLOV. — Récemment un de mes amis commença à avoir des doutes sur le compte de sa femme : « Elle devenait songeuse, dit-il, chuchotait je ne sais quoi entre ses lèvres, se mettait à délirer les nuits... Bon, pensai-je, je suis dans de beaux draps : ma femme s'est amourachée de quelqu'un, ou s'est fourré je ne sais quelles idées dans la tête ; fini de ma tranquillité. J'ai prêté l'oreille ; j'entends marmotter : as second, rois troisièmes, dame, valet cinquième. Alors je me suis signé des deux mains ; bien, pensai-je, ma bonne, te voilà dans le bon chemin ; maintenant le mari peut dormir tranquille. »

STYROV. — Oui, bien tranquille. Si seulement !...

KOBLOV. — Le *vint* est un jeu excellent pour les femmes : d'abord, il est sérieux, ne permet pas de penser à autre chose ; ensuite, intéressant ; le temps passe sans qu'on s'en aperçoive. Elle joue jusqu'à trois heures ou quatre heures du matin, la chère, puis dort toute la journée, et vers le soir, elle songe de nouveau à organiser une partie (1).

La sécurité des maris exige certaines mesures, qui enlèvent à la femme toute chance d'affranchissement, toute tentation d'échapper à ses devoirs : la plus sûre, la plus honteuse, et franchement avouée, c'est l'isolement et la surveillance occulte. C'est toujours Koblov, qui instruit Styrov :

— D'abord il faut supprimer absolument la liberté de votre femme, restreindre le cercle de ses connaissances à des gens bien connus de vous.

STYROV. — Ses relations sont déjà peu nombreuses : le choix n'est pas commode... Des personnes connues... Ici, qui connaissons-nous bien?

KOBLOV. — Mais, par exemple, toutes celles qui sont à notre service.

STYROV. — Sans exception? Même Mouline?

KOBLOV. — Même Mouline...

STYROV. — Ainsi, d'abord les relations ; ensuite?

KOBLOV. — Ensuite il faut instituer une surveillance occulte de votre femme.

STYROV. — C'est-à-dire, l'espionnage? Et qui charger de cette fonction?

KOBLOV. — Les domestiques, avant tout.

STYROV. — Que dites-vous là? Mais, voyons, c'est dégoûtant!

En cas de maladie, on ne regarde pas si le remède est doux ou amer ; et puis il faut prévenir les cas extrêmes, sans perdre de vue la nature féminine :

— Les femmes, en tous leurs actes, obéissent à deux mobiles essentiels : le caprice et la ruse. Contre le caprice il faut la sévérité, contre la ruse, une absolue méfiance et une surveillance continuelle... L'amour? Mais nous aimons nos enfants : ce qui n'empêche que nous punissons leurs caprices, et que nous ne les laissons pas sans gouvernantes.

(1) *Les Esclaves*, IV, 5.

Styrov. — Est-il juste de traiter les femmes en petits enfants?

Koblov. — Mais, je pense, ce n'est pas de justice que nous parlions tout d'abord : c'est de tranquillité pour les maris (1).

Styrov suit le conseil : obligé de s'absenter, il charge Marthe Sévastianovna, l'économe, d'espionner sa femme. Cela lui réussit assez mal : celle-ci, mise au courant, s'indigne, s'échauffe, si bien que Styrov, touché et rassuré, lui accorde entière liberté : « A partir d'aujourd'hui, habite dans tes appartements en maîtresse absolue, comme il te plaira : je ne m'immiscerai pas dans tes affaires (2). »

Koblov blâme avec véhémence ce mauvais exemple donné aux maris, et qui ne tardera pas à être imité. Toutes les femmes mariées vont se révolter. Il ne s'agit pas de Styrov seul, la question est d'intérêt général :

— Il faut habituer à la liberté petit à petit : donnez la liberté d'un coup, vous verrez ce qui nous arrivera avec nos femmes. Et toute femme sensée vous dira elle-même, que tout de suite après les térems, il n'est pas aisé d'accoutumer à la liberté.

Sophie Koblova. — J'avais entendu dire le contraire : il est difficile, dit-on, de se faire au bâton ; mais à la liberté, c'est beaucoup plus facile (3).

La comédie amère des *Esclaves* est une des dernières œuvres d'Ostrovski (1881). De tout son répertoire « marchand », cette conclusion se dégage, en ce qui touche les idées maritales : la femme, tenue encore pour créature inférieure, vit en demi-esclave dans une luxueuse vassalité, parfois exposée aux mauvais traitements, jugée indigne ou incapable de liberté.

(1) *Les Esclaves*, I, 2.
(2) *Ibid.*, IV, 6.
(3) *Ibid.*, IV, 8.

CHAPITRE III

LA FEMME. — RÉSIGNÉES ET REBELLES

I

La vie conjugale « marchande » a, comme la maison qui l'abrite, deux « moitiés (1) » : dans l'une le mari, fort de la « loi » et de la coutume, règne en maître égoïste ; dans l'autre la femme est vouée séculairement à d'humiliantes sujétions. On sait de quelle manière le premier envisage et assure son autorité. Reste à connaître le sentiment et les attitudes que sa condition inspire à le seconde.

Dans les mœurs d'Occident, la femme ne redoute du mariage aucune diminution ; elle en espère plutôt un accroissement, privé ou social, de sa libre personnalité. Dans les mœurs russes traditionnelles, c'est un autre état qui s'ouvre pour elle, et le passage d'une domination à une autre, où ses jours s'écouleront plus ou moins captifs selon les temps, les lieux et leurs usages, le caractère des maris : « Ai-je beaucoup de temps à être libre de moi-même? » dit la fille du marchand Kouroslêpov. « Mais non, je suis toujours sous la dépendance d'autrui, toujours. Jeune, l'humble servante de mon père et de ma mère ; devenue grande et mariée, alors je serai esclave (*raba*) d'un mari, esclave irrévocablement (2). » Jadis les tsarines et les tsarevnes ne quittaient pas le térem. Les boïarines ne se mêlèrent aux hommes que sur l'ordre de Pierre le Grand. Chez les marchands, jusqu'au siècle dernier, la femme ne paraissait que pour saluer l'hôte. En 1856, dans certaines petites villes du gouvernement de Tver, Ostrovski l'observa lui-même, la « marchande »

---

(1) Parties de la maison affectées aux appartements particuliers du mari et de la femme.
(2) *Cœur ardent*, I, 7.

mariée menait une existence toute claustrale, sortant seule rarement, et
long voilée ; d'où péril, pour les galants, à quêter aventure de ce côté ;
son costume même la distinguait des jeunes filles (1). Celles-ci au contraire jouissaient d'une certaine liberté, au rebours de ce qui se faisait
ailleurs : ainsi la vieille Kabanikha, si intransigeante sur les allures de
sa bru, laisse sa fille Varvara, en attendant son tour de captivité, se
promener le soir à sa guise (2), mais ne permettrait pas sans doute les
rendez-vous nocturnes avec Koudriache. La paysanne, avant son
mariage, laisse pendre ses cheveux en natte sur le dos ; après, elle les
serre sous le fichu. Les chansons populaires « de mariage » (*svadebnyia
pêsny*) sont presque toutes tristes ou mélancoliques (3) ; deux mots y
passent et repassent : liberté (*volia*) avant, esclavage (*névolia*) après.

Dans le *koupetchestvo* et le monde des affaires, tels que les peint
Ostrovski, la femme sait la dure inégalité qui l'opprime. Chez les plus
malheureuses, la plainte est uniforme : « Notre lot est de souffrir, je
souffrirai (4) », dit l'une. « L'esclavage est amer, oh ! combien amer !
qui n'en pleure pas? Et nous autres surtout, femmes. Moi, par exemple,
maintenant? Je vis, je me débats, sans voir un rayon de lumière. Et je
n'en verrai pas sans doute. Plus j'irai, plus ce sera triste (5). » Ainsi
parle Catherine Kabanova. — « Toutes deux nous sommes des femmes
malheureuses », dit Sophie Koblova à Eulalie Styrova : « Toutes deux
l'esclavage nous a brisées à jamais, vous dans votre enfance, moi dans
le mariage ; toutes deux nous sommes des captives impuissantes (*névolnitsy*) : alors soyons amies (6). »

Mais les femmes ignorent-elles leurs droits humains? ou si elles en
ont conscience, les défendent-elles avec un courage heureux? Con-
quièrent-elles la liberté non sur l'oppression maritale, mais sur leur
propre passivité?

II

L'éducation dans la famille avant le mariage, l'âge, l'accoutumance
lointaine, passée en instinct inné d'obéissance, l'inutilité éprouvée ou le
danger parfois mortel de toute résistance ont plié la plupart à une
tranquille résignation. Si un bref regret parfois, une timide protestation
rompent un instant le silence de la soumission, un sec rappel à l'ordre

(1) Voir liv. I, chap. III, p. 47 ; *l'Orage*, III, Ier tableau, scène 3 : « Ici être mariée
ou être enterrée, c'est tout un » ; III, IIe tableau, 2, 3, *fin* : « Si on m'enferme à clé,
ce sera ma mort », dit Catherine Kabanova.
(2) *L'Orage*, II, 8.
(3) « Nos chansons de mariage sont tristes comme des lamentations funèbres. »
(POUCHKINE, *Mysli na dorogê*, IV.)
(4) *Fais ce que dois*, I, 8.
(5) *L'Orage*, II, 10.
(6) *Les Esclaves*, II, 6. — Voir *Ce n'est pas tous les jours fête*, IIe tableau, scène 9.

les arrête vite sur les lèvres. Toutefois de cette soumission même, esprit, formes, expressions, accent varient avec le caractère des épouses, voire des maris eux-mêmes, l'étage plus ou moins élevé dans la classe : on y voit paraître, à côté de la grossièreté, de l'humilité dégradée jusqu'à l'avilissement, la dignité douloureuse, l'abnégation de soi-même.

Toute proche encore de la rudesse et des idées populaires, Oulia Kouritsyna montre une docilité presque animale aux ordres de son mari : elle proclame même, peur ou conviction, peu importe, la nécessité et la vertu de la « correction » ; acceptant d'être battue, elle se prétend aussi estimable que sa belle-sœur, dont la fierté ou la vanité bourgeoise se révolterait contre pareil traitement ; elle reproche à son frère Krasnov de laisser trop de liberté à sa femme ; enfin, jalouse haineusement de sa belle-sœur et de ses manières élégantes, elle aide à la perdre par une lâche dénonciation (1). Telles seraient encore Fétinia, femme du boutiquier Epichkine, à peine moins durement traitée, mais moins servile (2) ; Dacha, femme du marchand Pierre : celle-ci subirait même avec joie les brutalités de son mari, pour garder son amour, et si, lasse de l'indifférence, des outrages de Pierre, elle fuit chez ses parents, elle se laisse ramener par respect de la « loi ». (3) Avec son samodour de Brouskov, enragé d'autorité, terreur de sa maison, lançant ses grossiers aphorismes : « Qui suis-je?... Ce que j'ai dit, c'est la loi ! » Nastasia Pankratievna a contracté l'habitude d'une flatterie apeurée ; elle épouse l'orgueil vulgaire, souscrit aux fanfaronnades de Brouskov, partage ses idées sur les devoirs d'obéissance servile des enfants : sa dignité a péri (4).

D'autres, femmes de riches marchands, ont une attitude moins effacée. Elles osent parfois élever la voix : surtout dans le mariage de leurs filles, elles invoquent les droits d'une longue tendresse, l'expérience des choses du cœur, la crainte d'avoir à répondre devant Dieu des suites d'une union malheureuse. Mais leur intervention, toujours enveloppée de respect, cède à la première injonction du mari : elles se lamentent, impuissantes à rien obtenir ou imposer, à moins que le « tyran » ne se ravise. Attachées aux vieux us, comme Pélagéia Tortsova (5), ignorantes ou superstitieuses, sans horizon d'idées autres que les préjugés, les naïves croyances de leur classe, comme Agraféna Bolchova (6), Oulita Tolstogorazdova (7), elles représentent excellemment la *kouptchikha* riche du milieu du dix-

(1) *A qui n'arrive pas péché et malheur*, II, Ier tableau, scène 2 ; IV, 1.
(2) *Pas un gros, et tout d'un coup un altyne.*
(3) *Fais ce que dois.*
(4) *Tel en pâtit qui n'en peut mais*, II, 5, 8 ; *les Jours qui portent malheur.*
(5) *Pauvreté n'est pas vice.*
(6) *Entre siens on s'arrangera.*
(7) *Incompatibilité de caractères.*

neuvième siècle : bonnes femmes, tendres et dévouées, sans prétentions choquantes. Agraféna Bolchova, que son mari n'a consultée ni sur son projet de faillite, ni sur le choix d'un gendre, maudit la sécheresse égoïste de sa fille Olimpiada, mais non Bolchov lui-même, dont la banqueroute manquée la jette à la misère : seule, elle l'entoure de prévenances et de sollicitude. Vêra Philippovna, femme jeune encore du vieux « fabricant » Karkounov, offre le type le plus tristement achevé de ces « esclaves résignées » : elle évoque le mieux, dans la Moscou moderne, où de telles survivances confinent à l'anachronisme, la condition traditionnelle de la bourgeoise russe. A des amies, des parents qui l'envient de vivre parmi tant de richesse et de luxe, elle conte sa servitude dorée :

— Voilà vingt ans que je n'ai vu le monde : je n'ai eu d'autre sortie qu'à l'église. Non, pardon, le premier hiver après mon mariage, nous étions partis pour aller au théâtre.

APOLLINARIA PAMPHILOVNA. — Et vous n'y êtes pas arrivés peut-être?

VÊRA PHILIPPOVNA. — Non, c'est bien pis.

APOLLINARIA PAMPHILOVNA. — Plus drôle?

VÊRA PAMPHILOVNA. — C'est selon. Je venais à peine de m'asseoir dans ma loge, quand, des fauteuils, quelqu'un braqua sa lorgnette sur moi ; Potap Potapytch entra en fureur : « Qu'est-ce qu'il a, celui-là, à écarquiller les yeux? il n'a donc jamais rien vu? Rentrons chez nous ! » Et nous sommes repartis avant le commencement du spectacle. Et depuis lors, cela fait bientôt vingt ans, je garde la maison. Je ne parle pas des théâtres, des promenades...

OLGA. — Comment, tante, est-ce possible que vous ne soyez allée ni à Sokolniki, ni au Parc, ni à l'Ermitage (1)?...

VÊRA PHILIPPOVNA. — Quels Sokolniki, quel Ermitage? Je n'en ai pas la moindre idée.

APOLLINARIA PAMPHILOVNA. — Ma foi, il n'en reste guère aujourd'hui, de ces gens de l'autre monde, à ne pas connaître Sokolniki.

VÊRA PHILIPPOVNA. — Eh bien, c'est pourtant ainsi. D'abord cela m'a été cuisant, et outrageant, je tombais dans un ennui mortel, de vivre toujours enfermée. Après, Dieu merci, cela a passé, je me suis attachée aux pauvres ; et j'ai tellement pris l'habitude de ne plus sortir, que la seule pensée d'aller à la promenade me cause une terreur. Et puis que me font théâtres et promenades? On dit qu'il y a là beaucoup de perdition. Bien sûr tout n'est pas mauvais, de par le monde ; il y a aussi quelque chose de bon. Pour moi je n'ai pas vu le bon, et je ne sais rien. Moscou, pour moi, c'est comme un bois : si on m'y envoyait seule, je serais capable de me perdre à deux pas de la maison. En fait de chemin, je connais bien que celui de l'église et des bains. Même maintenant, quand je ne sors, je m'émerveille, comme un petit enfant, devant les maisons et les églises : tout me paraît prodigieux.

OLGA. — Pourtant, vous êtes bien sortie quelquefois?

VÊRA PHILIPPOVNA. — Mes sorties, ma chère, cela a été d'aller deux ou

(1) Lieux de promenade ou rendez-vous élégants, à Moscou.

trois fois par an dans les magasins, pour des toilettes, et encore « il » m'accompagnait toujours en voiture. La couturière et le bottier viennent à la maison. Ai-je besoin d'une fourrure : dès le lendemain, à mon réveil, des fourrures sont étalées par terre dans toute la salle, je choisis ce que je veux. Si j'ai envie d'un chapeau, « Madame (1) » aussi amène une pleine voiture de cartons. Pour les bijoux, inutile d'en parler : Potap Potapytch ne passe guère de semaine sans m'apporter des pendants d'oreilles, ou une bague, ou une broche. Je ne puis bien sûr mettre tout cela, mais c'est au moins une occupation : le matin, après mon lever, je prends chaque objet, je l'examine, le temps passe sans qu'on s'en aperçoive... Quant à nous contempler l'un l'autre avec amour, non, cela ne nous est jamais arrivé. A présent seulement, depuis que sa santé a commencé à décliner, Potap Potapytch passe parfois un jour à la maison : avant cela, les jours d'œuvre je ne le voyais pas de la journée. Il allait de la ville au traktir, au club ; moi, j'attendais jusqu'à trois heures du matin. Autrefois, j'attendais, je m'inquiétais, ensuite j'ai cessé d'attendre ; le sommeil ne vient pas malgré cela... pourquoi dormirais-je? Les jours de fête, au retour de la dernière messe, il se met à table, puis se repose deux ou trois heures ; à son réveil il prend thé sur thé : « On s'ennuie avec toi, me dit-il. Je vais faire une partie de cartes. » Et on ne le revoit plus jusqu'au matin. C'est comme cela que je reste seule ; de nos fenêtres, à travers le jardin, on aperçoit presque tout Moscou ; je reste là matin, soir, jour, nuit, à regarder et à écouter. Une rumeur roule dans Moscou, une sorte de grand bruit ; les roues heurtent le pavé ; je me pense : bien sûr les gens vivent, ils ont une occupation, puisqu'il vient de Moscou un bruit pareil (2).

Ainsi cette jeune femme, belle, seule en sa riche demeure, comme une de ces boïarines d'estampes populaires qui à travers les barreaux du térem regardent la libre campagne, est résignée à sa solitude, à sa captivité volontaire, jusqu'à l'aimer ; tout semble éteint en elle, jusqu'au désir de vivre.

III

Toutes n'imitent pas cette vertu. Une vie commune ainsi désaccordée où les époux demeurent presque étrangers l'un à l'autre sous le même toit, offre à la femme trop de tentations et d'occasions de se libérer à son tour, pour qu'elle n'y cède pas, C'est la revanche de la captive, et le correctif le plus habituel du despotisme marital. Dans les temps anciens, plus dure était la sujétion, plus violente fut la révolte : menace de talion suspendue sur le mari, meurtre froidement conçu et exécuté, ou bien libertinage sans frein. Au dix-neuvième siècle, Ostrovski peint la rébellion moins sauvage : mais tels dénouements, lamentables ou sombres ou tragiques, reflètent encore les drames lointains dont la chanson popu-

(1) « Madame », c'est ainsi qu'on appelle la modiste, la couturière.
(2) *Le Cœur n'est pas une pierre*, 1, 2.

laire et les chroniques ont enregistré le souvenir. Il prend soin que la mésentente, imputable à une conception radicalement viciée du mariage, explique, non pour les justifier toujours, les défaillances involontaires ou les infidélités réfléchies. Il ne blâme ni ne loue les personnes ; mais des faits ressortira la condamnation d'un contresens social.

Chez les gens de commerce » ou de « finance », les ménages en désunion ouverte ou latente sont des ménages sans enfants : quelques jeunes femmes y ont l'amer sentiment que la maternité, en occupant une tendresse inemployée, eût été pour le cœur une sauvegarde, une défense contre l'obsession rêveuse d'un autre amour. Ici l'âge inégal enchaîne à un barbon revêche, méprisant ou stupide une femme trop jeune, alors déjà que l'inclination n'a point eu de part au mariage, mais seulement l'orgueil ou la sensualité sénile d'une part, de l'autre la passive acceptation, ou la docilité aux conseils intéressés d'une mère. Là, c'est l'indifférence ou l'inconduite du mari, son manque d'élégance, sa rudesse de manières et de langage, ou encore l'hostilité de l'entourage, qui pousse à l'amour illicite. La solitude aussi est mauvaise conseillère : l'ennui d'être délaissée, l'appel impérieux du cœur, ou même tout vulgairement le goût du plaisir, parfois une sensibilité exaltée ou romanesque frayent les voies à l'amant, bientôt trouvé dès qu'en a surgi la pensée. L'exemple, les facilités, les tentations toutes proches : commis, petits fonctionnaires, employés à portée de la main ; les complicités dévouées ou payées des serviteurs ; la complaisance d'amies pourvues, ou l'aide compatissante de personnes d'âge respectable qui, ayant passé la saison d'aimer, soutiennent les plus jeunes dans la lutte contre l'ennemi commun, le mari, font le reste (1). Et voilà comment dans un monde où la tradition, où la « loi » ont tant de force, le désarroi conjugal inspire à la femme la hardiesse de tout risquer pour s'évader vers la liberté et l'amour. Mais le plus souvent il faut recourir à la ruse, endormir la défiance du mari, feindre l'affection, mentir. On aperçoit le vice de cette aspiration, d'ailleurs excusable, à la liberté : elle impose la dissimulation, l'artifice hypocrite ; elle empêche ainsi les rebelles (*volnitsy*) d'être moralement supérieures à leurs oppresseurs : elle dresse un vice contre un autre, elle ne corrige pas.

Quelques épouses infidèles apportent à tromper leurs maris une aisance tranquille et une joie sans scrupules, comme à une action légitime : ce sont les amoureuses banales, chercheuses de plaisir, sans pensée et sans idéal. Pour Matrena Pouzatova et sa jeune belle-sœur, les vêpres d'un couvent lointain servent de prétexte à un rendez-vous avec de jeunes bureaucrates ou commis (2) ; Eugénie Bezsoudnaïa obligée par son mari,

(1) *Tableau de bonheur familial; l'Orage; Cœur ardent; En place marchande; le Cœur n'est pas une pierre; les Esclaves.*
(2) *Tableau de bonheur familial.*

tenancier d'hôtellerie, d'aguicher les hôtes, s'éprend follement de l'un d'eux (1) ; Matrena Kouroslêpova prend pour amant un commis de son mari (2). Avec un Poûzatov (3), face barbue et velue, brutal de mœurs, lourd en caresses comme en facéties, presque toujours absent de chez lui ; un Bezsoudny, mari vieux et complaisant, mais grossier et sournoisement violent (4) ; un Kouroslêpov, vaniteux et plat, criard, ou plongé dans une somnolence abêtie que secouent de grotesques épouvantes (5), la vertu, il faut l'avouer, est difficile, et la sujétion pesante. Olga Karkounova, presque tout de suite après son mariage, a choisi comme amant un employé du vieux Karkounov, son oncle : elle avoue la chose sans embarras :

— Nous ne sommes pas des aveugles. Sans doute notre devoir est d'aimer notre mari, on le remplit : mais les yeux, pourquoi nous ont-ils été donnés? Ce qu'est un rustre, un sot ou bien un homme instruit, ce n'est pas bien difficile à discerner... Je crois que jusqu'à soixante-dix ans j'aimerai. Autrement quelle raison de vivre, quel intérêt? Avec l'amour, au contraire, c'est tout d'un coup comme une chaleur sur l'âme. Sans lui, qu'est-ce que notre vie? Boire, manger et dormir... En vérité ne sommes-nous pas des êtres égaux aux autres? Voyez un peu ce que font les hommes, quelle impunité ils s'accordent! Ont-ils la moindre crainte, la moindre retenue? Toute fantaisie qui leur passe par la tête, ils la réalisent. Et ils exigent de nous non seulement que nous observions la loi, mais encore qu'en âme et pensée nous ayons la pureté. Comment, avec une vie aussi dévergondée que la leur, osent-ils exiger de nous quoi que ce soit? Qu'un mari pareil prenne une jeune fille, la plus honnête et la mieux née, sûr qu'au bout de trois jours elle crachera sur lui ou s'enfuira droit devant elle.

APOLLINARIA PAMPHILOVNA. — Mariée depuis si peu de temps, et comme tu parles! Tu as eu vite fait le tour de la vie!

OLGA. — Il y a de quoi. Quand je me suis mariée, j'étais innocente comme une colombe ; mais mon mari, au bout d'une semaine, m'a conduite de traktir en traktir entendre des harpistes ; il les faisait asseoir à la même table que moi, leur prenait la taille ; quant à leurs conversations, c'était à faire dresser les cheveux sur la tête (6)!

Déjà l'infidélité se formule comme la juste revanche d'une insupportable et grossière humiliation, et l'amour comme le seul intérêt d'une vie morne et vide. La comparaison insensiblement s'établit entre les maris sans culture, sans élégance et les hommes instruits, distingués, « qu'on rencontre dans les bals et les soirées ». Si médiocre encore que soit cette échappée vers la vie sociale, et si superficielle l'appréciation de l'autre sexe, c'est tout de même le premier soupçon, l'obscure inquié-

(1) *En place marchande.*
(2) *Cœur ardent.*
(3) *Tableau...*
(4) *En place marchande.*
(5) *Cœur ardent.*
(6) *Le Cœur n'est pas une pierre,* I, 2.

tude d'une existence plus relevée, où l'esprit aurait quelque part : et c'est contre le mari que se dessine cette émancipation.

Sophie Koblova, femme jeune d'un mari « d'âge moyen », dont on connaît les idées (1), est la théoricienne la plus hardiment intransigeante du droit à l'amour, c'est-à-dire à l'infidélité ; elle dénonce le divorce permanent qui, dans son monde, gît au fond de la vie conjugale, et justifie sa propre conduite par celle des maris eux-mêmes. Sa profession de foi — on peut vraiment l'appeler de ce nom — pose la légitimité et la nécessité du mensonge ; l'exemple de l'étranger y est en outre invoqué, et les mœurs d'Occident, peintes sous une image peu flattée.

— Non seulement la femme ne doit pas toujours dire la vérité, mais elle ne le doit jamais, jamais. Qu'elle la garde pour elle seule !

EULALIE STYROVA. — Pour tromper les autres, alors?

SOPHIE KOBLOVA. — Sans doute, les tromper, les tromper absolument.

EULALIE. — Pourquoi donc?

SOPHIE. — Songez seulement à l'idée que les maris, et les hommes en général, se font de nous. Ils nous considèrent comme des êtres sans volonté et capricieux, surtout portés à la ruse et au mensonge. Or, puisqu'on ne leur enlèvera pas cette idée-là, à quoi bon pour nous valoir mieux que ce qu'ils pensent de nous? Ils nous croient rusées : soyons donc rusées. Ils nous croient menteuses : nous devons mentir. Ils ne connaissent que des femmes pareilles ; ils n'en veulent même pas d'autres ; c'est avec celles-là seules qu'ils savent vivre.

EULALIE. — Ah ! que dites-vous là?

SOPHIE. — Qu'est-ce que vous voudriez donc? Faut-il aller prouver à son mari, par exemple, qu'on est une femme honnête, sérieuse, bien plus intelligente que lui, avec une noblesse de sentiments bien supérieure à la sienne? Vous lui prouvez : soit ; et après? Lui ne fera qu'en sourire en lui-même : « Chante, ma mie, chante toujours ! Nous vous connaissons : impossible de vous laisser une minute sans surveillance. » Eh bien : est-ce une situation bien consolante?

EULALIE. — Mais en est-il vraiment ainsi?

SOPHIE. — Quand vous aurez un peu vécu, vous verrez.

EULALIE. — Mais, si nous valons mieux, nous devons nous élever au-dessus d'eux.

SOPHIE. — Quel moyen, quand ils ont entre les mains l'autorité, cette autorité d'autant plus odieuse, qu'elle avilit tout ce qu'elle touche? Je ne parle que de notre monde. Regardez, voyez ce qu'on y trouve. Médiocrité, stupidité, trivialité, tout cela déguisé sous une couche d'argent, sous un masque d'orgueil, de hauteur inabordable : si bien que de loin cela paraît quelque chose de considérable, d'imposant. Nos maris sont par eux-mêmes grossiers, ne cherchent, et ne voient en toute chose que la grossièreté.

EULALIE. — Vous ne parlez que des hommes mariés, mais les autres?

SOPHIE. — Tout pareils.

(1) Voir p. 187, 197-199.

EULALIE. — Eh bien, je ne vous crois absolument pas.

SOPHIE. — A votre aise. Dieu veuille seulement que le désenchantement ne vous coûte pas trop cher. Non, je vois que vous ne connaissez pas les hommes de notre monde.

EULALIE. — Mais pourtant, il y a beaucoup d'étrangers, dans notre monde.

SOPHIE. — Valent-ils mieux que les nôtres? Les nôtres se lient, fraternisent avec eux, leur empruntent des grossièretés nouvelles et des calembours malpropres, après quoi ils se figurent vivre à l'européenne. Mon mari aussi estime et loue fort l'Europe. Il est allé plusieurs fois dans le sud de la France, il connaît là beaucoup de manufacturiers ; qu'est-ce qu'il a rapporté de leur fréquentation? Il dit : « Là-bas les maris traitent encore plus durement leurs femmes que nous : là ils ne les considèrent pas du tout comme des êtres pareils aux autres. » Elle est jolie, votre Europe ! Nos maris n'ont pas besoin de femmes si bonnes ! Ils se figurent que les femmes sont encore plus grossières et plus sottes qu'eux, extraordinairement contentes de leur sort, et heureuses. Si Dieu, par quelque prodige, leur ouvrait les yeux, s'ils voyaient ce que sont en réalité leurs femmes, de combien elles sont au-dessus d'eux par l'esprit, les sentiments, les aspirations, combien leurs instincts brutaux répugnent à l'âme féminine, ils seraient complètement désemparés, un ennui mortel les jetterait dans l'ivresse.

EULALIE. — Comment supportez-vous une vie pareille?

SOPHIE. — L'être humain peut se faire à tout. D'abord cela m'a été très pénible ; maintenant je ne vaux guère mieux qu'eux : je suis telle qu'il leur faut. Tôt ou tard il en sera de même pour vous, ou bien vous vous mettrez à jouer aux cartes jour et nuit (1).

Voilà au nom de quels principes Sophie Koblova, comme Olga Karkounova « se procure » un amant. Eulalie Styrova suit promptement ses leçons. Elle non plus n'aime pas son mari : aussi cherche-t-elle ailleurs l'amour et l'émotion romanesque. Les relations étant restreintes, son choix se fixe sur un homme dont la discrétion, la réserve d'attitude et de parole semblent promettre une âme capable de répondre à un élan spontané, ardent et désintéressé.

Mais le jeu de l'amour n'est pas gratuit ni sûr : aux natures un peu délicates, il n'apporte qu'une illusion d'affranchissement, d'où la chute sera plus lourde dans la définitive résignation. Trait à noter : la femme, en raison de ses ressources plus larges, ou de la condition sociale de l'amant, fait souvent les frais de la liaison ; avec le cœur ardent, elle a la main généreuse. Les « marchandes riches », les femmes d'industriels, comme Sophie Koblova, sont les bienfaitrices du bel ami, le fournissent d'argent et de cadeaux qu'il se laisse offrir ou réclame parfois lui-même. Et cet entretien ne laisse pas d'être onéreux. Matrena Kouroslêpova, dans *Cœur ardent*, va jusqu'à dérober de l'argent pour satisfaire aux exigences de Narcisse ; Sophie Koblova avoue à Eulalie Styrova que sa passion lui coûte cher et qu'elle n'y suffirait pas sans certaine tante...

_____

(1) *Les Esclaves*, I, 6.

Mais la nécessité de feindre, de dissimuler, la surveillance occulte, l'espionnage, les jalousies, la fidélité incertaine aussi des serviteurs, rendent le plaisir précaire. Le risque est gros, et, si la faute se découvre, la répression rigoureuse. Matrena convaincue de vol, Kourosslêpov la renvoie chez ses parents avec aussi peu de formes qu'il chasse Narcisse (1). Olga Karkounova, surprise dans la chambre de l'employé Eraste, à la suite d'une machination tramée contre sa jeune tante Vêra Philippovna, et publiquement confondue, sait ce qui l'attend (2). Sophie Koblova a tranquillement appliqué sa théorie : mensonge et ruse ; elle endort la défiance de son mari en feignant de prendre plaisir aux cartes. Mais elle n'ignore pas que sa sécurité est à la merci d'une dénonciation, d'une vengeance d'inférieure ou de rivale (3).

Autre trait : l'esprit a peu de place dans cette curiosité du fruit défendu. Aussi l'amant, tenu d'ailleurs dans une demi-domesticité par celle qui l'a choisi et le paye, est-il d'une médiocrité intellectuelle, d'une insignifiance exactement adaptée aux devoirs restreints de sa charge. Bellâtre, assez pourvu d'avantages physiques, ou diseur de fades compliments, égoïste, sec, parfois dur et impertinent, plus soucieux de profits que de chevalerie, il n'a ni le désir ni le moyen d'exciter de grande passion. Eulalie Styrova en fait la triste épreuve. Elle aussi cherchait un ami pour consoler sa solitude ; elle croit l'avoir rencontré dans Mouline, un des principaux employés de son mari ; elle le mande en secret, pendant une absence de Styrov, lui ouvre son cœur assoiffé de sentimentalité romantique. Mouline feint de se prêter au jeu : or, il est déjà le « cavalier » de Sophie Koblova. Quand Eulalie Styrova révèle à Sophie le nom de ce parfait amant, de cet homme unique en mérites, la supercherie apparaît. Sophie n'entend ni partager, ni céder son bien ; Mouline se déclare inapte aux exercices de l'amour pur. Eulalie, déchue de son rêve, raillée, presque injuriée par celui qu'elle croyait digne d'elle, espionnée par son mari, ne voit plus d'issue ni d'évasion possible à son cœur. La duplicité, le mensonge lui répugnent : elle renonce à toute expérience de liberté par l'amour. Son mari, rassuré sur sa fidélité, par les rapports d'une domestique ! lui offre la totale indépendance dans sa « moitié (4) » ; elle refuse : « S'il s'agit de moi, dit-elle, je ne désire aucune liberté ; à quoi peut-elle me servir?... La liberté est bonne..., seulement je ne sais qu'en faire... » Et Koblov proposant une partie de cartes, Eulalie Styrova demande pour la première fois à jouer : « Maintenant je jouerai tout le temps, chaque jour, ce jeu-là me plaît beaucoup. » « Grande fête, messieurs », dit Styrov : « Garçon, du champagne, et encore

(1) *Cœur ardent*, V, 6.
(2) *Le Cœur n'est pas une pierre*, III, 6, 7.
(3) *Les Esclaves*, IV, 6.
(4) Voir p. 199, note 2 ; p. 200, note 1.

davantage (1) ! » Il y a en effet de quoi se réjouir : c'est une résignée de plus, une esclave volontaire ; un suicide moral, presque aussi tragique que celui de Catherine Kabanova jetant son pauvre corps aux eaux de la Volga.

Celles-là, Sophie Koblova, Eulalie Styrova, ces *névolnitsy*, dont l'une délibérément, sans préoccupation d'idéal, organise sa vie en partie double avec une sage arithmétique, l'autre, les ailes brisées, se rejette aux platitudes de la vie ordinaire, n'engagent tout de même pas leur vie, soit par prudence, soit par désenchantement, dans une minute de bonheur chèrement expiée.

IV

La « rebelle » tragique, prise en pleines mœurs marchandes, dans un monde provincial où la dureté des mœurs, les préjugés locaux, les croyances même aggravent les sujétions traditionnelles, c'est Catherine Kabanova, l'héroïne de *l'Orage*. Son geste libérateur lui coûte la paix de l'âme et la vie ; mais il ébranle l'édifice d'oppression, suscitera peut-être d'autres énergies pareilles : voilà pourquoi Dobrolioubov le magnifie comme un symbole réconfortant et compare Catherine à « un rayon de lumière dans le royaume des ténèbres (2) ». Ici le peintre de mœurs — il ne s'agit pas encore de l'artiste — tirait directement de la réalité de quoi rendre le drame inévitable et poignant. Nature tendre, ardente et volontaire, Catherine, au sortir d'une jeunesse paisible et rêveuse, est jetée tout à coup par le mariage, sans liberté de choisir, dans une maison étrangère. Entre l'indifférence d'un mari peu aimable qu'elle voudrait pourtant aimer, et l'hostilité jalouse d'une belle-mère, tout son être avide d'affection se reploie et se serre, comme glacé ; dans sa réclusion solitaire, dont quelques rares sorties, et jamais seule, rompent mal la monotonie, cette belle jeune femme traîne un sombre ennui, traversé de confus désir... Paraisse un jeune homme d'extérieur plus élégant, « vêtu à l'européenne », au visage doux et un peu triste, il captera sans peine un cœur impatient de se donner. Mais Catherine est croyante, profondément : elle sait que la « loi » défend l'amour hors mariage. Et l'angoisse du « péché » la saisit, à l'instant même où l'y entraîne une douceur irrésistible ; elle en fait ainsi l'aveu à sa belle-sœur Varvara, seule personne de la maison qui devine sa peine cachée et y compatisse :

— Eh bien voilà, Varia : quelque péché va se commettre. Il me vient un tel effroi ! C'est comme si j'étais au bord de l'abîme, et quelqu'un m'y pousse, et je n'ai rien à quoi me retenir. (*Elle se prend la tête dans la main.*)

(1) *Les Esclaves*, II, III ; IV, 6, 7, 8.
(2) *Sovrémennik*, n° 10, 1860 ; *Loutch svéta v temnom tsartvé*, ou *Sotchinéniia*, t. III, p. 404-472.

Dans l'éveil délicieux de la passion, elle redoute une embûche du Malin :

— Il me monte en la tête je ne sais quel rêve ; et impossible de m'y dérober. Si je veux penser, je n'arrive pas à rassembler mes idées ; prier, je ne peux venir au bout de ma prière. Ma langue murmure des mots, et mon esprit est à tout autre chose. C'est comme si le Malin me parlait tout bas à l'oreille, et de choses si damnables ! Et des images se présentent à moi, qui me font honte à moi-même. Qu'est-ce que j'ai donc ? C'est un présage de quelque malheur. La nuit, Varia, le sommeil me fuit ; toujours un chuchotement qui m'obsède : quelqu'un me parle d'une voix si caressante, tendre et câline, comme un roucoulement de ramier. Je ne rêve plus, comme autrefois, d'arbres et de montagnes du paradis ; mais il me semble que quelqu'un m'enlace d'une étreinte brûlante, si brûlante, me conduit bien loin, et je le suis, je le suis... Je me sens tellement étouffer à la maison, tellement, que je m'enfuirais. Parfois il me vient la pensée que, si j'étais libre, je me promènerais en barque sur la Volga, en chantant, ou bien en belle troïka, dans les bras...

VARVARA. — Pas de ton mari, en tout cas.

CATHERINE. — Comment le sais-tu ?

VARVARA. — Ce n'est pas difficile !...

CATHERINE. — Ah ! Varia, le péché est sur moi ! Malheureuse que je suis, combien n'ai-je pas pleuré, ne me suis-je pas punie ! Je n'échapperai pas à ce péché. Il me poursuit partout. C'est mal, n'est-ce pas, c'est un affreux péché, n'est-ce pas, Varenka, d'aimer un autre que mon mari ?

VARVARA. — Est-ce à moi de te juger ? J'ai aussi mes péchés.

CATHERINE. — Que faire ? Je suis à bout de forces. Où me réfugier ? de désespoir je porterai les mains sur moi.

VARVARA. — Que dis-tu ? Qu'est-ce qui t'arrive ? Tiens, attends, mon frère part en voyage demain, nous aviserons ; peut-être un rendez-vous sera-t-il possible.

CATHERINE. — Non, non, je ne veux pas. Que dis-tu là ! Dieu me préserve !

VARVARA. — De quoi as-tu si peur ?

CATHERINE. — Si je le vois, ne serait-ce qu'une fois, je m'enfuirai de la maison et je n'y reviendrai pour rien au monde (1).

Le danger, pour Catherine, n'est pas d'être trahie, mais de se trahir elle-même : « Elle ne sait pas tromper ; elle ne peut rien dissimuler » :

VARVARA. — Mais, voyons, ce n'est pourtant pas possible autrement : songe où tu vis. Toute notre maison repose là-dessus. Moi non plus je n'étais pas dissimulée, mais j'ai appris à l'être quand il a fallu... Voici mon principe : fais ce que tu veux, pourvu qu'on ne s'aperçoive de rien.

CATHERINE. — Je ne veux pas de ce moyen-là... J'aime mieux souffrir, tant que j'aurai de patience.

VARVARA. — Et si tu n'en as pas assez, que feras-tu ?

CATHERINE. — Ce que j'aurai envie de faire, je le ferai.

(1) *L'Orage*, I, 7.

VARVARA. — Essaie un peu : tout le monde ici te déchirera à belles dents.

CATHERINE. — Que m'importe? Je m'en irai, et plus de traces de moi !

VARVARA. — Où t'en iras-tu? Tu es une femme mariée.

CATHERINE. — Ah! Varia, tu ne connais pas mon caractère ! Bien sûr, Dieu veuille que cela n'arrive pas. Mais si une fois le dégoût ici s'empare de moi, alors aucune force ne m'y retiendra. Je sauterai par la fenêtre, je me jetterai dans la Volga. Si je ne veux plus vivre ici, je n'y resterai pas, quand on me couperait en morceaux (1)!

En vain supplie-t-elle son mari de ne pas partir, de ne pas la laisser seule, de l'emmener ou de lui imposer, « pour donner la paix à son âme », de terribles serments de fidélité : Tikhon Kabanov, égoïste, sans souci de ce qui peut arriver, ne pense qu'à fuir pour deux semaines la tyrannie maternelle. Et dans ce rendez-vous nocturne (avec Boris) à la fois tant redouté et désiré, l'effroi de la première approche, la crainte de la damnation, le remords de la « loi » violée luttent longtemps avec la passion, dont l'aveu jaillit enfin. Dès que celle-ci triomphe, Catherine en revendique la pleine responsabilité, sans en craindre les suites, qu'elle sait douloureuses et fatales :

— Pourquoi plaindre mon sort? Ce n'est la faute de personne : moi seule en suis venue là. Ne me plains pas, perds-moi. Que tous sachent, que tous voient ce que je fais. (*Elle étreint Boris.*) Si pour toi je n'ai pas eu peur du péché, aurai-je peur du jugement des hommes? On a même l'âme plus légère, dit-on, quand, pour quelque péché, on endure ici-bas grande souffrance... Nous allons nous voir librement... Après... si on m'enferme à clé, ce sera ma mort (2).

Le retour de Kabanov, quelques jours avant la date prévue, bouleverse Catherine comme une sorte d'avertissement sinistre et une menace de châtiment. Sous l'effet d'une épouvante superstitieuse devant l'orage, les éclairs, le tonnerre, la vue de la « géhenne de feu », par naturelle aversion pour le mensonge, par ce besoin aussi chez un orthodoxe ingénument croyant et plus proche ainsi du christianisme primitif, de confesser sa faute devant la communauté, Catherine Kabanova s'est irrémédiablement trahie. Dès lors, persécutée par sa belle-mère, rudoyée ou abandonnée par son mari, raillée ou insultée par les gens, sans défense et sans soutien dans la maison devenue un enfer, — Varvara s'est enfuie avec son galant, — elle s'accuse encore d'avoir entraîné son amant au mal. Et déjà la mort lui apparaît comme seule désirable. Sa détresse est pire encore quand Boris lui annonce son départ forcé pour la Sibérie lointaine, et refuse d'emmener celle qui s'est perdue pour lui, souhaitant seulement « qu'elle meure bientôt pour n'être pas torturée plus longtemps (3) » :

(1) *L'Orage*, II, 2.
(2) *Ibid.*, III, 3.
(3) *Ibid.*, IV, 5, 7 ; V, I, 2, 3.

— Où aller maintenant? A la maison? Non... la maison ou le tombeau, c'est
tout un. Oui, retourner à la maison, autant retourner au tombeau, au tombeau! Mieux vaut encore le tombeau! Vivre encore! Non, non, impossible,
je ne veux pas. Les gens me font horreur, la maison, ses murs me font horreur.
Je n'y rentrerai pas! Non, non, je n'y rentrerai pas... Que la mort vienne, ou
que moi-même je..., c'est la même chose, mais je ne peux plus vivre! C'est un
péché? On ne priera pas pour moi? Quiconque m'aime, priera pour moi...
S'ils me rattrapent, ils me ramèneront de force à la maison. Ah! vite!... vite!
(*Elle s'approche du bord du fleuve. A haute voix.*) Mon ami! Ma joie!
Adieu (1)!

Quelques minutes après, son cadavre est retiré de la Volga.

Nulle part, plus fortement qu'en ce drame, dont la réalité pouvait
fournir l'exemple, Ostrovski n'a marqué les suites funestes de l'oppression domestique et du désaccord conjugal. Mais si nulle « rebelle » n'inspire plus de pitié et d'estime que Catherine Kabanova, c'est qu'elle est
victime enfin de sa révolte. La force de la coutume, l'hypocrite dureté
des mœurs, l'indifférence ou la lâcheté des uns, l'impuissance des autres
— la voix du généreux Kouligine ne trouve pas d'écho — laissent
encore la victoire à la vieille Kabanikha, au despotisme familial qu'elle
incarne. Catherine symbolise malgré tout la défaite de la liberté; « le
rayon de lumière » se perd « dans le royaume des ténèbres ».

V

La protestation n'a d'efficacité que si elle contraint un mari tyrannique à capituler : la femme n'est affranchie que si sa dignité résolue
arrache la formelle reconnaissance et le respect d'une liberté qui est
dans la loi et dans la nature. Entre *l'Orage* et *le Cœur n'est pas une pierre*,
il y a sans doute un quart de siècle, les grandes réformes sociales dont
l'effet dut atteindre les rapports domestiques, et toute la distance du
monde marchand des provinces au *koupetchestvo* modernisé de Moscou.
Mais le vieux manufacturier Karkounov garde plus d'un trait commun
aux gens de sa classe : dévot avec superstition, charitable par calcul,
pour le salut de son âme, il croit en outre à ses droits absolus sur sa
femme, tout en la négligeant avec une méprisante indifférence. Car s'il
l'entoure de luxe, il la laisse s'étioler dans une solitude pareille à un
veuvage. Vêra Philippovna repousse la vulgaire infidélité, dont quelques
obligeantes personnes lui offrent l'exemple et le moyen. Pourtant son
« cœur n'est pas une pierre » : elle aime en secret Éraste, un commis
de son mari. Karkounov, sentant sa fin approcher, et convaincu, malgré
une infâme machination, de la parfaite loyauté de sa femme, lui veut

(1) *L'Orage*, V, 4.

faire donation de tout son bien, pour qu'elle en use à sa guise. Vêra Philippovna refuse avec une droiture inflexible :

— Potap Potapytch, tant que vous vivrez, et Dieu vous donne de longs jours ! je suis prête à accomplir avec joie votre volonté : rechercher les malheureux, les consoler, les secourir, je ne considère pas du tout cela comme un fardeau, mais bien plutôt comme un grand bonheur. Et je vous remercie de me récompenser d'un bonheur pareil... Et quand Dieu vous aura rappelé à lui, même alors, je consens, jusqu'à ma mort, à faire des aumônes perpétuelles à l'intention de votre âme ; seulement retirez votre donation et léguez vos biens à quelque autre.

Karkounov. — Qu'est-ce? Elle veut m'outrager, je pense... A genoux, voyons, je te supplierai à genoux... (*Il essaie de se soulever.*)

Vêra Philippovna. — Je me refuse à tout engagement, à tout serment.

Karkounov. — Comment, comment dis-tu?

Vêra Philippovna. — Je vous le dis franchement : je me remarierai.

Karkounov. — Serpent, serpent ! (*Il retombe dans son fauteuil.*)

Khalymov. — Pourquoi avoir la langue si longue?

Apollinaria Pamphilovna. — Pourquoi cette bravade? Après, fais ce que bon te semble, mais jusque-là, tu devais te taire.

Vêra Philippovna. — Je ne peux pas mentir, je ne peux pas.

Karkounov. — Non, non, elle attend ma mort, elle se réjouira de ma mort !

Vêra Philippovna. — Ce n'est pas vrai, je ne me réjouirai pas de votre mort ! (*Elle s'éloigne et se détourne pour pleurer.*)

Karkounov. — Eh bien, tu ne la verras pas, tu n'auras pas cette joie. (*Il se relève vivement.*) Je vais la tuer. (*Il lève son bâton.*) Qu'elle meure avant moi !

Khalymov. — Compère, compère, que fais-tu?

Karkounov. — Arrière ! Entre mari et femme personne ne doit intervenir. (*S'approchant de Vêra Philippovna.*) Ainsi tu attends ma mort? Regarde-moi, regarde-moi ! (*Vêra Philippovna le regarde.*) Faut-il la tuer, bonnes gens, dites? Te tuerai-je, hein? (*Il la regarde fixement, jette son bâton, tremble de tout son corps et se tient à peine sur ses jambes. Vêra Philippovna le soutient. Karkounov la regarde bien en face, puis se laisse choir sur son épaule.*) Pour vingt années d'affection, de repos, pour tout son dévouement, je voulais la tuer. Voilà ma bonté ! Et encore je me prépare à mourir ! Non, je ne la tuerai pas, je ne la tuerai ni ne l'enchaînerai... Qu'elle vive à sa guise ; de quelque manière qu'elle vive, quoi qu'elle fasse, elle ne s'écartera pas du bien et n'oubliera pas mon âme. (*Vêra Philippovna l'amène près du fauteuil et l'y fait asseoir. Tous entourent Karkounov. Vêra Philippovna s'agenouille près de lui.*) Sois maîtresse absolue de tout ! C'est à toi seule de l'être. Et moi je dois remercier Dieu d'avoir trouvé quelqu'un qui sache pourquoi l'argent a été donné aux riches, et comment il sied à un riche de le dépenser, afin de pouvoir attendre sans crainte le jugement dernier (1).

Ainsi, même dans l'institution domestique et le monde où la tradition,

---

(1) *Le Cœur n'est pas une pierre*, IV, 9.

l'abus d'autorité ont fait sa chaîne plus lourde, la femme, en la personne de Vêra Karkounova, reconquiert la liberté qui jusqu'alors lui paraît la plus précieuse : celle du cœur. Elle y arrive par des voies plus honnêtes que le mensonge, plus sûres que le désespoir. La touchante héroïne, dans *le Cœur n'est pas une pierre*, rappelle par bien des côtés Catherine Kabanova. Mais, plus heureuse, elle sauve son amour et sa vie ; tandis que la mort de Catherine ne trouble d'aucun remords, d'aucune pitié la dure Kabanikha, la loyauté tranquille de Vêra Philippovna désarme et éclaire Karkounov. C'est la victoire de la lumière sur l'ombre (1).

(1) Voir BALTALON, *Dvinoulos li vpéred naché temnoé tsartvo? Artist*, n° 1, 1894.

CHAPITRE IV

PÈRES ET ENFANTS

I

Dans l'intérieur marchand, réduit au mari et à la femme, ou limité ainsi pour la clarté de cette étude, seuls apparaissaient les rapports moraux entre époux. Élargi par les enfants, le cercle familial découvre d'autres formes d'autorité et de sujétion, qu'Ostrovski, en peintre avisé et fidèle des mœurs, ne pouvait manquer de porter à la scène.

Partout l'éducation des enfants, leur instruction, leur établissement, l'espoir mis en eux de perpétuer la petite communauté d'où ils sont nés, de l'accroître et de l'enrichir, dictent une naturelle sollicitude. Mais, selon l'esprit du temps, la culture, la condition sociale, l'humeur enfin des personnes, il entre dans cette sollicitude plus ou moins de sévérité ou d'indulgence. On a vu plus haut l'essence spirituelle de la puissance attachée, dans l'ancienne Russie, à l'autorité paternelle : l'absolutisme régnait dans la cité domestique, comme dans la famille nationale. Par là un autre ferment de discorde troublait le foyer : car si cette autorité, se donnant comme d'institution divine, mais exercée par des hommes sujets à l'erreur, à l'injustice, à la violence, se fausse, abuse, tyrannise au lieu de gouverner, la résistance sournoise ou déclarée déchaîne la guerre en permanence. Tels exemples de l'histoire ou de la littérature attesteraient que la lutte entre « pères et enfants » date de loin en Russie : aux tragédies du trône répondent des milliers de drames obscurs, qui ne semblent pas près de finir. Dans le *koupetchestvo* contemporain d'Ostrovski où la coutume s'est le mieux déposée, où les vieux principes ont le plus solidement duré, la puissance paternelle, tantôt soutenue par la mère, tantôt dressée contre la coalition de la mère et de l'enfant, s'affirme et sévit avec une intransigeance qui, chez des pères vraiment bons, serait une choquante énigme, sans la tradition lointaine, la rudesse séculaire des mœurs, l'appui de la loi écrite, et l'habitude. On comprend qu'en Russie plus qu'ailleurs les pères soient entichés de leur autorité ; les fils, impatients et souvent incapables de s'en affranchir.

Comment les parents conçoivent-ils leurs droits et leurs devoirs dans l'instruction, l'éducation, l'établissement de leurs enfants? Comment conduisent-ils, ou négligent-ils cette part importante de leur tâche? Et d'abord quelles connaissances, quelles idées y apportent-ils eux-mêmes?

Ignorance vaniteuse ou superstitieuse, tel semble être le caractère dominant des *kouptsy* que peint Ostrovski. Rien d'étonnant, si l'on songe avec quelle lenteur, parfois voulue en haut, l'instruction et ses organes nécessaires, universités, gymnases, écoles, se développèrent en Russie. De plus, n'avoir pas fait ses études n'empêche nullement l'habileté professionnelle : l'art de s'enrichir ne demande rien à la littérature, ni même à la science, tant que le commerce suit encore les pratiques anciennes. Enfin, la recrue de la classe commerçante, c'était le peuple ; et le premier soin du « moujik riche » est plutôt de meubler sa maison que son esprit, trait commun à tous les parvenus.

« Aujourd'hui, bonne dame, dit le manufacturier Chirialov à la vieille Stépanida Pouzatova, ce n'est plus comme de notre temps : on jouait aux osselets jusqu'à dix-huit ans, après quoi on vous mariait, et aux affaires (1) ! » Chirialov, de par son âge, nous fait remonter au début du dix-neuvième siècle. Ses contemporains plus jeunes ne diffèrent guère de lui. Ignorants des lois et de la procédure, ils sont à la merci de *striaptchi* souvent véreux, ou des gens de bureau qui font bien payer leurs services. Tel marchand entendant parler, à propos d'une affaire où il est impliqué, de « loi » (nous disons : instinct) de conservation, demande : « Est-ce qu'il existe une loi pareille? » et croit échapper à une perquisition en allant se blottir dans son *tarantas* au fond de sa maison (2). Un autre, bourgeois gentilhomme, qui veut singer les mœurs de la capitale (Moscou), estropie les mots, traite avec mépris son employé qui copie des vers du poète Koltsov, et déclare qu'avant de s'instruire un pauvre doit songer à s'habiller proprement (3). Mesurant la valeur sociale et sa propre estime aux gains, le marchand Néouêdénov raille un jeune fonctionnaire aux appointements modiques (4) ; il dirait volontiers : là où est le « capital »,

(1) *Tableau de famille.*
(2) *Les Jours qui portent malheur*, II, 6.
(3) *Pauvreté n'est pas vice*, I.
(4) *Songe de veille de fête...*

là est l'esprit. Dikoï, dans *l'Orage*, rudoie Kouligine, l'honnête horloger, parce qu'il parle science et intérêt public (1). Ailleurs, c'est un nabab qui se divertit, n'agit et ne pense que par l'esprit inventif d'un aide attaché à sa personne (2). A fortune égale ou supérieure, les cadets de ces parvenus vulgaires ne les dépassent guère. Dans *la Forêt*, le marchand Vosmibratov ne sait pas écrire : il n'y a pas là d'anachronisme, et peut-être trouverait-on à Moscou, aujourd'hui encore, quelque multimillionnaire ne sachant pas signer son nom. A côté de Vasilkov, type du brasseur d'affaires intelligent, désireux de se dégrossir, de briller (3), les Akhov, les Karkounov (4) perpétuent le riche manufacturier, incapable de comprendre et de diriger le fonctionnement technique de son établissement, de donner un ordre à ses ingénieurs, étrangers souvent, et à ses contremaîtres, n'intervenant que pour gronder. L'européanisation va du luxe et du confort dans la maison à quelques goûts nouveaux, à une superficielle initiation (5), où la vanité tient plus de place que la curiosité sérieuse. Chez aucun, si modernisé que nous le montre Ostrovski, n'apparaît l'intérêt aux manifestations de la pensée ou de l'art.

Ce n'est pas tout : il survit là, chez les hommes et chez les femmes, des croyances superstitieuses, legs de la tradition, et parfois des idées de l'autre monde. Dans les provinces, la vie paisible des petites villes est opposée, comme une marque de vertu, à la fièvre de mouvement qui dévore les grandes cités, jette les gens les uns sur les autres, dans un désordre et un vacarme où s'annonce la fin du monde. La pèlerine Fékloucha décrit à la vieille « marchande » Kabanova la vaine agitation des gens à Moscou, les divertissements bruyants des soirs, le « serpent de feu », que le peuple sot appelle « une machine », « l'être au visage noir qu'elle a vu un matin, au petit jour sur le toit d'une haute, très haute maison, faisant avec ses mains le geste de répandre quelque chose qui ne tombait pas ». Elle a deviné « qu'il jetait de l'ivraie, et que, la journée, le peuple, dans sa vaine agitation, la ramassait invisiblement. Voilà pourquoi leurs femmes sont toutes si maigres : elles ne se promènent pas, mais elles ont l'air d'avoir perdu ou de chercher quelque chose : leur visage est triste à faire pitié ». Contes de bonne femme, dira-t-on : la vieille Kabanova y ajoute foi, et souscrit à l'affirmation que les saisons, les jours, les heures s'abrègent sans cesse, que le temps, « pour nos péchés », devient de plus en plus court. « Voilà ce que disent les gens sensés. » Kouligine s'efforçant d'expliquer aux gens que l'orage n'an-

---

(1) *L'Orage*, IV, 2.
(2) *Cœur ardent*, Khlynov et Aristarque.
(3) *Fol argent*.
(4) Akhov, dans *Ce n'est pas tous les jours fête* ; Karkounov, dans *le Cœur n'est pas une pierre*.
(5) Pribytkov, dans *Dernier sacrifice*.

nonce ni la guerre ni la peste, qu'une comète n'a rien d'effrayant, et que
lui-même n'a pas peur, passe pour un extravagant, un impie même : « Il
faut que les temps soient venus », dit la vieille Kabanova, quand « on voit
enseigner des choses pareilles. Si un homme d'âge raisonne ainsi, que
peut-on demander aux jeunes? » Elle admoneste rudement son fils, qui
raille la superstition populaire (quelqu'un vient de dire, « parce qu'il le
sait », que l'orage ne passerait pas sans dégât, mais tuerait une personne,
ou mettrait le feu à une maison) : « Ne critique pas tes anciens ! Ils en
savent plus long que toi. Les vieilles gens connaissent les signes de tout.
Un vieillard ne parle jamais en l'air. » Le marchand notable Dikoï traite
Kouligine de mécréant, de criminel presque, à vouloir expliquer l'orage
par l'électricité, alors que la foudre est « une punition » envoyée par
Dieu (1). Chez le marchand notable Kouroslêpov, de cette même ville
de Kalinov, où se déroule *l'Orage*, la superstition, dans les brumes d'un
esprit obtus, prend des formes bouffonnes et plus grossières encore (2).

A Moscou même, dans le Zamoskvoretché, la crédulité n'est pas
moindre. Le fonctionnaire Dosoujev, qui tient aussi un cabinet d'affaires, définit ainsi le monde auquel appartient sa clientèle :

— Je vis dans le quartier où les jours se divisent en favorables et funestes ;
où les gens sont fermement convaincus que la terre est posée sur trois poissons,
et que, d'après les dernières nouvelles, il semble qu'elle commence à remuer, ce
qui est mauvais signe ; où on tombe malade par l'effet du mauvais œil, et on se
soigne par des « poudres de sympathie ; où on a ses astronomes, qui observent
les comètes, et examinent deux hommes dans la lune ; où on a sa politique, et
où on reçoit des dépêches, mais seulement de la Nigritie blanche et pays adjacents. En un mot, je vis dans le gouffre ».

Définition terminée en charge, mais que vérifieraient maintes « scènes
de la vie moscovite ». Témoin les propos qui s'échangent dans le « salon »
du « riche marchand » Brouskov entre Nastasia Brouskova sa femme,
Natalie Krouglova, femme de marchand, et un certain Kharlampi
Moudrov, *striaptchi* d'avant les réformes, « homme d'âge mûr, très grave,
qui hoche la tête et sourit d'un air triste ». Nastasia Brouskova est assez
peureuse et superstitieuse : dans sa richesse même, dont elle est fière,
elle voit des chaînes et redoute un péril d'endurcissement ; un pèlerin le
lui a dit. « Or un pèlerin sait ce qu'il dit, il a lu cela dans quelques livres. »
Aussi voudrait-elle connaître ces livres de sagesse. Mais « tous ne sont
pas bons à lire, dit Moudrov, les livres profanes, par exemple. — Qu'est-ce
que livres profanes? Ça veut-il dire écrits en lettres russes modernes (3)?
— Ce n'est pas là le point, bonne dame : il faut connaître l'esprit du

(1) *L'Orage*, III, Ier tableau, scène 2 ; IV, 2, 4-5.
(2) *Cœur ardent*, I, 2 ; V, 1.
(3) Introduites par Pierre le Grand à la place de l'écriture d'Église qui était en
général employée auparavant.

livre. » Et lui, Moudrov, le connaît : aussi peut-il tout lire, parce qu'il a l'esprit ferme. Rien ne lui en impose : quelques preuves qu'on lui apporte, il n'y croit pas ; il verrait écrit que deux et deux font quatre, il n'y croirait pas, parce qu'il est ferme d'esprit. Les romans, où l'on parle d'amour, sont dangereux (Nastasia Brouskova a pourtant passé l'âge des entraînements). Il est de bons livres qu'elle lirait volontiers, « mais on y parle de la richesse ». Elle croit que la pensée est nuisible à l'homme. Certains mots, difficiles ou étranges, l'effraient, comme si quelque mystérieuse vertu y était enfermée ; elle en redoute le sens, et le son même, jusqu'à se trouver presque mal : « métal », « obatché » (1) ; « soufre » lui donne un tremblement dans les bras et les jambes (2). Elle souhaiterait pourtant trouver un homme sage qui lui enseigne les règles de la vie, que tant de gens négligent. Une de ces règles, c'est qu'il y a des jours qui portent bonheur, d'autres, malheur ; « celui qui sait un peu mieux les choses que nous, quelque affaire urgente qu'il ait, ne commencera pas un lundi ». Il y a des exemples d'insuccès, et tout près d'elle, celui de son mari : « Combien de fois je l'ai remarqué ! S'il quittait la maison pour quelque affaire importante, ou bien il rentrait ivre, ou bien il faisait quelque esclandre. — Et les autres jours? — C'est tout de même plus rare (3). » On sourit de ces puérilités : et pourtant, dans cet esprit de marchande ignorante ou superstitieuse, on démêle un rudiment de cette aspiration, qui travaille sans cesse l'âme russe, à une vie morale supérieure. Ailleurs on discute pour savoir si dans tous les pays le soleil se couche à l'occident : « Vain savoir, et rêveries que tout cela », dit le marchand Borovtsov à sa femme, qu'agite un vague désir de notions géographiques. Si l'on parle « service », il a du service sur mer une idée singulière :

— Tenez, des fois on les envoie avec leur navire chercher où se trouve le bout du monde : ils voguent. Ils voient de ces mers absolument inconnues, les monstres marins se dressent autour du vaisseau, barrent la route, hurlent avec diverses voix : l'oiseau-sirène (4) chante ; et il n'y a sur le vaisseau âme qui ne soit terrifiée ; on en arrive même à perdre la parole. Ça, voilà, c'est du service (5) !

A un étudiant qui, son « cours » fini, donne des leçons et rêve de retourner à l'étranger où il a passé trois ans, un fonctionnaire, familier de la maison, explique ainsi son refus de quitter les douceurs du faubourg natal :

(1) Mot de vieille langue : « cependant, d'ailleurs ».
(2) Comp. Tchékhov, *Moujiki*, II.
(3) *Les Jours qui portent malheur*, II, 2.
(4) « Sirène » ou « sirine », et « alkonost », oiseaux de paradis, ayant le visage et la poitrine d'une femme, qu'on trouve représentés sur les estampes populaires.
(5) *L'Abîme*, Ier tableau, scène 5.

— Pourquoi nous n'irons pas là-bas, vous ne pouvez pas le comprendre..
Eh bien, voici pourquoi : d'abord, le Zamoskvoretché est mon pays natal ;
ensuite, entre nous ici il y a de la tendresse ; nous sommes toujours
ensemble, comme en ce moment, par exemple, assis, faisant la partie, prenant
le thé, avec du rhum peut-être qu'on servira, en amis,. en bons camarades.
Voilà où est le paradis, et non à l'étranger. C'est le calme, la paix, pas de mau--
vais sang, l'entente parfaite (1).

Cette béate quiétude, étrangère et presque hostile au savoir, comme
plus haut l'obscure intuition et la curiosité défiante d'une culture supé--
rieure, retiennent, en revanche, de pieuses pratiques, de naïves superst--
titions, où l'on retrouve à la fois les mœurs des anciens *pomêchtchiks* et
la crédulité populaire. La *barynia* d'avant l'abolition du servage aimait.
à s'entourer de pèlerins, de voyageuses fécondes en récits édifiants, de
« bienheureux », d'innocents, de parasites, sorte de domesticité plus
relevée, qui assurait le service de l'âme, comme l'autre celle du corps,
payait en dévot encens, en annonces de bonheur, les aumônes ou les
libéralités de la maîtresse, voilait ou rachetait parfois ses dérèglements..
Telle Oulanbékova dans *la Pupille*. Tout pareillement la vieille Kabanova écoute avec complaisance les radotages de la pèlerine Fékloucha (2).
L'enfance de Catherine Kabanova a été bercée par les contes, tout fleuris
de légendes, de ces *strannitsy* (voyageuses), dont la maison de ses parents.
était toujours pleine (3). Une riche veuve, Sophie Tourousina, « de
famille marchande » est entourée, à la campagne, comme à la ville, de
« bienheureux », de pèlerines, de parasites (*prijivalki*) : elle les fait recevoir à l'office, il est vrai, mais avec ordre de les bien traiter ; elle croit à.
leurs vertus, et n'entend pas raillerie sur le respect qui est dû à ces saints.
personnages :

— Il se moque en ma présence, dit-elle de Kourtchaev, des choses les plus
sacrées : toujours, sans relâche, il se moque de mes pèlerines, de mes innocents...
Je lui dis par exemple : regardez comme le visage de ma Matrena devient lui-
sant, c'est un effet de la sainteté ; « non, répond-il, mais de l'embonpoint ».
Je ne lui pardonnerai cela de ma vie. Voilà jusqu'où va le libertinage, jusqu'où
les jeunes gens osent s'oublier (4).

Elle reçoit des devineresses, des cartomanciennes, ne doute pas de
leur science ; comme le bon peuple, elle redoute les signes, les « ren--
contres » de mauvais augure. A dix pas de la porte elle a fait tourner
bride à son équipage :

— Une femme a traversé le chemin. Je voulais faire arrêter, mais voilà, j'ai
pris mon courage à deux mains, je suis allée plus loin, et soudain une rencontre..

(1) *L'Abîme*, IIᵉ tableau, scène 5.
(2) *L'Orage*, III, Iᵉʳ tableau, scène 1.
(3) *Ibid.*, I, 7.
(4) *Le plus malin s'y laisse prendre*, III, 1.

MACHENKA. — Mais quelle importance, cela a-t-il, une rencontre?

SOPHIE TOUROUSINA. — Encore si c'était du côté gauche, mais c'est du côté droit.

MACHENKA. — Droit ou gauche, peu importe.

SOPHIE TOUROUSINA. — Je n'aime pas ces manières de parler. Je ne supporte pas le libertinage dans ma maison. J'entends déjà bien assez d'impiétés des invités qui fréquentent chez nous. Aux étrangers je ne puis pas l'interdire, à toi, je le défends. Nous devons préserver nos jours. Sans doute c'est péché de prendre d'eux un soin excessif, mais c'est un devoir de veiller à ses jours. Il ne faut pas être opiniâtre. Que d'accidents ne voit-on pas : chevaux emportés, voitures brisées, cocher ivre qui vous verse dans le fossé. La Providence a soin des gens. Si l'on te dit bien clair : ne va pas là, il y a du danger pour toi, à qui la faute, si tu n'écoutes pas un bon conseil et si tu te romps le cou? Est-ce que les mots sont absolument nécessaires? Une fâcheuse rencontre a plus d'éloquence que tous les avertissements du monde (1).

Comme d'autres, elle a foi aux avis mystérieux des songes. — La vieille Maria Barabocheva va consulter un « bienheureux »; la vieille *niania* Félitsata (Félicité) se moque d'elle : « Comment passerait-elle pour une personne intelligente, si elle n'allait prendre conseil d'un benêt? »; mais elle-même, pour venir en aide à Polixène Barabocheva, se rendra chez une devineresse « qui saura faire quelque chose (2) ». Une autre mère, Oulita Tolstogorazdova, conseille à sa fille, jeune veuve désireuse de remariage, le recours à la même intervention :

— Ma petite Séraphine! J'allais oublier... Voici ce qu'il faut faire encore, sans faute. Il n'y faut pas manquer... Quand tu auras tous les renseignements sur ton futur, qu'il n'est ni dépensier, ni buveur, ni joueur, fais-toi conduire chez Paracha, la devineresse. Entre bien humblement et demande-lui : ton humble servante Séraphine sera-t-elle heureuse avec ton humble serviteur... quel est donc son nom?

SÉRAPHINE TOLSTOGORAZDOVA. — Paul.

OULITA TOLSTOGORAZDOVA. — Avec ton humble serviteur Paul. Et fais tout ce qu'elle te dira.

KARP KARPYTCH. — N'en fais rien.

OULITA TOLSTOGORAZDOVA. — Je veux bien, Karp Karpytch, t'écouter en tout, mais ici ce n'est pas ton affaire, c'est notre affaire à nous autres femmes. Ne l'écoute pas, ma petite Séraphine, fais ce que je t'ordonne. Je suis ta mère : je ne te conseillerai pas ton mal (3).

---

(1) *Le plus malin s'y laisse prendre*, III, 1.
(2) *Il faut de la chance pour que la vérité triomphe*, IV, 3.
(3) *Incompatibilité de caractères*, IIe tableau, VI. Karp Karpytch est le père. — Voir également *Ce n'est pas tous les jours fête*, IIe tableau, scène 6 : Akhov conseille à Agnia Krouglova d'aller prier sainte Prascovia (Parascève) — *Piatnitsa*, pour faire un bon mariage. Sur sainte Prascovia — *Piatnitsa*, voir ZABYLINE, *Rousski narod*, p. 100-101.

II

Comment ces pères, ces mères si incrustés, pour ainsi dire, dans la tradition et la superstition, ne croiraient-ils pas à la pérennité de leur droit et de leur pouvoir sur leurs enfants, à leur infaillible autorité pour diriger, ou négliger, leur instruction et leur éducation?

Dès le bas âge, les enfants sont le plus souvent confiés à des *nianias*, qui restent dans la famille, y vieillissent, pleines de tendresse indulgente pour ceux ou celles qu'elles ont élevés autant et plus que les mères. L'enfance des filles s'écoule à la maison, entre les femmes; celle des garçons s'ébat dans la rue, sans surveillance, à des gamineries ou des farces dont les pères sont plus portés à blâmer les victimes que les auteurs (1).

Quand vient le temps de songer à l'instruction de leurs fils, les « moujiks riches » dédaignent parfois de s'en occuper; si même ils remarquent quelque goût pour l'étude, ils le combattent, par grossièreté ou par crainte; et quand ils se convertissent à l'utilité du savoir, c'est moins conviction que vanité. Un premier conflit naît là, entre parents et enfants, de ces résistances qu'inspire une abusive conception d'autorité et le préjugé de classe.

— Quand j'étais plus jeune, dit André Brouskov à la fille de l'outchitel Ivanov, je voulais étudier, mais cela même on me l'a défendu. Bon encore, s'il n'y avait pas d'endroits pour s'instruire; mais la maison regorge d'argent, nous ne savons qu'en faire; et il y a, sur le boulevard de l'Intercession, l'Académie Commerciale (2). Pourquoi a-t-elle été bâtie? pour qu'on la regarde? Si encore chez nous, je veux dire dans le monde marchand en général, c'était l'usage de ne pas faire donner d'instruction aux enfants, ce ne serait pas un affront. Mais il n'en est pas ainsi. J'ai honte devant mes compagnons. Mon père avait un camarade, marchand russe aussi, qui portait la barbe, et qui a tout de même envoyé son fils en Angleterre; et maintenant celui-ci, pour la partie mécanique, connaît son affaire mieux que les étrangers. Par conséquent on n'a pas besoin d'en faire venir et de les payer. Pourquoi les gâter tant? Et moi, je ne suis peut-être pas plus bête que lui; tant pis : c'est mortifiant de voir cela! Je crois que si on m'avait fait étudier, j'aurais tout appris, parce que j'ai la passion; mais voilà, mon père me déchire à belles dents, et pourquoi? Lui-même n'en sait rien... Vous croyez qu'il ne comprend pas qu'un homme instruit est supérieur à un ignorant? Non : il veut seulement avoir le dessus. Ce n'est que l'entêtement et l'amour-propre de pouvoir dire : voilà, moi je suis sans instruction, et tu veux, toi, être plus malin que moi (3).

Orgueil inintelligent, crainte d'être dépassé, voilà ce qui rend le père

(1) *Les Farceurs*, I, 1; *Tel en pâtit qui n'en peut mais*, I, 3.
(2) Créée en 1801.
(3) *Tel en pâtit...*, I, 4.

hostile aux études. Chez la mère, l'idée du nécessaire en fait d'instruction est des plus bornées ; il s'y ajoute l'appréhension que le savoir ne ruine chez l'enfant le respect dû aux parents :

— Andrioucha est vif, débrouillard, il comprend tout ; alors, ma bonne dame, il n'aime plus la maison ; c'est une chose, une autre qui lui déplaît : je veux étudier, dit-il. Hé quoi? Est ce que nous ne lui avons pas fait donner de l'instruction? Un gymnasiste lui a appris l'arithmétique et la grammaire. A quoi lui servirait d'en savoir tant? Il est déjà assez hardi comme cela ; si on lui fait tout apprendre, on ne viendra plus à bout de lui, il ne respectera plus sa mère : ce sera à se sauver de la maison.

NÉNILA SIDOROVNA. — Oui, voilà le fruit de l'instruction. Une voisine à nous avait mis son fils aux études : il lui a crevé un œil (1).

La preuve de cette irrévérence est qu'André Brouskov s'est amouraché de la fille d'un vulgaire outchitel, et repousse les riches héritières de son monde. Ces parents Brouskov rappellent tels types de l'ancienne noblesse campagnarde, comme Madame Prostakova, ou même le Brigadier de Fonvizine.

Le marchand Chirialov, le manufacturier de *Tableau de bonheur familial*, envoie-t-il son fils aux écoles ou lui donne-t-il un précepteur? la vanité presque seule est en jeu :

— Aujourd'hui, ce n'est plus comme de notre temps : on jouait aux osselets jusqu'à dix-huit ans, après quoi on vous mariait, et aux affaires ! Aujourd'hui un homme sans instruction, on l'appelle imbécile. Voyez-vous, tout le monde est devenu savant. Avec cela, Stépanida Trofimovna, nous avons, Dieu merci, une fortune rondelette. Ce serait mauvais qu'on vienne dire : avec un capital pareil, il n'a pas su élever un fils unique. Et puis on ne veut pas avoir un dessous avec les autres. On entend dire : un tel a mis son fils en pension, un autre encore ; un autre l'a envoyé à l'Académie Commerciale (2).

Et lui-même a mis le sien en pension, puis aux mains d'un précepteur, sans plus de succès. On notera à ce propos que chez les jeunes gens l'instruction est désirée non seulement pour son utilité technique, mais pour la plus-value sociale, aisance extérieure, chances de succès mondain, qu'elle confère ou promet. André Brouskov regrettant de ne pas savoir le français, Podkhaliouzine songeant à l'apprendre (3), rejoignent à leur insu, ou aspirent à rejoindre le fils du Brigadier : on voit descendre dans la classe bourgeoise ce goût et cette mode du français recherché comme une marque de bon ton et d'élégance, une coupe d'esprit.

Ces études d'ailleurs, quelle qu'en soit la mesure, ne changent rien à la condition du *kouptchik* (4) : après comme avant, il est tenu en lisière

---

(1) *Tel en pâtit...*, II, 2.
(2) *Tableau de bonheur familial.*
(3) *Tel en pâtit...*, I, 4 ; *Entre siens...*, IV, 2.
(4) Littéralement « petit marchand », nom quelquefois donné, plaisamment, aux

par l'autorité paternelle, forte des droits qu'elle tient de la tradition et
de la loi, jalouse de son prestige au point de ne rien passer à l'indocilité,
de tout remettre à la plus servile soumission (1). Il arrive ainsi à l'âge
d'homme sans éducation virile. Incapable de concevoir ou de réaliser
de plus hautes aspirations, voué au négoce avec perspective de mariage
forcé, l'argent facile, la vanité, l'entraînement de la jeunesse le jettent
dans les grossiers et coûteux amusements ; le père gémit de ses folles
prodigalités, châtie à l'occasion des frasques compromettantes (2), mais
ne voit pas qu'il est lui-même responsable, pour une bonne part, de cette
débauche où se mêle souvent un besoin de s'étourdir, d'oublier la prison
familiale :

— De chagrin, dit André Brouskov à la jeune fille qu'il aime, on porterait
les mains sur soi. Vous connaissez mon existence. Chez nous, autant être dans
une maison de force ; avec mon manque d'instruction, je n'ai pas de relations
distinguées ; personne ne consent à m'aimer, à cause de mes façons grossières ;
et encore on va, qui sait, me marier à un monstre ! Il ne reste qu'une chose :
boire. Mais oui, je vous le dis, sans plaisanterie. Voyez vous-même, vous en
avez des exemples sous les yeux. Il y a des centaines peut-être de mes pareils,
fils de marchands, et très honnêtes garçons, qui se sont perdus de cette manière.
Je n'échapperai donc pas à ma destinée, parce que je ne vaux pas mieux que
les autres... Personne ne me tirera du gouffre, le tombeau seul me délivrera (3).

Même sous le coup d'une passion menacée et dans le désarroi sentimental, de telles paroles en disent long sur le despotisme paternel.

Chez les filles, l'instruction ne répond encore à nulle sollicitation
impérieuse, à nulles exigences pratiques : la grande majorité du monde
marchand, l'État lui-même n'en ont pas encore reconnu le prix et la
nécessité. Les parents l'envisagent comme un objet de luxe, un signe
visible de la richesse, un art d'agrément, non comme un devoir de leur
charge (4). De leur côté, les jeunes filles semblent n'y apporter aucun
désir de culture personnelle ou d'émancipation inquiétante ; elles y
seraient d'ailleurs bien plus combattues que les garçons. Qu'elles aient
donc des gouvernantes, comme des *barychny* (5), ou qu'elles fréquentent
quelque pension, leur savoir se borne à des notions élémentaires, à
quelques mots de français, à l'apprentissage des belles manières, à la

---

fils de marchands. *Il faut de la chance...*, I, 1 : « A la manière des marchands : instruis-toi comme tu l'entends, décroche au besoin des étoiles, mais pour la vie ne
suis pas les livres, suis nos habitudes, comme c'est établi depuis le vieux temps. »
(1) *Ce n'est pas tous les jours fête*, IIe tableau, scène 1.
(2) *Tableau de bonheur familial; Ce n'est pas tous les jours fête*, IIe tableau, scène 1.
(3) *Les Jours qui portent malheur*, I, 4.
(4) « Ma fille? Et après? Dieu merci, elle a chaussure, vêture, nourriture ; qu'est-ce
qu'il lui faut de plus? » dit Bolchov dans *Entre siens on s'arrangera*, III, 2.
(5) Littéralement des « filles de boïars », des filles de noblesse.

musique, au chant (1), parfois à la danse, effroi et scandale de mères
dévotieuses qui y voient « péché et péril pour l'âme (2) ». Même toutes
ne vont pas jusque-là (3). Et il ne leur reste, de cette superficielle initiation, qu'une sensibilité romanesque puisée aux livres, un sot mépris
pour les façons, jugées vulgaires, de leurs parents, pour les idées ou les
gens de leur classe. Elles ne revendiquent pas encore, chez Ostrovski du
moins, les droits et le libre emploi de leur intelligence : la richesse, l'engourdissement du bien-être, l'influence puissante et acceptée de la
coutume retardent l'heure pourtant prochaine du décisif affranchissement. La réclusion, la menace du mariage forcé oppriment leur personne
et leur cœur : c'est sur ce point qu'un conflit peut mettre aux prises
parents et enfants.

Pour le garçon, en effet, on entend quelquefois exprimer le regret qu'il
soit malaisé ou impossible de le surveiller : « Il sort plus librement (4). »
La jeune fille, au contraire, dans le monde marchand et même plus
haut (5), grandit en une demi-captivité, qui rappelle le térem de la veille
ou le couvent : « Voici l'été qui s'en va », dit Maria Pouzatova, « septembre
va venir, et moi je reste entre quatre murs comme une cloîtrée, et défense
d'approcher de la fenêtre... Quelle existence intéressante (6) ! » Il s'en-
suit une ignorance (7) ou une curiosité, également dangereuse, du monde
et de la vie. Mais dans le Zamoskvoretché et les provinces, vers les
années 50, le régime est tenu pour nécessaire et commode : « Il faut avoir
toujours l'œil ouvert, dit une mère. Croiriez-vous qu'on a peur de les
laisser aller au jardin? — Qu'est-ce que des filles? répond une autre.
D'abord on peut les enfermer ; et puis avec elles on a moins de soucis,
pas d'études, ni rien (8). » Les victimes de cette éducation ne sont pas
toujours muettes ; elles en dénoncent l'archaïsme barbare, contraire
aux mœurs nouvelles, et les conséquences, uniquement imputables à la
tyrannie défiante des parents. Une scène de *Songe de veille de fête...* peint
au naturel l'antagonisme d'une mère qui refuse, et de jeunes filles qui
réclament la liberté du sentiment et de la personne :

KAPOTCHKA (9). — Est-ce qu'on ne devient pas phtisique, par le fait des
parents?

(1) Voir CHACHKOV, *Istoriia rousskoï jenchtchiny*, p. 323 sqq.
(2) *Entre siens on s'arrangera*, I, 2.
(3) Avdotia Rousakova, Lioubov Tortsova, Paracha Kourroslêpova, Polyxène
Barabocheva.
(4) *Tel en pâtit...*, II, 2.
(5) *Pauvreté n'est pas vice*, II, 4 ; *Cœur ardent*, II, 7 ; III, 7 ; *les Esclaves*, II, 6 ;
Pas faite pour ce monde, II, 2. Il y a des exceptions locales : *l'Orage*, II, 2 ; *Cœur
ardent*, I, 7.
(6) *Tableau de bonheur familial.*
(7) *Ne t'assieds pas dans le traîneau d'autrui*, II, 6, 9 ; *le Cœur n'est pas une pierre* I, 2.
(8) *Tel en pâtit...*, II, 2.
(9) Kapotchka (diminutif de Kapitolina) (dix-sept ans), fille de Cléopâtre Nitch-

OUSTINKA. — Est-ce qu'il y a des lois pour les sentiments?

KAPOTCHKA. — Est-ce qu'on ne s'enfuit pas de la maison par la lucarne?

OUSTINKA. — Ou par le vasistas?

MALANIA. — Et même par la chatière, sous le porche, mademoiselle.

NITCHKINA. — Parfaitement, mais il est impossible de vous laisser beau-coup de liberté ; avec vous on est couvert d'affronts... devant tout le Zamosk-voretché.

KAPOTCHKA. — C'est surtout la faute des parents, parce qu'ils vous tiennent sous clé.

NITCHKINA. — Impossible de ne pas vous enfermer..., vous...

OUSTINKA. — Vous avez tort de penser ainsi. C'est de la superstition toute pure.

KAPOTCHKA. — Cela ne sert à rien, la réclusion.

NITCHKINA. — Tout de même on dort plus tranquillement... on n'a pas des idées... ; non pas, une fois libres. (*Les jeunes filles rient aux éclats.*) Pourquoi riez-vous? C'est sûr, la surveillance vaut mieux... on ne peut s'en passer... De quoi riez-vous?

OUSTINKA. — Mais comment ne pas rire? Est-ce qu'on peut surveiller une jeune fille? Que dites-vous là?

KAPOTCHKA. — Un millier d'yeux ne feraient rien.

NITCHKINA. — Il y a de quoi se vanter ! C'est du joli.

OUSTINKA. — Nous ne nous vantons pas, et il ne s'agit pas du tout de nous ici : vous avez tort de vous faire de nous une idée pareille. Nous parlons des jeunes filles en général, nous disons qu'il est assez ridicule de les tenir sous clé, parce qu'on peut trouver mille moyens... et qui ne les connaît pas?

... KAPOTCHKA. — Voilà, c'est que maman raisonne à la manière d'autrefois, comme les choses se passaient de son temps.

NITCHKINA. — Ce temps-là n'est pas tellement éloigné (1).

Le désaccord reste ici théorique, peut-on dire : les jeunes filles se défendent de vouloir recourir aux moyens d'affranchissement qu'elles indiquent explicitement ou par sous-entendus, et la mère est trop débon-naire pour appliquer ses principes. Il devient effectif et aigu dès que le désir de liberté, abstraction faite des mobiles, en général sentimentaux, rencontre obstacle ou résistance. Alors, pour la jeune fille comme pour la femme mariée (2), il ne reste d'autre ressource que la ruse (3), le men-songe ou la franche révolte. Paracha Kouroslêpova, dans *Cœur ardent*, est un type de ces « rebelles ». Avec une énergie farouche, elle défend contre sa marâtre le peu de liberté que les mœurs de sa ville laissent à la jeune fille avant les chaînes du mariage :

— Quoi? Est-ce que je te gêne en me promenant un peu dehors? Ne suis-je

kina, veuve « marchande » (trente-cinq ans); Oustinka, son amie, fille de marchand (vingt ans); Malania, domestique de Nitchkina.
(1) *Songe de veille de fête...*, IIe tableau, scène 2.
(2) Voir plus haut, chap. III.
(3) Polyxène Barabochéva (*Il faut de la chance...*); Marie Pouzatova (*Tableau de bonheur familial*); Varvara Kabanova (*l'Orage*).

pas jeune fille? C'est tout ce que nous avons en fait de joie, de nous promener un peu les soirs d'été, de prendre un peu l'air, librement. Comprends-tu, librement, en toute libèrté, à ma guise... Pourquoi me tyrannises-tu? Une bête sauvage elle-même aurait plus de sentiment. Avons-nous tant de liberté dans notre vie de jeunes filles? Ai-je beaucoup de temps à être ma maîtresse? Mais non. Je suis toujours sous autrui, toujours. Jeune, je suis la servante de mon père et de ma mère ; devenue grande, si on me marie, je serai l'esclave de mon mari, l'esclave irrévocablement. Alors je te sacrifierais cette pauvre petite liberté, si chère, si courte? Prenez-moi tout, tout, mais ma liberté, je ne la donnerai pas... Je me ferais tuer pour elle (1) !

Sommée par son père de se soumettre, Paracha obéit avec une dignité menaçante :

— Eh bien soit, je me soumettrai. (*A Matrena.*) Je me soumettrai, seulement, je te le dis devant mon père, c'est la dernière fois, rappelle-toi bien mes paroles. Et si tu te mets à vouloir m'arrêter, je vous ferai voir à quoi mène de vouloir enlever à une jeune fille sa liberté. Écoute, père ! Je n'ai pas souvent l'occasion de te causer, je dirai tout d'une seule fois. Vous m'avez offensée. Mon devoir me défend de me quereller avec toi ; mais je n'ai pas la force de me taire ; après, je me tairai un an s'il le faut, mais voici ce que j'ai à te dire : ne cherche pas à m'enlever ma chère liberté, ne va pas souiller mon honneur de jeune fille, ne m'impose pas de gardiens. Si je me veux du bien, je me préserverai bien toute seule ; mais si vous voulez me surveiller malgré moi... vous ne me garderez pas (2) !

Nul souvenir, nul regret ne l'arrête, sur le seuil de la maison paternelle qu'elle fuit pour rejoindre son ami :

— Adieu, maison de mes parents ! Que de larmes j'y ai versées ! Seigneur, que de larmes ! Et maintenant, pas même une pauvre petite larme ne coule de mes yeux : pourtant c'est ici que je suis née, que j'ai grandi... Il n'y a pas si longtemps j'étais encore une enfant : je croyais qu'il n'y avait rien au monde de plus doux que toi, et maintenant si je pouvais ne plus te revoir de ma vie ! Sois maudite, prison de ma jeunesse (3) !

III

L'âge venu, l'éveil du cœur dans la vie enclose, l'exemple d'alentour, une sorte de point d'honneur de trouver parti, l'espoir d'un demi-affranchissement et d'une vie plus large, la coutume aussi, qui ne propose pas d'autre idéal, amènent ou poussent la jeune fille au mariage. Dans les anciennes mœurs marchandes et populaires, une fille, à treize ou quatorze ans, était bonne à marier : la vieille Stépanida Pouzatova, « mariée à quatorze ans », fait honte à sa fille de « suivre la mode » et de ne pas

(1) *Cœur ardent*, I, 7.
(2) *Ibid.*
(3) *Ibid*, II, 7.

l'être encore à dix-neuf (1). Olimpiada Bolchova presse sa mère de lui découvrir à tout prix un épouseur : son célibat l'humilie : « Toutes mes amies sont mariées, et moi je suis comme une abandonnée. » « D'autres, dit la cellerière Fominichna, à l'âge d'Olimpiada, sont mères depuis longtemps (2). » Et elle n'a pas dix-neuf ans ! Les vagues élans de tendresse, les rêves, l'ennui, tout ce trouble de l'amour naissant où le corps s'alanguit (3), comme le cœur, est parfois imputé au régime de la « clôture » :

— C'est toujours ainsi quand on tient les jeunes filles enfermées. Elle (4) reste là comme en prison, pas de sortie ; et pourtant elle est déjà en âge, il est grand temps de la marier... Sa grand'mère réfléchit sur les épouseurs ; et elle, elle est devenue amoureuse, elle se dessèche le cœur. Si nous avions des connaissances et si on conduisait un peu Polyxène dans le monde, elle ne serait pas si portée à aimer ; mais, hors de sa prison, on trouve bien fait le premier venu ; le diable même plairait mieux que le plus beau gaillard... Enfermée dans une forteresse pareille, derrière cinq serrures, derrière sept gardiens, et, pour toute lumière, celle de la fenêtre, comment peut-on aimer, s'il n'y a pas un être vivant (5)?

La complaisance d'une servante (6), le dévouement de quelque *niania* (7) facilitent les entrevues. Novices et ardentes, sans expérience des hommes, les jeunes filles « marchandes » cèdent au premier entraînement. Les unes s'éprennent de quelque commis, respectueux, sage, un peu mélancolique, parce que seul, sans famille ou maltraité par le « patron », leur père (8) ; d'autres rêvent d'épouser un officier ou un fonctionnaire pimpant qu'elles voient, de leur fenêtre, passer dans la rue (9), un jeune noble de campagne au parler enjôleur (10). Cela les porte à mépriser les fils de marchands, mal tournés, disent-elles, barbus, sans distinction de manières ou de langage, grossiers, brutaux parfois et buveurs (11). En un instant elles sont subjuguées, ravies d'une irrésistible passion ; elles ne supportent aucun retardement, recourent à la menace pour forcer l'hésitation maternelle :

— Vous entendez? trouvez-moi un mari, trouvez-m'en un à tout prix. Je vous le dis d'avance : découvrez-m'en un sans faute ; sans quoi vous en vaudrez

---

(1) *Tableau de bonheur familial.*
(2) *Entre siens on s'arrangera*, I, 2. Fominichna elle-même s'est mariée entre treize et quatorze ans. Les autres jeunes filles « marchandes » pour qui il est question de mariage ont entre dix-sept et vingt ans.
(3) *Entre siens on s'arrangera*, I, 2.
(4) Polyxène Barabocheva, dans *Il faut de la chance...*
(5) *Il faut de la chance...*, I, 1.
(6) *Tableau de bonheur familial.*
(7) *Il faut de la chance*, I, 2 ; IV, 2, 3, 4.
(8) *Pauvreté n'est pas vice; Il faut de la chance...*
(9) *Songe de veille de fête...*
(10) *Ne t'assieds pas dans le traîneau d'autrui.*
(11) *Ne t'assieds pas...*, II, 2 ; *Entre siens on s'arrangera*, I, 6 ; *Cœur ardent*, III, 5.

pis ; je ferai exprès, pour vous mortifier, de prendre un adorateur en secret, je me sauverai avec un hussard et nous nous marierons sans prévenir personne (1).

Quant aux fils des *kouptsy*, mariés jeunes également (2), ils dédaignent parfois les filles de leur monde, qu'ils jugent inélégantes, sottes, sans grâce ni éducation, et leur préfèrent quelque fille de fonctionnaire, pauvre mais plus distinguée de manières et de langage (3). André Brouskov trace en charge le portrait de la *névêsta* vers qui son père l'a traîné, et dit ailleurs à sa mère : « Si vous voulez me marier, trouvez-moi une future qui ait figure humaine (4). » Ose-t-il aimer une fiancée de son choix, sans l'aveu de ses parents? sa gaucherie dans l'expression de son sentiment, la crainte de la colère paternelle, si le secret vient à se découvrir, lui donnent quelque chose d'humilié et d'un peu ridicule.

D'ailleurs les uns et les autres, filles, garçons, auraient peu de chances de voir leurs vœux écoutés, si quelque accident imprévu, quelque aide inespérée ne forçait ou ne retournait l'hostilité des parents. Car ceux-ci sont les maîtres, en vertu de la longue tradition d'autorité, qui leur donne pouvoir de disposer de leurs enfants. Hors du monde marchand, cette survivance du Domostroï est condamnée comme contraire à la nature et à la raison :

— Ils veulent marier ce garçon-là malgré lui, dit la logeuse Agraféna Platonovna, veuve d'un « secrétaire de gouvernement », à la fille de l'outchitel Ivanov. C'est la plus basse coutume. Est-ce qu'un homme peut aimer contre son gré? Quels droits a-t-on là-dessus? Quelles lois? Ces gens-là vivent dans la grossièreté, alors, ils ne comprennent rien. Une idée saugrenue leur passe par la tête, ils n'en veulent pas démordre (5).

Les parents allèguent l'obligation spirituelle, leur expérience : ceci acceptable, vu la précocité du mariage, s'ils étaient vraiment fondés à l'invoquer. Surtout leurs vues tout intéressées se ravalent fréquemment au mercantilisme matrimonial : la charge morale, en réalité, est un fardeau dont il faut savoir se débarrasser à temps, une affaire à traiter le plus avantageusement possible, et dont eux seuls ont qualité pour être négociateurs. Le marchand Rousakov, père plein de tendresse, de bon sens et de prudence, est le seul qui apporte une âme droite dans l'exercice de son autorité; on sent chez lui la sincérité du sentiment qui dictera sa conduite, la conscience du devoir sur quoi il établit son droit : « Je ne dois pas traiter cela à la légère : car j'aurai à répondre d'elle devant Dieu (6). » Demeuré veuf après trente années d'une union sans

---

(1) *Entre siens on s'arrangera*, I, 2.
(2) Du moins dans le vieux temps : voir ce que dit Chirialov (*Tableau de bonheur familial*).
(3) C'est ce qu'a fait Krasnov dans *A qui n'arrive pas péché et malheur*.
(4) *Tel en pâtit...*, I, 4 ; II, 4.
(5) *Ibid.*, I, 6.
(6) *Ne t'assieds pas dans le traîneau d'autrui*, I, 3.

nuage, il n'a d'autre consolation que sa fille, ne rêve que son bonheur et les joies paisibles qui en découleront pour lui-même. Tite Brouskov, après avoir malmené son fils et consenti à son mariage, dans une saute imprévue d'humeur bienveillante, ajoute gravement :

— Sans ton père et ta mère, qu'est-ce que vous seriez au monde? Si nous ne te marions pas, tu te mettras à boire, puis à voler ; et ta mère et moi, nous en aurons grande affliction au cœur ; parce que nous devons répondre à Dieu pour toi (1).

Ici le père brandit comme un épouvantail des mots reçus de la tradition, il ne se pénètre pas de leur sens ; et en fait ils demeurent sans effet sur ses résistances, ses brusqueries, sa décision finale. Pour le bon Rousakov, l'inexpérience des enfants légitime la prédominance du choix paternel :

— Est-ce qu'on peut s'en rapporter à une jeune fille, pour savoir qui lui plaira? Les jeunes filles, on le sait bien, sont sottes. C'est bientôt fait de les tromper. Le premier écervelé venu, Dieu me pardonne ! qui se tortille, minaude, la voilà qui en tombe amoureuse. Faut-il la marier avec lui comme cela, sans réfléchir? Non, ce n'est pas dans l'ordre : il faut que l'homme me plaise à moi. Je la donnerai non pas à celui qu'elle aimera, mais à celui que, moi, j'aimerai. Oui, celui que j'aime, c'est à lui que je la marierai. Et j'étudierai mon homme pendant un an, je l'examinerai sous toutes ses faces. Mais comment se fier à une enfant? Qu'est-ce qu'elle a vu? Qui connaît-elle? Tandis que moi, compère, ce n'est pas pour rien que j'ai vécu soixante ans sur terre et que j'ai vu les gens : on ne m'attrapera pas (2).

Certains parents, le petit nombre, répugnent à choisir le futur ou la future hors de leur classe, par une sorte d'orgueil corporatif, par attachement étroit à la tradition, par défiance du « traîneau d'autrui (3) ». D'autres ne regardent que l'argent : Brouskov veut des dots voisines du million ; et sa femme est plus explicite : « Il nous faut une névêsta qui ait beaucoup de fortune, parce que nous-mêmes nous sommes riches. Pourquoi irions-nous prendre une fille pauvre (4)? » Les « bourgeois gentilshommes » sacrifient délibérément leur fille à leur appétit de grandeurs : Lioubov Tortsova devra épouser le vieux manufacturier Korchounov, pour que son père, Gordiéï Tortsov, puisse éblouir des confrères et aller mener à Moscou un train digne de sa richesse ; Barabochev veut pour sa fille un général, afin de mortifier à son tour un confrère qui n'avait en vue qu'un colonel (5). Les convenances d'intérêts, les combinaisons

---

(1) *Les Jours qui portent malheur*, II, 5.
(2) *Ne t'assieds pas...*, I, 3 ; II, 12.
(3) Stépanida Pouzatova dans *Tableau de bonheur familial;* Néouêdénov dans *Songe de veille de fête...*
(4) *Tel en pâtit...*, I, 3 ; II, 12.
(5) *Pauvreté n'est pas vice*, II, 10 ; *Il faut de la chance...*, I, 5.

financières guident ou changent aussi le choix (1). Dans ce monde voué
au commerce, rétréci à l'horizon borné de ses boutiques, le mariage en
arrive à être traité comme une simple affaire, achat ou vente à bénéfice (2). Après que Pouzatov a négocié le mariage de sa jeune sœur avec
le vieux manufacturier Chirialov, on voit poindre l'arrière-pensée de la
tricherie sur la dot (3). Sa faillite une fois échafaudée, avec l'aide de
l'agent d'affaires Rispolojenski, Bolchov ajoute : « Là, dites ce que vous
voudrez ; mais j'ai une fille à marier ; si je pouvais m'en défaire de la
main à la main, et bon voyage (4) ! » « Une fille n'est pas une marchandise
à garder en magasin : à tout prix il faut l'écouler. Après, cela ne nous
regarde plus : elle vivra comme elle l'entendra (5). » Enfin la pauvreté,
l'appréhension de la gêne, plus pénible dans le voisinage insolent du
luxe étalé, pousse quelques mères à donner, à vendre, leurs filles à de
riches maris, souvent bien plus âgés. Daria Krouglova, instruite par une
amère expérience, engage sa fille à repousser les avances du vieux manufacturier Akhov, et préfère pour elles deux la pauvreté tranquille ; Rousakov ne veut pour gendre « ni d'un homme de qualité, ni d'un riche,
mais que ce soit un brave homme, aimant sa fille Douniacha, et que
lui-même ne se lasse pas de les regarder vivre (6) » : dans le *koupetchestvo*
d'Ostrovski, ce père et cette mère sont l'exception. Il apparaît bien, en
somme, que le mariage seul est la chose importante, et non la personne
du futur ou de la future : ceci même répond encore aux vieilles idées ou
aux préjugés populaires dont la cellerière Fominichna, dans *Entre siens
on s'arrangera*, est l'interprète. Elle ne comprend pas les exigences
d'Agraféna Bolchova et de sa fille, en fait de mari :« A quoi bon vouloir
choisir? Bien sûr il faut que ce soient des gens pas défraîchis, pas chauves,
qui ne sentent pas mauvais ; mais après cela, peu importe qui on prenne,
c'est toujours un homme (7). »

Sa décision arrêtée, le père emmène son fils, de gré ou de force, vers
une *névésta*, ou plusieurs ; pour une fille, on recourt aux bons offices d'une
marieuse, dont le zèle et le dévouement se mesurent au salaire donné
ou promis (8). En aucun cas, les parents ne jugent nécessaire que les

---

(1) *Incompatibilité de caractères*, IIe tableau, IV, le mot de Tolstogorazdov sur les
mariages d'argent ; *Entre siens on s'arrangera*, III, 8.
(2) *La Forêt*, V, 10 ; *Pas un gros et tout d'un coup un altyne*, II, 7.
(3) *Tableau de bonheur familial.*
(4) *Entre siens...*, I, 10.
(5) *Tel en pâtit...*, II, 2.
(6) *Ce n'est pas tous les jours fête*, II, 9 ; *Ne t'assieds pas...*, I, 3.
(7) *Entre siens on s'arrangera*, II, 6. — Voir plus haut chap. Ier, p. 164 ; *Pas un
gros et tout d'un coup un altyne*, II, 4 : « Il (Epichkine) ne fait pas grand cas de sa fille,
et on peut dire vraiment qu'il ne la considère même pas comme une personne humaine,
alors la discussion ne sera pas longue » ; et le vieux proverbe : « Les filles ne sont pas
des personnes, les chèvres ne sont pas du bétail. »
(8) *Entre siens...; Songe de veille de fête...; Il faut de la chance...*

futurs se connaissent, se fréquentent, pas plus qu'ils ne s'inquiètent de leurs préférences. Dans *Tableau de bonheur familial*, dans *Il faut de la chance...*, une mère, une aïeule négocient, sans même la prévenir, le mariage d'une fille ou d'une petite-fille. Rousakov, on l'a vu plus haut, prendra pour gendre l'homme qui plaira non à son Avdotia, mais à lui-même : sans doute il a toutes bonnes raisons de préférer le jeune marchand Borodkine à Vikhorev, dont il a deviné et démasquera la cupidité ; toujours est-il qu'il veut imposer son choix, et lui, le meilleur des pères, n'imagine pas que cette prétention, justifiée en fait, puisse avoir tort en droit. On ne prête aucune attention aux sentiments réciproques des futurs : le cœur est serf, sous l'autorité des parents. L'amour même, s'il apparaît, est combattu comme une infraction coupable ou une dangereuse superfluité (1) ; d'où nouvelle occasion d'antagonisme :

POLYXÈNE BARABOCHEVA. — Ainsi vous vous figurez que mon cœur vous obéira et qu'il aimera celui que vous ordonnerez ?

MAVRA TARASOVNA. — Qu'est-ce que l'amour vient faire ici ? Il n'y a pas d'amour : c'est un mot vide que vous avez imaginé. Si on laisse beaucoup de liberté, alors l'amour se manifeste, et tout cet amour, c'est pur caprice. Soumets-toi à la volonté de tes parents, voilà ton devoir ; mais l'amour n'est pas chose indispensable et on peut vivre sans cela, ma petite. J'ai vécu, moi, sans le connaître, tu peux bien t'en passer.

POLYXÈNE. — Vous l'avez connu, puis oublié.

MAVRA TARASOVNA. — La preuve que je ne l'ai pas connu, c'est que, toute vieille femme que je suis, j'ai honte, même maintenant, à entendre tes paroles.

POLYXÈNE. — On avait ces idées-là autrefois ; aujourd'hui, c'est tout à fait autre chose.

MAVRA TARASOVNA. — Nullement : cela n'a pas changé. La nature de la femme est restée la même : telle elle était, telle elle est encore, absolument pareille ; alors on emploie toujours les mêmes procédés : autrefois on ne vous laissait pas de liberté, on vous gardait et surveillait ; aujourd'hui encore les parents avisés exercent la même surveillance (2).

Aux yeux de la « marchande » Brouskova, l'amour de son fils pour la fille de l'outchitel Ivanov est « pure désobéissance envers les parents » et sujet de honte, pour eux, à cause de l'inégalité de fortune. Elle accueille le soupçon, émis par une commère, d'un sortilège dont son fils aurait été victime, « quelque poudre qu'on lui aurait versée », et ne repousse pas l'offre d'un « moyen » désensorcelant (3).

Rien d'étonnant que la perspective du mariage forcé jette les jeunes gens dans la tristesse, l'épouvante ou le désespoir. André Brouskov se

---

(1) Voir, dans *Evgéni Onéguine* (III, str. 17-18), ce que dit à Tatiana sa nourrice (*niania*).

(2) *Il faut de la chance...*, I, 3.

(3) *Tel en pâtit...*, II, 2, 4.

cache de son père, depuis que celui-ci lui a trouvé « un parti » : il songe même à se pendre :

— Vous n'êtes donc pas votre maître? lui demande Élisabeth Ivanova. Si la jeune fille ne vous plaît pas, eh bien, ne vous mariez pas, et dites-le à votre père.

ANDRÉ BROUSKOV. — Il s'agit bien de liberté! Ah! Élisabeth Pétrovna! Est-ce que les choses se passent chez nous comme chez les autres? (*Faisant un geste de désespoir.*) J'ai les ailes brisées, c'est-à-dire coupées, absolument. On a fait de moi un avorton, et non un homme. Je suis sur terre comme un égaré. Dans notre monde ce n'est pas l'usage que le fils ose se choisir une future selon son cœur, comme il faudrait ; mais on vous voiture, on vous montre, et marie-toi! Et si on dit : papa, cette fille ne me plaît pas, il vous répond : je t'envoie à la caserne. Et fini (1)!

Veut-il discuter avec sa mère, car le père ne consentirait pas à l'entendre, elle le rebute encore plus rudement :

— Quoi? veux-tu en savoir plus que tes père et mère? Les yeux ne poussent pas plus haut que le front, les œufs n'en remontrent pas à la poule.

ANDRÉ BROUSKOV. — Mais, maman, c'est que je devrai passer ma vie avec elle?

NASTASIA PANKRATIEVNA.   —   Comment peux-tu dire des grossièretés pareilles? Qui est-ce qui te parle? Est-ce ta mère ou non? Tu dois y songer.

ANDRÉ BROUSKOV. — Quoi, songer? Il n'y a rien à comprendre... Si vous voulez me marier à présent, trouvez-moi une future qui ait tant soit peu figure humaine. Je me marierai, soit, puisque je ne peux pas y échapper. Mais celle que vous voulez me donner me répugne absolument. Maman, cachez-moi quelque part, loin de mon père. Ou bien mariez-moi au plus vite, allons, pour que je ne me torture pas (2).

Au nom du principe d'autorité, et guidés uniquement par leur intérêt, les parents, les pères surtout, signifient brutalement leur volonté d'avoir le dernier mot : le coup de force domestique va s'accomplir. C'est ici la crise, le point aigu du conflit.

Podkhaliouzine, après l'habile manœuvre qui amène son patron Bolchov à lui proposer la main de sa fille, exprime hypocritement la crainte qu'Olimpiada Bolchova ne veuille même pas le regarder, lui si peu séduisant. « La belle affaire ! » répond Bolchov. « Je ne vais pas me mettre, sur mes vieux jours, à écouter ses turlutaines. Elle épousera celui que j'imposerai. C'est mon enfant : je suis bien libre d'en faire ce que je veux ! » Il voit même, dans la présentation de ce fiancé imprévu, un « bon tour à jouer ». Quand, parée comme une châsse, sa fille espère une entrevue avec un *jénikh* noble, Bolchov lui prend la main, la met de force dans celle de Podkhaliouzine. Mère et fille jettent les hauts cris ; le commis affecte le désespoir :

(1) *Tel en pâtit...*, I, 4.
(2) *Ibid.*, II, 4.

— Père, je ne connaîtrai pas de bonheur en ce monde! Je vois que les choses n'iront pas au gré de votre désir.

Bolchov. — Comment n'iraient-elles pas ainsi, si je le veux? Pourquoi suis-je donc père, sinon pour ordonner? Est-ce pour rien que je l'ai nourrie?

Agraféna Kondratievna. — Que dis-tu là? Que dis-tu? Tu t'oublies!

Bolchov. — Le grillon doit rester dans son trou. Cela ne te regarde pas! Allons, Lipa! Voilà ton futur! Je te prie de lui faire bon accueil! Asseyez-vous l'un à côté de l'autre, causez gentiment; et après cela, la noce avec un beau repas.

Lipotchka. — Comment, j'ai bien affaire de m'asseoir à côté d'un rustre! Quel affront!

Bolchov. — Si tu refuses, je t'assoirai de force, et je te ferai faire des manières.

Lipotchka. — A-t-on jamais vu des demoiselles bien élevées épouser leurs ouvriers?

Bolchov. — Tu feras bien de te taire! Si tel est mon ordre, tu épouseras le concierge... J'ai résolu de donner ma fille à mon commis, j'aurai le dernier mot, et que personne ne proteste; je ne veux rien entendre (1).

Si les enfants ont le courage et l'audace de résister à la contrainte où l'on veut plier leurs sentiments, prétendent passer outre aux volontés de leurs singuliers bienfaiteurs, ils sont vite menacés : les garçons, de la caserne (2) ou de la maison de correction; les filles, de la réclusion, du couvent; les uns et les autres, du refus de la dot ou de la bénédiction. Mavra Barabocheva annonce à sa petite-fille que, pour la mettre à la raison, elle la tiendra enfermée jusqu'à la noce :

Polyxène. — Jusqu'à quelle noce?

Mavra Tarasovna. — Mais, ma mie, jusqu'à ce que je t'aie trouvé un futur à mon idée.

Polyxène. — Eh bien, si vous en trouvez un à votre idée, épousez-le vous-même : je n'en ai que faire.

Mavra Tarasovna. — Merci bien, nous n'allons pas nous mettre à étudier tes exigences : nous te marierons à celui qu'il nous faut.

Polyxène. — Il arrive qu'on s'enfuit de la maison.

Mavra Tarasovna. — Oui, mais quand on n'a pas d'attaches.

Polyxène. — Et qui me retient?

Mavra Tarasovna. — La grosse dot. Tu la ménageras, ma mie, tu ne la jetteras pas là. Et puis, tiens : tu causes plus que de raison; tu n'es pas un si grand personnage, et il ne me convient pas d'échanger tant de paroles avec toi. Si le cœur t'en dit, bavarde avec ta niania. Elle est dans la maison pour écouter des fadaises : elle reçoit des gages pour cela... Ne me menace pas d'évasion. Si les vieilles serrures sont mauvaises, nous connaissons des serruriers qui en fabriqueront des neuves, un peu plus solides.

(1) *Entre siens on s'arrangera*, II, 10; III, 4. — Comp. Rousakov dans *Ne t'assieds pas dans le traîneau d'autrui*, II, 12; Gordiéï Tortsov dans *Pauvreté n'est pas vice*, II, 10; Brouskov dans *les Jours qui portent malheur*, III, 7.
(2) Voir plus haut, p. 234.

POLYXÈNE. — Et vous, grand'mère, ne me menacez pas de vos serrures. Celui qui a horreur de la servitude, et qui a bien envie d'y échapper, celui-là trouvera un moyen.

MAVRA TARASOVNA. — Peut-on savoir lequel?

POLYXÈNE (*à l'oreille de sa grand'mère*). — Le tombeau (1).

Plus tard, après la résolution annoncée « d'épouser celui qu'elle aime » (Platon Zybkine, l'employé au cœur sincère), Polyxène est menacée de réclusion pendant deux ou trois mois, « pour éviter les fraîcheurs du soir » ; mais rien ne courbe sa juvénile énergie :

— Vous m'avez reproché la dot ; je l'épouserai sans dot, gardez-la pour vous.

MAVRA TARASOVNA. — Ne voudrais-tu pas me séduire, ma mie? Non, je ne m'approprierai pas ta dot : je n'ai pas besoin du bien d'autrui ; elle t'a été destinée et te restera toujours. Où que tu ailles hors de notre maison, elle te suivra. Seulement, il n'y a pas trop d'issues pour toi : ou le mariage selon notre volonté, ou le couvent. Si tu te maries, nous te remettrons la dot ; si tu entres au couvent, nous la déposerons au couvent. Tu viendrais même à mourir, ce qu'à Dieu ne plaise ! elle te suivrait encore, nous la léguerons à l'église pour aider par des prières au repos de ton âme.

POLYXÈNE. — Je vous le répète encore : j'épouserai qui j'aime. Aujourd'hui chacun doit vivre à sa guise.

MAVRA TARASOVNA. — Tes « aujourd'hui » et « demain », pour moi, c'est autant rien ; je n'entends pas raison là-dessus (2).

Avec toute sa bonté et de la meilleure foi du monde, Rousakov n'est pas moins catégorique et intransigeant :

— Avdotia, voici mon dernier mot : épouse-moi Borodkine, ou je ne te connais plus.

AVDOTIA (*se levant de sa chaise*). — Papa...

ROUSAKOV. — N'approche pas ! Je t'ai élevée, gardée comme la prunelle de mes yeux. Que de péchés je me suis mis sur la conscience !... aussi, l'orgueil m'a vaincu, à cause de toi : je ne laissais personne dire un mot de ses enfants, je pensais qu'il n'y avait rien de mieux au monde que toi. Dieu m'a puni de ma faute ! Je te le dis, Avdotia, épouse Borodkine. Si tu ne l'épouses pas, tu n'auras pas ma bénédiction. Et que je n'entende plus parler de l'autre, cet aventurier ! Je ne veux pas le connaître. Tu entends, ne m'induis pas à péché (3) !

IV

Comment se dénouent ces conflits entre l'autorité paternelle, proclamant sa force, entêtée de son droit, hostile à l'idée moderne de liberté

---

(1) *Il faut de la chance...*, I, 3.
(2) *Ibid.*, IV, 5.
(3) *Ne t'assieds pas dans le traîneau d'autrui*, II, 12.

dans le sentiment, et le cœur des enfants, injustement bâillonné, même dans des choix honnêtes? L'entente impossible ne laisse place, pour les opprimés, qu'à la résignation passive, la soumission intéressée, et l'opposition violente.

Nombreuses sont dans le *koupetchestvo* les jeunes filles qui, par ignorance de la vie, par sentiment de leur faiblesse, par peur, par tendresse de cœur aussi, par docilité héréditaire, se soumettent sans murmure, sinon sans regret, aux volontés des parents. Avdotia Rousakova, follement éprise de Vikhorev, tremble à la pensée d'avouer ses préférences à son père, et son refus d'épouser Borodkine : « Non, je ne peux pas faire cela, ce n'est pas dans mon caractère. Comment oserais-je lui dire? C'est une idée qui ne lui viendrait pas à l'esprit, que j'aie le courage de ne pas lui obéir (1). » Quand Gordiéï Tortsov annonce qu'il a donné à son ami Korchounov la main de sa fille Lioubov, celle-ci s'incline :

— Papa! Je ne m'écarterai pas d'un pas de ta volonté! Aie pitié d'une malheureuse, ne perds pas ma jeunesse... Je n'aurai pas l'audace de désobéir à ton ordre. (*Elle se jette à ses pieds.*) Ne veuille pas mon malheur pour toute ma vie. Ravise-toi. Impose-moi ce que tu voudras, mais ne m'obligez pas à épouser contre mon cœur un homme que je n'aime pas.

Gordiéï Tortsov. — Je ne retire pas ma parole.

Lioubov Tortsova. — Tu es le maître, mon père (2)!

Quand plus tard l'employé Mitia, qu'elle aime, lui propose, devant sa mère, un enlèvement, elle repousse l'offre, par crainte du scandale :

— Tais-toi, Mitia! Comment te tromperais-je, pourquoi? Je t'aimais, ne te l'ai-je pas dit? Mais maintenant je ne dois pas dévier de la volonté des miens : la volonté de mon père est que je me marie. Je dois m'y soumettre : c'est notre lot à nous jeunes filles. C'est ainsi sans doute que les choses doivent être ; c'est ainsi qu'elles se sont faites de tout temps. Je ne veux pas aller contre mon père, pour qu'on ne parle pas de moi et qu'on ne me cite pas en mauvais exemple. J'en aurai peut-être le cœur brisé, mais du moins je sais que je vis selon la loi ; personne n'osera se moquer de moi en face. Adieu (3)!

Catherine Kabanova s'est laissé marier ainsi. Vêra Philippovna, par abnégation filiale, a épousé le vieux manufacturier Karkounov :

— Maman était tout le temps en peine de savoir que faire de moi avec notre pauvreté : naturellement, quand Potap Potapytch a fait sa demande, elle s'est signée des deux mains. Pouvais-je ne pas obéir à ma mère, ne pas lui donner cette consolation (4)?

Celles-là sont les victimes obéissantes, groupe éploré et parfois tra-

---

(1) *Ne t'assieds pas...*, II, 1.
(2) *Pauvreté n'est pas vice*, II, 10.
(3) *Ibid.*, III, 6.
(4) *Le Cœur n'est pas une pierre*, I, 2.

gique. D'autres, trop peu combatives pour s'affranchir délibérément, rusent avec la tyrannie paternelle : sachant que la dot ne va pas sans la « bénédiction », elles acceptent, pour garder la première, les conditions de la seconde ; l'inclination antérieure cède aisément à l'attrait de la richesse : ce sont les calculatrices. Une riche veuve, Tourousina, « d'origine marchande », est en désaccord avec sa nièce à propos d'un futur :

— Oseras-tu maintenant discuter avec moi? Au reste, mon amie, si tu y tiens absolument, épouse-le. Je ne veux pas qu'on m'accuse d'être tyrannique. Seulement, sache bien que cela me mécontente fort et que tu ne seras guère en droit de te plaindre si je te...

MACHENKA. — Si vous me refusez l'argent...

TOUROUSINA. — Et surtout, ma bénédiction.

MACHENKA. — Non, ma tante, n'ayez crainte. Je suis une demoiselle de Moscou, je ne me marierai pas sans argent et sans la permission de mes parents. Georges Kourtchaev me plaît infiniment ; mais si cela ne vous agrée pas, je ne me marierai pas avec lui ; et je n'en ferai pas une maladie. Grâce à vous, je suis riche. Je veux jouir de la vie.

TOUROUSINA. — Je comprends, mon amie, je comprends cela.

MACHENKA. — Trouvez-moi l'épouseur que vous voudrez, à condition que ce soit un parti honnête, et je me marierai sans discuter davantage. Je désire briller, mettre un peu en valeur ma beauté. Car vivre comme nous faisons, songez-y, c'est bien triste pour moi (1).

Olimpiada Bolchova, après avoir d'abord repoussé dédaigneusement Podkhaliouzine qu'on lui impose, se ravise quand elle apprend que son père ne possède plus rien en propre, et qu'avec le commis elle aura la vie large, élégante. Sa vanité rêvait d'un noble : l'argent la retient dans sa classe (2).

La résistance emprunte des modes divers. Si les mœurs locales permettent de libres fréquentations entre jeunes gens, la ruse, le mensonge en multiplient les occasions. Varvara, fille de la vieille Kabanikha, y recourt sans scrupule : « Toute la maison repose là-dessus », dit-elle à sa belle-sœur Catherine Kabanova (3). Pour arracher le consentement de ses parents, la jeune fille « marchande » les effraie, les mères surtout, par des menaces de suicide (4), d'empoisonnement (5), d'enlèvement et de mariage clandestin (6).

L'enlèvement ou la fuite concertée n'étaient pas rares (7). Lors de sa

(1) *Le plus malin s'y laisse prendre*, III, 1.
(2) *Entre siens on s'arrangera*, III, 5. Dans *Songe de veille de fête...*, IIIᵉ tableau, scène 3, Kapitolina Nitchkina cède pour les mêmes raisons aux conseils du marchand Néouêdénov, son oncle.
(3) *L'Orage*, II, 2.
(4) *Cœur ardent*, II, 2.
(5) *Il faut de la chance...*, I, 9.
(6) *Entre siens on s'arrangera*, I, 3.
(7) *Ne t'assieds pas dans le traîneau d'autrui; Fais ce que dois; l'Orage*, V, 2 ; *Cœur*

« mission littéraire » dans le bassin supérieur de la Volga, Ostrovski nota la fréquente survivance de l'enlèvement comme préface du mariage. Ailleurs, dans les mœurs populaires et marchandes, cette pratique est l'objet d'une vive réprobation : elle prive les fugitifs de la bénédiction paternelle, et laisse peser sur leur union un obscur présage de malheur (1).

Contre les forces conjurées de la tradition et de l'égoïsme intéressé, seuls, un « cœur ardent », une volonté prête à tout peuvent affronter la lutte. A cet égard, chez Ostrovski, le fils de marchand ne semble pas d'étoffe héroïque : la liberté dont il a usé, ou abusé avant mariage, celle surtout qu'il conquerra après, l'espoir et les facilités d'oublier au dehors les ennuis d'une union imposée et déplaisante, lui rendent à vrai dire supportable la contrainte paternelle. Au contraire, la jeune « marchande », qui avait fixé son choix et que les parents veulent marier de force, voit sa vie brisée, les jours qui s'useront sans joie dans la mésentente ou l'indifférence mutuelle. Et cette appréhension, sous l'aiguillon de l'amour, peut lui inspirer le courage de la résistance.

Ostrovski a dessiné deux de ces rebelles ; Polyxène Barabocheva, dans *Il faut de la chance pour que la vérité triomphe*, et Paracha Kouroslêpova, dans *Cœur ardent*. Avec leur naïveté à peine effleurée d'instruction, et des idées forcément conformes aux mœurs de leur classe, elles offrent, dans le raccourci de quelques scènes, le type de la jeune fille russe, passionnée, éprise de sacrifice, souvent mystique, inébranlable et comme murée dans son sentiment.

En dépit des menaces, des railleries, Polyxène Barabocheva a juré à Platon Zybkine qu'elle n'épousera nul autre que lui : les dures paroles de sa grand'mère (2) n'ont brisé ni fléchi sa résolution. Toutefois cette brave fidélité ne serait pas récompensée, sans la « chance » d'une intervention assez inattendue et toute-puissante (3). La vieille Mavra Barabocheva annonce solennellement les fiançailles de sa petite-fille et du « citoyen notable » Platon Zybkine : il y aura bal suivi de souper. « Alors Platon est à moi? demande Polyxène. Je l'avais bien dit. — Personne ne te l'enlève, n'aie plus peur (4). » Si ce n'est « qu'un heureux accident », comme le dit Mavra Barabocheva à Platon qui voudrait en faire honneur à la vérité, c'est-à-dire, au culte qu'il lui rend, du moins la belle énergie des jeunes gens, tenant tête à la calomnie, à la raillerie agressive, à l'intimidation, méritait de vaincre. Paracha, fille de Kouroslêpov,

---

ardent, II, 2 : « Tu sais, dit Paracha à Vasia, que dans cette ville-ci c'est la coutume d'enlever les fiancées. Bien sûr, ça se fait le plus souvent du consentement des parents, mais pourtant beaucoup les enlèvent contre leur consentement; ici on y est habitué, ça ne fera pas causer... »

(1) *Entre siens...;Ne t'assieds pas...; Pauvreté n'est pas vice; Fais ce que dois.*
(2) *Il faut de la chance...*, I, 3 ; IV, 5.
(3) *Ibid.*, IV, 7.
(4) *Ibid.*, IV, 10.

n'a pas moins de vaillance que de fierté (1). Sa franchise éclate dès le premier entretien avec son père :

— Veux-tu te marier? lui demande celui-ci.

PARACHA. — Pourquoi pas? Seulement, je te préviens d'avance, pour éviter toute dispute entre nous : marie-moi à celui que moi-même j'aimerai. Et ne va pas me contraindre! Sans quoi, si je me marie contre mon gré, avec mon caractère, rien de bon à attendre (2)... Donne-moi ta parole ferme, que tu ne me forceras pas à épouser qui je n'aime pas.

KOUROSLÊPOV. — Soit, finissons-en tout de suite. Dis qui tu veux, et épouse-le.

PARACHA. — Qui j'aime? Puis-je parler? Soit, je vais le dire. (*Prenant Gavrila par la main.*) Le voilà... Je vais parler franchement... (*A son père.*) Si tu ne me maries pas avec lui, nous nous sauverons et nous nous marierons secrètement. Il n'a pas un gros, et moi de même. Cela ne nous effraie pas. Nous ne regarderons pas à l'ouvrage : nous vendrons, s'il le faut, des pommes de rebut dans les marchés, mais nous ne serons les esclaves de personne. Et ceci est plus cher que tout pour moi : je sais bien que Gavrila m'aimera fidèlement. Je ne l'ai vu qu'un jour, et je lui confierai mon âme pour toute ma vie.

KOUROSLÊPOV. — Eh bien, quoi, épouse-le, ton Gavrila. Après tout, notre maison sera plus respectable qu'elle ne l'était jusqu'ici.

PARACHA. — Merci à toi, petit père, de t'être souvenu de moi, ta fille délaissée. Depuis bien des années, c'est la première fois que je te salue avec le sentiment qui convient à une fille. J'ai été longtemps une étrangère pour toi, mais ce n'était pas ma faute. Je ne te jette pas mon amour à la tête, mais, si tu veux mon affection, sache la conserver (3).

Sa place retrouvée au foyer, Paracha mêle encore à ses gracieux épanchements une affirmation de liberté :

— Et moi maintenant, j'ai atteint les jours heureux : maintenant je passerai toute la nuitée librement, assise sous un arbre aux côtés de mon bon ami, je causerai avec lui cœur à cœur, autant qu'il me plaît à moi, jeune fille. Nous gazouillerons ensemble, comme des hirondelles, jusqu'à l'aube claire. Les oiselets s'éveilleront, commenceront leurs douces chansons, ce sera alors leur tour, et nous, nous regagnerons chacun notre logis. (*Elle embrasse Gavrila; ils vont s'asseoir sur un banc, sous un arbre.*) (4).

---

(1) Elle aimait d'abord Vasia Choustry, fils d'un marchand ruiné, et l'eût même suivi jusqu'à la caserne, où il était menacé d'être envoyé pour dette; elle se fût résignée, quoique « fille d'un riche marchand », à devenir femme de soldat. Quand elle le voit accepter de devenir chef de chœur (*zapêvalo*) chez Khlynov, elle se détache de lui, désespérée, mais incapable d'aimer un poltron qui achète sa liberté de sa dignité. Après maintes aventures heureusement traversées, grâce au dévouement de Gavrila, le commis renvoyé, elle rentre dans la maison paternelle, d'où sa méchante marâtre et son amant viennent d'être chassés.

(2) *Cœur ardent*, III, 5.

(3) *Ibid*, V, 7-8.

(4) *Ibid.*, V, 8 fin.

V

De cet ample tableau de mœurs professionnelles, sociales et domestiques, on voit aisément que le « marchand » occupe le centre : son moi envahissant et dominateur détermine les sentiments et les attitudes de l'entourage, impose la sujétion, accule au mensonge ou à la révolte. Quels que soient sa provenance, — province ou capitale, — son degré d'initiation à la vie et aux idées européennes, l'époque où le dramaturge l'observe, il offre, sous des différences superficielles de costume, de langage et d'allures, des traits identiques et permanents. Ainsi ces Pouzatov, Chirialov, Bolchov, Tortsov, Brouskov, Tolstogorazdov, Krasnov, Kouritsyne, Borovtsov, Khrioukov, Kourosplêpov, Akhov, Barabochev, Karkounov, Koblov, reproduisent en exemplaires variés un modèle unique : un être vaniteux, violent, défiant, contradictoire, aussi dangereux par son culte étroit de la tradition que son absurde manie de nouveauté, méchant sans scrupules, parfois immuablement endurci, parfois capable de bons mouvements, mais tardifs et rarement spontanés. Ce type du *koupets* russe, Ostrovski lui a donné un nom, désormais classique : « samodour ».

Le mot paraît pour la première fois dans une scène de *Tel en pâtit qui n'en peut mais*. La logeuse Agraféna Platonovna dépeint à son locataire, l'outchitel Ivanov, la triste existence d'André Brouskov, fils du marchand Brouskov :

— A la maison, aucune joie : son père est un homme si grossier, tyrannique, et raide.

IVAN XÉNOFONTYTCH. — Comment, raide?

AGRAFÉNA PLATONOVNA. — Samodour.

IVAN XÉNOFONTYTCH. — Samodour! Que diable est-ce là! C'est un mot inusité, je ne le connais pas. C'est *lingua barbara*, une langue barbare.

AGRAFÉNA PLATONOVNA. — Vraiment, Ivan Xénofontytch, je vois que pour un homme qui a tant étudié, vous en venez à ne pas comprendre le russe. Samodour, ça se dit d'un homme qui par exemple ne veut entendre rien ni personne ; quand on lui cognerait sur la tête, il n'en démord pas. Il frappe du pied, et dit : Qui suis-je? Alors tous les gens de la maison doivent être à ses pieds, autrement gare (1)!

Entêtement obtus, incompréhension opiniâtre, fermée à toute autre raison que la loi du plus fort, et ne supportant ni objection ni résistance à son autorité : voilà ce qui caractérise le « samodour ». Le pays, la nature, l'histoire expliqueraient non le fond certes, — il est humain,

_____

(1) *Tel en pâtit qui n'en peut mais*, I, 1.

de partout et de toujours, — mais les formes nationales (1), les modes locaux d'expression. Qu'on se rappelle l'autocratie, au temps où les grands *kniazs*, devenus tsars, disposaient souverainement des personnes et des biens de leurs sujets, sans intermédiaire ni admission de pouvoirs modérateurs ; où la raison d'État, l'appétit despotique, le mépris de la vie humaine, dictaient les déportations et les exécutions en masse. Pendant des siècles l'autorité suprême n'apparut au peuple que sous cette dure image, sans que le respect en fût entamé ; car elle s'appuyait sur une conception toute spirituelle : le tsar père de ses sujets, responsable d'eux devant Dieu, tenu de les guider, de les châtier au besoin. La même puissance, absolue en fait, que possédait le tsar sur ses boïars libres et sur le reste de ses sujets, le boïar l'avait à son tour sur les siens et sur ses serfs. Et si dès la seconde moitié du dix-huitième siècle des voix éloquentes condamnaient les abus du servage, nombre de propriétaires nobles (*poméchtchiks*) à la veille de l'émancipation exerçaient encore en toute rigueur leur droit seigneurial. Le vieil esprit autocratique se perpétuait surtout dans la vie familiale, édifiée sur des fondements religieux : grâce à l'isolement séculaire de la Russie, à des habitudes de vie plus fermée, à l'appui même des lois, elle avait prolongé son institution traditionnelle jusqu'en plein dix-neuvième siècle, dans les classes moyennes et inférieures, où les réformes d'en haut pénétraient lentement. Dans la classe marchande, en particulier, le petit État domestique était un raccourci de la grande famille nationale ; et son chef, le tyran-samodour, anciennement appelé *gosoudar*, était, à son insu, la grossière caricature du souverain, du *samoderjavets*, qui commandait à tout le pays.

A ses origines seules, il faut imputer le fruste de son aspect extérieur et de ses manières. Moujik hier encore ou « amené tout gamin de son village et lancé aux quatre coins du monde, sans un kopek (2) », parvenu de la fortune, ou héritier de générations marchandes, il a gardé par naissance (3) ou par contact la rudesse populaire : d'où le nom de « moujik riche », le mot de « sang roturier (4) » qu'on lui jette souvent. Ainsi s'expliquent la vulgarité parfois violente de ses plaisirs, l'étalage bruyant de la force, fréquemment surexcité par l'ivresse, un besoin de faire trembler, d'inculquer le respect par la frayeur, d'être pour les siens une sorte d'Ivan le Terrible ou, comme dit un personnage, « un sultan Mahmoud (5) ». Tous les pouvoirs concentrés dans la main du tsar, il

---

(1) O. MILLER (*Rousskié pisatéli poslé Gogolia*, p. 384-385) voit dans le *bogatyr* (héros de légende) Vasili ou Vaska Bouslaev, du cycle novgorodien, le prototype national et épique du *samodourstvo*.
(2) *Tel en pâtit...*, II, 10.
(3) *Les Jours qui portent malheur*, III, 7.
(4) *Entre siens...*, II, 6.
(5) *Ce n'est pas tous les jours fête*, I, 4.

croit les posséder égaux en nature, sinon en étendue. L'oukaz rendu par le souverain, dans la plénitude de sa volonté, fait loi pour les sujets ; de même un samodour dira : « Personne ne me fait la loi : ma parole, voilà la loi (1). » Extrêmement jaloux de ses prérogatives traditionnelles et obéies, donc légitimes, il tient aux rites qui les signifient ; il en exige impérieusement l'observance, y voit comme l'assise même de la vie sociale, tout ainsi que dans leur violation une menace de bouleversement. Il ne conçoit d'autre État ni meilleur, que celui-ci où les uns ordonnent en maîtres, les autres obéissent en esclaves. Au nom de la coutume, à qui sa culture rudimentaire reconnaît une autorité infaillible, il affirme que le chef de maison, mari, père ou mère, patron, du fait seul d'être chef, détient un pouvoir discrétionnaire et ne doit compte à personne de ses actes : tout vient de lui, se ramène à lui. A l'égard de ceux que le sang, la loi, la vie réduisent à sa merci, il affiche le plus complet mépris de la dignité humaine, et recourt à la vertu sauvage de l'intimidation. Mari, il maltraite sa femme ou la traite en mineure, en enfant capricieuse qu'il faut dresser, surveiller, tenir enclose comme aux temps des térems ; ou encore il lui témoigne une humiliante indifférence. Père, il exige de ses enfants une soumission entière, ne conçoit l'éducation que par le commandement brutal, l'instruction que pour la montre et l'attestation de la fortune, entend disposer des personnes, de leur avenir comme d'une chose à lui. Patron, il malmène, frustre ses employés ou les parents, les pupilles orphelins qui sont à ses gages.

L'argent multiplie les manifestations ou aggrave les effets de sa tyrannie. Le samodour riche humilie les pauvres par une lourde comparaison de son « capital » à leur dénûment : il étale un luxe insolent, affecte avec ses égaux d'hier une morgue de grand seigneur. Vaniteux comme tout parvenu, et impatient de se dégrossir, il ne devient pas moins redoutable aux siens par la folle ambition de suivre la mode, qu'ailleurs par l'attachement routinier aux vieux us. Ignorant et attardé dans une sotte présomption, il n'admet pas de pouvoir au-dessus de lui-même : il s'étonne, avec un effarement naïf, que la loi intervienne dans ses différends avec autrui pour contrecarrer ou rabattre son autorité. Il s'érige en juge, en justicier dans sa maison. Au fond il n'a pas la notion, la connaissance positive, le respect de la loi : il ne consent pas qu'elle puisse agir contre les droits naturels et la tradition, faire de l'enfant, tant que vit le père ou la mère, autre chose qu'un perpétuel inférieur ; sans conscience du vain anachronisme, il dresse sa volonté en face des codes écrits et des statuts modernes. Dans *Pas faite pour ce bas monde*, Eulampia Snafidina, mère de Nénia Kotchoueva, conteste que celle-ci puisse disposer de son propre bien, en faire donation à son mari, au cas où elle

(1) *Tel en pâtit*, II, 9 ; *les Jours qui portent malheur*, III, 7, etc.

viendrait à mourir. En vain lui objecte-t-on qu'aucun doute n'est possible sur ce point, que le tribunal confirmera un pareil testament, parfaitement valable :

— Ils sont jolis, vos tribunaux. Comment n'avez-vous pas honte, Makar Davydovitch?

ÉLOKHOV. — Quelle honte? Et pourquoi?

SNAFIDINA. — Pour un homme d'âge comme vous êtes, vous parlez sans vous émouvoir de procédés semblables, de la part d'un tribunal? Serait-ce que, selon les idées du jour, les choses doivent être ainsi?

ÉLOKHOV. — Mais les choses se passaient également ainsi, autrefois.

SNAFIDINA. — Non donc, c'est impossible : autrefois tout était mieux. Ce n'est pas moi seule qui le dis. Et quand cela serait, cela m'est bien égal ; je ne me soumettrai pas à votre tribunal : j'adresserai une plainte au Sénat.

ÉLOKHOV. — Le Sénat aussi refusera. Aussi bien n'a-t-il lui-même rien à juger là, parce qu'il y a en cette matière une loi très nette.

SNAFIDINA. — Une loi, pour que les enfants n'obéissent pas à leurs parents? Non, il ne peut exister de loi pareille.

ÉLOKHOV. — Je ne suis pas juriste : je n'ose pas disputer avec vous.

SNAFIDINA. — Vous auriez dû le dire depuis longtemps.

BARBARISOV. — Le Sénat refusera, Eulampia Platonovna. Effectivement, il y a une loi, qui dit que les personnes majeures peuvent...

SNAFIDINA. — Ah! tais-toi, je te prie! Il y en a de plus âgés que toi, et qui ne disputent pas. « Le Sénat refusera »! Eh bien, quoi? J'irai plus haut. De quelle loi venez-vous me parler? Une seule loi existe : « Que les enfants obéissent à leurs parents. » Et il n'y en a pas d'autre. Et s'il y en a, je ne veux pas les connaître. Qu'un autre, s'il lui plaît. les observe ; moi je n'y suis pas disposée. Je demanderai qu'on défende aux tribunaux de mettre en rébellion contre moi mes propres enfants, qu'on n'essaie pas de justifier devant les tribunaux leur désobéissance, qu'on ne les protège pas à l'aide de je ne sais quelles lois fabriquées exprès. Non, avec moi, pas commode de disputer ; mon bon, moi je suis une mère, je connais mes droits ; je dois répondre de mes filles dans l'autre monde (1).

« Samodourstvo ! » disait ailleurs déjà Barbarisov de cette mère entichée de ses droits, et volontairement ignorante de leurs limites : « On voit tout de suite qu'elle est d'origine marchande (2). »

On touche ici le trait caractéristique du *samodour*, celui que la logeuse Agraféna Platonovna révèle à l'outchitel Ivanov : l'obstination, un entêtement, un refus d'entendre raison, une violence d'affirmations qui revêt les apparences de l'énergie, et de la volonté inflexible. Le samodour est tout entier à ce qu'il veut, il le veut avec force, sans retar-

---

(1) *Pas faite pour ce bas monde*, II, 4.
(2) *Ibid...*. II, 2 ; *ibid.* ,I, 3 : « Elle-même était d'origine marchande, dit son gendre Kotchouev à un de ses amis, mais elle avait épousé un général. Tant qu'il a vécu, elle a gardé le silence, n'osant pas ouvrir la bouche. Mais, après sa mort, elle s'est mise en tête d'être une générale ; alors elle en a fait voir de belles. »

dement ni obstacle, il le crie très fort. Que l'objet soit puéril ou grave ; qu'il s'agisse pour un Bolchov de raser sa barbe un beau jour, au grand scandale et malgré les prières, les pleurs de sa femme ; pour un Tortsov, de se transporter à Moscou, pour y vivre à l'européenne ; pour lui encore, comme pour Bolchov, Brouskov, Mavra Barbocheva, de marier des enfants contre leur gré : l'injonction ne tolère pas de résistance. Le samodour croit sa dignité engagée dans ce qu'il a commandé ; il met un point d'honneur à ne pas se rendre : il reste sourd aux supplications et aux larmes, se rit des menaces tant qu'il les croit vaines : on dirait un cœur de pierre, ou pis : une joie mauvaise à voir la souffrance d'autrui. Les contradictions mêmes, les sautes d'humeur ne sont pas plus rassurantes que les emportements : le vent, tourné par hasard à la bienveillance, passe en un instant à la tempête (1).

Tel apparaît, chez Ostrovski, le *koupets-samodour*. Il convient toutefois de ne pas noircir à l'excès le type, si antipathique soit-il, flottant du grotesque à l'odieux. D'abord sa force est toute d'emprunt : seuls la tradition, l'argent la soutiennent, et non la solide assise d'une conscience éclairée ; seule la passivité des victimes l'encourage à se déchaîner. Et ainsi incomplètement instruite de ses coups, elle n'est pas intégralement responsable. Elle a ses circonstances atténuantes ; et enfin ses correctifs : repentirs spontanés ou imposés, par où le samodour presque toujours perd du tyran ou de l'épouvantail, pour reprendre de l'homme, et laisse en somme l'existence possible, sinon agréable, à son entourage.

Il est rarement hypocrite, du moins dans le monde marchand ; le plus souvent sincère, convenant lui-même de ses défauts : il ne cherche pas à se cacher, précisément parce qu'il croit être dans le vrai, dans le juste, et qu'il voit autour de lui la confirmation, l'exemple fréquent ou accepté de ce qu'il pratique lui-même. Vosmibratov, dans *la Forêt*, traite le mariage de son fils comme un marché : « Grossièreté pure », dit l'acteur Nestchastlivstev. « C'est vrai, barine, que c'est de la grossièreté, avoue le marchand ; seulement nous ne pouvons faire autrement, parce que toute notre vie repose là-dessus (2). » La vieille Kabanikha, dans *l'Orage*, avec sa dureté, son rigorisme étroit, se met elle-même dans la catégorie des bonnes gens, fidèlement attachés aux saines traditions. Rousakov suit la coutume, à tort, quand il dit à sa fille : « J'ai engagé ma parole à Ivan Borodkine ; c'est lui que tu épouseras... et tu obéiras... sous peine de malédiction » ; il la suit encore, avec raison, quand il regrette avec Borodkine la simplicité d'autrefois, la sagesse des aînés modestement tenus dans leur classe, sans vaniteuse ambition de s'anoblir, quand

(1) *Les Jours qui portent malheur*, II, 3, 7 ; III, 7.
(2) *La Forêt*, V, 10 ; *Cœur ardent*, III, 7 : « Vous avez une couche d'ignorance et de grossièreté si épaisse, qu'on ne la percerait même pas à coups de canon », dit Gradoboev au marchand Kourosêpov.

il reproche à ses confrères la sotte manie d'imiter les modes et les façons de vivre étrangères (1).

Le samodour croit dè bonne foi à la supériorité des principes au nom desquels il impose son autorité, que ces principes regardent en arrière ou en avant. Confiné dans sa condition et dans son activité commerciale, sans connaissances autres que pratiques et strictement utilitaires, isolé dans sa province où la vie a coulé toute pareille durant des siècles, ou à peine éveillé à des formes nouvelles de civilisation, nul ne l'a jamais mis en garde contre les vices, les abus de la tradition et de l'argent ; nul ne lui a enseigné en quoi il est mal de ravaler d'autres êtres au rang d'esclaves, de souffre-douleur ou de bouffons. Dans son ensemble le monde marchand des années 40-60, peu instruit, peu curieux de savoir, était un public négligé et dédaigné par les critiques, par les tenants de la culture occidentale : son dégrossissement était encore de trop fraîche date pour extirper des préjugés lointainement issus de disciplines spirituelles. D'autre part, et ce point a trop échappé à plus d'un appréciateur, on doit considérer dans quelle mesure les victimes se sentent consciemment blessées ou opprimées dans leur dignité. Si tout était aussi uniformément sombre que le déclame par exemple Dobrolioubov, on s'expliquerait difficilement le titre de comédies, donné souvent à des pièces d'observation cruelle. Il n'y a d' « humiliés » et d' « offensés » que dans la proportion où ils sentent l'humiliation et l'offense. On a vu qu'en général femmes, enfants, employés, inférieurs se soumettent par timidité, par impuissance, quelquefois par principe, quoi qu'il leur en coûte : la lutte est plutôt affaire d'énergie individuelle que de résistance raisonnée. Voilà les circonstances atténuantes.

Voici les correctifs : le samodour répare lui-même ses méfaits. Mais la docilité résignée, la douceur suppliante n'agissent pas sur lui : il faut une opposition qui affronte sa volonté, ses caprices, une voix qui parle haut devant la sienne ; il faut redoubler les coups pour briser la dure écorce, rouvrir la source obstruée. Alors notre samodour finit par reconnaître et entendre l'appel de l'humanité : le revirement se produit, brusque et total, aussi impératif que le refus d'avant. Ainsi Gordiéï Tortsov avait sans remords sacrifié sa fille à ses calculs d'ambition bourgeoise : brouillé soudain avec Korchounov, son héros d'élégance et futur gendre, il demeurerait sourd encore aux objurgations de sa femme, de sa fille, de son employé Mitia, de son propre frère Lioubim ; il faut la hardiesse plaisante et grave de celui-ci, l'évocation des maux causés par la vanité, le choc d'une âme « ressuscitée » pour que le cœur paternel soit enfin touché. A l'adjuration suprême de Pélagéïa Égorovna :

(1) Le samodour ne manque parfois ni de bon sens ni de clairvoyance : Smourov, dans *Matinée de jeune homme*, VI ; Tolstogorazdov, dans *Incompatibilité de caractères*, IIe tableau, IV.

« Gordiéï Karpytch, tu n'as donc pas de sentiment? » Gordiéï Tortsov répond, en essuyant une larme :

— Croyiez-vous, en vérité, que je n'en avais pas? (*Il relève son frère.*) Merci, frère, de m'avoir ramené à la raison, sans quoi j'étais absolument perdu. Je me demande comment une si vilaine idée a pu me venir en tête. (*Il embrasse Mitia et Lioubov Gordéevna.*) Allons, mes enfants, dites merci à l'oncle Lioubim Karpytch, et vivez heureux. (*A d'autres personnages.*) Demandez tout ce que vous voudrez : maintenant je suis devenu un autre homme (1).

Tite Brouskov, après de longs refus, finit par restituer à l'outchitel Ivanov l'engagement extorqué par la logeuse à André Brouskov : la probité indignée, la véhémence sincère du vieux professeur l'ont ébranlé ; le mépris de l'argent le gagne à son tour : resté seul, il s'assied, garde le silence assez longtemps, puis frappe du poing la table :

— L'argent et tout cela, ce n'est que poussière, métal sonore et creux. Quand nous serons morts, tout ça restera. Eh bien, soit! Ma parole, voilà la loi.

Lui qui l'instant d'avant traitait l'outchitel de « racaille » et ne souffrait pas que son fils parlât d'épouser sa fille, ordonne à celui-ci de faire atteler les deux chevaux noirs à la calèche, d'emmener sa mère et d'aller demander la main d'Élisabeth Ivanovna :

— C'est un brave homme... Je te commande, entends-tu? Prie-le, inclinetoi bien bas. Il est plus vieux que toi, et pourtant il s'est incliné devant moi. Comment oserait-il te refuser, quand c'est mon désir ! Je lui donnerai de l'argent pour la dot ! Va ! Bien sûr, il ne refusera pas... Et s'il ne te donne pas sa fille, mieux vaut pour toi ne plus te montrer devant mes yeux (2).

Le marchand Vosmibratov a trompé sans scrupule, volé même la *pomêchtchitsa* Gourmyjskaïa : à l'acteur Nestchastlivtsev, neveu de Gourmyjskaïa, qui lui reproche les mille roubles extorqués, il crie bien haut sa probité :

— Interroge les gens sur mon compte à cent verstes à la ronde, tous te diront la même chose... Je suis un honnête homme... Je ne suis pas un homme, je suis la règle même.

Tout à coup, sous l'aiguillon d'un mot méprisant, il riposte : « Veux-tu, barine, que je t'assomme d'un mot? » Et il tire son portefeuille, le jette sur la table, invite Nestchastlivtsev à prendre ce qu'il voudra, finit par compter lui-même la somme à restituer :

Vous prierez plus tard pour le repos de mon âme !... Ainsi, barine, tu connais mon caractère? Si on m'irrite, je m'emporterai, je rendrai tout. C'est vrai que nous étions convenus de trois mille roubles, je crois, mais je n'en suis pas

_____

(1) *Pauvreté n'est pas vice*, III, 15.
(2) *Tel en pâtit...*, II, 9, 10.

sûr... Il n'y avait pas d'écrits, donc je pouvais faire ce que je voulais. Tiens, rends les mille roubles... (1).

Le vieux « farceur » Obrochenov, pour avoir une fois osé parler haut et ferme à Khrioukov, voit celui-ci baisser le ton, et lui demander sa fille non plus pour « économe », c'est-à-dire maîtresse déguisée, mais pour femme (2). On pourrait citer d'autres exemples (3).

Personne dans l'entourage du samodour n'est surpris de ces volte-face, tant elles sont dans sa nature : il ne sent pas plus sa dignité compromise par le ravisement inexplicable et l'heureuse contradiction, qu'auparavant par la dureté opiniâtre et malfaisante. Dikoï, dans l'Orage, en fournit un trait typique : pendant le Grand Carême, alors qu'il faisait ses dévotions, un moujik vient lui réclamer de l'argent dû pour charrois : Dikoï l'accable d'injures, se retient à peine de le rosser. Puis il lui demande pardon à genoux, il se prosterne aux genoux de ce moujik : « Là, dans la rue, dans la boue, il s'est agenouillé, et devant tout le monde, encore (4) ! »

Quand il ne répare pas de lui-même les maux causés par son orgueil intransigeant, le samodour est assez facilement réduit : car, outre le manque de ferme raison et de volonté réfléchie, son ignorance, sa crédulité superstitieuse, sa grossièreté sont aisées à duper ou à mener. « C'est un galetas vide », dit-on de lui (5) : « On peut l'effrayer de rien », dit la logeuse Agraféna Platonovna (6). Tel le marchand Brouskov, dans les Jours qui portent malheur; effrayé par les menaces d'un maître chanteur, il lui faut subir les conditions de l'honnête Dosoujev, qui l'en délivrera, et accorder, sous peine d'être enfermé, du moins le croit-il, à la maison d'arrêt, son consentement jusqu'alors refusé au mariage de son fils avec Alexandra Krouglova. Mais dans la contrainte et la reculade même, son orgueil de samodour affecte un air d'indépendance et de triomphe.

— Qu'en sais-tu? dit Brouskov à Dosoujev. Peut-être que moi-même je veux marier mon fils avec la fille Krouglova, et alors, je n'ai pas affaire de revenir sur ma décision. Peut-être que je t'ai donné le change..., ne va pas croire que c'est à toi que j'ai obéi. C'est moi tout seul qui décide. Et si je ne voulais pas, personne au monde ne me... As-tu entendu? moi seul... Je veux qu'Andriouchka épouse la fille Krouglova, donc c'est chose faite. Personne n'ose me remontrer ni me commander. J'agis en maître dans ma maison (7).

(1) La Forêt, III, 10.
(2) Les Farceurs, IV, 8.
(3) Le Cœur n'est pas une pierre.
(4) L'Orage, III, 2.
(5) Il faut de la chance... I, 7.
(6) Tel en pâtit..., I, 1.
(7) Les Jours qui portent malheur, III, 8. On songe au mot de Chrysale (Femmes savantes, V, 4) :

Allons, Monsieur, suivez l'ordre que j'ai prescrit,
Et faites le contrat ainsi que je l'ai dit.

Encore le samodour ne se ravise-t-il pas toujours : plein d'une aveugle confiance en la bonté de ses principes ou en la force de son « capital », il contemple froidement les catastrophes dont il est l'auteur responsable, ou exhale des plaintes séniles contre des mœurs nouvelles, contre un éveil de dignité dont il s'effraie. La vieille Kabanikha, qui fut toujours sans pitié pour Catherine Kabanova, sa bru, même après son tragique repentir, ne s'attendrit pas sur sa fin désespérée, et défend à son fils de pleurer la morte : « C'est péché. » Akhov, surpris et irrité de rencontrer, chez des pauvres, des subalternes, un sentiment de l'honneur, une résistance à ses caprices, crie à l'abomination et au sortilège :

— La vie n'est plus possible. Les gens ne respectent plus la parenté, osent injurier la richesse. Un oncle dit : « Incline-toi, comme doit le faire un parent ! — Je ne veux pas. — Alors incline-toi, au moins, gueux que tu es, pour de l'argent ! — Je ne veux pas. » Mieux vaut mourir au plus vite, avant de voir cela. Qu'importe, après tout ! Est-ce que le monde subsistera longtemps, sur de pareils principes ? Ce n'est pas ainsi que vivaient nos pères ! Où sont-ils, ces principes solides du vieux temps ? Est-ce que la dépravation, par hasard, s'est mise à courir le monde ? Mais il y en avait peut-être encore bien plus avant. Est-ce un démon qui rôde parmi les gens et leur trouble l'esprit ? Pourquoi n'êtes-vous pas à mes pieds, selon l'ancienne coutume, et pourquoi suis-je, moi, devant vous, abreuvé d'outrages, sans aucune faute de ma part (1)?

En résumé, le samodour, dont Ostrovski a trouvé dans la bourgeoisie marchande les types les plus expressifs, est un être sinon foncièrement méchant, du moins résolument tyrannique, chez qui de rares et brusques accès de justice, de bonté, de pitié, réparent sur le moment, et sans sécurité pour l'avenir, le mal causé par une orgueilleuse tyrannie. Aux deux extrémités de la galerie se dressent, symbolisant le samodourstvo provincial et moscovite, les figures de Kabanikha et d'Akhov (2).

Il a fallu, pour les besoins d'une exposition méthodique, réduire en un cadre un peu rigide l'ample peinture du monde marchand, ne retenir que les types et les traits de mœurs les plus significatifs. Nombre de personnages, de détails non pas accessoires, mais adjacents, ont dû être omis ou sacrifiés. Tels ces marchands européanisés, par là moins savoureusement représentatifs de la corporation : Pribytkov, Dorodnov, Knourov, Vojévatov, Paratov, Vélikatov (3), célibataires ou mariés, jeunes ou vieux : chez ceux-là, le maniement des grandes affaires industrielles, financières, commerciales, le contact plus fréquent avec l'étranger, les voyages en Occident, ont recouvert d'un vernis moderne le fond

(1) *Ce n'est pas tous les jours fête*, IVe tableau, scène 3, fin.
(2) Voir BALTALON, *Artist*, n° 4, 1894 : *Dvinoulos li vpéred naché temnoé tsarstvo?*
(3) Pribytkov, dans *Dernier sacrifice;* Dorodnov, dans *Amour tardif;* Knourov, Vojévatov, Paratov dans *Sans dot;* Vélikatov dans *Etoiles et adorateurs.*

malgré tout reconnaissable du *koupetchestvo* national. Telles encore ces veuves « marchandes », qu'une fortune réelle ou présumée, une incurable crédulité, l'espoir d'une expérience plus heureuse du mariage, la sentimentalité ou simplement l'ennui de la solitude livrent en proie aux coureurs de dots, aux intrigants, aux « affairistes ». Tout un monde enfin, attiré et retenu par l'appât du gain, gravite autour de ces riches parvenus, pour les servir, les exploiter à l'occasion : gens de loi, hommes d'affaires, parasites, marieuses, diseuses de bonne aventure, serviteurs. Avec son goût de vérité humaine, et cette tendresse d'esprit pour les petites gens, qui apparaît plus ou moins chez tant d'écrivains russes des années 1840-1860, Ostrovski a noté, non sans quelque longueur parfois, les idées, les manières, le langage, les superstitions, le dévouement désintéressé, la cupidité hypocrite, la flatterie avilissante, l'habileté à recevoir des deux mains : bref toute cette psychologie de domesticité et d'entourage, qui côtoie aussi l'action principale dans notre comédie bourgeoise, depuis Molière.

LIVRE IV

LES AUTRES CLASSES ET TYPES SOCIAUX

CHAPITRE PREMIER

LA CLASSE NOBLE

I. La classe noble dans le théâtre d'Ostrovski. — Marchands et nobles : Vykhorev, dans *Ne t'assieds pas dans le traîneau d'autrui;* Téliatev, dans *Fol argent.*
II. *La Pupille* (1859) : mœurs seigneuriales au temps du servage ; la *pomêchtchitsa* Oulan békova : dureté et hypocrisie.
III. *La Forêt* (1871) : déchéance économique ; la *pomêchtchitsa* Gourmyjskaïa : cupidité, hypocrisie ; la prude amoureuse. — Les deux acteurs errants. — Sens symbolique de la pièce.
IV. *Loups et brebis* (1875). — La dévote manieuse d'argent : la *pomêchtchitsa* Mourzavetskaïa ; les opérations louches. — Qui sont les « loups » et les « brebis ».

Dès 1860 quelques critiques, chroniqueurs dramatiques plutôt, accusaient Ostrovski de « stagnation », lui reprochaient de se confiner dans la description dramatique d'un « monde inerte, sans intérêt pour la pensée moderne », de n'avoir pas, pour un « poète national, mis en scène les paysans », ou encore, « avec sa culture variée, de ne pas chercher à créer un nouveau Tchatski ». Embrasser, fouiller toutes les régions de la pensée et de la vie indigènes, apporter une image des choses et une « conception du monde » ! Le dramaturge eut la sagesse de s'en juger incapable et de résister à ces sommations puériles. Toutefois, sans s'interdire de puiser dans le monde marchand, exploré avec tant de bonheur, de nouveaux sujets d'observation, il porta à la scène d'autres classes ou types sociaux qui entretiennent avec lui des rapports assez fréquents, qui apparaissent ou disparaissent avec l'évolution politique et économique : noblesse rurale ou de tchine, moyens et petits fonctionnaires, brasseurs d'affaires, spéculateurs. De préférence il se tint où la *condition* enfermait le plus riche pittoresque de mœurs.

I

La mesure officielle qui appelait à la liberté des millions de paysans serfs enleva aux nobles, par le rachat, une partie de leurs terres, pour fonder une propriété paysanne collective. Ils subirent ainsi dans leur prestige et leurs biens une diminution dont les suites durent encore. Mais la crise économique avait commencé pour eux bien avant l'émancipation : le *pomêchtchik*, qui s'ennuie sur ses terres, vient vivre à la ville, dépense ou gaspille ses revenus dans les plaisirs des capitales, et tombe au parasitisme (1), à moins de se rattraper à quelque riche dot, est un type de bonne heure familier à la littérature russe. Dans les années 1820, Pouchkine signale l'émiettement des domaines, l'appauvrissement progressif de la noblesse moscovite, les demeures seigneuriales abandonnées, ou louées à vil prix, ou rachetées par les parvenus du négoce (2). « En 1859, à la veille même de l'émancipation, près des deux tiers des biens de la noblesse étaient engagés aux lombards ou établissements de crédit, et le tiers restant était souvent encore grevé d'hypothèques (3). » Ostrovski avait pu voir lui-même des nobles achevant gaiement leur ruine, vivant dans la capitale sur le crédit de leur fortune passée et de domaines imaginaires. Vers cette même époque nombre d'écrivains dépeignent le hobereau ou le gentilhomme campagnard, son ignorance, sa frivolité parfois élégante, sa grossièreté de mœurs, son oisiveté brouillonne, son inaptitude à l'action méthodique. Peut-être y eut-il de leur part quelque excès de sévérité : aussi bien que l'idéalisation du paysan serf, l'enlaidissement de la classe privilégiée paraissait nécessaire pour gagner à la réforme le public cultivé, pour la faire passer plus aisément des cœurs dans la loi. Avant ou après l'amputation de 1861, le *pomêchtchik* a les mêmes caractères, sinon qu'après il recourt davantage aux expédients, s'accommode plus ou moins honnêtement à sa nouvelle situation.

Deux catégories sollicitent le peintre de mœurs : le noble ruiné, écornifleur, coureur de dots, celui qui a mangé, ou « bu », ou joué l'indemnité de rachat ; d'autre part ceux qui, au fond reculé de la province, perpétuent les pratiques et les abus, les vices et les ridicules de l'époque antérieure aux réformes ; pour ceux-ci même, la vie est devenue moins aisée :

(1) Par exemple, Fédor Mikhéitch, dans *Mon voisin Radilov* (*Moï sosêd Radilov*), et Pierre Pétrovitch Karataev. (TOURGUÉNEV, t. I, *Zapiski Okhotnika*, v, XVIII.)
(2) POUCHKINE, *Mysli na dorogê. Moskva.*
(3) A. LEROY-BEAULIEU, *l'Empire des Tsars et les Russes*, t. I, liv. VI, chap. IV, p. 381-396, en partic., p. 385, 4ᵉ édit. Paris, 1897 ; P. MILIOUKOV, *Otcherki po istorii rousskoï koultoury*, première partie, p. 188-190 ; *la Russie à la fin du dix-neuvième siècle*, ouvrage publié sous la direction de M. W. de Kovalevski, Paris, 1900. I, *Propriété foncière*, p. 123-124, sur la diminution progressive de la propriété foncière noble depuis 1861 (80 millions d'hectares à 56 millions pour la période 1861-1900); *la Forêt*, I, 5.

habitués à jouir sans travail, ils ne savent pas travailler. Dans ses pièces sur la noblesse (elles embrassent une vingtaine d'années), Ostrovski a esquissé quelques figures de *poméchtchiks* en mal d'argent ; surtout il a évoqué avec une vigoureuse précision les mœurs seigneuriales de campagne, l'étroit conservatisme en liaison avec la déchéance économique ; et son âme foncièrement religieuse, mais irréductible ennemie de l'hypocrisie, se révèle dans trois pièces dont les protagonistes, par un choix non fortuit, sont des femmes, prudes, dévotes et dures.

Dans *Tableau de famille*, la vieille « marchande » Stépanida Pouzatova, fidèle à la sage modestie des aïeux, se défie des nobles qui viennent chercher dans son monde la dot réparatrice :

— Si c'est un bon parti, un homme bien posé, il ne la prendra pas ; celui-là, il lui faut au moins 100 000 roubles, sinon 200 ou même 300 ; quant aux autres, autant rien. Ça ne sait que faire le glorieux, se vanter de sa noblesse : « Moi, il dit, je suis noble, et vous, des moujiks » ; au bout du compte lui-même n'est qu'un gueux, un vrai fripon, Dieu me pardonne ! Je les connais.

L'aventure d'une commère trompée dans ses calculs vaniteux semble justifier ses préventions. Vikhorev, dans *Ne t'assieds pas dans le traîneau d'autrui*, réalise pleinement le type vivement esquissé par Stépanida Pouzatova. « Cavalier démissionnaire », ou remercié du service, Vikhorev était propriétaire d'un grand village et d'un domaine : il lui reste onze âmes ; aussi se met-il en quête d'argent pour rétablir ses affaires : « La fortune que j'avais autrefois est mangée depuis longtemps, mon domaine est en complet désarroi. Je n'ai pas de quoi vivre, pas de quoi venir à Moscou ; et là-bas, de fortes dettes. Il faut que j'épouse une fille riche, coûte que coûte ; c'est l'unique planche de salut. » A Moscou il a déjà manqué une affaire avantageuse, par la bêtise de la fille, « une idiote, à la lettre », qui n'a pas voulu se laisser enlever. Les marchands avec leur absurde vertu d'épargne ne lui inspirent que du mépris :

— Vois-tu, ce monde-là ne comprend pas la simple vérité... Qu'est-ce que l'argent? Ni plus ni moins qu'un moyen de vivre convenablement, selon son bon plaisir... Mais eux ils tâchent d'entasser le plus possible et de dépenser le moins possible : or il est prouvé par toutes les sciences que c'est chose nuisible pour le commerce... et la société tout entière... Par conséquent, si nous, gens de savoir et de goût, mais sans argent, nous épousons des femmes riches, et qu'ainsi nous donnions, comprends-tu, une certaine... impulsion, peut-on nous en faire un grief (1)?

D'humeur mélancolique, porté à voir la vie en noir, la gêne l'abat ; au contraire, quand il est « en fonds », la gaieté lui revient, l'aplomb, l'aptitude aux occupations sérieuses. Informé que le marchand Rousakov est « demi-millionnaire » au moins, et va peut-être marier sa fille

(1) *Ne t'assieds pas...*, I, 5.

à quelque vulgaire boutiquier, il est accouru de sa campagne vers cette jolie proie. Son plan est simple : séduire la fille, éblouir le père :

— Si ce Maxime Fédotytch me la refuse, il n'y a pas à dire, je l'enlève !... J'en ai assez, je suis à bout, il faut en finir à tout prix. Je ne peux pourtant pas me mettre à apprendre un métier?... Non, aussitôt l'argent en poche, chantez-moi ce que vous voudrez, je ne veux plus entendre personne (1).

Avdotia Rousakova est d'une conquête facile et prompte ; mais son charme ingénu, sa sincérité passionnée touchent à peine l'aventurier, tout entier à ses calculs égoïstes :

— Elle n'est même pas mal du tout, et, si simplette, à ce qu'il semble. Et follement amoureuse, avec cela ! Si je reçois avec elle 100 000 roubles, je m'en contente. Bien sûr avec une femme pareille, impossible de se montrer dans la capitale, mais en province ça peut passer, et nous vivrions grassement (2).

Plus rude et moins heureux est le siège du père : belles phrases, compliments, feinte admiration pour la vertu hospitalière, la large nature russe, viennent se briser contre le solide bon sens de Rousakov ; son honnêteté clairvoyante a vite démasqué l'intrigant. On sait la suite : consentement arraché à la tendresse paternelle par les larmes et le désespoir d'Avdotia, fuite nocturne, illusions brutalement dissipées. Par l'enlèvement, Vikhorev ne voulait que forcer l'entêtement du bonhomme récalcitrant :

— Je te le dis, franchement, avoue-t-il à Avdotia : je t'ai enlevée parce que j'avais mes raisons. Je sais que les vieillards sont têtus : aujourd'hui il consent, mais peut-être, demain, il sera entêté comme un mulet. Alors quoi?... Tandis qu'une fois la chose faite, il n'y a plus à y revenir (3).

Mais quand il apprend qu'Avdotia n'aura pour dot que son trousseau, la fausse passion fait place à de grossières récriminations :

VIKHOREV. — Te donnera-t-il de l'argent, oui ou non?
AVDOTIA MAXIMOVNA. — Non.
VIKHOREV. — Alors qu'est-ce que tu fais de moi?
AVDOTIA MAXIMOVNA. — Est-ce ma faute, Victor Arkaditch?
VIKHOREV (marchant à travers la chambre). — Vous autres, vous ne songez qu'à l'amour, qu'au moyen d'épouser un noble, afin d'être une dame !... Qui a affaire de vous épouser sans dot? Vous pouviez bien vous douter, je crois, vous n'êtes plus une petite fille. Toujours l'amour et les mignardises en tête !... Quelle sottise, voyons ! Toutes, vous vous figurez qu'on vous prend pour votre beauté, qu'on raffole de vous... Il est bien évident qu'un homme a besoin d'argent, quand il consent à épouser une fille de marchand. Tant qu'à devenir amoureux, j'aurais trouvé vingt fois mieux à Moscou : mais non, la première sotte s'imagine qu'on est épris d'elle à perdre l'esprit.

(1) *Ne t'assieds pas...*, I, 7.
(2) *Ibid...*, III, Ier tableau, scène 1.
(3) *Ibid...*, III, Ier tableau, scène 1.

AVDOTIA MAXIMOVNA. — Qu'avez-vous fait de moi?... Que deviendrai-je à présent?... Comment reparaître à la maison?

VIKHOREV. — Qu'est-ce que cela me fait? Il ne fallait pas venir.

AVDOTIA MAXIMOVNA. — Mais c'est vous qui m'avez mise de force en voiture.

VIKHOREV. — Obtiens de ton père 100 000 roubles, alors peut-être je t'épouserai. Tu seras une madame (1).

Le refus catégorique, la douleur, le départ de la jeune fille ne l'émeuvent nullement : il ne voit que la malchance :

— Encore de la déveine ! Ah ! le diable m'emporte si je sais que faire à présent !... Je suis au bout de mon rouleau ! Je m'en ferais marqueur de billard ! Je vais encore tenter quelque autre exploration... A Korovaévo, dit-on, il y a de riches marchands ; et puis, ce n'est pas loin, cinquante verstes, pas plus (2).

Indifférent au mal, heureusement réparable, qu'a causé son passage dans une honnête famille, Vikhorev, harcelé par le manque d'argent, court à d'autres conquêtes.

Téliatev, dans *Fol argent*, est d'une moralité sensiblement supérieure : il sauve du moins son industrie par l'élégance mondaine, la frivolité obligeante, le franc aveu de son incurable oisiveté. « Dvorianine pas au service », il continue dans la capitale ces *pomêchtchiks* d'autrefois, qui gaiement y consumaient leur avoir : il partage son temps entre le théâtre et les menues galanteries, « pendant vingt ans, il n'a pas manqué un ballet ». La chaîne, les charges du mariage l'effraient, avoue-t-il à la belle Lydia Tchéboksarova ; mais si les vertus d'époux lui manquent, l'emploi d'ami ou de consolateur lui sourirait assez. Son train de vie laisse croire à l'existence d'une fortune réelle et solide ; mais lui-même confesse sans honte à un emprunteur le fragile édifice qui donne habilement le change. Heureusement Moscou est terre bénie, où le crédit trouve moyen de se refaire par l'excès même des dettes et sort de chaque crise lustré à neuf. Aussi Téliatev philosophe-t-il avec sérénité sur sa propre pauvreté et sur le « fol argent » :

— Je ne me souviens ma foi plus quand j'ai eu de l'argent à moi. Hier j'ai appris que je devais environ 300 000 roubles... De tout ce que vous avez vu chez moi, rien n'est à moi, chevaux, voitures, appartement, costumes. Je n'ai jamais payé un sou de tout cela, on m'a fait des notes, puis envoyé des traites, des sommations. Chez les usuriers, j'ai eu, en argent, je ne sais plus combien. Demain les créanciers viennent chez moi : ce sera une scène curieuse. Meubles, tapis, glaces, tableaux, tout cela était de la location et a été enlevé aujourd'hui même. Calèches et chevaux viennent de chez Vakhanski ; demain au petit jour un tailleur emportera les costumes. Sûrement les créanciers auront de quoi s'amuser. Je les recevrai, bien entendu, en robe de chambre :

(1) *Ne t'assieds pas...*, III, Ier tableau, scène 1.
(2) *Ibid.*, scène 2.

c'est la seule chose que je possède en propre ; je leur offrirai à chacun un cigare : il m'en reste encore une dizaine environ. Quand ils auront bien regardé ma personne, les murs nus, ils diront : « Ivan Pétrovitch, allez mendier votre pain. » Si l'un d'eux m'en veut à cause de sa femme, il me tiendra peut-être deux ou trois mois dans la prison pour dettes, jusqu'à ce qu'il en ait assez de me payer une pension alimentaire. Alors on me relâche, me voilà libre de nouveau, et le crédit revient, parce que je suis un bon garçon, que j'ai encore onze tantes ou grand'tantes, dont je dois hériter. Ce que j'ai usé de papier timbré en obligations, vous ne pourriez pas le croire ! A le vendre au poids, cela ferait plus gros que moi.

LYDIA TCHÉBOKSAROVA. — Et vous êtes parfaitement tranquille?

TÉLIATEV. — A quoi bon me faire de la bile? J'ai la conscience comme la poche, nette. Mes créanciers ont touché depuis longtemps deux fois plus qu'ils ne devaient, et s'ils réclament, c'est pour la forme...

LYDIA TCHÉBOKSAROVA. — Qui donc a de l'argent?

TÉLATEV. — Les gens pratiques, qui ne le jettent pas par les fenêtres.

LYDIA TCHÉBOKSAROVA. — Vraiment? C'est dommage.

TÉLIATEV. — Je le crois bien, que c'est dommage. Aujourd'hui l'argent même est devenu plus intelligent, il va toujours aux gens entendus en affaires, et non à nous. Avant, l'argent était plus bête. Et c'est justement celui-là qu'il nous faut.

LYDIA TCHÉBOKSAROVA. — Lequel?

TÉLIATEV. — Le fol argent. Moi, par exemple, je n'ai jamais eu que de celui-là : impossible de le tenir dans la poche. Savez-vous — moi, il n'y a pas longtemps que j'ai fini par le savoir — pourquoi l'argent, chez vous et moi, est fou? Parce que nous ne l'avons pas gagné nous-mêmes. L'argent gagné par le travail, celui-là est intelligent. Il repose en sécurité. Nous avons beau lui faire risette, il ne vient pas ; il semble dire : je sais l'argent qu'il vous faut, vous ne m'attraperez pas. Et malgré toutes nos prières, il ne bouge pas. L'humiliant, c'est qu'il ne veut pas faire connaissance avec nous (1).

Ainsi, incapable de se relever par le travail, Téliatev voit grandir, s'enrichir à côté de lui les « gens entendus » qui savent attirer et retenir « l'argent sage » ; ce ne sera pas sa génération qui dépouillera les habitudes de paresse engendrées par le servage. Mais il reste à lui et à ses pareils leur nom, leur éducation, leurs manières, leur connaissance du monde, leur entregent et un prestige propre à leur assurer la vie facile. Quand Vasilkov, le parvenu provincial, à qui Téliatev avait servi d'introducteur et de conseiller mondain, quitte Moscou, emmenant sa jeune femme (Lydia Tchéboksarova) convertie, par force et par raison, aux principes de saine économie, et s'apitoie sur Téliatev, qui « demain sera sans gîte et sans table », celui-ci répond avec une sorte de fierté :

— Tu ne veux pas me prêter d'argent? Soit, cela vaut mieux. Il serait perdu, ma foi, bien perdu. Mais Moscou, vois-tu, Sawa, est une ville où des gens comme

(1) *Fol argent*, V, 3.

nous, les Téliatev et les Kotchoumov, ne peuvent périr. Sans un kopek vaillant, nous y aurons respect et crédit. Pendant longtemps encore tous ces bouts
de marchands se tiendront fort honorés que nous soupions et buvions le champagne avec eux. Seulement, il y a les tailleurs, qui vous témoignent peu d'estime.
Mais un vieux manteau même, un vieux chapeau, cela peut se porter avec un
tel air de dignité, que du plus loin on vous cède le pas. Adieu, ami Sawa. Ne
nous plains pas. Même en haillons, la vertu est respectable (1).

II

La Pupille (1859), *la Forêt* (1871), *Loups et brebis* (1875) forment une
sorte de trilogie ; même personnage central : une femme ; et de même
caractère : orgueil tyrannique, pruderie dévotieuse, cupidité. Et il y a,
pour ainsi dire, gradation économique descendante. Dans *la Pupille*,
antérieure à l'abolition du servage, Oulanbékova jouit encore d'une
large fortune, exerce tous ses privilèges seigneuriaux ; dans *la Forêt*, le
domaine de Raïsa Gourmyjskaïa commence à s'ébrécher, par des ventes
successives ; dans *Loups et brebis*, Mourzavetskaïa, pour conjurer la
décadence et la ruine, vit d'expédients, bat monnaie de sa réputation
vertueuse, se fait instigatrice et complice de faux.

Propriétaire de deux mille âmes, la *pomêchtchitsa* Oulanbékova,
« vieille dame côtoyant la soixantaine, grande, maigre, nez long, sourcils
épais, type oriental, peinte et fardée, de noir vêtue », vit dans son
ousadba (2), non loin de la ville. Comme la plupart des riches nobles au
temps du servage, elle entretient et gouverne une petite cour de subalternes : protégées, pupilles, qu'elle entoure à sa manière de sollicitude,
parasites qui la flattent grossièrement, domesticité servile et suspecte.
Elle tient ces pupilles, prises parmi les filles de ses serfs, sous une garde
rigoureuse, dispose de leur sort, règle leur avenir, telle une boïarine du
vieux temps.

— Notre maîtresse, dit le vieux majordome Potapytch, vu sa vie sévère
et sa piété, y donne tous ses soins. Ainsi voyez : les pupilles et les chambrières
qu'elle aime, elle les marie elle-même. Si quelqu'un lui plaît, c'est à lui qu'elle
marie, elle donne la dot, pas grosse, il faut dire. Il y a en tout temps deux ou
trois pupilles dans la maison. Elle prend chez quelqu'un une fillette, elle l'élève ;
et quand elle a dix-sept ou dix-huit ans, alors, sans autre forme, elle la marie
à un employé de bureau ou à un petit marchand de la ville, comme ça lui passe
par la tête, parfois à un noble. Oui, monsieur, oui ! Seulement, quelles existences elles ont, ces pupilles, monsieur ! C'est affreux !

— Comment cela?

— Madame est très sévère. Elle dit par exemple : « Je t'ai trouvé un mari » :
alors la noce aura lieu à telle date, et fini ! il ne faut pas qu'aucune ose ouvrir

(1) *Fol argent*, V, 8.
(2) Maison seigneuriale avec ses dépendances.

la bouche. Épouse qui on te dira. Car j'en raisonne ainsi : à qui est-ce qu'il est
agréable, quand on a fait tous les frais d'une éducation, de voir de la désobéissance? Il arrive bien parfois que le futur ne plaît pas à la fille, ni la fille
au futur. Alors Madame se fâche tout rouge. Elle est parfois hors d'elle-même.
Elle avait voulu marier une pupille à un boutiquier de la ville ; lui, en homme
mal poli, allait s'aviser de résister : « la future ne me plaît pas, et puis je ne
veux pas encore me marier ». Du coup Madame va trouver le gorodnitchi et
le père-archiprêtre, qui vinrent à bout du dourak... Et comme elle a souci de
ses pupilles ! c'est incroyable. Elle les vêt comme ses propres filles, parfois elle
les met à table avec elle, et ne leur impose aucun travail. « Que tous voient,
dit-elle, la vie que mènent mes pupilles ; je veux que tous envient leur sort. »
Et quelle touchante morale elle leur fait, quand elle les marie ! « Vous avez vécu
chez moi dans la richesse, dans le luxe, sans rien faire ; maintenant toi, une
telle, tu épouses un pauvre diable, passe désormais toute ta vie dans la pauvreté, et travaille, et accomplis ton devoir. Oublie la vie que tu as eue chez
moi, parce que ce n'est pas pour toi que je faisais cela, mais seulement pour
ma distraction ; tu ne dois jamais songer à une existence pareille ; rappelle-
toi toujours ton néant et ta basse origine. » Et c'est si plein de sentiment,
qu'elles en pleurent elles-mêmes (1).

Oulanbékova met, on le voit, dans sa pratique de la bienfaisance une
cruauté raffinée et comme une pointe de sadisme. En revanche, elle ne
manque pas de se rendre pieusement jusqu'à la ville pour y entendre
l'office les jours de fête ; elle laisse vanter sa charité, épanchée sur des
indignes : « On ne peut pas agir autrement. Il faut faire du bien à son
prochain... C'est pour soi qu'il faut faire le bien, pour son âme (2). »

Avec les habitudes traditionnelles de sa classe, elle en a gardé l'esprit
et les idées : le préjugé nobiliaire, par exemple. Elle a un fils qui fait ses
études à Saint-Pétersbourg : comme une Madame Prostakova, elle regrette
qu'un jeune homme « né » soit obligé de travailler ; elle est humiliée
qu'il ait fallu, pour sa santé délicate, orienter vers l'école « civile » l'enfant qu'elle avait rêvé d'admirer sous l'uniforme de la garde, et que là
il subisse la loi des études et des examens, concoure avec des roturiers
pour une place que sa naissance seule lui eût assurée jadis :

— J'en ai été six mois malade. Pense donc, ma chère : à la fin de ses études,
on lui donnera le même tchine qu'aux employés de bureau fils de popes ! A
quoi cela ressemble-t-il ! Dans l'armée, dans la cavalerie surtout, tous les gradés
sont nobles ; même un junker (3), on voit tout de suite qu'il appartient à l'aristocratie. Mais qu'est-ce qu'un secrétaire de gouvernement ou un conseiller
titulaire (4)? Le premier venu peut être conseiller titulaire : un marchand,
un séminariste, un petit bourgeois même. Il suffit d'un peu d'instruction et

(1) *La Pupille*, I, 2.
(2) *Ibid.*, II, 2.
(3) Sous-officier (noble) dans la cavalerie, élève-officier.
(4) Dans le tableau des tchines civils (*grajdanskié tchiny*), ces deux titres occupent,
en partant du sommet, les numéros respectifs 12 et 9.

de service. Un autre est-il mieux doué pour le travail, alors il va, qui sait, vous passer sur le dos. Est-ce bien réglé? Est-ce juste? Allons donc ! Je n'aime rien critiquer de ce qui a été établi par l'autorité supérieure, et je ne le permets pas à autrui ; mais cela, je ne puis le louer. Je dirai toujours bien haut que c'est injuste, oui, injuste (1).

Orgueil de caste allié au mépris du savoir, étroit conservatisme qui regrette les privilèges passés, égoïsme qui ramène tout à soi achèvent le portrait moral de la vieille barynia. Le drame proprement dit sort avec pleine vraisemblance de ce qu'il y a de plus odieux dans les mœurs seigneuriales d'Oulanbékova : l'oppression de la personne humaine, sous une hypocrite apparence de bonté, l'inutile protestation acculée au désespoir. Nadia est la pupille préférée (2) : donc sa conduite, sa vertu, sa douceur la destinent aux bontés particulières de sa maîtresse, ce qui veut dire à une humiliation de choix. Oulanbékova veut la marier, avec dot ou rémunération convenable, à un certain Négligentov, son filleul, jeune employé de bureau ; « il se conduit mal » : raison de plus pour hâter le mariage, dans l'espoir que sa femme le ramènera au droit chemin. La jeune fille en vain supplie qu'on n'enchaîne pas ses dix-sept ans et toute sa vie à un homme grossier et buveur : sa protectrice la rappelle rudement à l'obéissance passive, dette de gratitude :

— Toi, ma mie, tu ne peux pas raisonner là-dessus : tu n'es qu'une simple fille. Tu dois te reposer en tout sur moi, ta bienfaitrice. Je t'ai élevée, je suis tenue de t'établir. De plus tu ne dois pas oublier encore qu'il est mon filleul. Tu devrais me remercier de l'honneur. Et je vais te dire aussi une fois pour toutes : je n'aime pas qu'on raisonne, je n'aime pas, un point, c'est tout. Je ne puis le permettre à personne. Je suis habituée dès ma jeunesse à ce qu'on m'obéisse au doigt et à l'œil : il serait temps pour toi de le savoir ! Et je trouve très étrange, ma mie, que tu oses me répliquer ! Je vois que je t'ai trop gâtée ; et vous naturellement, vous prenez des libertés. (*Nadia pleure.*) Qu'est-ce que cette histoire encore? Des larmes ! je n'en veux pas voir. Je te le dis. (*Se levant à demi.*) Pour moi vos larmes ne signifient absolument rien. Quand je veux faire quelque chose à mon idée, je n'en démords pas, je n'écoute rien ni personne. (*Se rasseyant.*) Et sache désormais que ton entêtement ne servira de rien : tu ne feras que me pousser à bout.

NADIA (*pleurant*). — Je suis sans parents, madame ! Vous êtes la maîtresse en tout.

OULANBÉKOVA. — J'espère bien ! Cela va de soi, que je suis la maîtresse, parce que je t'ai élevée ; c'est tout comme si je t'avais donné la vie (3).

Cette dureté cauteleuse change la pupille, jusque-là honnête et soumise, en une rebelle décidée, avant de sombrer dans son destin, à écouter, au moins une fois, son jeune cœur inassouvi :

(1) *La Pupille*, II, 3.
(2) *Ibid.*, I, 1.
(3) *Ibid.*, II, 2.

— Je ne puis pas supporter un affront! je ne puis pas!... Et quand on vous dit : épouse un ivrogne, et encore ne t'avise pas de répliquer, ni de pleurer sur ton sort... Ah! Lisa!... Mais quand on pense que cet affreux homme va vous imposer ses caprices, étaler sa force et afficher son autorité, qu'il fera le malheur de toute votre existence, comme cela, pour rien! Sans avoir vécu, il faudra vieillir avec lui! (*Elle pleure.*) Cela fend le cœur, rien que d'en parler. (*Avec un geste de la main.*) Alors, vraiment, le jeune maître vaut mieux... Avant, quand il me faisait la cour, j'étais indifférente, maintenant il semble qu'une force m'attire vers lui!... Et il m'est venu un courage tel que je n'ai peur de rien. On me couperait, je crois, en morceaux, mais j'en ferai à ma tête. D'où me vient cela, je n'en sais rien. (*Silence.*) J'attends, mais je n'attendrai pas la nuit. J'aurais des ailes, je crois, pour voler vers lui. Je ne vois qu'une chose : c'est que ma beauté, au moins, ne sera pas inutile, j'aurai de quoi rappeler ma jeunesse. (*Songeuse.*) Comme il est jeune et beau! Encore, suis-je digne d'être aimée par lui? J'étoufferais d'ennui, ici, dans ce trou, sans lui.

LISA. — Mais, Nadia, on dirait que tu ne te possèdes plus.

NADIA. — Oui vraiment. Tant qu'elle me choyait et me traitait avec tendresse, je me figurais que j'étais une créature comme tout le monde, et je me faisais une idée toute différente de la vie. Mais, depuis qu'elle s'est mise à me commander, à me traiter comme une poupée, quand j'ai vu que je n'avais ni liberté, ni appui, alors, Lisa, le désespoir m'a prise. Qu'est devenue la crainte, la honte, je ne sais. Un jour, un seul jour à moi, et après, advienne que pourra, je ne veux rien savoir. Qu'on me marie à un bouvier, qu'on m'enferme dans un donjon derrière vingt-sept serrures, cela m'est égal (1).

Nadia accepte un rendez-vous avec Léonide, le propre fils d'Oulanbékova : elle sait le danger, et le brave follement. On a vu déjà pareilles révoltes dans le monde marchand ; de même, ici, comme là-bas, l'homme ou le jeune homme aimé ne monte pas au ton de ces passions, exaspérées par une fureur de revanche ; il lui manque le courage et le goût du sacrifice. Surprise, dénoncée à sa terrible protectrice, Nadia s'entend menacer, pour châtiment, de Négligentov, à qui Oulanbékova, édifiée sur ses vices, semblait avoir renoncé (2). Le jeune hobereau la quitte lâchement après de molles consolations ; et la pupille abandonnée, déchue de son illusion, n'aperçoit plus devant elle que la vie ingrate dans une union sans amour ni estime, ou la délivrance par l'étang tout proche (3).

Dans ce tableau de mœurs seigneuriales à la veille de l'affranchissement, deux traits surtout frappent. D'abord le despotisme et la servilité : l'un brutal, sûr et jaloux de son omnipotence ; l'autre, consentie, également convaincue de sa nécessité, comme d'une loi éternelle et immuable ; aucun doute n'effleure maîtres et serviteurs sur la pérennité d'une institution qui laisse aux uns tout droit de commander selon leur caprice, impose aux autres le devoir d'obéir sans discussion ni murmure. Ensuite

(1) *La Pupille*, III, 1.
(2) *Ibid.*, III, 2, 6.
(3) *Ibid.*, IV, 4-5.

l'immoralité, sous des formes multiples : fausse dévotion, bienfaisance menteuse, espionnage occulte, délation, et passion sénile. Le favori n'est qu'esquissé, sans doute ; mais sa fonction équivoque s'entrevoit dans quelques scènes, où d'ailleurs il ne s'élève pas au-dessus des allures et des idées d'un domestique : Oulanbékova le traite presque comme tel, en esclave un peu supérieur, avec qui le ton d'égalité n'est pas de mise. Voilà ce qu'est l'édifice : de loin, il impose encore par une façade d'honorabilité, il est assis sur une fortune intacte ou encore solide.

III

Dans *la Forêt*, la situation matérielle est déjà ébranlée : le domaine se démembre morceau par morceau, pour fournir aux libéralités sentimentales de la *poméchtchitsa;* l'étude psychologique de la prude amoureuse et jalouse passe au premier plan ; enfin le titre symbolique de la pièce, la probité grandiloquente d'un personnage épisodique (acteur errant), formulent clairement une condamnation, que dans *la Pupille* les faits seuls suggéraient.

La Forêt, c'est un coin de noblesse et de vie provinciale, figé dans les traditions routinières, l'orgueil de classe, rebelle encore à l'esprit des réformes. Raïsa Gourmyjskaïa, veuve, riche propriétaire-noble, mène dans sa maison une existence « dont tout le pays d'alentour est édifié et comme embaumé » ; elle a recueilli deux pupilles : une jeune parente pauvre, Axioucha, « un peu mieux vêtue et traitée qu'une domestique » ; et un jeune homme, Boulanov, qui n'a pas même fini ses études au collège : celui-ci sous d'humbles dehors, sous son effacement discret et servile, n'ignore pas la nature de la préférence, et peut-être du sentiment dont il est l'objet. Une femme de charge, Oulita, confidente d'un passé peu austère, âme damnée de sa maîtresse, pour le compte de qui elle espionne les deux jeunes gens ; quelques hobereaux voisins, Milonov, Bodaev, visiteurs habituels de Raïsa Gourmyjskaïa, admirateurs intrépides de sa vertu, forment tout l'entourage. Ce décor de richesse, de considération s'appuie encore sur deux pouvoirs respectés : le gouverneur et « le Père Grégoire », l'État et l'Église. La réalité dément ces belles apparences. D'abord la richesse diminue, fuit par un démembrement continu du domaine, que n'expliquent pas seuls la bienfaisance et les placements :

— Nous vendons tout, dit le valet de chambre Karp, en parlant de sa maîtresse, et pourquoi?

AXIOUCHA. — C'est pour ne rien laisser à ses héritiers, et donner de l'argent à son gré, ou même pour constituer ma dot.

KARP. — Soit, cela vaudra toujours mieux, si c'est pour votre dot, que si cet argent s'en va au même endroit que le reste.

AXIOUCHA. — Où cela, le reste, où donc?

KARP. — Eh! mademoiselle, ça, vous ne pouvez pas le comprendre : et la langue me tournerait difficilement dans la bouche pour vous le dire. Voici Alexis Sergêitch (1).

Ailleurs, le bonhomme est plus explicite :

— Les bonnes gens achètent, et nous, nous vendons tout le temps. C'est un bois, puis un autre, qui s'en va. La barynia emplit une corbeille d'argent, et le garde serré ; on ne lui arracherait pas seulement un gros : et puis tout d'un coup, ce sont des milliers de roubles qui s'envolent, qui s'envolent...

OULITA. — Tout va aux pauvres et aux parents.

KARP. — Joliment!

OULITA. — A qui donc alors, selon vous?

KARP. — Nous le savons, à qui.

OULITA. — Je crois pourtant que dans toute la province on connaît notre vie exemplaire.

KARP. — Je ne parle pas de la campagne : encore sait-on ce qu'on verra! Mais à Pétersbourg, à Moscou?... C'est moi qui vais porter l'argent à la poste : alors je sais mieux que personne à qui on l'envoie, aux parents ou non. Et au docteur français, à qui elle envoyait! Et à l'Italien? Et au géomètre qui faisait les bornages (2)?...

Un familier de la maison, Bodaev, met maladroitement le doigt sur la plaie :

— Il ne s'agit pas de vous, dit-il à Raïsa Gourmyjskaïa, mais effectivement, nombre de domaines nobles chez nous ont été complètement perdus par les femmes. Si c'est un homme qui gaspille, sa prodigalité a tout de même une raison d'être ; mais la sottise des femmes ne connaît pas de bornes. Veut-elle faire cadeau à son amant d'une robe de chambre, elle vend son blé pour rien, au mauvais moment. Veut-elle lui donner un fez à gland, elle vend un bois de choix, un bois de réserve, au premier venu (3).

Raïsa Gourmyjskaïa ne tarde pas à lui donner raison : à peine recouvrés (4) les mille roubles que le marchand Vosmibratov lui avait extorqués sur la vente d'un bois, elle en fait cadeau à son jeune protégé, avec une sollicitude pas uniquement maternelle.

Ce qui aggrave encore et précipite la ruine économique, c'est souvent l'habileté malhonnête du marchand acheteur, et l'inexpérience ou la négligence du noble qui vend ; le premier est l'instigateur, l'instrument, le bénéficiaire : il a la pratique des affaires, l'argent, peu de scrupules. Vosmibratov, annoncé comme « filou de premier ordre », ne trahit pas son renom : il pousse la *poméchtchitsa* à vendre tout, marchande,

(1) *La Forêt*, I, 1.
(2) *Ibid.*, IV, 3.
(3) *Ibid.*, I, 5.
(4) Par l'aide imprévue de son neveu, l'acteur Nestchastlivtsev (III, 10).

embrouille, trompe sur le payement. Et sa mauvaise foi n'arrache à sa dupe que cette molle protestation : « Quoi ! mais c'est un vol effroyable, impudent ! C'est curieux : de ma vie je n'ai rien su acheter ni vendre, sans qu'on me trompe. Bien sûr, j'étais née pour cela ! »

Raïsa Gourmyjskaïa possède une réputation de vertu solidement établie : sa mise modeste, presque en deuil, la réserve de son langage, la surveillance sévère qu'elle exerce sur toute la maison, cette âme même, « que seuls comprennent le gouverneur et le Père Grégoire », font d'elle une vivante image du bien :

Raïsa Pavlovna par l'austérité de sa vie embellit toute notre province ; notre atmosphère morale, si l'on peut dire, est embaumée de ses vertus... Il y a six ans, quand le bruit s'est répandu que vous viendriez habiter sur vos terres, tous ici nous avons été effrayés de votre vertu : les femmes se sont remises en bon accord avec leurs maris, les enfants avec leurs parents : dans beaucoup de maisons même, on parlait plus bas (1).

Tout semble justifier cette réputation : la dame annonce ou laisse dire qu'elle veut doter sa pupille, « qu'elle se dépouille pour autrui » ; et rien n'est touchant comme l'aspect de pure charité qu'elle donne à son intérêt pour le jeune Boulanov :

— Ce n'est pas mon parent. Mais est-ce que les parents seuls ont droit à notre compassion ? Tous les hommes sont nos proches. Messieurs, est-ce que je vis pour moi ? Tout ce que j'ai, tout mon argent appartient aux pauvres ; je ne suis que le comptable de ma fortune ; le maître, c'est le pauvre, le malheureux... Ce jeune homme est le fils d'une amie à moi. Je l'ai rencontrée l'année dernière à Pétersbourg. Avant, il y a longtemps, nous vivions ensemble absolument comme deux sœurs ; puis nous nous sommes séparées : je suis devenue veuve, elle s'est mariée. Je ne le lui conseillais pas ; pour y avoir passé moi-même, j'avais conçu de l'aversion pour le mariage... Quand nous nous sommes revues à Pétersbourg, mon amie était veuve depuis longtemps, et, bien entendu, se repentait bien fort de ne pas avoir suivi mes conseils. Avec des larmes, elle me présenta son fils unique. C'est un garçon, comme vous voyez, déjà en âge. Le pauvre, il est faible de santé. C'est pour cela qu'il a fait de mauvaises études et qu'il était en retard sur ses camarades. Il en souffrait, sa mère en souffrait aussi ; mais elle n'avait pas les moyens de remédier à sa peine. Leur bien était complètement ruiné ; le fils, obligé de faire des études pour nourrir sa mère : et le temps de travailler, comme le goût, était passé. Maintenant, jugez-moi comme vous voudrez (2).

Ainsi explique-t-elle la présence de Boulanov dans sa maison. Ce qu'on pourra dire ne l'arrête pas, quand il s'agit d'une bonne action ; et justement, elle en veut accomplir trois d'un coup : tranquilliser la mère, procurer des ressources à son fils, et établir sa propre nièce à elle. Enfin,

(1) *La Forêt*, I, 4.
(2) *Ibid.*

dans la perpétuelle obsession d'une mort prochaine, elle songe à rédiger son testament, à instituer pour légataire universel un neveu qu'elle fit élever jadis, à peu de frais (non par avarice, mais par principe, parce qu'elle est « convaincue que les gens simples, sans instruction, vivent plus heureux »), et qu'elle n'a pas revu depuis quinze ans : elle voulait « que le jeune garçon passât par la rude école de la vie, fût livré à ses propres moyens » ; et, dans cette intention, elle lui envoyait peu d'argent. Ne croirait-on pas, sur ces apparences, que Raïsa Gourmyjskaïa s'oublie elle-même, en bienfaitrice généreuse, émiette sa fortune avec une absence d'esprit pratique, où se marque la vraie bonté? Pourtant tout son fait n'est que grimace.

A Vosmibratov elle donne le mariage de sa nièce comme décidé, la refusant ainsi au fils du marchand, qui l'aime et qu'elle aime. Quant à Axioucha, elle la déteste au fond, l'humilie, lui parle avec dureté :

— Moi-même je dis à tous qu'il (1) est ton fiancé ; que les autres le disent, peu m'importe : mais je réfléchirai encore, entends-tu, je réfléchirai encore... Je veux que tous le considèrent comme ton fiancé : j'ai mes raisons pour cela...

Axioucha refusant de se prêter à cette comédie avec celui qu'elle refuse d'épouser :

— Comédie! Comment oses-tu? Et encore même qu'il en serait ainsi : je te nourris et je t'habille, je te ferai bien jouer la comédie. Tu n'as pas le droit de sonder mes intentions : j'ai mes raisons, cela suffit. Il est le futur, toi la future, seulement tu resteras dans ta chambre, sous bonne garde. Telle est ma volonté (2).

Ce neveu, dont elle parlait souvent, à qui elle songeait comme légataire universel, elle avoue à Boulanov, à la suite d'un rêve, car elle est superstitieuse, n'en plus souhaiter la visite :

— Mon ami, on dit parfois une chose, et on pense tout autrement. Pourquoi irais-je découvrir mes sentiments au premier venu? Comme parente, je dois l'aimer, et je dis que je l'aime.

BOULANOV. — Mais en réalité vous ne l'aimez pas?

GOURMYJSKAÏA. — Ce n'est pas que je ne l'aime pas, mais... comment te dire... il est maintenant de trop. Je suis si tranquille, j'ai déjà pensé à la manière de disposer de mon bien, et le voilà qui apparaît. Comment lui refuser? Il faudra lui donner aussi une part, cela me forcera à l'enlever à celui que j'aime...

BOULANOV. — Alors ne la lui donnez pas.

GOURMYJSKAÏA. — Impossible. Pourquoi lui refuserais-je, s'il est respectueux et se conduit bien? Et, sur le pied où je me suis mise ici, je ne peux refuser à un parent. Et s'il arrive sans ressources? Il faudra pourvoir à son entretien : qui sait, il voudra peut-être s'installer chez moi. Je ne peux pourtant pas le chasser.

(1) Le jeune Boulanov.
(2) *La Forêt*, I, 7.

BOULANOV. — Si vous le désirez, je le mettrai dehors.

GOURMYJSKAÏA (*avec effroi*). — Ah ! Dieu t'en préserve ! Prends garde à toi, prends garde ! Voici ce que j'ai vu en rêve : il venait et te tuait d'un coup de pistolet sous mes yeux. Il y a quinze ans que je ne l'ai vu. Je voudrais, oh combien ! qu'il se passe encore quinze ans de même (1).

On devine que « l'hôte non invité (2) » se présente inopinément : c'est l'acteur Nestchastlivtsev, qui dissimule d'ailleurs soigneusement sa profession. Raïsa Gourmyjskaïa l'accueille avec une feinte amabilité ; un peu plus tard, rentrée grâce à lui en possession de la somme extorquée par le marchand Vosmibratov, elle le remercie avec chaleur, offre de lui restituer l'argent, dette ancienne, puis de le lui garder, en parente prévoyante. Le neveu accepte : l'instant d'après les mille roubles passaient dans les mains du jeune favori, pour monter sa garde-robe.

Informée que ce neveu n'est pas « au service », mais court la province comme comédien, elle en ressent de la honte, puis bientôt de la joie : en jouant l'indignation, elle se délivrera plus aisément d'une présence gênante (3).

C'est dans la passion surtout que se peint le mieux la prude amoureuse, qu'on a plaisamment surnommée « lady Tartufe ». Ses cinquante ans sonnés, son rigorisme extérieur empêchent, semble-t-il, de suspecter l'intérêt tout maternel qu'elle porte à Boulanov ; mais son âpreté à le défendre contre Axioucha qui le ridiculise : « C'est mon choix, mon goût », dit-elle, « des dames du monde se sont éprises de lui », la surveillance dont elle entoure la pupille, cette défense d'aimer Boulanov, ces fiançailles pour la forme laissent déjà soupçonner dans la jalousie un autre attachement... Sous d'hypocrites pudeurs, le feu des sens la brûle encore :

— Écoute, Oulita ! Dis-moi, mais parle sincèrement... quand il t'arrive de voir un beau jeune homme, ne sens-tu rien, ou ne te vient-il pas à l'idée que ce serait agréable d'aimer...

OULITA. — Que dites-vous? A mon âge? J'ai oublié, bonne madame, tout oublié.

GOURMYJSKAÏA. — Hé, tu n'es pas si vieille que cela. Non, parle !

OULITA. — Si vous me l'ordonnez...

GOURMYJSKAÏA. — Oui, je veux...

OULITA. — Parfois, quand la rêverie... (*avec tendresse*) vous enveloppe, à certains moments, comme un nuage...

GOURMYJSKAÏA (*songeuse*). — Va-t'en, vilaine femme ! (*Oulita se lève, se retire à l'écart, en regardant en dessous. Gourmyjskaïa se lève et s'approche de la fenêtre.*) C'est vrai que le gamin n'est pas mal. Il m'a fait tout de suite agréable impression. Ah ! comme j'ai l'âme encore jeune ! Je crois que jusqu'à soixante-dix ans, je serai capable d'aimer... Et n'était ma sagesse... Il ne me voit

(1) *La Forêt*, III 1.
(2) Dicton russe : visite ou présence importune.
(3) *La Forêt*, IV, 8.

pas... (*Elle envoie un baiser.*) Ah ! le joli garçon !... Oui, c'est beaucoup dans la vie, que des principes solides. (*Elle se retourne et aperçoit Oulita.*) Tiens ! tu es encore ici? Allons, partons ; au lieu d'un costume, je t'en donnerai deux (1).

Devant l'adolescent, Raïsa Gourmyjskaïa d'abord retenue, puis encourageante, avec une pointe de marivaudage, découvre la nature de son sentiment dans quelques mots ambigus, que Boulanov timide, discret, n'entend pas ou feint de ne pas entendre :

— J'ai toujours peur que vous vous fâchiez contre moi pour une raison ou une autre, et que vous me renvoyiez chez maman.

GOURMYJSKAÏA. — Ah ! voilà qui est plaisant ! Mais pourquoi me fâcherais-je contre toi? Malheureux, tu as donc peur de moi?

BOULANOV. — Comment ne pas avoir peur? On dit que vous êtes si sévère.

GOURMYJSKAÏA. — Tant mieux si on parle ainsi. Mais avec toi, mon ami, je ne serai pas sévère : ce qu'il peut y avoir de pire pour toi, c'est d'avoir peur de moi.

BOULANOV. — Bien. Si je savais...

GOURMYJSKAÏA. — Quoi?

BOULANOV. — Le moyen de vous faire plaisir.

GOURMYJSKAÏA. — Devine.

BOULANOV. — Est-ce que c'est commode? Et je n'ai pas d'esprit pour ça.

GOURMYJSKAÏA. — A quoi sert ton esprit, alors?

BOULANOV. — A tout ce qu'on demandera : par exemple, régir un domaine, surveiller les paysans. Si vous aviez des serfs, vous ne trouveriez pas de meilleur intendant que moi ; ça ne fait rien que je sois jeune (2).

C'est encore sous un air de sollicitude que la *pomêchtchitsa* engage son protégé à quitter son attitude servile, son air de gamin, pour prendre « de l'aplomb » et de l'autorité ; elle lui en fournit les moyens en l'habillant de neuf, avec des bijoux, de l'argent ; elle l'amène peu à peu à prendre de lui-même une idée plus avantageuse (3). Enfin, avec la poétique complicité de la nuit, l'amoureuse impatiente se déclare :

— J'aime la nature, toi non, peut-être?

BOULANOV. — Mais c'est comme vous ordonnerez. Si vous vous ennuyez, toute seule...

GOURMYJSKAÏA. — Et toi, tu ne t'ennuies pas, par une nuit pareille? La lune, cet air, cette fraîcheur, cela ne te touche pas? Regarde comme le lac brille, quelles ombres tombent des arbres ! Es-tu insensible à tout cela?

BOULANOV. — Non, comment le serais-je ! Seulement je ne sais pas ce que vous désirez, ce qui vous serait le plus agréable.

GOURMYJSKAÏA. — Eh, mon ami, tu veux plaisanter, sûrement?

BOULANOV. — Dieu sait ce que je donnerais, je crois, pour savoir ce que vous aimez ! Je ferais tous mes efforts.

(1) *La Forêt*, I, 8.
(2) *Ibid.*, III, 1.
(3) *Ibid.*, III, 12.

GOURMYJSKAÏA. — Eh bien! que crois-tu que j'aime? Je serais curieuse de te l'entendre dire.

BOULANOV. — La lune.

GOURMYJSKAÏA. — Qu'il est naïf! Ah! mon ami! j'aimais la lune, mais c'est fini depuis longtemps ; je n'ai plus seize ans.

BOULANOV (*cherchant*). — Vos parents?

GOURMYJSKAÏA. — Ah! ah! ah! Merci bien! Il me fera mourir de rire! Ah! candeur! (*Elle rit.*) Comme c'est gentil : « Vos parents! »

BOULANOV. — Pardon!

GOURMYJSKAÏA. — Parle, parle. Je l'exige.

BOULANOV. — Je ne sais pas.

GOURMYJSKAÏA. — Mais, toi, bêta! Toi!

Boulanov a compris... et veut le prouver : l'amante offusquée le repousse, le traite de « rustre », de « vaurien », de « vilain gamin », et sort, le laissant penaud et inquiet. Ce n'est qu'une hypocrisie de plus : flattée au fond, et chatouillée par cette ardeur agressive, la prude veut seulement se ménager une attitude de magnanimité ; le ton que prend bientôt Boulanov dans la maison ne laisse plus de doute sur le pardon, vite accordé :

— Tout de même, je suis fâchée contre toi pour la scène d'hier.

BOULANOV. — Raïsa, mets-toi à ma place! J'étais si heureux!

GOURMYJSKAÏA. — Il y a en tout les formes, mon ami. Figure-toi seulement comme tu m'as blessée par ta conduite! Quelle idée avais-tu de moi? Comment as-tu pu te permettre? Ma réputation t'est bien connue. Toute la province me respecte, et toi...

BOULANOV (*lui baisant la main d'un air dégagé*). — Pardonne-moi!

GOURMYJSKAÏA. — Je te pardonne, mon ami, je te pardonne. En général je suis très indulgente, c'est mon défaut. Mais, toi, respecte toujours les délicatesses d'une femme, son sentiment de pudeur (1).

Après qu'elle a jeté le masque, un des premiers soins de Gourmyjskaïa, pour s'assurer la paisible possession de son jeune amant, est d'éloigner sa pupille, officiellement fiancée à lui. D'abord elle l'humilie, lui intime l'ordre de ne plus songer à Boulanov ; puis mordue par la peur et la jalousie, à la pensée que sa fraîche jeunesse pourrait le séduire, elle vient à la supplier de partir :

AXIOUCHA. — Vous êtes une grande dame, moi je ne suis qu'une fille de rien, et vous êtes jalouse de moi, pour votre amant.

GOURMYJSKAÏA. — Quel mot dis-tu là!

AXIOUCHA. — Mais oui. Je dis la vérité. Reconnaissez-le au moins une fois dans votre vie. Sans quoi c'est toujours vous qui êtes une sainte pour tout le monde, et nous, les pécheurs.

GOURMYJSKAÏA. — Tu veux que je dévoile ma faiblesse? (*Elle l'embrasse.*) Eh bien, oui, je suis jalouse.

(1) *La Forêt*, V, 3.

AXIOUCHA. — Cela suffit. Je pars loin de vous, bien loin. (*Elle sort.*)

GOURMYJSKAÏA. — Dieu merci, maintenant tout est arrangé, et je puis jouir pleinement de mon bonheur. Que de désagréments j'ai endurés pour cette sotte comédie avec les parents ! Et c'était bien fait pour moi. En revanche, me voilà maintenant tout à fait tranquille. Alexis administrera le domaine, moi je ne m'occuperai que de bonnes œuvres. Je me fixerai pour cela une somme, oh ! pas grosse, je serai tout à fait dans mon élément (1).

Au lieu de rédiger son testament, de se préparer à la mort dans le renoncement et la charité, elle annonce son mariage à ses amis convoqués, leur présente son futur. Tartufe jusqu'au bout, elle donne son mariage, son concubinage légal, pour mieux dire, comme un sacrifice à des nécessités économiques, et une violence à sa vertu :

— Malgré tout mon désir de rester veuve pour le reste de mes jours, même de renoncer complètement au monde, j'ai résolu de me sacrifier. Je me marie pour organiser mon domaine, et pour qu'il ne passe pas en de mauvaises mains (2).

La peinture de la passion sénile, esquissée seulement dans Oulan-békova, s'est ici développée, enrichie, fixée en un type de matrone sensuelle, dure et tendre à la fois, jalouse, d'hypocrite gourmée et haineuse : Raïsa Gourmyjskaïa, c'est Arsinoé plus mûre, et pourtant plus chaude. Le personnage de Boulanov n'est pas dessiné d'un trait moins sûr : effacé et timide au début, avec des coins de moralité suspecte, mais la claire vue de son intérêt lié aux bonnes grâces de sa protectrice, capable de dissimuler, il se prête avec une naïveté, sincère ou calculée, aux aveux et à l'amour de Gourmyjskaïa ; bientôt il mesure son ascendant, l'attrait de sa verdeur, entre avec une hardiesse aisée dans son rôle d'amant, de fiancé, de maître. Et quand le vieil invalide cacochyme Bodaev, le prudent réactionnaire Milonov viennent apporter leurs félicitations, ils sentent que cet adolescent déniaisé, coquettement habillé à la dernière mode, déjà sûr de lui, l'air légèrement impertinent, avec un profond mépris pour les irréguliers de la vie, les bohèmes de l'art, est une force qui monte, qu'il sera, lui aussi, avec la jeunesse en plus, un défenseur des bons principes et des vertus familiales.

Par un autre endroit encore *la Forêt* diffère de *la Pupille*. Là, les vieilles mœurs seigneuriales, l'hypocrisie dévote échappaient à toute réprobation, à tout châtiment : Nadia, la victime, n'était ni défendue ni vengée ; cette idole de tyrannie qu'incarnait Oulanbékova restait debout parmi la servilité et les ruines morales ; nul ne cherchait à l'abattre ; rien ne troublait la sinistre « bienfaitrice ». Ici le mensonge et la malfaisance sont démasqués : contre l'hostilité jalouse de sa protec-

---

(1) *La Forêt*, V, 4.
(2) *Ibid.*, V, 8.

trice la pupille Axioucha trouve le réconfort d'un amour partagé, et, à la fin, le secours dévoué d'un frère, revenu à propos ; elle est délivrée ; l'abusive autorité seigneuriale capitule, par force, devant le libre choix du cœur. De plus, ce qu'il y avait, chez cette noblesse de campagne, de corrompu sous des apparences respectables, de mort sous des apparences de vie, d'oppressif et de routinier, d'étroit conservatisme et de fausse vertu, Ostrovski a imaginé de le confondre par ce qu'il y avait de moins encadré socialement, de moins respecté. Déjà le vieux laquais dit : « Notre vie, monsieur ? Nous habitons au fond des bois, nous adorons toujours les idoles, et encore d'une âme assez molle (1) », et ailleurs, à la vue de l'acteur bouffon Stchastlivtsev, qui doit passer pour valet de chambre de Nestchastlivtsev : « Drôle de valet de chambre ! mais, il faut bien l'avouer : c'est de l'instruction. Tandis qu'ici, quoi ? D'un mot : le fond des bois (2). » Ceux qui vivent dans cette épaisseur obscure, où ne pénètrent pas les souffles du dehors, n'en paraissent pas souffrir et même ne s'en apercevraient pas sans la venue d'un vagabond du théâtre, dont l'idéalisme désintéressé jette une lumière brutale sur leur égoïsme. Nestchastlivtsev, l'acteur errant, neveu de la *poméchtchitsa*, promène par la terre russe son insouciance débraillée, mais aussi les gestes, l'âme et le langage des héros qu'il interprète. Congédié par sa tante, à cause de sa profession, il dit leur fait à ces hobereaux :

— Arcade ! On nous chasse. Et de fait, camarade, que sommes-nous venus faire ici ? Comment avons-nous échoué dans cette forêt, dans cet épais fourré dormant ? A quoi bon, camarade, avoir effrayé ces hiboux et ces chouettes ? Pourquoi les gêner ? Laissons-les vivre à leur guise. Ici tout est dans l'ordre voulu, comme cela doit être dans un bois. Des dames mûres épousent des collégiens, les jeunes filles veulent se noyer de désespoir, pour la vie que leur font leurs parents : c'est la forêt, camarade.

GOURMYJSKAÏA. — Comédiens !

NESTCHASTLIVTSEV. — Comédiens ? Non, nous sommes des artistes, de généreux artistes, et les comédiens, c'est vous. Si nous aimons, alors nous aimons vraiment ; si nous n'aimons pas, alors c'est la querelle et la bataille ; si nous venons en aide, c'est avec notre dernier kopek, laborieusement gagné. Mais vous ? Toute votre vie vous parlez du bonheur de la société, de l'amour de l'humanité. Et qu'avez-vous fait ? Qui avez-vous nourri ? bien traité ? C'est à vous seuls que vous procurez plaisir et divertissement. C'est vous les comédiens, les bouffons, et pas nous. Quand j'ai de l'argent, je nourris à mes frais deux ou trois canailles comme Arcachka, et ma propre tante trouve trop pesante la charge de m'avoir deux jours ! Une pauvre fille court se jeter à l'eau : qui l'y pousse ? Sa tante. Qui la sauve ? L'acteur Nestchastlivtsev !

Les Russes goûtèrent vivement et goûtent encore dans *la Forêt* ces

(1) Dicton populaire, sauf la fin.
(2) *La Forêt*, III, 4.

deux types d'acteurs errants, l'un tragédien et grandiloquent, l'autre
bouffon et grotesque, Don Quichotte et Sancho Pança (moins le ventre)
de l'art dramatique provincial, deux rôles à faire valoir par contraste
leurs interprètes. Pourtant ce ne sont que des figures épisodiques, introduites par artifice pour animer et éclairer le tableau de mœurs ; elles ont
peut-être masqué le vrai sujet : étude sociale et psychologique de la
noblesse terrienne.

IV

Loups et brebis (1875) achèvent la trilogie seigneuriale. La fausse dévote,
qui semble avoir si fortement sollicité Ostrovki, s'achève en une effigie
d'un relief définitif. La source de l'observation, ici, est toute proche :
un procès contemporain, dont les lois ne permettaient pas que l'héroïne,
igouménia (abbesse) d'un couvent, figurât au théâtre sous son nom et sa
qualité véritables (1). Certains blâmèrent cette transposition scénique

---

(1) L'*igouménia* (abbesse) **Mitrofania**, dans le monde baronne Prascovia Gri-
gorievna Rozen, qui comparut en cour d'assises à Moscou (5-19 novembre 1875)
pour toute une série d'escroqueries et de faux, était fille de l'aide de camp général baron
Rozen, demoiselle d'honneur (*freiline*) de l'impératrice, fondatrice de nombreux établissements de bienfaisance.
Dans son enfance, elle manifesta de remarquables aptitudes. Elle mena pendant
sa jeunesse une vie toute mondaine ; elle allait au bal, recevait avec sa mère, s'adonnait
aux sports ; en raison de sa haute naissance elle était souvent de service auprès de
l'impératrice. Bientôt un changement s'accomplit en elle. D'abord elle fréquenta
plus rarement le monde, rompit presque toutes relations avec son entourage, pour
se renfermer dans un cercle d'intimes. C'est alors qu'elle commença à prendre intérêt
à la vie des couvents, donnant directement aux uns des secours matériels, organisant
l'assistance en faveur des autres. Elle prit le voile en 1854, et fut sacrée abbesse en 1861.
Elle acquit vite de la notoriété. Grâce à ses relations, l'accès à la cour, elle réussit
à accroître la prospérité matérielle de son couvent. Peu à peu elle élargit le champ de
son activité par la création de nouveaux établissements de bienfaisance. Mais déjà
se découvre toute une série d'actes délictueux : captations habilement imaginées,
escroqueries adroites, faux. Quelques-uns apparurent avec une telle évidence, que la
mise en jugement de l'abbesse Mitrofania devint inévitable.
Voici les trois chefs d'accusation : 1º « L'honorable bourgeoise » Médintseva avait
été mise en tutelle, elle et sa fortune. Comme elle désirait fort être affranchie de cette
tutelle, ses amis lui conseillèrent de s'adresser à l'abbesse Mitrofania, qui pourrait
tout obtenir, disaient-ils, par ses relations et sa situation. Médintseva s'adressa à
l'abbesse qui lui promit son entier concours. L'abbesse installa Médintseva chez elle,
la soumit à son influence, lui défendit même de sortir sans elle et l'obligea à rompre
toutes relations avec ses amis d'avant ; elle la garda ainsi internée pendant deux ans.
Sur son injonction, Médintseva choisit pour tuteur un certain Makharov, qui non seulement ne contrecarrait pas, mais secondait les desseins criminels de l'abbesse. Sous prétexte d'une demande pour obtenir la levée de la tutelle, l'abbesse emmena Médintseva
à Saint-Pétersbourg et ne consentit à la laisser partir à Moscou, qu'après qu'elle eut
apposé sa signature sur quelques feuilles blanches destinées à ladite demande : il fut
reconnu dans la suite que ces papiers étaient des lettres de change. Sous prétexte que la
demande exigeait une dépense de cinquante mille roubles, l'abbesse soutira des lettres
de change pour cette même somme. Elle donna à tout cet argent une affectation contraire aux intentions de Médintseva, l'employant à ses besoins personnels. Avec la complicité de Trachtenberg, de Makhaline, de Makharov, elle toucha, de l'administration

d'un événement judiciaire : c'était de leur part rabaisser injustement à l'anecdote la portée de l'œuvre. Dans un pays où la foi est encore si vive, les couvents nombreux, leurs chefs pas toujours désignés par leur seule vertu, leurs intérêts matériels considérables, les préoccupations d'ordre temporel dès lors trop souvent mêlées à l'activité spirituelle, les effets sociaux, les aspects dramatiques de ces dangereuses confusions frappaient aisément le peintre de mœurs. Par la substitution forcée d'une héroïne « du siècle » à une abbesse, la pièce gagnait en force élargie sans perdre son intérêt d'actualité.

Le mobile essentiel, dans *Loups et brebis*, n'est plus l'amour, mais la cupidité, que la gêne aiguillonne : les affaires, ou plutôt une affaire unique occupe Méropa Mourzavetskaïa. Cette vieille fille de soixante-cinq ans, « propriétaire d'un domaine vaste, mais en complet désarroi », jouit, comme Gourmyjskaïa, d'une réputation vertueuse, « que nul soupçon n'oserait atteindre », et d'une grande influence dans toute la province : elle se mêle d'élections au Zemstvo, à la commission exécutive permanente ; on vient la consulter, on l'entoure d'égards (1). Son extérieur austère, sa piété, son ostentation de bienfaisance commandent le respect. Sa maison est un couvent ; c'est « l'humilité, la paix », mais avec le train convenable au rang : domesticité, parasites, une pupille encore, jeune parente pauvre à qui Méropa Mourzavetskaïa impose une rigidité toute monacale de tenue et de langage pour la dresser au déta-

des biens de tutelle, trois cent mille roubles, s'appropria en outre des objets confiés à sa garde par Médintseva. Toutes les lettres de change, les blancs-seings étaient antidatés, c'est-à-dire datés d'avant la tutelle. — 2° L'abbesse avait fabriqué au nom du marchand Lébédev quelques traites fausses, pour une somme de dix mille roubles. Lébédev était membre de la communauté pétersbourgeoise des sœurs de charité ; il connaissait, à ce titre, l'abbesse Mitrofania. Celle-ci déclara qu'elle avait reçu de lui les traites comme offrande, en suite d'une demande faite par elle. Les circonstances de l'affaire, l'enquête minutieuse des experts en écriture, établirent irréfutablement que les signatures étaient fausses. — 3° Il s'agissait de toute une série de fausses obligations, de faux reçus au nom d'un richard moscovite alors bien connu, Solodovnikov : obligations pour une somme de quatre cent soixante mille roubles, une série de reçus pour cinq cent mille, et un reçu de cinq cent quatre-vingt mille roubles. L'abbesse s'efforça de démontrer que tout cela représentait des libéralités volontaires de Solodovnikov : mais elle avait revendu obligations et reçus pour des sommes insignifiantes, en y joignant des reçus supplémentaires destinés à garantir l'authenticité des premiers. Là encore les circonstances, les conclusions des experts établirent le faux.

Dans l'enquête préalable, et devant le tribunal, l'abbesse persista à soutenir son innocence. Elle interrogeait les témoins, cherchait à prouver qu'elle était absolument étrangère à tous les actes qu'on lui reprochait. Elle parlait de sa vie ascétique, consacrée à Dieu, montrait son travail fructueux dans le domaine de la bienfaisance, la nécessité de ce travail ; si on la condamnait, c'était la ruine de toutes les œuvres laborieusement créées par elle.

Le jury acquitta tous les prévenus inculpés de complicité avec l'accusée principale. L'abbesse fut reconnue coupable, mais méritant l'indulgence. Par arrêt du tribunal, elle fut condamnée à la perte de tous ses droits et privilèges personnels et spéciaux, et à la relégation dans le gouvernement de l'Éniséï. (*Rétchi Plévako, pod rédaktsiéï Mouravieva.*)

(1) *Loups et brebis*, IV, 3 : V, 5.

chement du monde, ou rehausser sa propre vertu. Ses familiers sont riches, honorables, ou jugés tels. Or tout cela n'est qu'un trompe-l'œil. Méropa Davydovna « est maîtresse en l'art de bien établir ses parents », parce qu'elle calcule en tout son intérêt :

— C'est une femme habile, dit la jeune parente pauvre Glafira qui la connaît à fond, elle saura faire faire un riche mariage, mais à condition de prendre ensuite en mains la fortune, de profiter de tout ce dont elle pourra, et encore d'aller vanter partout sa bienfaisance... D'ailleurs, je lui suis très reconnaissante... J'ai appris d'elle bien des choses utiles, beaucoup de ce qui est nécessaire dans la vie à une fille pauvre... J'ai appris à ruser, à ne pas dire une parole inutile, à n'avoir pas de honte, quand on veut arriver à quelque chose ; j'ai appris cette liberté familière d'allures, disons cette impertinence qui chez une bigote passe pour sincérité et simplicité (1).

La fortune n'est qu'une façade maintenue à force d'expédients et dont le fragile équilibre tient à un écart de quelques centaines de roubles. S'agit-il de payer de pauvres ouvriers qui profitant d'un jour de fête, sont venus chercher leur dû et attendent patiemment dans l'antichambre qu'on daigne les recevoir?

— Peut-être que je vous annoncerai, leur dit le majordome Paulin, seulement, à une condition, messieurs. Voici la première : ceux qui sont un peu mieux habillés (*désignant l'entrepreneur, le peintre, le menuisier et le staroste*)(2) restez ici ; (*aux autres*) vous, au perron. Seconde chose : dès que madame descendra de voiture, tous lui baiser la main, quelques-uns, par zèle, peuvent même se jeter à ses pieds. Ne soufflez mot d'argent : offrez, si vous voulez, vos compliments de fête, mais pas de réclamation... Quand madame sera au salon, qu'elle aura bien pris le thé, je lui dirai que vous êtes-là : alors elle prendra ses résolutions. Comment voulez-vous qu'un jour de fête, dès le matin, on songe d'abord à des misères pareilles? Madame, à ce moment-là, aime le calme, et que personne ne la dérange, surtout pour des questions d'argent. Pensez donc : quand elle revient de l'église, qu'elle s'assied pour méditer, et qu'elle lève ses yeux au ciel, où son âme est-elle, à ce moment-là?

— Haut, très haut, répondent humblement les solliciteurs (3).

Et au bout de leur longue attente, ils auront pour tout salaire l'honneur de voir la vieille demoiselle, toute vêtue de noir, ainsi que ses suivantes, traverser majestueusement le vestibule pour se rendre dans son salon « sans regarder personne », et de lui baiser la main droite (4).
Méropa Mourzavetskaïa elle-même trouve légitime de retarder ses payements : elle n'est pas loin de considérer sa dette comme un bienfait pour les artisans, ses créanciers :

(1) *Loups et brebis*, II, 8.
(2) Ici l'ancien « bailli » de Mourzavetskaïa.
(3) *Loups et brebis*. I, 1.
(4) *Ibid.*, I, 3.

— Leur as-tu dit que ceux à qui je dois, je ne les oublie pas, je prie pour eux, et que ceux que j'ai payés, je n'ai plus de pensées pour eux?

PAULIN. — Je le leur ai dit et redit, mais ils ne veulent rien entendre, ils réclament de l'argent. C'est de l'ignorance, et de la plus endurcie encore.

MOURZAVETSKAÏA. — Pourtant, il y a eu des exemples de bonheur, de gros profits amenés par mes prières... Mais quoi, s'il leur faut de l'argent, on paiera (1).

Ces hauteurs sereines, où plane l'âme de la vieille fille, signifient simplement qu'elle n'a pas sous la main 500 roubles pour donner des acomptes. L'hypocrisie seconde l'esprit d'affaires, la dévotion dissimule les plus prosaïques calculs. Ces saintes manieuses d'argent, à l'abri de la religion, échafaudent leurs combinaisons financières ; elles tâchent d'attraper l'argent, mais, comme les moyens sont frauduleux, si elles le manquent, la cour d'assises est au bout. Pour prévenir ou tourner les rigueurs du code, Mourzavetskaïa a pris comme auxiliaire un « ancien membre du tribunal de district », Tchougounov, placé par elle comme intendant chez la jeune veuve Eulampia Koupavina ; elle est sûre de lui : elle le tient par la reconnaissance, par la peur aussi, car son passé n'est pas immaculé ; quant à la veuve, sa richesse, son ignorance des affaires en général et des siennes en particulier, la livrent sans défense aux machinations de sa fausse amie et de son intendant. Voici le coup tenté : exploiter de vagues promesses d'argent ou un prêt que feu Koupavine aurait de son vivant faits au frère de Mourzavetskaïa, convertir cette promesse verbale en créance irrécusable, en engagement ferme, valable après décès du mari pour reprise sur les biens de la veuve, extorquer ainsi par chantage 25 000 roubles à la naïveté ou à la loyauté de la veuve. Que la chose à première vue soit impossible, la dévote *poméchtchitsa* ne l'ignore pas :

— Ah ! butor que tu es ! suis-je plus bête que toi? Est-ce que je ne comprends pas qu'au regard des lois, je veux dire de celles qui sont écrites dans vos livres, la dette ici n'existe pas ? Ainsi vous avez vos lois ; mais moi, j'ai les miennes ; je ne veux rien entendre, je crie partout qu'on a ruiné mon neveu... J'espère en la conscience des gens : je n'ai jamais cessé de croire à la conscience des gens... Je me dis : Eulampia est une bonne personne, elle a de la délicatesse, elle ne souffrira pas qu'on tienne sur elle des propos pareils.

TCHOUGOUNOV. — Vous pensez qu'elle paiera?

MOURZAVETSKAÏA. — Non, je ne le crois pas : la somme est forte. Comment le pourrait-elle? Nous nous arrangerons à l'amiable.

TCHOUGOUNOV. — Et combien pensez-vous toucher avec votre transaction?

MOURZAVETSKAÏA. — Je ne veux pas d'argent ; mais nous marierons mon neveu à la veuve ; et nous serons quittes. C'est pour cela seulement que je

_____

(1) *Loups et brebis*, I, 9.

me démène, pour cela que l'affaire est emmanchée, et que la conversation est venue sur la dette... Pour moi, toutes les femmes, c'est moins que rien : on aura beau les couvrir d'or, elles n'en vaudront pas un gros pour autant ; Eulampia Nikolaevna, avec sa fortune, va peut-être faire la fière : celui-ci n'est pas digne d'elle, celui-là n'a pas ce qu'il faut... Je ne suis sans doute qu'une vieille fille, qui connaît mal les hommes ; il peut se faire que mon neveu Apollon ne soit effectivement qu'un piètre parti ; mais tu comprends, je ne veux rien entendre là-dessus ; je veux du bien à mon parent ; elle, je m'en soucie fort peu. Ainsi donc, si elle fait l'entêtée, il nous faut trouver tous deux, Voukol, quelque moyen de l'effrayer.

TCHOUGOUNOV. — Il faudrait découvrir quelque vieux compte ou recher-cher dans les livres de comptabilité s'il n'y aurait pas des comptes sur quoi appuyer votre réclamation... je chercherai... Eulampia Nikolaevna m'a donné pleins pouvoirs... Apollon Victorytch et moi nous terminerons l'affaire à l'amiable en justice de paix. Je reconnaîtrai la dette qu'il vous plaira, jusqu'à 100 000 roubles même. On délivrera à Apollon Victorytch un titre exécutoire ; alors l'affaire sera sûre ; avec une pièce comme celle-là on pourra effrayer la veuve. Le mariage, on lui dira, ou la ruine.

MOURZAVETSKAÏA. — Oui, oui, oui..., voilà, c'est tout ce qu'il me faut. Et puis nous n'en sommes pas encore là : peut-être arrangerons-nous la chose sans recourir à cette extrémité ; mais si elle y met de l'entêtement, alors tant pis pour elle. Je ne m'en cache pas : pour les miens rien ne me coûte... A propos, Eulampia a-t-elle de l'argent liquide?

TCHOUGOUNOV. — Comment donc ! Bien sûr.

MOURZAVETSKAÏA. — Alors, quoi, aurait-elle donc oublié? Je lui ai pour-tant rafraîchi plus d'une fois la mémoire. Son mari avait promis de me donner 1 000 roubles pour les pauvres... Par exemple je ne me souviens plus si c'était un engagement verbal ou s'il y avait un écrit de lui. « Je n'inscrirai pas, m'a-t-il dit, la somme sur mon testament ; peu importe, après ma mort, ma femme vous paiera. » Je crois pourtant qu'il y avait une lettre. As-tu regardé dans mes papiers?

Tchougounov n'a rien trouvé ; mais il apporte néanmoins la lettre : c'est bien l'écriture de Koupavine :

MOURZAVETSKAÏA. — N'y a-t-il pas là quelque sortilège?

TCHOUGOUNOV. — Est-ce possible, bienfaitrice... un péché pareil ! En char-gerais-je mon âme?

MOURZAVETSKAÏA. — Si ce n'est pas de la sorcellerie, cela ne vaut guère mieux : c'est un faux, qui entraîne les travaux forcés.

TCHOUGOUNOV. — Quels mots dites-vous là? Pourquoi, bienfaitrice, pro-noncer des mots pareils? Quel faux y a-t-il là, voyons? Une chose bien imaginée, voilà le nom qu'il faut donner. La volonté de M. Koupavine était telle : qu'il l'ait exprimée verbalement ou par écrit, n'est-ce pas la même chose? Et si, sans la lettre, Eulampia Nikolaevna n'ajoute pas foi, et ne donne pas d'argent, le mal ne sera-t-il pas plus grand? La volonté du défunt n'aura pas été accomplie, et les pauvres n'auront pas reçu de quoi prier pour le repos de son âme.

MOURZAVETSKAÏA. — Et si je t'ai trompé, s'il ne m'a rien promis?

Tchougounov (*prêt à déchirer la lettre*). — Eh bien, en ce cas, ce sera vite fait.

Mourzavetskaïa. — Que fais-tu, que fais-tu? Attends. Donne-moi cela. (*Elle prend la lettre.*)

Tchougounov. — Dommage que ce soit si peu, Méropa Davydovna : voilà ce qu'il faut dire.

Mourzavetskaïa. — Si peu, de quoi?

Tchougounov. — Mais... d'argent. Pendant que nous y étions...

Mourzavetskaïa. — Que dis-tu, malheureux? Puisqu'on n'avait pas promis davantage.

Tchougounov. — Justement : c'est dommage, que Koupavine ait promis une faible somme ; sans quoi, ça n'aurait rien coûté d'écrire.

Mourzavetskaïa. — Quand je te considère, Voukol, tu me fais l'effet d'un vrai brigand. Moi, je viens en aide aux pauvres ; pour les servir donc le mensonge même est de mise, il n'y a pas grand péché ; mais toi, va, c'est aussi pour ton intérêt que tu es tout prêt à un tour pareil. (*Cachant la lettre dans sa poche et menaçant Tchougounov.*) Oui, Voukol, la conscience, la conscience avant tout, ne l'oublie pas. Tout de même, c'est une affaire à vous mener en assises (1).

La défiance, les allusions voilées d'un de ses familiers, Liniaev, « juge de paix honoraire », qui flaire autour de lui des entreprises louches, cherche à défendre les « brebis » contre les « loups », n'arrêtent pas Mourzavetskaïa. Parmi des protestations de sollicitude, de dévouement, de désintéressement (elle ne veut « rien obtenir par bigoterie ») des exhortations au remariage, elle réclame hardiment à la veuve Koupavina « pour les pauvres » les mille roubles prétendûment promis par son mari : elle montre même la fausse lettre, se laisse donner la somme, en affectant un profond mépris pour cet argent :

— Je n'aime pas à m'en saisir : j'ai comme une sorte de dégoût à tenir dans mes mains cette saleté !

Koupavina. — Comptez, au moins.

Mourzavetskaïa. — La belle nécessité ! Cet argent n'est pas pour moi, je n'ai pas affaire de m'en salir les mains. Si la somme n'y est pas, ce n'est pas moi que tu auras trompée, mais les pauvres à l'abandon ; si elle est dépassée, c'est une personne de plus qui priera pour ton mari. Qui sait, tu vas peut-être encore me demander un reçu ; je ne t'en donnerai pas, ma mie ; sois tranquille, je ne réclamerai plus rien.

Koupavina. — Où dois-je mettre l'argent?

Mourzavetskaïa. — Mets-le dans un livre sur la petite table (2).

Restée seule, la vieille fille compte l'argent, en garde une moitié, appelle son maître d'hôtel, et tranquillement :

— Écoute bien ! J'ai changé d'avis : il faut payer tout le monde. Les gens ne sont pas des anges, à quoi bon les induire en tentation ! Regarde dans le

(1) *Loups et brebis*, I, 9.
(2) *Ibid.*, I, 11.

livre, s'il n'y aurait point là d'argent... Prends-le. Devons-nous beaucoup?

PAULIN. — A peu près cinq cents roubles.

MOURZAVETSKAÏA. — Et combien as-tu là?

PAULIN. — Exactement la somme.

MOURZAVETSKAÏA. — Distribue-le à tous. Va (1) !

Soudain, comme si le remords la tenaillait, elle crie sa faute :

— Ah! je suis maudite ! (*A Glafira.*) Glafira, je suis maudite. Qu'as-tu à me regarder? Mais oui, je suis maudite, ne le savais-tu pas? Je crois que jamais la prière n'effacera le péché que j'ai commis aujourd'hui. J'ai trompé une femme d'esprit faible, tout comme un petit enfant. Je ne me mettrai pas à table, je prierai avec des génuflexions. Toi non plus ne te mets pas à table, jeûne avec moi. Vite, vite, à l'oratoire ! Toi aussi, toi aussi... (*Elle se lève. Glafira soutient son bras droit.*) Conduis-moi ! (*Elle va comme à bout de forces.*) J'ai péché, maudite, j'ai péché (2).

Cette ferveur de contrition, ces prières au pied des images ont opéré : Méropa Mourzavetskaïa y a puisé le réconfort, la sérénité nécessaires... pour se remettre allégrement à l'extorsion et au chantage : le dévouement intéressé de Tchougounov, la crédulité et la loyauté de la jeune veuve, sourde aux avis clairvoyants de Liniaev et incapable de soupçonner le mal chez autrui, tout la rassure (3). Aussi des amabilités passe-t-elle à l'intimidation, jusqu'à la menace écrite, pour forcer Eulampia Koupavina à recevoir, à épouser Apollon Mourzavetski :

— Si vous avez oublié tous mes services et toutes mes bontés envers vous, rappelez-vous qu'en affronts je ne suis jamais en reste. Par distraction ou orgueil vous avez oublié que vous étiez en procès avec mon neveu. Nous, dans notre simplicité et notre bonté, nous songions à vous épargner, comme un petit enfant sans défense, et nous voulions terminer toute l'affaire à l'amiable, en vrais chrétiens, dans l'amour et la concorde. Mais si c'est vous qui vous éloignez si vite de nous et méprisez vos bienfaiteurs, ne vous en prenez plus à nous. Je fais opérer sur vous en toute rigueur le recouvrement de la grosse somme, pour laquelle tout votre domaine ne suffira pas, et ce sera fini de vous ménager, ou de m'apitoyer sur votre sort (4).

Tout conspire à ses desseins : Berkoutov même, riche propriétaire et voisin de campagne d'Eulampia Koupavina, ami de Mourzavetskaïa, et qui arrive de Pétersbourg, défend la vieille fille contre les accusations de Liniaev, conseille à la veuve une transaction amiable. Pour frapper le dernier coup, Mourzavetskaïa accepte des mains de Tchougounov, non sans hésitation, la preuve décisive, la reconnaissance de la dette, écrite (c'est un faux) de la main de feu Koupavine. Tout en accusant

(1) *Loups et brebis*, I, 12.
(2) *Ibid.*, I, 13.
(3) *Ibid.*, II, 2, 3, 7.
(4) *Ibid.*, IV, 1.

le faussaire de suggestions diaboliques, elle écoute avidement le récit de la confection de la fausse lettre et des fausses traites ; après des refus, elle garde le document « rien que pour effrayer » Eulampia Koupavina, car elle n'ignore pas que la fabrication de papiers pareils mène droit en Sibérie (1). Au cours d'un entretien avec l'habile Berkoutov, chargé des intérêts de la jeune veuve, entretien semé de considérations édifiantes, elle se défend contre les allusions à des faux, affirme son droit, le prend de haut, invoque les lettres, jusqu'au moment où, effrayée à son tour et bientôt confondue, elle supplie Berkoutov de la sauver :

— Mon petit père, ne me perds pas !

BERKOUTOV. — Maintenant mon souci principal, c'est de vous sauver.

MOURZAVETSKAÏA. — Sauve-moi, je t'en prie, sauve-moi ! Je me jette à tes genoux !

BERKOUTOV. — Ne vous inquiétez pas ! Je vais tâcher par tous les moyens d'étouffer l'affaire. J'ai grand'pitié de vous. En quoi êtes-vous coupable?

MOURZAVETSKAÏA. — En rien, mon ami, en rien.

BERKOUTOV. — Il y a encore une lettre, grâce à laquelle vous avez touché mille roubles.

MOURZAVETSKAÏA. — Ma foi, je ne me souviens pas, mon ami, pas du tout : ma mémoire est devenue si mauvaise.

BERKOUTOV. — Je vais vous aider. (*Tirant la lettre de sa poche.*) La voilà ! Elle est du même artiste. Il vous faudra rembourser l'argent.

MOURZAVETSKAÏA. — Où le prendrai-je? Je l'ai déjà distribué aux pauvres ; ils prient maintenant Dieu... je ne peux pas le leur enlever.

BERKOUTOV. — J'entends bien, vous avez été trompée ; mais qu'y faire ? Il faudra rembourser, si l'affaire va jusqu'au tribunal. Du reste n'ayez pas d'inquiétude pour le moment, ne pensez pas à tout cela.

MOURZAVETSKAÏA. — Je voudrais bien chasser tout cela de mon esprit, mais pas moyen. Tu me donnes un coup de massue et tu dis après : n'y pensez plus.

BERKOUTOV. — Distrayez-vous. Tenez, parlons d'autre chose.

MOURZAVETSKAÏA. — Mon bon ami, je crains le tribunal de district, j'en ai une peur affreuse.

BERKOUTOV. — Bah ! on trouvera peut-être le moyen d'arranger l'affaire d'une façon ou d'une autre (2)...

Dans l'écroulement de sa combinaison, Méropa Mourzavetskaïa redoute par-dessus tout le scandale et les suites judiciaires : aussi renonce-t-elle à tout, pour les conjurer. Avec un zèle touchant, par reconnaissance forcée, elle s'emploie à marier Berkoutov et la veuve Koupavina ; elle mène l'affaire avec une rondeur un peu bourrue, une franchise d'allures parfaitement jouée ; elle aide à passer en d'autres mains le domaine, les milliers de beaux roubles qu'elle avait espéré ramasser

(1) *Loups et brebis*, V, 4.
(2) *Ibid.*, V, 5.

dans un même coup de filet. Il lui reste, comme consolation, l'assurance d'échapper au « banc des accusés », et un chapelet en aigue-marine, présent de Berkoutov. L'action s'achève sur ce trait d'ironie dévote.

Par les personnages de premier plan, riches propriétaires, nobles de manières toutes modernes, juge de paix honoraire, par le genre de vie et de préoccupations décrit, *Loups et brebis* semblent plus près de nous que *la Forêt*. Au point de vue économique, la pièce accentue le déclin de la noblesse terrienne. Psychologiquement, elle achève le portrait de la fausse dévotion, masquant ici non plus la sensualité sénile, mais la cupidité. Quant à la morale qui s'en dégage, le titre d'abord, clair souvenir de Krylov (1), l'annonce ; divers personnages de la pièce en apportent à leur tour l'explicite commentaire :

— Tout autour de nous, dit Liniaev, juge de paix honoraire et célibataire endurci, il n'y a que loups et brebis. Les loups mangent les brebis, et les brebis se laissent humblement dévorer.

MOURZAVETSKAÏA. — Des demoiselles sont des loups aussi?

LINIAEV. — Les plus dangereux. Cela vous a un air rusé, tous les mouvements si doux, les yeux alanguis ; si vous avez un instant de distraction, elles vous sautent à la gorge et ne vous lâchent plus (2).

Pour lui, Méropa Mourzavetskaïa, son intendant, Glafira peut-être, voilà les loups ; la veuve Koupavina et lui-même, voilà les brebis. Il ne se trompe pas, en flairant autour de lui des ambitions, des appétits, des fraudes, des dents et des crocs. Mais il discerne mal les étrangleurs et les victimes : car la vieille fille et son intendant échouent dans leurs projets ; Berkoutov, l'habile intermédiaire, deviendra le mari d'Eulampia Koupavina, et le maître d'un domaine qu'il saura rendre productif. Liniaev lui-même, qui se croyait insensible, sûr de sa volonté, se laisse prendre au charme plaintif, puis à la grâce hardie, à l'impudeur agressive de Glafira. Les vrais loups sont donc Berkoutov et Glafira ; Mourzavetskaïa, Tchougounov, Liniaev, les vraies brebis :

— Pourquoi, dit Tchougounov, Liniaev nous appelait-il des loups? Quels loups sommes-nous bien, vous et moi? Des poules, des pigeons... nous picorons grain à grain, et jamais nous ne mangeons à notre faim. Les voilà, les loups. Eux ils avalent d'un coup, par gros morceaux... En plein jour... c'est à ne pas y croire ! Non, il ne s'agit pas de votre Tamerlan... ; mais à l'instant même, sous nos yeux, les loups ont mangé votre fiancée avec sa dot, Michel Borisovitch avec son domaine ; et nous, votre tante et moi, nous sommes tout juste demeurés vifs (3).

(1) KRYLOV, IX, 5 : *Volki i ovtsy.*
(2) *Loups et brebis*, I, 10.
(3) *Ibid.*, V, 12. — Le proverbe populaire dit : « Poule qui picore grain à grain finit par manger à sa faim. » — Tchougounov s'adresse à Mourzavetski (neveu de Mourzavetskaïa) dont le chien Tamerlan vient d'être dévoré par des loups.

Dans le fond, les uns et les autres se valent : seul le plus ou moins d'habileté dans l'attaque ou la défense les classe à l'une ou à l'autre catégorie. Pour l'expression artistique, les deux types de Mourzavetskaïa, et de son émule plus heureuse Glafira, l'emportent de beaucoup sur le reste des personnages.

Si après *Loups et brebis*, Ostrovski n'est plus revenu au monde des nobles, dans les pièces qui ont suivi, le grand « moteur » est toujours l'argent.

CHAPITRE II

LES FONCTIONNAIRES

I

Même s'il eût borné son enquête au monde marchand, Ostrovski rencontrait les fonctionnaires. Le *koupets*, en général ignorant, a maintes fois affaire ou recours à eux : il respecte, avec un sentiment de crainte, les détenteurs des forces mystérieuses incluses dans les textes, les agents ou représentants de cette puissance publique, dont son esprit rudimentaire conçoit obscurément le principe, sans en comprendre le mécanisme. Toutefois, comme il a fréquemment éprouvé leur vénalité, mesuré la force de l'argent sur leur pauvreté et leur cupidité, ou, tout simplement, comme il se juge supérieur à eux de par sa richesse, au fond il les méprise.

Mais dans un État bureaucratique comme l'État russe, l'uniforme, les tchines, les « ordres », l'appareil extérieur de l'autorité, les manières, une instruction au moins de surface, le ton de commandement lui en imposent : « bourgeois gentilhomme », il recherchera aussi volontiers pour gendre un tchinovnik, qu'un dvorianine. De son côté le fonctionnaire exagérément fier de sa science, souvent pure routine administrative, entiché de ses pouvoirs, porté à en abuser, a peu de considération pour le marchand fruste, ignorant, insolent, facile à duper : il l'appelle dédaigneusement « barbe » (*boroda*). Pourtant il envie le « sac d'or », dirige ses explorations vers les terres marchandes pour y capter fille ou veuve à belle dot. Ces accointances pratiques justifieraient déjà chez un peintre de mœurs une étude de la bureaucratie. Des causes, personnelles ou nationales et historiques, y menèrent encore. Lors de son passage au

Sovêstny soud, puis au tribunal de commerce (1), Ostrovski put connaître par lui-même la condition étroite du petit fonctionnaire, misérablement appointé, exposé chaque jour à la tentation du gain illicite, la prévarication des uns, l'honnêteté méritoire des autres ; la double face de l'autorité : orgueil dans les chefs, humilité chez les subordonnés. Cette expérience directe de la vie administrative et de ses suites sociales a passé dans plusieurs de ses pièces. D'autre part l'âge de la pleine maturité tombe pour lui au temps où des attaques véhémentes imputent à une bureaucratie routinière, négligente, improbe, un désordre dont on ne soupçonnait pas la gravité profonde. En pleine paix, le tchinovnik avait pu provoquer les sarcasmes de Gogol, exercer la verve des feuilles satiriques : que serait-ce à la suite d'une guerre désastreuse, où l'incurie s'était lamentablement démontrée ! Le régime du servage, l'ignorance des justiciables, les modes surannés de procédure et de jugement favorisaient encore l'omnipotence et la corruption administrative (2). La censure ayant relâché sa sévérité sous la pression des événements et de l'opinion, nombre d'œuvres ironiques, agressives, documentaires, traduisirent le mécontentement public : dans l'histoire littéraire des années 50, c'est l'époque dite « accusatrice » (*oblitchitelnaïa*).

En faisant ainsi comparaître les fonctionnaires sur la scène, Ostrovski rejoignait Forvizine, Kapnist, Soudovchtchikov, Griboêdov, Gogol : il se distingue, se détache d'eux par un souci de vérité objective, une aptitude à embrasser les aspects divers du sujet, à montrer les répercussions domestiques et sociales du vice professionnel. Pour frapper plus fort, Gogol, le plus récent dénonciateur du fonctionnarisme corrompu, avait « accumulé, en un tas, tout le mauvais de la Russie (3) » ; sa comédie est un condensé violent de concussions ; l'annonce, la présence du faux *réviseur* servent seulement d'occasion, ou de prétexte à un branle-bas, à une confession de fonctionnaires malhonnêtes, à des marchandages où la moralité de l'inspecteur apparaît égale à celle des inspectés : les victimes, un instant projetées sur l'écran, s'entrevoient à peine. Quant aux mobiles de l'improbité, à ses effets, aux débats et crises intérieurs qu'elle peut provoquer, ils restent dans l'ombre : la chasse au mari, les avances de Mme la gouvernante à Khlestakov ne sont qu'un épisode amusant où ressort une fois de plus la platitude d'un chef devant un chef plus élevé. Au lieu de les isoler, Ostrovski au contraire confronte les deux groupes et les deux éléments qui agissent dans le « pot-de-vin » : solliciteurs et sollicités, richesse tentatrice contre pauvreté désireuse de jouir, mal armée pour la résistance morale ; et, des deux côtés, une consécration

(1) Voir liv. I, chap. Ier.
(2) A. LEROY-BEAULIEU, l'*Empire des Tsars et les Russes*, t. II, liv. IV, chap. Ier, p. 290-93, 298-99.
(3) *Sotch. N.-V. Gogolia*, t. V. Saint-Pétersbourg, 1896, *Avtorskaïa ispovéd*, p. 274.

presque séculaire, où la notion du bien et du mal s'est dissoute. Il peindra donc des marchands qui exposent, conseillent, mettent en pratique l'art de tourner les lois et règlements avec la connivence de ceux qui en ont la garde, et des fonctionnaires que la tradition, les nécessités de la vie, l'approbation même de leurs victimes sollicitent ou excusent de prévariquer sans scrupule ni remords. Si quelques-uns de ceux-ci courent chercher fortune par le mariage dans le monde marchand, les chances ou les risques de cette quête engendrent un comique différent, que Gogol a seulement effleuré dans le *Mariage*.

Toute cette veine de satire amusante, amère, des contemporains d'Ostrovski l'ont exploitée à peu près vers le même temps : Saltykov, Soukhovo-Kobyline, Sollogoub, Lvov, V. Krylov et d'autres (1). La nouveauté fut de porter à la scène l'étiologie du mal, de montrer parmi les fripons non plus un héros, un raisonneur sans vraisemblance, mais un simple honnête homme aux prises avec les exigences matérielles, avec les sollicitations et les exemples de son entourage, les occasions périlleuses, en lutte avec ses chefs, ses collègues, les siens et lui-même ; de situer le drame domestique au cœur du lieu commun satirique, de dérouler un siège de conscience jusqu'à la capitulation, la défense obstinée d'une âme qui veut rester saine dans un milieu gâté.

Aux échelons inférieurs de la hiérarchie, les capacités et les ambitions professionnelles, la nature des gains, les formes de l'improbité ont plus de vulgarité, mais aussi plus de naïveté et de « comisme » qu'au sommet, où les convenances mondaines engagent à plus de dignité extérieure, et l'envergure de la concussion à plus de réserve discrète. Le secrétaire de collège Bénévolenski a « de la fortune, de tout en abondance, bel appartement » ; il vante à son ami, le vieux *striapchi* Dobrotvorski, son équipage, le cheval de volée, « pas acheté, bien entendu » ; il lui montre un objet de prix, « cadeau d'un marchand dont il a soigné une affaire » ; il est très content de ses chefs, « sa place est bonne (2) ». L'employé de chancellerie Chichgalev, « pourvu d'une nombreuse famille », mendie au contraire un rouble d'avance sur ses complaisances prochaines ; une courte scène nous découvre une des causes de la lenteur administrative en Russie (nombre des jours de non-présence : dimanches et fêtes chômées), et les passe-temps des fonctionnaires « dans une ville de district où il n'y a ni société, ni musique au jardin public, ni soirées : on se réunit les uns chez les autres. Les jours sont fixés : aujourd'hui par exemple chez le gorodnitchi, demain chez le juge, après-demain chez le striaptchi, puis chez le fermier de l'eau-de-vie, chez le chef des invalides ; ainsi toute la semaine y passe. Là, à partir de six heures, on

---

(1) Voir liv. IV, chap. II.
(2) *Fille pauvre*, I, 14 ; II, IIe tableau, scènes 10, 11.

joue à la préférence, en buvant de la vodka et en faisant collation (1) ».
Cette cordialité autour de la table de jeu favorise sans doute de fructueuses ententes aux dépens du justiciable, comme dans *la Chicane* de Kapnist.

Bêlogoubov, scribe sans instruction, mais à belle écriture, compense adroitement les lacunes de son orthographe par une docilité respectueuse, une entente des affaires, un « bon esprit » qui lui gagne vite la faveur de son chef immédiat, Iousov :

— Il n'est pas séduisant, dit de lui Ioulinka Koukouchkina, mais il donne de grandes espérances. « Aimez-moi, dit-il. Maintenant, ce n'est pas encore pour moi le temps de me marier ; mais, voilà, quand on me nommera chef de bureau, je me marierai. » Je lui ai demandé ce que c'était que chef de bureau : « C'est, m'a-t-il dit, une place de première qualité. Bien que je n'aie pas d'instruction, j'ai beaucoup d'affaires avec les marchands : alors je vous apporterai de la ville beaucoup d'étoffes de soie et d'autres ; et sur le chapitre des vivres, rien ne manquera. » A tous les fonctionnaires on fait des cadeaux, à chacun ce qu'il lui faut. A l'un, différentes étoffes, s'il est marié ; s'il est garçon, du drap, du tricot ; s'il a des chevaux, de l'avoine ou du foin, ou encore de l'argent. La dernière fois, Bêlogoubov portait un gilet, tu t'en souviens? un gilet moiré, c'est un cadeau d'un marchand, il me l'a dit lui-même (2).

Quel est ici le corrupteur initial? le marchand qui veut intéresser à sa cause un tchinovnik, ou le tchinovnik qui taxe le marchand incapable de se débrouiller dans l'amas des lois et règlements? Voici comment Borovtsov, marchand lui-même, instruit son gendre Kisclnikov, de la tactique à observer avec les gens de commerce :

— Dans quel tribunal sers-tu? Que sont vos solliciteurs?
KISELNIKOV. — Des marchands.
BOROVTSOV. — Justement, des marchands ! Alors, par conséquent, il faut les étriller. « Ainsi, ne nous tombez pas sous la main, n'engagez pas de procès. Mais, une fois engagés, alors payez. » Je te le dis, et je suis marchand moi-même. Si je tombe sous tes griffes, ne me ménage pas non plus. Dis-moi : « Papa, parents tant que vous voudrez, mais une affaire est une affaire ; il nous faut, à nous aussi, de quoi vivre. » As-tu peur par hasard qu'ils t'injurient? Ne crains pas ça. Celui-là, qui doit aller en justice, apprête son argent : si ce n'est pas toi, c'est un autre qui le fera payer. Avec cela, il faut prendre une attitude toute différente. Tu as un air de véritable poule mouillée : aie l'air plus sévère. Comme ceci, tiens ! Alors chacun commencera à te craindre ; parce que celui qui est venu en justice, même s'il est innocent, il lui semble toujours qu'on peut le condamner ; lance-lui un seul regard sévère, son âme lui descend aux talons : alors le voilà qui va fourrer à tous de l'argent dans les poches,

---

(1) *A qui n'arrive pas péché et malheur*, I, Ier tableau, scène 1. Pour le gorodnitchi, voir plus haut, p. 111. Le chef des Invalides était un ancien officier chargé de toutes affaires concernant les anciens soldats ; il y en avait un par district. La préférence est un jeu de cartes.
(2) *Une place lucrative*, II, 1.

d'abord premièrement, pour qu'on veuille le regarder avec douceur, qu'on ne l'épouvante pas ; et après, dès qu'on viendra à parler de l'affaire, alors de nouveau la main à l'escarcelle, encore une fois... Il faut vivre aussi sur un autre pied. Pose-toi du premier coup en monsieur, alors tu auras une autre considération, et un autre revenu. Demande la grosse somme à un marchand,
se fait tirer l'oreille ; invite-le à venir chez toi, régale-le comme il faut ; que ta femme se montre vêtue de soie et de velours ; alors il devinera tout de suite que tu ne peux pas prendre un prix modeste. Et il ne regarde pas à donner, parce qu'il voit que c'est pour une affaire sérieuse. Chacun comprendra que tu es un monsieur qui a des principes, et que ton train de vie exige beaucoup d'argent (1).

L'avocat Dosoujev, qui rédige des « suppliques larmoyantes » pour les marchands, dépeint ainsi au jeune fonctionnaire Jadov les sentiments et les procédés de ses clients envers l'homme de loi :

— Écrivez pour une « barbe » une supplique toute simple et faites-lui payer un prix peu élevé, il vous monte sur le dos. Il devient familier : « Tiens, gratte-papier, voilà pour boire la goutte. » J'ai pour eux une insurmontable aversion... Je me suis mis à écrire selon leur goût. Par exemple, s'agit-il de poursuivre le paiement d'une obligation : là où dix lignes au plus suffiraient, je lui en griffonne quatre feuilles. Je commence ainsi : « Étant surchargé d'une famille nombreuse par le nombre de ses membres... » ; et je fourre toutes sortes de fioritures. Ma rédaction le fait pleurer, et toute la famille sanglote jusqu'à se trouver mal. Je me moque de lui, je lui soutire de l'argent tant et plus : alors il est plein d'estime pour moi et me salue jusqu'à terre. Je peux en faire ce que je veux. Toutes leurs grosses belles-mères, toutes les grand'mères vous dénichent de riches héritières. On devient un homme tout à fait bien, on est dans leurs petits papiers... Il faut beaucoup de force d'âme pour ne pas leur prendre de pots-de-vin. Eux-mêmes se moqueront d'un fonctionnaire honnête ; ils sont tout prêts à l'humilier : ils n'aiment pas ce genre-là (2).

Voilà des éclaircissements psychologiques de la *vziatka*. Le marchand, quémandeur habituel, méprise le « fonctionnaire honnête » : convaincu qu'il faut acheter services et complaisances, il ne les estime qu'en proportion du prix auquel on les lui vend ; sa vanité de parvenu incite les gens de loi ou de bureau à le duper chèrement, et les en remercie même. Présenter ainsi les deux agents conjoints de la corruption administrative, l'avers et le revers de cette vilaine médaille, c'était déjà, par la conception, dépasser Gogol, verser une nouvelle pièce au débat contemporain, non certes pour l'excuse des concussionnaires, mais pour la position et la mesure exacte des responsabilités.

(1) *L'Abîme*, IIe tableau, scène 2.
(2) *Une place lucrative*, III, 4. — Dosoujev dans *les Jours qui portent malheur* s'occupe d'affaires pour les particuliers ; nulle part on ne le voit comme fonctionnaire ; de même Vasioutine, dans *Un vieil ami vaut mieux que deux nouveaux ;* celui-ci exploite les marchands (II, 1, 2, 4) ; Péréiarkov, dans *l'Abîme* (IIIe tableau, scène 3), est une figure de second plan.

II

Plus tard seulement, dans *Cœur ardent*, Ostrovski a peint l'injustice administrative en action. La pièce est de 1869, mais l'action « se passe il y a trente ans » : c'était encore le bon temps dont le podiatchi Prokofi Nikolaévitch, des *Esquisses de gouvernement*, eût pu dire :« Non, ce n'est plus aujourd'hui comme autrefois : autrefois les gens étaient comme qui dirait plus simples, plus aimants... Jadis on savait que le fonctionnaire doit pouvoir lui aussi vivre comme tout le monde ; alors on lui donnait une place où il y eût de quoi assurer son existence... Et pourquoi? Parce qu'il y avait en tout de la simplicité, il y avait l'indulgence des chefs : voilà (1) ! » C'est le temps qu'évoque avec sérénité le vieux fonctionnaire en retraite Kroutitski :

— Tous prenaient, ce n'était pas un tribunal, mais un marché ! L'un prenait moins, l'autre plus, mais tout de même ils prenaient. Des fois mes collègues me disaient : « Tu prends beaucoup ! » Eh bien, si vous prenez peu, leur disais-je, c'est que vous vendez votre conscience moins cher que moi. Hé, hé, hé (2) !

Le *gorodnitchi* Gradoboev incarne un type encore inconnu à la scène russe (3) : le fonctionnaire dans l'exercice même de sa charge. Une idée et une pratique quasi patriarcales de la *vziatka*, où « le loup est rassasié et les brebis sont sauves », une bonhomie bourrue, inspirent l'administration de la justice dans la ville de Kalinov, qui rappelle Kroutogorsk, ce paradis des fonctionnaires racontés par Saltykov. Gradoboev n'évoque en rien ce Feier du *Second récit d'un podiatchi*, avide, rançonnant avec une féroce habileté les patrons « industriels » du lieu ; il ressemblerait plutôt au prédécesseur de Feier, à ce bonhomme faible et débonnaire que « les citoyens d'ici avaient bâté ». Envers les petits justiciables et le menu peuple, souci d'imposer par la rigueur et la menace, sans appareil pompeux d'ailleurs ; envers les puissants, les riches, indulgence cupide et plate humilité : tel est Gradoboev.

Sa maison fait face à la prison : on le voit apparaître sur le perron, en robe de chambre, appuyé sur une béquille (4) et la pipe à la bouche ; pour tout insigne de sa fonction, la casquette d'uniforme. Il s'assied sans façon sur une marche et parle à la foule assemblée :

— Dieu est bien haut, et le tsar bien loin. Dis-je bien?

Des voix. — Oui, Sérapion Mardarytch. Oui, Votre Haute Noblesse !

Gradoboev. — Mais moi je suis tout près, pour vous, donc je suis votre juge.

(1) *Sotch. Saltykova*, t. I, 1 : *Goub. otcherki... Pervy razskaz podiatchago*, p. 134.
(2) *Pas un gros et tout d'un coup un altyne*, I, 4 ; IV, 4.
(3) *Artist*, n° 2, p. 45, 1894.
(4) C'est un ancien officier, qui a fait la guerre en Turquie (1838-1839).

DES VOIX. — Oui, Votre Haute Noblesse ! Bien sûr, Sérapion Mardarytch !

GRADOBOEV. — Comment vais-je donc vous juger à cette heure? Si l'on vous juge d'après les lois...

PREMIÈRE VOIX. — Non, à quoi bon, Sérapion Mardarytch !

GRADOBOEV. — Toi, tu causeras quand on t'interrogera : et si tu te mêles d'interrompre, gare à ma béquille. Vous juger d'après les lois? Mais nous en avons beaucoup, des lois... Sidorenko, montre-leur combien nous en avons. (*Sidorenko sort et revient bientôt avec une pleine brassée de livres.*) Voyez ce qu'il y en a ! Et chez moi seulement : mais combien y en a-t-il ailleurs ! Sidorenko, va les remettre en place ! (*Sidorenko sort.*) Et ce sont toutes des lois sévères : dans un livre, elles sont sévères, dans un autre encore plus, et dans le dernier, ce sont alors les plus sévères.

DES VOIX. — Pour sûr, Votre Haute Noblesse, c'est parfaitement vrai.

GRADOBOEV. — Alors, mes chers amis, à votre choix : vous jugerai-je selon la loi, ou à l'amiable, selon ce que ma conscience m'inspirera? (*Sidorenko revient.*)

DES VOIX. — Juge-nous à ton idée, sois un père, Sérapion Mardarytch !

GRADOBOEV. — Eh bien, soit ; mais en ce cas, pas de réclamations, ou alors... gare !

DES VOIX. — Nous ne réclamerons pas, Votre Haute Noblesse.

GRADOBOEV (*à Jigounov*) (1). — Avons-nous des détenus?

JIGOUNOV. — Votre Haute Noblesse, on a ramassé cette nuit, pour scandale, deux tailleurs, un cordonnier, sept ouvriers de fabrique, un employé de bureau et un fils de marchand.

GRADOBOEV. — On enfermera le fils de marchand dans l'office, et on dira au père de venir le délivrer en apportant la rançon ; l'employé sera remis en liberté ; quant aux autres... Y a-t-il du travail à faire au potager?

JIGOUNOV. — Oui, il faut deux hommes.

GRADOBOEV. — Alors prends deux gaillards vigoureux et emmène-les au potager ; le reste, à la prison : je réglerai leur cas plus tard. (*Jigounov s'éloigne avec les prisonniers.*) Quelles affaires avons-nous encore? Approchez un par un.

PREMIER MÊCHTCHANINE. — C'est de l'argent pour Votre Haute Noblesse, l'argent d'une traite.

GRADOBOEV. — Voilà qui va bien, une affaire de moins sur les bras. Sidorenko, mets cela dans le tiroir. (*Il remet l'argent à Sidorenko.*)

SIDORENKO. — Ça nous fait des tas d'argent, Votre Haute Noblesse ; ne faut-il pas l'expédier par la poste?

GRADOBOEV. — Ah bien oui ! En voilà une mode ! Notre affaire est de recouvrer, nous avons opéré le recouvrement. Celui qui veut de l'argent n'a qu'à faire le voyage, on le lui remettra ; mais s'il fallait encore expédier l'argent, la Russie est grande ! Et s'il y en a qui ne viennent pas, c'est donc qu'ils n'ont pas grand besoin d'argent. (*Un second mêchtchanine s'avance.*) Que veux-tu?

DEUXIÈME MÊCHTCHANINE. — Je vous apporte une petite traite. Mon débiteur ne paie pas.

GRADOBOEV (*prenant la traite*). — Sidorenko, fourre-la derrière la glace. (*Sidorenko s'en va.*)

_____

(1) Garde de police.

DEUXIÈME MÊCHTCHANINE. — Comment ça, derrière la glace?

GRADOBOEV. — Où la mettre, alors? Veux-tu peut-être que je la fasse encadrer? Je n'ai pas que la tienne : une trentaine de traites sont là.

DEUXIÈME MÊCHTCHANINE. — Mais si elle...

GRADOBOEV. — Si elle... eh bien, si tu dis encore un mot, tu vois? (*Il lui montre sa béquille.*) Fiche-moi le camp! (*Apercevant un troisième mêchtchanine.*) Ah! mon cher ami, te voilà? Des dettes à payer et pas d'argent : mais tu en trouves bien pour t'enivrer; j'ai une traite sur toi qui traîne depuis plus de deux ans derrière ma glace, elle est moisie depuis longtemps, et toi, tu t'enivres! Va-t'en dans le vestibule, attends un peu! Je te mettrai la traite sur le dos, et je ferai le recouvrement à coups de béquille.

TROISIÈME MÊCHTCHANINE. — Ayez pitié, pour l'amour de Dieu, Votre Haute Noblesse! Vous connaissez mes ressources... Ayez pitié!

GRADOBOEV. — Je t'en donnerai de la pitié, marche! (*Apercevant Silan.*) Eh! te voilà, mon brave? Suis-moi dans mon appartement! Nous avons à causer longuement ensemble. (*Aux autres.*) Vous, allez-vous-en! Je n'ai pas le temps de vous juger maintenant. Ceux qui ont quelque chose à me demander, venez demain. (*Il s'en va avec Silan. Tous se dispersent.*) (1).

Entre patrons et employés, ce juge peu banal n'intervient que pour soutenir les premiers et malmener les seconds, déclarés *a priori* capables de tous méfaits.

— Je suis sans place, lui dit Gavrila, congédié par le marchand Kouroslêpov.

GRADOBOEV. — Mauvais signe! Qui est sans place est un fripon... Il faut que je m'occupe de toi, mon bon, comme de mon propre fils.

GAVRILA. — Ne m'abandonnez pas. .

GRADOBOEV. — Sois tranquille. J'aurai les deux yeux ouverts, que tu ne voles rien. A celui qui n'a pas un kopek en poche, les mains lui démangent à la vue du bien d'autrui; et ces gens-là me tiennent au cœur.

Il le menace d'ajouter des coups de bâton à ceux que son patron lui donnera, pour oser réclamer son dû :

GAVRILA. — Alors, il ne me reste qu'à crever de faim?

GRADOBOEV. — Nécessairement. Mais, qui sait, il te paiera peut-être.

GAVRILA. — Non, il ne le fera pas. A moins que vous le lui commandiez.

GRADOBOEV. — Commandiez! Mais demande-toi donc, d'abord, si tu es un assez grand personnage pour que j'aille me quereller à cause de toi avec ton patron! Tout de même, on ne peut pas le prendre par le collet, lui faire entendre raison à coups de béquille, comme je fais à vous autres. Vois un peu : si je prends la défense d'un commis, que vont dire les patrons? Ils ne m'enverront plus de farine, plus d'avoine pour mes chevaux : est-ce vous, peut-être, qui allez me faire vivre? Allons, l'envie de plaider ne t'a pas passé? Alors attends, attends, mon bon ami!

GAVRILA. — Non, j'aime mieux en ce cas...

(1) *Cœur ardent*, III, 2.

GRADOBOEV. — Justement, tu feras mieux... de filer, et vivement, sans quoi, je te fais coffrer (1).

Et là-dessus, tranquillement, il appelle son fidèle appariteur, Sidorenko : « Prends le filet, et suis-moi, je vais au marché, pour l'ordre. »

Rudesse paternelle, justice expéditive, exploitation tranquille des personnes et des biens : tel est, avec les petits, Gradoboev. Devant les riches, il a beau étaler son autorité, prendre des airs menaçants (2), affecter un souci ombrageux de sa dignité, il est au fond peu redoutable et peu respecté : seule sa cupidité demeure, et, pour la satisfaire, les platitudes lui coûtent peu. Venu chez le « marchand notable » Kourôslêpov, pour enquêter sur un vol commis dans la maison, Gradoboev arrête au hasard un innocent qui restera en prison jusqu'à la découverte du coupable (3). L'affaire ainsi réglée sans l'être, il demande lui-même le prix de son service :

— Si l'affaire est terminée, alors?

KOUROSLÊPOV. — Quoi?

GRADOBOEV. — Merci (4).

KOUROSLÊPOV. — Qu'est-ce que ce merci?

GRADOBOEV. — Tu ne le sais pas? Ça veut dire : je vous remercie bien. As-tu compris maintenant? Voyons, est-ce pour rien que j'ai recherché ton argent perdu?

KOUROSLÊPOV. — Mais, voyons, tu ne l'as pas trouvé.

GRADOBOEV. — Heureusement. Alors je te parlerais sur un autre ton. Suis-je un galvaudeux pour aller courir la nuit après les voleurs, sans ménager ma personne? J'ai été blessé à la guerre.

KOUROSLÊPOV. — Mais tu étais venu comme ça, entre tes occupations, boire la vodka.

GRADOBOEV. — La vodka, c'est une autre affaire; l'amitié est l'amitié, mais l'ordre avant tout. Toi, tu ne vends rien sans bénéfice ; eh bien, moi j'ai établi aussi de tirer pied ou aile de chaque affaire. Donne-les-moi. Si je te ménage tant soit peu, toi, les autres prendront des libertés. Tu manges à ta faim, eh bien, moi aussi je veux manger mon content (5).

III

Iousov, dans *Une place lucrative*, représente, avec une plénitude de vie infiniment savoureuse, le tchinovnik blanchi sous l'uniforme, rompu aux finesses du métier, imbu de la pure doctrine bureaucratique : orgueil de la fonction, obséquiosité envers le chef, défiance ou mépris pour les

(1) *Cœur ardent*, III. 4.
(2) *Ibid.*, IV, Ier tableau, scène 1 ; II, 5 ; V, 4.
(3) *Ibid.*, II, 4.
(4) Le mot français.
(5) *Cœur ardent*, II, 5.

trouble-fête qui prêchent ou affectent la probité, chevauchant la chimère « des mains nettes » et « du bien public » ; avec cela un épanouissement de joie intérieure que ne trouble aucun scrupule, aucun remords,
sinon à l'heure du châtiment.

Vychnevski, sous les ordres duquel il sert, lui inspire une admiration
sans bornes :

— C'est un génie... un génie, un Napoléon. Un esprit d'une ampleur incomparable, prompt, hardi en affaires. Une seule lacune : il n'est pas très ferré
sur la loi : il vient d'un autre département administratif. Si Aristarque Vladimyritch, avec son esprit, connaissait les lois et toutes les formes, comme son
prédécesseur, alors, ce serait le bout du bout... il n'y aurait plus rien à dire.
On roulerait derrière lui comme sur des rails. On n'aurait qu'à s'accrocher à lui
et à marcher. Et hardi les tchines, les décorations et toutes sortes de revenants-
bons, et les maisons, et les villages avec des terrains... On suffoque, rien que
d'y penser (1) !

Iousov respecte donc en son chef l'excellence professionnelle, et la
source, la promesse de grosses prébendes. Aussi ne peut-il accepter
qu'un « jeune » s'oublie jusqu'à discuter avec un homme pareil, son
parent encore ! à lui désobéir, au lieu de suivre religieusement ses leçons.
Lui-même énonce et défend pour son compte ce principe d'absolue
subordination de l'inférieur. Bêlogoubov s'enhardissant à prier qu'on
s'intéresse à lui, Iousov l'écrase d'un mot :

— Si on jette les yeux sur toi, bon, tu es quelqu'un ; si on ne te regarde pas,
que deviens-tu?

BÊLOGOUBOV. — Eh ! que sais-je?

IOUSOV. — Un ver de terre (2).

Mais, le prestige une fois sauf, Iousov redescend à la bienveillance :
Bêlogoubov humble, docile, qui s'efforce, qui soigne sa tenue et son
écriture, aura les faveurs ; Iousov l'instruit, l'encourage, le protège,
l'initie aux habiletés, aux bonnes « prises », le couve avec tendresse
comme un disciple préféré, s'amuse de ses tours, consent, pour lui être
agréable, à danser au traktir, plus tard à l'assister à son mariage, comme
« père assis ». Au contraire, il n'a que railleries et mépris pour Jadov,
cet échappé d'université, tout fier de sa prétendue science, irrespectueux,
esprit fort, hautain et raisonneur, assez sot pour fuir son bonheur, assez
impertinent pour rappeler ses collègues aux règles de probité, et leur
prêcher, sans succès heureusement, une moralité qui serait la fin de tout ;
celui-ci est l'ennemi, en qui Iousov sent une obscure menace dans le
présent et dans l'avenir (3). Il entend la dignité professionnelle selon
le mot célèbre du *gorodnitchi* Skvoznik-Dmoukhanovski au commissaire

(1) *Une place lucrative*, I, 13.
(2) *Ibid.*, I, 2.
(3) *Ibid.*, I, 5 ; II, 4-5 ; III, 3.

de police du quartier : « Tu prends (c'est-à-dire tu voles) plus que pour ton grade (1) » ; dans le péculat il recommande la juste mesure, la modération, sauvegarde de l'honneur et de la sécurité. Ainsi il s'élève avec véhémence contre un méchant scribe de justice, dont la cupidité vorace et maladroite a mal tourné, jetant le discrédit sur toute la corporation :

— Il eût fallu le chasser. Ne salissez pas les fonctionnaires. Si vous vous faites graisser la patte, que ce soit pour une chose sérieuse, et non pour une canaillerie. Prenez, de manière que le solliciteur ne soit pas offensé, et que vous soyez content. On doit vivre selon la loi, vivre pour que les loups soient repus et les brebis sauves. Pourquoi courir après les gros coups ! Poule qui becquète grain à grain mange tout de même à sa faim. Mais qu'est-ce qu'un individu pareil ! Un jour ou l'autre il finira par coiffer le bonnet rouge (2).

Il se loue d'avoir sagement fui pareilles tentations, d'être resté fidèle à la loi de la *vziatka* honnête et consciencieuse : aussi peut-il contempler avec une légitime fierté sa longue carrière, amenée, sans accidents, d'humbles débuts à la richesse et à la considération ; et c'est toute une philosophie de la vénalité, qu'Iousov expose ainsi à la veuve Koukouchkina émerveillée et attendrie :

— Je vous assure : comme la nature se joue étrangement... de l'homme... l'amenant de la pauvreté à la richesse ! Un jour, — il y a bien longtemps de cela, — ma bonne dame, on m'amena au bureau, en mauvaise souquenille ; je savais juste mes lettres : lire et écrire. Je vois là assis des gens tous d'âge respectable, l'air grave et fâché : alors, on ne se coupait pas la barbe souvent, et cela donne encore plus de gravité. Une frayeur me prend : je n'osais dire un mot. Deux ou trois ans je fus chargé des courses, je faisais diverses commissions : je courais chercher la vodka, les pâtés, le kvas, à tel autre, de quoi dissiper les lourdeurs de la boisson ; je n'étais pas à une table, ni sur une chaise, mais à une fenêtre, sur une liasse de papiers ; je n'avais pas un encrier, pour écrire, mais un vieux pot graisseux. J'ai tout de même fait mon chemin. Bien sûr, tout ce bonheur n'est pas venu de nous... mais d'en-Haut... sans doute, c'est que je devais devenir quelqu'un et occuper un poste important. Parfois nous nous disons, ma femme et moi : pourquoi Dieu nous a-t-il comblés de ses grâces? Il y a pour tout la destinée... et il faut accomplir de bonnes actions... venir en aide aux déshérités. Oui, je possède à présent trois maisons, un peu éloignées, c'est vrai, mais cela ne me gêne pas ; j'ai équipage à quatre chevaux. Mieux vaut que tout cela soit à une certaine distance de la ville : les terres sont un peu plus grandes, et il y a moins de bruit, moins de racontars, de commérages.

Koukouchkina. — Oui, bien sûr. Vous avez sans doute un jardin, avec les maisons?

Iousov. — Parbleu ! Dans la chaleur d'été, c'est de la fraîcheur et du repos pour les membres. Mais je n'ai nul orgueil. L'orgueil aveugle... Un moujik même... je suis avec lui comme avec mon frère... C'est toujours mon prochain...

_____

(1) Le *Réviseur*, I, 4.
(2) *Une place lucrative*, III, 3. « Coiffer le bonnet rouge », être enrôlé de force comme soldat.

Dans le service, c'est impossible... en particulier je n'aime pas ces esprits superficiels, ces savants d'aujourd'hui. Avec eux je suis sévère et exigeant. Ils sont trop présomptueux. Je ne partage pas du tout cette opinion erronée, que les gens instruits prennent la lune avec les dents. J'en ai vu pas mal, ils ne valent pas mieux que nous, pauvres pécheurs que nous sommes, et ils n'ont pas autant de zèle pour le service. Mon principe, c'est de les tenir serré, de toutes les manières, pour le bien du service... car il n'y a rien de bon à attendre d'eux. Mon cœur, pour je ne sais quelle cause mystérieuse, incline davantage vers les simples. Avec les sévérités actuelles, il peut arriver malheur à quelqu'un : on le chasse de l'école de district pour progrès insuffisants, ou des basses classes du séminaire : comment ne pas lui prêter assistance? C'est déjà une victime du sort, il est privé de tout, sans ressource aucune. Et puis cela fait, pour notre profession, des gens plus entendus, plus soumis, à l'âme plus ouverte. Si par devoir de charité chrétienne vous aidez un tel homme à faire son chemin, il vous en sera reconnaissant toute sa vie ; il vous prendra comme « père assis », comme parrain de ses enfants. Et dans la vie future, on en sera encore récompensé (1).

Ce bonhomme si grave dans le service, si pénétré de son importance, ne refuse pas, après quelques hésitations, de danser, sans peur de se compromettre ou de prêter à rire, tant sa joie vient d'une bonne conscience :

— Après tout, je peux bien danser. J'ai fait dans ma vie tout ce qui est prescrit à l'homme. J'ai l'âme tranquille, mon fardeau ne m'a pas été lourd, j'ai mis ma famille à l'abri du besoin : je peux danser maintenant. C'est à présent seulement que je jouis du monde créé par Dieu. Je vois un oiseau : c'est une joie pour moi ; je vois une fleur, c'est une joie encore ; en tout je reconnais une sagesse infinie. Au souvenir de ma misère passée je n'oublie pas mon prochain pauvre. Je ne critique pas autrui, comme certains blancs-becs à diplômes. Qui donc pouvons-nous critiquer? Savons-nous encore ce que nous serons nous-mêmes? Tel se moque aujourd'hui d'un buveur, qui demain sera peut-être lui-même un ivrogne ; tel condamne aujourd'hui un voleur, qui demain volera lui aussi. Comment connaître notre destinée, ce qu'il adviendra de chacun de nous? Nous ne savons qu'une chose : c'est que nous irons tous là-bas. Tu t'es moqué aujourd'hui (*montrant des yeux Jadov*) de ma danse ; hé! hé! demain tu ne danseras peut-être pas aussi bien que moi! Peut-être (*hochant la tête du côté de Jadov*) tu demanderas l'aumône et tu tendras la main. Voilà où conduit l'orgueil! L'orgueil! L'orgueil! C'est par plénitude d'âme que j'ai dansé. J'ai la joie au cœur, la conscience en repos. Je ne crains personne! Je danserais jusque sur la place publique, devant tout le peuple assemblé. Et les passants diront : « Cet homme danse, c'est donc qu'il a l'âme pure! » et chacun s'en va à ses affaires (2).

Une inquiétude assombrit pourtant cette félicité : les bureaux envahis par des jeunes gens animés d'un esprit dangereux, les beaux jours de la bureaucratie menacés :

(1) *Une place lucrative*, II, 4.
(2) *Ibid.*, III, 3.

— En quel temps sommes-nous, Félisata Gérasimovna ! la vie devient impossible ! Et par qui ! Par des gamins de rien du tout. On en fait des fournées par centaines ; ils nous tiendront complètement en lisière... Il n'y a plus de ces fonctionnaires d'autrefois. Le fonctionnarisme se perd. Il n'y a plus l'esprit d'avant. Quelle existence c'était pourtant, Félisata Gérasimovna, un vrai paradis ! A souhaiter de n'en jamais voir la fin ! On nageait dans les délices, on nageait vraiment. Les fonctionnaires d'autrefois étaient des aigles, des aigles ; mais les jeunes d'aujourd'hui, des esprits superficiels, je ne sais quoi de vide (1).

Ces confessions d'Iousov apportent une toute nouvelle et précieuse contribution à la psychologie du *vziatotchnik* (concussionnaire) : aucun dramaturge n'avait encore fouillé et dégagé avec tant de vérité le type du Tartufe bureaucratique.

IV

Les mœurs professionnelles ont des correspondances sociales, qui découvrent les mobiles et les fins de l'improbité. Si le tchinovnik prévarique au cours ou en vertu de ses fonctions, il y est en général poussé par les exigences, diversement mesurées, de la vie, la famille, le désir de paraître, l'appétit de confort et de luxe. Vychnevski a épousé, « acheté » plutôt, car il est vieux, une femme jeune et jolie : pour gagner son amour et faire oublier l'écart fâcheux des années, il l'entoure d'un luxe coûteux : « Pour la soie, l'or, les fourrures, le velours dont vous êtes enveloppée des pieds à la tête, lui dit-il, il faut de l'argent ; il faut se le procurer. Et ce n'est pas toujours facile. » Il vient encore d'acheter une villa dans la banlieue de Moscou : « Savez-vous que l'argent avec quoi je l'ai achetée... comment vous dire ?... en un mot j'ai risqué plus que ne permettait la saine raison. Je puis encourir de graves responsabilités (2). » Bénévolenski, dans *Fille pauvre*, peut grâce à sa fortune, qu'il doit à un emploi fructueux, aux riches cadeaux des marchands, se mettre en ménage sans crainte de la gêne ; mais n'ayant pas en lui-même les moyens et n'ayant plus le temps de s'instruire, il veut une femme cultivée, de bonnes manières, portant chez elle la *coiffe* à la mode, pour recevoir :

— Je désirerais, dit-il à la mère de Marie Andréevna, que ma femme soit assez bien de sa personne, et éduquée, afin de ne pas avoir honte de sortir, de paraître dans le monde. Sans doute je n'ai pas des relations brillantes, je

(1) *Une place lucrative*, II, 5.
(2) *Ibid.*, I, 1. — Voir ce que Nadejda Tchéboksarova dit de son mari : « Il nous aimait tellement, ma fille et moi, que quand il fallait une très grosse somme pour soutenir la dignité de notre nom, ou simplement pour satisfaire nos caprices, il... il ne connaissait plus de différence entre son argent et celui de l'État. Il s'est sacrifié pour le sentiment sacré de l'amour familial : il a été livré à la justice et obligé de quitter Moscou. » (*Fol argent*, III, 12.)

vois des petits fonctionnaires surtout ; tout de même, à parler franc, il est agréable d'avoir une femme jolie et instruite. Mais l'essentiel, c'est d'avoir une maîtresse de maison (1).

Bêlogoubov sollicite et attend la place de « chef de bureau » pour se marier ; il vante, devant sa fiancée et sa future belle-mère, les libéralités que lui font les marchands ; à l'école d'Iousov, « sous son aile », tout ce qu'un autre n'aurait pas appris en dix ans, les finesses et les tours de main, il l'a acquis en quatre ans. Marié, il soutient son train de maison par les pots-de-vin ; pour être aimé de sa femme, personne « instruite » à ses yeux, et surtout coquette, il prend à crédit chez les marchands, dépense lui-même sans compter, avec l'insouciance de l'homme sûr de retrouver toujours ouverte la bourse des quémandeurs (2). Voilà un premier groupe, ceux dont le ménage, le luxe, toute l'apparence sociale repose sur l'assise incertaine de la vénalité.

D'autres, moins doués, confinés dans quelque emploi subalterne comportant moins de « prises », séduits par les risques moindres, ou dégoûtés d'une situation inégale à leur rang ou à leur orgueil mondain (3) : tous, aiguillonnés par l'âpre désir de se prélasser dans une riche oisiveté, poursuivent le mariage qui la leur promet. Pour ces catégories de fonctionnaires, comme pour les intrigants (4), les Dons Juans malchanceux, la fille ou la veuve de marchand est le point de mire ou la ressource suprême. Ils savent quel prestige, moindre sans doute que celui de l'officier et du noble, gardent auprès d'elles leur titre, un tchine même modeste (5), l'uniforme, les dehors cultivés. Gogol, dans le Mariage, avait déjà noté ce trait de mœurs : Agathia Tikhonovna, fille de marchand, ne veut à aucun prix d'un marchand de sa classe (6) ; et Podkolesine, « conseiller titulaire », se laisse, autant par cupidité que par mollesse de caractère, décider à l'épouser, jusqu'à la dérobade finale. Dans la Sortie de théâtre, Gogol encore exposait combien cette passion de l'argent nouerait mieux une intrigue dramatique que le thème banal des amours contrariés et invariablement victorieux. Ostrovski a repris l'idée, en a élargi le développement dans une sorte de trilogie, dont le fonctionnaire Balzaminov est le héros : les trois pièces sont comme les trois épisodes d'une exploration matrimoniale, qu'après deux échecs le succès enfin couronne.

Balzaminov, peu riche de grade, d'esprit, d'avantages extérieurs, gauche, naïf et crédule jusqu'à la puérilité, mesure tout de même avec

(1) *Fille pauvre*, II, IIe tableau, 1-2.
(2) *Une place lucrative*, III, 3.
(3) *Incompatibilité de caractères*, Ier tableau, II.
(4) *Dernier sacrifice*, I, 12 ; *Le plus malin s'y laisse prendre.*
(5) *Filles riches*, IV, 5.
(6) *Le Mariage*, I, 12.

regret la distance de son maigre traitement, 125 roubles (par an), à
l'avenir doré que lui assurerait un riche mariage : « A quoi bon servir?
se dit-il, gagnerai-je ˌbeaucoup? Tandis que là j'attrape du coup un
million. » Malgré sa simplesse, il affiche de hautes prétentions, car il se
croit homme de goût, d'après son idéal, que voici : toilette, équipage,
robe de chambre confortable, se lever tard, se faire servir, éblouir les
anciens collègues. Pour que ce mirage devienne réalité, il suffit d'une
conquête dans ce Zamoskvoretché dont il habite un des coins perdus :
c'est le pays des dots opulentes, où les filles vaniteuses dédaignent les
gens de leur monde : « Dans notre quartier, dit-il, il y a beaucoup de
filles à marier, mais c'est vrai qu'elles sont plutôt sottes. » La mère de
Balzaminov, moins aveuglée que lui sur ses talents et ses attraits, ne
compte que sur son innocence et sur sa bonne étoile : « Il ne s'agit pas de
naître intelligent, ni beau, répète-t-elle avec le proverbe, mais d'avoir
de la chance. » La marieuse Krasavina découvre une jeune veuve de
300 000 roubles-argent, et amoureuse. Balzaminov se présente ; et peut-
être, malgré son peu d'éloquence et de grâce, réussirait-il à se faire agréer,
si l'oncle de Cléopatra Nitchkina, marchand plein de bon sens, ne démasquait le cupide et ne l'éconduisait rudement : Balzaminov opère une
retraite sans dignité, sur un bas marchandage (1).

Déçu, non découragé, il se remet en campagne, infatigablement :
l'image enchanteresse de la félicité : « maison à lui, café le matin, robe
de chambre en velours », l'idéal du tchinovnik pauvre! fouette son
désir et soutient son ardeur. A force de parcourir « des Palestines » « au
fin bout de Moscou », il découvre encore une veuve, Anfisa Antrigina,
riche, corpulente, sinon belle ; il commence sa cour, des messages
s'échangent ; il répète quelques lambeaux singuliers de phrases françaises que sa mère lui apprend, comme moyen de séduction. Il va toucher au but et jouit d'avance de son bien, « maison de pierre, chevaux,
argent liquide, une femme qui n'a plus de parents, et libre » : nouveau
coup de massue! Un rival évincé lui défend, sous les pires menaces, de
poursuivre ses assiduités (2). Balzaminov, peu brave au fond, engage
la lutte : la marieuse Krasavina l'introduit chez la riche veuve ; mais
l'aveu non déguisé de ses appétits, la médiocrité lamentable de tout
son être rendent vite la place au premier amoureux. Une brouille avait
ouvert à Balzaminov la porte et l'espérance, une réconciliation les lui
ferme : il est de trop ; on lui signifie l'ordre de décamper : « Quand les
chiens du logis se chamaillent, que celui du voisin ne les agace pas (3). »

Ce double échec, non plus que les décourageantes réflexions de sa

_____

(1) *Songe de veille de fête...*, III⁰ tableau, scène 4.
(2) *Les chiens du logis se chamaillent, que celui du voisin ne les agace pas*, I⁰ʳ tableau,
scènes 1, 4, 5, 6.
(3) *Ibid.*, II⁰ tableau, scènes 5, 8, 9.

mère, ne lasse la patience de Balzaminov : « Marcher sans résultat est chose ennuyeuse, dit-il, mais la pauvreté l'est encore bien plus. » Et il continue d'arpenter sans trêve les quartiers lointains, en se dissimulant pour éviter les quolibets, les chiens lancés à ses trousses ; il s'est même flanqué d'un acolyte, officier en retraite. La même marieuse, dans l'espoir d'une large rémunération, revient proposer une « beauté », une veuve toujours : « maison immense, magasins, avec un grand capital, et qui s'ennuie précisément de cela, molle surtout et peu loquace : les médecins lui conseillent le mariage ». Mais elle est d'un abord difficile. Après maintes aventures et déconvenues grotesques, dont le détail rappelle certaines scènes du *Mariage*, Balzaminov en fuite tombe chez une autre veuve, joue la comédie de l'homme épris : il plaît, l'affaire est conclue. A sa mère encore incrédule il développe ses plans de vie prochaine ; pourtant du fond même de sa joie monte une crainte subite de perdre cet argent tant précieux. Enfin, soutenu par le zèle intéressé de la marieuse, il reçoit confirmation de son succès : il épousera la veuve Bêlotêlova ; ses pas, ses peines auront eu le salaire convoité. La conclusion, mère, marieuse, futur la tirent à l'envi : pas n'est besoin d'esprit pour vivre, mais d'argent ; même on peut rester indifférent au nom d'imbécile, pourvu qu'on ait l'argent ; la chance vaut mieux que tout, et « on finit toujours par trouver ce qu'on cherche (1) ».

Chez Gogol, le comique essentiel du *Mariage* est produit par la longue résistance de Podkolesine à l'idée même de se marier, par un flux et reflux de velléités contradictoires, la conversion instantanée sous la pression de Kotchkarev, et, à l'instant irrévocable, la fuite éperdue. Dans le mariage de Balzaminov, il est lié aux efforts longtemps vains du héros pour prendre femme, à l'accumulation de péripéties souvent bouffonnes qui entravent ses desseins, aux contrastes d'espoirs fous et de piteux échecs avant la victoire définitive. Moralement, Balzaminov, esprit vide, âme basse, cupide, sans dignité, sans nulle malice toutefois, serait le type de la plus plate médiocrité. Dans la réalité sociale, il signifie l'attrait de la « marchande » crédule, ignorante, mais riche, pour le bureaucrate pauvre ou ambitieux, la poursuite du « million » sans autre idéal que la jouissance matérielle.

V

Tout ceci ne dépasse pas encore le comique : la formule du *Réviseur* et du *Mariage* s'y développe, s'y enrichit, elle ne se renouvelle pas. L'élément dramatique n'apparaît proprement qu'avec le personnage de

(1) *On finit par trouver ce qu'on cherche*, Ier tableau, scènes 2, 3 ; IIe tableau, scène 2 ; IIIe tableau, scènes 3, 9.

Jadov (*Une place lucrative*), dont l'heureuse invention, sûrement inspirée du mécontentement contemporain, pose avec force le conflit de l'utile et de l'honnête dans l'exercice d'une fonction publique en Russie. Pour accroître l'effet, Gogol avait ramassé en un bloc, centralisé dans une ville de district les vices épars de la bureaucratie russe ; seule l'annonce d'une « révision » effarait un instant les prévaricateurs, mais sans les troubler sur la légitimité même de leurs pratiques : si chacun prenait « selon son tchine », la morale était sauve. Qu'un nouveau venu jette dans ce milieu corrompu d'ardents appels à la probité, la lutte s'engagera entre celui qui refuse de « prendre » et ceux qui s'en prétendent justifiés. Le fond d'*Une place lucrative*, c'est l'attaque et l'apologie de la vénalité. Mais Ostrovski ne tient pas le débat dans la pure théorie, dans la froide invraisemblance des victoires faciles : il y mêle étroitement les réalités domestiques et sociales, les intérêts immédiats, ce que les Russes appellent avec une rudesse expressive « la question de la peau » (*chkourny vopros*). Jadov n'est plus un Pravdine, l'honnête homme bien renté qui du haut de son aisance flétrit les fripons, ni un Tchatski, noble, riche, mécontent de tout et de tous. Il est pauvre ; et s'il veut se marier, c'est sans quitter le service, ni l'honnêteté : bien différent en cela des Bénévolenski, des Bêlogoubov, des Préjnev, des Balzaminov. Dès lors il aura doublement à combattre : au bureau, contre ses collègues et ses chefs, sceptiques ou furieux ; chez lui, contre sa jeune femme, contre sa belle-mère, contre les tentations toutes proches, les suggestions perfides, l'action délétère de la gêne, l'empire de l'amour sur sa nature bonne et faible.

De l'université (1), Jadov a rapporté l'orgueil un peu naïf du savoir livresque ; il méprise ses collègues moins instruits, s'offense de végéter dans un emploi de copiste ou d'expéditionnaire. Aussi lui reproche-t-on de l'irrévérence, peu de ponctualité, une humeur frondeuse. Son oncle l'a pourvu d'une place dans ses propres bureaux : Jadov n'aurait qu'à se laisser guider, initier aux pratiques reçues et fructueuses ; la protection de Vychnevski lui assurerait sans efforts l'indulgence, les avancements, l'entretien, une « bonne petite place bien tiède », comme dit le russe. « Un autre, dit Bêlogoubov, eût remercié Dieu à tout instant, eût ciré les bottes d'Aristarque Vladimyritch. » Jadov, par nature et par éducation, y répugne : il le dit trop haut, avec une raideur intolérante qui le classe parmi les « malintentionnés ». Il nourrit cette illusion, commune aux jeunes, en Russie peut-être plus qu'ailleurs, de guérir un vieux vice social par des discours et par l'action isolée. Ceci provoquera le premier conflit :

_____

(1) On sait qu'aujourd'hui encore, en Russie, c'est un éloge, et presque un titre, d'avoir étudié dans une université.

VYCHNEVSKI. — Tu n'es pas encore maté, mon cher ! Tu débites toujours tes sermons. (*A sa femme.*) Figurez-vous qu'au bureau il fait un cours de morale aux employés ; eux, naturellement, n'y comprennent goutte, restent là bouche bée, ouvrant de grands yeux. C'est vraiment ridicule, mon ami !

JADOV. — Comment me tairais-je, quand à chaque pas je vois des saletés? Je n'ai pas encore perdu la foi en l'homme ; je crois que mes paroles auront de l'effet sur eux.

VYCHNEVSKI. — Elles en ont déjà produit : tu es devenu la risée de tout le bureau. Ton but est atteint : tu as réussi à faire que tous, à ton arrivée, échangent des regards, des mots à voix basse, et que ton départ soit salué par un éclat de rire général.

JADOV. — Qu'y a-t-il donc pourtant de ridicule dans mes paroles ?

VYCHNEVSKI. — Tout, mon cher, à commencer par cette exaltation excessive, contraire aux convenances, jusqu'à ces conclusions puériles, sans rien de pratique. Crois-moi : n'importe quel plumitif connaît la vie mieux que toi ; il sait par expérience qu'il vaut mieux être rassasié, que de philosopher avec le ventre creux ; et ton langage, naturellement, leur semble absurde.

JADOV. — Et moi je trouve qu'ils ne savent qu'une chose : qu'il est plus profitable d'être concussionnaire qu'honnête homme.

IOUSOV. — Hum, hum...

VYCHNEVSKI. — Absurde, mon cher. Impertinent, et absurde.

JADOV. — Permettez, mon oncle ! Pourquoi donc nous a-t-on fait faire des études, pourquoi a-t-on développé en nous des idées qu'on ne saurait formuler tout haut sans être accusé de sottise ou d'impertinence?

VYCHNEVSKI. — J'ignore qui vous a instruits et ce qu'on vous a appris. Mon opinion est qu'il vaut mieux enseigner à faire œuvre qui vaille, à respecter les anciens que de débiter des fadaises.

JADOV. — Soit, je me tais ; mais renoncer à mes convictions, jamais : elles sont l'unique réconfort de mon existence.

VYCHNEVSKI. — Oui, dans un galetas, devant un morceau de pain noir. Le beau réconfort, de pouvoir, le ventre vide, vanter sa vertu, injurier collègues et supérieurs parce qu'ils ont su organiser leur existence, se faire une vie de famille, aisée et heureuse. Parfait ! Voici la jalousie qui s'en mêle.

JADOV. — Dieu !

VYCHNEVSKI. — Ne va pas croire, s'il te plaît, que tu dises là une grande nouveauté. Il en a été et il en sera toujours ainsi. L'homme qui n'a pas su ou pu arriver à la fortune enviera toujours l'homme arrivé, c'est dans la nature. Et il est si facile de justifier ce sentiment. Les envieux vont répétant : je ne veux pas de la richesse ; je suis pauvre, mais honnête.

IOUSOV. — Bouche aux paroles de miel !

VYCHNEVSKI. — La pauvreté fière, c'est bon au théâtre. Essaie voir de la supporter dans la vie. C'est beaucoup moins facile et agréable qu'on ne croit, mon ami. Tu t'es habitué à n'en faire qu'à ta tête, tu vas peut-être encore te marier, qui sait? Je serais curieux de savoir ce qui arrivera.

Jadov, en effet, songe au mariage. Et précisément, pour parer à une charge nouvelle, car la jeune fille est pauvre, il était venu solliciter une augmentation de traitement, ou un poste vacant, plus rémunérateur. Le débat change d'aspect, sans diminuer d'âpreté. La psychologie sociale du tchinovnisme prévaricateur s'y expose non plus avec ironie, mais avec une cynique franchise. Vychnevski pose en principe qu'un mari est tenu de faire le bonheur de la femme qu'il aime ; que d'autre part, sans la richesse ou du moins l'aisance, il n'y a pas de bonheur pour une femme (1) :

— Comment feras-tu pour vivre en ménage, sans ressources?

JADOV. — Je travaillerai. J'espère que la paix de la conscience peut remplacer pour moi les biens de la terre.

VYCHNEVSKI. — Ton travail ! ce sera bien peu pour soutenir une famille. Tu n'obtiendras pas de poste avantageux, parce qu'avec ton caractère absurde, tu ne sauras disposer aucun chef en ta faveur, tu te le rendras plutôt hostile. La paix de la conscience non plus ne te sauvera pas de la faim. Vois donc, mon ami, comme le luxe se répand à vue d'œil dans la société ; or vos vertus spartiates ne vont pas avec le luxe. Ta mère m'a chargé de prendre soin de toi, et je dois faire pour toi tout ce que je pourrai. Voici mon dernier conseil : refrène un peu ton caractère, laisse là les utopies mensongères, laisse cette absurdité, voyons. Fais ton service comme tous les gens sérieux, c'est-à-dire envisage la vie et le service pratiquement. Alors je puis t'aider de conseil, d'argent, de protection. Tu n'es plus un enfant, puisque tu veux te marier.

JADOV. — Jamais !

VYCHNEVSKI. — Quel mot sonore « jamais ! » et en même temps stupide ! La raison te reviendra, j'espère ; j'en ai déjà pas mal vu, d'exemples pareils ; mais prends garde de ne pas arriver trop tard. En ce moment tu as une occasion et une protection ; plus tard il n'en sera peut-être plus de même. Tu vas gâcher ton avenir, tu verras tes collègues avancer, il te sera difficile de recommencer par le commencement. Je te parle en fonctionnaire.

JADOV. — Jamais, jamais !

VYCHNEVSKI. — Eh bien, vis à ta guise, sans appui. Ne compte plus sur moi. J'en ai assez de causer avec toi.

JADOV. — Mon Dieu ! je trouverai un soutien dans l'opinion publique.

VYCHNEVSKI. — Oui, comptes-y. Mon ami, nous n'avons pas, et il ne peut pas y avoir d'opinion publique, au sens où tu l'entends. L'opinion publique, la voici : pas vu, pas pris. Qu'importe à la société où tu puises tes revenus, pourvu que tu observes les convenances, que ta conduite soit celle d'un homme comme il faut? Voilà ! Mais si tu es un va-nu-pieds, si tu veux faire la morale à tout le monde, ne trouve pas étonnant qu'on ne te reçoive pas dans les maisons respectables et qu'on te traite d'homme sans cervelle. J'ai été fonctionnaire dans des chefs-lieux de gouvernement : là on se connaît de plus près que dans les capitales ; on sait la fortune de chacun, ses moyens d'existence ; une opinion publique peut s'établir plus aisément. Eh bien non : les hommes sont partout les hommes. On s'y moquait devant moi d'un fonctionnaire qui ne

_____

(1) On pourrait voir dans une courte poésie de NÉKRASOV, *Macha* (1851), une ébauche de conflit analogue.

vivait que de son traitement, avec une nombreuse famille ; on disait par la ville qu'il faisait lui-même ses habits ; mais toute la ville était pleine de respect pour un maître voleur, parce qu'il tenait maison ouverte et donnait deux soirées par semaine (1).

Railleries, suggestions, menaces de Vychnevski, lourdes plaisanteries d'Iousov n'ébranlent point le ferme optimisme de Jadov :

— Je me refuse à croire qu'un homme instruit ne puisse par un travail honnête assurer son existence et celle de sa famille. Je ne veux pas croire non plus que la société soit à ce point corrompue. C'est une manière qu'ont d'habitude les vieilles gens, de vouloir désillusionner les jeunes, de leur montrer tout en noir. Les gens du vieux temps sont jaloux de ce que nous regardons la vie si joyeusement et avec tant de confiance. Oui, mon oncle, je vous comprends. Vous avez tout maintenant, rang, argent, personne à envier : pardon, nous autres seulement, les gens à la conscience pure, à l'âme tranquille. Et cela ni pour prix ni pour somme, vous ne l'achèterez. Racontez tout ce que vous voudrez : cela ne m'empêchera pas de me marier et d'être heureux (2).

La passion l'entraîne : il se marie donc, sans souci de l'avenir, avec l'imprudent espoir que son gain médiocre, une existence honnête et laborieuse contenteront les désirs de sa jeune femme, comme les siens. L'inexpérience commune, bientôt la gêne amènent le désenchantement, la mésentente. Tandis que Bêlogoubov, son beau-frère, s'enrichit au service, reçoit des marchands cadeaux sur cadeaux, mène un train luxueux, jette l'argent à poignées, Jadov, avec son bureau le matin, ses leçons la journée, ses copies d'actes et de dossiers le soir et la nuit, amasse tout juste le nécessaire. Un autre drame commence ici, non en violences extérieures, mais en discordes intestines, en débats de conscience. Jadov incrimine la frivole éducation de sa femme ; il doit confesser aussi son ignorance de la vie et le désarroi de sa science inutile. Les conseils décourageants de Mykine, de Dosoujev, la joie des confrères après une bonne affaire, leur scandaleuse impunité, les offres pécuniaires de Bêlogoubov le troublent ou le révoltent, sans entamer sa volonté de demeurer honnête. L'ennemi le plus redoutable est à son foyer même : en son absence, sa jeune femme, presque toujours seule, est livrée sans défense aux influences mauvaises de l'ennui, aux conseils pires encore d'une sœur et d'une mère. L'une étale son luxe, s'apitoie, fait des dons ou des promesses de secours qui rendent la médiocrité plus douloureuse ; l'autre pousse franchement à la révolte :

— Pas de complaisance pour ton mari, harcèle-le sans relâche, jour et nuit : « Donne-moi et donne-moi de l'argent, prends-le où tu voudras, mais donne-m'en. Il m'en faut pour une chose, pour une autre. » S'il te dit qu'il n'en a pas, réponds-lui : « Ça m'est égal. Vole si tu veux, mais donne-m'en. Pourquoi

(1) *Une place lucrative*, I, 9.
(2) *Ibid.*, I, 13.

m'épousais-tu? Tu as bien su te marier, tu dois savoir assurer à ta femme un entretien convenable (1). »

Cette dame Koukouchkina, veuve d'un « assesseur de collège », tient la probité pour absurde, la *vziatka* pour morale et même obligatoire chez un fonctionnaire marié :

— Sais-tu quelles sont ses idées?... Eh bien voici : il y a une imbécile de philosophie, dont j'ai entendu parler il n'y a pas longtemps dans une maison, et qui est aujourd'hui à la mode. Ces jeunes gens se sont fourré dans la tête qu'ils ont plus d'esprit que tous les gens du monde et que hormis eux, c'est tout sots et voleurs. Quelle bêtise impardonnable ! Ils disent : « Nous ne voulons pas recevoir de pots-de-vin, vous voulons vivre de notre seul traitement. » Mais il n'y aura plus de vie possible. A qui marier nos filles ! Et qui sait, la race humaine périra ! Des pots-de-vin ! Qu'est-ce que ce mot de vziatki? Ce sont eux-mêmes qui l'ont inventé pour offenser les honnêtes gens. Il n'y a pas de pots-de-vin, mais de la reconnaissance. Et la repousser, c'est péché, c'est forcément faire affront à la personne. Libre à un célibataire, qui ne dépend de personne, de faire le fou comme il l'entend, de renoncer même à son traitement, s'il lui plaît. Mais, une fois marié, il faut savoir vivre avec une femme, ne pas tromper l'espoir des parents (2).

Jadov peut tenir tête à sa belle-mère : son énergie faiblit devant sa femme, qu'il aime toujours avec passion. La coquetterie, le besoin de vivre « comme vivent les gens », la pousse ; lui, après de longues remontrances et de vaines prières, effrayé à la pensée de la perdre, se résigne enfin à ce qu'elle demande : aller trouver son oncle sur-le-champ, se réconcilier avec lui, et lui demander une place comme celle de Bêlogoubov, lui emprunter de l'argent par la même occasion. Mais il se méprise d'avoir ainsi tué sa chimère, son beau rêve d'un « avenir honnête » ; il endort l'agonie de sa conscience en répétant le fameux couplet de *la Chicane :* « Prends, la science en est facile — Prends tout ce qu'on peut prendre. — Pourquoi nous sont données les mains, — sinon pour prendre, prendre, prendre (3)? »

Ignorant encore que son oncle est sous le coup de poursuites judiciaires, Jadov vient humilié, repentant, lui redemander sa protection et « une place où il puisse... gagner quelque chose (4) ». Vychnevski triomphe grossièrement :

— Ah ! ah ! ah ! Iousov ! Les voilà, les héros ! Ce jeune homme qui criait à tous les carrefours contre les vziatotchniks, qui nous parlait de je ne sais quelle génération nouvelle, vient nous demander une place lucrative pour prendre des vziatki. Elle est jolie, la nouvelle génération, ha, ha, ha !

(1) *Une place lucrative*, IV, 4.
(2) *Ibid.*
(3) *Ibid.*, IV, 8. — Sur *la Chicane* de KAPNIST, voir notre *Théâtre de mœurs russes des origines à Ostrovski*, chap. IV.
(4) Il dit ces mots à voix basse.

Iousov. — Il était jeune. Est-ce qu'il parlait sérieusement? Rien que des mots... Cela n'ira pas plus loin. La vie se charge de les former... On lâchera la philosophie. Seulement, ce qui est mal, c'est de ne pas avoir écouté plus tôt les gens raisonnables, au lieu de les injurier grossièrement.

Vychnevski (à Iousov). — Non, mais te rappelles-tu, Iousov, ce ton ! Cette confiance en soi-même ! Cette indignation contre le vice ! (A Jadov, en s'échauffant de plus en plus.) Ne parlais-tu pas de la venue d'une génération nouvelle d'hommes de savoir et d'honneur, martyrs de la vérité, qui devaient nous confondre, nous couvrir de boue? N'était-ce pas toi? J'y croyais, je te l'avoue. J'avais pour vous une haine profonde... je vous redoutais. Oui, sérieusement. Et que vois-je, au bout du compte? Vous êtes honnêtes, tant que les leçons qu'on vous avait fourrées dans la tête ne se sont pas évanouies en fumée ; vous êtes honnêtes jusqu'à la première rencontre avec le besoin, seulement. Tu viens de me donner une belle joie, il n'y a pas à dire !... Non, ce n'est pas de la haine que vous méritez : je vous méprise (1).

Au bord de la déchéance, Jadov, tout en confessant sa faiblesse humaine, se reprend virilement à son honnêteté première :

Mon oncle, je n'ai pas dit que notre génération fût plus honnête que les autres. Il y a toujours eu et il y aura toujours d'honnêtes gens, de bons citoyens, des fonctionnaires intègres ; comme aussi des hommes faibles. Vous en avez la preuve par moi-même. Je disais seulement qu'en notre temps... (il commence à voix basse et s'anime peu à peu) la société rejette son ancienne indifférence à l'égard du vice ; des protestations énergiques commencent à s'élever contre le mal social... Je disais qu'en nous se réveille la conscience de nos défauts ; et cette conscience enferme l'espoir d'un avenir meilleur... Je disais qu'une opinion publique commence à se former... que chez les jeunes gens le sentiment de la justice, le sentiment du devoir se développent ; ils grandissent sans cesse et porteront leurs fruits. Si ce n'est pas vous, c'est nous qui le verrons, et nous en remercierons Dieu. Vous n'avez pas lieu de vous réjouir de ma faiblesse. Je ne suis pas un héros, je ne suis qu'un homme ordinaire, faible ; j'ai peu de volonté, comme nous tous presque. Le besoin, les circonstances, l'ignorance des parents, la corruption ambiante peuvent m'user, comme on met sur le flanc un cheval de louage. Mais il suffit d'une leçon, comme celle-ci, par exemple.. dont je vous remercie. Il suffit d'une rencontre avec un homme comme il faut, pour me ressusciter, pour soutenir ma fermeté. Je puis chanceler, mais je n'irai pas jusqu'au crime ; je puis broncher, non tomber. Le savoir a pétri et attendri mon âme ; elle ne se racornira pas dans le vice (Un silence.) Je ne sais où cacher ma honte... Oui, j'ai honte de me voir ici.

Vychnevski (se levant péniblement). — Va-t'en donc !

Jadov. — Je pars. Pauline, tu peux maintenant retourner chez ta mère ; je ne te retiens plus. A présent je ne trahirai plus ma conscience. Si le sort me réduit à ne manger que du pain noir, je ne mangerai que du pain noir. Aucuns biens ne me séduiront, non ! Je veux garder le droit précieux de regarder chacun bien en face, sans honte, sans remords secrets, lire et voir les satires

_____

(1) Une place lucrative, V, 4.

et les comédies contre les prévaricateurs, et rire d'un rire bien franc, le cœur pur. Si toute ma vie doit être faite de labeurs et de privations, je ne murmurerai pas... Je ne demanderai à Dieu qu'une consolation, je n'attendrai qu'une récompense. Laquelle, pensez-vous? (*Court silence.*) J'attendrai le temps où le tripoteur craindra le tribunal de l'opinion publique plus que la cour d'assises (1).

Cette dramatique conclusion, comme tout le conflit au long de la pièce entre habitués ou partisans, et adversaires de la *vziatka*, eût sans doute produit grand effet sur le public, si la censure n'eût interdit pendant sept ans (1856-1857 à 1863-1864) la représentation d'*Une place lucrative*. En 1864, après l'abolition du servage, les réformes dans l'administration de la justice et l'oubli d'une guerre malheureuse, le débat sur la vénalité bureaucratique a perdu son actualité aiguë. Ce qui date vraiment la pièce, comme les autres œuvres du temps sur les fonctionnaires prévaricateurs, c'est la sourde angoisse que moralistes, satiriques, peintres de mœurs, dramaturges prêtent à leurs héros : angoisse matérielle, à cause des contrôles plus fréquents et sévères ; morale, par la diffusion, à leurs yeux subversive, d'idées nouvelles de probité, d'opinion publique, d'intérêt général. Si un Gradoboev dans l'exercice de son injustice ne trahit aucune appréhension, c'est qu'il est du bon vieux temps. Le vice séculaire de la bureaucratie russe ne pouvait s'amender, *a fortiori* disparaître en quelques années : n'entend-on pas aujourd'hui encore les mêmes plaintes? des affaires scandaleuses ne révèlent-elles pas la persistance, réduite sans doute, du mal? Par les grandes réformes, l'accession de millions d'hommes à la liberté civile et à une ombre de droits politiques, la simplification des procédures, la disparition des *striaptchi*, les traitements moins parcimonieux, l'instruction lentement diffusée, il est certain que le péculat pouvait diminuer. Toutefois si après la « tendance accusatrice » des années 1855-1860, la littérature se porte vers d'autres sujets, le retour partiel à la peinture des fonctionnaires improbes ne passera pas encore pour un anachronisme.

Entre ceux qui se firent accusateurs publics du tchinovnisme, Ostrovski a son originalité propre : souci de vérité objective, maintenue dans les limites de la réalité comique ou dramatique sans outrances bouffonnes ou pathétiques ; finesse d'analyse psychologique ; recherche ou liaison des effets et des causes où se découvre la connexité perfide des mœurs professionnelles et sociales et des mœurs domestiques.

Au monde des marchands et des fonctionnaires se rattacheraient deux types aujourd'hui disparus : ils figurent dans les premières pièces seulement, ou dans celles dont l'action est reportée aux années 30 : l'homme de loi (*striaptchi*) et la marieuse (*svakha*). Le premier, remplacé

---

(1) *Une place lucrative*, V, 4.

aujourd'hui par l'avocat-avoué (*prisiajny-povêrenny*), est en général un ancien fonctionnaire, qui a quitté volontairement le service pour s'occuper « d'affaires des particuliers » comme solliciteur ; parfois c'est un fonctionnaire renvoyé du service pour négligence ou indélicatesse (1). Il exerce sa profession surtout dans le monde des marchands ; mais en raison même de son passé, de sa condition étroite, de son extérieur humble, peu imposant, de son manque fréquent de dignité dans la tenue ou le langage, il est traité sans égards, objet de risée et de farces grossières. Le marchand recourt à ses offices, pour tourner la loi, engager des procès ; mais il le méprise, même sous des apparences d'amabilité. La marieuse, dont Gogol avait donné, dans *le Mariage*, une si savoureuse esquisse, reparaît tout naturellement dans le monde où les premiers auteurs de la comédie de mœurs l'avaient déjà rencontrée et dépeinte : chez les marchands, la petite noblesse, la petite bourgeoisie bureaucratique ou commerciale (2). On en distingue encore deux espèces, comme au temps de Kopiev et de Plavilchtchikov : marieuses pour la noblesse, marieuses pour le monde marchand. Autant qu'un chapitre de mœurs, elles constitueraient tout un chapitre, et non le moins imagé, de la langue d'Ostrovski.

(1) Rispolojenski (*Entre siens on s'arrangera*); Dobrotvorski (*Fille pauvre*); Zakhar Zakharytch (*Tel en pâlit...*); Obrochenov (*les Farceurs*); Pétrovitch Kroutitski (*Pas un gros...*); Margaritov (*Amour tardif*).
(2) Oustinia Naoumovna, dans *Entre siens on s'arrangera*; Karpovna et Pankratievna, dans *Fille pauvre*; Krasavina dans *le Mariage de Balzaminov*. (*Songe de veille de fête...; les Chiens du logis se chamaillent...; On finit par trouver ce qu'on cherche.*)

CHAPITRE II

L'ARGENT

I. Brasseurs d'affaires et spéculateurs dans le théâtre d'Ostrovski : leur avènement dans la société contemporaine ; leur caractère social. — Riches oisifs et faux riches.
II. Intrigants : Gloumov, dans *Le plus malin s'y laisse prendre*.
III. « Affairistes » et suborneurs : Chablov, dans *Amour tardif;* Doultchine, dans *Dernier sacrifice;* Koprov, dans le *Pain du travail;* Okoemov, dans le *Bel homme*.
IV. « Lionnes pauvres » : Lydia Tchéboksarova, dans *Fol argent;* Larisa Ogoudalova dans *Sans dot.*

I

Après *Vasilisa Mélentieva* (1868), Ostrovski renonça au théâtre d'histoire (1) pour se consacrer sans partage aux études de mœurs contemporaines, où ses dons s'employaient plus à l'aise. Toutefois des changements notables apparaissent dans le choix et l'esprit des sujets, dans la condition et le caractère des personnages, dans la langue même. A part trois pièces sur le monde des théâtres (2) et quelques autres sur le monde marchand (3), l'observation des quinze dernières années (1870-1885) se concentre sur l'âpre recherche de l'argent, ses effets et ses méfaits individuels, domestiques, sociaux : les titres seuls en feraient foi (4). Les conditions sont mêlées : à côté de quelques richards oisifs ou usés par leur richesse même, s'agite tout un monde d'industriels, armateurs, entrepreneurs ou adjudicataires, spéculateurs, représentants de « firmes », agents de grandes banques, « affairistes » de large ou moyenne envergure, intrigants, « lionnes pauvres », monde parfois suspect ou véreux, affolé de luxe et de jouissance. L'argent est l'armature, et l'idole : tout lui est rapporté, sacrifié, sans scrupule sur les moyens ; et non pour un usage intelligent, mais pour l'ivresse de l'ostentation et de la pro-

---

(1) *Le Comédien du dix-septième siècle* (1873) est une pièce de circonstance, et le « conte de printemps » *Snêgourotchka* (1873) était conçu dès 1868.
(2) *La Forêt* (1871); *Etoiles et adorateurs* (1882) ; les *Innocents coupables* (1884).
(3) *Ce n'est pas tous les jours fête* (1871); *Il faut de la chance pour que la vérité triomphe* (1877); le *Cœur n'est pas une pierre* (1880); les *Esclaves* (1881).
(4) *Fol argent* (1870) ; *Amour tardif* (1874) ; le *Pain du travail* (1874) ; *Filles riches* (1876); *Dernier sacrifice* (1878) ; *Sans dot* (1879) ; le *Bel homme* (1883) ; *Pas faite pour ce bas monde* (1885).

digalité ; il avilit tout, amour, amitié, mariage : la dot est recherchée, non la femme ; les roubles, non les qualités. On voit l'emprunt, l'escroquerie entraîner la banqueroute, la ruine, le suicide ; dans un monde plus éclairé, autant de laideurs morales que dans le « royaume des ténèbres » marchand ; une abondante matière de comédie grimaçante et de drame sombre. Et sur tout cela une couleur de réalisme cru, un sentiment de large pitié humaine.

Certains types disparaissent, comme le fermier de l'eau-de-vie et le *striaptchi* (1). Les autres se transforment : la plupart de ces brasseurs d'affaires et manieurs d'argent sont, par l'extérieur du moins, tout européanisés. Des représentants du haut commerce comme Pribytkov, Knourov, Paratov, Vojévatov (2) n'ont plus le costume, le langage, les idées, l'intérêt historique presque de Bolchov, de Rousakov, de Brouskov, d'Akhov, de Khrioukov, de Karkounov. Habillés à la mode, le visage ras, familiarisés avec les choses d'Occident par de fréquents voyages d'affaires ou de plaisir, causant théâtre, concerts, bourse russe et étrangère, parlant de la Patti, de l'Exposition universelle de Paris (1878), de Nice d'où ils font venir des fleurs, ils n'ont plus rien du vieil esprit de classe ; ils ont rompu, croient-ils, avec le passé. La tradition ne compte plus, en droit, pour eux ; ils ne sont plus engagés dans ces drames domestiques où devoirs et droits invoquaient les us séculaires. En apparence, ils ne ressemblent plus à ce « Domostroï vivant » du premier chapitre de la *Sonate à Kreutzer*, qui condamne le divorce au nom de l'autorité maritale ; au fond, qu'ils prennent femme ou maîtresse, ils n'en sont guère différents, car ils traitent toujours la femme en inférieure, et s'ils ont rejeté la correction, ils conservent parfois la réclusion, pour assurer sa dépendance et leur propre tranquillité (3).

Autre trait : ces gens d'affaires « du dernier temps » aspirent à sortir de leur activité étroitement professionnelle, à jouer dans la société un rôle égal à leur puissance financière, à prendre leur place à côté et même au détriment de la noblesse diminuée ou appauvrie. Dikoï, dans *l'Orage*, Kouroslêpov, dans *Cœur ardent*, étaient maires (*golova*), honneur simplement local ; dans *Fol argent*, Vasilkov, méthodique et calculateur, veut, tout provincial qu'il est, une femme « brillante et avec un bon ton », capable de servir ses desseins et ses ambitions :

— Quand vous saurez à fond diriger un ménage, je vous emmènerai dans ma ville de district, où vous devez éblouir les dames du chef-lieu par votre toilette et vos manières. Je n'y épargnerai pas l'argent, mais sans dépasser mon budget. Moi aussi, vu l'ampleur de mes affaires, il me faut une femme telle.

(1) Le système de l'adjudication, institué en 1795, a été aboli en 1863.
(2) Pribytkov dans *Dernier sacrifice* ; Knourov, Paratov, dans *Sans dot* ; Vojévatov dans *Étoiles et adorateurs*.
(3) La correction, au sens de « sévices » (*nakazanié*). Voir *les Esclaves*.

Puis, si vous êtes gentille avec moi, je vous conduirai à Pétersbourg ; nous entendrons la Patti : je donnerai mille roubles pour une loge, s'il faut. Je suis là, dans la capitale, à raison de mes affaires, en relations avec de très hauts personnages ; moi-même, je suis emprunté et gauche : j'ai besoin d'une femme, pour tenir un salon, où je ne craindrai pas de recevoir même un ministre. Vous avez tout pour cela ; vous n'aurez seulement qu'à laisser là certaines manières, prises à Téliatev et autres (1).

Cette orientation nouvelle du dramaturge a ses causes et ses raisons dans la réalité contemporaine. Depuis les réformes sociales et administratives, les mœurs de classe tendaient à perdre de leur physionomie corporative : les cloisons s'abaissaient. Une vaste évolution économique s'accomplissait : appauvrissement de la noblesse par l'émancipation des serfs ; passage de grands biens fonciers aux mains de marchands et de roturiers ; transformation profonde des moyens de production, de vente, d'échange par les chemins de fer, le télégraphe, bientôt l'électricité ; progrès de l'industrialisme, multiplication des fabriques, extension de l'activité commerciale par le crédit, les banques, les sociétés ; entreprises de travaux, construction des voies ferrées, relations suivies avec l'Occident ; d'où la spéculation, la fièvre de l'argent (2). « C'est le vrai temps, où il est parfaitement possible de faire fortune (3) », dit un personnage d'Ostrovski ; c'est aussi celui des escrocs, des chevaliers d'industrie, des « valets de cœur », des « enfants de Moscou », et de tant de scandales financiers qui eurent leur dénouement en justice. Toute cette poussée économique qui en France suscita le roman d'affaires de Balzac, le théâtre d'Émile Augier, se traduit en Russie par l'éclosion de nombreux romans et pièces. Plus frappante à Moscou, métropole commerciale de la Russie, elle devait attirer un peintre de mœurs attentif aux aspects changeants comme aux formes profondes de la vie nationale.

Mais Ostrovski avait révélé une telle maîtrise dans ses études du monde marchand, que les critiques de théâtre, les « recenseurs » l'y confinaient malgré lui et lui reprochaient injustement de n'en pouvoir sortir. Déroutés par son évolution, ils y voulurent voir un signe d'affaiblissement, blâmèrent l' « anecdotisme » des sujets, le manque de vérité, par défaut ou exagération, opposèrent, pour les rabaisser, les pièces de cette période aux œuvres antérieures (4). Au vrai, Ostrovski écoutait

(1) *Fol argent*, I, 1 ; V, 7.
(2) *La Russie à la fin du dix-neuvième siècle*, ouvrage publié sous la direction de M. W. de Kovalevsky. Paris, 1900 ; I, *Propriété foncière*, p. 123-124 ; VI, *Chemins de fer*, p. 853-855 (la longueur des voies en exploitation passe de 4 720 kilomètres à 22 179 pour la période 1868-1879) ; III, *Industrie*, p. 287-538 ; V, *Établissements de banque*, p. 804-823 ; IV, *Sociétés par actions*, p. 659-665, la première fondée en 1799, quinze jusqu'à 1850, soixante-cinq de 1850 à 1870 ; « à partir de 1870, tous les ans des sociétés sont fondées par dizaines » ; IV, *Commerce extérieur*, p. 687-723.
(3) *Fol argent*, I, 1. La pièce est de 1870.
(4) IAZYKOV, *Bezsilié tvortcheskoï sily, Dêlo*, nᵒˢ 2 et 4, 1875 ; *Odesski Vêstnik*, nᵒ 38,

« le souffle du temps » ; il recueillait l'actualité, non pas le fait divers, l'incident du jour à exploiter pour un succès éphémère, mais l'actualité significative, à creuser pour y découvrir les actions et réactions de la vie sur les âmes et des âmes sur la vie. Ici encore sa préparation était bonne : mêlé de près au monde du commerce, instruit de ce qui se passait à Moscou, aux prises lui-même avec les embarras pécuniaires et les dettes, il avait de quoi peindre un état social où l'argent est roi, écrire au théâtre un chapitre des *Biens de fortune*, avec les misères et les ruines matérielles ou morales que la fureur de s'enrichir traîne après elle. D'ailleurs on relèverait aisément des correspondances entre les pièces de 1870-1885 et celles de 1850-1870 : différence sociale entre riches et pauvres ; importance du mariage et du « capital », convoitises, espérances, déceptions aussi qu'ils provoquent chez l'homme et chez la femme. Parfois le même sujet semble transposé d'un monde ou d'une génération à l'autre (1) ; avec d'autres milieux, d'autres conditions, d'autres acteurs, le fond moral est à peu près équivalent. En revanche, rien d'étonnant que les œuvres de cette seconde période, excepté *Ce n'est pas tous les jours fête* et *le Cœur n'est pas une pierre*, offrent moins de réalisme pittoresque dans les mœurs et la langue. Sauf les gens de service, qui tiennent encore au peuple, les personnages sont presque tous pourvus d'une certaine culture, superficielle sans doute ; ils ont perdu ou évitent les traits trop spécifiquement russes. Leur langue est la commune élocution, vidée de tout idiomatisme populaire, celle des gens teintés d'instruction, polis par la fréquentation du monde et les voyages ; il n'y a plus lieu pour eux au parler des Rangées, du Zamoskvoretché et des bazars provinciaux. Le Zamoskvoretché lui-même s'est bien modernisé depuis le temps lointain où Ostrovski s'essayait à en noter, dans la manière de Gogol, les us et les ridicules. Le tableau a donc moins de couleur, ou plutôt une autre couleur. Par endroits, ce théâtre d' « affaires » rappelle certaines pièces d'Émile Augier ou d'Alexandre Dumas fils. Y eut-il coïncidence ou inspiration ou imitation? A l'heure actuelle, il paraît difficile de prononcer. *A priori* la similitude des états sociaux à quelque vingt ou trente ans de distance, l'identité des causes et des effets, la prédominance de l'argent, suffisent à justifier les analogies.

Un premier groupe serait celui des riches, des « barines » à qui l'argent semble n'avoir rien coûté à gagner, assis et sûrs dans leur fortune ; ils apparaissent comme amollis d'esprit et d'âme par la jouissance, sans volonté, destinés à être la proie d'intrigants ou d'exploiteurs. Leur oisiveté brouillonne s'émiette en bagatelles, en puériles ébauches de

1874 : « Ostrovski est mort pour ainsi dire, ... le « ci-devant Ostrovski... » ; *Rousski Mir*, n° 41, 1877, etc.
(1) *Fille pauvre* (1852) — *Filles riches* (1876) — *Sans dot* (1879) ; *Pauvreté n'est pas vice* (1854) — *le Pain du travail* (1874) ; *Cœur ardent* (1869) — *Dernier sacrifice* (1878).

réformes. Ils n'ont plus cette vanité grossière, robuste et avide du parvenu récent, où perce, tout proche encore, l'effort de la lutte. Tel Mamaev, dans *Le plus malin s'y laisse prendre;* il joue au donneur de conseils, au professeur de morale, à l'homme d'État. Au fond c'est un phraseur vide et creux, qui emploie ses jours inoccupés en courses dans la ville, à la recherche d'appartements qu'il visite et ne louera jamais, en critiques du temps présent ; chez lui, il lit des homélies à ses gens. Il voudrait écrire, mais ne s'y reconnaît nulle aptitude et recourt à la plume d'autrui. Marié à une femme plus jeune que lui, il croit assurer la paix de son ménage en instruisant un neveu pauvre à flatter et courtiser sa femme ; il espère, en faisant ainsi la part du feu, conjurer des entraînements plus dommageables (1). Quant à Cléopatra Mamaeva, « tempérament sanguin, tête ardente » au dire de son mari, elle a de son côté un cœur tout prêt à la sollicitude non pour la pauvreté intelligente, mais pour le joli garçon peu fortuné : celui-ci seul a droit à la pitié, à la sympathie, à la protection, à l'amour (2). Le neveu saura profiter de ce précieux enseignement. Potrokhov, fonctionnaire enrichi, somnole sa vie dans une sorte de demi-hébétude, qu'aiguillonne parfois une pointe de sensualité hypocrite. Il ne se souvient ni de ses actes ni de ses paroles, « il a perdu le fil de la vie ». Il avait rencontré un ancien camarade d'étude, le vieil outchitel Korpêlov ; séduit d'abord par sa franchise, sa bonne humeur à supporter la gêne, il l'avait invité à venir le revoir, à user sans cérémonie de sa bourse ; Korpêlov venant éprouver cette amitié, il le fait recevoir par un laquais et mettre à la porte avec une aumône. Les distractions l'ennuient vite ; c'est un incoercible bavard, à ses heures. La perspective d'un héritage éveille son désir d'aller dans son domaine s'adonner à l'agriculture, « pour y trouver un emploi de ses bras et de ses facultés (3) ». Il est en querelle fréquente avec sa femme, plus jeune que lui, mais au mieux avec un ami, l' « affairiste » Koprov... qui est aussi l'amant. Celui-ci a maintes fois recouru aux subsides de Potrokhov : pourtant Potrokhov, si veule qu'il soit, ose résister à une demande d'emprunt, qui le ruinerait. C'est un type d'abêtissement et d'inconséquence. Gnévychev, « haut fonctionnaire en retraite », séparé de sa femme, a pris pour maîtresse une jeune fille, parente lointaine qu'il a recueillie ; il l'entoure de luxe jusqu'au moment où l'embarras pécuniaire l'oblige à se rapprocher de sa femme, récemment enrichie par un héritage, et à rompre la liaison ; il espère qu'une indemnité honnête et un établissement modeste restitueront à la fausse pupille sa valeur sociale (4). Kotchoumov, dans *Fol argent*, est le faux riche, ne parlant que de

(1) *Le plus malin s'y laisse prendre*, II, 8.
(2) *Ibid.*, II, 2.
(3) *Le Pain du travail*, II, 3, 4.
(4) *Filles riches.*

millions, vivant de crédit, et des quelques roubles que lui alloue sa femme ; entouré malgré tout de considération, recherché des parvenus, en imposant par la fierté avec laquelle il soutient son rôle. Galant, il fait une cour assidue à la belle Lydia Tchéboksarova, lui promet magnifique entretien, à défaut de mariage, quitte à se dérober si la coquette prend l'offre au sérieux. Liniaev, riche célibataire, plus clairvoyant pour autrui que pour lui-même, et qui, trop sûr de lui, se laisse amuser, puis prendre comme au piège par le jeu habile, provocant, hardiment lascif de Glafira Alexéevna (1) ; le prince Doulébov, protecteur attitré et jaloux des actrices jeunes ou jolies dans sa bonne ville (2) ; Lotokhine, Loupatchev, dans le *Bel homme;* Élokhov dans *Pas faite pour ce bas monde,* sont des spécimens variés du même personnage. Tous sont pourvus, ont en général plus de moyens que de besoins, et trouvent dans leur crédit de quoi faire figure : au moral, peu de caractère, une indulgence excessive ou peu de vertu.

II

Viennent ensuite, appartenant à peu près au même monde, ceux qui ont au contraire plus d'exigences que de ressources, plus de faim que d'argent : hommes ou femmes, intrigants d'esprit ou d'affaires, arrivistes ou « affairistes », ils recherchent le profit matériel, poursuivent la chimère dorée, le mariage libérateur, et là même lui sacrifient l'honneur ou la dignité.

Dans *Le plus malin s'y laisse prendre*, Ostrovski a dessiné pour la première fois un type d'intrigant, ni noble, ni fonctionnaire, qui veut édifier sa fortune sur son esprit, sur son aptitude à flatter ceux dont elle dépend, évolue avec dextérité parmi des gens riches, oisifs, sottement infatués d'eux-mêmes, superstitieux, et se perd temporairement par sa malice. Gloumov, jeune homme assez instruit et spirituel, écrit de petites chroniques scandaleuses, qui avoisinent le chantage. Comme cette littérature médisante ne lui vaut ni gloire ni richesse, il adopte une autre manière, mieux appropriée aux mœurs moscovites :

— Il ne faut pas se moquer des imbéciles, dit-il à sa mère, mais savoir profiter de leurs faiblesses. Sans doute je ne me ferai pas une carrière ici, ce n'est possible qu'à Pétersbourg ; là seulement on agit, ici on ne fait que parler. Mais ici même on peut se procurer une bonne place et un riche parti : et cela me suffit. Comment les gens arrivent-ils ? Pas toujours par l'action sérieuse, plus souvent par la conversation. A Moscou nous aimons causer. Et dans cette vaste parlerie je ne réussirais pas ? Ce n'est pas possible ! Je saurai me faufiler auprès des gros personnages, je trouverai des protecteurs, vous verrez ! C'est

(1) *Loups et brebis.*
(2) *Etoiles et adorateurs.*

folie de les irriter, il faut les flatter grossièrement, effrontément ! Voilà tout le secret du succès. Je commencerai par les personnes moins considérables, par le cercle de la veuve Tourousina, j'en tirerai tout ce qu'il faut, après quoi je tâcherai d'atteindre plus haut... Plus d'épigrammes ! Mettons-nous aux panégyriques (1) !

Sa bile s'épanchera désormais dans un journal intime, à l'insu de tous. Il attire d'abord chez lui un parent lointain, ce Mamaev, dont la marotte est d'infliger à tout venant conseils et remontrances ; il s'en fait reconnaître, flatte sa manie : humble, docile, feignant l'ignorance avec d'opportunes révélations d'esprit et de savoir, habile à suggérer des idées dont il laisse l'honneur à autrui, avide, à l'en croire, d'instruction et de direction comme « de la manne céleste ». Il se fortifie ainsi dans les bonnes grâces de celui qu'il a choisi pour principal artisan de sa fortune. Avec l'aide de sa mère, il éveille l'intérêt, pique bientôt la curiosité sentimentale de sa tante, Cléopatra Mamaeva, par un mélange de froideur et de respect. Dès qu'il a deviné la coquette encore désireuse de plaire, il joue à merveille la gaucherie amoureuse, bientôt la grande passion ; il se laisse arracher un aveu qui lui vaudra, après l'appui du mari, la tendre amitié de la femme. Avec l'air de se remettre à leur gouverne, il guide expertement leur sollicitude vers l'objet de son secret désir : la riche héritière. Un rival est d'abord évincé : « Le premier pas est fait » ; il pousse son entreprise avec hardiesse et prudence, gagne, par des libéralités, dont il tient compte exact, les subalternes, les parentes dévotes, les devineresses ayant influence sur l'esprit de la veuve Tourousina. Il a partout les opinions de ses intérêts : il flattera le libéralisme creux d'un Gorodouline, pour se montrer l'instant d'après plus endurci conservateur que le grotesque Kroutitski ; il fournit l'un et l'autre du style qui leur manque. Avec la veuve, il affecte un pieux respect de la dévotion étroite et des plus puériles superstitions ; il passe avec désinvolture d'un ton à l'autre, prenant chaque fois, sans éveiller les soupçons, le caractère commandé par la situation. Ainsi soutenu par l'unanime appui de gens qui ne s'accordent que sur son nom et sur ses mérites, il voit son rêve prendre corps, « la place... et le mariage », l'une promise, l'autre décidé, et la richesse « voguer dans ses mains » ; il peut vraiment se féliciter d'avoir trompé tout le monde sans s'être lui-même trompé (2). Un instant déconcerté par la jalousie de sa tante, que l'annonce d'un mariage, survenant après les déclarations passionnées, avait mise en éveil, il affirme hypocritement que, « marié » de force « à de l'argent » par son oncle, il se laisse imposer, par déférence, une jeune fille qu'il n'aime pas, qu'il est prêt même à abandonner pour prouver sa fidélité. Mais « le plus malin s'y laisse prendre » : la tante découvre, oublié par

(1) *Le plus malin...*, I, 1.
(2) *Ibid...*, IV, IIᵉ tableau, scène 1.

mégarde sur une table, le journal intime de Gloumov, feuillette ces
mémoires d'un méchant écrits pour lui-même ; elle voit à plein le jeu
hypocrite, mensonger de son neveu : elle tient sa vengeance. Au moment
où Gloumov, sa demande agréée, s'apprête à triompher parmi les compliments de ses admirateurs et l'amertume des rivaux supplantés, la
lecture du carnet, portraits satiriques, compte des complaisances achetées, jette dans la stupeur, puis dans la colère, protecteurs et protec-
trices. Gloumov, arrivé après la lecture, ne se trouble pas d'être ainsi
confondu :

— C'est mon journal qui vous révolte. J'ignore comment il a pu tomber
entre vos mains... Mais sachez, messieurs, que pendant tout le temps que j'ai
été parmi vous, j'étais honnête seulement quand je rédigeais ce journal. Et
tout honnête homme ne peut vous traiter autrement. Vous avez échauffé
toute ma bile. De quoi avez-vous été offensés? Qu'avez-vous trouvé là de nouveau pour vous? Vous-mêmes, vous dites constamment les mêmes choses, l'un
sur l'autre, seulement vous ne les dites pas en face. Si j'avais lu à chacun de
vous en particulier ce qui était écrit sur le compte d'autrui, vous m'auriez
applaudi. Si quelqu'un a le droit de s'offenser, de se fâcher, de sortir de soi,
d'enrager, c'est moi. C'est quelqu'un, mais j'ignore qui, d'entre vous, les
honnêtes gens, qui a dérobé mon journal. Vous m'avez tout arraché, argent,
réputation. Vous me chassez et vous pensez que tout sera fini par là? Non,
messieurs, vous me le paierez cher (1).

Si peu recommandable que soit Gloumov, ses ennemis et ses dupes
ne le sont pas davantage ; leur égal en moralité, il les dépasse par l'intelligence ; ils auront besoin de lui ; peut-être même d'avoir mieux
connu sa faculté de nuire, le priseront-ils davantage et se l'agrégeront-ils,
comme une force : c'est ce que laisse entrevoir le mot de Kroutitski,
auquel tous souscrivent : « Tout de même, messieurs, on dira ce qu'on
voudra : c'est un homme qui connaît son affaire. Il faut le châtier : mais
je crois qu'au bout de quelque temps, on pourra de nouveau lui faire
risette (2). » Le héros moscovite de cette jolie comédie de mœurs n'a
rien de commun avec Tchatski (3) : chez celui-ci nul mobile bas ou platement égoïste, et ses idées sont les siennes propres ; Gloumov au contraire flatte des gens qu'il méprise en secret, il ne formule d'idées que
celles qu'il sait devoir plaire à ses protecteurs ; ce serait plutôt un Molt-
chaline, moins silencieux et plus roué. On ne saurait pas davantage le
comparer à Jadov (4).

(1) *Le plus malin...*, V, 7.
(2) *Ibid.*, V, 7.
(3) *Golos*, 9-21 novembre 1868.
(4) *Věstnik Evropy*, n° 1, 1869.

III

Après l'intrigant de salon, les viveurs, parasites, spéculateurs, que la langue du temps désigne sous le nom d' « affairistes ». Leurs affaires, c'est proprement l'argent des autres, qu'ils tirent par des emprunts voisins parfois de l'escroquerie ou visent par des combinaisons mirifiques. Beaux parleurs ou bellâtres, ils abusent par des promesses, trompent et torturent indignement des jeunes filles au « cœur ardent », déshonorent même leurs propres femmes pour réparer les brèches d'une fortune croulante ou assouvir leur cupidité. Dans ces drames de lucre et de passion, l'amour dévoué, aveugle aussi, apparaît toujours chez la femme ; le mensonge, un mensonge parfois inconscient, l'indifférence, la sécheresse, chez l'homme. On observe d'ailleurs comme des étages d'immoralité : là où le fond n'est pas entièrement gâté, il y a des relèvements, vraisemblables ; ailleurs, c'est la déchéance allègre, ou la fin brutale.

Chablov, dans *Amour tardif*, est un jeune « avocat » que la fréquentation trop assidue de ses clients habituels, riches marchands, a éloigné du travail, jeté aux bas divertissements :

— Je lui avais fait donner une bonne instruction, dit sa bonne femme de mère : il avait terminé son cours à la Noversité ; et comme pour son malheur on a institué ces nouveaux tribunaux. Il s'est fait inscrire comme avocat : les affaires sont venues, tellement, à remuer l'argent à la pelle... Parce que justement il était entré dans le cercle de marchands riches. Vous le savez vous-même : il faut hurler avec les loups ; il a commencé à mener cette vie des marchands : le jour au traktir, la nuit au club, ou ailleurs. Naturellement il y prenait plaisir : mon fils est une nature ardente. Quant à eux, qu'est-ce que ça leur fait? Ils ont la poche garnie. Mais lui, à force de vouloir faire le grand seigneur, la clientèle s'en est allée, et la paresse est venue. Avec cela ces avocats se sont multipliés, à ne pas les compter. Malgré tous ses efforts, avec une vie pareille, il a mangé tout ce qui lui restait, il a perdu ses relations et est retombé dans sa pauvre situation d'avant ; après la soupe au sterlet, il en est réduit, chez moi, aux chtchi sans viande. Il avait pris l'habitude des traktirs : n'ayant plus rien à faire dans les grands, il s'est mis à courir les petits (1)...

Chablov lui-même avoue ses misères à la fille du vieux fonctionnaire en retraite Margaritov, devenu avocat ; il raille ses conseils, puis reconnaissant un amour sincère et profond, la conscience lui revient, mais non encore le vouloir libérateur :

— Cette fois, dit-il à Lioudmila, je serai honnête avec vous. Je vais vous désillusionner. Vos rêves resteront des rêves : me sauver est impossible ; vous n'en avez pas le moyen : je suis enlisé trop profondément. Vous vous perdrez

(1) *Amour tardif*, I, 1.

seulement vous-même ; aussi vaut-il mieux vous écarter de mon chemin. Je ne mérite et je ne sais désirer ni un tranquille bonheur, ni une femme comme vous ; il me faut autre chose.

LIOUDMILA. — Quoi?

CHABLOV. — J'ai honte de le dire.

LIOUDMILA. — Alors c'est qu'il est honteux aussi de le désirer et de le faire.

CHABLOV. — Oui, vous avez raison. Mais ou bien je suis né avec de mauvais penchants, ou bien je ne suis pas encore au bout de mes folies. Ah ! comme je suis fatigué, harassé !... Je n'ai pas de raison de vivre. Je ne peux pas vivre comme je voudrais ; et la vie que je pourrais mener, je n'en veux pas (1).

Il a toutefois le courage de repousser une tentation de gain illicite, une complicité de faux, dont le produit le libérerait des dettes et de la prison. L'amour de Lioudmila le rend sincère avec elle et avec lui-même ; il y a déjà un autre accent dans ce court récit de sa vie passée :

Quand j'étais un petit Jules Favre et que je me croyais le premier avocat de Moscou, j'ai voulu vivre largement. Après l'impécuniosité d'étudiant, tout à coup quatre mille roubles dans la poche : la tête m'a tourné. C'étaient des dîners, des orgies ; la paresse est venue ; plus d'affaires sérieuses ; et au bout de l'année, je me suis vu sans argent, avec pas mal de dettes, encore que menues. Alors j'ai commis une sottise impardonnable, que je paie cher aujourd'hui. J'ai cru que je ne devais pas renoncer à ce genre de vie, pour ne pas perdre mes relations. J'ai emprunté à une seule personne une somme considérable, à gros intérêts, j'ai payé toutes les menues dettes et recommencé la vie d'avant, dans l'attente de bonheurs futurs. Je croyais toujours que je trouverais quelque grand procès à plaider. La suite est bien simple : le grand procès n'est pas venu, l'argent a filé et les dettes me mettent la corde au cou. La corde vous étouffe, l'ennui, le dégoût sans fond... Pour oublier tout cela, la vie fainéante, le traktir... Voilà toute mon histoire : elle n'est pas bien compliquée (2).

Rien ne peut le tirer de là, que le détournement et le vol... C'est Lioudmila qui dérobera à son père une obligation déposée chez lui, sacrifiant ainsi à celui qu'elle aime son propre honneur et celui de son père : « J'ai le moyen entre les mains, dit-elle à Chablov, je dois vous aider. Je ne connais pas, je ne comprends pas d'autre amour. Je ne fais qu'accomplir mon devoir. » Elle lui demande en retour de renoncer, une fois ses dettes payées, à sa vie de paresse :

— Sûrement, répond-il. Non seulement je laisserai là, mais je maudirai ma vie passée. Qui ne serait instruit par une leçon pareille? Souffrir encore une fois ce que je souffre aujourd'hui, Dieu m'en préserve !... Si j'avais la chance de me délivrer de cette situation, je vous jure, par ce que j'ai de plus saint au monde, que je redeviendrais honnête homme... N'ayez pas mauvaise

(1) *Amour tardif*, II, 3.
(2) *Ibid.*, III, 4.

opinion de moi, rassurez-vous. Pour me sauver, je n'emploierai pas de moyens immoraux (1)...

L'amour de la jeune fille, dévoué jusqu'au delà de l'honnête, dicte son devoir à Chablov : il donne à la veuve Lébedkina une copie seulement de l'obligation et garde l'original, qu'il rendra plus tard à Margaritov : les détails et péripéties n'intéressent plus que le dénouement. L'essentiel est que le rachat moral soit accompli. Chablov est à sa manière un « prodigue corrigé par l'amour (2) ».

— Doultchine, dans les dettes lui aussi jusqu'au cou comme dans de la soie, est jeune, beau, habillé à la dernière mode, et des chevaux, des équipages ! alors il a recherché en mariage une jeune veuve, Julia Tougina ; elle n'est pas éloignée de se remarier ; que lui faut-il de plus? un fiancé parfait et riche ! Seulement ils ont décidé de retarder le mariage jusqu'à l'hiver : il n'y pas encore un an que le mari est mort, elle était encore en deuil. Lui, pendant ce temps-là, vient chaque jour nous voir en voiture, comme un fiancé, et ce sont des cadeaux, des bouquets. Elle s'est fiée entièrement à lui et a décidé de le considérer dès à présent comme un mari. Et lui en use sans cérémonie : il s'est mis à disposer du bien d'elle comme du sien propre. « Tien ou mien, dit-il, c'est tout un. » Et elle en est tout heureuse : « Puisqu'il en use ainsi, pense-t-elle, c'est donc qu'il m'aime ; maintenant il ne reste plus qu'une petite chose : nous marier (3). »

L'hiver, l'été a passé, un autre hiver commence : Doultchine retarde toujours. Le voici apparaître avec l'inévitable appel à la bourse de sa future femme, affolé, à bout de crédit :

— A Moscou, on trouve toujours très peu de crédit, parce qu'il est cher, et maintenant je n'en ai plus du tout. Les capitalistes sont des sceptiques. Nous sommes bien en arrière de l'Europe : est-ce qu'on comprend chez nous que le grand moteur, c'est le crédit? Que pouvons-nous faire, nous, grands propriétaires, sans crédit? Autant n'avoir pas de bras. Songes-y bien, Julia, cherche, demande...

La « prison pour dettes » sera « la fin de sa réputation et de son crédit » :

— Je ne crains qu'une chose ; on perd le respect de soi-même, on perd l'amour-propre. Et sans amour-propre, on devient aisément un misérable héros de cabaret ou un bouffon pour gens riches.

Julia, dont la fortune est elle-même très ébréchée, se résignera, pour sauver son mari de demain, à solliciter le vieux marchand Pribytkov, dont elle vient de repousser les avances :

— Mais, tu sais, ces gens-là ne donnent rien pour rien. Il me couvrira d'argent, positivement, seulement il faut que je devienne sa maîtresse.

DOULTCHINE. — Oui, voilà... Ah ! bien sûr... Mais après tout...

(1) *Amour tardif*, III, 5, 7.
(2) C'est le titre d'une comédie de Loukine (1737-1794).
(3) *Dernier sacrifice*, I, 1. C'est la vieille gouvernante de Julia Tougina qui parle.

JULIA. — Comment : « Après tout » ! Tu es fou?

DOULTCHINE. — Non, ce n'est pas cela que je veux dire... Tout de même il faut être un peu gentille avec lui... Mais, comme parent, il ne te donnerait pas? Il ne prêterait pas?... Sauve-moi, ma chérie, je t'en prie.

JULIA. — Il faut l'essayer, tant pis. Ce sera dur pour moi, et honteux, oh ! combien honteux !

DOULTCHINE. — Mais ce sera ton dernier sacrifice, je le jure !

Julia a déjà payé pour lui l'appartement, la calèche ; il restera donc cinq ou six mille roubles à emprunter ; Doultchine, après un bref scrupule, s'absout d'accepter ces libéralités par l'espoir et la promesse de s'amender :

— Ah ! quel sale individu je suis ! Pourquoi paies-tu pour moi, pourquoi?

JULIA. — Eh ! mon ami, je ne regarde pas à l'argent, pourvu que tu sois heureux !

DOULTCHINE. — Mais aussi, je brûle l'argent, je le brûle vraiment, je le jette à tort et à travers.

JULIA. — Brûle-le, si cela te fait plaisir.

DOULTCHINE. — La vérité est que cela ne m'en procure pas du tout ; au contraire, il ne me reste, après, qu'un regret mortel, infernal, qui me ronge l'âme. Une seule chose me console, et me fait espérer.

JULIA. — Quoi? dis-moi.

DOULTCHINE. — C'est que je puis encore m'amender, parce que je ne suis pas un homme mauvais, absolument gâté. D'autres perdent leur bien, celui d'autrui, avec le plus complet sang-froid ; moi, je me désole : il me vient des instants d'effroyable dégoût. Et quelle vie nous pourrions mener ensemble, n'était ma folie, ma coupable perversité !

JULIA. — Dès maintenant, nous pouvons vivre de cette bonne vie. A défaut d'argent liquide, j'ai encore deux maisons, hypothéquées, il est vrai, mais qui valent bien quelque chose ; toi, tu as un grand domaine. Tu t'occuperas d'exploitation, tu prendras du service, moi je surveillerai la dépense.

DOULTCHINE. — Oui, ma petite Julia, il est temps pour moi de changer de vie. Je le puis : je me suis mis à l'épreuve ; il suffit de renoncer à ce luxe excessif. Je puis travailler : j'ai tout étudié, je suis bon à tout. Il faudra seulement ne pas me gâter, cela seulement. Et ce sera ton dernier sacrifice pour moi, le dernier... Si je puis seulement m'acquitter de cette dette, je change de vie, et fini ! Car, le croirais-tu, j'en ai un tremblement par tous les membres : tant je crains d'être déshonoré... N'oublie pas que c'est ton dernier sacrifice. Maintenant une vie de travail va s'ouvrir pour moi : le travail, un travail constant, ininterrompu : je suis obligé de te réconcilier avec ta famille, de rétablir ta fortune, c'est mon devoir, mon obligation sacrée. Rassure les tiens : invite-les tous pour un de ces jours, dimanche, par exemple. Non seulement je ne les ai jamais vus, mais je ne connais même pas leurs prénoms : il faut que je fasse leur connaissance... Nous allons bien les étonner : nous nous présenterons à eux, nous leur annoncerons nos fiançailles et nous les inviterons dans huit jours à la noce (1).

_____

(1) *Dernier sacrifice*, I, 8.

Pleinement confiante en Doultchine, « sa joie, son orgueil », en sa parole, en l'existence de son domaine, en l'union prochaine, Julia ne recule plus devant l'humiliante démarche auprès de Pribytkov : les six mille roubles obtenus passent aussitôt entre les mains de l'ami, qui les perd au jeu une demi-heure après. Même il fait une cour active à une petite-nièce de Pribytkov, qu'il suppose devoir être bien dotée, et qui, de son côté, le croit riche. Au moment de conclure l'affaire et de saisir le « million », les remords lui viennent de sa vilenie à l'égard de Julia :

— Tout ce qu'on voudra, à tourner et retourner l'affaire, je me suis tout de même durement conduit avec elle. Oui, j'ai joliment bien arrangé ma vie : autant de pas, autant de saletés. Eh bien non, en voilà assez. Que de tortures, que de nuits comme celles-ci ! Et quel dégoût ! Fini ! Ta main !

DERGATCHEV. — Pourquoi?

DOULTCHINE. — Je suis un faible, un débauché, voilà mon malheur. Il faut absolument que je fasse à quelqu'un un serment solennel, que je donne ma parole d'honneur, la vraie, que c'est la dernière sottise de ma vie. Et je tiendrai parole. Il est temps de devenir honnête homme (1).

La conversion commence par un bel acte de sincérité : Doultchine apprend que le prétendu « million » se réduit à quelques milliers de roubles, il rompt le mariage, en avouant à Irène Pribytkova qu'il ne possède « pas un kopek et qu'il est cousu de dettes ». Les deux amoureux se trompaient mutuellement : ils finissent par s'en absoudre et « se séparent bons amis ». « La conscience plus tranquille » et considérant « qu'un vieil ami vaut mieux que deux nouveaux », Doultchine prend le sage parti de revenir à Julia Tougina :

— Elle a beau dire qu'elle n'a plus d'argent : j'ai bien du mal à le croire... C'est vrai que je lui ai demandé un dernier sacrifice, mais c'était une manière de parler : de derniers, il peut y en avoir beaucoup, et encore des tout derniers (2).

Cette fois il se heurte à un cœur ulcéré et intraitable. La nouvelle du mariage de son dieu avait porté à Julia un coup mortel : celui-ci veut se disculper. Le marchand Pribytkov apparaît et offre lui-même sa main à Julia. Traqué par les créanciers, ses combinaisons écroulées, la prison imminente, Doultchine saisit son revolver :

— Adieu, vie ! (S'asseyant à sa table.) Je te quitte sans regret, et personne ne me regrettera : je n'ai plus besoin de toi et personne n'a plus besoin de moi. (Examinant son revolver.) Avec quelle rapidité et quelle commodité cela résout toutes les difficultés de la vie ! (Il ouvre un tiroir.) Écrirai-je quelques lignes? Eh ! à quoi bon? (Regardant le tiroir.) Voici encore un peu d'argent, le débris de ma grandeur passée. Pourquoi le laisser? Ne vaut-il pas mieux faire un peu la fête, sans plus attendre? (Après quelques instants de réflexion, il se frappe le front.) Glafira Firsovna !

(1) *Dernier sacrifice*, V, 2.
(2) *Ibid.*, V, 7.

GLAFIRA FIRSOVNA. — Quoi, mon ami? As-tu déjà fini de te faire sauter la cervelle, ou pas encore?

DOULTCHINE. — Pas encore, diable, mais il le faudrait bien. Mais j'aurai toujours le temps. Je vais encore tâter un peu de la vie. Dis-moi, la veuve Pivokourova a-t-elle beaucoup d'argent?

GLAFIRA FIRSOVNA. — Un million.

DOULTCHINE. — Fais-moi épouser la Pivokourova.

GLAFIRA FIRSOVNA. — La raison te revient, ce n'est pas trop tôt (1).

L'habile fripon en réchappe : on le regrette presque.

Koprov, dans le Pain du travail, est l' « affairiste » du tout ou rien, le jouisseur insatiable, sans cesse entraîné à de nouvelles spéculations, à de nouveaux expédients pour maintenir son train. Ami du riche Potrokhov, de sa femme aussi, soutenu déjà par tous deux, il trouve cette fois l'ami sourd à une demande d'argent, malgré l' « affaire sûre » et la promesse de payer « deux roubles pour un » :

POTROKHOV. — Impossible de te donner. Tu as eu une tuilerie mécanique, tu disais aussi que c'était une affaire sûre ; puis tes pêcheries de hareng sur la Volga ; tu as monté des théâtres en province, fait le commerce d'amidon, puis je ne sais quelle galvanoplastie ; toujours avec toi l'affaire était sûre : et qu'est-ce qui est sorti de tout cela? Où est notre argent?

KOPROV. — Viens-moi en aide maintenant, je paierai toutes mes dettes, à toi le premier.

POTROKHOV. — Pas un gulden.

KOPROV. — Tu me noies : autant me mettre la corde au cou ; cette affaire me donne trois cent mille roubles : il me les faut.

POTROKHOV. — Eh! qui n'en aurait pas besoin?

KOPROV. — Tu es un homme instruit, un homme d'aujourd'hui, tu comprends, je pense, qu'à des gens ayant nos exigences, il ne faut pas moins de trois cent mille roubles. C'est ce qui s'appelle le strict nécessaire : fais le compte toi-même. Autrement, impossible de vivre comme il faut ; quant à mener une vie quelconque, je n'y consentirai jamais... Aie pitié de moi, je veux vivre...

POTROKHOV. — Si je te donne de l'argent, ton premier soin sera d'acheter une calèche neuve et une nouvelle paire de chevaux.

KOPROV. — Sans doute : d'abord j'ai des goûts d'élégance, j'ai été bien élevé, ensuite c'est nécessaire pour mon entreprise.

POTROKHOV. — Laquelle?

KOPROV. — Je ne peux rien dire encore (2).

Ces viveurs « se trompent dans leurs calculs, s'empêtrent, s'enfoncent dans les dettes jusqu'aux oreilles », sont harcelés par leurs créanciers, toujours à la veille de la saisie ou de la contrainte par corps, obligés de se terrer, de disparaître des semaines entières ; mais un appétit presque puéril de jouissance, l'horreur du travail leur donnent la force

(1) *Dernier sacrifice*, V, 12.
(2) *Le Pain du travail*, II, 3.

de tout supporter. Koprov s'en explique crûment à une honnête jeune fille, dont il a réussi à se faire aimer :

— Ce que j'ai supporté tout ce mois-ci, je ne peux me le rappeler sans terreur. Se procurer de l'argent, quand il vous est de toute urgence, cela veut dire se vouer à tous les tourments infernaux possibles. Sans parler des intérêts payés à 200 pour 100, il me faut frissonner, trembler, m'humilier, pleurer, presque me jeter aux pieds des plus dégoûtants personnages... Je me suis mis en quatre, je suis devenu un monstre, j'étais prêt à employer tous les moyens, rien que pour avoir de l'argent.

NATACHA. — Avant, vous aviez du bien, de l'argent?

KOPROV. — J'en avais beaucoup.

NATACHA. — Pourquoi donc vous êtes-vous enfoncé dans les dettes?

KOPROV. — Parce que je voulais en avoir davantage.

NATACHA. — Quel besoin d'avoir davantage?

KOPROV. — Parce que, plus on a, mieux cela vaut.

NATACHA. — Après cela, c'est encore davantage, et ainsi de suite : où est la fin?

KOPROV. — Il n'y en a pas. Est-ce que la perfection existe sur terre? Pourtant chacun y aspire : celui qui a de l'esprit veut en avoir davantage, le savant veut devenir plus savant, le vertueux plus vertueux ; alors le riche aussi veut être plus riche.

NATACHA. — A quoi bon tant d'argent?

KOPROV. — Pour avoir le moyen de satisfaire toutes ses exigences. Les exigences non satisfaites sont une cause de souffrance : et quand on souffre, on ne peut pas se dire heureux. Par exemple, j'ai une calèche bleu foncé et des chevaux gris : tout d'un coup j'ai envie d'une calèche verte et de chevaux noirs. Sans doute je n'en mourrai pas, de ne pas les acheter tout de suite, mais tout de même cela me cause une certaine souffrance. Et je ne me tiendrai pour tranquille et heureux, que si je trouve moyen d'avoir en tout temps la calèche qui me plaira.

NATACHA. — Ainsi, d'après vous, le riche seul est heureux? Je ne suis pas d'accord avec vous : on peut être heureux aussi avec un peu d'argent, gagné par le travail.

KOPROV. — Je vous avoue que je ne trouve pas de charme particulier dans le pain gagné par le travail. Ou bien je n'y ai pas encore pris goût, ou bien je ne suis pas du tout né pour faire un simple ouvrier. Sans doute un homme peut restreindre au minimum ses exigences, s'habituer à toutes sortes de privations, se contenter d'une croûte de pain ; mais pour qui alors pousseront les ananas? Les bêtes ont des besoins uniformes : l'eau, le foin, l'avoine et pas de vêtement ; les hommes ont des besoins différents ; et plus un homme est cultivé, plus il en a (1).

Crédule et faible, Natalie (Natacha) Sizakova remet à Koprov, pour payer ses dettes, une somme dont elle est dépositaire : elle espère que son héros reviendra l'épouser, et le défend contre tous, jusqu'au coup

_____

(1) *Le Pain du travail*, III, 6.

presque mortel que lui porte la révélation de la vérité. Koprov gaspillait l'argent en folies coûteuses : cabinet de travail richement meublé,
équipages variés, bureaux et caisses : « Il fait des comptes, aligne des
millions, et il n'y a pas pour un « gros » de sérieux... On a entassé tout
un monceau de fausses traites, on les a épinglées au mur, et les gens sur
qui elles sont tirées n'existent pas. Un étranger qui s'est enfui d'une
caisse allemande lui a écrit tous ses livres en anglais, au petit bonheur,
pour que ce soit moins clair, et tout cela est faux, tout cela pour la
montre (1) » : en particulier pour éblouir, et attirer dans ses filets un riche
marchand de province, qu'il sait désireux de marier une nièce laide,
mais bien dotée. Koprov rêve d'un coup double : épouser la fille, et
échanger contre de beaux roubles les paquets de fausses traites ; il
compte que le bonhomme, après des flots de champagne, aura la vue
trouble et se laissera mieux duper. C'est sa dernière carte : il la perd :

— Il escroquait, raconte Korpélov, escroquait, mais n'avait pas su dissimuler les traces. Il avait invité le marchand à dîner, mais des hôtes imprévus
apparurent. Il avait cuisiné je ne sais quelles traites fausses, on lui a mis la
main au collet. Il était pris : à lui de pâtir. Mais mon sot, savez-vous ce qu'il
a imaginé? il a couru dans son bureau, fermé la porte à clé, et pan ! un coup
de revolver. On eut beau chercher, chercher : pas d'argent, mais seulement
une petite note sur la table : « Sans argent, je n'ai plus de raison de rester
au monde (2). »

Celui-là est le malchanceux.

Les « affairistes » de moralité assurément peu relevée, s'abusant eux-
mêmes, trompant ceux qui leur font crédit de confiance ou d'affection
avec aussi peu de scrupules que leurs créanciers, s'en tiennent à l'escroquerie mais sans basse arrière-pensée : ils ne sont pas foncièrement
mauvais ni méchants. Il en est, toujours dans un monde à façade respectable, de plus odieux, que l'argent entraîne aux machinations viles,
aux compromis déshonorants. Tels Barbarisov, dans *Pas faite pour ce
bas monde*, et Okoemov dans *le Bel homme*. Le premier, par cupidité et
jalousie, recourt à la dénonciation anonyme pour combattre une réconciliation conjugale, qu'il croit nuire à ses intérêts. Sans doute Kotchouev,
le mari, fut coupable de graves infidélités ; il s'est amusé, endetté. Mais
enfin, par repentir sincère et nécessité, il reconnaît les qualités de sa
jeune femme Xénia, en même temps que le précieux appui de sa fortune. Celle-ci, maladive, âme tendre, pure, mystique presque, voit déjà
la paix, la sécurité matérielle, l'union, la vraie vie rentrer à son foyer.
Barbarisov, fiancé à la sœur de Xénia, craint qu'un bon morceau de
la fortune lui échappe ; pour empêcher la réconciliation, il glisse dans

(1) *Le Pain du travail*, IV, 3.
(2) *Ibid.*, IV, 8.

un livre destiné à Xénia des factures compromettantes : les libéralités
de Kotchouev à certaine « Mamzelle Clémence ». Xénia, impressionnable
à l'excès, trop fragile d'âme et de corps, ne peut supporter le choc de
cette révélation : elle meurt. La « théorie de l'argent » s'oppose à la
« théorie du sentiment » dans *le Bel homme*, comédie de mœurs dont le
réalisme osé, impitoyable, sans violences ni grossièretés de langage,
déchaîna de violentes critiques contre l'auteur, accusé d'outrager la
société contemporaine et la morale (1). Le personnage central, Okoemov,
amené au mariage par des calculs intéressés, s'est fait épouser « pour sa
beauté ». Il dissipe allégrement l'avoir de sa femme, et malgré la ruine
prochaine, ne songe nullement à s'amender : à la proposition de travailler courageusement pour se libérer, il répond par un sourire de pitié.
Il demande à sa femme de se prêter à une simulation d'adultère, grâce
à quoi il pourra divorcer et se remarier avec une riche vieille, et elle
l'aime assez pour y consentir, humiliée et heureuse ! Le comique est que
son mari trouve qu'elle y met trop de sincérité, la rudoie, et maltraite
le complice. Tandis qu'il lui propose ou plutôt impose une nouvelle
épreuve, aussi pénible, et qu'elle a la faiblesse de s'y prêter, il noue ses
intrigues, joue au mari malheureux pour apitoyer ; c'est une suite de
manœuvres où le cynisme le dispute à la basse flatterie. Ses beaux projets échouent tout de même, par jalousies de femmes ; et ce serait la
ruine, la prison, car il y a des fausses traites mêlées à cela, sans la générosité de sa femme : elle a racheté les traites, elle sauve l'indigne, et le
chasse, mais sans fermer la porte à un repentir bien improbable qu'elle
s'obstine à espérer.

La laideur morale, on le voit, est toute chez l'homme : les jeunes filles
et jeunes femmes qui s'attachent à lui, l'aiment malgré sa cupidité, ses
procédés équivoques, ses mensonges, ses trahisons, jusqu'à lui sacrifier
argent, famille, honneur, lui sont supérieures par le désintéressement et
le dévouement. Les unes sont de condition modeste, presque pauvres,
les autres riches ; toutes, indifférentes au luxe et à la richesse, n'ont
d'autre ambition que d'être aimées, et ramènent tout au sentiment :
cœurs faibles, mais non âmes basses. Même victimes, elles ne peuvent
haïr leurs persécuteurs : ceci n'est pas nouveau dans la psychologie de
la femme russe. Mais leur groupe éploré, parfois tragique, semble pâle
et demeure effacé à côté des « héros du nouveau temps (2) », au relief si
accusé.

(1) Voir P.-M. Névêjine, *Vospominaniia ob A.-N. Ostrovskom*, dans *Éjégodnik Impératorskikh téatrov*, t. VI, p. 12-13, 1910.
(2) Nékrasov, *Sovrémenniki*, II : *Héroï vréméni* (1875).

IV

A l' « affairiste », au viveur assoiffé d'argent et de jouissance, correspond la coquette sans dot, séduisante, cultivée, qui veut faire servir son capital de beauté et d'esprit, son charme, une apparence de fortune, à un établissement solide, tendre la toison d'or sur le dos d'un mouton bien fourni. Ostrovski en a dessiné dans Lydia Tchéboksarova (*Fol argent*) et Larisa Ogoudalova (*Sans dot*) deux figures d'une vérité hardie et dramatique.

Nadejda Tchéboksarova et sa fille Lydia appartiennent à ce monde frivole, brillant, clinquant plutôt, avide de plaisirs et de confort, qui en tout pays, en toute capitale, partage son temps entre les réceptions, visites, théâtres, bals, concerts. Les revenus d'un domaine où le père est relégué, le crédit et les dettes les aident à soutenir ce train, amorce tendue à l'épouseur dont l'avoir donnera l'essor et la sécurité à la vie rêvée. Or les adorateurs sont peu pressés de se déclarer ; d'inquiétantes nouvelles (mauvaise récolte, déficit) arrivent du domaine ; la mère confesse la gêne, la douloureuse et nécessaire comédie des apparences :

— L'hiver va venir, les théâtres, les bals, les concerts. Il faut demander aux mères ce que tout cela coûte. Ma Lydia ne veut rien entendre : elle exige, et voilà tout. Elle ne sait ni le prix de l'argent, ni compter. Elle ira par exemple dans un magasin, fera toutes sortes d'acquisitions, sans s'informer du prix, et c'est à moi ensuite de payer les notes.

Koutchoumov. — Vous n'avez pas d'épouseur en vue?

Nadejda Antonovna. — Son goût est difficile à contenter.

Koutchoumov. — Une fille pareille! Autrefois, il y a longtemps qu'elle aurait été enlevée secrètement. Je crois bien que si je n'avais pas ma bonne femme d'épouse...

Nadejda Antonovna. — Toujours plaisant! Mais quelle situation pour une mère! Tant d'années de vie heureuse, et tout d'un coup... L'hiver dernier, je l'ai conduite partout, je n'ai rien épargné pour elle, j'ai dépensé tout ce qui lui était destiné en dot, et tout cela inutilement. Voilà qu'aujourd'hui j'attendais de l'argent de mon mari, et tout d'un coup cette lettre. Je ne sais vraiment avec quoi nous allons vivre. Et comment annoncer cela à ma petite Lydia? Ce sera le coup de mort (1).

Avec Vasilkov, gros entrepreneur, provincial d'allure et de langage, présenté comme fort riche par des familiers de la maison, et épris lui-même de Lydia, apparaît le mari possible. La mère le questionne, le flatte, vante sa fille :

— Elle a une instruction supérieure. Nous avons une riche bibliothèque française. Vous pouvez interroger Lydia sur la mythologie, elle répondra à

(1) *Fol argent*, II, 3.

tout. Croyez-moi : elle connaît parfaitement la littérature française, et sait des choses dont les autres jeunes filles n'ont pas la moindre idée. Le plus adroit causeur mondain ne lui en remontrerait pas, et ne la démonterait pas (1).

Elle promet son aide à Vasilkov : mais la jeune fille n'aime pas ce prétendant, d'esprit et d'instruction tout pratiques, qui lui fait non la cour, mais des cours, convertirait le salon en « institut technologique ou en école d'ingénieurs » :

— Ah ! maman ! peut-on avoir la patience de l'écouter ? Quelles lois économiques a-t-il inventées ! Qui en a besoin ? Pour vous et moi, il n'y a, j'espère, qu'une seule espèce de lois, celles du monde et des bienséances. Si toutes les élégantes portent une toilette, il me la faut à tout prix. Il n'y a pas là à se soucier de lois : il suffit d'aller dans les magasins et de prendre. Non, il est fou (2).

A l'annonce de la ruine imminente, elle n'envisage pas un seul instant la nécessité, la possibilité d'un changement de vie, d'un train plus modeste, du travail ; elle s'irrite et spécule plus que jamais sur un futur mariage :

— Voyons, nous ne quitterons pas Moscou, nous ne partirons pas à la campagne ; or à Moscou, nous ne pouvons pas vivre comme des miséreux ! D'une manière ou d'une autre vous devez vous arranger pour que rien ne soit changé dans notre existence. Je dois me marier cet hiver, trouver un parti avantageux. Vous, qui êtes mère, vous ne savez pas cela? Est-ce que vous n'imaginerez pas, si vous ne l'avez déjà imaginé, le moyen de passer un hiver, sans déchoir de notre dignité? C'est à vous d'y penser, à vous. Pourquoi donc venir me parler, à moi, de choses que je dois ignorer? Vous me privez de ma tranquillité, vous m'enlevez cette absence de soucis, qui fait toute la beauté d'une jeune fille. Vous devriez y songer toute seule, maman, et pleurer toute seule, s'il le faut. En serez-vous bien soulagée, si je pleure avec vous? Voyons, dites, maman, en serez-vous plus heureuse?

Nadejda Antonovna. — Non, bien sûr.

Lydia. — Alors pourquoi, pourquoi donc pleurerais-je? Pourquoi m'accabler de souci? Le souci vieillit, fait venir les rides sur le visage. Je sens que j'ai vieilli de dix ans. Je n'ai jamais connu, senti la gêne et je ne veux pas la connaître. Je connais les magasins : de lingerie, de soieries, de tapis, de fourrures, d'ameublements ; je sais que, si on a besoin de quelque chose, on s'y fait conduire, on prend un objet, on donne l'argent, et si l'on n'a pas d'argent, on dit au commis de venir à domicile. Mais où l'on prend l'argent, combien il en faut pour un an, pour un hiver, je ne l'ai jamais su ni jugé utile de le savoir. Je n'ai jamais su ce que c'était que cher ou bon marché ; j'ai toujours considéré cela comme une façon de compter pitoyable, bourgeoise, sordide. J'éloignais de moi ces pensées avec un frisson de dégoût. Je me souviens qu'une fois, sortant d'un magasin, j'eus tout d'un coup cette idée : n'ai-je pas payé trop cher cette

(1) *Fol argent*, II, 4.
(2) *Ibid.*, II, 5.

toilette? J'en fus tellement honteuse pour moi-même que je rougis jusqu'aux oreilles et ne savais où cacher mon visage ; et pourtant j'étais toute seule dans ma calèche. Je me rappelai avoir vu dans le magasin une femme de marchand qui marchandait un coupon d'étoffe : cela lui faisait de la peine de donner beaucoup d'argent, et de lâcher le coupon. Elle le tenait, le reposait, le reprenait, échangeait quelques mots à voix basse avec deux bonnes femmes, puis le reposait de nouveau, et les commis se moquaient d'elle. Ah ! maman, pourquoi me faire souffrir?

NADEJDA ANTONOVNA. — Je comprends, mon âme, que je dois te cacher notre ruine ; mais il n'y a pas moyen. Si nous voulons rester à Moscou, nous serons obligées de réduire notre dépense : il faudra vendre l'argenterie, quelques tableaux, les brillants.

LYDIA. — Ah ! non, non ! A Dieu ne plaise ! C'est impossible, impossible ! Tout Moscou saura que nous sommes ruinées ; on viendra nous voir avec des visages contrits, un intérêt hypocrite, de sots conseils. On hochera la tête, on soupirera, et tout cela si factice, si extérieur, si blessant ! Croyez-moi, personne ne se donnera la peine même de feindre poliment. (*Couvrant son visage de ses mains.*) Non, non !

NADEJDA ANTONOVNA. — Que faire, alors?

LYDIA. — Quoi? Ne pas perdre le sentiment de notre dignité. Faites remettre à neuf l'appartement, achetez une nouvelle calèche, commandez de nouvelles livrées pour les gens, prenez un ameublement neuf, et plus ce sera cher, mieux cela vaudra.

NADEJDA ANTONOVNA. — Et l'argent?

LYDIA. — C'est lui qui paiera tout.

NADEJDA ANTONOVNA. — Qui, lui?

LYDIA. — Mon mari.

NADEJDA ANTONOVNA. — Quel mari, où est-il?

LYDIA. — N'importe qui... Personne ne m'a encore demandée, n'a encore osé me demander en mariage ; mes épouseurs n'ont encore rien reçu de moi que du mépris. Moi-même je cherchais un bel homme ayant de la fortune ; maintenant il ne me faut qu'un homme riche, et il y en a beaucoup.

NADEJDA ANTONOVNA. — Ne te trompe pas dans tes calculs.

LYDIA. — Est-ce que la beauté a perdu son prix? Non, maman, ne vous inquiétez pas ! Il y a peu de beaux garçons, mais beaucoup d'imbéciles riches (1).

Téliatev, gratifié le premier de coquetteries engageantes, accepterait bien l'amour, mais refuse net le mariage. Avec Vasilkov, attiré et circonvenu par la mère, l'entreprise réussit mieux, malgré quelques froideurs entre les deux jeunes gens : « Je vois, dit Nadejda Antonovna, que vous vous aimez l'un l'autre, et que vos discussions sont pour ainsi dire purement littéraires. » Un riche cadeau brise les dernières résistances de Lydia ; elle épouse Vasilkov.

Gendre et belle-mère sont bientôt en complet désaccord sur le « budget et le train de vie » : Vasilkov bien décidé à ne pas fournir à des dépenses

(1) *Fol argent*, II, 6.

qu'il juge excessives, elle furieuse de s'être abusée sur la fortune de son gendre, « suffisante tout au plus à un célibataire pour ses gants (1) ». A la réflexion, songeant que « personne n'aurait épousé Lydia, si on avait su qu'elle n'avait rien », elle se résigne, par nécessité, à le ménager. Au cas où il dissimulerait par avarice sa richesse véritable, elle conseille à sa fille, « papillon qui ne peut vivre sans poussière dorée », d'être un peu plus caressante, de se forcer :

LYDIA. — Des caresses? Des caresses? Oh ! s'il ne faut que cela, il en verra, des caresses, à suffoquer de bonheur. Ce sera une manière de m'exercer. Il faut que je fasse l'épreuve de moi-même, que je voie la force de mes caresses, le poids d'or qu'elles valent. J'en profiterai dans l'avenir ; car je ne puis vivre sans or.

NADEJDA ANTONOVNA. — Tu dis là des mots effrayants, Lydia.

LYDIA. — Il n'y a rien de plus effrayant que la pauvreté.

NADEJDA ANTONOVNA. — Si, Lydia : il y a le vice.

LYDIA. — Le vice ! Qu'est-ce que le vice? Craindre le vice quand tous sont vicieux, c'est absurde et pas pratique. Le plus grand de tous est la pauvreté. Non, non ! Ce sera mon premier exploit de femme. Jusqu'alors j'étais coquette avec retenue ; maintenant je veux m'essayer, voir jusqu'où je puis perdre la honte... Vous êtes déjà une vieille femme ; la pauvreté ne vous épouvante pas ; moi, je suis jeune, je veux vivre. Et pour moi, la vie, c'est là où il y a l'éclat, la servilité des hommes et le luxe fou (2).

La scène est jolie, d'une grâce provocante et un peu perverse, où avec de feintes larmes de bonheur, des baisers, après des protestations d'amour à son « sauvage », la jeune femme cache, puis montre des factures qu'elle s'excuse de faire payer pour sa mère. Vasilkov examine l'avalanche de notes, les remet à Lydia, puis annonce froidement sa résolution, celles-ci payées, de restreindre le train de maison, de changer d'appartement, de renvoyer cuisinier, femme de chambre, de vendre l'équipage, de ne recevoir personne ; ni récriminations, ni railleries ne l'émeuvent. Lydia, la rage au cœur, fait semblant de se soumettre avec joie à une leçon salutaire (3). C'est une paix précaire. Sa vie médiocre l'ennuie à mourir, son amour-propre est cruellement meurtri, quand autour d'elle on ne parle que richesse ; elle serait prête à quitter son mari, à se donner à qui la prendrait. Mais Koutchoumov est un vieux beau sans ombre de fortune, Téliatev confesse que son crédit est épuisé, Gloumov part à l'étranger, accompagnant comme « secrétaire intime » une vieille dame riche qui mourra bientôt. Seul Vasilkov a l'argent : force est de revenir à lui. Lydia Tchéboksarova lui demande pardon, s'humilie ; son mari pose des conditions : Lydia devra remplir à la cam-

(1) *Fol argent*, III, 2.
(2) *Ibid.*, III, 10.
(3) *Ibid.*, III, 11.

pagne, sous la direction de sa belle-mère, les fonctions d'« économe »,
s'initier au ménage, travailler, après quoi ils reviendront à la ville. Le
nom d'« économe » révolte son orgueil ; enfin, elle accepte, et malgré
l'avenir brillant que Vasilkov lui fait entrevoir, elle ne peut s'empêcher
de regretter sa vie follement imprévoyante d'autrefois :

— J'ai à pleurer sur bien des choses ! sur les rêves évanouis de toute ma vie,
sur mon erreur, sur mon humiliation. Je dois pleurer sur ce qui ne reviendra
plus. Mon idole d'insouciance heureuse tombe de son piédestal ; à sa place se
dresse l'idole grossière du travail et de l'industrie, qui s'appelle budget. Ah !
comme je plains les êtres pauvres, tendres, ces douces et joyeuses jeunes filles !
Elles ne verront plus de maris fastueux et prodigues. Créatures éthérées, laissez
vos rêves d'irréalisable bonheur, ne pensez plus à ceux qui gaspillent avec élégance, et épousez ceux qui s'enrichissent grossièrement, qui s'appellent
gens pratiques (1) !

La coquette hautaine, volontaire, est sauvée du naufrage par l'intelligente énergie d'un homme d'action ; et la lutte autour d'un « budget »,
après des passes orageuses, se dénoue pacifiquement.

Le titre de « drame » donné à *Sans dot* se justifie non seulement par
la catastrophe finale, mais par la marche de l'action et la nature morale
des personnages. Le sujet s'éclaire dès l'abord : difficulté du mariage
avantageux dans un milieu où l'argent seul est en honneur, et suites
d'une fausse éducation. Ici la mère est l'active instigatrice : c'est elle
qui mène presque ses filles à la quête aventureuse du mari. Préparé par
la vraisemblance des causes et des événements, le drame jaillit d'une
déception sentimentale : l'héroïne n'aime pas son futur, et il est pauvre.
Larisa Ogoudalova rappelle par certains traits Emma Bovary, et Catherine Kabanova. Le lieu et la société ont également changé : la ville
commerçante de Briakhymov, sur les bords de la Volga ; des fonctionnaires provinciaux, de riches marchands ou armateurs, « brasseurs
d'affaires du dernier temps », frottés de culture, au courant des choses
d'Occident, orgueilleux, aux plaisirs grossiers, rudes et vulgaires en
leurs idées et en leurs mœurs. Larisa Ogoudalova est jolie et d'assez
bonne famille : aussi considère-t-on comme une mésalliance son mariage
prochain avec Karandychev, jeune fonctionnaire sans fortune, et peu
séduisant ; mais quoi ? « Elle est sans dot » :

Knourov. — Même les filles sans dot trouvent de bons partis.

Vojévatov. — Les temps sont passés. Autrefois, il y avait abondance
d'épouseurs, et il en restait même pour les filles sans dot ; aujourd'hui, il y a
juste le nombre voulu : autant de dots, autant d'épouseurs, pas un de plus ;
et les filles pauvres n'ont rien. Est-ce que Kharita Ignatievna aurait pris
Karandychev, s'il y avait eu mieux (2) ?

(1) *Fol argent*, V, 8.
(2) *Sans dot*, I, 2.

La mère, « femme délurée », a déjà marié deux de ses filles, qui ont eu d'ailleurs des destins plutôt fâcheux ; n'ayant pas de fortune ou peu, aucun moyen de donner une dot, elle reçoit tout le monde, vit assez largement : « Ce sont les épouseurs qui payent. Si l'un d'eux trouve la fille à son goût, à lui de financer. » Sa maison est pleine de célibataires : on s'y rend, « parce que c'est très gai : la demoiselle est jolie, joue de divers instruments, chante, a une certaine liberté de manières, cela attire. Oui, mais quant à épouser, ça demande réflexion ». Ces familiers de la maison, qui entendent profiter de son attrait sans contribution coûteuse, qui soupèsent la fille, et la prendraient volontiers pour maîtresse, manquent assurément d'élégance ; mais cette mère, « chez qui il vient toute sorte de monde, comme dans un bazar », qui reçoit, sollicite même les subsides de ses visiteurs, bat monnaie du charme de sa fille, ne rehausse pas non plus le milieu. Larisa Ogoudalova vaut mieux que son entourage : c'est un « cœur ardent » et spontané, aussi trouve-t-elle difficilement un mari parmi ces plats calculateurs. Outre sa pauvreté, ils la jugent « un peu simple, pas sotte précisément, mais sans malice, tout le contraire de sa mère. Celle-ci est toute ruse et flatterie ; mais l'autre, sans rime ni raison, va dire tout d'un coup ce qu'il ne faut pas... la vérité : or une fille sans dot ne le doit pas ». Si elle a une inclination, elle ne le cache pas : ainsi elle s'est éprise du riche armateur Paratov, dont le brusque abandon l'a laissée presque morte de chagrin. Un autre obstacle, c'est le fâcheux éclat de mariages manqués :

— Après Paratov, il était venu deux épouseurs : un bonhomme goutteux, et l'intendant très riche, constamment ivre, de je ne sais quel prince. Larisa ne se souciait pas beaucoup d'eux ; mais il fallait faire l'aimable : sa mère l'ordonnait.

KNOUROV. — Tout de même, sa position n'est guère enviable.

VOJÉVATOV. — Oui, c'est même plaisant. Parfois on lui voit les larmes aux yeux, elle a dans l'idée de pleurer, et sa mère lui ordonne de sourire. Puis tout à coup est apparu ce caissier. Il jetait l'argent à pleines mains, en couvrait Kharita Ignatievna. Il avait évincé tout le monde ; mais la fanfaronnade n'a pas duré longtemps : on l'a arrêté chez elles, dans leur propre maison. Un petit scandale réussi ! (*Il rit.*) Pendant un mois les Ogoudalov n'ont pu se montrer nulle part. Alors Larisa a déclaré tout net à sa mère : « Assez de déshonneur comme cela ! J'épouserai le premier qui demandera ma main ; riche ou pauvre, je ne choisirai pas. » Karandychev s'est trouvé juste à point, avec une demande (1).

Larisa Ogoudalova se rejette sur celui-là : habitué déjà ancien de la maison, mais peu considéré ; quand il n'y avait pas d'épouseur riche, il tenait la place « pour que la maison ne fût pas vide », quitte à être oublié, dès qu'il s'en présentait un ; on l'accepte, à défaut d'autre, pour sa cons-

_____

(1) *Sans dot*, I, 2.

tance. Mais il est grotesque, indiscret, d'une vulgarité prétentieuse, avec cela jaloux, soupçonneux, sans indulgence. Il humilie sa fiancée en lui reprochant la société mêlée que sa mère la condamnait à recevoir et à flatter ; offense gratuite, car elle-même n'aspire qu'à fuir et à oublier :

— Que voulez-vous? Peut-être bien que c'était un campement de bohémiens, comme vous dites ; mais au moins il y avait de la gaîté... Pourquoi me reprocher toujours ce campement? Est-ce qu'une vie pareille me plaisait, à moi? Cela m'était imposé, il le fallait pour ma mère ; ainsi donc, bon gré, mal gré, j'étais obligée de mener cette existence... Me jeter sans cesse à la face une vie de bohème est sottise ou manque de pitié. Si je ne cherchais pas le calme, l'isolement, si je n'avais pas voulu fuir le monde, est-ce que je vous épouserais? Ainsi sachez le comprendre et ne pas attribuer mon choix à vos mérites : je ne les aperçois pas encore. J'en suis seulement à vouloir vous aimer : je suis attirée par la vie de famille, modeste. Elle me semble un paradis. Vous voyez, je suis à un tournant grave : soutenez-moi, j'ai besoin d'encouragement, de sympathie. Traitez-moi avec tendresse, avec douceur (1)!

Il l'irrite encore en se comparant à Paratov, « l'idéal de l'homme » pour Larisa, qui raconte sa bonté, sa bravoure folle, et le défend avec une chaleur où perce la passion toujours vivace. Le mariage est néanmoins décidé : les familiers disent que « cette femme créée pour le luxe, brillant précieux qui voudrait une riche monture et un bon joaillier, dans un cadre de vie médiocre, périra ou s'avilira ». Ni la mère ni la fille ne se font d'illusion sur cette alliance à laquelle l'une a poussé, l'autre consenti par lassitude, par hâte d'en finir :

LARISA. — Maintenant, lui aussi est un bon parti... Et puis à quoi bon parler? C'est une affaire décidée.

OGOUDALOVA. — Aussi tout mon bonheur est de voir qu'il te plaît, Dieu merci ! Je ne vais pas le critiquer devant toi ; mais nous n'avons à feindre l'une avec l'autre... toi-même, tu n'es pas aveugle.

LARISA. — Je le suis devenue, j'ai perdu tous sentiments, et j'en suis heureuse. Depuis bien longtemps je vois comme dans un brouillard de rêve tout ce qui se passe autour de moi. Non, il faut s'en aller, s'arracher d'ici. Je vais presser Karandychev. L'été sera bientôt passé ; je veux me promener dans les bois, cueillir des baies, des champignons... au moins ce sera un repos moral.

OGOUDALOVA. — Est-ce que je t'en dissuade? Pars, je te prie, repose-toi moralement. Sache seulement que Zabolotié n'est pas l'Italie. Je suis tenue de te le dire ; autrement, quand le désenchantement viendra, tu m'accuseras de ne pas t'avoir avertie.

LARISA. — Merci... Mais peu m'importe que le pays soit sauvage, perdu et froid : pour moi, après la vie que j'ai menée ici, tout coin tranquille me semblera un paradis (2).

Des salves, un chœur de tziganes ont annoncé l'arrivée d'un « barine »,

(1) *Sans dot*, I, 4.
(2) *Ibid.*, II, 3.

sûrement riche, célibataire peut-être : Kharita Ogoudalova intriguée, et de dignité peu scrupuleuse, tenterait presque une aventure matrimoniale, que sa fille repousse avec dégoût :

— Ah! Larisa, n'avons-nous pas laissé échapper un épouseur? Pourquoi nous sommes-nous tant pressées?

LARISA. — Ah! maman, n'ai-je pas assez souffert, voyons? Non, c'est assez s'humilier.

OGOUDALOVA. — Quel mot terrible tu dis là : « S'humilier » ! As-tu voulu m'effrayer, par hasard? Nous sommes des gens pauvres, nous aurons à nous humilier toute notre vie. Alors mieux vaut commencer jeune, pour vivre ensuite comme tout le monde.

LARISA. — Non je ne peux pas, c'est pénible, insupportablement pénible.

OGOUDALOVA. — Mais, sans peine, tu n'obtiendras rien, et tu resteras toute ta vie dans le néant.

LARISA. — Encore feindre, encore mentir !

OGOUDALOVA. — Oui, feindre et mentir ! Le bonheur ne courra pas après toi, si tu le fuis (1).

Larisa, impatiente de partir, se heurte à la résistance de sa mère et de Karandychev : l'une a peut-être de secrets desseins, l'autre, sottement vaniteux, veut que tous voient et sachent de quelle jolie femme il devient le mari : elle se résigne à « être leur poupée ».

L'apparition inattendue de Paratov (c'était lui le « barine » des salves et des tziganes) noue le drame ; la grossièreté maladroite de Karandychev en précipite les effets matériels. A un dîner où il a convié les familiers de Kharita Ogoudalova et Paratov, Karandychev se rend grotesque et même odieux. Paratov propose une promenade sur la Volga, avec chœur de tziganes ; tendre et pressant, il prie Larisa de se joindre à la troupe ; elle y consent, s'esquive pendant une courte absence de Karandychev, sans écouter sa mère qui veut la retenir :

— Ou tu auras de la joie, maman, ou cherche-moi dans la Volga !

OGOUDALOVA. — Dieu te confonde ! Qu'est-ce que tu vas faire?

LARISSA. — Tu vois, on n'échappe pas à son destin (2).

Après la promenade sur le fleuve, dans le charme d'une nuit d'été et le bercement des musiques, « le drame commence », dit un des personnages. En réalité, il s'achève : si Larisa Ogoudalova, dans un élan de passion, a suivi Paratov, si elle a brisé ou rendu impossible son mariage avec Karandychev, c'est que là où elle croit être aimée, elle a l'espoir d'être épousée. Elle tente d'arracher à Paratov le mot qui doit fixer son sort :

— Non, non, Serge Sergéïtch, pas de phrases ! Dites-moi seulement : que suis-je? votre femme, ou non?

(1) *Sans dot*, II, 5.
(2) *Ibid.*, III, 13.

Elle refuse de rentrer : peu lui importe d'être vue seule :

— Avec vous, je puis être partout... Vous m'avez emmenée, vous devez me ramener chez moi... Je dois revenir avec vous, ou ne plus reparaître à la maison (1).

A ses instances pressantes Paratov oppose l'excuse d'une minute d'entraînement, et bientôt l'obstacle décisif : il est lui-même fiancé. Rien à attendre des amis de la veille : l'un, engagé aussi, se dérobe ; l'autre ne s'offre que comme... protecteur. L'abandonnée n'a plus que le pitoyable Karandychev, déjà oublié, et, en bas, tout près, le fleuve, la suprême délivrance. Au bord de l'abîme, elle hésite :

— Quitter la vie n'est pas si facile que je le croyais. Me voilà sans forces ! Malheureuse que je suis ! Pourtant il y a des gens pour qui c'est facile. Sans doute, ceux-là n'ont plus aucune raison de tenir à la vie, rien ne les séduit, rien ne leur est cher, ils ne regrettent rien. Ah ! que dis-je !... Mais moi-même, rien ne m'est cher, et je ne puis plus vivre, et rien ne m'attache plus à la vie. Pourquoi n'ai-je pas le courage? Qui me retient au bord de ce précipice? Qui m'empêche? (*Songeuse.*) Ah ! non, non, pas Knourov... Le luxe, l'éclat... non... non... je suis loin de ces vanités (*Elle frissonne.*) Le dévergondage... oh ! non. Au fond, je n'ai pas de décision. Pitoyable faiblesse : vouloir vivre, n'importe comment, mais vivre... quand c'est impossible et inutile. Comme je suis à plaindre et malheureuse ! Si quelqu'un pouvait me tuer, maintenant... Comme ce serait bon de mourir... quand on n'a encore rien à se reprocher (2) !

Dans cet état d'exaltation et d'anéantissement, Karandychev, au lieu de lui être secourable, ne sait que la froisser et l'humilier ; aussi le repousse-t-elle durement : la déchéance dorée plutôt que cet être médiocre :

KARANDYCHEV. — Ils sont jolis, vos amis ! Quel respect ils ont pour vous ! Ils ne vous regardent pas comme une femme, comme une créature humaine, — un être humain dispose de son sort ; ils vous regardent comme une chose. Alors si vous êtes une chose, c'est une autre affaire. Une chose, naturellement, appartient à qui l'a gagnée ; elle ne peut pas non plus s'offenser.

LARISA (*profondément blessée*). — Une chose... Oui, une chose. Ils ont raison : je suis une chose, et non une créature humaine. Je viens de m'en convaincre à l'instant, je l'ai éprouvé sur moi-même... Je suis une chose ! (*Avec impétuosité.*) Enfin, le mot qui me convient est trouvé, vous l'avez trouvé. Éloignez-vous ! Je vous en prie, laissez-moi... Toute chose doit avoir un maître : je vais vers mon maître.

KARANDYCHEV (*avec chaleur*). — Je vous prends, je suis votre maître. (*Il la saisit par la main.*)

LARISA (*le repoussant*). — Oh ! non ! Chaque chose a son prix... Ha ! ha ! ha !... je suis trop précieuse pour vous... (*Avec des larmes.*) Tant qu'à être une

(1) *Sans dot*, IV, 7.
(2) *Ibid.*, IV, 9.

chose, alors qu'elle soit chère, très chère. Rendez-moi un dernier service : allez, envoyez-moi Knourov.

KARANDYCHEV. — Qùe dites-vous, que dites-vous, soyez raisonnable !

LARISA. — En ce cas j'y vais moi-même... Je ne me pardonne pas d'avoir songé à enchaîner mon sort à un être nul comme vous.

KARANDYCHEV. — Nous quitterons tout de suite cette ville : je consens à tout.

LARISA. — Trop tard. Je vous ai prié de me retirer au plus vite du campement de bohémiens ; vous n'avez pas su le faire : je vois qu'il me faut y vivre et y mourir... Maintenant l'or brille, les diamants étincellent devant mes yeux.

KARANDYCHEV. — Je suis prêt à tous les sacrifices, à souffrir toute humiliation pour vous.

LARISA (*avec dégoût*). — Alors, vous êtes trop chétif, trop insignifiant pour moi.

KARANDYCHEV. — Dites : en quoi puis-je mériter votre amour? (*Il tombe à ses genoux.*) Je vous aime, je vous aime.

LARISA. — Vous mentez. J'ai cherché l'amour et ne l'ai point trouvé. On me regardait et on me regarde comme un amusement. Jamais personne n'a cherché à voir dans mon âme : je n'ai trouvé de sympathie chez personne, ni entendu une parole réconfortante, cordiale. Et pourtant, on a si froid à vivre ainsi ! Ce n'est pas ma faute, j'ai cherché l'amour, sans le trouver... Il n'existe pas... Il n'y a rien à chercher. Je n'ai pas rencontré l'amour, je chercherai l'or. Allez, je ne peux pas être à vous (1) !...

« Alors tu n'appartiendras à personne ! » dit Karandychev, et il la tue.

(1) *Sans dot*, IV, 11.

CHAPITRE IV

LE THÉATRE PROVINCIAL

I. Ostrovski et le monde de la scène. — Acteurs provinciaux : origine et mœurs ;
Stchastlivtsev, dans *la Forêt;* Neznamov, dans *les Innocents coupables.*
II. Le « tragique » Nestchastlivtsev et le comique Stchastlivtsev, dans *la Forêt* : mé-
lange de noblesse et de vulgarité chez le premier.
III. Actrices provinciales : leur condition. — Alexandra Nêgina, dans *Étoiles et
adorateurs.*

I

« Le plus exact tableau de ce qu'était le théâtre russe en province
vers la moitié du dix-neuvième siècle, quand les troupes de « serfs »
passaient déjà à l'état de souvenirs, nous le trouvons dans les pièces
d'Ostrovski consacrées, en tout ou en partie, à la peinture de la vie
théâtrale. Impresarios, acteurs, actrices et leurs adorateurs dans le
public, tout cela a trouvé ici une complète représentation... Ardemment
attaché à la scène et à ses ouvriers (1) qu'il connaissait non par ouï-
dire seulement, mais grâce à de longues années de fréquentation personnelle, Ostrovski mieux que tout autre était capable d'aborder le
rôle de peintre du théâtre provincial (2)... » Les deux acteurs de *la
Forêt,* Nestchastlivtsev et Stchaslivtsev, les comédies *Étoiles et adorateurs, les Innocents coupables,* quelques personnages isolés, sans compter
le Comédien du dix-septième siècle, reconstitution historique destinée à
commémorer l'avènement du théâtre en Russie : telle est, de 1871
à 1884, la part appréciable du théâtre proprement dit dans l'œuvre
dramatique de notre auteur. Outre leurs qualités scéniques, ces pièces
sont des documents précieux pour la connaissance d'une génération
d'acteurs aujourd'hui disparue.

La vie même d'Ostrovski éclaire cette inclination, et cet hommage
rendu, parfois sous des couleurs peu flatteuses, à la scène, à son entourage. Il aima de bonne heure le théâtre ; il eut pour premier et constant
ami l'acteur P. Sadovski ; il épousa une actrice ; il exprima publiquement,

(1) *Déïatéli.*
(2) B.-V. Warneke, *Istoriia rousskago téatra,* t. II, p. 348.

à maintes reprises, sa sympathie pour les acteurs. Comme auteur, il eut à souffrir de leur indocilité, de leur tendance à fausser le texte ou le sens par des interprétatiòns ou des additions maladroites ; dans ses projets de réformes scéniques, il jugeait sévèrement les acteurs provinciaux, leur recrutement défectueux, leur manque de préparation ou de conscience. Comme codirecteur des théâtres impériaux de Moscou, il vit de près les vanités, les jalousies, les médisances, les rivalités mesquines : « Me voici plongé dans le gouffre », disait-il. Pourtant il se plaisait toujours dans la compagnie des acteurs ; c'est parmi eux qu'il a connu les amitiés durables : après P. Sadovski, ce fut Bourdine, Gorbounov, Pisarev, qui a donné une édition de ses œuvres ; aux autres, acteurs ou actrices, il donnait de bonne grâce les conseils demandés (1) ; et tel vieux comédien qui l'avait connu jadis, en parle encore avec grande estime (2). Ostrovski a donc tenu de près au monde des artistes : il est tout naturel, le contraire même eût étonné, que dans son vaste tableau du monde russe, il ait campé quelques types de cette catégorie sociale. Aux observations personnellement recueillies tant à Moscou qu'au cours de quelques voyages, s'ajoutaient les récits d'amis ou de camarades, qui avaient passé par la dure condition d'acteurs provinciaux : Sadovski, Jivokini, Nikoulina-Kositskaïa, etc... ; les histoires ou aventures d'autres acteurs, célèbres à titres divers, étaient toutes prêtes à passer en images scéniques. Mais, avec sa probité artistique, Ostrovski n'a pas cédé, ici plus qu'ailleurs, à la tentation d'enlaidir ou d'idéaliser : il écrit la vie même, ses luttes, ses déboires, ses bassesses ; un seul personnage, encore garde-t-il les défauts de ses frères, a une allure romantique et de beaux côtés ; les autres sont ce qu'ils sont, de leur temps et de leur milieu.

Au-dessous des acteurs des théâtres impériaux, minorité privilégiée, enviée pour sa sécurité (malgré la dureté des règlements et l'autoritarisme des administrateurs), sa gloire, les faveurs du souverain, de la cour, de la haute société, du public, il y avait tout un prolétariat de comédiens errants, mal payé, quand il l'était, peu considéré, à la merci d'un « entrepreneur » pour qui l'art était le moindre souci, de publics ignorants et grossiers, exposé à des tentations dangereuses : parfois à peine distinct, sauf par la culture, de ces *brodiagi* (vagabonds) qui parcourent la vaste terre russe. Plus ou moins déclassés, enfants perdus de *l'intelligence*, ces irréguliers de l'art étaient jetés dans la profession théâtrale moins par choix réfléchi que par accident, par peur du pire, par le goût des aventures ou encore la dureté et l'indifférence de leur parenté. Nestchastlivtsev, le « tragique » de *la Forêt*, est un orphelin de bonne

(1) Voir plus haut la biographie d'Ostrovski.
(2) Voir *les Souvenirs des artistes* BARLAMOV, V. STRELSKAÏA à l'occasion de la commémoration du vingt-cinquième anniversaire de la mort d'Ostrovski (2 juin 1886- 2 juin 1911).

famille que sa tante, Raïsa Gourmyjskaïa, après l'avoir fait élever à peu de frais pour être junker (1), a bientôt abandonné à lui-même. Le hasard, une occasion, le manque d'argent, une naïve espérance de gloire l'ont amené à la scène. L'histoire de Stchastlivtsev, le comique, est bien moins gaie encore :

— J'ai vécu aussi chez des parents, je sais ce que c'est J'ai un oncle, qui tient boutique dans une ville de district, à 500 verstes d'ici, je suis resté quelque temps chez lui, et si je ne m'étais pas enfui ..

NESTCHASTLIVTSEV. — Eh bien?

STCHASTLIVTSEV. — Les choses se seraient gâtées. Tenez, je vais vous raconter. Je battais le pavé, sans occupation, depuis trois ou quatre mois, le dégoût m'a pris ; je me dis : je vais aller voir mon oncle. J'arrive. On a été longtemps avant de me laisser entrer : toutes sortes de visages venaient sur le perron me dévisager. Enfin il arrive. « Que veux-tu? — Vous rendre visite, mon oncle, dis-je. — Ainsi, tu as laissé là tes vilains artifices (2)? — Oui, dis-je. — Eh bien, quoi, dit-il, voilà un galetas, habite chez moi, seulement va d'abord te laver. » Je vécus chez eux. On se lève à quatre heures, on dîne à dix, on se couche après sept heures ; à dîner et à souper, de la vodka tant qu'on veut ; après le dîner, coucher. Et dans la maison personne ne dit mot, autant des morts. L'oncle part le matin à sa boutique, la tante prend le thé et soupire toute la journée. Elle me regarde, soupire et dit : « Tu es un malheureux, tu causes la perte de ton âme ! » Voilà à quoi se borne la conversation. « Il est temps de souper, destructeur de ton âme, et d'aller dormir. »

NESTCHASTLIVTSEV. — Quoi de mieux?

STCHASTLIVTSEV. — C'est vrai : je m'étais presque remonté, et je commençais déjà à engraisser, quand tout d'un coup, je ne sais comment, une idée me vient : si je me pendais? Je secouai la tête pour la chasser ; au bout de quelque temps, elle revint, et le soir encore. Non, me dis-je, ça va mal : et la nuit je m'enfuis par la lucarne. Voilà ce qu'est la vie pour nous autres, chez les parents (3).

Dans *les Innocents coupables*, on devine, à son nom même, l'acteur Neznamov comme « l'inconnu » sans famille : son passé, tout peuplé de sombres souvenirs, explique sa nature violente, sa brutalité mauvaise à certaines heures :

— Il ne se rappelle et ne connaît ni père, ni mère : il a été élevé on ne sait où, très loin, presque aux frontières de la Sibérie, chez des gens sans enfants, du monde des fonctionnaires, qu'il a pris longtemps pour ses parents. Ils l'aimaient, le traitaient bien, non sans lui reprocher, en des moments de colère, sa naissance illégitime. Bien entendu il ne comprenait pas leurs paroles et n'en a connu le sens que plus tard. Ils lui faisaient même faire ses études : il allait dans une pension à bon marché, et il a reçu une instruction passable, pour un acteur de province. Il a vécu ainsi jusqu'à quinze ans, puis ont com-

---

(1) A cette époque : élève-officier noble, dans la cavalerie. (*La Forêt*, I, 4.)

(2) Il y a là un jeu de mots probable, le boutiquier croyant retrouver dans le mot « khoudojestva » employé au pluriel, le mot « khoudoï », mauvais, méchant.

(3) *La Forêt*, II, 2.

mencé des souffrances dont il ne se souvient qu'avec effroi. Le fonctionnaire
mort, sa veuve s'est remariée avec un arpenteur : c'était l'ivrognerie continuelle,
les querelles et les coups, dont il avait d'abord sa part. On l'a renvoyé à la
cuisine, et fait manger avec la domestique ; la nuit on le chassait souvent de
la maison, et il lui fallait coucher à la belle étoile. Parfois, pour éviter les injures
et les coups, il se sauvait de lui-même, restait égaré pendant une semaine,
vivait çà et là avec des journaliers, des gueux et des vagabonds de toute sorte ;
et depuis ce temps, hormis les injures et les outrages, il n'a rien entendu d'autre
de la bouche des gens. Cette vie l'a rendu tellement méchant et sauvage, qu'il
a pris l'habitude de mordre, comme une bête. Enfin, un beau matin, on l'a
chassé de la maison pour tout de bon ; alors, il s'est joint à une troupe errante
et a passé avec elle dans une autre ville. De là, pour défaut de passeport, on
l'a expédié par étape à son lieu de résidence. Ses pièces d'identité se sont trou-
vées perdues : on l'a fait traîner, traîner ; à la fin on lui a délivré une copie
de sa déclaration de perte de pièces, grâce à laquelle il s'est mis à aller avec
les directeurs de troupes, de ville en ville, en proie à la crainte perpétuelle de
voir la police le faire renvoyer sous escorte dans son pays (1).

Plus d'un sans doute était ainsi en délicatesse avec la police, et on
les traitait sans douceur : tel Stchastlivtsev, trois fois chassé d'une ville
par ordre du gouverneur, menacé, pour y être revenu, d'être fusillé, et
enfin reconduit pendant quatre verstes par des cosaques, à coups de
nagaïka (2).

Quelques-uns, les mieux doués, tirés de l'ornière par une chance heureuse, la protection d'un personnage influent, le flair d'un impresario,
montaient vers les scènes des théâtres impériaux : leur fortune était
assurée. Les autres arpentaient la Russie, du nord au sud, d'Arkhangelsk à Tiflis, d'Irkoutsk à Irbit. Nestchastlivtsev porte tout son bien
sur ses épaules, dans un havresac qu'il a cousu de ses mains : « deux
costumes qu'un Juif lui a confectionnés à Poltava, un chapeau claque,
deux perruques, un pistolet gagné au jeu à un Tcherkesse, à Piatigorsk ;
un costume d'Hamlet, acquis en échange d'un frac. » Le bagage de
Stchastlivtsev est encore plus léger : « douze ou treize pièces, tous vaudevilles, sauf deux drames, avec de la musique ; quelques menus accessoires, des décorations, qu'il a dérobées : on lui retenait sur ses gages ;
en fait de vêtements, juste les loques qu'il a sur lui » :

Nestchastlivtsev. — Alors, l'hiver? Comment fais-tu?
Stchastlivtsev. — Gennadi Demianytch, je m'y suis habitué. Pour un
long trajet, c'est pénible, bien sûr ; mais « chacun se prend à quelque chose,
le gueux recourt à ses ruses ». Une fois, on me transportait à Arkhangelsk :
on m'a roulé dans un grand tapis. Arrivés au relais, on me déroulait ; quand
on remontait dans le chariot, on me roulait de nouveau.

(1) *Les Innocents coupables*, II, 3, 4.
(2) *La Forêt*, II, 2 ; III, 3 ; *Étoiles et adorateurs*, II, 3.

NETCHASTLIVTSEV. — Tu avais chaud?

STCHASTLIVTSEV. — Comme ça : je suis arrivé tout de même : et il y avait bien plus de trente degrés de froid. La route d'hiver suit la Dvina ; entre les rives, le vent ; et il souffle du nord, on le reçoit en plein (1).

Ces dures conditions d'existence, les misères d'avant, les hasards de la vie errante engendraient aisément ou maintenaient des habitudes ou des mœurs assez grossières : allure débraillée et bruyante, humeur batailleuse, ivresse et ce que le Russe appelle « âme large » : tout dépenser, ne rien épargner. « Nous sommes deux soiffeurs », dit Stchastlivtsev de son camarade et de lui-même (2) ; autant en diraient le « tragique » Gromilov d'*Étoiles et adorateurs*, Neznamov, Chmaga dans *les Innocents coupables*, et, en silhouette, ce Robinson, acteur réduit au rôle d'amuseur et de bouffon, sorte de buveur à gages que l'armateur Paratov traîne avec lui. Leur excuse est dans les longues privations, les jeûnes forcés, un peu d'inclination nationale, la fréquentation de ces amateurs provinciaux, ces *téatraly* marchands ou fils de marchands, qui tantôt les méprisent, tantôt les accueillent et les flattent comme des fournisseurs de gaieté et d'esprit, les obligent à boire, les entraînent à la basse orgie : d'où disputes, rixes et scandales (3). Ils sont pourtant capables de faire figure, sans écarts de tenue, aux soirées offertes en l'honneur de la troupe de passage par quelque « Mécène » local, désireux de passer pour homme éclairé ou d'égayer la monotonie de son existence. Ils sont alors fêtés, élevés à la dignité de représentants de l'art et de l'idéal parmi des populations arriérées. Les applaudissements du public et ces pauvres succès de salon nourrissent en eux la vanité, trait commun de la corporation, le goût de l'attitude mélodramatique (4). Sur la scène même, leur rudesse se traduit par des brutalités de geste qui manquent rarement leur effet sur des spectateurs peu affinés et peu exigeants (5). Les déboires, l'adaptation volontaire ou forcée à des milieux sans éducation, la conscience ou la prétention de les dominer par l'esprit, la communion tout de même aussi avec l'art, leur inspirent souvent un sarcasme frondeur, « une fanfaronnade, une bravade, une affectation de mépris pour les gens (6) ». Mais il reste encore, Ostrovski n'a eu garde de l'omettre, des surfaces intactes de sensibilité et « un coin d'azur » dans ces âmes de comédiens ballottés par la vie errante, souvent avilis par des vices et des contacts vulgaires.

(1) *La Forêt*, II, 2.
(2) *Ibid.*, IV, 4 ; *Étoiles et adorateurs*, II, 3.
(3) *Étoiles...*, III, 6 ; *les Innocents coupables*, II, 3.
(4) *La Forêt*, II, 2 ; *Étoiles...*, II, 1.
(5) *Ibid.*, II, 2.
(6) *Les Innocents coupables*, III, 5.

II

L'acteur tragique Nestchastlivtsev et le comique Stchastlivtsev firent le succès de *la Forêt*, et gardent encore la faveur du public : ce sont des rôles en dehors, qui portent ; avec des effets sûrs dans le noble et dans le bouffon, l'agréable alternance du rire et de l'émotion. Leur présence dans la pièce est un peu inattendue et laborieuse ; mais si visible apparaît l'intention d'opposer leur amusant ou généreux débraillé à la pruderie, à l'égoïsme, au vice masqué de respectabilité, qu'il serait vain de chicaner. Ils ne sortent d'aucun conservatoire, ne portent pas d'estampille officielle ; ils ont néanmoins une haute idée de leur valeur, le respect de l'art, et le dédain de leurs rivaux. Stchastlivtsev, passé des amoureux aux comiques, se plaint de la concurrence :

— Ceux-ci se sont joliment multipliés ; *les gens instruits prennent le dessus : fonctionnaires, officiers, étudiants, ils aspirent tous à la scène. Plus rien à faire. De comique, je suis devenu souffleur. Quelle chute pour un homme à l'âme élevée ! Souffleur !...*

Nestchastlivtsev (*soupirant*). — Nous en viendrons tous là, camarade.

Stchastlivtsev. — Nous n'avions qu'une voie, Gennadi Demianytch, et on nous l'encombre.

Nestchastlivtsev. — Parce que c'est tout simple : pas bien malin, de faire le pitre. Mais essayez voir de jouer les tragiques. Là il n'y a personne.

Stchastlivtsev. — Les gens instruits, n'est-ce pas, n'ont pas un bon jeu?

Nestchastlivtsev. — Non, quel jeu ! Rien ! Rien de rien, camarade. Et comme on monte les pièces, même dans les capitales ! Je l'ai vu moi-même : l'amoureux est ténor, le « raisonneur » est ténor, le comique aussi ; (*d'une voix de basse*) la pièce n'a pas de fond. Je n'ai même pas voulu regarder. Je suis sorti (1).

Il évoque avec orgueil ses triomphes :

— Oui, mon cher, je me suis tué au théâtre, et je le regrette bien à présent. Comme je jouais ! Dieu ! comme je jouais !... Si bien, que... Mais à quoi bon te parler de cela ! Tu ne comprends rien. La dernière fois, à Lébédian, j'ai joué Bélisaire ; Nicolas Khrysanfytch Rybakov (2) en personne était là. La dernière scène finie, je regagne les coulisses, Nicolas Rybakov s'y trouvait. Il m'a posé la main sur l'épaule, comme ceci (*abattant avec force sa main sur l'épaule de Stchastlivtsev...*) : « Toi, dit-il, ... et moi, dit-il, nous mourrons... » (*Il couvre son visage de ses mains et pleure. Il essuie ses larmes.*) Est-ce assez flatteur (3) !

Le *tragique* tient de sa nature, de ses rôles à tirades, à attitudes, à

(1) *La Forêt*, II, 2.
(2) Voir p. 397.
(3) *La Forêt*, II, 2.

pathétique violent, une humeur indocile, un (mauvais) « caractère »,
qui l'empêche de faire longtemps bon ménage avec ses directeurs :

— Tu me connais : je suis un lion, moi. Je n'aime pas la bassesse, voilà
mon malheur ! Je me suis brouillé avec tous mes entrepreneurs. Le manque
de respect, mon cher, les intrigues ; ils n'apprécient pas l'art, ce sont tous des
hommes d'argent. Je veux aller tenter la chance chez vous, dans le nord (1).

Ils rêvent de rencontrer une jeune actrice de talent, avec laquelle
ils formeraient une troupe, atteindraient succès et fortune. En attendant, ils n'ont pas un kopek en poche ; mais le *tragique* porte sa gueuserie
avec fierté. Les longues faims, la poussière et la boue, la neige durcie
des chemins russes leur font souhaiter comme un paradis de délices les
parentés, où ils pourraient se reposer des courses errantes, « savourer
les pâtés faits à la maison, goûter les liqueurs ». Aussi tous deux, introduits chez Raïsa Gourmyjskaïa, céderont sans fausse honte à la joie
offerte de manger, de boire, de dormir à l'aise. Comme il fallait que le
comique amusât, que le *tragique* émût, ils se comportent différemment :
d'abord ils déguisent leur profession, qui leur vaudrait une prompte
expulsion ; Nestchastlivtsev se donnera pour un capitaine en retraite,
Stchastlivtsev sera son laquais (2).

Raïsa Gourmyjskaïa accueille avec une joie feinte ce neveu qu'elle
avait oublié, dont elle est la débitrice et qui de loin lui envoyait souvenirs, présents, sans dire mot de sa profession. Celui-ci, chevaleresque,
oblige d'abord le marchand Vosmibratov à payer la totalité de sa dette
à la *pomêchtchitsa;* lui-même ne réclame pas son dû, s'offense presque
que sa tante le lui offre ; il croit à la sincérité de ses démonstrations
affectueuses ; il est naïvement honnête (3). Quand son « laquais » lui
apprend qu'on le berne, il se révolte ; mais en comédien qui voit la vie
réelle à travers les facticités de la scène, il souffre plus dans sa dignité
d'artiste que d'homme (4). La supercherie se découvre, par l'indiscrétion
méchante de Stchastlivtsev, las d'être traité en valet et relégué à l'office;
c'est fini de la vie plantureuse : « Dès demain matin, dit Gourmyjskaïa,
ils ne seront plus ici. Ma maison n'est pas un hôtel ni un cabaret pour
des messieurs pareils (5). » Interpellé de son nom de théâtre par le jeune
Boulanov, le *tragique* ne cherche plus à dissimuler :

— Tu sais que je suis Nestchastlivtsev? Enchanté, l'ami : tu sais par conséquent à qui tu as affaire, et ainsi tu tâcheras de te comporter avec prudence
et respect.

BOULANOV. — Hein? Quoi? Un acteur de province, la belle affaire !

(1) *La Forêt*, II, 2.
(2) *Ibid.* III, 3.
(3) *Ibid.*, III, 10, 11.
(4) *Ibid.*, IV, 1. — Voir aussi la scène avec Axioucha, IV, 6.
(5) *Ibid.*, IV, 5, 7.

NESTCHASTLIVTSEV. — Alors tu ne sais pas qui est Nestchastlivtsev et comment on doit lui parler. Tant pis ! Il faudra que je te mette à la raison ; bien entendu ce sera désagréable pour moi, et encore plus pour toi.

Avec ce gamin, il se borne à la menace de son poing et à quelques épithètes cinglantes ; mais l'idée que sa tante refuse de le revoir, parce qu'il est acteur, l'attriste, sans l'humilier :

— Qu'est-ce que cela fait, que je sois acteur ? Chacun doit faire ce qu'il sait. Je ne suis tout de même pas un brigand. Je gagne mon pain par un travail honnête et pénible. Ce n'est pas une aumône que je suis venu demander, mais une parole réconfortante (1).

Il ne rougit pas de son « costume » qui choque sa tante :

— C'est mon costume de voyage. Nous voyageons à pied, nous. Ce manteau, c'est mon vieux camarade et ami. Par les mauvais temps, j'ai erré enveloppé dans ce manteau, comme le vieux Lear, par les steppes de la Nouvelle-Russie. Souvent, par une nuit d'orage, j'ai cherché un asile, on m'accueillait, quoique vêtu de ce méchant manteau ; des étrangers m'ont accueilli plus cordialement que des parents (2).

Pour se venger d'être ainsi méconnu et maltraité, il se fait restituer, par force (le pistolet tcherkesse joue son rôle), l'argent qui lui est dû. Mille roubles, une fortune ! Déjà il vit en pensée des jours tissés de confort et de gloire : voyage en bon équipage, rôles au choix, bénéfice à Nijni-Novgorod en pleine foire, plaisirs ; Arcade Stchastlivtsev, associé à l'aubaine, envisage des joies plus matérielles. Ce ne sera qu'un rêve : Axioucha, sœur du *tragique*, un instant convertie au théâtre, préfère son fiancé (3) et le mariage à une carrière hasardeuse ; et comme Raïsa Gourmyjskaïa refuse de donner les mille roubles de dot que le marchand Vosmibratov met comme condition à son consentement, c'est finalement l'acteur qui sacrifie ses mille roubles, dans un beau geste, avec un peu d'émotion mélancolique. Au moment du départ, du congédiement plutôt, il retrouve accents, attitudes et paroles pour une « sortie » théâtrale, en grand premier rôle du vieux répertoire. Il flétrit la « forêt » et ses habitants, relève le nom de « comédiens (4) » qu'on lui jette à la face :

— Comédiens ? Non, nous sommes des artistes, de généreux artistes, et les comédiens, c'est vous. Si nous aimons, alors nous aimons vraiment ; si nous n'aimons pas, alors c'est la querelle et la bataille ; si nous venons en aide, c'est avec notre dernier kopek laborieusement gagné. Mais vous ?...

Suit une tirade d'un romantisme échevelé, avec emprunt aux *Bri-*

(1) *La Forêt*, V, 2.
(2) *Ibid.*, V, 5.
(3) Pierre, fils du marchand Vosmibratov.
(4) « Comédiantv »

gands de Schiller. Ainsi, après avoir eu « maison et couche molle », affermi leurs membres et leurs estomacs délabrés, frôlé un instant la vie confortable pour laquelle peut-être ils sont mal faits (« nous sommes des ribauds, avides de liberté, à qui le traktir est plus cher que tout », disait Stchastlivtsev), les deux acteurs reprennent, l'un avec une magnifique sérénité, l'autre avec une grimace de déplaisir, leur marche errante à la recherche du gîte, en attendant l'engagement nourricier (1).

L'auteur s'est visiblement complu à dessiner ces deux types, parents de Don Quichotte et de Sancho Pança, vivants et documentaires. Le physique de l'un, sa triste mine, ses drôleries de geste et de langage, amusent par le comique de farce ; l'autre, malgré son faible pour « les liqueurs », touche facilement des âmes russes par son culte grandiloquent de l'art, sa générosité native, son âme « déboutonnée », où la corde du sentiment, ce qu'on appelle là-bas la « corde vivante », vibre d'un son plein et franc.

III

Ostrovski était déjà codirecteur des théâtres impériaux à Moscou, quand il fit paraître, à deux années d'intervalle, deux pièces sur le monde théâtral en province : *Etoiles et adorateurs* (1882), *les Innocents coupables* (1884) (2). Ici c'étaient les actrices, leur origine, leur vie, leur entourage, qui passaient au premier plan. Le tableau dans l'ensemble n'est guère plus flatteur que du côté masculin.

« Une femme, par chagrin d'amour, se jette dans le gouffre la tête la première : voilà une actrice (3) », dit Nestchastlivtsev. A une heure de pareil découragement, mais non sentimental, Lydia Tchéboksarova songe à entrer au théâtre (4). Lioubov Otradina raconte comment, abandonnée par un séducteur et croyant son enfant mort, elle a eu l'idée de devenir actrice :

— Ma tante et moi nous sommes parties en Crimée, où elle avait un petit bien : nous y avons vécu trois années dans le plus complet isolement... Après cela, nous avons beaucoup voyagé, nous sommes restées à l'étranger assez longtemps ; puis ma tante est morte en me laissant une part considérable d'héritage. J'étais donc assez riche et absolument indépendante. Mais je ne savais que faire pour échapper à l'ennui. J'ai longtemps réfléchi et je suis entrée au théâtre. J'ai joué surtout dans le sud... Me voici maintenant revenue ici par hasard, en passant ; je retrouve tout vivant le souvenir de ma jeunesse, de mon enfant, sur qui je pleure, comme vous voyez (5)...

(1) *La Forêt*, V, 10. — Pour la tirade, voir plus haut, p. 269.
(2) Dans la seconde, le premier acte tient lieu de « prologue ».
(3) *La Forêt*, II, 2.
(4) *Fol argent*, V, 3.
(5) *Les Innocents coupables*, II, 3.

Quelques-unes sont attirées par un mirage de gloire, et, soutenues par un talent réel, deviendront les étoiles des grandes scènes ; les autres végéteront dans la notoriété obscure des provinces. L'espoir d'une vie plus large et plus luxueuse n'a guère chance de se réaliser dans l'exercice unique de la profession : car l'*entrepreneur*, qui n'appartient pas toujours à l'élite sociale et traite volontiers l'art comme une marchandise, paye peu ; uniquement soucieux de la recette et des bénéfices de sa campagne, il mesure les artistes à leurs succès, rompt les contrats selon les convenances de son intérêt ou les exigences d'amateurs influents. Contre ces incertitudes, ces risques matériels, l'actrice n'a que la foi en son talent et en son avenir : c'est la voie rude ; ou, si elle est jolie, la complaisance aux propositions des « adorateurs » ; et alors, autant que les triomphes de la scène, les succès mondains ou galants suscitent des rivalités, des cabales, des intrigues sourdes, de méchantes rancunes (1). L'aisance matérielle, un sentiment unique, comme l'amour maternel pour Lioubov Otradina, en protègent quelques-unes contre les tentations. Chez les pauvres, il peut arriver que la vertu soutienne mal la lutte contre la coquetterie, la peur de la gêne, la vanité, la joie d'éblouir ou d'écraser une rivale. Alexandra Nêgina, dans *Étoiles et adorateurs*, est le type aimable de celles qui, lasses du labeur ingrat, de la vie étroite, des humiliations d'amour-propre où s'use et se dépite leur jeunesse, n'entendent plus l'appel à l'honnêteté, et tout en avouant leur faiblesse, se livrent à « l'adorateur », dans l'espoir d'un brillant engagement.

La comédie des *Innocents coupables*, avec ses effets mélodramatiques, ses aspects sombres, ses invectives à la société marâtre, ses scènes grossières ou violentes de mœurs théâtrales, enferme un pessimisme un peu noir et une peinture fragmentaire. Dans *Étoiles et adorateurs*, Ostrovski a mêlé avec bonheur le juste intérêt moral et une image fouillée, humainement dramatique du théâtre provincial.

La jeune actrice Alexandra Nêgina est une enfant de la balle :

— Toute jeune encore, dit sa mère, il y avait des jours où on ne l'aurait pas arrachée du théâtre, elle restait dans les couloirs, toute frissonnante d'émoi. Son père était musicien d'orchestre : il jouait de la flûte. Quand il se rendait au théâtre, elle le suivait. Blottie contre la coulisse, elle restait là debout, osant à peine respirer (2).

Elle a même l'âme et l'étoffe du talent : la passion. Sa mère, tout en gémissant sur son budget trop maigre, tâche à la préserver des dangers qui rôdent autour d'une jeune actrice jolie et honnête :

— A votre théâtre, dit-elle à l'accessoiriste Narokov, il n'y a pas beaucoup du convenable ; moi, je tiens ma fille dans la voie du mariage. Mais là de tous

(1) *Les Innocents coupables*, II.
(2) *Étoiles...*, I, 2.

côtés on se glisse, on se colle à elle ; on lui chuchote à l'oreille toutes sortes de fadaises. Voilà par exemple le prince Doulébov qui a pris l'habitude de venir et qui, à son âge, s'avise de lui faire la cour... Est-ce bien (1)?

Alexandra Nêgina elle-même entend demeurer honnête : quand le prince, vieux beau de l'ancienne génération, lui manifeste sa tendre sollicitude par l'offre d'un appartement, elle se révolte :

— Vous êtes fou ! Quelle idée avez-vous? De grâce, je ne vous ai jamais donné aucun prétexte... Comment osez-vous me tenir un pareil langage?... Venir dans une maison étrangère, et, sans rime ni raison, engager une sotte et outrageante conversation...

Doulébov. — Doucement, doucement, s'il vous plaît. Vous êtes encore bien jeune pour parler ainsi.

Nêgina. — Voilà qui est charmant : « Bien jeune ! » Ainsi, les jeunes on peut les offenser tant qu'on veut, et eux doivent se taire?

Doulébov. — Quelle offense y a-t-il là? En quoi? C'est la chose la plus courante du monde. Vous ne connaissez ni la vie ni la bonne société, et vous osez condamner un homme respectable ! Mais en vérité, c'est vous qui m'outragez !

Nêgina (en larmes). — Ah ! Dieu ! c'est au-dessus de mes forces...

Doulébov. — Pour tout il y a la forme convenable, mademoiselle ! Vous manquez absolument d'éducation : si mon offre vous déplaît, vous deviez tout de même me remercier, et exprimer votre refus sous une forme polie ou prendre la chose en plaisantant.

Nêgina. — Ah ! laissez-moi, je vous prie. Je n'ai pas besoin de vos remontrances. Je sais ce que j'ai à faire, je sais ce qui est bien et ce qui est mal... Et je ne veux pas vous entendre.

Doulébov. — Excusez-moi, je vous prenais pour une jeune fille bien élevée : je ne pouvais m'attendre à vous voir, pour une bagatelle, fondre en larmes et faire de la sentimentalité, comme une cuisinière.

Nêgina. — Eh bien, soit ! cuisinière si vous voulez, mais j'entends rester honnête (2).

Pour durer dans cette brave résolution, Alexandra Nêgina a les leçons de l'étudiant Mélouzov, son fiancé ou reçu pour tel dans la maison, un de ces idéalistes de vingt ans, tout ensemble éducateurs de l'esprit et du cœur, dont la naïveté généreuse, un peu pédante, espère inculquer la philosophie à des âmes légères. Celui-ci rêve de convertir la jeune actrice aux joies un peu graves de la vie de travail et de famille, pour le jour où il aura reçu « une place convenable »; grammaire, lectures, instructions y concourent avec quelque confusion. L'élève néanmoins s'y prête d'assez bonne grâce, malgré des diversions un peu inquiétantes ; elle se vante d'avoir repoussé les avances du vieux prince Doulébov, s'accuse d'un mouvement de jalousie provoqué par la vue du

(1) *Étoiles...*, I, 2.
(2) *Ibid.*, I, 5.

luxe de sa camarade et rivale, l'actrice Smelskaïa ; elle veut croire qu'une existence laborieuse a aussi ses joies, et s'y essaie pendant toute une soirée :

— Dîne avec nous, dit-elle à Mélouzov. Après dîner, je te lirai un bout de rôle, ainsi nous passerons toute la journée ensemble. Nous nous habituerons à la tranquille vie de famille.

Par malheur, cette bonne intention de vertu a un adversaire multiple et fort. Premièrement, le milieu : dans ces villes provinciales, le public qui fréquente le théâtre assure peu d'avantage matériel aux artistes :

— Quel public ! dit Doulébov. Des collégiens, des séminaristes, des boutiquiers, des petits fonctionnaires ! Ils seront heureux de s'user les paumes à applaudir, ils rappelleront par dix fois l'actrice Négina, mais parmi eux, pas un, la canaille, qui paie un kopek de plus qu'il ne doit.

...— Je ne parle pas des marchands, dit la mère de l'actrice : rien à tirer d'eux Ils ne viennent même pas au théâtre ; l'un d'eux y vient-il par hasard dans un coup de tête, comme poussé par le vent... alors, rien à attendre de lui que du scandale (1).

Restent les spectateurs du premier rang, les amateurs (*téatraly*) assis aux fauteuils : ceux-là donnent le ton, établissent ou défont les réputations et les succès ; mais dans l'artiste, c'est la femme surtout qui les intéresse. Le « riche barine » Doudoukine se donne pour le guide, le patron de toute actrice nouvelle venue dans sa ville :

— Une actrice connue arrive : c'est la première fois qu'elle vient dans notre ville ; elle ne connaît personne : moi comme représentant de l'*intelligence* locale...

KORINKINA (2). — Ah ! pas de bêtises ! Quelle « intelligence » ! Tout simplement : un nouveau jupon a fait apparition dans la ville, vous voilà tout attendri. (*Riant.*) Des obligations ! Elles sont jolies, vos obligations !

DOUDOUKINE. — Seriez-vous jalouse, mon incomparable?

KORINKINA. — Jalouse, de vous? Vous vous moquez, je pense? J'ai honte, tout bonnement, pour vous : dès que vous voyez une femme, vous êtes là à faire la bouche en cœur. Fi (3) !

Voilà le danger : l'actrice Smelskaïa le dénonce franchement : « Y a-t-il quelque chose de pire que notre situation, à nous autres femmes? » L'attrait physique, beaucoup plus que le talent, excite la convoitise sensuelle des riches amateurs. Un de ceux-ci, haut fonctionnaire de la province (gouvernement), s'en explique avec une crudité brutale :

— Faire une cour, prodiguer les galanteries, ressusciter les temps de la

(1) *Étoiles...*, I, 4 ; I, 1.
(2) Actrice.
(3) *Les Innocents coupables*, II, 2.

chevalerie, n'est-ce pas un peu beaucoup d'honneur pour ces dames?... Il me semble qu'il suffit parfaitement d'une déclaration comme celle-ci : je suis tel que vous me voyez, je vous offre ceci et cela ; voulez-vous m'aimer?

DOULÉBOV. — Oui, mais n'est-ce pas blessant pour une femme?

BAKINE. — Qu'elles s'offensent ou non, c'est leur affaire. Au moins je ne cherche pas à tromper ; je ne peux tout de même pas, avec mes nombreuses affaires, m'occuper d'amour sérieusement ; pourquoi feindre la passion, induire en erreur, éveiller peut-être des espérances chimériques? Tandis qu'un bon contrat (1)!

Le vieux Doulébov expose son système, plus discret, presque respectable, à la mère d'Alexandra Négina :

— Pour avoir des bénéfices à bonnes recettes, il faut de belles relations, savoir les choisir, savoir s'y prendre. Je puis vous donner une dizaine de personnes qu'il faut avoir pour vous : alors vous aurez des bénéfices magnifiques, et des prix et des cadeaux. C'est bien simple et connu depuis longtemps. Il faut recevoir chez soi des gens bien posés. Mais qu'est-ce qui viendra ici, dans un taudis pareil?... Il faut savoir mériter l'amour du public. Il faut que votre fille soit constamment entourée de la jeunesse riche, mais aussi, surtout, que ses amis principaux soient des gens bien posés. Tous, nous sommes occupés, la journée entière, par les choses de famille et de maison ou par les affaires publiques ; nous n'avons de libres que quelques heures, le soir ; où serionsnous mieux que chez une jeune actrice pour nous reposer, peut-on dire, du fardeau des soucis, l'un, des soucis domestiques, l'autre des soins du département ou de la région confiée à sa direction (2)?

Voilà pourquoi le vieux prince, « bien connu pour sa délicatesse », amateur d'actrices plus encore que d'art dramatique, offre à Alexandra Négina d'habiter chez lui, parce qu'il n'est pas convenable pour elle de loger dans une « izba » ; repoussé, et pour la punir de son refus, il lui annonce qu'il ne se rendra pas à son « bénéfice », ne prendra pas de billet.

Une autre ennemie de la vertu, ici, c'est la pauvreté. « Si elle a de l'argent, dit l'actrice Nina Korinkina de sa rivale Hélène Kroutchinina, pourquoi est-elle entrée au théâtre, pourquoi court-elle toute la Russie, et nous ôte-t-elle le pain de la bouche (3)? » Domna Négina et sa fille Alexandra n'ont jamais connu même la médiocrité : misère du logis (12 roubles de loyer), dettes criardes, indigence de costumes, recettes étiques (42 roubles de bénéfice net), un maximum espéré de 200 à 300 roubles au moment de la foire. On comprend les réflexions mélancoliques de la mère :

— Non, ma Sacha n'a pas de chance! Elle a beau se tenir d'une manière

(1) *Étoiles...*, I, 3.
(2) *Ibid.*, I, 4.
(3) *Les Innocents coupables*, III, 1.

irréprochable ; malgré cela, elle n'a pas cette faveur du public : ni cadeaux particuliers, rien de pareil à celles qui... Voilà le prince par exemple... qu'est-ce que ça lui coûterait ! Ou Ivan Séménytch Vélikatov... Il a, dit-on, des sucreries qui valent des millions... Qu'est-ce que ça lui coûterait d'envoyer deux ou trois pains de sucre? nous en aurions pour longtemps... Ils restent là, enfoncés dans l'argent jusqu'aux oreilles, et ils ne viendraient pas en aide à une pauvre jeune fille (1).

Ces regrets, ces désirs, c'est déjà presque la tentation de recevoir. Aussi, ignorant la nature vraie des propositions du prince, blâme-t-elle sa fille de l'avoir mécontenté.

Il faut ajouter la coquetterie, l'envie de briller, d'étaler à la scène des costumes et des parures, dont l'effet ne fut jamais médiocre sur un public naïf, de retrouver dans la vie les splendeurs de la scène, d'éclipser une rivale. Ces mobiles divers s'éveillent vite chez l'actrice pauvre ; l'exemple d'une camarade, à qui le riche « adorateur » procure le luxe à la ville, équipages, toilettes, les succès à la scène, les grâces de l'impresario, agit encore à la manière d'un dissolvant sur les velléités de vertu. L'actrice Smelskaïa, munie d'expérience et libérée de scrupules, jette sur l'idéalisme sermonneur de l'étudiant Mélouzov le froid enseignement de la réalité. Comme il s'étonne ingénument de l'entendre dire qu' « elle ne cédera pas son adorateur à Alexandra Négina », et ne comprend pas de pareils rapports entre hommes et femmes :

— Comment pourriez-vous les comprendre? répond-elle. C'est que vous ne connaissez rien de la vie... Quand vous aurez passé quelque temps au milieu de nous, vous saurez tout comprendre (2).

Et, toujours à propos de l'« adorateur », elle démolit dans l'esprit et la croyance de sa jeune camarade l'idole déjà fragile du maître de sagesse :

— Qu'est-ce qu'il en sait? Il va rabâcher sa philosophie ; on en a bien affaire ! Tu as bien tort de l'écouter, ma pauvre Sacha ! Ne l'écoute pas, si tu veux ton bien. Il te met seulement l'esprit à l'envers. La philosophie est bonne dans les livres, mais qu'il essaie un peu de vivre à notre place (3).

Aussi Sacha en est-elle vite à chercher un compromis entre une docilité un peu distraite aux leçons de l'étudiant, et l'attrait des divertissements, de la familiarité avec les « adorateurs ».

Il y a enfin les sollicitations, déguisées ou directes. Alexandra Négina les a repoussées une première fois. Mais les fatigues, les tracas du bénéfice, l'anxiété de la recette problématique, une cabale d'amateurs mécontents de sa pruderie, qui obtiennent de l'impresario son renvoi de la

(1) *Étoiles...*, I, 1.
(2) *Ibid.*, I, 12.
(3) *Ibid.*, II, 6.

troupe, les humiliations présentes, un avenir de lutte et de gêne usent les forces de résistance, assaillies de tous côtés. Alors, quand le riche Vélikatov, « pomêchtchik et industriel », offre par fantaisie, autant que par intérêt pour la jeune artiste, de racheter la recette du « bénéfice », ce qui est un moyen de la décupler, elle accepte, peut-être sans prévoir la rançon. D'ailleurs le « bénéfice », toutes dettes soldées, ne laissera pas pour une longue aisance : la pauvreté est toujours prochaine.

Après le spectacle, deux lettres, l'une de Mélouzov, pleine d'éloges et de timide espoir, l'autre de Vélikatov : déclaration, offre d'être châtelaine l'été dans son palais à la campagne, brillante actrice l'automne dans un théâtre qui « dépend complètement de lui », posent de nouveau le problème jusqu'alors éludé. Le premier mouvement d'Alexandra Nêgina est encore un refus indigné; la vertu se débat contre les suggestions maternelles et l'obscur désir :

— Maman, mais qu'est-ce que cela veut donc dire? Qu'est-ce qu'il écrit, ce malhonnête? Qui donc lui a permis?

Domna Pantéléevna. — Permis quoi?

Nêgina. — Mais cela... de m'aimer.

Domna Pantéléevna. — Est-ce qu'on demande la permission pour cela, sotte?

Nêgina. — Tiens, je le tuerais. (*Silence.*)

Domna Pantéléevna (*songeuse*). — Des cygnes... Des cygnes, dit-il, nagent sur le lac (1).

Nêgina. — Ah! Qu'est-ce que cela me fait? (*Silence.*)

Domna Pantéléevna. — Sacha, ma petite Sacha, vois-tu, nous n'avons encore jamais causé ensemble sérieusement; et voici les affaires sérieuses qui commencent. On vit, on végète dans la misère, et là, c'est la richesse. Ah! mon Dieu! quel malheur! La voilà la tentation, la voilà! N'est-ce pas le diable en personne, Dieu me pardonne, qui vient se fourrer ici? Juste au moment... Il n'y a qu'un instant nous nous plaignions de notre dénûment. Oui, c'est le diable, sûr. Et que de gentillesse en lui, que de vertus de toute sorte! mais parlons donc sérieusement de cette affaire-là, tête de linotte!

Nêgina. — « Sérieusement »! parler sérieusement d'une chose pareille? Pour qui donc me prenez-vous? Est-ce que c'est une « affaire honnête »? Voyons, c'est une honte. Tu te souviens bien de ce qu'il disait, lui, mon bien-aimé, mon Pierre. A quoi bon réfléchir, et sur quoi? De quoi parler? Si tu es dans l'indécision, prends n'importe quoi et tire au sort. Après tout, je t'appartiens. Pair ou impair, et que ce soit fini.

Domna Pantéléevna. — Que dis-tu là? Comment puis-je? C'est ton affaire à toi. Dieu me garde! Dieu et les hommes...

Sacha veut aller rejoindre Mélouzov : elle croit l'aimer encore. Sa mère l'arrête :

(1) Allusion à une description que Vélikatov lui faisait de son domaine, III, 2.

NÊGINA. — Laissez-moi, ce n'est pas votre affaire!

DOMNA PANTÉLÉEVNA. — Comment, pas mon affaire? Mais toi-même aussi, tu es à moi.

NÊGINA. — Eh bien, soit, je suis à vous, faites de moi ce que vous voudrez, mais mon âme est à moi. Je vais vers Pierre. Il m'aime, lui, au moins, il a pitié de moi, il nous a enseigné le bien.

DOMNA PANTÉLÉEVNA. — Mais, et notre affaire? Dis-moi quelque chose.

NÊGINA. — Ah! l'affaire, l'affaire! Eh bien, demain, demain, attendons jusqu'à demain. Mais pour le moment, ne me troublez pas. En ce moment je suis si bonne, honnête, comme je ne l'ai jamais été, et peut-être, comme je ne le serai plus demain. Mon âme est dans un état de bonté et d'honnêteté qu'i ne faut pas troubler.

DOMNA PANTÉLÉEVNA. — Bon, bon, comme tu voudras, comme tu voudras.

NÊGINA (s'enveloppant d'un châle). — Je ne sais si je reviendrai tout de suite ou si, peut-être, je ne resterai pas jusqu'au matin... Mais pas un mot, ni un regard...

DOMNA PANTÉLÉEVNA. — Qu'est-ce que tu dis-là? Ne suis-je pas ta mère, ne suis-je pas femme? Est-ce que je ne comprends pas qu'il ne faut pas te gêner? N'ai-je pas d'âme, voyons (1)?

Alexandra Nêgina emmène son étudiant dans une longue promenade nocturne : « Où tu voudras, dit-elle, partout où il te plaira : tu es le maître absolu, jusqu'au matin (2). »

« Le matin est plus sage que le soir », dit le proverbe russe : le jour venu de la raison dissipe les fantômes, l'idéal cède à la réalité, la vertu à la vie. La jeune actrice, le lendemain même de son « bénéfice », quitte précipitamment la ville de Briakhimov pour Moscou où l'attend, dit-elle à sa rivale Smelskaïa, un brillant engagement. Vélikatov l'accompagne : c'est lui, sans qu'on le sache, qui a préparé ce départ, cet enlèvement. Quelques instants avant que le train s'ébranle, après un brouhaha d'adieux, l'étudiant Mélouzov accourt à la gare. Nêgina eût voulu éviter cette entrevue. C'est la scène culminante : elle enferme la morale, la somme d'humanité en mœurs russes, que le sujet comportait, avec une teinte de sentimentalité et de mélancolie :

NÊGINA. — Allons, Pétia, adieu! Mon sort est décidé.

MÉLOUZOV. — Comment? Quoi? Que dis-tu?

NÊGINA. — Je ne serai pas à toi, mon ami! C'est impossible, Pétia!

MÉLOUZOV. — A qui donc?

NÊGINA. — A quoi bon le savoir? Cela est indifférent pour toi. Il le fallait ainsi, Pétia. J'ai longtemps réfléchi, maman et moi nous avons bien réfléchi... Tu es un honnête, très honnête homme! Tout ce que tu disais est la vérité, tout cela est vérité, mais il n'y a pas moyen... Combien j'ai pleuré, combien je

(1) *Étoiles...*, III, 7.
(2) *Ibid.*, III, 10.

me suis accusée... Tu ne peux comprendre. Vois-tu bien : cela a toujours été ainsi, c'est l'habitude, alors... et puis... toutes font ainsi ; quoi? irais-je tout d'un coup, moi seule?... Ce serait même plaisant !

MÉLOUZOV. — Plaisant? Comment, plaisant?

NÉGINA. — Mais oui. Tout ce que tu disais, c'est la vérité; c'est ainsi que tous devraient vivre, tous... Mais si j'ai du talent... si la gloire s'offre à moi... Dois-je refuser, voyons? Se plaindre ensuite, se tuer toute sa vie... Si je suis née actrice?

MÉLOUZOV. — Que dis-tu, Sacha? Est-ce que le talent et la mauvaise vie sont inséparables?

NÉGINA. — Mais non, ce n'est pas la mauvaise vie ! Ah ! quel homme tu es ! (Elle pleure.) Tu ne comprends rien... et tu ne veux pas me comprendre. Je suis actrice, n'est-ce pas, et pourtant, d'après toi, je dois être je ne sais quelle héroïne. Mais toute femme peut-elle être héroïque? Je suis actrice... Si je t'avais épousé, je t'aurais bientôt quitté pour entrer au théâtre ; pourvu que je fusse à la scène, peu m'auraient importé les pauvres appointements. Est-ce que je peux vivre sans le théâtre?

MÉLOUZOV. — Voilà qui est nouveau pour moi.

NÉGINA. — Nouveau? Nouveau parce que jusqu'ici tu ne connaissais pas mon âme. Tu croyais que je pouvais être une héroïne, mais je ne peux pas... et je ne veux pas. Quoi? est-ce à moi de faire la leçon aux autres? « Vous autres, voilà comme vous êtes, et moi, voilà comme je suis... honnête » !... Et telle de ces autres peut n'être absolument pas coupable ; combien y a-t-il de ces circonstances !... juges-en toi-même : ou les parents, ou quelque illusion... Et j'irais les condamner ! Dieu m'en garde !

MÉLOUZOV. — Sacha, Sacha ! mais une vie honnête est-elle un reproche pour autrui? Une vie honnête est un bon exemple à imiter.

NÉGINA. — Eh bien, tu vois ; donc, je suis une sotte, donc je ne comprends rien... Et nous deux maman nous avons considéré... pleuré un peu, et jugé... Et tu veux que je sois une héroïne. Non, à quoi bon lutter ! Quelles forces ai-je? Mais tout ce que tu disais est la vérité. Je ne l'oublierai jamais.

MÉLOUZOV. — Tu ne m'oublieras pas? Merci déjà pour cela !

NÉGINA. — Ç'a été les meilleurs jours de ma vie : je n'en retrouverai plus de pareils. Adieu, cher !

Sacha, la conscience encore mal affermie, supplie son ami de lui pardonner, de ne pas lui en vouloir : elle lui laisse une boucle de ses cheveux, lui offre son aide en cas de détresse :

— Non, je t'en prie, ne refuse pas. Je le fais en sœur, Pétia, en sœur ! Allons, accorde-moi cette joie ! Comme une sœur !... Comment te rendrai-je tout le bien que tu m'as fait (1)?

Et le train l'emmène vers un mystérieux avenir : gloire théâtrale ou vie galante. Elle laisse sa rivale dépitée, des adorateurs déconfits, l'étudiant plus enfoncé que jamais dans son idéalisme farouche.

(1) *Étoiles...*, IV, 9.

Tout ce léger drame de conscience, avec son court orage et ses larmes vite séchées, se noue et s'achève dans un ton d'amertume tempérée, de vérité indulgente. Il est fort heureusement égayé par maintes scènes de mœurs, où passent des personnages vivement saisis, dont le théâtre est la passion, le gagne-pain, la distraction : *l'entrepreneur* Migaev, positif et plat, attentif au rendement plus qu'au talent, docile aux suggestions des « premiers fauteuils », même si elles entraînent une mauvaise action ; les acteurs, le *tragique* Eraste Gromilov, roi Lear de cabaret ; les actrices ; le souffleur Narokov, ancien *pomêchtchik* féru du théâtre et ruiné par lui, mais content encore d'en approcher, d'en respirer l'air ; les « adorateurs », les uns orgueilleux et grossiers, Doulébov, Bakine, les autres, simples et polis, Vasia, fils de marchand, Vélikatov ; enfin Domna Pantéléevna Nêgina, une Mme Cardinal des plus naturelles et réjouissantes.

La conclusion d'*Etoiles et adorateurs* est qu'il est difficile, sinon impossible, à l' « étoile » de province, vu les mœurs locales, l'état du théâtre provincial, le temps et les idées régnantes, d'éviter l'« adorateur », de rester à la scène et à la vertu. Cette conclusion, comme l'image scénique qui l'illustre, concordait plus d'une fois avec la réalité.

LIVRE V

LA VALEUR DE L'ŒUVRE

CHAPITRE PREMIER

VÉRITÉ DU TABLEAU DES MŒURS MARCHANDES

I. La vérité des mœurs dans l'œuvre d'Ostrovski : utilité et possibilité d'en chercher les preuves dans la littérature et la vie du temps.
II. L'improbité et la vanité du marchand russe jugées par les étrangers et par les Russes.
III. Ses plaisirs. — Sa dévotiosité.
IV. Sa rudesse envers les siens. — Deux victimes du despotisme familial : le poète Koltsov, Élisabeth Diakonova. — Les couvents de femmes.

I

Pour que son œuvre ait chance de garder un intérêt durable, le peintre de mœurs doit retracer fidèlement la réalité contemporaine, qu'à l'occasion son art, par delà les frontières d'une époque ou d'une nation, élargira en vérité générale et profonde. L'image qu'Ostrovski donne de la société russe entre 1840 et 1885 est-elle ressemblante? Y eut-il effectivement des marchands ainsi malhonnêtes dans le commerce, vaniteux, tyranniques dans leur intérieur, des *poméchtchiks* ruinés, cupides et durs, des fonctionnaires prévaricateurs, des « affairistes » sans scrupule, des artistes provinciaux comme Nestchastlivtsev et Alexandra Nêgina? La vérification méthodique et précise reste encore à faire. Les critiques parfois bien médiocres qui analysèrent chaque pièce de l'auteur, jouée ou publiée, étaient censés connaître le monde et les mœurs d'où il tirait sujets et personnages, ou bien, pour la classe marchande par exemple, ils dédaignaient de s'éclairer. Plus que la matière et la vérité de l'observation, qu'ils négligent ou louent par prétérition, ils jugent la tendance, cherchent la doctrine, blâment de bonne heure la monotonie, la pénurie d'idées, l'absence « de haut intérêt social (1) ». Ceux qui, embrassant en études plus larges toute une partie ou même l'ensemble de l'œuvre, ont essayé d'en dégager les mérites et les défauts, reconnaissent volontiers son exactitude documentaire. L'épithète de *bytovoï* range Ostrovski parmi les explorateurs, déclarés dignes de foi, de la vie nationale (2). Tel historien de la femme et de la famille russe se réfère maintes fois à lui pour les us domestiques de la classe marchande (3); tel critique psychologue voit dans ses pièces « la représentation classique du fond spirituel de cette classe dans la formation et l'évolution historique de son caractère propre (4) »; tel autre dit de lui qu'on pourrait l'étudier « non seulement comme artiste, mais comme ethnographe (5) ». Dobrolioubov confère à son objectivité la force d'un témoignage indiscutable, mais c'est pour mieux condamner l'organisation traditionnelle de la vie économique et familiale, les survivances attentatoires aux droits de la personne humaine, à la liberté et au progrès. Boborykine et quelques autres accordent à l'auteur une sorte de don épique, mais lui dénient en revanche le talent dramatique, l'aptitude à développer scéniquement une situation ou un caractère (6).

Soixante ans nous séparent aujourd'hui des premières pièces d'Ostrovski, vingt-cinq ans des dernières. Dans la rapide évolution qui depuis un demi-siècle, depuis l'abolition du servage, entraîne la Russie, certaines formes des mœurs nationales ont disparu, d'autres se sont adaptées à des conditions et à des idées nouvelles. L'éthopée a pris un aspect historique : ses couleurs ont vieilli par endroits ; d'où l'utilité, sinon la nécessité, pour la rendre pleinement intelligible à un public étranger et même russe, de la replacer dans la littérature et dans la vie contemporaines. On ne trouvera ici qu'une esquisse fragmentaire et forcément abrégée, un schème tracé sur l'œuvre elle-même ; le complet éclaircissement exigerait la reconstitution intégrale du milieu social, entre les années 30 et 80 du dix-neuvième siècle : ce ne serait rien moins qu'un demi-siècle d'histoire.

Pour plus de clarté, on suivra dans cette étude comparative le même ordre que dans l'exposé de l'œuvre elle-même d'Ostrovski : le monde marchand, puis les autres classes. La littérature russe contemporaine, la vie russe fourniront les éléments de la confrontation.

(1) Voir ZÉLINSKI, *Kritika sotchinéni Ostrovskago.*
(2) KOROPTCHEVSKI, *Bytovopisatel dénéjnoï sily.* (*Délo*, nᵒˢ 2, 4, 1886.)
(3) CHACHKOV, *Istoriia rousskoï jenchtchiny.*
(4) OVSIANIKO-KOULIKOVSKI, *Voprosy psykhologii tvortchestva*, p. 235. Saint-Pétersbourg, 1902.
(5) *K.-A. Nékrolog Ostrovskago.* (*Věstnik Evropy*, nᵒ 7, 1886.)
(6) *Zaria*, nᵒ 2, 1871 ; BOBORYKINE. (*Délo*, nᵒ 11, 1871.)

II

Sur l'improbité marchande, on a vu plus haut les témoignages des étrangers et des Russes dans le passé, et jusqu'au début du dix-neuvième siècle. Depuis l'époque correspondante aux premières pièces d'Ostrovski, ces témoignages n'ont guère varié. Français, Anglais jugent sévèrement les pratiques frauduleuses, tout en faisant la part de l'histoire et des mœurs (1). Parmi les Russes, Nicolas Tourguénev impute le fait au régime, qui enferme une classe de la nation dans l'activité commerciale, dans le culte de l'argent (2) : il oublie que nombre de gens dans cette classe s'accommodent aisément de n'avoir pas d'autre idéal que de s'enrichir par tous moyens. Le poëte populaire Koltsov, dont le père était marchand de bestiaux à Voronèje, et qui dut lui-même, à son désespoir, user une bonne partie de sa courte existence sur les marchés aux bestiaux, aux abattoirs, dans les débats d'affaires, les procès, pour le compte de son père, distingue entre la rudesse ingénue et honnête du peuple, et la mauvaise foi marchande : « Le monde des gens qui m'en-

---

(1) *Revue britannique*, nᵒ 12, 1835 : *Moscou et ses habitants*. Traduit du récit d'un Anglais : il parle (p. 282) de la friponnerie des marchands, raconte une aventure arrivée à un Anglais de ses amis. « Ils ne confondent pas « attraper » avec « voler » : on dirait que friponner entre pour quelque chose dans l'habitude de la friponnerie, et que ces messieurs sont des artistes qui tiennent moins au lucre qu'à l'exercice de leur talent. » D. MACKENZIE-WALLACE, *la Russie, le pays, les institutions, les mœurs*. Traduit de l'anglais par H. Bellenger, 2 vol., Paris, 1877, chap. xi, sur les marchands, leur vanité, leur ignorance, leur improbité : « Il y a une pièce populaire, brutale dans son franc-parler, dans laquelle le diable, personnage principal, réussit à tromper des gens de toute sorte et de toute condition, mais est à la fin dupé à son tour par un marchand russe... Mais les mœurs changent... Il ne faut pas supposer que l'organisation si peu satisfaisante du monde commercial est le résultat d'aucune particularité du caractère russe. La Russie émerge seulement de cet état primitif dans lequel le prix fixe et les profits modérés sont tout à fait inconnus » (p. 187-188). COMBES DE LESTRADE, *l'Empire russe* en 1885, Paris, 1885 (p. 74-86) : « L'argent est leur seule force, la seule chose qui les mette au-dessus des rangs inférieurs. Ils l'achètent quelquefois par un oubli des règles ordinaires de la probité... L'on observe chez le marchand russe une absence quasi totale de ce que nos commerçants appellent l'honorabilité commerciale... Sans vouloir citer des faits, il semble que les commerçants russes en soient encore à cette idée que le commerce est une guerre de ruse et d'astuce où tous les moyens sont bons... Il est triste de reconnaître que beaucoup de grandes fortunes élevées dans ces dernières années leur donnent raison, en apparence. »

(2) *La Russie et les Russes*, par N. TOURGUÉNEFF, 3 vol., Paris, 1847, t. II, p. 47-48 : « L'abaissement des mœurs est inévitable là où les hommes ne peuvent demander leur bien-être qu'à la richesse, où le lucre est le seul but permis à leur ambition, où il leur est interdit d'aspirer à quelque chose de plus élevé, de plus noble. La classe des marchands en Russie en est une triste preuve. S'il y a une classe du peuple qui ait moins de caractère que les autres, une classe étrangère à tout élan vers le perfectionnement moral et intellectuel, qui soit guidée principalement par l'esprit de servilisme, c'est sans contredit celle des marchands... Il sait que les avantages de sa position dépendent du plus ou moins d'argent qu'il gagnera ; il sait qu'à mesure que ses bénéfices augmenteront, il se rapprochera de la classe privilégiée. Quels nobles intérêts pourrait-il mettre en parallèle avec cette importance qu'a pour lui la richesse?... Il est donc réduit à ne chercher qu'à gagner de l'argent, rien que de l'argent ; et on le sait, les moyens employés pour y parvenir ne sont pas toujours très honnêtes. »

toure n'est pas trop beau... Je sens qu'ils tuent perpétuellement toutes les aspirations de l'âme. Leur parler est merveilleux, leur âme n'est que boue... Je ne suis qu'un revendeur, un grippe-sou, un juif, un bohémien, une canaille, et je dois l'être. » A Bêlinski, qui lui propose de venir à Saint-Pétersbourg tenir une librairie, forme de commerce plus favorable à l'activité intellectuelle, Koltsov répond : « Je regarde le commerce des livres du même œil que tous les autres ; c'est un pur axiome, que là où il y a commerce, il y a aussi bassesse. Un homme, fût-il un saint, agira bassement, et, l'ayant fait une fois, pourquoi ne pas continuer? » Ce portrait de son père s'ajuste parfaitement aux types d'Ostrovski : « C'est un homme de condition modeste, un marchand, un spéculateur ; il est parti de rien, toute sa vie il a tondu sur un œuf, alors son cœur est si dur, qu'il est capable de tout pour son intérêt et pour les affaires de son commerce. Un vrai marchand ne songe qu'à ses propres affaires ; peuvent-elles profiter à autrui, il n'en a nul souci ; mais lui, pourvu qu'il soit indemne, tous les moyens lui sont bons (1). »

Un des maîtres de ce qu'on a appelé le « roman ethnographique », Melnikov-Petcherski, a décrit, dans deux grands ouvrages : *Dans les bois* (*V lêsakh*) (1872-1873) et *Sur les montagnes* (*Na gorakh*) (1875-1880), les mœurs des marchands vieux-croyants qui détiennent la fortune, sur les deux rives de la Volga. Plus riches que ceux de la rive gauche (ceux « des bois »), ceux de la rive droite (ceux « des montagnes ») sont encore plus durs pour les pauvres gens. La grande foire de Nijni-Novgorod est le champ où s'exerce leur habileté, leur astuce « : Partout et toujours ce sont les mêmes propos, argent, bénéfices, marchés avantageux. Chacun se vante de son gain, redoute une perte plus que le péché mortel ; e nul ne tient à faute un profit malhonnête... Tout chrétien qu'il est, il trompe sur les comptes : les ouvriers, de cinq kopeks, les clients, d'un rouble... Si les victimes se plaignent au bon chrétien, il n'en a cure. » Un jeune fils de marchand, Védénéev, dépeint ainsi à un de ses amis ces « durs parvenus des montagnes », qui n'ont pas fait d'études, comme lui, à l'École supérieure de commerce : « D'après leur vieille tradition, en affaires il n'y a plus ni père ni mère, ni frère ni sœur ; leur propre fils leur tomberait sous la main, ils le voleraient lui-même (2). » Tels sont les Lokhmaty, les Smolokourov, les Orichine, honnêtes parfois avec ceux qu'ils ont intérêt à ménager, déloyaux sans scrupule envers ceux dont ils n'ont rien à attendre. Tel fut constamment pour son fils le père de Koltsov (3).

(1) *Polnoé sobranié sotchinéni A.-V. Koltsova* (*Akadémitcheskaïa Bibliotéka Rousskikh pisatéléï.* I), Saint-Pétersbourg, 1909, p. 191, 216-218, 238.
(2) Melnikov-Petcherski, *V lêsakh*, III ; *Na gorakh*, II.
(3) Koltsov, *ouv. cit.*, p. 261-262. — Sur marchands et commis, cf. Tourguénev, t. I, *Kontora*, p. 174.

Saltykov, dans telle de ses *Esquisses de gouvernement*, met en scène des marchands d'une ville de district, qui tout en confessant leurs vols, s'en excusent sur la nécessité, la coutume reçue, les exigences de chaque commerce, celui des bois, par exemple, sur l'âpreté de la concurrence, l'insatiable cupidité des fonctionnaires, le coût du pot-de-vin, les risques matériels (perte, détérioration de marchandises). Heureusement il y a un client, le meilleur de tous, l'État (*kazna*) : « Celui-là est notre père nourricier à tous » ; rien à craindre avec lui : « bon ou mauvais, il accepte tout, sans marchander et paye toujours le prix fort. » Une seule inquiétude les trouble : la modernisation des procédés commerciaux, des modes de transport ne permettra plus aussi facilement qu'autrefois de tromper impunément le pauvre monde (1).

Le marchand est-il encore au village, à la première étape de l'enrichissement, et tout proche de son origine populaire : la moralité est la même. La femme du *mêchtchane* Tsyboukine, honnête et bonne pourtant, charitable même, parle ainsi de leur ménage : « Nous vivons bien, nous avons de tout en abondance. En un mot nous vivons comme des marchands ; seulement, voici ce qu'il y a d'ennuyeux chez nous : nous faisons vraiment bien tort au monde, j'en suis toute malade, mon ami, tellement nous lui faisons tort. Dieu ! Échangeons-nous un cheval, achetons-nous quelque chose, louons-nous un ouvrier, on trompe sur tout. C'est vol sur vol. L'huile de lin pour le carême est aigre et gâtée, le goudron même des gens serait meilleur. Mais quoi ! Dis-moi, on ne peut pourtant pas vendre de la bonne huile (2) ! »

Ignace Gordêev « courait la Volga en amont et en aval, la couvrant d'un solide réseau de filets à l'aide desquels il attrapait l'or ; il raflait le blé des villages, le transportait à Rybinsk sur ses bateaux ; il volait, trompait, sans parfois s'en apercevoir ; parfois aussi il s'en rendait compte, et tout triomphant, il se moquait ouvertement de ceux qu'il avait trompés ; il s'élevait, dans sa cupidité insensée, jusqu'à une sorte de poésie (3) ». Après sa mort, son fils Thomas, jeune encore et honnête, est surpris de voir les confrères tout prêts à abuser de son inexpérience, à se tromper mutuellement :

— Eh bien, quoi? dit le vieux Maïakine, « compère » d'Ignace Gordêev. Le commerce, c'est tout comme une guerre... un jeu de hasard. Ici on lutte pour la besace et dans la besace, il y a une âme.

— Cela ne me plaît pas, déclara Thomas.

— Moi aussi, cela ne me plaît pas... trop de tromperie. Mais y aller tout franchement, dans une affaire commerciale, c'est impossible, il

(1) Saltykov, *Tchto takoé kommertsia*, p. 363, 371. (*Polnoé sobranié sotchinéni*, t. I.)
(2) Tchékhov, *V ovragê (Dans le ravin)*, IV.
(3) Gorki, *Thomas Gordêev*, I. Le roman est écrit en 1899, l'action commence soixante ans avant.

faut de la politique. Ici, l'ami, quand on s'avance vers un homme, il faut tenir le miel dans la main gauche et dans la droite le poignard. Tout chacun veut acheter cinq kopeks pour un gros.

. — Alors... ce n'est pas très bien, dit Thomas d'un air pensif.

— Ce sera bien, plus tard... Quand tu auras repris le dessus, alors ce sera bien. La vie, mon bon Thomas, est réglée d'une manière très simple : mordre partout ou rester dans la boue (1).

Quant à la banqueroute frauduleuse, comme procédé rapide d'enrichissement, le personnage de Nékopêikov, dans la comédie de Catherine II, *O temps!* montre qu'elle date d'assez loin. Dans sa réponse à Ostrovski, qui s'efforçait de défendre *Entre siens on s'arrangera* contre le comité censural, le recteur de l'université de Moscou, Nazymov, l'appelle « la plaie du temps présent » et reconnaît qu'elle est punie dans la comédie (2). Pogodine écrivait à la comtesse Bloudova : « La comédie d'Ostrovski (*le Banqueroutier*, titre que la pièce porta quelque temps) a plus de qualités que vous ne pensez, le prince et vous. La cause de votre injustice vient de ce que vous ne connaissez pas ces marchands, d'où elle est copiée. Ce ne sont plus les marchands que le comte a laissés à Moscou dans les années 1810 et 1820. C'est une méchante génération, transition de la grossièreté, de la bonté, de la simplicité à la soi-disant civilisation... C'est grand dommage pour l'auteur, le public et l'art qu'on interdise la représentation de cette comédie. Elle est un supplément au Code pénal (3). »

Outre les comédies de Léïkine (4) sur le monde marchand de Saint-Pétersbourg et quelques vives esquisses de Gorbounov (5), où se révèle l'inspiration, parfois l'imitation d'Ostrovski, on recueillerait encore chez maint auteur contemporain, en traits épars ou amples études, de quoi vérifier le témoignage scénique du dramaturge sur l'improbité professionnelle dans le *koupetchestvo* (6).

III

Sur la vanité du parvenu, plus avide souvent d'étaler sa richesse que capable ou désireux d'en jouir, sur les ridicules de sa sottise prétentieuse, sur sa lourde imitation des élégances étrangères ou des excentricités aristocratiques, son ambition de frayer avec le haut monde, les exemples,

(1) GORKI, *ibid.*, V.
(2) Dans l'édition des œuvres d'Ostrovski par PISAREV, t. X, p.xxvi.
(3) BARSOUKOV, *Jizn i troudy Pogodina*, t. X, p. 259, 1896.
(4) LÉÏKINE, *Apraksintsy.*
(5) GORBOUNOV, t. I, *Scény iz koupetcheskago byta : Na iarmarkê.*
(6) NIKITINE, *Koulak* (1858) (le *koulak*, littéralement « le poing », est l'accapareur, l'usurier campagnard) ; POTÊKHINE, *Brat i sestra;* KRASOVSKI, *Jénikh iz nojévoï linii;* BOBORYKINE, *Kitaï-Gorod, Péréval;* L. TOLSTOÏ, *Khoziaïn i rabotchi;* DOSTOEVSKI, *Bratia Karamazovy.*

dans la littérature et dans la vie, abondent. Habitation, train de maison, goûts et plaisirs, alliances et accointances glorieuses, tels sont les aspects divers selon le degré de culture et la place assignée par la fortune dans la hiérarchie corporative. « Voici que le marchand, écrit Dostoevski, a soif de luxe, qu'il répudie les mœurs anciennes et la foi de ses pères. Il fréquente les princes et n'est lui-même qu'un paysan gâté (1). » Tout est ostentation. Pouchkine voyait déjà vers 1825 les vieilles demeures aristocratiques de Moscou passer aux mains de riches marchands (2). Pour ceux-ci en effet l'habitation est un signe imposant, presque obligé, de la richesse ; par là ils croient déjà s'élever au niveau de cette noblesse, qu'ils envient ; ils se voient aussi loin du moujik d'hier que l'est leur somptueuse maison de l'izba paternelle (3). S'ils font bâtir eux-mêmes, c'est pour bien « se montrer » : ceux qui ont le plus de goût édifient en vieux style russe, dans le Zamoskvoretché, des palais dont la décoration polychrome égaie, éclaire toute une rue (4). Ils entassent à l'intérieur des collections précieuses, icones, manuscrits, tableaux choisis parfois avec un singulier éclectisme. Tel artiste étranger, dont les œuvres attendent dans son pays une célébrité lente à venir, a déjà trouvé asile dans la galerie du riche amateur. Il serait sans doute injuste d'oublier que du corps des marchands sont sortis nombre d'écrivains notables (5) et que l'art aussi leur doit beaucoup : les musées privés des frères Tré-tiakov, des frères Chtchoukine, de Soldatenkov, de Bakhrouchine et d'autres encore sont devenus ou deviendront des trésors nationaux ; l'art dramatique, les éditions précieuses ont leurs Mécènes, et le Théâtre artistique de Moscou n'eût pu naître ou prospérer ailleurs que dans la vieille capitale, où les opulentes fortunes marchandes se laissent mettre largement à contribution. Mais hors cette élite mûrie et affinée malgré des traces subsistantes de rudesse et de bizarrerie, l'envie de briller se rencontre plus que le discernement. Comme cet original moscovite du vieux temps, qui s'était fait construire dans une des rues principales « une maison chinoise avec des dragons verts, des mandarins en bois sous des parasols dorés (6) », tel koupets moderne voudra une maison en

---

(1) DOSTOEVSKI, *Bratia Karamazovy*, III, 3, 6 ; COMBES DE LESTRADES (*ouv. cit.*) : « La dignité personnelle est remplacée beaucoup trop souvent par la vanité. »
(2) POUCHKINE, *Mysli na dorogé* : II. *Moskva*. — Cf. ZAGOSKINE, *Moskva i Moskvitchi*, IV, 1 : *Koupetcheskaïa svadba*. Moscou, 1842-1850 : « Sa maison (du marchand de la première guilde Tsybikov), qui appartenait jadis à un barine de haute naissance... »
(3) TCHÉKHOV, *Vichnévy sad (la Cerisaie)*, acte III, fin : « Si les aïeux », dit le marchand Lopakhine devenu acquéreur du domaine, « pouvaient voir leur Ermolaï, battu, mal éduqué, qui marchait pieds nus l'hiver, comment il a acheté le domaine le plus beau du monde ! »
(4) La maison Igoumnov ; celle de Chtchoukine dans la Malaïa Grouzinskaïa.
(5) Volkov, Plavilchtchikov (dix-huitième siècle) ; Polévoï (N.), Lajetchnikov, Koltsov, Nikitine, Gontcharov, Averkiev, Léïkine (dix-neuvième siècle).
(6) POUCHKINE, *Mysli na dorogé* : II. *Moskva*.

Gontcharof n'a
jamais appar
a la classe marcha

« style décadent », ou, si l'architecte lui demande quel style il préfère, répondra « qu'il a des capitaux pour tous les styles » ; tel autre, une copie d'un gracieux manoir dont les fines dentelures l'avaient séduit sous un ciel lointain et semblent dépaysées au bord d'une voie urbaine.

L'intérieur, rarement aménagé avec une élégance de bon ton, étale plutôt un luxe criard, lourd ; « tout est solide et bon, mais un peu épais (1), pour la montre plus que pour l'usage ». Le bonhomme Krasilnikov, riche usinier parti de rien, habite un véritable palais « avec des glaces d'une seule pièce ; néanmoins Kornil Égorytch n'a pas l'habitude de marcher sur le parquet en marqueterie, il ne sait ni s'asseoir, ni se tenir debout dans les chambres arrangées non pour la vie même, mais pour éblouir les yeux... Se glissant avec précaution parmi les divans et les fauteuils aux formes curieuses, il fuit comme un exilé son palais surchargé de dorures, pour un recoin commode, où les étrangers ne peuvent pénétrer. Là sur un poêle bas en carreaux de faïence, bien tiède, il cherche les commodités qu'il ne trouve pas dans des chambres trop ornées (2) ». Kouzma Samsonov possède une maison à un étage « ancienne, sombre, très spacieuse, avec des dépendances et une aile : ses fils mariés et leurs enfants, ure fille non mariée, une vieille sœur se tassent comme ils peuvent au rez-de-chaussée, deux commis, dont l'un pourvu d'une nombreuse famille, dans l'aile. Le vieux Samsonov garde pour lui tout l'étage supérieur « composé d'une quantité de grandes pièces d'apparat, meublées dans le vieux goût marchand, avec de longues rangées ennuyeuses de fauteuils et de sièges en acajou le long des murs, des lustres de cristal dans leurs housses, des glaces moroses aux trumeaux. Toutes ces chambres demeuraient complètement vides et inhabitées, parce que le bonhomme, malade, se cantonnait dans une chambrette unique, dans sa petite chambre à coucher très reculée (3) ». « Ce parvenu ignorant et plein de contrastes », dit l'historien A. Leroy-Beaulieu, « ridicule victime de la vanité, épris du luxe moderne et ne pouvant s'y faire lui-même, s'entourant de meubles et de frivolités dont il méconnaît l'usage, et toujours mal à l'aise dans sa propre maison, dans ses propres vêtements, se rencontre plus souvent en Russie que partout ailleurs... L'un de ces nababs de province, faisant admirer à un ingénieur anglais sa chambre à coucher et son lit sculpté, recouvert d'un surtout de dentelle, lui disait avec un malicieux sourire : « Ce lit-là m'a coûté une somme folle ; mais, voyez-vous, je ne couche pas dedans, je couche dessous (4). » Khreptiougine, pour aller en pèlerinage et voyager en même temps par

(1) GORKI, *Thomas Gordéev*, I.
(2) MELNIKOV-PETCHERSKI, *Krasilnikovy.*
(3) DOSTOEVSKI, *Bratia Karamazovy*, VIII, I.
(4) A. LEROY-BEAULIEU, *l'Empire des Tsars et les Russes*, t. I, p. 325.

plaisir, s'est fait confectionner un carrosse, où il entre « quinze pouds, rien que de ferrures » ; l'installation est assez incommode ; mais Ivan Onufrytch songeait moins au confort « qu'à ce qu'il y eût du fer et du chêne en abondance, un carrosse à faire pousser des ah ! aux bons Russes, crever et sécher de jalousie les Allemands (1) ».

Ivan Aksakov, lisant pour la première fois le *Domostroï* récemment publié, s'étonnait d'abord que pareil ouvrage eût pu naître dans son pays, « tant il renferme de choses contraires à la nature russe ». A la réflexion, les traits de ressemblance se découvrent : « Il est impossible, de ne pas reconnaître que le genre de vie et de conduite prescrit par le pope (Silvestre) rappelle absolument le genre de vie et les usages actuels du monde marchand, là surtout où la civilisation est peu visible... Tout pour les invités, tout pour la montre, tel est le thème principal de Silvestre et de nos marchands. » Il décrit plus loin un dîner chez des marchands, auquel assiste le gouverneur : « Bien entendu une demi-heure se passe à placer les invités ; le maître de la maison se donne du mal pour que tous soient assis d'après le tchine et la profession ; aussi déplace-t-on cinq ou six fois les gens. Car celui qui est assis deux rangs plus bas n'en ressent pas moins l'affront, même s'il ne dit rien. Cette coutume est fort respectée, parce qu'elle est ancienne ; et ce qui prouve son ancienneté, c'est le *Domostroï* de Silvestre, qui consacre tout un chapitre à cette grave matière (2). » Pour un mariage, une cérémonie de famille, le marchand recherche et tient à honneur la présence d'un haut fonctionnaire en grand uniforme, « en ordres », c'est-à-dire paré de ses décorations : un amusant récit de Zagoskine montre la stratégie déployée pour vaincre les résistances de « Son Excellence » ; et l'expression « général pour noce (3) » est passée en proverbe. Impatient d'effacer l'origine plébéienne, il quitte la casquette, le caftan et les bottes pour le costume européen : « Mon père, c'est vrai, était un moujik, dit Lopakhine dans la *Cerisaie*, et me voilà, moi, en gilet blanc et souliers jaunes (4). » Comme les seigneurs de jadis et les barines de son temps, il voyage à l'étranger : ses surprises, ses ignorances, ses mésaventures sont une source de comique aisément grossi, mais vraisemblable (5). Il rapporte des goûts de luxe, une vaine imitation, ce « jargon de mots et de pensées (6) » qui choque

(1) Saltykov, t. I, *Khreptiougine i ego séméïstvo*, p. 275.
(2) I.-S. *Aksakov v ego pismakh*. Saint-Pétersbourg, Moscou, 1888. Lettres de 1850, p. 268, 270, 296, 301.
(3) Il s'agit du tchine civil de général. Zagoskine, *ouv. cit.*, IV, ɪ : *Koupetcheskaïa svadba*. — Cf. Ostrovski, *Filles riches*, IV, 5, fin ; Tchékhov, *Povêsti i Razskazy*, t. II, *Orden*. Edit. Marx, Saint-Pétersbourg ; Gorbounov, t. II, p. 591 ; D. Mackenzie-Wallace, *ouv. cit.*, chap. xɪ, p. 181.
(4) Tchékhov, *Vichnévy sad*, acte Iᵉʳ.
(5) N.-A. Léïkine, *Nachi za granitséï. Ioumoristicheskoé opisanié poèzdki souprougov Ivanovykh v Parij i obratno*. Saint-Pétersbourg, 1893.
(6) Lettre à la comtesse Bloudova.

Pogodine et rappelle, à un siècle de distance, la folle gallomanie des « petits maîtres » russes. A défaut de modèle exotique, il s'efforce de rivaliser avec ses confrères plus affinés.

Gorbounov cite plusieurs maisons de riches marchands moscovites, les Botkine, Korzinkine, S.-V. Perlov, Soldatenkov, Khloudov, où les écrivains, les artistes, les professeurs de l'université étaient accueillis et fêtés : lui-même y avait été introduit par Ostrovski et P. Sadovski ; les amphitryons étaient des connaisseurs en théâtre, en musique, en livres, en art. Mais il ajoute : « Il y avait aussi des maisons qui, pour un esprit satirique, offraient une riche matière d'observation. J'en connaissais une, où le maître n'entendait rien à la musique ; mais on donnait parfois chez lui des quatuors, organisés par des artistes bien connus alors dans Moscou. Une fois, les exécutants soupaient à une table à part dans le salon : à un moment du souper, un valet de pied entre dans la salle à manger et dit au maître de la maison : « Les musiciens réclament du champagne : faut-il leur en servir ? » Le maître de la maison bondit : « Est-ce que ce sont des musiciens ? Es-tu fou, par hasard ?... Est-ce qu'ils vont jouer dans les noces, voyons ? Imbécile ! Tu es fait pour servir à des repas de funérailles et non dans une maison comme celle-ci (1). » Sa science musicale allait jusqu'à la distinction des deux mots « musiciens » (*mouzikant*) et « artistes ». Un autre richard qui se serait cru humilié d'entendre les célébrités musicales au concert, mêlé parmi la foule, les engageait à prix d'or pour venir jouer dans sa maison, devant lui et sa famille. Ce goût d'ostentation a des degrés divers, selon l'ancienneté ou l'importance du « capital » : le « moujik riche » des bourgades ou des chefs-lieux de district se modèle sur le *koupets* des chefs-lieux de gouvernement, celui-ci sur le « négociant » des capitales ; encore Moscou, plus volontiers fidèle aux traditions, a-t-elle longtemps passé pour une grande ville provinciale, moins européanisée que Saint-Pétersbourg (2). Un travers commun chez les parvenus de l'argent est l'ambition de pénétrer par le mariage dans une caste ou un monde supérieurs ; sa fréquence dans la classe marchande russe, les ridicules, mécomptes et conflits inhérents à cette vanité bourgeoise ont de bonne heure et maintes fois sollicité les peintres de mœurs. Pour le théâtre, par exemple, il y avait là, selon le penchant de l'auteur à la satire, au réalisme brutal ou à l'indulgente remontrance, une riche matière de comique, d'émotion tragique ou de pathétique sentimental. Il suffit de rappeler, avant

(1) Gorbounov, t. II, p. 590-591.
(2) Plavilchtchikov *l'Employé*, acte I, sc. 5 : « Vikoul : Moscou est une ville ancienne, ce n'est pas comme Saint-Pétersbourg, où nous autres marchands nous suivons en tout le goût seigneurial ; on verse dans des verres, et on vous présente ; mais on voit rarement des gobelets d'argent. » — Khariton Avdoulovitch : « Nous pêcheurs, nous vivons à l'ancienne manière, en toutes choses : nous buvons dans des gobelets d'argent. » La pièce est de 1816.

Ostrovski, *l'Employé* de Plavilchtchikov, et *le Mariage* de Gogol. Le succès de *Ne t'assieds pas dans le traîneau d'autrui*, et de *Pauvreté n'est pas vice* suscita, du moins à Moscou, un engouement pour les pièces « en mœurs marchandes », et des imitations où nul n'égala le jeune dramaturge (1).

La rudesse native du *koupets* arrivé plus vite à la fortune qu'à la culture se marque par le choix et l'extravagance de ses divertissements ordinaires. Ostrovski les rappelle en allusions rapides : d'autres les ont complaisamment décrits. L'orgie en est la forme la plus fréquente, lors de marchés avantageux, de rencontres aux grandes foires, ou après des périodes d'acharné labeur mercantile, avec une sorte de frénésie, un besoin de s'y noyer corps et âme. Comme trait proprement russe : une sensation de vide à la fois physique et moral, un « ennui d'on ne sait quoi », (le mot *toska* est presque intraduisible), qui fait chercher la distraction ou l'oubli dans le tourbillon des grossiers plaisirs, dans le mépris de tout, des convenances, du devoir, d'autrui et de soi-même (2). On dirait des énergies encore brutes que tourmente un obscur désir de se dépenser, de s'épuiser dans une lutte avec la jouissance ou l'instinct, pour reprendre plus docilement le joug des disciplines sociales. A ces accès de débauche exaspérée, où le bruit de vaisselles brisées, les cris, les chants ou les orchestres tziganes, le ronflement de la *charmanka* se mêlent en vacarme étourdissant (3), succèdent parfois des repentirs naïfs ou grotesques, des pénitences volontaires, sombres et dures (4) : non sans que d'abord la maison, femme, enfants, employés, serviteurs, ait pâti de la lourde ivresse de son chef. Jeter l'argent à pleines mains,

cafard

---

(1) VLADYKINE, *Koupets Labaznik* (même sujet que *Ne t'assieds pas...*, avec peinture du monde du Zamoskvoretché) ; POTÊKHINE, *Doka na dokou nachel*, id. ; TCHERNYCHEV, *Né v dengakh stchastié* (1859), id. ; SOUKHOVO-KOBYLINE, *Rousskaïa Svatba* ; RODIS-LAVSKI, *Razstavanié*, drame ; ZAKHAROV ; OSIPOV. (GORBOUNOV, t. II, p. 578-579.) Toutes ces pièces sont des années 50, ou du commencement des années 60. — Voir SALTYKOV, t. I, *Khreptiougine i ego séméïstvo*, p. 277.

(2) GORKI, *Thomas Gordêev*, I ; *Toska*.

(3) SALTYKOV, t. I, *Vtoroï razskaz podiatchago ; Tchto takoé kommertsia?* TCHÉKHOV, t. III (édit. Marx, Saint-Pétersbourg), *Pianyé ;* TOLSTOÏ, *Kreutzerova sonata*, I ; GORBOUNOV, t. I, *Jestokié nravy, Razvéséloé jitié*. La *charmanka* est un orgue mécanique.

(4) GORKI, *Thomas Gordêev*, I : « Il s'enfermait à clé dans sa chambre, restait des heures à genoux devant les saintes images, la tête penchée sur la poitrine, ses mains pendaient inertes, mon dos se courbait, et lui-même demeurait silencieux, comme s'il n'osait prier... En ces jours de repentir, il ne buvait que de l'eau, ne mangeait que du pain de seigle. Le matin sa femme déposait près de sa porte une grande carafe d'eau, une livre et demie de pain et du sel. Il ouvrait la porte, prenait cette nourriture, et s'enfermait de nouveau. On ne le dérangeait pas, on évitait même de se montrer à lui. » — Cf. *Domostroï*, chap. VIII, fin ; TOURGUÉNEV, t. II, *Otsy i déti*, VII : « Elle (la princesse R. Ou...) passait pour une coquette évaporée, se livrait avec passion aux plaisirs de toute sorte, dansait jusqu'à tomber, riait et plaisantait avec les jeunes gens qu'elle recevait dans son salon ; les nuits, elle pleurait, priait, ne trouvait de repos nulle part, allait et venait dans sa chambre souvent jusqu'au matin, se tordant les mains avec angoisse, ou demeurait assise, pâle et froide, sur un psautier » ; SALTYKOV, *Gospoda Golovlevy*, les longues dévotions d' « Ioudouchka ».

boire, faire boire les gens (1), provoquer, frapper (2), sont les jeux innocents de ces princes du « capital » ; il leur faut en plus des bouffons, des
parasites, des souffre-douleur, l'encens grossier et la joie mauvaise
d'humilier (3). Ils se croient ainsi les égaux de ces nobles qui jadis,
détenteurs de la richesse, eurent même privilège et mêmes goûts (4) ;
à leur insu ils perpétuent cette coutume du bouffon domestique, depuis
longtemps oubliée en Occident, transmise par l'Orient byzantin, et
venue tout droit de l'antiquité. Souvent ce « farceur » est un homme de
la même classe, que la misère, la déchéance ont réduit à ce rôle. Le même
richard, mélomane par vanité, dont Gorbounov parle plus haut, disait
à l'acteur Sadovski, au sujet de Lioubim Tortsov : « Croiriez-vous, Prov
Mikhaïlovitch, que j'ai pleuré ! Oui vraiment, j'ai pleuré. Quand je
pense que ce malheur peut arriver à tout marchand... c'est terrible !
Combien de pareils à lui dans notre monde, qui mendient à travers la
ville ! Sans doute, on fera bien l'aumône, mais quant à de la pitié !
Tandis que pour vous, j'ai eu de la pitié, aussi vrai que je le dis ! Je me
pensais : Seigneur, j'ai été exposé à pareille chose, eh oui, tout d'un coup !
Foi que je dois à Dieu, j'ai été épouvanté. Ma maison est vide maintenant, j'y vis seul, comme un abandonné ! Et je crois me voir sur le parvis
d'une église, tendant la main... Grâce à toi, ami, beaucoup des nôtres
rentreront en eux-mêmes. Moi maintenant, mon cher, je ne bois plus
rien, fini !... Je songe voici... à ouvrir un hospice... pour les vieillards
qui sont à Moscou maintenant... il y en a tant... qu'ils puissent se
réchauffer. C'est tout juste pour moi, ces mots que vous dites : « Quelle
vie j'ai menée ! Quelles choses j'ai faites ! » Eh bien, parole d'honneur !
les larmes me sont venues aux yeux (5). »

(1) GORKI, *Thomas Gordéev*, I ; PYLIAEV, *Zametchatelnyé tchoudaki i originaly*, Saint-
Pétersbourg, 1898, p. 394, *Bogatchi-samodoury* : « Le fermier des eaux-de-vie
Longinov organisa un jour une fête populaire où il abreuva, enivra le peuple avec
l'eau-de-vie qui lui restait en surplus, si bien que quelques hommes moururent de
congestion et la police ramassa quatre cents personnes. »
(2) GORBOUNOV, t. II, p. 592 : le riche marchand I.-V. N-v raconte naïvement à
l'acteur P. Sadovski l'impression que celui-ci a faite sur lui dans le rôle de Tite Brouskov
(*les Jours qui portent malheur*) : « Ah ! Prov Mikhaïlovitch, tu m'as fait un tel honneur
à moi, Ivan Vasilievitch N-v, marchand de la première guilde, que je dois te saluer
jusqu'à terre. Quand tu es entré en scène, j'ai poussé un cri de surprise. Je dis à ma
femme — si tu la vois, tu pourras lui demander — : « Regarde, dis-je, on dirait que c'est
tout moi !... » Tu avais seulement la barbe un peu plus courte. Ma foi, c'est absolument
cela, par exemple quand j'ai bu. Ça, dis-je, c'est un coup droit. J'ai même été
tout honteux. Bien sûr, parbleu, quand on a trop bu, on donne une bourrade à
qui vous tombe sous la main, et on fait un peu de tapage... Ces jours derniers, au
« traktir de Moscou », j'ai tiré par les cheveux le garçon Gavrila ; j'en ai été pour
deux billets de dix roubles. Mais avec toi ! J'étais dans ma loge, et je regardais
tout autour de moi pour voir si on ne me reconnaissait pas ! Oui vraiment !... »
(3) TCHÉKHOV, *Pianyé !* « Nous ne pouvons pas nous passer de parasites » ; GORKI,
Thomas Gordéev, I (une scène que toutes les éditions russes ne donnent pas).
(4) TOURGUÉNEV, t. I, *Moï sosêd Radilov* ; t. IX, *Nakhlêbnik*, acte Ier.
(5) GORBOUNOV, t. II, p. 591-92. Le marchand ne cite pas exactement : Lioubim

On reconnaît ici un autre trait de la « large » nature russe, correctif de ses propres excès : l'idée de l'expiation volontaire, du rachat des fautes, longue improbité, dureté de cœur, oubli de la loi divine, par les bonnes œuvres. D'autres mobiles, sans parler de la pure charité, agissent sans doute dans ces conversions : crainte de la mort, du « terrible jugement » et de la géhenne éternelle (1), dégoût de la vaine richesse, quand le corps ne peut plus en jouir, brusque révélation de l'âme et conscience de l'avoir négligée, étouffée. D'où les pratiques dévotieuses, les libéralités aux églises (2), aux couvents pour des messes de repos de l'âme, des prières rédemptrices, les dons aux pauvres, les constructions d'hôpitaux, de refuges, d'ouvroirs. Ces dotations pieuses, ces restitutions ne sont nulle part plus abondantes qu'en Russie, ni plus généreuses que parmi les marchands (3).

IV

Comme on l'a vu plus haut (4), la vie domestique, dans toutes les classes de l'ancienne Russie, reposait sur les mêmes principes : autorité presque illimitée du chef de la famille, avec la double sanction de la « loi » religieuse et de la loi civile, sujétion étroite des membres. Et l'immense majorité, par esprit de conservatisme ou par intérêt, respectait ces principes à l'égal d'un dogme immuable. La volonté réformatrice de Pierre le Grand, l'influence européenne au dix-huitième et au commencement du dix-neuvième siècle détachèrent d'abord la noblesse, non sans que le vieil esprit survécût chez maints *poméchtchiks* des campagnes. Enfermée dans un réalisme utilitaire, moins curieuse de s'instruire, plus rebelle aussi à la nouveauté, la classe marchande et artisane, à Moscou et dans les provinces, garda fidèlement les mœurs traditionnelles ; ainsi s'explique qu'elle offre encore au milieu du dix-neuvième siècle l'image presque intacte du régime patriarcal. « Avec les comédies

Tortsov dit : « Tous ont vu quels tours de ma façon j'ai exécutés » (c'est-à-dire : quelle vie je menais). (*Pauvreté...*, I, 12.)

(1) MELNIKOV, *V lésakh*, I : « Quand s'approche l'heure de la mort, l'homme aux sacs d'écus prend peur, prie, supplie ses héritiers : « Assurez le salut de mon âme pécheresse, qu'elle ne soit pas dans les ténèbres éternelles... »

(2) MELNIKOV, *V lésakh*, I : « Et les héritiers commencent à faire dire des messes pour le bon chrétien, élever des clochers à sept étages, fondre une cloche de mille pouds (16 000 kilogrammes) dont le son puisse aller jusqu'au septième ciel, quand elle sonnera pour appeler de l'enfer l'âme du chrétien filou... Les héritiers du chrétien paieront des centaines de roubles à un archidiacre à l'organe puissant, pour qu'il rugisse en mémoire de leur père un *Vétchnoúïou pamiat* » à faire frémir les diables dans l'enfer. » GORKI, *Thomas Gordéev*, III : « Oui, dit Ignace Gordéev, je n'ai plus longtemps à vivre... En mon état actuel, il serait temps de me préparer à la mort, ... de laisser tout là... de faire jeûne, et de me préoccuper de laisser aux gens bonne mémoire de moi. »

(3) Cf. A. LEROY-BEAULIEU, *ouv. cit.*, t. III, liv. II, chap. VIII ; liv. III, chap. IV.
(4) Liv. II, chap. V.

d'Ostrovski sur les mœurs familiales du *koupetchestvo* et du *mécht-chanstvo*, on remonte, par delà Pierre le Grand et le *Domostroï*, à une organisation de la famille élaborée par de très lointains principes d'asservissement de la femme (1). » Pour celle-ci, son infériorité sociale, son rôle effacé tiennent à l'éducation première, qui ne donne aucune place au développement du caractère, de la libre personnalité, n'ouvre d'autre perspective que le mariage, un simple changement de maître. La bonté, l'affection mutuelle, une conception plus humaine des droits et devoirs réciproques purent tempérer les abus de l'autorité maritale ; nul, au sein de la classe même, ne songeait à contester la légitimité du principe, à gêner son application, même rigoureuse. Dans les premières pages de la *Sonate à Kreutzer*, un marchand prend part à la discussion sur le divorce et formule avec une assurance tranquille, en mots lapidaires, la rude psychologie, qui reçoit, de la présence fortuite du personnage et de son anonymat, un caractère de généralité impersonnelle et corporative :

« Chez la femme, avant tout, il faut qu'il y ait la crainte. — Et quelle crainte? dit la dame. — Celle-ci : qu'elle craigne son mari. Voilà quelle crainte. — Mais c'est que ce temps-là est passé. — Non, madame, ce temps-là ne passera jamais. Telle Ève, la femme, a été créée de la côte de l'homme, telle elle restera jusqu'à la consommation des siècles... — Mais c'est vous, les hommes, qui raisonnez ainsi ; vous vous êtes donné la liberté et vous voulez tenir la femme dans le térem... Vous conviendrez bien que la femme est une créature humaine, qu'elle a ses sentiments, tout comme l'homme. Que peut-elle faire, si elle n'aime pas son mari? — Ne pas l'aimer !... Elle l'aimera, soyez tranquille ! »

Il n'admet pas la possibilité de la trahison, de l'infidélité chez la femme, dans son monde, parce qu'on sait « veiller » ; la mésaventure d'un commis réduit à chasser sa femme dévergondée lui inspire cette unique réflexion :

« Si dès le commencement il lui avait tenu la bride, et lui avait donné la vraie correction, elle aurait vécu honnêtement, pour sûr... Ne pas laisser prendre de liberté, voilà ce qu'il faut d'abord. Défie-toi de cheval au pré et de femme au logis... Oui, il faut brider le sexe féminin, autrement tout est perdu (2). »

On connaît le mode de coercition : les coups, une des habitudes les plus malaisées à extirper de la vie domestique tant que la loi elle-même la maintiendra dans le code des peines, et lointainement revêtues d'un caractère presque spirituel (3). Le « Brigadier » de Fonvizine est un

---

(1) CHACHKOV, *ouv. cit.*, p. 54 ; PORFIRIEF, *Pravoslavny Sobésédnik*. 1860.
(2) L. TOLSTOÏ, *Kreutzerova sonata*, I.
(3) Cf. *Domostroï*, chap. XXXVIII ; SCHÉRER, *Anecdotes intéressantes sur la Russie*, t. Iᵉʳ, p. 121, 1792 : « Le prêtre ne se sert plus de cette formule (lors du mariage) : « Dis-moi, fiancé mon frère et mon ami : es-tu capable de devenir le mari de cette jeune fille? La battras-tu de temps en temps? Est-ce que tu la quitteras quand elle

mari brutal : il traite sa femme en domestique, la rabroue sèchement, l'humilie, la bat : la pauvre « Brigadière », qui tremble devant lui, raconte comment un jour, en manière de jeu, il lui donna une telle bourrade dans la poitrine, qu'elle s'évanouit : et lui ne faisait qu'en rire (1). Le moujik, au bas de l'échelle sociale, use du poing, sans que nul s'émeuve (2); au milieu, le marchand y met à peine plus de formes. « Ignace Gordéev battait sa femme dès la seconde année de son mariage : il la battait, d'abord quand il était ivre et sans intention mauvaise, mais simplement pour obéir au proverbe : « Aime ta femme comme ton âme, et secoue-la comme un poirier »; mais après chaque couche, trompé dans ses espérances d'un héritier mâle, il était pris d'une haine furieuse contre elle, et alors il la battait avec jouissance, comme pour la punir de ne pas lui donner de fils (3). » L'image des mœurs marchandes, dans *l'Orage*, est copiée sur des réalités directes, et tout confrère de Kabanov pouvait juger de la ressemblance. Un critique, témoin de la profonde impression produite sur un auditoire populaire par le drame *Fais ce que dois*, rapporte à ce sujet le fait suivant : « Une fois, à une représentation de *l'Orage* à Moscou, un jeune marchand de province, assis à côté de moi, et qui n'avait sans doute jamais été au théâtre, pleura presque tout le temps du spectacle, et répétait : « Seigneur, quelle vérité, quelle vérité ! Où ont-ils vu cela, d'où savent-ils tout cela (4)? » Ce naïf témoignage a bien son prix. Même quand elle échappe aux sévices, la *kouptchikha* demeure une créature passive, sans force de résistance (5) ; comme elle vit davantage à la maison, son attachement au costume, à la nourriture, au langage et aux manières du vieux temps lui attire souvent les sarcasmes ou l'indulgente ironie de son mari plus familiarisé avec la mode européenne : telle Anna Timoféevna, femme de Khreptiougine (6).

Le despotisme paternel, la superstition, la défiance ou l'hostilité des

sera malade ou qu'elle deviendra vieille, etc.? » Cette coutume de battre les femmes subsiste encore, je ne dis pas parmi le peuple, où rarement un mari manque à ce devoir, mais même dans les premières classes de l'Empire. Les femmes se croient méprisées quand leurs maris ne les frappent pas de temps en temps. J'ai été présent à la conversation d'un soviétnik (conseiller) et de sa fille, qui avait épousé un marchand. La mère demanda d'abord comment cela allait dans le ménage. L'autre parut embarrassée et ne répondit pas. Pressée par la même question, elle pleura et dit à sa mère, en sanglotant, que « son mari ne l'aimait point, qu'il ne l'avait pas encore battue depuis cinq mois qu'ils étaient mariés ».

(1) FONVIZINE, *Brigadir*.
(2) NÉKRASOV, t. I, p. 407, *Katérina* : « Patiente, notre fille, répètent les vieux parents, les coups du bien-aimé ne font pas longtemps mal ! — Patiente, sœur ! répond le frère, les coups du bien-aimé, etc... ! — Patiente ! disent en chœur les voisins, les coups du bien-aimé... »
(3) GORKI, *Thomas Gordéev*, I.
(4) D. KOROPTCHEVSKI, *Bytovopisatel dénejnoï sily*. (*Délo*, nº 4, p. 53-54, 1886.)
(5) Cf. ce que Koltsov, dans ses lettres, dit de sa mère.
(6) SALTYKOV, t. I, *Khreptiougine i ego séméïstvo*, p. 276.

parents envers l'instruction, le mariage imposé de force aux jeunes gens ou conclu sans égard pour leurs sentiments, entretenaient la discorde entre pères et enfants. Les lettres de Koltsov à Bêlinski et à Botkine en apportent un exemple ; elles gagnent encore en intérêt documentaire, si l'on songe que l'auteur souhaita toujours demeurer un bon fils, en donna mainte preuve, et qu'au temps où ces lettres sont écrites, il avait acquis déjà un beau renom de poète.

« Mon père, dit-il, homme doué d'une vigoureuse nature physique, fut d'abord employé de commerce, acquit quelque avoir, devint patron, amassa et perdit trois fois de suite un capital de 70 000 roubles ; la dernière fois il ne lui resta plus rien, et beaucoup de procès. Il les éteignit tant bien que mal, mais il n'avait pas de quoi en finir. Ils retombèrent sur moi ; en huit années je trouvai moyen de les arranger, et l'affaire qui a motivé mon séjour à Moscou est la dernière. Cela s'est bien terminé, provisoirement ; à cette heure il n'a plus de procès, il est content. Il a bâti une maison qui lui rapporte 6 000 roubles par an, et il reste encore neuf chambres rien que pour nous. En outre il lui est resté environ 20 000 roubles. Il est orgueilleux, têtu, vantard, sans conscience. Dans son intérieur il ne veut pas traiter les autres avec humanité, mais il entend que devant lui tout soit tremblant, craintif, respectueux, servile. Le bonhomme, à cause de ses affaires, par nécessité, m'a donné plus de liberté même que je désirais. Cela l'a ennuyé. Il aurait voulu auparavant avoir le dessus, en me pressant de me marier. J'ai refusé. Cela l'a mis en fureur. Si j'avais consenti, c'est alors qu'il se serait décarêmé à mes dépens (1). »

Koltsov avait beau se dévouer à ses intérêts, faire des voyages à Moscou et à Saint-Pétersbourg, terminer heureusement des affaires embrouillées ; son père ne lui écrivait pas et le laissait sans argent, bien qu'il en eût grand besoin :

« En fait d'argent, je ne te donnerai pas un kopek ; et que l'affaire se soit terminée bien, ça m'est tout à fait égal, quand même elle se serait terminée mal. J'ai soixante-huit ans, et il me reste moins de temps à vivre qu'à vous. J'ai même entendu dire que tu voulais rester à Saint-Pétersbourg : va-t'en au diable ; à mon heure dernière, je te donnerai ma bénédiction, rien de plus. » Vous allez me demander pourquoi cela s'est fait ainsi? Eh bien, voici : la dernière affaire, et la plus vilaine, est terminée ; par conséquent, son crédit est maintenant restauré complètement. Avant, il redoutait la police, et c'est pourquoi il me témoignait une affection même excessive ; maintenant il n'a plus peur. Il a sa maison et tout dans ses mains ; alors moi, dans ces conditions, j'ai

(1) Koltsov (*Akad. Bibl. Roussk. pis.*), p. 272-73. Saint-Pétersbourg, 1909. Lettre à Botkine, 27 février 1842.

cessé de lui être nécessaire. Oui, je vois qu'aujourd'hui père et mère ne sont bons que par intérêt. Tout de même cette nouveauté et cette ingratitude m'ont profondément blessé (1). »

Tristement, avec de l'argent emprunté, le poète quitta Moscou, hanté de sombres pressentiments. Il trouva son père tout changé à son égard : peut-être celui-ci s'était-il figuré qu'à l'aide des hautes relations de son fils il pourrait toujours gagner ses procès :

« Mon père m'a accueilli très froidement ; ensuite, deux jours après, nous avons eu ensemble un entretien, où, comme fils et comme homme, je lui ai dit tout ce que j'avais sur le cœur. Mais cela ne m'a servi de rien, qu'à augmenter ma haine contre lui ; il s'est montré en cette circonstance si vil, si bas, si abject, que vous ne pouvez vous figurer un homme plus vil... J'ai perdu pour lui, depuis ce moment, toute espèce d'estime ; il me regarde comme un homme peu sûr, et qui l'empêche de faire ses volontés... Il voulait que je fusse un petit garçon, sa bête de somme, sans un grivennik (2) en poche : j'ai refusé. Enfin nous avons décidé que je resterais un an à la maison, qu'on bâtirait encore une maison ; il me donne après cela 1 000 roubles par an, et j'habiterai où je voudrai. J'ai été rempli de joie ; mais après j'ai réfléchi : « Il s'est mal conduit avec moi plus d'une fois, il le fera peut-être encore cette fois-ci. » J'ai voulu lui demander de confirmer les 1 000 roubles par un acte en forme : « Ah bien oui ! Ne voudrais-tu pas aussi, me dit-il, une écrevisse rôtie? » Voilà quelles sont mes relations avec mon père. Figurez-vous à quel point cela m'a mis en fureur et blessé : un homme a travaillé, et songeait déjà à se créer une vie indépendante, et voilà qu'on l'a tondu jusqu'au cuir, et qui, encore? son père !... Comment reprendre le dessus, quand tout est dans ses mains? Je suis une bête, d'avoir précédemment tout remis en ses mains (3). »

Rentré chez lui en plein hiver, il ne trouve pas de chambre préparée pour lui : « Habite avec nous », lui dit-on. Au bout d'une semaine, ennuyé, dérangé, il s'installe dans une chambre haute ; il est obligé de prendre la nuit, à la dérobée, le bois qu'on lui refuse. On ne lui donne ni chandelle, ni thé, ni sucre. Il va se plaindre à son père : « Je te l'ai déjà dit, répond celui-ci, habite avec nous ; et je te l'ai écrit : si tu veux rester à Moscou, restes-y ; je ne t'attendais même pas, je croyais que tu resterais là-bas. » Le poète s'arrangea comme il put jusqu'au printemps : « A ce moment, on n'a plus besoin de bois pour se chauffer, et je commençai à vivre plus tranquille ; mais mon père m'avait gravement offensé (4). »

(1) KOLTSOV, *ibid.* Lettre à Bêlinski, 27 janvier 1841, p. 237.
(2) Pièce de 10 kopeks (0 fr. 26).
(3) KOLTSOV, *ibid.* Lettre à Bêlinski, 27 mars 1841, p. 249 ; 22 juin 1841, p. 252-53.
(4) *Ibid.* Lettre à Botkine, 27 février 1842, p. 270.

Il n'était pas au bout de ses peines. A l'occasion du mariage d'une de ses sœurs, ses droits et ses intérêts sont délibérément sacrifiés :

« Ici mon père et surtout ma sœur m'ont joué un tour ignoble. Mon père ne m'a même pas invité au contrat (de quoi j'ai été très heureux) ; en outre il donne à ma sœur 3 000 roubles en argent. Je lui ai dit qu'on aurait pu s'en dispenser ; donner de l'argent, nous n'en avions pas, et beaucoup de dettes qu'on ne savait comment payer. Il a répondu à cela : « C'est ma dernière fille que je marie, je lui donnerai mon dernier kopek. Et s'il n'y a pas de quoi payer les dettes, je vendrai la maison. Je suis vieux, je n'ai plus longtemps à vivre, et je ne pense même pas à toi : c'est toi le chef. Après ce mariage-ci, marie-toi toi-même : alors tu nous nourriras, moi et ta mère ; si tu ne te maries pas, je te chasserai (1). »

A la célébration des noces, nouvelles et plus cruelles avanies :

« Ma chambre était juste sur le passage ; on la traversait du matin jusqu'à minuit, ce n'était qu'allées et venues, courses, remue-ménage, bruit ; on lavait le plancher tout le temps et l'humidité m'est mortelle. Les bouches de chaleur fumaient chaque jour : tout cela était mauvais pour mes poumons malades... Et c'étaient chaque jour des dîners, des soirées, du bruit, des cris, des allées et venues ; les portes de ma chambre ne restaient pas une minute en place. Je demandais qu'on ne fumât pas, on fumait davantage ; qu'on n'aérât pas, on aérait plus fort ; qu'on ne lavât pas le plancher, on le lavait... Et ma chère sœur, jointe aux autres déjà mariées, avait fait tous ses efforts pour dominer mes vieux parents, pour les indisposer encore davantage contre moi. Sans retenue aucune, elles faisaient tout pour me mortifier, à ce point qu'une fois, alors qu'une fièvre mortelle m'accablait, elles installèrent une table dans une chambre voisine de la mienne, couchèrent dessus une fille qu'elles enveloppèrent d'un drap et commencèrent à dire l'office des morts. Et j'étais couché, j'entendais tout. C'est ce qu'elles appelaient une plaisanterie. Or c'était la sœur que j'avais toujours aimée, à qui j'avais tâché de faire apprendre le piano, le chant, le français. Rien que pour le piano, j'avais été joliment houspillé par mon bonhomme de père (2). »

La santé délabrée de Koltsov, le mal mortel chaque jour en progrès ne touchaient même pas de pitié le dur cœur paternel :

« Trois jours après la fin de la noce, mon père entre le matin dans ma chambre et me dit d'aller habiter dans une autre chambre. Je refusai : elle est humide en hiver et c'est ce qu'il y a de plus mauvais pour moi. Je m'entêtai, il dit : « Décidément, tu refuses ? Alors, va-t'en d'ici habiter où tu voudras... » En dépit de tout il ne cessait de me tourmenter, et il

(1) Koltsov, *ibid.* Lettre à Bêlinski, 18 décembre 1841, p. 261.
(2) Id., *ibid.*, p. 266 ; lettre à Botkine, 27 février 1842, p. 271, 272.

me dit avec une parfaite indifférence, que si je mourais, il en serait très heureux, et que si je vivais, il me prévenait d'avance de ne rien attendre ni espérer, qu'il ne me laisserait jamais la maison ni rien ; s'il n'avait pas le temps de la manger, il y mettrait le feu (1). »

De rares éclaircies d'humanité rendaient au poète accablé un peu d'espérance et de force. Lui, déjà célèbre dans toute la Russie, et à qui son père refusait le médecin ou les médicaments, goûte avidement des joies comme celles-ci : sa chambre est tranquille, il mange, il a une bonne nourriture, du thé, du sucre aussi ; son père lui fait moins d'affronts : il ne demande rien de plus, il espère guérir (2). A ses amis Bêlinski et Botkine qui lui reprochent de s'être laissé aveuglément tromper par des gens indignes, il oppose son ignorance, l'âme mercantile et despotique de son père :

« C'est vrai..., ces gens ne sont pas bons, mais voilà, ce sont un père, des sœurs. Comment pouvais-je me défier d'un père, chez qui j'avais vécu, sous qui et avec qui j'avais fait mes débuts commerciaux? Qui alors devait tenir tout en main, le fils, jeune homme inexpérimenté, ou le père, homme d'âge?... Je pensais que mon père m'aimait, comme un bon fils, qui s'efforce de lui donner ainsi qu'à sa famille une autorité plus grande, d'accroître l'estime des gens pour lui, d'affermir son honorabilité sociale. Mais non : il me flattait, je l'ai bien vu, non pas pour cela, mais parce que j'étais pour lui un vrai cheval à la besogne, qui faisait bien et habilement les affaires, le tirait des embarras judiciaires. Quand la fin est arrivée, il a bien montré pourquoi il m'aimait. Que je recommence de lui amasser de l'argent comme avant, il recommencera de m'aimer. J'amasserai, mais défense d'en dépenser un gros pour moi ; et lui, il dépensera bêtement, et il faudra l'en féliciter. Comme s'il ne gaspillait pas, mais gagnait tout à lui seul ! De moi, je ne dois souffler mot : peiner et me taire (3). »

Ce fils de marchand, grandi dans la steppe, éveillé à la poésie par la nature, la vie pastorale et quelques livres, bientôt célèbre, mais ramené de force au commerce, ravi à ses goûts par d'ingrats labeurs docilement acceptés, et, malgré ses services, étranger, isolé moralement entre un père égoïste, avare, dur, une mère à la bonté inerte, des sœurs vulgaires ou cupides : voilà un « tableau de famille » où se vérifieraient rigoureusement ceux d'Ostrovski. — Ignace Gordêev a élevé son fils Thomas dans des idées de liberté, sans le gêner en rien, sans le frapper, mais parfois il souffre mal cette indépendance :

---

(1) Koltsov. Lettre à Bêlinski, 27 février 1842, p. 267 ; à Botkine, même date, p. 271, 272
(2) Ibid.
(3) Ibid. Lettre à Bêlinski et à Botkine, mai 1842, p. 276. — Koltsov mourut de phtisie, le 29 octobre 1842.

« Les autres pères battent tes pareils à coups de bûche... moi je ne t'ai jamais touché même du bout du doigt. »

« — Sans doute, c'est que vous n'aviez aucune raison de le faire, déclara tranquillement Thomas une fois. »

Ces paroles et le ton de son fils jetèrent Ignace dans une violente colère :

« Va toujours ! gronda-t-il. Tu es devenu bien hardi, grâce à mon indulgence... Tu trouves à répondre à chaque mot. Prends garde : ma main, tout indulgente qu'elle a été, peut encore serrer si fort, que les larmes te jailliraient jusque des talons... Tu as poussé vite... comme un mauvais champignon, à peine sorti de terre... tu pues déjà (1)... »

La superstition, si vivace encore aujourd'hui parmi le peuple, était communément répandue dans le monde marchand, où les lumières pénétraient avec lenteur. Arina Vlasievna, mère de Bazarov, donnée par Tourguénev comme « un vrai type de la petite noblesse russe de l'ancien régime, qui eût dû venir au monde deux siècles plus tôt, au temps des grands-ducs de Moscovie, croyait à tous les présages possibles, aux divinations, aux sortilèges, aux songes, aux esprits, aux mauvaises rencontres, au mauvais œil, à la vertu du sel déposé sur l'autel le jeudi saint... ; elle croyait que les champignons ne poussent plus dès qu'un regard humain s'est arrêté sur eux, que le diable aime les lieux où il y a de l'eau, et que tous les juifs ont une tache de sang sur la poitrine ; elle avait peur des souris, des grenouilles, des moineaux, des sangsues, du tonnerre, de l'eau froide, des courants d'air, des chevaux, des boucs, des hommes roux et des chats noirs, considérait les grillons et les chiens comme des êtres impurs ; elle ne mangeait ni veau, ni pigeon, ni écrevisse, ni fromage, ni asperge, ni topinambour, ni lièvre, ni melon d'eau (parce qu'un melon entamé rappelle la tête de saint Jean-Baptiste) ; et la seule idée des huîtres, qu'elle ne connaissait pas, la faisait frémir ». Nombre de commères du Zamoskvoretché et des provinces lui ressemblaient : mêmes ignorances sur les lois du monde physique, mêmes terreurs devant les phénomènes naturels, même prédilection pour les remèdes empiriques en cas de maladie, même confiance dans la dévotion et les sortilèges bizarrement unis. Plus d'une, dont les enfants ont reçu l'instruction secondaire ou supérieure, croit encore que le monde repose sur trois gros poissons.

Cette superstition, cette pusillanimité d'esprit, loin d'accueillir la culture capable de dissiper les vaines frayeurs, d'épurer les idées fausses,

(1) GORKI, *Thomas Gordéev*, III ; CHACHKOV, *Istoriia rousskoï jenchtchiny*, p. 259 : « Un fils, faisant le commerce pour son compte, arrive à l'aisance ; il est âgé de quarante-deux ans, marié, père d'une fille de douze ans ; son père remarié lui réclame de l'argent pour entretenir sa seconde femme, dépensière : le fils ayant refusé, le père le fait enfermer dans une maison de correction. »

se dressaient au contraire, hostiles de toute leur force. Des parents déjà modernisés quant au costume, à l'habitation, au genre de vie, préparés, semblait-il, à répudier la routine et l'ignorance, s'opposaient avec ténacité ou ne consentaient qu'à regret à l'émancipation intellectuelle.

La résistance a des causes diverses : utilitarisme étroit, sot orgueil, défiance. Ayant fait fortune sans le secours des livres, le père nie leur vertu pratique (1); il n'admet pas que son fils étudie au delà de ce qu'exigent les besoins commerciaux, ou même apprenne autre chose (2); il juge cela indigne d'un riche (3). Ou bien il craint que ses enfants puissent lui en remontrer, que le savoir ne détruise chez eux le respect; il prend ombrage d'une supériorité menaçante pour ses droits; il attribue à la lecture, à la diffusion des connaissances une influence corruptrice, le libertinage d'esprit et de mœurs (4). S'il envoie son fils au gymnase, à l'école commerciale, sa fille à la « pension », c'est par vanité souvent, pour suivre la mode, par désir d'égaler les confrères, ou de les dépasser, d'imiter l'air aristocratique; là même un savoir de surface, vaguement professionnel, et s'il s'agit de sa fille, tout mondain, lui suffit. On en jugera par cette description d'une « assemblée marchande » à Moscou : « Dansant avec une jeune fille que vous ne connaissez pas, vous causez avec elle, en français, de théâtre, de littérature étrangère; elle connaît *les Mystères de Paris* et *le Juif errant;* elle vous avoue qu'en cachette de son père et de sa mère, elle fume la cigarette, lit George Sand et meurt d'ennui de vivre à Moscou; en un mot, vous êtes loin de penser que le papa de cette jeune fille *instruite* tient boutique dans quelque rangée de droguerie ou de toiles. Bien entendu, cette instruction est souvent toute en apparences : il arrive à votre cavalière de s'embrouiller, d'employer, en parlant d'une seule personne, la forme plurielle *eux*, ou d'ap-

(1) Koltsov parlant de son père : « A la moindre chose qui ne va pas, il bougonne et se fâche. « Vous, dit-il, vous faites tout d'après les livres, et d'après les choses imprimées. Ah ! les gens instruits, c'est bourré d'esprit ! » (Lettre à Bélinski, 28 avril 1840, p. 218.)

(2) « Un marchand, dit M. Nikitine, enferme son fils, qui a fini ses études au gymnase, parce qu'il ne veut pas rester au comptoir et désire entrer à l'université. »

(3) GORKI, *Thomas Gordéev*, IV : « C'est bon pour les meurt-de-faim, d'étudier. »

(4) L. TOLSTOÏ, *Kreutzerova sonata*, I, sur le divorce que le marchand explique ainsi : « Les gens sont devenus savants »; il le répète plus loin, et conclut une troisième fois, d'un ton décisif : « Des bêtises, qui viennent de l'instruction. » — E. DIAKONOVA, *Dnevnik*, 1886-1895 (t. Ier), Saint-Pétersbourg, 1905, p. 131, 9 septembre (1894) : « J'ai été chez grand'mère : les filles d'aujourd'hui la révoltent : « Vous connaissez tout, « prématurément : c'est encore fille, et ça sait déjà tout sur le mariage ! C'est pourquoi « Dieu ne donne pas de bonheur. Et il n'est pas convenable du tout de lire cette « *Sonate à Kreutzer;* autrefois les jeunes filles ne savaient rien, se mariaient, étaient « heureuses, mais aujourd'hui, on ne parle que de développement, d'instruction ! Il « n'en faut pas du tout, d'instruction, alors tout sera mieux ! » Grand'mère impute tout le mal à la *Sonate à Kreutzer* et à l'instruction ! Voilà un sujet pour un humoriste ! » — GORBOUNOV, t. I, *Smotriny i sgovor*, p. 294.

peler son père *tiatinka;* d'une autre, vous ne pourrez pas tirer un mot ; une troisième en revanche aura une telle désinvolture, que sa crânerie vous confondra ; mais les filles de marchands ne voyagent presque jamais à l'étranger (1)... »

Axinia Khreptiougina représente le type de la jeune fille fine et instruite : elle est tellement remarquable en toute science, qu'elle ne peut pardonner même à son *papa*, quand au lieu de « troufel » il pronone « troukhel » ; quant à *maman*, inutile d'en parler : elle la considère comme « décidément incapable d'avoir un sentiment élevé » ; elle la rabroue pour avoir laissé échapper un mot de leur origine modeste : « Vous êtes toujours prête à dire quelque bêtise, maman ! » ; son père arpente-t-il la chambre de long en large, les mains derrière le dos : « Ah ! papa, pourquoi tenez-vous toujours ainsi les mains derrière le dos, avec l'air de dire : « Vous désirez (2)? »

Khreptiougine, qui recherche les grands et les grandeurs, en parvenu glorieux, et rêve pour sa fille « un général », accepte ses leçons de tenue et de langage ; leur fait à tous deux n'étant que vanité, l'union familiale se maintient par là. Entre parents de nature plus raide ou de condition plus modeste et enfants émancipés, déracinés par l'instruction, le fossé se creuse, isole les deux générations, désormais incapables de se comprendre. La mésentente se multiplie en querelles incessantes, ou éclate en brusques violences.

L'usinier Krasilnikov accuse la science de troubler les vieilles méthodes commerciales, surtout d'avoir causé la perte de son fils Mitia. Celui-ci, « sur son propre désir, et sur le conseil de braves gens », il l'avait laissé entrer au gymnase, puis à l'université ; il était fier, en un temps, que ce fils « damât le pion non seulement à ses camarades fils de marchands, mais aux jeunes seigneurs ». Mitia a même voyagé à l'étranger, exécuté à souhait les ordres relatifs à l'industrie paternelle. La trentaine approchait : c'était l'heure de « se créer une famille ». Les marchands de la première classe, millionnaires, manufacturiers, recherchaient Mitia pour gendre, il n'avait que l'embarras du choix, il a refusé tous partis. Il avait connu à l'étranger « une jeune Allemande, orpheline, une hérétique » et ne voulait épouser qu'elle. Fureur du père : un beau jour il apprend que le mariage est déjà un fait accompli. « Le lendemain, dit-il, comme je revenais de la première messe, je rencontre l'Allemande. Ce fut plus fort que moi : je frappai... Mitia se trouva là par hasard et voulut l'arracher de mes mains. La colère me prit : je le repoussai, je saisis

(1) Zagoskine, *ouv. cit., Koupetch. svadba*, p. 411-412.
(2) Saltykov, t. Ier, *Khreptiougine i ego séméïstvo*, p. 277. — « Troufel » (correctement : « trioufel », truffe) : le peuple prononce souvent *kh* (gutturale aspirée) pour *f* (labiale aspirée) : « Khrantsouz » pour « Frantsouz » (Français), et inversement : « koufarka » pour « koukharka » (cuisinière).

l'Allemande par les cheveux et la jetai à terre. » La main du beau-père fut sans doute un peu lourde. L'Allemande dépérit. Huit mois après, elle était morte. Le lendemain des funérailles, il arriva à Mitia ce qui ne lui était jamais arrivé (de boire). C'était un homme perdu (1). « C'est l'étude qui est cause de tout », dit le vieux samodour Krasilnikov, digne pendant d'un Tite Brouskov.

Une pièce de Gorki, *Mêchtchanes*, décrit dans une action tumultueuse, confuse, inorganique, transposition toute crue de la réalité, la même désunion, produite par l'inégalité intellectuelle. Les Bezsêménov, père et mère, artisans aisés, attachés aux idées de leur classe sur l'autorité et les droits paternels, ont voulu néanmoins donner à leurs enfants de l'instruction, sans prévoir qu'elle les éloignerait d'eux un jour. Le fils, ex-étudiant, méprise le genre de vie, le mobilier, l'esprit boutiquier de ses parents ; il ne rêve que de retourner à l'université, de vivre seul, « loin des charmes du toit familial » ; la fille, institutrice, ne veut plus suivre de cours, mais « vivre, vivre ». A propos de tout, nourriture, logement, fréquentations, mariage, argent, droits et devoirs réciproques, la vie commune provoque les malentendus, les disputes, les scènes de violence : les deux moitiés de la famille s'entre-déchirent. L'intérieur des Bezsêménov est un enfer ; et si un peu de science doit détraquer à ce point le caractère, on doute que l'ignorance adverse soit un mal pire.

Chez Ostrovski, la jeune « marchande » commence seulement à défendre les droits de son cœur ; elle ne lutte pas encore pour le libre emploi de son intelligence. On la tient en tutelle plus durement que les jeunes gens ; son destin est de vivre à la maison ; de sa part toute aspiration sérieuse à la culture se fût heurtée à une résistance inflexible. Le journal d'Élisabeth Diakonova éclaire par un exemple vivant, presque d'hier, cette hostilité que le dramaturge signalait déjà comme un trait de la psychologie corporative.

« Par mes origines », dit-elle, « je suis une pure « marchande » de Nérekhta-Rostov-Iaroslavl, bien que par état personnel je n'appartienne pas à cette classe ; mais toute ma parenté en est, c'est pourquoi il m'est difficile, impossible, de nouer des relations avec ce qu'on appelle l'*intelligence*. Or on voit encore dans notre monde marchand des tableaux qui prouvent que nous ne sommes pas très éloignés des temps d'Ostrovski. Ici l'existence de la jeune fille se borne à ceci : après le gymnase, elle rentre à la maison et doit, dans sa famille, attendre le mariage. On lui dit : « Tu es riche, tu ne manques de rien, tu auras tant de mille roubles de dot, on t'a donné de l'instruction ; le moment venu, tu te marieras ; en attendant, jouis de la vie de jeune fille, agréable et

(1) MELNIKOV, *Krasilnikovy*.
(2) GORKI, *Mêchtchané*, acte I, p. 14, 21, 22 ; II, p. 50-54, Saint-Pétersbourg, 1902.

sans soucis ! » Ainsi raisonnent tous les parents sensés. Cela va bien,
si les désirs de leur fille elle-même ne vont pas plus loin ; mais si son
esprit s'est développé, si elle veut poursuivre ses études, si enfin, sentant le vide de son existence oisive, elle songe à un travail intellectuel
(autre que le ménage, qu'on nous offre habituellement comme remède
contre « les mauvais livres »), que se passe-t-il ? Deux principes se heurtent,
l'ancien et le nouveau. La volonté des parents est ferme, on ne la brise
pas, les préjugés sont durs aussi. Et voilà : des deux côtés on n'a pas du
tout l'âme à la gaieté, et l'existence, en apparence si riche, si exempte
de soucis, apparaît au fond beaucoup moins agréable qu'on ne pense (1)... »

Deux ans avant, elle écrivait déjà : « Ce journal est le journal « d'une
« entre beaucoup ». Oui, on dépeint beaucoup d'entre nous dans les
romans, mais ceux-ci me semblent enfermer une grande part d'erreur.
Peut-être se trouvera-t-il des gens naïfs pour demander : qui est-ce,
« nous »? Je répondrai : « Nous », ce sont les jeunes filles qui, ayant
terminé ou non terminé leurs études au gymnase, désirent pousser plus
loin leur instruction, et ne rencontrent dans leur famille ni sympathie,
ni encouragement, mais au contraire une violente résistance... Ajoutez
à cela mes rêves fous, mon désir passionné d'étude, et vous comprendrez
quelle vie est la mienne. Pourquoi toute envie même modeste de travailler, chez l'homme, est-elle accueillie avec éloge et encouragement,
chez la femme, avec un sourire d'incrédulité et des refus? Pourquoi
rencontre-t-on si souvent des jeunes filles rêvant des *cours*, et néanmoins.
pourquoi y a-t-il si peu d'élèves? L'émancipation, dit-on, a fait de grands
progrès en Russie : je ne crois pas ; sait-on quelles idées sur l'instruction
des femmes se cachent au fond des familles russes de vieille roche, au
fond des cœurs de mères (2)? »

Dès l'enfance, elle n'a entendu parler autour d'elle que « manufactures,
argent, actions, jeu de bourse, opérations commerciales » ; plus tard,
songeant à l'organisation de la vie sociale, elle s'est étonnée qu'on ne
lui permît pas de gagner de l'argent à son tour : « Du moment que j'ai
reçu de l'instruction, je puis et je dois travailler tout comme les autres.
Mais les préjugés sont plus forts que tout, et personne dans notre famille
n'a voulu reconnaître la nécessité morale du travail. » Malgré le besoin
d'augmenter le nombre et de relever le niveau intellectuel des insti-
tutrices et des professeurs femmes, on regarde leur « désir tout naturel
de compléter leur instruction, ne fût-ce qu'aux *Cours supérieurs de jeunes*

(1) E. Diakonova, *Dnevnik* (1886-1895), p. 142, 2 décembre 1894. E. Diakonova
est née en 1874.
(2) E. Diakonova, *Dnevnik* (1886-1895), p. 81, 16 mai 1892. *Cours* ici désigne les
cours supérieurs de jeunes filles (*Vyschié jenskié koursy*) institués dans les villes
d'universités en général ; les femmes jusqu'alors ne sont admises comme étudiantes
régulières à l'université qu'à titre exceptionnel.

filles, comme une hérésie ; le mot *coursiste* est presque une injure ; l'accès même aux cours est rendu presque impossible (1) ».

Ces idées de la corporation, Élisabeth Diakonova les retrouvait dans sa famille, voilées de tendresse ou de bonhomie chez ses proches (grand'-mères, tante, oncle), raides et grossièrement offensantes chez sa mère :

« Vous voulez étudier? » demanda mon oncle, avec son ton de bonté habituelle. Je ne répondis rien, mais tout de suite ma mère répondit pour moi, raconta que j'étais une fille terrible, etc... « C'est chose absolument inutile pour vous d'aller aux cours, confirma mon oncle avec autorité ; il n'y va que celles qui sont sans fortune, mais vous, à quoi bon? — Pourquoi, dis-je, passerais-je toute ma vie les bras croisés? Je veux travailler comme tout le monde, et pour cela il faut que j'étudie, pour savoir davantage, pour parfaire mon instruction. » Mais mon oncle s'entêtait : « Si tu veux travailler, recueille des enfants et apprends-leur à lire et écrire. — Oui, je leur ferai l'école avec plaisir, seulement laissez-moi finir moi-même d'apprendre ce qui me manque. — Il faut te marier, décida tout d'un coup mon oncle, épouser un bon mari, quelque « savant » (il appelait ainsi tous ceux qui possédaient l'instruction supérieure)... Il nous a quittées, sûrement avec le regret, tout au fond de lui, que nous n'ayons plus de père pour nous élever comme il faut, c'est-à-dire, nous enlever la possibilité d'avoir en tête des idées aussi dangereuses, et nous marier toutes à de « bons garçons (2) ».

Une antipathie mutuelle envenime la lutte entre Élisabeth et sa mère, dont le consentement lui est nécessaire :

« Dans le cercle de famille, on a parlé de nouveau des cours. Maman non seulement refuse son consentement, mais cherche ouvertement à exciter les miens contre moi par tout ce qu'elle peut mettre en jeu : larmes, feinte, désespoir, affection pour moi, éloignement, etc. Ces arguments font leur effet... Que de larmes j'ai versées jadis, dans les années de ma première jeunesse, devant cette femme, quand je la suppliais à genoux de me laisser aller aux cours. Combien ses coups, ses tracasseries, ses punitions nous ont fait pleurer dans notre enfance, ma sœur et moi !... J'entrai dans la chambre à coucher, qui avait été autrefois ma chambre, tapissée de tentures claires, avec des rideaux blancs en dentelle, des fleurs aux fenêtres, claire et gaie comme un matin de mai. Un frisson me courut par le corps, quand je franchis le seuil de cette chambre, où j'avais tant versé de larmes, où en réponse à mon : « Je veux suivre les cours », j'entendis ces mots : « Sois une fille publique ! » et où une gifle retentissante me fit voir, comme on dit, trente-six chandelles... Ah ! que de peine ! Je vois que sans lutte je ne sortirai pas de

---

(1) E. Diakonova, *Dnevnik* (1886-1895), p. 137-139, 20 novembre 1894.
(2) E. Diakonova, *ibid.*, p. 141, 30 novembre 1894.

mon marécage. Les préjugés sont un mur épais qu'il faut non pas démo-
lir, mais faire sauter violemment, pour voir au plus vite la lumière (1). »

Le jour venu de la majorité apporte enfin à la brave jeune fille le
droit légal de disposer d'elle-même (2) : elle part, l'esprit plein d'espérances et de beaux projets, mais le cœur vide d'affection (3), prématurément épuisée par son ardente nature, et par cette lutte contre les
préjugés de classe, contre la mauvaise volonté maternelle. Le *Journal
d'une Russe à Paris*, le tourment de la solitude, la crise sentimentale,
le dénouement tragique ne se comprennent qu'à la lumière des conflits
antérieurs : il faut les rapporter à cette psychologie marchande, dont
Élisabeth Diakonova, un instant victorieuse, périt victime.

Là même où grâce à l'évolution des mœurs domestiques et sociales,
la jeune « marchande » a conquis plus pacifiquement sa liberté intellectuelle, et justifié ses ambitions en marquant brillamment sa place dans
telle grande université russe, elle rend encore un hommage adouci, mais
formel à l'observation d'Ostrovski :

« Si les étrangers voulaient nous connaître de plus près, il leur faudrait
toucher le cœur même de notre vie : et il est dans Ostrovski... Par un
côté de ma vie, j'appartiens personnellement au « royaume des ténèbres » ;
j'habite le Zamoskvoretché. Mes bisaïeuls, mes aïeuls, et peut-être pas
seulement eux, ce sont tous types d'Ostrovski. La génération de mon père
et moi-même venons d'eux en droite ligne. Vous devez comprendre
maintenant comme je puis pénétrer et apprécier le dramaturge. Il m'est
encore échu, pour ma part, beaucoup des souffrances des héros d'Ostrovski, mais, à vrai dire, ma génération et moi, nous ne sommes plus
de ses types, nous sommes la descendance du « royaume des ténèbres (4) ».

A la vie enclose (5), avec la perspective et la pensée uniques d'un riche
établissement (6), succède le mariage, réglé en général par le choix des
parents. Dans la petite noblesse, dans les classes moyennes (7), à plus
forte raison dans le peuple, la tradition le voulait ainsi. Arina Vlasievna,
mère de Bazarov, avait été mariée « contre son gré (8) ». Potap Tchapou-
rine, le personnage le plus sympathique du roman *Dans les bois*, homme

---

(1) E. Diakonova, *ibid.*, p. 148, 13 janvier 1895 ; *Dnevnik rousskoï jenchtchiny v Parijé*
(1900-1902), 2ᵉ édit., p. 58, 28 mars, 10 avril 1901. Saint-Pétersbourg, 1905 ; *Ibid.*, p. 46,
27 février/14 mars ; *Dnevnik* (1886-1895), p. 349, 13 janvier 1895.
(2) *Dnevnik* (1886-1895), p. 183, 15 août 1895.
(3) *Dnevnik rousskoï...*, p. 44 ; Iaroslavl 13/26 mars.
(4) Extrait d'une lettre particulière.
(5) E. Diakonova, *Dnevnik* (1886-1895. p. 135, 4 novembre 1894 : « Ma sœur et
moi nous vivons littéralement comme des recluses, sans voir personne du dehors. »
(6) E. Diakonova, *Dnevnik rousskoï...*, p. 61. Moscou, 2 avril 1901 : « Dans notre
monde marchand, tout le bonheur, toute la félicité de la vie repose sur l'argent » (à
propos du mariage).
(7) Voir les poésies de Nékrasov, Kolstov, les chansons populaires.
(8) Tourguénev, t. II, *Otsy-i déti*, xx, fin.

de vraie charité chrétienne, ne mariera pas une jeune fille, Grounia, qu'il a recueillie chez lui, et qu'il aime à l'égal de sa propre fille Nastasia, sans la consulter, comme il ferait pour « son sang » : « Si Nastasia avait quelques années de plus, au lieu d'être ta filleule, dit-il au bonhomme Ivan Grigoriévitch, qui demande Grounia en mariage, je n'aurais pas fait tant d'histoires : nous nous serions touché dans la main tout de suite, parce que c'est mon enfant : j'en fais ce qu'il me plaît. Mais avec Grounia, il faut causer, c'est-à-dire consulter son goût : elle est bien une fille, pour moi, mais tout de même pas de mon sang (1). » « Pourquoi, demande une jeune fille à son père, dois-je épouser un barbon? — Cela ne te regarde pas !... Sans doute, il le faut pour mes affaires : ce que j'ai conçu, personne ne peut le savoir. Votre rôle à vous le voici : quand j'ordonne, fini ! Vous n'avez pas à me faire la leçon (2). » C'est le langage, la formule même des Bolchov, des Tortsov, des Brouskov.

Au désir d'éluder la contrainte paternelle deux voies s'ouvraient : la fuite et le mariage clandestin, ou le couvent. « La plupart des nonnes orthodoxes sortent de la classe des marchands et des petits bourgeois (*mêchtchanes*) (3). » On peut ajouter, en manière d'éclaircissement : la peur ou la menace du mariage forcé, des violences qui le précèdent et le suivent, sont les grandes pourvoyeuses du voile. En voici quelques exemples.

« La Mère Mélania, une des plus saintes femmes du couvent de Kamennogorsk, était restée orpheline de très bonne heure. Bien qu'elle fût jolie, elle prit le monde en dégoût et sentit s'éveiller en elle, impérieusement, la vocation monastique... C'était dans la seconde moitié du dernier siècle, époque fort peu favorable à la manifestation de la volonté personnelle, chez une jeune fille encore pourvue d'un frère aîné. Celui-ci songea à briser définitivement les résistances de sa sœur en la mariant. Pour une si jolie fille, les partis ne manqueraient pas. Comme elle ne montrait aucune opposition, on l'informa du jour des accordailles. Dans ces temps-là, on s'inquiétait peu de savoir si la future était consentante ou non. Au jour dit, Mélanie avait disparu. On eut beau chercher, on ne la découvrit nulle part. On apprit dans la suite qu'elle s'était réfugiée chez de pieux voisins. Quand elle revint, les rigueurs de toute sorte commencèrent. Dans le « royaume des ténèbres » de la famille russe à cette époque, c'était chose courante. Mais quoi qu'on fît à Mélanie, elle ne céda pas d'un cheveu sur son intention. Combien de coups seulement elle a reçus ! Ce temps barbare est passé, Dieu merci ! Bientôt on cessa de la battre. On fixa un jour de nouvelles fiançailles. La future s'enfuit encore de sa prison. On essaya de l'user par tous les moyens. A la fin son frère comprit

---

(1) MELNIKOV, *V lésakh*, I.
(2) GORBOUNOV, t. I, *Samodour*, IIᵉ tableau, sc. 3.
(3) A. LEROY-BEAULIEU, t. III, liv. II, chap. IX, p. 255.

que l'affaire n'était pas si simple, que les coups ne produiraient rien ;
et il tempéra son humeur belliqueuse. Même il s'attendrit, et laissa
partir de lui-même sa sœur, mais juste avec ce qu'elle avait sur elle.
Il ne lui donna ni hardes, ni argent (1). »

« La Mère Mitrofania, une des plus jolies moniales que j'aie jamais
vues, a pour père un marchand, qui ne lui donne rien. L'histoire ordinaire !
Une créature humaine veut-elle échapper au despotisme, on la tourmente sans trêve et on l'abandonne à son sort. On avait voulu la marier,
sûrement avec un homme qu'elle n'aimait pas ; la malheureuse préféra
le silence éternel de sa cellule à la vie abondante et grasse avec un mari
insupportable et odieux. Heureusement encore qu'il reste à la famille
russe, petite bourgeoisie ou marchands, au moins ce moyen de se sauver
de la tyrannie et de l'éternelle persécution. Autrement il n'y aurait
plus que le chemin choisi par la Catherine (Kabanova) d'Ostrovski :
tout droit dans l'eau !... Où la *mêchtchanka* des districts de Livny et
d'Elets peut-elle trouver un abri contre les brutalités d'un père, contre
l'agréable perspective d'un mari violent et ivrogne, où fuir le royaume
des ténèbres de la famille russe des classes moyennes? Supprimez aujour-
d'hui l'ermitage de Kamennogorsk : demain les Catherines (Kabanov)
du lieu se jetteront dans la Sosna. Après tout, le gouffre est moins effrayant
que la vie sous les coups perpétuels, dans une terreur sans issue (2)... »

Voilà qui éclaire Ostrovski, explique par delà toutes ces victimes du
despotisme familial le succès de George Sand en Russie, et cette croisade
littéraire des années 40 en faveur de la femme, du libre amour.

(1) V.-I. NÉMIROVITCH-DANTCHENKO, *Jenskaïa Obitel, Sviatyia gory*, II, p. 13-14.
Saint-Pétersbourg, 1904.
(2) *Ibid.*, IV, p. 43, 48.

CHAPITRE II

LA VÉRITÉ DES MŒURS DANS LES AUTRES GROUPES SOCIAUX

I. La classe noble. — Les idées sur le régime du servage : apologistes ; « accusateurs ». — La littérature d'avant et d'après 1861 : évolution parallèle à celle de la vie économique et sociale.
II. Les fonctionnaires : l'époque et la littérature « accusatrices ». Saltykov.
III. Les « affairistes » : réalités contemporaines.
IV. — Le monde des acteurs : leur genre de vie et leurs mœurs expliqués par leur condition au cours du dix-neuvième siècle. — Le théâtre provincial. — Comédiens errants.

I

La vie, les mœurs des *poméchtchiks* au temps du servage, à la veille et au lendemain de son abolition, la décadence économique, morale et sociale de la noblesse terrienne dans le troisième quart du dix-neuvième siècle, ont inspiré nombre de romans, souvenirs, mémoires, nouvelles, ouvrages dramatiques. Des trois pièces qui représentent la contribution d'Ostrovski, *la Pupille* seule justifierait le nom qu'on lui a quelquefois donné, de « tableau historique » ; *la Forêt, Loups et brebis* sont des études plutôt psychologiques : là la pruderie amoureuse, ici la dévotion « affairiste » passent au premier plan. Il suffira donc d'indiquer la place et les caractères généraux, dans la littérature russe moderne, de cette vaste enquête sur la classe des propriétaires nobles ; quelques exemples ou faits particuliers préciseront les ressemblances entre Ostrovski et les écrivains de son temps.

On sait ce que fut cette vie seigneuriale au temps du servage : les privilèges de caste, l'abondance peu coûteuse des serviteurs, le travail dû par les paysans permettaient aux maîtres la vie large, occupée ou désœuvrée selon les natures, l'exercice de droits dont la mollesse native, parfois la bonté, trait indigène aussi, tempéraient seules la rigueur ou les excès. L'inégalité qui faisait d'un homme la chose d'un autre ne parut excessive ou blâmable que tardivement, vers la seconde moitié du dix-huitième siècle, chez des esprits éclairés déjà par une culture plus relevée : Soumarokov, Chtcherbatov, Novikov, Radichtchev. Au début du dix-neuvième siècle, ils étaient encore la minorité, généreuse, mais isolée et impuissante : témoin l'échec des projets de Spéranski et sa disgrâce, témoin le *Mémoire* de Karamzine *sur l'ancienne et la nouvelle Russie* (1). La grande majorité des *pomêchtchiks* s'accommodait fort bien d'un régime qui lui assurait, au prix du travail d'autrui, la facile jouissance ; elle ne réfléchissait pas sur son iniquité. La tradition, si forte chez les peuples à lente civilisation, justifiait tout. Beaucoup croyaient à une distinction immanente entre seigneurs et serfs et eussent dit, avec cette *pomêchtchitsa* accusée de torturer ses serfs : « Dieu a créé à part les maîtres et les serviteurs : à ceux-ci il a donné une nature propre, capable de supporter les travaux pénibles dans le service des maîtres, alors que les maîtres ont reçu de Dieu une nature plus délicate (2). »

La plupart des œuvres qui retracent les aspects divers de la vie seigneuriale ont été écrites entre la fin des années 40 et le commencement des années 80. Les premières, tout en s'inspirant de l'école ou de la tendance dite « naturelle », n'enferment en général aucun dessein agressif : tels les fragments de *la Chronique de famille*, *le Songe d'Oblomov* et ce qui, dans *Simple histoire*, se rapporte aux mœurs du servage (3). Mais du seul contraste entre la condition si dissemblable du barine et du moujik, sort une claire protestation, quoique tacite, comme dans *le Village*, de Grigorovitch et les premiers *Récits d'un chasseur* (4). Bientôt le caractère « accusateur » se précisa : dans l'âpre examen de conscience national que provoqua, par une sorte de choc en retour, la guerre de Crimée, le *krêpostnoé pravo*, avec la bureaucratie, fut incriminé comme un des fondements du régime gâté auquel on imputait la défaite : la littérature, en révélant dans un ample tableau ses formes de mœurs, ses survivances archaïques, ses abus, allait démontrer son maintien comme désormais impossible.

Certains récits ramenaient les lecteurs, par delà l'époque contemporaine, jusqu'au dix-huitième siècle, un passé déjà presque lointain pour des Russes. Tels *les Vieux temps* et *les Contes amusants de l'aïeule*, de Melnikov (5) : le prince Alexéï Zaborovski est le dur héros des *Vieux temps*, Nastenka Borovkova, l'héroïne éclairée, un peu invraisemblable, des *Contes*. Tels encore, dans *Nichée de gentilshommes*, Pierre Lavretski et Ivan Lavretski, l'aïeul et le père du héros du roman, Fédor Lavretski (6) ; Koltovskoï, dans *l'Abandonnée* (7). *La Chronique de famille*, *les Années d'enfance du petit-fils Bagrov* (8), peignent la vie

(1) KARAMZINE, *Zapiska o drevnëï i novoï Rossii*, remise à l'empereur Alexandre en 1811, à Tver, par la grande-duchesse d'Oldenbourg.
(2) VÊTRINSKI, *V sorokovykh godakh*, p. 14. Moscou, 1899.
(3) 1846, 1848-49, 1847.
(4) GRIGOROVITCH, *Dérevnia* (1847) ; TOURGUÉNEV, *Zapiski Okhotnika*, 1847, 1848, 1849.
(5) *Staryé gody* (1856) ; *Babouchkiny rozskazny* (1858).
(6) TOURGUÉNEV, *Dvorianskoé gnézdo* (1858).
(7) ID., t. VII, *Nestchastnaïa*, (1868).
(8) S. AKSAKOV, *Sémëïnaïa khronika* (1856) ; *Détskié gody Bagrova vnouka* (1858).

patriarcale d'une famille de *pomêchtchiks* dans le gouvernement d'Oufa, au commencement du dix-neuvième siècle : la couleur poétique dont Serge Aksakov a paré ses souvenirs n'efface pas l'impression de rudesse ; le caractère de l'aïeul Bagrov, la discipline qu'il impose à tout son monde n'apparaissent rien moins que tendres : ainsi le comportait la coutume. Dans *le Ravin*, Tatiana Markovna Bérejkova, l'aïeule, devait, de l'aveu même de Gontcharov, « refléter comme le soleil dans une goutte d'eau, la vieille vie russe conservatrice »; elle est la figure centrale autour de laquelle se groupent les éléments ou vivants, ou pittoresques, ou documentaires du tableau seigneurial : « Elle dirigeait son modeste domaine comme un petit royaume, sagement, économiquement, minutieusement, mais despotiquement et d'après les principes féodaux. Elle ne permettait pas au tuteur de fourrer son nez dans ses affaires et ne reconnaissant aucuns papiers, pièces, actes, notes, elle maintenait la façon de procéder qui existait du temps des derniers propriétaires, répondait aux lettres du tuteur que tous les actes, notes et documents étaient inscrits dans sa conscience, qu'elle en rendrait compte à son petit-fils quand il serait grand, mais qu'en attendant, de par le testament oral du père et de la mère, elle était maîtresse absolue... Jamais rien ne put effacer la distinction entre les « gens » et les maîtres. Elle était mesurée dans sa rigueur, mesurée dans son indulgence; elle avait de l'humanité, mais dans les proportions des idées seigneuriales (1). »

L'apathie, l'hébétude de l'esprit et de la volonté dans la mollesse du corps, l'inaction somnolente par excès de nourriture, s'expriment avec Oblomov en un type savoureux et définitif. *Chemins de traverse*, de Grigorovitch (3), *Krouchinski*, de Potêkhine, chez Tourguénev mainte comédie et maints *Récits d'un chasseur*, maints personnages : Nicolas et Paul Kirsanov, dans *Pères et fils*, Fédor Lavretski, le dernier de la *Nichée de gentilshommes*, Télêgine dans *Vieux portraits*, pour ne citer que ceux-là (4), dépeignent ou représentent, sans intention marquée de dénigrement, mais avec une tendance aisément discernable, la prodigalité insouciante, le désœuvrement dédaigneux, l'égoïste orgueil ou préjugé de classe, l'incapacité de poursuivre un travail méthodique et fécond. Les *Gentilshommes pauvres* de Potêkhine (5) font revivre les mœurs seigneuriales, avec ce monde de parasites et de bouffons qui en était

---

(1) Gontcharov, *Obryv* (1868), I, 7.
(2) Id., *Oblomov* (1858).
(3) *Prosélotchnyia dorogi* (1852).
(4) Tourguénev, *Bezdénéjié* (1845); *Nakhlêbnik* (1848), imprimé dans le *Sovrémennik* en 1857, sous le titre : *Tchoujoï khlêb*; *Mésiats v dérevnê* (1850); *Razgovor na bolchoï dorogê* (1851); *Zapiski Okhotnika* (1847-1852); *Otsy i déti* (1861); *Staryé portréty* (1881), t. VIII, des Œuvres. — Voir aussi, dans la *Frégate Pallas* (1856-57 I, de Gontcharov, le parallèle entre l'Anglais et le Russe.
(5) *Bêdnyé dvorianê* (1863); Nékrasov, *Rodina* (1846).

l'accompagnement ordinaire. La nette hostilité se marque dans *le Partage*, la première pièce où Pisemski dénonce avec un réalisme impitoyable (1) la cupidité de la noblesse terrienne, et, beaucoup plus tard, dans les récits de Terpigorev, groupés sous les titres de *Livre jaune...* et *Ombres alarmées* (2).

La seule apologie du passé est due à la plume du satirique qui en avait donné la plus sombre image : par un étrange revirement, point rare chez les écrivains russes, d'inspiration moitié autobiographique, moitié artistique, Saltykov, après les horreurs des *Messieurs Golovlev*, a évoqué, dans *les Récits de Pochékhonié*, dans *le Bon vieux temps de Pochékhonié*, la vie des propriétaires ruraux d'avant les réformes. L'ironie corrosive qui emplissait le reste de son œuvre s'humanisait ici, s'attendrissait en bonté chrétienne. Plus heureux que Gogol, Saltykov avait écrit sa seconde partie des *Ames mortes* (3).

Dans *la Pupille*, d'Ostrovski, le vieux majordome Potapytch soutient sincèrement les droits de son jeune seigneur à lutiner les serves, les pupilles qui entourent sa mère :

— Vous-même, vous devez faire comme tous les jeunes maîtres. Il ne faut pas que vous laissiez perdre cette règle. Voulez-vous rester en arrière des autres ? Ce serait honte à vous.

— Mais je ne sais pas causer aux filles.

— Avez-vous besoin de leur en dire si long ? Et sur quoi ? De quelles sciences pourriez-vous bien parler avec elles ? Est-ce qu'elles comprennent quelque chose ? Vous êtes le maître, eh bien, voilà tout (4) !

Tels *Récits d'un chasseur*, telles pages de *Pères et enfants*, le drame de Pisemski, *Amère destinée*, montrent quel sort attendait les serves jeunes et jolies. Pour une à qui la faveur du maître procurait de la joie et quelque bonheur, combien pouvaient dire, comme Lisa, la soubrette de Famousov : « Puisse nous épargner, plus que tout chagrin, courroux de maître et amour de maître (5) ! »

Quant aux pupilles, dont aime à s'entourer la *pomêchtchitsa* (6), on peut voir par un exemple pris au hasard, la seconde femme du vieux *pomêchtchik* Fédor Pavlovitch Karamazov, que leur sort est pareil à celui de Nadia, chez Oulanbékova :

« Sophie Pavlovna était de la catégorie des « orphelines » : sans parents depuis son enfance, fille de quelque diacre obscur, elle avait grandi dans

---

(1) *Razdêl* (1853) ; voir encore *Mer agitée* (*Vzbalamoutchennoé moré* (1863), I.
(2) *Jeltaïa kniga — skazanié o novykh kniaginiakh i starykh kniaziakh* (1885) ; *Potré vojennyia têni* (1881-1886).
(3) SALTYKOV, *Pochékhonskié razskazy* (1883-84) ; *Pochékhonskaïa starina* (1887-89).
(4) Acte Ier, sc. 2.
(5) GRIBOÊDOV, *Goré ot ouma*, acte Ier, sc. 2.
(6) *Ibid.*, acte Ier, sc. 7 : « Et votre tante ? demande Tchatski à Sophie. Sa maison est-elle toujours pleine de pupilles et de carlins ? »

la riche demeure de sa bienfaitrice, éducatrice et persécutrice, la vieille dame aristocratique, veuve du général Vorokhov. Je ne connais pas les détails, mais j'ai ouï dire au sujet de cette pupille douce, inoffensive, résignée, qu'on l'avait une fois détachée de la corde qu'elle avait pendue à un clou dans la resserre, tant il lui était dur de supporter l'arbitraire et les éternels reproches de cette vieille dame déjà méchante, bien sûr, mais devenue, par suite du désœuvrement, le samodour le plus insupportable... Il est très possible que si elle avait eu en temps voulu quelques renseignements sur Fédor Pavlovitch, elle ne l'aurait épousé pour rien au monde. Mais c'était dans une autre province ; et que pouvait bien savoir une fille, presque une enfant, de seize ans, sinon que la rivière valait mieux que de rester chez sa bienfaitrice? Et la malheureuse changea ainsi sa bienfaitrice pour un bienfaiteur (1). »

Devant le nouvel ordre de choses qui les dépossédait de leurs terres en partie, de leurs droits seigneuriaux sur les serfs d'hier devenus hommes libres, les *pomêchtchiks* se comportèrent diversement. Parmi ceux dont l'oukaz émancipateur diminuait seulement l'avoir, et que d'anciennes habitudes de dépense n'avaient pas appauvris ou ruinés, les uns se contentèrent de vivre sur les revenus de domaines encore assez étendus. D'autres se mirent courageusement à l'œuvre pour compenser leurs pertes par une exploitation plus intelligente. On rencontre de ces hommes éclairés, qui vivent en parfaite harmonie avec les paysans, devenus ouvriers ou serviteurs volontaires, perfectionnent les procédés de culture ou de manutention : tout en s'adonnant sérieusement à leur « ménage des champs (2) », ils gardent au fond de leurs campagnes lointaines les goûts intellectuels, les traditions hospitalières de l'ancien temps ; et c'est un charme de les voir secondés par une femme active, aussi apte à installer ou surveiller une laiterie, une ferme modèle, qu'à discuter le roman publié dans son dernier numéro de la *Revue des Deux Mondes*. D'autres firent venir à grands frais des machines agricoles dont ils ignoraient eux-mêmes l'emploi et que les paysans défiants ou superstitieux répugnaient à manier, détruisaient même parfois comme engins diaboliques : ainsi ils perdaient par louable intention de travail, mais insuffisance d'éducation technique, autant que d'autres par incurie ou paresse. On en vit se lancer dans des entreprises chimériques, vouées à un prompt échec ou à une longue débilité, faute d'outillage, de personnel, de méthode ou de pratique. Quelques habiles profitèrent des plus-values que les constructions de chemins de fer, les grands travaux publics, l'extension des villes et les *datchas* donnaient à leurs terrains. Les plus nombreux ne surent ou ne voulurent assagir leur train : l'argent du rachat fondit

(1) Dostoevski, *Bralia Karamazovy*, I, 1, 3.
(2) Olivier de Serres, *le Théâtre d'agriculture et mesnage des champs*, préface. Cette expression archaïque traduirait littéralement les mots russes « selskoé khoziaïstvo ».

dans l'incorrigible gaspillage ou dans les restaurants de Saint-Pétersbourg et de Moscou. Au bout de quelques années, ces nobles à bout de
ressources hypothéquaient leurs biens à gros intérêts, émiettaient par
ventes successives ou cédaient d'un seul coup leur beau domaine à des
spéculateurs, des marchands-usuriers, de grossiers parvenus. « La
Banque foncière d'État pour la noblesse, fondée en 1885 afin de venir
en aide à la propriété noble, n'a guère aidé à arrêter cette dépossession (1). »·

Le désarroi et l'appauvrissement progressif des *pomêchtchiks* au sortir
d'une crise profonde apportaient de nouveaux sujets aux peintres de
mœurs, toujours curieux d'actualité sociale : le roman, la nouvelle, le
théâtre s'en sont nourris presque jusqu'à nos jours. Sans doute le type
du noble qui se ruine en plaisirs, en fêtes, mange son bien avec allégresse
pour finir obscurément dans quelque chambre d'hôtel de la capitale,
était déjà familier à la littérature : il se multiplia seulement, remplaça
le seigneur despotique (2). Déchéance matérielle et souvent morale
d'une classe, la première dans l'État, avènement de roturiers mal
dégrossis, avides de jouir, d'étaler leur richesse toute fraîche, déplacements d'influence et aspects de sentiments consécutifs à une transformation économique : voilà en outre les éléments d'intérêt. Le fécond
Boborykine, dans plusieurs romans, a ainsi dépeint et opposé la noblesse
en décadence et le « tiers état russe » qui s'accroît à ses dépens, la montée
du « capital », avec ses abus, ses ridicules et ses dangers (3). Vers le
même temps, Terpigorev, en des récits d'une couleur uniformément
sombre, a transcrit les réflexions d'un « pomêchtchik de Tambov »,
l'aveu des vices et des fautes légués par les aïeux, leurs suites déshono-
rantes : il y a là des acquéreurs de domaines, des spéculateurs à millions,
avec leur moderne entourage d'hommes d'affaires, de négociateurs,
d'hommes de loi, de parasites et de bouffons, des nobles ruinés qui se
font (comme dans *Fol argent*) leurs éducateurs mondains, leurs moniteurs, payés, d'élégance (4). Le *vieux barine* Opoliev, de Palm, incapable

---

(1) *La Russie à la fin du dix-neuvième siècle, ouv. cit.*, p. 124, Paris, 1900. « Quelques
enrichis sortant de la classe des paysans, ou de riches particuliers viennent au premier
rang comme gros acheteurs de ces domaines qu'ils acquièrent parfois par parties de
plusieurs milliers d'hectares d'un seul coup. Ces paysans enrichis, sortis d'une classe
généralement assez nécessiteuse, se rencontrent, le plus souvent, dans les provinces
extrêmes du sud et de l'est... Après les enrichis de la classe paysanne, comme acheteurs des domaines de la noblesse, viennent les commerçants, qui continuent à accroître
leurs domaines, particulièrement dans le nord, dans l'ouest... Les autres classes de la
société prennent une très petite part aux acquisitions des terres de la noblesse. »
(2) TOURGUÉNEV, t. Ier, *Zapiski... : Pierre Pétrovitch Karataev* (1847). — Dans la
Sonate à Kreutzer, la femme de Pozdnychev est fille d'un pomêchtchik ruiné du gouvernement de Penza ; Troukhatchevski, l'amant, est fils d'un gentilhomme ruiné.
(3) BOBORYKINE, *Kitaï-Gorod, Péréval, Vasili Terkine, Kniaginia*. Ces romans
ont été publiés après 1880, principalement dans le *Vêstnik Evropy*.
(4) TERPIGOREV, *Oskoudênié*, — *otcherki, zamêtki i razmychléniia Tambovskago
pomêchtchika* (1880).

de refaire sa vie, comme paralysé par des âges de paresse accumulée, regrette le temps où sans effort on vivait dans l'abondance ; il préfère son insouciance débraillée, le dérèglement où au moins le cœur, la passion se marquaient, à l'esprit pratique, à l'élégance vernie et froide de Von Kammer (1). Le *poméchtchik* de Nékrasov évoque avec un regret un peu emphatique et forcé devant des paysans, serfs libérés, la vie large du seigneur, coureur de halliers, ivre seulement d'action physique, de réunions bruyantes, de randonnées éperdues, aux sons des cors, aux aboiements des meutes (2). Le manque de volonté, l'endettement, la vente forcée du domaine, la mélancolie d'un adieu irrévocable, l'orgueil du nouveau maître, fils d'un ancien serf du domaine : tout cela est rendu par Tchékhov dans la *Cerisaie* avec cette ironie voilée et ce goût des demi-teintes chers à l'auteur. La sympathie va non aux anciens possesseurs, vraiment trop vides, mais à l'*ousadba* où dorment les souvenirs, au vieux jardin, à la cerisaie, source autrefois de richesse, aux choses inanimées et pourtant pleines d'appels mystérieux, aux vieux serviteurs oubliés, dont le destin était lié à la maison, et qui mourront de son transfert, de sa mort (3).

Saltykov, entre 1870 et 1880, a surtout écrit sur la classe noble : d'y appartenir lui-même par naissance, il en pénétrait plus à fond l'agitation impuissante, les regrets stériles, les courses à la fortune, la dissolution tragique ou pitoyable ; telle de ses satires semble même avoir un caractère autobiographique. Le héros du *Spleen d'un noble* dit de ses pareils : « Nous avons dissipé tout notre bagage d'un seul coup et nous n'avons rien su amasser, si bien que nous nous sommes trouvés les mains complètement vides... Le fil de la vie est brisé, tous les plans, toutes les aspirations, tout ce dont vivait l'homme, est aboli. » Et il revient dans la demeure de ses pères, s'y installe définitivement, non pour faire œuvre utile, pour instruire le paysan, qui « n'a besoin ni de ses conseils ni de sa sympathie », mais « pour rester en paix dans son propre tombeau et y mourir tout doucement (4) ». Dans *Messieurs Golovlev*, trois générations de *poméchtchiks* cupides, égoïstes, durs, vicieux et superstitieux sombrent dans la démence, le déshonneur, la basse débauche et le suicide. Si l'on doit juger un régime social à ses fruits, le servage qui avilissait ainsi ses privilégiés, tuait ou corrompait en eux toute velléité d'action utile à la communauté, était condamné pour jamais. Le noble de province qui, comme Prokop du *Journal d'un provincial*, vient « brûler sa vie » à Saint-Pétersbourg, a le sentiment d'être un « homme

---

(1) PALM, *Stary barine*, comédie (1873).
(2) NÉKRASOV, *Komou na Rousi jit khorocho* (1873), V : *Poméchtchik; Pésni o svobodnom slové* (1865), V : *Ostorojnost*, 3.
(3) TCHÉKHOV, *Vychnévy sad*.
(4) SALTYKOV, *Dvorianskaïa khandra*.
(5) ID., *Gospoda Golovlevy* (1872-76).

de trop » ; au désir de mener joyeuse existence sans travailler, s'ajoute le regret de rentrer dans la loi commune de l'égalité civile, d'avoir perdu les droits seigneuriaux :

« Nous autres, dit-il, descendants de l'aïeul Matvéï Ivanovitch, nous sommes en plein désarroi, et convaincus que de *notre* droit il ne reste goutte. Nos assemblées sont peu suivies ; nous ne rivalisons pas les uns avec les autres, parce que nous n'avons plus lieu de le faire à la façon de nos trisaïeux, et que nous n'avons pas encore découvert le moyen de le faire d'une manière nouvelle. D'autre part nous ne tirons plus à terre les nappes de table toutes servies et nous ne prenons plus plaisir aux trémoussements des Palachkas, serves de la maison, parce que c'est trop cher ; pour ressaisir au moins une ombre des plaisirs dont jouissaient nos trisaïeux, nous devons nous rendre à Saint-Pétersbourg, et là, en nous cotisant à deux roubles par museau, nous pourlécher à regarder la Schneider qui *se gratte les jambes et les hanches*. Mais voilà : la Schneider est pour tout le monde et la jouissance qu'elle procure étant accessible à tous, qui donc parmi nous peut dire : « C'est ma petite Schneider ! » comme jadis Matvéï Ivanovitch disait : « C'est ma Palachka ! » Notre grand-père avait sur quoi exercer son autorité : il ne se voyait pas là comme une cinquième roue à un carrosse, un bon à rien. Quand par exemple il regardait Palachka en train de se trémousser, il exprimait par tout son être, s'il ne formulait pas explicitement : « Je ferai ce que « je voudrai de Palachka : si je veux, je lui ferai couper les cheveux, « si je veux, je la marierai à Antip, le pâtre... »

« Nous, descendants de Matvéï Ivanovitch, nous sommes privés d'épisodes intéressants de ce genre. Nous ne pouvons plus faire de mal à une poule, ma parole ! me disait ces jours-ci mon ami Sénia Birioukov : explique-moi donc, de grâce, quel rôle nous jouons dans la nature (1)? »

II

Au cours de sa brève carrière administrative, Ostrovski put saisir sur le vif quelques aspects de la bureaucratie russe : de quoi dessiner un Bénévolenski, un Bêlogoubov, un Balzaminov. *Une place lucrative* dépasse l'expérience personnelle et le simple portrait : le conflit de théorie professionnelle entre Jadov et ses chefs traduit à la scène, dans la manière propre à l'auteur, les préoccupations contemporaines ; par sa date, l'œuvre est au cœur de la période qui dans l'histoire littéraire et sociale des années 50 garde le nom d' « accusatrice ».

La satire s'est attaquée de bonne heure aux abus de pouvoir, à la vénalité des fonctionnaires, vices aussi anciens que l'État russe lui-même :

_____

(1) Saltykov, *Dnevnik provintsiala v Péterbourgê* (1872-73).

elle a inspiré, jusqu'à Gogol, le meilleur de la comédie nationale. Deux causes l'ont fait redoubler d'intensité, au milieu du dix-neuvième siècle. Avant 1850, l'autocratie toute-puissante, le servage, les formes archaïques de procédure, la coutume justifiant la vieille formule d'investiture, favorisaient le maintien de pratiques depuis longtemps dénoncées et toujours renaissantes ; en outre, depuis 1848, une impitoyable censure à dix ou douze têtes (1) arrêtait, étouffait, maltraitait pour le moins tout ce qui sentait la critique, même inoffensive, la discussion politique, même loyaliste. La guerre de Crimée souleva l'opinion contre la bureaucratie routinière et improbe ; « après Sébastopol, tous se mirent à penser, la disposition à critiquer s'empara de tous » ; la censure s'étant relâchée par force, la liberté d'écrire servit à point l'impatience de censurer : pamphlets, journaux, revues, s'imprimèrent et circulèrent, réveillant, affermissant, proclamant la pensée publique. « On n'avait pas encore vu en Russie une masse de feuilles, journaux et revues, comme celle qui parut en 1856-1858. Les publications poussaient comme des champignons ; autant, à vrai dire, il en surgissait, autant il en disparaissait. Elles étaient de toutes les formes, dimensions et tendances possibles : il y en avait de grandes et de petites, de chères et de pas chères, de sérieuses et d'humoristiques, de littéraires et de scientifiques, de politiques et de non politiques. Il paraissait même des feuilles volantes (2). » Du dehors, la *Cloche* (*Kolokol*) de Herzen vint dans un vol mystérieux se poser, chaque mois d'abord, puis chaque semaine, sur le bureau des hauts personnages et de l'empereur lui-même, au grand effroi des prévaricateurs, tremblant de se voir démasqués (3).

Ceux que des fonctions publiques avaient initiés aux formes multiples de la corruption administrative, les victimes nombreuses aussi, les nouvellistes de lettres à l'affût de l'actualité, tous se mirent à peindre la vie, les mœurs, les exploits des fonctionnaires : le roman, le théâtre, les feuilles satiriques, la *publicistique* s'en nourrirent. Avec les mémoires, qui mettaient en réserve des témoignages pour l'avenir, cela préparait aux *vziatotchniks* une vaste publicité. Voici un aperçu sommaire de cette abondante « littérature ».

Parmi la jeunesse instruite et libérale, l'attitude frondeuse, « accusatrice » fut de mode devant le principe d'autorité bureaucratique ou ses

(1) Censure générale au ministère de l'instruction publique, administration générale de la censure, comité suprême, censure ecclésiastique, censure militaire, censure du ministère des affaires étrangères, censure des théâtres, au ministère de l'instruction publique, des journaux au département des postes, censure de la IIIᵉ section, nouvelle censure pédagogique ; censure des ouvrages juridiques à la IIᵉ section, censure des ouvrages étrangers.
(2) CHELGOUNOV, *Sotchinéniia*, t. II, p. 639. Saint-Pétersbourg, 1891 ; *Vospominaniia*, p. 652.
(3) Autres journaux humoristiques ou satiriques : *Goudok, Iskra, Svistok.*

représentants : les Jadov, engagés ou non dans le service, furent légion.
Gontcharov, dans un article, *Mieux vaut tard...*, où il expliquait l'histoire, le sens de son roman *le Ravin*, écrivait : « Je dois dire encore que
dans le plan primitif du *Ravin*, esquissé en 1848 et en 1850, au lieu de
ce type bien accusé (Marc Volokhov) qui n'existait pas encore, j'avais
songé à un libéral placé, pour mauvais esprit, sous la surveillance de la
police, exclu du service ou de l'école pour grossièreté, désobéissance aux
chefs, enfin pour avoir chanté je ne sais quelle *Marseillaise* russe ou
laissé échapper quelque impertinence sur l'autorité. Il y a trente ans,
on voyait pas mal de gens pareils (1). » Bazarov, avant d'afficher son
dédain pour ce « bavardage » sans intérêt, a été lui aussi de ces censeurs
nouveaux : « Autrefois, il n'y a pas bien longtemps, dit-il à Paul Kirsanov, nous disions que nos fonctionnaires touchaient des pots-de-vin,
que nous n'avions ni routes, ni commerce, ni justice régulière... — Ah!
oui, oui, vous êtes des accusateurs : c'est ainsi, je crois, que cela s'appelle.
Je suis d'accord avec vous sur beaucoup de vos critiques, mais... — Puis
nous avons reconnu que cela ne vaut pas la peine de bavarder, bavarder
sans cesse et uniquement sur nos plaies, que cela mène seulement à
la banalité et au doctrinarisme ; nous avons vu que nos petits raisonneurs,
soi-disant avancés et accusateurs, ne valaient rien et que nous perdions
notre temps à des fadaises (2)... »

Cet esprit d'indocilité, cette humeur récalcitrante avaient leur cause
dans la jeunesse d'abord, et dans l'hostilité que la bureaucratie (provinciale surtout) témoignait aux « auteurs », aux « savants » ; ainsi nom-
mait-on les jeunes fonctionnaires qui avaient passé par « l'université (3) ».
Ils avaient encore leur excuse dans la défiance, poussée au grotesque,
de la censure à l'égard de tout ce qui semblait cacher quelque allusion
irrévérencieuse au régime ou aux autorités (4). D'ailleurs beaucoup de
ces précoces indépendants s'assagissaient assez vite : le feu de la jeunesse
tombé, les nécessités de la vie, l'action du milieu, l'attrait des profits,
l'idée admise que « les affaires sérieuses », opposées aux chimères, « pro-
curent l'argent, et l'argent le confort », convertissaient les « accusateurs »,
comme les rêveurs, à la réalité substantielle : les uns et les autres faisaient
leur carrière, se mariaient avantageusement : ainsi Alexandre Adouev,
dans *Simple histoire*, cède aux conseils du vieux fonctionnaire son oncle,
et suivra son exemple (5).

(1) Gontcharov, *Loutchché pozdno tchém nikogda.* (*Rousskaïa Rêtch*, t. VI, 1879.)
(2) Tourguénev, *Otsy i dêti* (t. II des *Œuvres*, p. 59).
(3) Gorbounov, t. Ier, p. 20.
(4) On effaçait par exemple des livres de cuisine l'expression « volny doukh », chaleur
du four dont on vient de retirer la braise, chaleur tempérée, parce qu'elle pouvait
signifier « libre esprit, esprit fort » ; des livres de médecine : « tsésarskoé sêtchénié »,
opération césarienne, à cause du mot « Tsésar » (César, tsar).
(5) Gontcharov, *Obyknovennaïa istoriia.*

Par la richesse d'invention, la verve incisive, sinon toujours par l'objectivité impartiale, Saltykov vient au premier rang des « divulgateurs ». Jeune fonctionnaire, une disgrâce heureuse pour son talent, une troïka avec un gendarme l'expédièrent de Saint-Pétersbourg à Viatka, dans les bureaux « du gouvernement » (1848). Là, pendant sept années de séjour forcé, dans des missions diverses et souvent importantes, il put observer de près la machine bureaucratique, ses ressorts secrets, son vilain rendement, tout en s'acquittant lui-même de ses tâches avec zèle, équité, bienveillance. L'année même de son rappel au ministère de l'intérieur (1856), parurent les *Esquisses de gouvernement*, sans veto censural. Vingt années (1848-1868) d'expérience administrative à Saint-Pétersbourg, Viatka, Tver, Riazan, Penza, Toula, donnent à son témoignage, malgré la tendance pessimiste, un poids singulier. Après la guerre de Crimée, les *Esquisses* venaient à leur heure : les exemples pris dans la bonne ville de Kroutogorsk firent voir la profondeur du mal. Seul parmi la corruption générale, le petit peuple, victime de son ignorance, pressuré de toutes parts, mais naïf et bon, est une réserve d'honnêteté et garde les sympathies de l'écrivain. Les dupes, il faut l'avouer, ne valent guère mieux que les exploiteurs, les justiciables que les administrateurs : la mollesse, l'immoralité des uns encourage l'arbitraire et l'improbité des autres. Du haut en bas de la hiérarchie, ces preneurs de *vziatki*, comme ceux de Gogol, ne ressentent pas ombre de trouble ou de scrupule ; ils ne craignent que la « révision » (l'inspection) et les faux pas, l'accident qui troublerait la fête, la maladresse ou l'indiscrétion des chefs. Il a paru à quelques-uns que Saltykov avait forcé la note : « Ils (les fonctionnaires) disaient, presque avec des larmes dans les yeux : « Vraiment, « il nous instruit : nous n'avons jamais su voler ainsi (1). » Saltykov a repris et élargi, dans plusieurs groupes de récits, le portrait des fonctionnaires ; il y a raillé finement leur progressisme verbeux et superficiel, la docilité courtisanesque et la souplesse intrigante des « pompadours », la persistance de la routine et des abus administratifs sous des apparences de réformes (2) ; parfois, comme dans le *Point douloureux*, il en a tiré des effets tragiques (3).

Vers les mêmes années 1855-1860, Melnikov, entré dans la carrière administrative depuis 1847, notait quelques scènes de mœurs provinciales, selon la manière de Gogol. La ville de district Tchoubarov rappelle Kroutogorsk ; ce *Coin perdu* est un lieu béni pour les chercheurs de profits illicites. Un vieux soumissionnaire l'explique ingénument à l'auteur : « Voler l'État est infiniment plus commode que de prendre des

----

(1) PISEMSKI, *Vzbalamoutchennoé moré*, IV, 2, p. 9 (t. X des *Œuvres*).
(2) *Névinnyié razskazy* (1857-63) ; *Pompadoury i Pompadourchi* (1863-73) ; *Istoriia odnogo goroda* (1869-70) ; *V srédé oumérennosti i akkouratnosti* (1874-77).
(3) *Bolnoé mésto*.

pots-de-vin. Celui à qui on a fait payer peut, qui sait? crier au voleur ; mais notre brave fisc, lui, n'a pas de langue. Aussi on le pille. Il y a même moins de retenue qu'avant... Aujourd'hui il vient des architectes, des ingénieurs, qui n'ont pas le sou et veulent s'enrichir au plus vite. L'ingénieur a des épaulettes, alors il lui faut plus d'argent (1). »

Sollogoub, attentif, comme tout écrivain de cette époque, à saisir l'actualité, voire la mode dans l'actualité, le fait du jour, porta le premier à la scène l'acte d'accusation contre la bureaucratie. Sa pièce, le Fonctionnaire (2), jouée en cette même année 1856, qui vit les Esquisses de Saltykov, Une place lucrative d'Ostrovski, eut un bruyant succès, dû moins aux qualités intrinsèques de l'œuvre, qu'à l'état d'esprit d'un public avide de recueillir toute allusion au renouvellement d'un organisme usé : le héros, Nadimov, s'écriait emphatiquement devant toute la Russie qu'il était « temps d'extirper le mal jusqu'à la racine ». L'année suivante, une pièce de Lvov, Il y a encore de braves gens au monde (3), réussit pareillement, par le procès fait avec hardiesse aux concussions, à l'arbitraire, à la vénalité du tchinovnisme pétersbourgeois. Le Clinquant (4), de Potêkhine, écrit en 1858, fut interdit au théâtre pendant quatre ans. Le drame de Soukhovo-Kobyline, Une affaire (5), écrit en 1852, le fut pendant dix ans : ici l'âpreté dénonciatrice révélait et vengeait, comme chez Kapnist, une mésaventure personnelle. Accusé d'avoir tué une jeune Française, Mlle Dimanche, Soukhovo-Kobyline fut arrêté, sur le témoignage de cinq d'entre ses serfs, à qui la torture avait arraché l'aveu du prétendu crime. Tous, maître et serfs, étaient sous le coup des travaux forcés. Les relations de Soukhovo-Kobyline, de larges « épices » conjurèrent seules un châtiment immérité. La pièce étale au grand jour les modes odieux de procédure criminelle, la cupidité des autorités judiciaires et policières, le vol ouvertement pratiqué ; le péril couru, la colère d'avoir recouru par nécessité à la corruption absoudraient l'auteur d'avoir noirci ou chargé sa peinture.

Victime pour victime (6), de Diatchenko, est une comédie à tendances, à la veille des réformes judiciaires ; Krylov (plus connu sous le pseudonyme d'Alexandrov) s'est attaqué, dans plusieurs pièces, à des « gros bonnets » de province ; et Pisemski, plus tard, au monde des hauts fonctionnaires (7).

(1) MELNIKOV, Medvêji ougol (1857) ; Neprémênny (1857), Iméninny pirog (1859) sont encore des tableaux de mœurs administratives. On peut y ajouter Ivan Podjabrine, de GONTCHAROV (1848) ; Kantséliarist, récit de ZAGOSKINE (dans Moskva i Moskvitchi).
(2) Tchinovnik.
(3) Svêt ne bez dobrykh lioudêi.
(4) Michoura. — Vakantnoé mésto (1858) fut interdit à la scène.
(5) Délo. La comédie du même : Smert Tarelkina, écrite en 1868, n'a été autorisée à représentation qu'en 1899.
(6) Jertva za jertvou (saison 1861-62).
(7) Dans Podkopy (1873).

On trouverait également chez des poètes d'inspiration sociale et civique comme Nékrasov (1), et chez des humoristes satiriques, une contribution au vaste réquisitoire contre l'administration russe. Mais seules l'excitation des esprits, leur adhésion acquise d'avance, les rigueurs maladroites de la censure, qui donnaient aux œuvres interdites la saveur du fruit défendu, expliquent le succès inouï en son temps du poète Rosenheim. De 1840 à 1858 ses vers circulèrent en copies manuscrites, ou parurent sans nom d'auteur ; les éditions imprimées (1858-1864) n'étaient plus qu'une image mutilée par les coupures censurales ou un écho déjà affaibli.

Enfin les témoignages purement documentaires, les enquêtes historiques apporteraient de précieuses lumières sur les sujets touchés par Ostrovski et si complaisamment traités, on a pu l'entrevoir, par les littérateurs des années 50 et 60. I.-S. Aksakov, fonctionnaire au Sénat de Moscou, membre des tribunaux criminels de Kalouga et d'Astrakhan (1844-1848), a retracé dans ses lettres les procédés de ces tribunaux, les mœurs des juges, au temps du servage, l'inclination de ceux-ci à favoriser les *pomêchtchiks* au détriment des paysans en accordant plus de poids à leur témoignage, parfois même l'entente avec le plaideur influent. L'affaire d'un *pomêchtchik* de Saratov reproduit presque la scène fameuse du troisième acte de *la Chicane;* un des juges dit qu'il terminera toutes les affaires pareilles « par le procédé domestique, paternellement », comme Gradoboev dans *Cœur ardent.* A ceux qui se plaignaient que les réformes judiciaires n'eussent pas corrigé tous les abus, Aksakov répondait en 1884 par la comparaison du présent et du passé : « Les vieux tribunaux ! A leur seul souvenir, les cheveux se hérissent sur la tête, le froid court par la peau : c'était vraiment l'abomination de la désolation dans le lieu sacré (2). » — « Le tchinovnik russe, écrit en 1861 le censeur Nikitenko dans son *Journal,* est un être effrayant. Ce qu'il en sera dans l'avenir, nul ne le sait encore ; mais jusqu'ici il a été l'ennemi naturel et le plus acharné du bien-être populaire (3). » Rovinski signale, entre autres maux dont souffre la justice : le champ excessif que laisse à la corruption la possibilité pour les juges, secrétaires et commis de retourner la forme écrite de l'affaire grâce au secret de la procédure, la préférence accordée au témoignage d'une personne de qualité (*znatny*) sur celui d'un roturier ou d'un homme du peuple.

Ce n'est pas ici le lieu de rechercher si le mal du bureaucratisme, si vigoureusement dénoncé, a maintenant disparu. Réformes, institutions préventives, enquêtes et contrôles, relèvement des traitements en vue

---

(1) *Tchinovnik* (1842) ; *Macha* (1851) ; *Kolybelnaïa pêsnia* (1846) ; *Vor* (1850), etc...
(2) *I.-S. Aksakov v ego pismakh,* t. II ; *ibid.,* t. III. *Prilojénié.*
(3) NIKITENKO (1826-1877), *Zapiski i dnevnik. Moïa povêst o samom sébê...,* t. II. p. 276.

d'éloigner les tentations, ont pu y remédier pour une part notable : il eût été sans doute chimérique d'attendre la guérison de mesures officielles, sans l'amendement parallèle des mœurs publiques et professionnelles. Or quand l'intérêt matériel, l'espoir du gain et de l'impunité sont en jeu, les mœurs se purifient lentement d'une souillure séculaire ; et l'immensité même du pays facilite le maintien des abus (1). Toutefois, malgré le pessimisme auquel les Russes sont volontiers enclins et le retour inévitable d'actes fâcheux, les fonctionnaires honnêtes, minorité jadis, sont devenus sans doute la majorité. Aux types « négatifs » de la littérature et de la réalité, il ne serait que juste d'opposer tel type « positif», de la vie aussi, comme un Rovinski. Celui-ci a fait toute sa carrière dans l'administration judiciaire à Moscou ; il a personnellement étudié, rapporté en conscience des milliers d'affaires ; il s'est efforcé de lutter contre le vice des institutions, de répandre autour de lui, par la parole et par l'exemple, la probité, la justice, l'humanité ; il a eu le culte de son peuple et des arts : ce modèle des fonctionnaires a été un homme et un Russe admirable (2).

III

En 1875, un critique du camp radical, Iazykov, après avoir longuement raillé Ostrovski comme « le peintre de la Russie archéologique », lui reprochait également de chercher des modèles parmi les « héros du temps », ainsi les appelle Nékrasov (3), comme s'ils étaient « la preuve de la nouvelle culture européenne, comme s'ils incarnaient la nouvelle Russie : le brasseur d'affaires contemporain est un mal, mais on a tellement écrit sur lui, qu'Ostrovski aurait dû le laisser tranquille (4) ». Le dramaturge n'a pas suivi cet honnête conseil : il le pouvait d'autant moins que les types dont on lui déconseillait l'étude avaient plus d'un trait commun, et même l'origine, avec les *kouptsy* de son répertoire antérieur. Aux nababs d'avant les réformes, aux fermiers de l'eau-de-vie, avaient succédé les industriels modernes, armateurs, propriétaires de bateaux à vapeur, constructeurs de voies ferrées, spéculateurs, banquiers, lanceurs de sociétés financières. Tout un monde nouveau surgit : la transformation politique et sociale, l'extension du crédit, les chemins de fer, trois causes qui chez nous ont eu leurs effets successivement, et leur expression littéraire dans le roman de Balzac, de George Sand, le théâtre d'Émile Augier, en Russie ont agi presque simultanément. D'où cette abondance de romans, pièces, nouvelles, sur les parvenus

(1) Voir A. LEROY-BEAULIEU, t. II, liv. II, chap. III.
(2) Une longue notice lui est consacrée par Koni dans *Entsiklopéditcheski Slovar,* Éd. BROKHAUS et EFRON.
(3) NÉKRASOV, II, *Sovrémenniki*, II : *Héroï vréméni* (1875).
(4) N. IAZYKOV, *Bezsilié tvortcheskoï sily.* (*Délo*, n° 4, 1875.)

de l'argent, les exploiteurs de tout genre, sur cette humanité mêlée que la fièvre de l'enrichissement et de la jouissance effrénée fait surgir d'un monde en renouvellement. Les uns et les autres, ceux d'avant et d'après l'abolition du servage unissent en eux l'agioteur, le traitant, le sous-Turcaret de notre ancien régime et le financier moderne de Balzac, d'Émile Augier, le faiseur d'affaires des *Corbeaux* ou des *Ventres dorés*. Les observateurs sont les mêmes : Pisemski (1), Saltykov (2), Soukhovo-Kobyline (3), Potêkhine (4), Boborykine (5) ; et, moins notoires, Lvov (6), Stanioukovitch (7), Slobodine (8). Khvochtchinskaïa (9) dépeint le beau monde de province, les mères coquettes et dures, qui cherchent à marier leurs filles au premier venu, s'il est riche, pour rétablir leur budget en désarroi. La production s'accumule surtout entre 1870 et 1880, période, semble-t-il, particulièrement féconde en entreprises, en scandales retentissants : « Chez vous, écrit Tourguénev à Souvorine, c'est histoire sur histoire ! Markévitch est à peine refroidi qu'Ovsiannikov commence à bouillonner. Notre monde néo-financier m'est tout à fait inconnu, mais quelles charmantes choses doivent se cacher là ! D'après vos feuilletons, j'ai pu me convaincre que tout cela vous est assez connu (10). » Pogodine appelait *le Banqueroutier* (titre primitif d'*Entre siens on s'arrangera*) un « supplément au Code pénal ». On pourrait dire que les romans, nouvelles, pièces sur les *délstsy*, sont des illustrations, des commentaires, des feuillets détachés de la *Gazette des Tribunaux*. A elle seule la lecture des faits et débats égalerait en intérêt les œuvres littéraires. Par ce qui en passe dans les journaux du temps, on entrevoit l'action dissolvante de l'argent, la chasse à ce que le Russe appelle la grosse « couche », les nouveautés qu'elle suggérait aux jouisseurs, et apportait aux tribunaux : faillite de la *Banque de commerce et de prêt de Moscou* (1875), poursuite du direc-

(1) *Baal, Finantsovy géni* (génie) (1873-1875) ; *Prosvéchtchennoé vrémia* (1875) ; *Méchtchané*.
(2) *Gospoda Tachkentsy* (1869-72) ; *Déti Moskvy* (1877 dans *Véstnik Evropy*).
(3) *Svadba Kretchinskago* (1855) : des récits couraient alors à Moscou sur un escroc qui avait touché une grosse somme chez un usurier, sur un solitaire faux. La pièce eut un très vif succès de lecture dans les cercles moscovites, avant sa mise à la scène.
(4) *Okolo déneg* (1877).
(5) *Délstsy* (1874).
(6) *Kompania na aktsiakh* (1858).
(7) *Na to chtchouka v morê, tchto by karas ne drémal* (1871) : « La comédie fut interdite la veille de la représentation, par ordre du ministère de l'intérieur, parce qu'on y vit un pamphlet contre les constructeurs de chemins de fer, et le bruit courait que l'interdiction avait été prononcée à la suite d'instantes démarches de quelques-uns d'entre eux. Une requête deux fois renouvelée échoua. » (SKABITCHEVSKI, *1st. nov. rousk. lit.*, p. 313.)
(8) *Héroï lítératournago chantaja* (1877, dans *Véstnik Evropy*). On peut encore ajouter à cette liste TERPIGOREV, *Zasodimski*.
(9) Connue aussi sous le pseudonyme de V. Krestovski. C'est dans ses nouvelles et romans de 1850-1861 qu'il faut chercher de préférence ce tableau de la vie mondaine en province.
(10) Lettre de Tourguénev à Souvorine, de Paris, 14 mars 1875, dans le premier *Recueil des lettres...* (*Sbornik pisem...*), p. 256. Saint-Pétersbourg, 1884.

teur Stroussberg, de ses acolytes, d'un maire de Moscou, Schuhmacher, impliqué dans l'affaire ; disparitions de chefs de comptoirs et de banques ; affaire Markévitch ; long procès Ovsiannikov ; le chantage sous formes variées : les *Valets de cœur*, successeurs des *Stroussbergiens ;* chantage littéraire exercé par une basse presse, une *Gazette des Scandales ;* chantage par fausses traites ; association clandestine de jeunes gens pour extorquer de l'argent, sous menaces de procès, pour prétendus outrages... Voilà les jolies mœurs de la « mère des villes russes », et les *Fils de Moscou*, dénoncés avec virulence par Saltykov.

IV

Restent enfin les acteurs. Pour mieux apprécier la fidélité d'Ostrovski dans sa peinture du monde théâtral et des acteurs provinciaux, il n'est pas inutile de rappeler la condition de ceux-ci au début et au milieu du dix-neuvième siècle. Jusqu'en 1861, beaucoup d'entre eux étaient serfs, appartenaient à un seigneur. Les règlements étaient durs, même pour les privilégiés des scènes impériales. « A l'époque d'Alexandre Ier, on les considérait encore, en bloc, comme des bouffons. Les actrices, chanteuses, ballerines étaient mieux traitées, mais pour des raisons étrangères à l'art : entretenir une danseuse ou une chanteuse était une marque de haut ton. Pour complaire aux protecteurs, l'administration théâtrale mettait en vedette le nom des favorites, reléguait leurs rivales au dernier plan, et châtiait rigoureusement le manque d'égards envers les odalisques du corps de ballet... Un dvorianine qui montait sur les planches perdait ses droits personnels et ses privilèges (1) ; il était désormais livré à l'arbitraire de l'administration théâtrale, dont les armes disciplinaires étaient la salle de police et la maison de correction... La majorité des acteurs n'avaient pas un sentiment très relevé de leur dignité. Les célibataires, dans la société des riches fils de marchands, s'adonnaient fréquemment à la boisson, unissant au rôle dégradant de parasites celui, plus méprisé encore, de bouffons et d'amuseurs. Les acteurs mariés et rangés s'humiliaient aussi devant le respectable public, pour leurs femmes et leurs enfants, surtout à la veille du « bénéfice ». Jusqu'en 1833, dans les théâtres des capitales, la coutume était d'annoncer au public, de la scène, les spectacles du lendemain. Lors de l'annonce des « bénéfices », les bénéficiaires de l'un et l'autre sexe faisaient parfois paraître à côté d'eux, pour attendrir le public, leurs enfants en bas âge. Si la représentation était donnée au profit d'une veuve ou des enfants orphelins d'un artiste, l'effet était sûr : plus les enfants étaient petits, plus on pouvait

(1) Par ordre impérial les fonctionnaires ne pouvaient se faire acteurs qu'avec la permission du ministre, la perte de leurs tchines et le retrait de leurs brevets de tchine. (Warneke, t. II, p. 16.)

compter sur une forte recette. Après avoir composé leur spectacle à bénéfice, l'acteur ou l'actrice, avec la collaboration de l'auteur ou du traducteur, rédigeaient une affiche longue d'un archine au moins, avec les indications les plus alléchantes. Les adjectifs « mystérieux », « terrible », « sanglant », étaient obligatoires ; l'énumération des nouveaux décors, costumes, la quantité des coups de feu ou des flammes de bengale tenaient aussi une place importante. Les bénéficiaires pères de famille joignaient au spectacle des divertissements où leurs enfants en bas âge récitaient des fables, chantaient ou dansaient. Cinq jours avant la représentation, le héros de la solennité théâtrale faisait sa tournée chez les Mécènes et les donateurs. Le guide de ces expéditions était le caissier Solntsev, qui connaissait très bien tous les amateurs (*téatraly*) du temps d'Alexandre Iᵉʳ. Tiré à quatre épingles, l'artiste suivait pour ses visites l'ordre des préséances : d'abord Son Excellence le comte Michel Miloradovitch, ensuite les grands seigneurs ; de là chez les marchands notables, de ceux-ci chez les « personnes » de la deuxième guilde, puis chez les roturiers opulents. On ne le recevait pas partout, on ne prenait pas partout de billets ; parfois on montrait peu poliment la porte à l'acteur ou à l'actrice. Ceux qui prenaient des billets recevaient des affiches imprimées sur papier de couleur, parfois sur satin et en lettres dorées. Bien entendu les donateurs payaient leur place plus cher qu'au tarif ordinaire. Il y avait alors, dans notre troupe de drame, d'opéra et de ballet, quelques respectables pères de famille qui, lorsqu'ils partaient pour cette quête humiliante, s'affublaient de costumes bouffons, de perruques, étaient bariolés sur toutes les coutures ; ils emmenaient même avec eux leurs petits enfants, en costume russe ou tzigane, et les faisaient danser aux sons de la guitare ou du « torpan ». Des artistes des théâtres impériaux faisaient ainsi concurrence aux joueurs d'orgue et aux pitres de la rue ; aucun d'eux ne trouvait cela barbare et humiliant (1). »

En 1815, c'était le gouverneur général militaire de Moscou qui avait la haute main sur tous les spectacles de la capitale : la troupe du théâtre se composait en grande partie de serfs (du comte Volkonski, du *pomêchtchik* Stolypine) rachetés par l'État. Les serfs passés au service de l'État étaient soumis aux peines corporelles : une chanteuse de valeur, Boutenbrok, fut ainsi fouettée de verges juste avant son mariage. Le règlement de 1839 releva la condition matérielle et sociale des artistes, dans les théâtres impériaux : par l'octroi du titre de « citoyen notable » après dix ans de services, de « citoyen notable héréditaire » après quinze ans. Pourtant, un directeur, Gédéonov, avait maintenu des pénalités assez rigoureuses pour les fautes professionnelles, la mauvaise conduite : amendes, retenues sur le traitement, résiliations de contrat, arrêts. Le

---

(1) P. Karatygine, cité par Warneke, t. II, p. 7-8.

travail exigé des artistes, en revanche, n'était vraiment pas accablant : vingt-cinq lignes de rôle à étudier par jour (1) !

Les acteurs-serfs qui entraient dans une troupe « libre » continuaient de payer redevance au seigneur ; pour les distinguer des autres, leur nom n'était pas précédé de la lettre G (initiale de « Gospodine », Monsieur). S'ils épousaient une femme de condition libre, elle retombait, du fait de son mariage, à l'état de serve. Le rachat, ou l'affranchissement coûta plus ou moins cher, selon la valeur marchande de l'acteur. Michel Chtchepkine, fils d'un serf du comte Wolkenstein, jouait dès l'âge de dix-sept ans (1805) ; en 1808, il était déjà acteur de profession à Koursk, tout en restant propriété de son maître. Sa réputation, son talent grandissaient rapidement ; néanmoins le comte Wolkenstein, très fier de « son » artiste, très bon d'ailleurs pour lui et sa femme, ne voulait s'en séparer que pour une grosse somme. Grâce à l'énergie du gouverneur général de la Petite Russie, comte Rêpnine, une souscription en faveur de Chtchepkine recueillit dix mille roubles-papier (1818) : mais Rêpnine, au lieu de l'affranchir, le racheta pour lui, ainsi que sa famille. Il ne lui rendit sa liberté qu'au bout de trois ans (1821), gardant en servage plusieurs membres de sa famille, pour la libération définitive desquels l'acteur dut payer une somme lourde à son budget (2).

Les acteurs de ces troupes « serves » ne possédaient guère que la pratique, et assez routinière, de leur art ; beaucoup ne savaient pas lire, on leur apprenait leurs rôles ; tel tenait l'emploi de « raisonneur » sans connaître le sens du mot. Ils n'en jouaient pas moins des pièces classiques ; et quand ils quittaient leur seigneur pour s'engager dans un théâtre public, ils apportaient au moins une manière d'éducation professionnelle. Leur disparition enleva aux scènes provinciales des recrues précieuses, mal remplacées par des amateurs, des autodidactes, encore moins bien préparés. « Nous avons un théâtre », écrit Koltsov à Bêlinski, « mais si misérable que cela vous dégoûte d'y aller. Chez les hommes, pas ombre de talent ; chez les femmes, cela et en plus la laideur. Ils jouent toujours les mêmes tragédies, drames, comédies, vaudevilles, opéras, mélodrames, ballets et toute sorte d'autres choses. Leurs *Réviseurs* et leurs *Hamlets* sont au-dessous de tout. Et les recettes sont bonnes (3). » Les artistes des théâtres impériaux allaient souvent dans les provinces, « en représentation » (*gastrol*) : Motchalov (1800-1848) joua ainsi à Kiev, Odessa, Kharkov, Voronèje, Orel ; et, au moment des grandes foires, à Nijni-Novgorod, Koursk, Tomsk. Les spectacles répandaient le répertoire des capitales, et Schiller, Shakespeare. Après le passage du grand acteur, les « tragiques » des troupes locales s'exerçaient à leur tour dans ses

(1) Warneke, *ibid.*, p. 15, 134-35.
(2) Id., *ibid.* ,p. 203-206.
(3) Koltsov, lettre à Bêlinski, 20 février 1840.

rôles, sans technique de conservatoire, avec leurs seuls moyens naturels et l'habitude de la scène : quelques-uns y réussissaient et devenaient des célébrités secondaires, comme un Rybakov.

La médiocrité du théâtre provincial s'explique encore par la condition précaire des interprètes : « L'acteur de province n'a rien d'assuré, de solide : ni la gloire, qui est pour lui au vrai sens du mot une fumée ; ni l'avoir (il n'ose même pas rêver de richesse), ni parfois le pain quotidien. Sa gloire ne franchit pas les limites de la ville où il joue, et le premier bateleur ou charlatan de passage peut l'éclipser. Il porte tout son bien sur lui, car passant toute sa vie à voyager de ville en ville, il ne peut se procurer l'abri d'une vie sédentaire, et monter, comme on dit, une maison. Son pain dépend souvent de la recette : si elle est bonne, il mange à sa faim ; si elle est nulle, prière de ne pas se fâcher. Dans les théâtres provinciaux, ce n'est pas la coutume, et peut-être n'en a-t-on pas les moyens, de payer le traitement des artistes à date fixe, en somme rondelette à la fin du mois, par exemple. L'acteur s'entend avec le directeur pour six cents roubles, je suppose, par an : mais il reçoit au fur et à mesure de ses besoins, ou des ressources de l'autre ; des fois un rouble-argent, des fois un demi-rouble ou même moins, rarement par avances, mais presque toujours à compte sur un ou deux mois dus (1). » Dans un vaudeville imité du français et fort applaudi en son temps (1840), *Lev Gourytch Sinitchkine ou la débutante de province*, Lenski, fils de marchand moscovite devenu acteur, a semé une foule de vives observations sur le théâtre provincial : édifices, spectateurs, décors, acteurs, actrices et leurs protecteurs, jeu, costumes, répertoire, tout « est à rire et à pleurer, sujet de confusion et de honte ». Il y a là une lointaine et légère ébauche d'*Etoiles et adorateurs*. Une nouvelle de Herzen, *Soroka-Vorovka* (*la Pie voleuse*), sur une histoire authentique, racontée à l'auteur par Chtchepkine, un récit du comte Kougouchev, *le Cornette Otlétaev*, donnent une image véridique de ce qu'était la vie et le sort des acteurs et actrices serfs (2

Dans la seconde moitié du dix-neuvième siècle, que ce soit avant ou après 1861, les mœurs des scènes provinciales ont peu changé : le relèvement ne date guère que des années 80. On s'accorde à tenir les pièces d'Ostrovski pour rigoureusement documentaires : les mémoires, souvenirs si nombreux d'acteurs, d'actrices, d'*entrepreneurs*, d'écrivains et d'amateurs justifient cette opinion (3).

Entre 1870 et 1880 on ne comptait en Russie, au dire de l'actrice Strépétova, que huit théâtres importants (Saint-Pétersbourg et Moscou

(1) Warneke, p. 205-206. Cela se rapporte au temps où P. Sadovski a joué dans des troupes de province, à Toula, Kalouga, Riazan, Elets, Lébédian, Voronèje, Tambov, Kazan (1832-39). — Voir sur lui Warneke, p. 302-309.

(2) Warneke, p. 203, et sur Nikoulina-Kositskaïa, p. 310-313.

(3) Voir l'*Index bibliographique* du tome II de Warneke ; et Diakov, *Kartinki i étioudy*. Saint-Pétersbourg, 1888 ; Iaron, *Vospominaniia o téatrê*. Kiev, 1898 ; Skal-

à part) : Kiev, Kharkov, Odessa, Tiflis, Kazan, Voronèje, Rostov-sur-Don et Saratov. Pourtant des villes comme Orel, Toula, Koursk, Nijni-Novgorod, Tambov, Simbirsk, Sébastopol, Ekatérinbourg, Vologda, Rybinsk, Irkoutsk, Archangelsk même avaient déjà leurs troupes, que les *entrepreneurs* venaient recruter à Moscou. Le personnel était de provenance et de valeur assez diverses. Les anciens « serfs », un Chtchepkine, une Nikoulina-Kositskaïa (1), des enfants de la balle, comme P. Sadovski (2) ; quelques jeunes gens instruits : Pisarev, Solenik ; ceux qui avaient la vocation, le don, et devaient ou rester en province, parfois volontairement, comme Rybakov, Solenik, Poltavtsev, Ivanov-Kozelski, Andréev-Bourlak, ou monter aux capitales, formaient l'élite. Le reste en majorité se recrutait parmi des amateurs inexpérimentés ou des épaves sociales : fonctionnaires congédiés, collégiens renvoyés de l'école, officiers indélicats au jeu, fils de marchands, jeunes filles séduites et abandonnées, ou chassées de la maison par le despotisme familial, ou attirées par le mirage de la scène, femmes séparées de leurs maris, ou veuves, ou contraintes par des revers de fortune à convertir en gagne-pain les talents mondains de la veille (3). « A l'un de mes voyages sur la Volga, raconte Gorbounov, je fis la connaissance de Gorev : il était acteur dans la troupe de Kazan. C'était un véritable Lioubim Tortsov, buveur, loqueteux, en haillons, violent, sujet à des accès de *delirium*. A cette époque ces gens-là représentaient un type. Ils sortaient habituellement d'un « nid de marchand » ruiné. Après la débâcle, les membres âgés de la famille mendiaient aux porches des églises, ou se traînaient de couvent en couvent, demandant asile où jadis ils avaient été bienfaiteurs. Les jeunes erraient désœuvrés dans Moscou : les uns s'engageaient dans quelque chœur de chantres, d'autres se vendaient à l'armée, quelques-uns se faisaient acteurs. On pouvait rencontrer beaucoup de cette sorte d'acteurs. Gorev provenait justement d'une famille marchande ruinée. » Un *entrepreneur* assez connu, Azboukine, était un ancien commissaire de police révoqué pour actes frauduleux ; celui du théâtre de Simbirsk, un barine qui avait dissipé une grosse fortune par goût du théâtre ; le régisseur de la troupe de Toula, un fonctionnaire renvoyé du service pour ivresse habituelle et concussion (4).

KOVSKI, *V téatralnom miré.* Saint-Pétersbourg, 1899 ; N. KHVOCHTCHINSKAÏA, *Albom* (1874-77) ; M. KRESTOVSKAÏA, *Ougolki téatralnago mira* (1886).
(1) 1829-1868. Fille de paysans-serfs, servante chez une « marchande » de Nijni-Novgorod, elle accompagnait parfois ses maîtres au théâtre, rêva de la scène, et après une longue lutte avec ses parents, entra dans la troupe locale.
(2) 1818-1872. Fils d'un mêchtchanine de Riazan, Ermilov, l'enfant orphelin de bonne heure fut élevé par un oncle, acteur provincial, dont il prit le nom et reçut le goût du théâtre.
(3) WARNEKE, t. II, p. 358 ; SALTYKOV, *Messieurs Golovlev;* IARON, ouv. cit., p. 187 ; KHVOCHTCHINSKAÏA, *Albom : Lisa Ridnéva.*
(4) GORBOUNOV, t. II, *Bélaïa zala,* p. 76 ; WARNEKE, t. II, p. 353.

Chaque année, le grand carême ramenait de tous les coins de la Russie directeurs et acteurs à Moscou pour les engagements futurs. A la fin des années 40 et dans les années 50, la *Salle blanche* de l'hôtel Barsov, sur la Place des Théâtres, était le lieu de rendez-vous consacré. Gorbounov trace un tableau animé et fidèle des pourparlers, des offres, des confidences, des espoirs, des prétentions : novices et chevronnés se rencontraient là ; les noms de Motchalov, de Chtchepkine, puis de Sadovski et de Vasiliev étaient prononcés avec respect. Parmi les premiers sujets des scènes provinciales se détachait Nicolas Khrysanfytch Rybakov, le « tragique » de Kharkov et du théâtre populaire d'Odessa, à qui Ostrovski a emprunté peut-être quelques traits pour son Nestchastlivtsev dans *la Forêt*. « Original, un peu débraillé, mais franc et sûr, ses camarades, ses amis le tenaient en grande estime et prisaient fort ses avis ; le mot d'Ostrovski n'est pas une exagération ; ils disaient toujours : « Ni- « colas Khrysanfytch lui-même a loué cela : donc c'est bien. » La scène pour lui était le saint des saints : en acteur de la vieille roche, il y apportait une sévérité envers les autres et envers lui-même, poussée jusqu'à une sorte de pédantisme (1). » « Qu'est-ce qu'un directeur pareil? » disait-il à un *entrepreneur*. Qu'est-ce que tu comprends au grand art? Tu as installé un buffet au théâtre ! Voyons, tu n'y entends rien ! » Sans doute son talent réel, sa situation solidement assise ne rappellent en rien l'acteur errant de *la Forêt;* mais c'est bien de lui que Gourmyjski, disciple moins chanceux, tient cet orgueil de sa profession et son honnêteté grandiloquente (2).

Après la semaine sainte, la *Salle blanche* se vidait : les artistes pourvus d'un engagement, les directeurs, avec une garde-robe renouvelée ou rafraîchie et quelques vedettes (« une actrice pour les rôles de grande dame (3) avec phrases françaises, deux soubrettes, une vieille pour pièces de mœurs, un petit acteur pour les « rôles comme il faut » (*komilfotnyia roli* ») se dispersaient de nouveau à travers la terre russe, « des rivages de la mer Noire à l'embouchure de la Dvina septentrionale (4) ».

Les coupoles dorées de Moscou évanouies au fond de l'horizon, quel destin attendait tous ces serviteurs de l'art dramatique? quelles facilités et quel bien-être? D'abord l'indigence ou l'anachronisme de décor et de costume, dus à l'ignorance ou à l'avarice des directeurs, préparaient assez mal aux triomphes. Voici comment Medvêdev, qui fut longtemps *entrepreneur* en province, décrit un théâtre provincial, dans les années 50: « Des décors usés, une forêt, deux chambres, et c'est tout. La garde-robe renfermait quelques costumes pour le *Réviseur*, une livrée, deux petites

(1) IARON, *ouv. cit.*, p. 97.
(2) GORBOUNOV, *ibid.*, p. 77-81.
(3) En français dans le texte.
(4) GORBOUNOV, *ibid.*, p. 91.

tenues de fonctionnaires. Dans les pièces « à salons », elles remplaçaient des fracs : pour cela, les boutons clairs étaient recouverts de coton noir. Il y avait encore deux caftans pour les marquis, douze pelisses rouges de hussards, achetées d'occasion (l'orgueil du directeur). Le reste était des ustensiles. Le mobilier de scène comprenait deux chaises en bois peint et un fauteuil : pour donner le caractère aristocratique, on les garnissait de housses de coton rouge. Acteurs et actrices n'avaient pas de garde-robes plus brillantes : celle de la primadonne consistait en quelques toilettes : noire, blanche, de couleur, en soie, en perse, et en quelques costumes de caractère ; les autres avaient moins encore. Mais les actrices savaient varier cette modeste garde-robe avec diverses parures. Deux acteurs seulement avaient des fracs (1). Heureux mortels ! Aussi prenaient-ils des airs d'importance, quand on avait à les leur demander... L'orchestre comprenait six musiciens (en raison de l'exécution fréquente de pièces avec numéros de chant dans les théâtres de cette époque, l'orchestre avait une très grande importance). Il n'y avait ni tailleur ni coiffeur. Pour les changements de décor, pour lever le rideau, on recourait à des amateurs. Les fonctions de sous-régisseur, d'accessoiriste étaient généralement remplies par de jeunes acteurs. Il n'y avait pas de metteur en scène : les artistes se plaçaient eux-mêmes (2). »

« Le costume féminin français du dix-huitième siècle, dit Strépétova, se bornait à un costume contemporain : on y ajoutait seulement une perruque blanche poudrée, et, sur les joues, une ou deux mouches, au gré de l'actrice. Le masculin était un peu plus compliqué : outre la perruque poudrée, pèlerine noire cousue à une redingote noire ordinaire, grandes bottes à l'écuyère ajustées aux guêtres vernies, et voilà un marquis équipé. Si l'acteur avec cela étalait sur le côté gauche de sa poitrine une grande étoile en jais de dimensions extraordinaires, cela signifiait qu'il devait figurer quelque prince, ou duc de Sommerset, ou tout au moins le président, de *Ruse et amour*. Deux grandes plaques de jais sur les deux côtés de la poitrine annonçaient en celui qui les portait le membre d'une famille royale... Rien de plus réjouissant que de voir sur la scène un Hamlet en dolman de hussard, ou une marquise Louis XV en robe d'indienne à la mode de l'année précédente.. Les acteurs s'habillent sans souci de l'époque... S'agit-il de représenter un marchand allemand de Saint-Pétersbourg, ils se croient régulièrement tenus d'endosser la veste à la française et le tricorne. Parfois le général romain Bélisaire fait son entrée en « almaviva (3) » de camelot, avec un bicorne d'officier de marine. J'ai vu souvent l'ombre de Véronique (dans *Ugolin*)

(1) Cf. *la Forêt*, II, 2.
(2) Warneke, t. II, p. 353-54.
(3) Large vêtement d'homme, d'une coupe spéciale, à la mode dans le premier quart du dix-neuvième siècle. (*Slovar rousskago iazyka... sost. vtor. otd. Imp. Akad.*

paraître sur un catafalque rose, en habillement clair, et chantant sur l'air de « Rentre, rentre, ma bonne vache (1) ! »

A vrai dire la nature même du répertoire exposait à ces contresens baroques. Quel moyen, avec une pareille pauvreté de costumes et de décorations, de suffire au drame russe, et surtout étranger, à Schiller, à Shakespeare, aux *Brigands*, au *Roi Lear*, à *Othello*, à *Hamlet*, puis au vaudeville avec chant, si goûté dans les années 60, au mélodrame, à l'opérette? Si par surcroît le directeur était pingre, la vraisemblance historique pâtissait davantage encore : une Marie Stuart était tuée à coups de pistolet parce que le directeur n'avait pas voulu dépenser un rouble pour l'achat d'une hache ; un Bélisaire entrait en scène ayant aux pieds des *kalochi* russes (caoutchoucs) au lieu de sandales (2).

La parcimonie de l'impresario s'étendait également aux salaires. C'est le point douloureux sur quoi portent les plaintes, la cause principale du parasitisme humiliant, des mœurs déréglées, de la chute à la galanterie. P. Sadovski entre au théâtre à quatorze ans ; la première année, (1832), il joue, à Toula, une quinzaine de rôles, en copie des centaines pour les acteurs, et reçoit pour honoraire, à la fin de la saison, un rouble-argent. En 1839, il est nommé « acteur de troisième classe » au Théâtre Impérial de Moscou, aux appointements annuels de 800 roubles-papier. Nikoulina-Kositskaïa, débutante à peu près aussi jeune à Nijni, recevait 35 roubles par mois, bien qu'elle remplît des rôles assez difficiles. Un peu plus tard, Pisarev est déjà, à Simbirsk où il débute, à 35 roubles. Dans certaines troupes, les appointements les plus élevés ne dépassaient pas 35 roubles, et descendaient jusqu'à 5 ; même, si la saison durait toute l'année, le taux baissait : de 15 à 3 (3). Dans le récit de Gorbounov, la *Salle blanche*, un comique vient de « conclure », c'est-à-dire de recevoir un engagement pour Simbirsk : « 75 roubles (pour la saison), deux demi-bénéfices, des perruques, deux paires de bottes vernies, un chapeau... Ah ! comme je suis content !... Le gouverneur, dit-on, est un homme distingué, la gouvernante ne quitte presque pas le théâtre ; le fermier de l'eau-de-vie est aussi un monsieur : il joue Famousov aux fêtes de charité, donne 25 roubles pour le bénéfice... Que je suis content (4) ! »

Les « bénéfices » et les Mécènes espérés trompaient parfois l'attente. « En ces temps-là, dit Medvêdev, c'était encore l'habitude pour les acteurs et même les actrices d'aller offrir eux-mêmes aux personnes notables des billets pour leur bénéfice. Le bénéficiaire choisissait un

---

Naouk. Saint-Pétersbourg, 1895.) Le camelot est une étoffe de poil ou de laine, mêlée quelquefois de soie en chaîne. (Dict. de Littré.)
(1) WARNEKE, t. II, p. 356.
(2) ID., p. 354 ; GORBOUNOV, *ibid.*, t. II, p. 76.
(3) ID., *ibid.*, p. 302, 310, 322.
(4) GORBOUNOV, *ibid.*, p. 77.

laquais de théâtre expérimenté, connaissant bien son public : cet auxiliaire arrivait avec un équipage d'honnête apparence, et des affiches
imprimées sur papier fin ou, pour les gens de qualité, sur satin. L'artiste,
en frac ou en grande toilette, montait en voiture, le laquais se plaçait à
côté du cocher. Après un signe de croix, on partait... Le laquais, entré
seul dans telle maison, ressortait souvent la mine basse : le maître était
dans ses mauvais jours : « Allez au diable, disait-il ; si je veux aller à la
représentation, je sais où sont les guichets, je prendrai mon billet moi-
même (1). » Rarement quelque richard, par caprice de parvenu ou désir
de jouer au protecteur des arts, répondait de la recette ou l'assurait
par une large contribution. Saint-Pétersbourg, Moscou connurent de
pareils bienfaiteurs (2), dont la vanité et les libéralités sont restées
fameuses.

Pauvre ou mal payé, déjà peu porté à une vie régulière par sa destinée
errante, enclin à la boisson, ami des franches lippées, l'acteur provincial
recherchait inévitablement le marchand prompt à la dépense et facile
au prêt ; il devenait son compagnon d'orgie, son fournisseur d'esprit,
son bouffon. Cette « vie de traktir » avec ses excès, ses scandales, ses violences, usait vite le corps, l'esprit et même de réels talents. Surtout elle
jetait sur la corporation un discrédit, que, pharisaïsme à part, des indé-
licatesses fréquentes semblaient justifier. « Il m'arriva une fois, raconte
Medvêdev, de voyager avec un marchand bambocheur, qui jetait l'argent par les fenêtres. Je dus cacher son portefeuille bourré de billets de
banque et lui remettre de l'argent par petites sommes ou payer pour
lui. Près d'arriver à Nijni il redemanda son portefeuille. Je le lui remis.
Il compta longtemps son argent, fixa ses yeux sur moi, resta longtemps
silencieux et me demanda à la fin : « Qui es-tu? — Un acteur. — Allons,
allons, pas de menteries ; toi, un acteur? » J'eus beau essayer de le con-

(1) WARNEKE, *ibid.*, p. 353.
(2) SKALKOVSKI, *ouv. cit.*, p. XXXV-XXXVI : « Pendant plus de dix ans il y eut comme
« bienfaiteur des théâtres, à Pétersbourg, le richard Basilevski : « C'étaient de menus
« prêts aux ténors, des cadeaux aux ballerines, des « bénéfices » pour tous les employés
« du théâtre, y compris les caissiers et les gardiens ; si un impresario déclarait n'avoir
« pas de quoi régler sa troupe, menaçait de se brûler la cervelle : « Je ne suis pas
« pauvre, disait Basilevski : je trouverai bien moyen de te tirer de là. » Pour les artistes
« en représentation (*gastrol*), sa libéralité ne connaissait pas de bornes. Quand arrivait
« le moment du « bénéfice » pour un artiste, il disait : « Eh bien, recueillez ce que vous
« pourrez : je parferai la somme. » On recueillait d'habitude une somme infime, et
« pour l'achat des cadeaux, il ajoutait 1 000 ou 1 500 roubles. On spéculait sur sa
« vanité : « Vous êtes notre Mécène, Fédor Ivanytch ! — Oui, oui, je suis un Mécène,
« un Mécène », répondait-il d'un air débonnaire, tout en gardant cependant, dans son
« bureau, les billets à ordre, dont ses héritiers, plus pratiques, exigèrent le paiement
« de gens qui avaient fait les généreux avec son argent... Les savants aussi avaient
« recours à sa bourse... Ayant fait les frais d'une édition de Spinoza, il se croyait devenu
« philosophe. « J'en ai fait une spinoziste », disait-il d'une danseuse. » — Moscou aussi
« eut ses Mécènes : le corps de ballet avait pour protecteur le fermier de l'eau-de-vie,
« Smirnov, du Pont Tchougounny. »

vaincre, il ne voulait pas me croire. « Pourquoi ne me crois-tu pas?
— Voyons, il faut parler sérieusement : si tu étais un acteur, tu m'aurais
dépouillé depuis longtemps. » Au moment de nous séparer, il me glissa
3 roubles dans la main. Je les lui rendis. « Et tu dis que tu es acteur?
Qu'est-ce qu'un acteur qui refuse un billet de 3 roubles comme pour-
boire (1)? »

Quant aux actrices, les mémoires de celles qui traversèrent la province,
les souvenirs de quelques amateurs, maints romans et nouvelles, ra-
content leur existence souvent pénible, la tentation du « protecteur »
parfois nécessaire, les défaillances contre lesquelles la pauvreté, la coquetterie, l'ambition déçue, la médiocrité environnante rendaient la lutte
difficile à des natures même honnêtes (2).

Enfin, au-dessous des troupes sédentaires, il y avait des troupes
errantes (brodiatchiia trouppy) qui rappelleraient assez les bandes de
skomorokhi de la vieille Russie ou notre Roman comique. C'est par elles
que le répertoire dramatique et lyrique se révèle aux chefs-lieux de
districts, aux bourgades perdues à travers l'immensité du territoire :
on imagine aisément quelles étranges déformations pouvaient lui imposer l'inculture souvent égale du public et des acteurs, l'indigence du
matériel scénique, l'obligation de chercher le succès dans un jeu forcé
et chargé (3). Le chanteur Chaliapine a commencé par là : poussé d'une
irrésistible vocation, il avait quitté sa place de scribe à la gare d'Oufa
pour « s'embaucher dans une troupe petite-russienne qui courait le pays,
et dont le chef lui assura un salaire mensuel de vingt roubles, auxquels il
ajouta des coups de pied et des coups de poing qui n'étaient pas prévus
dans l'engagement. Chaliapine, battu, affamé, mais heureux puisqu'il
jouait la comédie, fut finalement chassé par son « directeur » et jeté
sur le pavé... Ce fut pendant deux ans la vie vagabonde, la détresse,
la faim... Tour à tour à la remorque d'une troupe d'opérette que pilotait
une Mme Lassalle..., abattu par le choléra à Bakou et laissé pour mort,
recueilli par l'impresario du théâtre de Tiflis qui le mit à toutes sauces,
machiniste et premier rôle, mouchant les chandelles et chantant le cardinal Brogni de la Juive, Chaliapine n'était pas trop mécontent de son
sort (4). » Les comédiens errants n'ont pas disparu : le goût de la vie
nomade, l'insouciance du lendemain, une mémoire aisée, un don de
mimique expressive, la facilité à s'improviser acteur, et la vaste étendue
de la terre russe en susciteront longtemps encore.

(1) WARNEKE, p. 352 ; cf. IARON, p. 112, 139, 173 ; DIAKOV, Tragitcheskaïa trouppa,
p. 43-55.
(2) IARON, p. 119, p. 187, l'histoire d'Élisabeth Chabelskaïa ; dans Albom de KHVOCH-
TCHINSKAÏA la nouvelle, écrite peut-être d'après nature, dont Lisa Ridneva est l'héroïne.
(3) IARON, p. 99.
(4) Le Temps, 20 mars 1905, feuilleton d'Ad. BRISSON.

CHAPITRE III

LES IDÉES MORALES

I

De bonne heure, avant même d'avoir dégagé son originalité de l'imitation étrangère, la littérature en Russie a moralisé; nulle part n'est moins en faveur la conception de l'art pour l'art : le talent y est moins un privilège qu'une charge, il porte avec soi plus de devoirs que de droits; son office est d'éclairer les voies de la pensée et de l'action. En retour, nombre de lecteurs « se jettent sur chaque livre, comme des affamés sur du pain, cherchent en lui on ne sait quelle parole nouvelle, attendent de lui des indications sur la règle de la vie (1) ». Dans un État où se perpétuait la distinction sociale des classes et le servage, sans vie ni droits politiques, avec une administration oppressive et routinière, une censure ombrageuse, une organisation rudimentaire du travail scientifique et technique, la littérature devenait la seule voix, le seul aliment; elle enseignait et combattait. Elle retentissait des querelles d'écoles, de doctrines, de tendances; pas de grande œuvre où on ne cherchât, où on ne pût découvrir un plaidoyer, un réquisitoire, une prédication. La thèse filtrait partout : choix du milieu et des personnages, action, descriptions et sentiment même de la nature, tout conspirait à suggérer ou imposer l'impression « négative » ou « positive ». L'esprit russe, d'ailleurs, se plaît, s'il ne se croit tenu, à cette recherche inquiète de vues nouvelles, par où satisfaire ensemble son goût des réalités et son appétit d'absolu. *Que faire?* pourrait servir de titre général à presque

(1) Gorki, *O bezpokoïnoï knigé.*

toute la littérature russe du dix-neuvième siècle : à quoi elle répondait en dénonçant les abus, les méfaits de la tradition, ou, dans un camp opposé, ceux d'une docilité aveugle aux principes occidentaux. Son enquête s'étendait au régime social, à la bureaucratie, à l'institution domestique, aux disciplines intellectuelles et morales, à la fonction propre de la Russie dans le monde. Une œuvre se diminuait à ne pas apporter là-dessus quelque système, du moins quelque lumière : Fonvizine, Karamzine, Griboêdov, Pouchkine, Gogol, Tourguénev, Herzen, Saltykov, Dostoevski, L. Tolstoï, pour ne citer que les plus notoires et sans parler de ceux qui donnèrent plus à la théorie, à la spéculation, Bêlinski, Tchaadaev, Samarine, Khomiakov, ont plus ou moins explicitement formulé une philosophie, une « vue du monde » nationale. Un spiritualiste comme V. Soloviev, cherchant à dégager la raison d'être de la Russie dans l'histoire universelle, se demande « quelle parole ce peuple nouveau dira à l'humanité ». Enfin le désir ou la prétention « d'enseigner à vivre » va si loin, qu'en tête d'un récit scabreux, dont certain roman de Guy de Maupassant pourrait seul chez nous rendre le sujet, l'auteur écrit, de bonne foi : « Je sais que beaucoup trouveront cette nouvelle immorale et inconvenante ; néanmoins je la dédie de tout cœur AUX MÈRES ET A LA JEUNESSE (1). »

Rien d'étonnant donc, pour Ostrovski, que la qualité et le succès de ses ouvrages, leur caractère moral aient induit les critiques à y trouver une « conception du monde ». Mais la plupart se laissaient entraîner par un parti pris d'école ou de tendance ; et le dramaturge, qui ne prétendait nullement au titre de penseur, a longtemps pâti de leurs interprétations contradictoires. Les polémiques furent passionnées entre 1853 et 1865. Ostrovski voyait ses pièces servir d'arguments en faveur de thèses auxquelles il n'avait jamais songé : pris tantôt pour un satirique pur, tantôt pour un admirateur des vieilles mœurs russes (2), exalté par A. Grigoriev (3) comme annonciateur d'une « parole nouvelle », accusé par les *zapadniks* jusqu'en 1855-1856, puis par les radicaux d'abaisser la culture devant la tradition, il rencontra dans Edelson un commentateur modéré et judicieux, mais par cela même moins écouté (4). Dobrolioubov, jeune critique « réaliste », réfutait les uns et les autres, ne reconnaissait dans les comédies et les drames de l'auteur que des « pièces de la vie » (*piésy jizni*) ; mais vite entraîné à son tour par son libéralisme, il grossissait, assombrissait les traits « négatifs », éliminait ou ramenait au « samodourstvo » national les personnages honnêtes ou sensés, con-

(1) A. KOUPRINE, *Iama*. (*Zemlia*, n° 3, p. 225, 1909.)
(2) « Le drame *A qui n'arrive pas péché et malheur*, comme la plupart des œuvres d'Ostrovski, représente un complet idéal de l'ordre de choses défendu par les antinihilistes. » (*Rousskoé Slovo*, n° 1, 1863, dans ZÉLINSKI, *ouv. cit.*, t. II, p. 75.)
(3) A. GRIGORIEV, *Rousski Mir*, n°s 5, 6, 9, 11, 1860 ; et *Sotchinéniia*, t. I.
(4) E. EDELSON, *Bibliotéka dlia tchténiia*, n° 1, 1864 (dans ZÉLINSKI, t. Ier, p. 69-84).

vertissait enfin le théâtre d'Ostrovski en pamphlet ou plaidoyer, ses héros en un « royaume des ténèbres » ou en un « rayon de lumière dans le royaume des ténèbres (1) ». Quelques années plus tard, Pisarev relevait les erreurs et les exagérations de Dobrolioubov, pour tomber lui-même en de non moindres (2) : son étude sur Catherine Kabanova offre un saisissant exemple de la déformation que peut subir un personnage dans des esprits subjugués par la « tendance ». Vers les années 70, l'obstination d'Ostrovski à se tenir dans la peinture objective des mœurs déconcerta les critiques : ils reprochèrent alors à son œuvre de n'avoir « aucune force d'action progressive », d'être purement «négative», figée, comme les mœurs mêmes qu'elle représentait, de ne connaître que des règles de morale communes, patriarcales, de s'enfermer dans un cercle de réalités trop étroites, sans large portée humaine, de ne pas satisfaire aux exigences actuelles de la littérature et de la vie ; ils conclurent à l'impuissance de penser (3). Presque toujours apprécié dans un esprit différent de sa création propre, placé trop haut puis trop bas, Ostrovski n'a connu qu'après sa mort la réparation d'un jugement impartial (4) : encore là même une hésitation perce, et, dans l'éloge de l'objectivité de son théâtre, comme une crainte d'avouer que l'intérêt moral n'en demeure pas amoindri. Il y a peut-être plus de générosité, mais pas plus de justesse à parler, comme l'a fait un critique français, « d'indulgence attendrie, d'esprit évangélique, de pitié sublime (5) ».

Pourquoi ne pas le reconnaître? Ostrovski n'est ni un penseur (6), ni un prédicateur laïque. Tôt éloigné des études spéculatives, il n'en a plus retrouvé le temps ni le goût. Plus apte à saisir l'humanité en action qu'à la construire en idée, il répugnait au dogmatisme individuel et ne s'en cachait pas à Tolstoï, au temps où ils purent causer ensemble assez amicalement, à Moscou. De plus, la nature même de son art s'y prêtait mal : si le peintre de mœurs veut remplir véritablement son office, il ne doit pas interposer son moi entre la réalité et le lecteur ou le public ; le théâtre de mœurs n'est pas le théâtre à thèses et ne requiert pas une

(1) N. Dobrolioubov, ouv. et art cit.
(2) D. Pisarev, Motivy rousskoï dramy. (Rousskoé Slovo, no 3, 1864.)
(3) A.-O. (G. Avséenko) : « Notre théâtre n'a rien à dire à la partie instruite de notre société » (Rousski Véstnik, no 10, 1874); Dostoevski, qui a rapporté dans son journal (Dnevnik pisatélia, 1876) cette opinion peu bienveillante, la réfute et défend Ostrovski (à propos du personnage de Lioubim Tortsov); Boborykine : « Les œuvres d'Ostrovski ne montrent aucune forte participation aux intérêts élevés de la nouvelle société russe » (Slovo, nos 7, 8, 1878); N. Iazykov, Bezsilié tvortcheskoï sily (Délo, nos 2, 4, 1875); Skabitchevski, Osobennosti rousskoï komédii (Otetch. Zapiski, nos 1, 2, 1875).
(4) Voir déjà dans Véstnik Evropy, no 1, 1869, l'article d'E. Outine sur Le plus malin s'y laisse prendre (dans Zélinski, t. III, p. 158-59).
(5) Th. de Wyzewa. Écrivains étrangers, deuxième série, p. 238. Paris, 1897.
(6) « Il me fait l'effet d'être un poète sans idéal. » (Dostoevski, lettre à A. Maïkov, 18 janvier 1856.) A ce moment, Ostrovski n'avait encore écrit que quelques pièces.

éthique originale. Aussi la personne d'Ostrovski reste-t-elle absente de ses œuvres ; il ne transforme pas ses héros en raisonneurs : chacun parle selon sa condition, rien de ce qu'il dit ne jure avec son caractère, son éducation. Dosoujev, Jadov, Kouligine, Platon Zybkine ne sortent pas de leur rôle ni de la vraisemblance : on en voudrait faire vainement des porte-parole de l'auteur.

Toutefois réserve ne signifie pas indifférence. Ostrovski considère au contraire la morale comme la fin de l'art. Au reproche d'insuffisante moralité, adressé à sa première comédie par le comité censural, il répondait déjà : « Avec mes idées sur le bon, considérant la comédie comme la forme la meilleure pour atteindre les buts moraux, et reconnaissant en moi les moyens de reproduire la vie de préférence sous cette forme, je devais écrire une comédie ou rien. Fermement convaincu que chaque talent est donné par Dieu pour un service particulier, qu'il impose des obligations que l'homme doit remplir honnêtement et assidûment, je n'ai pas voulu rester inactif (1). » Plus tard, dans le discours qu'il prononça à l'inauguration du monument de Pouchkine, il attache plus de prix à la vertu bienfaisante de la haute poésie qu'à ses mérites littéraires (2). Enfin, dans son projet de construire un théâtre à Moscou, il associe étroitement l'utilité morale à l'intérêt national : « Le théâtre est un besoin, et ne pas le satisfaire peut avoir une influence nuisible sur la moralité publique » ; il croit à son efficacité sur les âmes russes, sur le peuple, cultivé et simple : « C'est à Moscou que les ouvriers affluent des villages voisins et qu'ils se soumettent nécessairement à une influence de culture générale. A cet égard, le théâtre, dont le peuple des travailleurs est avide, agit avant tout et surtout. L'art n'est impuissant que sur les âmes usées ; l'âme fraîche, au contraire, le théâtre la saisit d'une prise puissante (3)... »

D'autre part toute observation un peu profonde des hommes suppose, exprime une certaine conception de la vie et des choses : l' « ample comédie » d'Ostrovski, embrassant un demi-siècle de réalités russes, contiendra donc une philosophie. L'action, développement et dénouement, ne laisse pas ignorer où est le bien, où le mal, et, dans celui-ci, la part imputable ou excusable. Le choix si fréquent là-bas de proverbes populaires comme titres de pièces, signifie clairement l'intention morale. Mais cette philosophie n'affiche aucune prétention à la nouveauté ou à la profondeur : toute pratique, exactement mesurée à la moyenne humanité qui la suggère ou la formule, et peut-être plus assurée ainsi d'atteindre les « âmes fraîches », on la ramasserait sans peine en quelques vérités essentielles et permanentes, que nuance diversement

(1) Voir liv. I, chap. I.
(2) *Ibid.*, chap. IV.
(3) *Ibid.*, chap. V.

la variété des temps, des lieux et des personnages. « Morale de page
d'écriture (1) » (*propisnaïa moral*), ont prononcé quelques dédaigneux,
férus de doctrine.

II

D'abord, c'est dans la vie, la vie nationale surtout, son passé de traditions, son présent aux aspects changeants, qu'Ostrovski voit les causes
des vices et des ridicules collectifs ou individuels, les raisons de la sévérité ou de l'indulgence. Où les règles de probité et d'humanité sont
violées, les droits de la personne méprisés, où l'argent exerce sa malfaisante influence, une part de responsabilité revient aux institutions, à
la coutume faussement érigée en droit, à l'inégalité sociale, à l'exemple
impuni et contagieux. S'il y a des marchands malhonnêtes, c'est par
une habitude séculaire devenue nécessité professionnelle, par peur
d'être trompés, pour le dommage et l'humiliation qui suivraient, donc
par intérêt et amour-propre, mais liés à la psychologie corporative. Un
« failli » heureux tourne la loi, croît en considération parmi ses confrères,
ses victimes même, plus estimé pour une escroquerie habile qu'un
autre pour toute une vie de travail ; quel Bolchov résisterait à la tentation? L'essor industriel, les entreprises financières, l'agiotage, la fièvre
de l'argent, l'idole de la jouissance et de l'orgueil mondain n'engendrent-ils
pas l' « affairisme » qui détraque cerveaux et consciences? S'il y a des
poméchtchiks ruinés et peu estimables, c'est qu'une classe privilégiée,
cessant d'acquitter la charge militaire ou civile attachée jadis à ses privilèges, tombe, sans le préservatif de l'esprit, à l'oisiveté dépensière, se
mésallie ou s'encanaille pour redorer son crédit. Les mœurs du servage
éclairent la méchanceté d'une Oulanbékova, d'une Gourmyjskaïa envers
leurs « pupilles » : l'obéissance humiliée des uns encourage le despotisme
des autres, oblitère la notion de droit et de personne humaine. D'ailleurs,
nourrie et élevée chez sa maîtresse, plutôt que proprement confiée à sa
tutelle, la pupille comptait, au regard des anciennes mœurs, dans le
train de maison seigneurial, lui conférant parfois un faux air de largesse
bienfaitrice. Comment n'y aurait-il pas de fonctionnaires improbes et
cupides, quand la vieille formule d'investiture valait toujours, du moins
en fait, avec l'unique correctif : « prendre selon son tchine »? Les coups
redoublés de la satire attestent la profondeur et la permanence du mal :
sa durée même le soutenait et les coupables se croyaient par là justifiés.
L'exemple des chefs, la rareté ou l'insuffisance du contrôle, parfois
infecté du même mal, la mollesse des sanctions, la passivité des victimes
ajoutaient seulement à la tentation : si mal payé, le petit tchinovnik
ne devait-il pas inévitablement glisser aux moyens équivoques de mieux

(1) *Siianié*, n° 7, 1872 (dans ZÉLINSKI, t. IV, p. 137).

vivre? Là, comme chez les marchands, agit encore la complicité corporative, l'indulgence de l'opinion commune pour le coquin triomphant.

De même, dans la vie domestique « foncièrement » russe, la tradition
doit supporter une part des griefs imputés aux individus. Ces maris
qui traitent leurs femmes comme des êtres inférieurs, s'arrogent le droit
de les tenir en réclusion, de les juger et de les châtier ; ces belles-mères
qui rendent l'existence intolérable à leurs brus ; ces pères qui à propos
d'éducation ou de mariage tyrannisent leurs enfants, imposent brutalement leur volonté, sacrifient à leurs calculs égoïstes le bonheur ou
l'avenir d'un fils, d'une fille, se moquent des prières et des larmes : tous
se proclament en droit d'agir ainsi, au nom de la tradition. Ils prêtent
à leur intérêt, à leur domination la force d'une loi ancienne, religieuse
même en son principe, dont ils ne sentent plus la déformation et l'inique
abus. Ils mettent leur dignité en ce qui précisément est une offense à
la dignité. Ils sont dans l'erreur, avant d'être en faute ; et cette erreur
provient non d'eux-mêmes, mais d'idées séculaires qu'ils ont reçues,
qui règnent autour d'eux ; par ignorance, incapacité ou crainte, ils ne
les discutent pas. Incomplètement instruits, leur faute s'atténue.

Mais cette atténuation se mesure rigoureusement à la part d'influence
de la coutume sur les mœurs. Dès que l'élément individuel entre en
action, le *samodourstvo* devient cette fois seul responsable de ses ridicules et de ses excès ; soif du luxe, vanité bourgeoise, désir de briller,
d'humilier des rivaux, jalousie, passion, colère, tout humains qu'ils
soient, ne peuvent plus invoquer l'excuse d'un us séculaire, le patronage d'un *Domostroï* ou de lois positives : il n'y a plus rien là de national.
Et même cette tradition, elle a pu admettre, elle n'a pas commandé,
dans les relations commerciales, la loi d'airain de la tromperie mutuelle ;
dans la vie domestique, le despotisme brutal. C'est la rudesse native,
l'exemple ou le souvenir d'autres dominations, l'orgueil souvent, qui
l'ont pervertie : car chez des natures meilleures, la probité, la bonté
apparaissent, témoignant ainsi que, dans le monde le plus inféodé à
l'esprit de la classe, le bien peut s'allier au respect du passé. De plus,
au-dessus des droits que la coutume semble conférer, il y a les devoirs
que l'humanité impose ; et plus rien ne peut absoudre le *samodour* d'y
manquer, en actes ou en paroles : il faut qu'il se condamne ou s'amende.
Tantôt le vice de ce dogme corrompu d'autorité maritale, paternelle,
seigneuriale, se démontre par ses suites : discorde, haine, mensonge,
souffrance, avilissement, révolte, suicide ou meurtre. Tantôt le *samodourstvo* se déjuge et revient à des sentiments plus humains, sous la
pression d'une force supérieure : énergie des « cœurs ardents (1) », adju-

---

(1) Paracha Kourosl̂epova (*Cœur ardent*), Polyxène Barabocheva, Platon Zybkine
(*Il faut de la chance...*)

ration pathétique (1), ébranlement de l'âme par un son de cloche lointaine (2) ou par une grave remontrance (3).

Ostrovski ne prétend pas déraciner la tradition, si puissante encore dans les mœurs domestiques du *koupetchestvo* : elle enferme malgré tout une part de la loi naturelle ; quand l'amour, la douceur la vivifient, elle est génératrice d'union et de paix. Mais il n'en déguise pas les méfaits, quand elle ne sert qu'à l'oppression des faibles et ruine en définitive l'ordre familial qu'elle croit conserver. Il se range ainsi parmi les défenseurs de la personne humaine : telles scènes de mœurs marchandes valent en intérêt social un de ces romans où la « question féminine » était traitée sous l'influence des romans de G. Sand. Il en ressort que le mari, le père doivent appuyer leur part légitime d'autorité non sur la suspicion et la crainte, mais sur la confiance et l'amour, traiter la femme, les enfants comme des âmes, non comme des choses. A vrai dire, pour ce renoncement au principe de la crainte, pour cette victoire progressive de la raison et de l'humanité, Ostrovski semble plus compter sur l'adhésion de la conscience mieux avertie, sur les ressources de l'âme russe, que sur la culture, le progrès purement intellectuel. Non qu'il estime à prix moindre les droits de l'esprit : on n'imagine pas que quelques traits sympathiques laissés à ses *samodours* puissent faire de lui un avocat de l'obscurantisme. Mais il ne crut pas superstitieusement à la vertu moralisatrice du savoir, ni que le vice fût lié forcément à l'ignorance. On le blâma en son temps d'avoir donné le beau rôle au marchand Rousakov, donc au vieil esprit patriarcal, et rendu ridicule, odieux, Vykhorev, gentilhomme frotté de quelque instruction (4) ; d'avoir raillé Gordéï Tortsov, imitateur pourtant des élégances occidentales, et mis au-dessus de lui, prédilection singulière, son frère Lioubim, le déchu. Peindre Vykhorev suborneur cupide et lâche, Rousakov sensé et honnête, Gordéï Tortsov vaniteux et tyrannique, Lioubim relevé d'une longue déchéance, c'était offenser la civilisation, vouloir ramener la Russie à la barbarie d'avant Pierre le Grand ! Ces reproches sentent les polémiques contemporaines entre slavophiles et occidentalistes, conservateurs et libéraux ; quant à la fureur puérile des critiques adressées au personnage de Lioubim Tortsov,

---

(1) Lioubim Tortsov (*Pauvreté n'est pas vice*, V), Ivanov (*Tel en pâtit...*).
(2) *Fais ce que dois*, II, IIe tableau, scène 4.
(3) *L'Orage*, V, 1.
(4) TOURGUÉNEV, *Nov* (*Terres vierges*), III : « On donnait une comédie d'Ostrovski : *Ne t'assieds pas dans le traîneau d'autrui*. Nejdanov, avant le dîner, alla au bureau de location où il trouva pas mal de monde... Pendant un entr'acte, Sipiagine se mit à parler de la pièce, désirant savoir de Nejdanov, ce qu'il pensait de la pièce, comme « représentant de la jeune génération ». Nejdanov était un chaud admirateur d'Ostrovski, mais malgré tout le respect pour le talent de l'auteur, il ne pouvait y approuver un désir manifeste de rabaisser la civilisation, dans le personnage caricatural de Vykhorev. » Le roman a été écrit en 1876 ; l'action, dans les premiers chapitres, se passe en 1868.

elle a quelque excuse dans les outrances d'une admiration qui le dressait, contre l'intention de l'auteur, en symbole de la vraie nature russe (1). Sagement, Ostrovski s'en tenait à la règle née d'une réflexion plus mûre sur son art : « Pour avoir le droit de corriger le peuple sans l'offenser, il faut lui montrer qu'on reconnaît aussi du bon en lui (2). »

Voilà pourquoi évitant, à l'opposé de Gogol, la partialité, qui ne voit qu'un côté des choses (*odnostoronnost*), il a mêlé quelques braves ou honnêtes gens parmi les méchants et les fripons. La vieille Kabanova, Akhov, ne s'amenderont pas : mais la plupart des autres *samodours* finissent par reconnaître leur tort ou capitulent devant « la vérité (3) », devant l'idée nouvelle des droits individuels. Par là se tournerait en éloge l'observation de Dostoevski : « S'il lui (Ostrovski) arrive de pré-senter un marchand à l'aspect humain, il a presque l'air de dire au lec-teur ou au spectateur : Eh bien, quoi ! c'est aussi un homme (4) ! » Rien de plus vrai : tel est le fond même de la pensée d'Ostrovski : c'est un homme, donc tout n'est pas perdu; l'éclairer, le révéler à lui-même agira plus efficacement sur lui que la pure satire. Cela s'applique même à ces « humiliés et offensés », qui « furent hommes » (*byvchié lioudi*) : la misère, leur faiblesse les ont ravalés au rang de parasites, de bouffons, qui acceptent ce rôle, pour vivre, jusqu'au moment où la dignité virile se réveille en eux, après les longues méditations sur un lit d'hôpital, ou sous l'outrage à un sentiment resté pur (5)... Le sens de ces dénouements réparateurs, de ces relèvements et aussi des catastrophes, est que le *samodourstvo*, tyrans et victimes, se corrigerait, s'il voyait plus clair en lui-même ; il faut produire ou raviver cette lumière intérieure : « Regarde et connais-toi », dit l'image offerte des mœurs. Par ce côté le théâtre « marchand » d'Ostrovski vise à l'éveil de la conscience ; il est profon-dément humain, animé de bonté confiante, tout voisin de l'âme popu-laire russe et très capable de la toucher.

III

Après la vie familiale, les aspects économiques de la vie contempo-raine et leurs répercussions morales ont le plus longtemps sollicité le dramaturge. Au cours de toute son œuvre, du *Tableau de famille* (1847) à *Pas faite pour ce bas monde* (1885), il a dénoncé les méfaits de l'argent, son action délétère sur les âmes. Nombre de littérateurs, on l'a vu plus haut, traitèrent ce même sujet : dans un pays où manquèrent longtemps

(1) Voir dans ZÉLINSKI, t. I, p. 131-187.
(2) Voir liv. I, chap. II.
(3) *Il faut de la chance pour que la vérité triomphe.*
(4) DOSTOEVSKI, *Correspondance et voyage à l'étranger*, p. 324.
(5) *Pauvreté n'est pas vice*, I, 12 ; III, 12, 15 ; *les Farceurs*, I, 1 ; IV, 4.

une classe et des fortunes moyennes, où l'émancipation des serfs aux dépens de la noblesse terrienne, l'essor industriel, l'agiotage entraînaient de brusques déplacements de « capital », le contraste était plus frappant, plus douloureux aussi entre la richesse et la pauvreté.

Dans le commerce et dans le « service », pour l'étai d'une fortune croulante, l'étalage vaniteux du luxe ou le maintien d'une dignité mondaine, par spéculation financière ou recherche du mariage avantageux, la poursuite effrénée de l'argent abolit les scrupules, la notion de l'honnête, du juste et de l'injuste ; la fin désirée avec violence justifie des moyens tels que l'escroquerie, le péculat, l'indélicatesse, le chantage. Un principe comme : « là où est le capital, là est l'honneur (1) », fausse les valeurs morales, conduit à n'estimer que la richesse (2), même de source impure ; la personne ne compte plus, le pauvre « n'a pas d'honneur » : on peut l'humilier impunément, et sans remords. Vychnevski, Potrokhov, hauts fonctionnaires ; des intrigants comme Gloumov, Doultchine ; des barines comme Okoemov, Loupatchev, ne pensent pas autrement là-dessus que les marchands Brouskov, Khrioukov et Akhov. Le despotisme domestique invoquait du moins une lointaine investiture spirituelle : la puissance d'argent crée, sans droit ni raison, la plus choquante inégalité. Dans l'atmosphère déprimante du servage et d'habitudes serviles qui se prolongent après l'oukaz d'émancipation, elle exerce une tyrannie sur ceux que la pauvreté ou la gêne mettent dans sa dépendance ; elles veut les abaissements comme des hommages, séduit, corrompt ; et des êtres qui fussent demeurés honnêtes, ont failli, parce qu'encore le régime social, la coutume, le milieu, l'opinion favorisent le « mauvais argent ». « La pauvreté, dit un personnage de l'Abîme, est terrible, non par les privations et le manque de ressources, mais parce qu'elle enferme l'homme dans un cercle bas, où il n'y a ni esprit, ni honneur, ni moralité, mais seulement des défauts, des préjugés, des superstitions (3). »

D'abord l'argent, comme la naissance, crée une caste de privilégiés. Ce sont en général des parvenus, avides de faire peser sur autrui la sujétion d'où ils viennent à peine de s'échapper ; ils traitent employés, inférieurs, plus inhumainement que jamais seigneur ne fit ses serfs ; ils les tiennent à leur merci par la menace, le retrait brutal des moyens d'existence ; leur joie est qu'on les craigne. Et pas de garantie ni de recours : la loi est muette ou sourde, les juges trop enclins à ménager le riche. Cela est immoral. Où règnent des idées grossières sur les moyens de gagner,

(1) Ce n'est pas tous les jours fête.
(2) Dans Fol argent, Lydia Tchéboksarova dit : « Je suis résolue à n'appeler objet de honte que la pauvreté. »
(3) L'Abîme, IIe tableau, sc. 5 ; les Farceurs, IV, 5 : « La pauvreté nous a défigurés : on vous offense, on insulte vos enfants, et vous, faites courbette sur courbette, saluez. »

la gêne sème la discorde, empoisonne la vie familiale : *l'Abîme* est un lamentable exemple des conflits, des déchéances que provoque le besoin d'argent, dans un monde de petits fonctionnaires et de marchands à demi ruinés. Ailleurs, la poursuite de la fortune se propose un idéal de jouissances vulgaires, d'oisiveté mondaine, chez un Balzaminov (1), un Paul Prejnev : celui-ci, fils de famille, estime humiliant ou déshonorant de travailler ; il se plaint à ses parents d'avoir été si bien élevé, qu' « il n'est bon à rien ». Une mauvaise éducation l'avait en effet préparé à vivre sans rien faire ; incapable d'occupation utile, il court après une dot « marchande » qui, à peine saisie, lui échappe (2). La passion de l'argent produit encore l'avarice ; Kroutitski dépasse Harpagon : son vice est plus dur et plus sombre. Fonctionnaire en retraite, misérablement vêtu et logé, il se dit et on le croit pauvre, mais il est riche ; il fait l'usure, sans en laisser rien savoir ; sa fortune est cachée dans la doublure de son méchant manteau ; il est seul dans son secret. Pour tromper les gens, il accepte d'être méprisé ; par cupidité avaricieuse, il oblige sa femme et sa nièce à aller mendier, les laisse presque mourir de faim, insensible à leur dénûment et à leur humiliation ; il fait de sa vie et de la vie des siens une longue torture, auprès de laquelle le fils et la fille du bourgeois Harpagon s'avoueraient trop heureux (3).

L'argent renverse les convenances naturelles : par lui le mariage, au lieu de se fonder sur l'inclination mutuelle, les rapports d'âge, de condition, redevient maintes fois, comme dans le vieux temps, un marché. Mais, jadis, c'était au nom de l'autorité paternelle, d'une coutume indiscutée, que les parents le concluaient sans consulter les goûts des futurs ; ici, le « capital » agit tout seul, brutalement. Il est mal que des marchands, de hauts fonctionnaires, presque vieillards, mais riches, aient pu ou veuillent épouser des jeunes femmes qui ne les aimeront pas, malgré le luxe dont elles seront ou seraient entourées : le mariage est ici un achat (4), un marché où l'une des parties prenantes souscrit souvent par contrainte, ignorance, ou même dévouement pour les siens, lassitude de la misère (5). Parfois il ne s'agit que de liaison et d' « entretien ». Est-il plus moral qu'une jeune fille pauvre consente à devenir femme ou maîtresse d'un barbon riche qu'elle n'aime pas? La dignité humaine ne subit-elle pas une atteinte égale? Pourtant tout le ridicule (6) et l'odieux

---

(1) Voir liv. IV, chap. II.
(2) *Incompatibilité de caractères.*
(3) *Pas un gros et tout d'un coup un altyne.*
(4) *Les Esclaves;* Styrov a « acheté » sa femme.
(5) *Tableau de famille; Pauvreté n'est pas vice; Une place lucrative* (Vychnevski); *Ce n'est pas tous les jours fête; les Farceurs; le Cœur n'est pas une pierre; Pas un gros et tout d'un coup un altyne; Dernier sacrifice* (Pribytkov).
(6) *Les Esclaves*, I, 1 : ce que dit le vieux valet de chambre Miron sur la disproportion d'âge entre son maître (Styrov) et sa jeune femme.

est rejeté sur les vieillards amoureux : ils n'ont en effet obéi qu'à une sensualité sénile, à la vanité, à l'orgueil, au désir égoïste d'égayer leur solitude morose. Au còntraire, ce par quoi le dramaturge, sans attendrissement sentimental, excuse la jeune fille, c'est la rudesse des mœurs, l'humiliante condition des pauvres, le voisinage du luxe étalé, le désir, chez elle aussi, de « vivre ». Vêra Philippovna explique ainsi pourquoi elle a épousé la vieux marchand Karkounov :

— Je ne cherche pas à me justifier : je ne suis pas une sainte. Mais dans notre monde marchand, y a-t-il beaucoup de jeunes filles qui se marient par amour? C'est surtout par intérêt, et encore pas leur intérêt à elles, mais celui de leurs parents. Les parents réfléchissent, calculent, vous marient, et fini! Maman se désolait tout le temps : comment ferions-nous pour vivre, avec notre pauvreté! Naturellement quand Potap Potapytch a fait sa demande, elle s'est signée des deux mains. Pouvais-je ne pas obéir à maman, ne pas lui donner cette joie (1)?

Et le mariage a été pour elle une longue captivité, du corps et du cœur. La nièce de l'avare Kroutitski va être jetée à la rue si elle ne se résigne à aller mendier pour lui à travers Moscou : sa jeunesse et sa grâce ont éveillé le désir du marchand Raznovêsov ; elle n'est pas, comme sa tante, la femme de l'avare, habituée aux privations : elle résiste mal à la tentation :

— Aidez-moi, conseillez-moi.

ANNA TIKHONOVNA. — Non, ma bonne, je ne prendrai pas cela sur moi. Toi aussi, n'écoute personne, sois maîtresse de ta propre décision. Moi, je ne te conseillerai ni je ne te condamnerai. Vis à ta guise...

NASTIA. — Tante, pardonnez-moi, ne me méprisez pas : je voudrais avoir une existence un peu meilleure !

ANNA TIKHONOVNA. — Que Dieu te pardonne ; ce n'est pas à moi de te juger (2) !

« Regarder d'un œil impassible des monceaux d'or » et lutter en même temps contre l'opinion, subir la gêne et s'ériger en professeur de moralité, est presque héroïque : et les héros, faciles à la scène, dans les livres, abondent moins dans la prosaïque réalité. Ostrovski est indulgent aux êtres d'honnêteté moyenne, meilleurs d'intention que d'énergie, et qui après une résistance proportionnée à leur âge, à leur condition, à l'entourage aussi, finissent par succomber : Jadov, venant demander une « place lucrative » à son oncle Vychnevski, Alexandra Nêgina se décidant à accepter le « patronage » de Vélikatov, confessent qu'ils « ne sont pas des héros (3) ». On a vu plus haut les points multiples par où l'argent les attaquait, et l'impossibilité, humaine ou contemporaine, qu'il n'eût pas le dessus.

(1) *Le Cœur n'est pas une pierre*, I, 2.
(2) *Pas un gros et tout d'un coup un altyne*, II, 10.
(3) Voir liv. IV, chap. II, IV.

Ici non plus, l'instruction n'affermit les âmes contre l'argent tentateur ; tous ces « affairistes », ces « héros du nouveau temps » dont Ostrovski étale, dans ses dernières pièces, les cupidités et les vilenies, raisonnent très froidement, très posément sur l'objet précis de leur désir : la puissance, le luxe ; le savoir technique, l'entente des affaires accroissent seulement les moyens d'acquérir, ils n'éloignent pas de l'idéal vulgaire (1).

Tels sont les méfaits sociaux de l'argent, si nul emploi un peu noble, nulle charité ne le relève ; logé souvent en des mains indignes ou mal préparées, il devient une force mauvaise, ruine l'altruisme, la dignité, détruit l'homme dans l'homme, crée une immoralité. Mais la vie a ses retours qui rétablissent et vengent la morale, ses sanctions pratiques, que chacun peut observer : Ostrovski s'y tient. Le « fol argent » perd ses adorateurs : les marchands, les intrigants, les « affairistes » trop pressés de s'enrichir aux dépens d'autrui sont pris à leur piège ; les « loups », après avoir mangé les « brebis », se dévorent entre eux ; et là où se livre autour de l'or une guerre sans merci, les vainqueurs du jour peuvent être les vaincus du lendemain (2). Ou bien ils échouent dans leurs combinaisons ; mais comme tout leur être était tendu vers la conquête de la fortune, ils n'ont plus de soutien quand la débâcle arrive, ni de raison de vivre : ils disparaissent, parfois tragiquement, comme Koprov (3). Akhov, par l'orgueil stupide de son « capital », voit tout le monde s'éloigner de lui : sa punition est de se retrancher lui-même de la société humaine (4).

Si la richesse ne fait pas toujours des heureux, la pauvreté à son tour ne fait pas que des victimes. L'orgueil ou la vanité bourgeoise reconnaissent enfin, après des résistances, que « pauvreté n'est pas vice » : Brouskov, devant le spectacle, nouveau pour lui, d'un homme capable de préférer toutes privations à un soupçon outrageant de cupidité, entrevoit les mobiles supérieurs, et méprise brusquement cet argent, du haut duquel il insultait l'outchitel Ivanov ; Gordiéï Tortsov, la vieille Mavra Barabocheva consentent que leur fille, leur petite-fille épousent d'honnêtes garçons pauvres (5). Au prodigue ruiné et déchu, la pauvreté peut, si « l'étincelle divine » n'est pas éteinte en lui, apporter la régénération : « Eh ! si j'étais pauvre, dit Lioubim Tortsov à son frère, je redeviendrais un homme comme les autres (6) ! » Ceux qui croient à la possibilité d'être heureux avec le gain modeste du travail appartiennent

(1) Gloumov (*Le plus malin...*); Doultchine (*Dernier sacrifice*); Chablov (*Amour tardif*); Koprov (*Pain du travail*); Okœmov (*le Bel homme*); Barbarisov (*Pas faite pour ce bas monde*); Lydia Tchéboksarova (*Fol argent*).
(2) Bolchov (*Entre siens on s'arrangera*); Mourzavetskaïa, Berkoutov (*Loups et brebis*), etc.
(3) *Dernier sacrifice.*
(4) *Ce n'est pas tous les jours fête.*
(5) *Tel en pâtit qui n'en peut mais; Pauvreté n'est pas vice; Il faut de la chance...*
(6) *Pauvreté n'est pas vice*, III, 14.

à l'*intelligence* : outchitels, étudiants donneurs de leçons, voués à un métier ingrat, fatigant, de maigre salaire et de petite considération. Ostrovski ne se trompait pas en leur prêtant un idéalisme insouciant, un peu débraillé, l'impuissance à « enserrer » l'argent, l'empressement à obliger ; et bien qu'ils aient seulement des rôles épisodiques ou de second plan, on sent, à l'accent généreux ou ému de leurs discours, que l'auteur nourrit pour eux une sorte de tendresse. Le bonhomme « Ioasaf Naoumytch Korpêlov, chauve, prématurément vieilli et courbé, mais toujours souriant, habillé d'un long pardessus-sac noir, boutonné du haut en bas, ton, allures, manières de régent, avec un mélange de bouffonnerie », réalise un type savoureux de bohème enseignante : à ses goûts voyageurs, son désordre, son faible pour la vodka, son élocution fleurie d'aphorismes, de slavon et de latin, il unit une franchise gouailleuse, une âme de bonté ingénue. Éconduit comme un mendiant par son ancien condisciple Potrokhov, à la bourse duquel il venait frapper en camarade, il dit crûment ses vérités au mauvais riche :

— A quoi pensais-tu donc, *stultissime?* Me faire envoyer une aumône, me chasser ! Ne sais-tu pas qui je suis? Korpêlov, un honnête, noble travailleur, et non un miséreux, un bouffon. Tu aurais dû te tenir pour honoré qu'un vieux camarade, un homme qui peine au travail, n'ait pas fait fi de toi, fainéant stupide. Tu aurais dû te tenir pour honoré que je m'adresse à toi comme à un égal en instruction, que je te demande de me prêter de l'argent.

POTROKHOV. — Comment, comment?

KORPÊLOV. — Mais sans doute, honoré... parce que moi je suis un homme, *homo sapiens*, toi, un sot, un butor.

POTROKHOV. — Tu es un peu ivre, mon cher.

KORPÊLOV. — Non, c'est toi qui es enivré de ta bêtise, et de ton argent qui t'est venu sans rien faire. Tu penses que tout pauvre est un quémandeur, qu'on peut faire l'aumône à n'importe qui. Erreur, mon ami. Eh bien, moi... moi... je ne veux pas être riche, je me trouve plus heureux ainsi. Tu roules sur l'or et tu n'as pas su garder la noblesse : moi j'ai souffert du froid, du gel, de la faim, et tout de même je suis un gentleman devant toi. Viens chez moi, je te recevrai plus poliment, et je te régalerai plus honnêtement avec le pain que je gagne. Et si tu es dans le besoin, je partagerai avec toi mon dernier kopek.

Il trouve absurde le suicide de Koprov disant que, « sans argent, il n'y a plus de raison de vivre » :

Mais est-ce que la vie n'a de charme que par l'argent? est-ce qu'il n'y a de joie qu'en lui? Quand l'oiseau chante, qu'est-ce qui fait sa joie, est-ce l'argent? Non, il est joyeux d'être au monde. La vie par elle-même est une joie : toute existence, pauvre ou douloureuse, est toujours une joie. On avait froid, on se réchauffe, voilà une joie. On avait faim, on vous donne à manger, voilà encore

_____

(1) *Pain du travail*, II, 9.

une joie ! Voilà maintenant que je marie une nièce pauvre, je ferai une noce sans luxe, soit, mais n'est-ce pas une joie? Après, je courrai le monde, de ville en ville, par tous les temps, gîtant dans les chaumières mal chauffées. (*Il chante et danse.*) (1).

Le « jeunesse étudiante », Mykine, Jadov, Pogouliaev, Grountsov, Mélouzov (2), ressemble beaucoup à cet aîné : pauvre très souvent, insouciante, avec les illusions en plus, désintéressée, la main toujours ouverte pour s'entre-secourir. C'est la vérité même.

IV

Telle serait, au regard de la profession, de la famille, de l'argent, la morale d'Ostrovski. Sur d'autres formes de la vie contemporaine touchées par son observation, sa pensée ne se dégage pas moins clairement. Dans l'exercice des charges publiques, il demande, avec les « accusateurs » et les honnêtes gens de son temps, le renoncement au régime de la *vziatka*, ouverte ou occulte : il sait toutefois que ce ne sera pas l'œuvre d'un jour, et qu'il y faudra non seulement l'effort des intéressés, de nouveaux règlements, mais surtout le progrès des mœurs publiques. Avec la probité il veut la dignité : le portrait ironique du parfait fonctionnaire, en quelques coups de crayon dignes de Gogol ou de Saltykov, dit assez le mépris pour le servilisme bureaucratique (3). Tant que manqueront ces deux vertus d'état, probité et dignité, il sera vain d'espérer en la justice des hommes :

— Dans un pays, il y a sur le trône le « saltan » Makhnout Turc, dans l'autre, le « saltan » Makhnout Perse (4) ; et ils exercent la justice sur tout le monde, ma fille, et tout ce qu'ils jugent est injuste. Et ils ne peuvent pas, ma fille, éclaircir une seule affaire justement ; c'est leur destinée. Chez nous, la loi est juste, et chez eux elle est injuste ; ce qui se juge d'une certaine manière d'après notre loi, se juge tout au rebours d'après la leur. Et dans leurs pays, tous les juges sont injustes aussi ; alors, ma fille, on leur écrit, dans les suppliques : « Juge-moi, juge inique (5) ! »

Le sens accusateur se devine aisément sous la transposition de la légende et dans la bouche inoffensive de la pèlerine Fékloucha ; il est plus net encore dans ce court dialogue entre Gavrila, qui, chassé par son patron, a demandé vainement justice au *gorodnitchi* Gradoboev, et l'artisan Aristarque :

— Où donc est l'équité?

(1) *Pain du travail*, IV, 8.
(2) *Une place lucrative; l'Abîme; Pain du travail; Étoiles et adorateurs.*
(3) *Le plus malin s'y laisse prendre*, II, 7.
(4) « Saltan » pour « sultan », « Makhnout » pour « Mahmoud », nom générique donné par le peuple. — Cf. *Ce n'est pas tous les jours fête*, I, 4.
(5) *L'Orage*, II, 1.

ARISTARQUE. — Tu ne le sais pas? Lève les yeux là-haut. (*Gavrila lève les yeux.*) C'est là !

GAVRILA. — Je sais. Mais nous, où chercher un jugement?

ARISTARQUE. — Un jugement? Là ! (*Il montre la maison du gorodnitchi.*)

GAVRILA. — Et si je veux un jugement équitable?

ARISTARQUE. — S'il te faut un jugement équitable, attends quelque temps : tu en auras un.

GAVRILA. — Bientôt?

ARISTARQUE. — Non, pas précisément : en revanche il sera bon. Il jugera tous les hommes, juges et justiciables, ceux qui rendaient un arrêt injuste et ceux qui n'en rendaient pas du tout.

GAVRILA. — Je sais de quoi tu veux parler.

ARISTARQUE. — Alors, pourquoi m'interroger (1)?

Discret par principe autant que par nécessité sur les choses de la religion, Ostrovski ne verse pas dans son œuvre sa croyance ou la forme individuelle de sa croyance. Il se soumet d'abord à la vérité objective des mœurs : or c'eût été une choquante invraisemblance de montrer chez des Russes du peuple ou tout proches du peuple, au milieu du siècle dernier, une conception et une loi morales qui ne fussent pas incluses dans la foi et dans la loi religieuses. Certaines personnes croient faire leur salut en s'entourant de parasites qui vivent à leurs dépens, « innocents » vrais ou faux, charlatans de piété, pèlerines revenues de saints lieux et auréolées de vertu, diseuses de prières et de bonne aventure. Cette superstition et cette crédulité ne prêtent qu'à rire : l'âme y a moindre part que la cuisine et la bourse de la donatrice ou du donateur (2). La dévotion qui se borne aux pratiques extérieures, sans action salutaire au dedans, est marquée par Ostrovski d'un trait plus dur (3) : la grimace inspire déjà de l'antipathie. Mais pour l'hypocrisie couvrant d'un masque de piété et d'austérité la dureté de cœur, la passion sensuelle, la cupidité, il est sans pitié : on sent qu'il n'en veut ni atténuer ni déguiser la laideur. Il en a gravé une effigie inoubliable (4) ; il n'y a rien de plus fort dans tout le théâtre russe : cela dépasse de loin les « bigotes » crédules, bavardes et méchantes que dessinait Catherine II. Là seulement se décèle une âme religieuse : le domaine intime de la conscience n'a rien livré de plus.

On notera enfin deux choses: Ostrovski met volontiers dans la bouche du simple peuple, parce qu'elle est dans son cœur, l'indulgence au pécheur, la prudence nécessaire à juger ou à condamner, chacun étant sujet à faillir. « Ce n'est pas à vous de la juger », dit Borodkine au marchand Rousakov pour excuser Avdotia Rousakova (5) ; « Dieu la jugera,

(1) *Cœur ardent*, III, 3.
(2) *L'Orage*, II, 1 ; *Le plus malin s'y laisse prendre*, III.
(3) *Ce n'est pas tous les jours fête; l'Orage*.
(4) *La Pupille; la Forêt; Loups et brebis.* — Voir liv. IV, chap. II.
(5) *Ne t'assieds pas dans le traîneau d'autrui*, III, IIe tableau, scène 13.

dit Agathon de sa fille qui s'est mariée contre la volonté paternelle ; j'ai de la tendresse pour elle, parce qu'elle est ma fille unique, et quand on aime, on pardonne. Je pardonnerais même à mes ennemis ; je ne juge personne. Est-ce que je suis le seul juge (1)? » « Vous devriez lui pardonner, conseille Kouligine à Tikhon Kabanov, et ne plus parler de cela jamais. Vous aussi, sans doute, vous n'êtes pas sans péché... »; et pour Boris, l'amant : « il faut pardonner à ses ennemis (2). » D'autre part, une bonté attendrie ou généreuse, une résignation apaisée, la « réconciliation » des victimes avec les auteurs volontaires ou involontaires de leur mort, tempère, dans les dernières œuvres (1875-1885), l'impression parfois pénible que laisseraient l'observation réaliste des mœurs et la tristesse de certains dénouements : dans *Filles riches*, Georges Tsyplounov, par la vertu de son amour, rachète moralement Valentine Bélésova ; Zoé Okoemova accorde un pardon conditionnel, avec le désir, au fond, qu'il puisse devenir définitif, à son mari qui l'a odieusement offensée et dépouillée (3) ; Larisa Ogoudalova expire en pardonnant à Karandychev et à tous : « Personne n'est coupable, personne... C'est moi seule... Vous tous, vous devez vivre, et moi je dois... mourir... Je ne me plains de personne, je n'en veux à personne... Vous êtes tous bons... Je vous aime tous... tous (4)... » Xénia Kotchoueva, trop fragile pour résister au coup que lui porte la traîtreuse révélation de l'infidélité de son mari, meurt en prononçant les deux mots : « Je t'aime... Je te pardonne (5)... »

Sans prétention à l'originalité doctrinale, ni aspirations trop hautes, mais dans la vraie ligne d'humanité moyenne, où il a de préférence situé son effort d'observation et d'utilité, la morale d'Ostrovski se ramènerait à quelques principes ou préceptes essentiellement pratiques : partout, respect des justes droits de la personne ; dans la famille, assagissement d'une autorité abusive, égards mutuels, liberté du cœur et de l'esprit ; dans le mariage, convenances d'âge, de condition et de caractère ; dans la profession, privée ou publique, substitution de la règle de probité à la coutume du profit illicite ; danger social de l'argent, quand nul intérêt élevé n'épure son acquisition ou sa possession ; indulgence pour les opprimés et les faibles, les âmes mal éclairées ; foi en la puissance de la conscience, en la bonté native de l'homme russe ; horreur de l'hypocrisie et de la fausse dévotion ; équilibre moral dans l'individu et la société par accord raisonné des traditions mieux connues et de la culture nécessaire. Dans tout cela, un esprit non pas « évangélique », mais généreuse-

(1) *Fais ce que dois*, II, 10.
(2) *L'Orage*, V, I. — Voir encore *la Pupille*, III, 4 ; *A qui n'arrive pas péché et malheur*, III, 4.
(3) *Le Bel homme*, IV, 9.
(4) *Sans dot*, IV, 12.
(5) *Pas faite pour ce bas monde*, III, 8.

ment humain ; ni pessimisme satirique, ni optimisme tendancieux, mais le clair espoir de servir une fin morale et nationale. L'estime dont Ostrovski fut entouré, dans ce même monde de marchands moscovites, dont il avait révélé à la scène les us et les mœurs domestiques, « allait jusqu'à une sorte d'adoration : pour beaucoup, il était plus qu'un confesseur : ils lui racontaient de la façon la plus détaillée toute leur vie et celle de leur famille (1) ». Par son œuvre, plus largement encore que par sa personne, Ostrovski est à sa manière un libérateur, non de corps asservis, mais d'âmes longtemps serves.

(1) *A.-N. Ostrovski v pismakh i v vospominaniiakh*, *N.-P. Kachina*, III : *Vospominaniia V.-M. Minorskago.* (*Ejégodnik Impér. téatrov*, t. VI, p. 61, 1910.)

CHAPITRE IV

L'ART

I

Véridique dans les limites volontaires de sa vaste observation, humain généreusement dans sa morale, mais avec d'irréductibles antipathies, Ostrovski est enfin un maître en son art. Si vraisemblable, si manifeste même que doive apparaître ce dernier mérite, il est pourtant de ceux qu'une critique partiale, malveillante ou mal instruite, lui a le plus obstinément contestés. Il faut rappeler, au moins brièvement, cette série d'erreurs : elle représente à sa manière un aspect d'une carrière littéraire en Russie. D'abord l'esprit de parti, la « tendance » politique ou sociale inspire et fausse trop souvent le jugement esthétique : à l'inverse de ce qu'on voit chez nous, où pendant longtemps, sinon aujourd'hui encore, le « métier » usurpe une place disproportionnée, dans l'appréciation d'une œuvre dramatique. On note ensuite qu'à partir des années 1870, les « recensions » des pièces d'Ostrovski deviennent notablement plus courtes : cela tient au succès moindre de ses *Chroniques dramatiques* (1), à une attente trop exigeante, et qui, insuffisamment remplie, se détournait d'ouvrages déclarés imparfaits ; cela tient surtout à l'absence d'un point de vue critique. Ceci est proprement russe : pour venir en aide à un grand nombre de lecteurs peu capables de se faire par eux-mêmes une opinion solide, la critique se donne pour mission d'expliquer l'auteur ; elle l'interprète bien entendu à sa façon ; et si l'auteur évolue,

_____

(1) Écrites de 1862 à 1868.

la critique sort malaisément des vues critiques où elle s'est cantonnée, elle est déroutée et s'en prend généralement à lui. Dobrolioubov avait apporté une explication du théâtre d'Ostrovski : on put s'y tenir à peu près, tant qu'Ostrovski peignit de préférence les mœurs marchandes ; son théâtre d'histoire jeta quelque désarroi ; quand son observation se porta sur d'autres types sociaux et d'autres aspects des mœurs contemporaines, le point de vue de Dobrolioubov cessa de valoir ; les critiques se bornèrent à de brèves analyses, en attendant la découverte d'un nouveau « point (1). » Est-il besoin de dire qu'une plus exacte intelligence d'Ostrovski a commencé du jour où l'on a renoncé à ces interprétations tendancieuses, pour un examen plus objectif?

Entre siens on s'arrangera avait réuni dans une égale admiration slavophiles et occidentalistes (2) : *Fille pauvre*, marqua les premières divergences. Tourguénev y reprend de la facticité, une couleur réaliste obtenue par des procédés peu artistiques : répétitions, longueurs, épithètes ou formules clichées, étiquettes ou devises « qui sortent de la bouche des personnages comme dans les tableaux du moyen âge (3) ». *Ne t'assieds pas dans le traîneau d'autrui, Pauvreté n'est pas vice* mirent aux prises, on l'a vu, les partisans de la « nature nationale » et ceux de la civilisation européenne (4). Jusqu'en 1859, Ostrovski s'entend reprocher de ne pas représenter des caractères comme Shakespeare, ou de ne pas développer l'action comique comme Gogol, d'avoir un talent « daguerréotypique (5) » ; on le gratifie d'appellations contradictoires : « Shakespeare du monde marchand (6) », « successeur de Gogol », « émule de Koukolnik », écrivain populaire dans le goût du Domostroï, « Kotzebue de bazar ». A propos de *A qui n'arrive pas péché et malheur*, l'on demande si Ostrovski doit encore être compté pour un écrivain dramatique plutôt qu'autre chose (7). Après *l'Orage, A qui n'arrive pas...*, ces deux puissants drames, Edelson, appréciateur d'habitude exact, de par sa modération même, écrit : « Ostrovski n'est pas un dramaturge, au sens propre du mot : la plupart de ses pièces souffrent positivement d'un défaut de structure dramatique, de l'introduction d'éléments épiques, de personnages peu nécessaires à l'action, d'un comique de conversations plutôt que de situations (8)... » Quelques-uns, après 1870, même après 1880, eurent le bon goût, presque

(1) Voir ZÉLINSKI, *ouv. cit.*, t. III, IV, V ; en particulier t. IV, p. 20-21.
(2) Voir liv. I, chap. I.
(3) *Sovrémennik*, n° 32, 1852 ; *Nêskolko slov o novoï komédii A.-N. Ostrovskago.* (ZÉLINSKI, t. I, p. 92-96.)
(4) Voir liv. I, chap. II.
(5) ZÉLINSKI, t. I, p. 115.
(6) Le mot est de TOURGUÉNEV, avec sens préjoratif. (*Vospominaniia A.-I. Golovalchevoï-Panaévoï. Rousskié pisatéli i artisty*, chap. XI. Saint-Pétersbourg, 1890.) — Tourguénev jugea mieux dans la suite.
(7) ZÉLINSKI, t. II, p. 110.
(8) *Bibliotéka dlia tchténiia*, n° 1, 1864. (Dans ZÉLINSKI, t. I, p. 79.)

le courage d'affirmer qu'Ostrovski demeurait le plus fort écrivain dramatique de son temps et de son pays ; d'autres ne cessaient de clamer, après chaque pièce, sa décadence irrémédiable. Pour justifier leur sévérité, ils invoquaient sa production hâtive, surabondante, donc négligée (1), ou bien cette régularité monotone, scolaire, qui apportait chaque année, dans le numéro de janvier des *Otetchestvennyia Zapiski* (*Annales de la Patrie*) une pièce d'Ostrovski, pour faire pendant à un roman de Tourguénev ou à un volume de *l'Histoire russe*, de Soloviev ; et le malheureux auteur, après avoir vu louer jadis sa production régulière comme une marque d'énergie laborieuse, la voyait railler comme un signe d'affaiblissement. Ils l'accusaient de se répéter au lieu de se renouveler, de « ruminer », nous dirions « remâcher » ses sujets (2) ; ils relevaient avec gravité pédantesque ou ironie malveillante l' « anecdotisme » des sujets, les conversations à la place de l'action, la surcharge du développement, l'incapacité de créer des types autres que ceux du monde marchand, la faiblesse des caractères féminins, l'imitation ou la recherche infructueuse des procédés ou des habiletés du théâtre français moderne ; le recours trop fréquent aux effets de vaudeville, l'abus des scènes épisodiques, des artifices scéniques, du hasard, de la nuit, des travestissements, du « tragisme violent », du comique de mots plus que de caractères, de la farce ; l'invraisemblance des dénouements, la faiblesse du style, la lenteur ou la longueur du dialogue. La langue seule trouvait grâce, toujours ou presque, comme si elle fût inattaquable ou de charme irrésistible. A un auteur si proprement dramatique, on concédait le talent... épique : en 1871, à propos de *la Forêt*, tombée après la première représentation, — depuis elle s'est glorieusement relevée, — Boborykine établit ainsi le « bilan littéraire et scénique » d'Ostrovski : « Ostrovski est devenu écrivain dramatique par une contradiction colossale : c'est un épique qui traîne le boulet du dramaturge. Il a commencé par acquérir la langue, puis les traits typiques ; la forme est dramatique, le fond est épique ; la langue a fait le dialogue, et par là Ostrovski a cru qu'il était dramaturge : le succès, l'absence d'écrivains dramatiques ont fait le reste. Des deux éléments du drame, le principal, le lyrique, lui manque. » L'examen des œuvres, depuis *Entre siens...* jusqu'à *la Forêt*, « une pièce insupportable », aboutit à cette conclusion : « Ostrovski n'a rien innové, en fait de théâtre ; lui-même n'a fait que reculer. Ses dernières pièces sont pleines de défauts : *Fol argent* montre l'impuissance à s'élever plus haut que le vaudeville. C'est un auteur non pas dramatique, mais épique (3). » Vraiment, il n'y a ici de « colossal » que la méprise du roman-

---

(1) Zélinski, t. IV, p. 123 (*Pétersbourgski listok*, n° 13, 1872).
(2) *Ibid.* : « Exemples : *la Pupille*, avec adjonction des deux acteurs, devient *la Forêt; Tel en pâtit...* reparaît dans *Ce n'est pas tous les jours fête*. » Rien de plus faux.
(3) *Dèlo*, n° 11, p. 33-53, 1871.

cier qui s'improvisait critique dramatique, et, comme d'autres, n'invoquait les modèles français, Molière et le vaudeville, que pour reprocher injustement de ne pas les égaler ou de les imiter.

Le temps a éteint ces vaines polémiques : sans effacer quelques défauts réels, il a remis en leur vrai jour les vertus artistiques de l'œuvre, sa force et sa grâce, sa richesse de vie, d'émotion et de comique : les Russes ne doutent plus aujourd'hui qu'Ostrovski soit leur plus complet dramaturge. Dès 1868, l'Anglais Ralston lui avait consacré une étude, dans *Edinburgh Review* (1) : il le signalait à ses compatriotes comme le peintre original d'une classe dont l'importance croissait dans l'État, « remuante, pullulante, qui avait déjà ses poètes, ses historiens, ses romanciers, ses auteurs dramatiques, trop peu connus en Europe ». Un résumé de cette étude, inséré dans la *Revue britannique*, avec des fragments traduits de *l'Orage*, de *A qui n'arrive pas péché et malheur*, des *Jours qui portent malheur*, a révélé pour la première fois le nom d'Ostrovski au public français : mais, en un temps où A. Dumas fils, E. Augier, Sardou, Meilhac et Halévy régnaient sur notre scène, où les esprits se portaient plutôt vers la Pologne, quel intérêt pouvait exciter, même parmi les lecteurs de la *Revue*, un théâtre dont on disait : « Il se déroule avec une simplicité qui n'a d'égale que sur le théâtre chinois et japonais, et sent l'enfance de l'art ; les scènes s'y succèdent comme les tableaux d'un panorama, mais il a un rare mérite de fidélité (2)? » On lira plus loin quelles impressions *l'Orage*, traduit, puis joué, a laissées à nos critiques de France ; à l'exception de F. Sarcey, qui a nettement discerné les fortes beautés du drame, et des traducteurs (O. Méténier, I. Pavlovski) intéressés à faciliter le succès de leur tentative, les autres, historiens de la littérature russe, Courrière, E.-M. de Vogüé, de Wyzewa, Waliszewski, n'ont vu chez Ostrovski qu'un art rudimentaire (3) : l'erreur est un peu lourde.

(1) *Edinburgh Review*, juillet 1868 : *Ostrovsky's plays.*
(2) *Revue britannique*, p. 341-66, décembre 1868 : *Le Théâtre contemporain en Russie.*
(3) C. COURRIÈRE, *Histoire de la littérature contemporaine en Russie*, chap. IV. Paris, 1875 : « On peut reprocher à Ostrovski la rapidité et le peu de soin avec lequel ses pièces semblent écrites ; ... scènes trop rapides, dénoûment trop précipité... *L'Orage* marque l'apogée de sa gloire littéraire. Après, son talent déclina sensiblement. Il ne fit plus que se répéter, et ses pièces postérieures sont pâles, ternes et sans vie. » E.-M. DE VOGUÉ, dans *la Russie*. Paris, 1892 : *le Développement intellectuel de la Russie depuis Catherine II*, p. 297 : « Le théâtre avait trouvé sa vraie voie avec le *Réviseur :* toute une école d'auteurs comiques s'y engagea sous la conduite d'Ostrovski. Les gens des classes moyennes, les marchands de Moscou..., défraient la plupart de ces comédies. Les peintures sont réalistes, souvent grossières ; l'action est presque nulle ; çà et là une scène pathétique vigoureusement enlevée. Cet art primitif... intéresse par sa concordance avec les mœurs et les exigences du public... On retrouve en Russie le phénomène littéraire habituel : une avance considérable du roman sur le théâtre ; le premier en pleine maturité, alors que le second est dans l'enfance... » Th. DE WYZEWA, *ouv. cit.* : « Ostrovski est un poëte, il ignore son métier... » WALISZEWSKI, *ouv. cit.* « Chez Ostrovski les personnages vont, viennent, causent de choses indifférentes

Quelques critiques russes, se fondant sur des ressemblances de sujets, d'idées, et de personnages entre telles pièces : *Fol argent, Filles riches, Sans dot*, et des pièces françaises comme *l'Aventurière, le Mariage d'Olympe, les Lionnes pauvres, le Demi-Monde, les Idées de Madame Aubray, Froufrou, les Faux ménages*, ont émis l'hypothèse qu'Ostrovski se serait proposé d'imiter nos dramaturges de la seconde moitié du dix-neuvième siècle, Augier, A. Dumas fils, Meilhac et Halévy, Pailleron (1). Plus récemment, N. Kachine, qui a entrepris le premier une étude méthodique des manuscrits et du texte d'Ostrovski, a touché cette question des « sources »; il a cru découvrir dans *l'Abîme* l'influence indéniable d'un mélodrame autrefois très populaire, *Trente ans ou la vie d'un joueur*, de Ducange et Dinot; dans *les Innocents coupables*, celle d'un drame en cinq actes, de Karl Goutzkov : *Richard Savage oder der Sohn einer Mutter*, et d'un mélodrame français en deux actes, joué en 1839-40 sur les scènes russe et française de Saint-Pétersbourg, *Arthur ou seize ans après*.

Un examen comparatif, guidé par quelques indications de « scénarios » manuscrits ou du texte lui-même, des rapprochements ingénieux, en grande partie vraisemblables, parfois un peu conjecturaux, amènent N. Kachine à conclure : Ostrovski n'a pas seulement restitué en pures mœurs russes les sujets étrangers, il s'est encore attaché à en éviter, à en corriger les imperfections techniques, à obtenir plus de vérité et d'art (2). D'autres pièces laissent simplement deviner ou entrevoir une inspiration étrangère, sans qu'il soit actuellement possible de déterminer avec quelque précision la réalité et la mesure d'influence. La similitude des mœurs, leurs répercussions sociales (les questions de la famille, de l'argent, la question féminine, familières à tout théâtre moderne, se nuancent diversement selon les lieux, les temps, le degré de civilisation) expliqueraient déjà certaines rencontres, suggéreraient les mêmes sujets. Par la correspondance d'Ostrovski, le peu du moins qui en a été publié jusqu'à ce jour, on voit qu'il suivait avec attention les nouveautés du théâtre étranger : il traduisait lui-même pour son ami, l'acteur Bourdine, des pièces françaises, donnait son jugement sur tel ouvrage, sur tel écrivain (3). Les noms d'Augier, de Dumas fils, de Sardou, et autres n'y

jusqu'à la minute qui, brusquement..., fait surgir de la banalité de leurs mouvements et de leurs entretiens les éléments comiques ou dramatiques de la « scène à faire... » Suivant une théorie qui fut chère à Biélinski, Ostrovski s'en rapportait aux acteurs pour le développement de ses caractères, qu'il se bornait à indiquer très sommairement. Il leur laissait beaucoup à faire... Ses pièces ne sont, pour la plupart, ni des comédies ni des drames... Elles n'ont habituellement pas de dénouement; ou du moins le dénouement y est laissé dans l'incertitude. L'action dramatique ne finit pas; elle s'interrompt, l'auteur l'arrêtant non sur un mot ou sur une scène à effet, mais de parti pris souvent, à l'endroit le plus banal, au milieu d'une réplique. »

(1) Voir Zélinski, t. IV, p. 67 sqq; t. V, p. 134 sqq.
(2) N. Kachine, *A.-N. Ostrovski i starinnaïa drama*. (*Ejégodkik Impér. téat.*, t. IV, p. 17-56, 1909.)
(3) Lettres à Bourdine, 28 avril 1870, 31 août 1876, 3 février 1878.

figurent pas : mais pouvait-il ignorer les plus célèbres, quand il parlait
d'auteurs secondaires ou débutants? Le meilleur ou le plus applaudi de
leur répertoire était joué en Russie soit en traduction, soit en français
au théâtre Michel ou par des artistes de passage. Pour savoir si le dramaturge russe a non pas connu, ce n'est guère douteux, mais volontairement
imité notre drame et notre comédie de mœurs modernes, il faudrait
connaître le journal de ses occupations, qu'il tenait avec régularité (1),
ses lectures, sa bibliothèque, sa correspondance. De toute manière son
originalité demeure hors de cause : les modèles étrangers, même si on
les identifiait, n'auraient donné que l'impulsion première : la figure et
l'accent de l'œuvre sont purement russes. Enfin l'absence d'une traduction française d'Ostrovski enlève pour le moment à la discussion de
ces points obscurs beaucoup de sa clarté et de son intérêt.

II

Contre le reproche de rédaction hâtive, Ostrovski est défendu par
lui-même, par l'histoire de son patient effort, telle que la découvrent
les manuscrits conservés de presque toutes ses pièces (2). Ils font pénétrer
dans la confidence de sa création, permettent d'en suivre de près le
développement, de surprendre, comme dans une sorte de laboratoire,
ses procédés d'invention et d'expression ; sa conscience d'artiste en
sort victorieusement démontrée. Ce qui frappe d'abord, ce sont des
habitudes d'ordre, une comptabilité minutieuse du travail (3) : on voit
le soin de l'auteur à composer, à assembler les différentes pièces d'une
action dramatique, à retourner chaque scène, chaque phrase, chaque
mot parfois ; tantôt une facilité qui pouvait presque du premier coup,
après une incubation plus ou moins longue, jeter la forme définitive,
tantôt une lenteur exigeante qui avançait pas à pas, remettait l'ouvrage

---

(1) Voir le fragment, provenant du « Musée théâtral » d'A. A. Bakhrouchine, et
publié par N. Kachine. (*Ejégodnik Impér. téat.*, t. VI, p. 57-59, 1910.)

(2) Le département des manuscrits de la bibliothèque du musée Roumiantsev, à
Moscou, possède : 1° sous les n°s 3 095-96-97-98, les brouillons manuscrits ou reco-
piés de trente-deux pièces d'Ostrovski, légués par sa veuve ; tous, sauf un, sont de la
main de l'auteur, et couverts de corrections ; quelques-uns sont incomplets ou en fragments de quelques feuilles, d'autres donnent plusieurs rédactions d'une même pièce.
Ils sont presque tous écrits au crayon ; 2° sous les n°s 3 238-3 252, quinze manuscrits
légués en 1896 par P. Chapovalov, qui les tenaient de l'auteur: ils forment quinze cahiers
distincts et se rapportent à la première période de la production (1853-1866). Enfin
le « Musée théâtral » d'A. A. Bakhurouchine possède le manuscrit de *On finit par trouver
ce qu'on cherche*. Voir P. Bézobrazov, *Roukopisi Ostrovskago* (*Istoritch. Vêstnik*,
n° 2, p. 344-374, 1890), et sursout N. Kachine, *K istorii texta proïzvédéni A.-N. Ostrovskago*, (*Izvêstiia Otdêléniia roussk. iaz. i slov. Imp. Akad. Naouk.* t. XII, fasc. 2,
1908 ; *ibid.*, t. XIV, fasc. 3, 1909 ; *ibid.*, t XV, fasc. 2, 1910).

(3) Ostrovski notait la date, le jour, parfois l'heure, du commencement et de l'achè-
vement, de l'interruption et de la reprise ; s'il numérotait les scènes, il effaçait le
numéro de chaque scène achevée.

sur le chantier, sans rencontrer toujours le mieux cherché. Il garda jusqu'à la fin cette habitude : quand une idée de pièce lui venait, il se traçait à lui-même un « scénario » du sujet, par actes et scènes, avec les noms des personnages (1) ; si les éléments importants de la fable dramatique venaient sans effort, il les écrivait tout de suite : ébauches de scènes, phrases détachées, proverbes, expressions caractéristiques (2) ; si l'inspiration tardait, il abandonnait momentanément, ou laissait pendant des mois, des années, sujet et action mûrir en son esprit, déjà occupé d'autres œuvres : après quoi, cette élaboration interne pouvait en quelques mois, en quelques semaines, se fixer dans une expression achevée (3) : d'où la fausse apparence et les reproches injustes d'improvisation. Parfois conception et rédaction s'enferment dans un temps très court (4). En général le développement suit la donnée première : canevas sommaire ou plan développé (5) ; et les scènes sont travaillées l'une après l'autre, mais non sans larges retouches : changement du nombre des actes (6), scènes déplacées, refaites ou effacées en entier (7), corrections, ratures. Pour la forme et le caractère de l'ouvrage (8), son titre (9), les noms des personnages (10), leur costume, rien n'est laissé au hasard. Un examen attentif des variantes et des corrections montre

(1) Exemple : *l'Orage* (voir plus loin) ; *Joseph le Beau* (titre primitif des *Esclaves*) ; *Dieu résiste aux orgueilleux* (titre primitif de *Pauvreté n'est pas vice*) ; *On ne court pas deux lièvres à la fois* (sujet abandonné, 1855), etc... Ostrovski notait parfois l'importance respective des scènes ; dans le manuscrit de *Filles pauvres* (sous p. 353) : *vajnyia scény*. — Voir KACHINE, *art. cit.*

(2) N. KACHINE, *art. cit.* des *Izvêstiia*.

(3) *Snêgourotchka*, conçue dès 1868 (voir une lettre à Bourdine de 1868 (sans autre date), a été terminée le 4 avril 1873, à dix heures du soir (note manuscrite de l'auteur) ; *les Esclaves*, 11 décembre 1878-4 septembre 1880 ; *Sans dot*, 4 novembre 1874-17 octobre 1878.

(4) *Tel en pâtit...*, 23-28 juillet-6 ou 7 août 1855 (cf. KACHINE, dans *Izvêstiia...*, t. XIII, fasc. 2, 1908, p. 382) ; *Ce n'est pas tous les jours fête*, 10 mars-9 avril 1871.

(5) Comme celui de *Dévouchka-Snêgourotchka*.

(6) *Pauvreté n'est pas vice*, portée de deux actes à trois.

(7) Dans *Fille pauvre*, dont le plan fut remanié trois fois (voir les conclusions de Kachine sur les quatre rédactions, dans les *Izvêstiia...*, t. XV, fasc. 2, 1910) ; dans *Vasilisa Mélentieva, le Comédien du dix-septième siècle*.

(8) *Incompatibilité de caractères*, rédigé d'abord en forme de nouvelle, puis en « tableaux » ; *la Pupille*, conçue comme drame, et devenue comédie ; *l'Orage*, conçu d'abord comme comédie et devenu drame ; *Fais ce que dois* devait primitivement, d'après quelques feuillets conservés, être écrit en vers ; à propos de *Pauvreté n'est pas vice*, l'auteur avait eu l'idée d'une pièce sur la jalousie.

(9) *Le Banqueroutier*, titre primitif de *Entre siens...* ; *Quand on est bien, il faut s'y tenir* (*Ot dobra dobra né ichtchout*) de *Ne t'assieds pas dans le traîneau d'autrui* ; *Dieu résiste aux orgueilleux* (*Gordym Bog protivitsia*) de *Pauvreté n'est pas vice* ; *le Divin est fort, mais le Malin tenace* (*Bojié krêpko, a Vrajié lêpko*) de *Fais ce que dois* ; *le Savoir est lumière, et l'ignorance ténèbres* (*Outchénie svêt, a néoutchénie tma*) de *Fais ce que dois* ; *Des jeux du chat pleure la souris* (*Kochkê igrouchki — mychkê slezki*) de la *Pupille* : ce proverbe est reporté à la fin de la pièce, en guise de moralité.

(10) C'est le titre primitif de *Pauvreté n'est pas vice* (*Gordym Bog...*) qui a suggéré le prénom de *Gordéï* (le fier) donné à Tortsov ; Akim a été changé pour Lioubim (Tortsov). — Voir KACHINE, *Izvestiia...*, t. XIII, fasc. 2, 1908.

que tous ces changements de lieux, de personnages, de scènes et de mots visent presque tous au même but : serrer de plus près la réalité, renforcer l'impression de vérité, supprimer les longueurs, rejeter des artifices de l'ancienne comédie, adapter exactement les discours aux personnes (1). Le travail de la langue, en particulier, surtout dans les comédies de mœurs marchandes, laisse voir que l'écrivain était loin d'attraper, du premier jet, la précision pittoresque et idiomatique. Le manuscrit copié au net subissait encore des modifications à l'impression ; et d'une édition à l'autre le texte imprimé, lui-même, variait. Il y a loin, on le voit, de cet écrivain laborieux, patient, sévère à son propre esprit, ambitieux d'expression exacte, à l'improvisateur fécond, hâtif, auquel ont cru légèrement trop de critiques russes, et quelques français.

Une autre erreur assez commune est de négliger la diversité des formes dramatiques dans Ostrovski et d'appliquer à toutes la même norme. Outre des comédies, il a écrit des « scènes » (*scény*) et des « tableaux » (*kartiny*) de « vie familiale », de « la vie moscovite », des « coins perdus de la capitale (2) » ; des études dramatiques (3). Ces « scènes » ou ces « tableaux » sont au théâtre ce que la nouvelle, le « récit » (*razskaz*) sont au roman : de libres esquisses, coupées ou liées, dont une idée ou un personnage fait l'unité. On en trouve chez Tourguénev (4), chez Tchékhov (5), chez Gorki (6) : cette transposition toute nue de la vie satisfait mieux, semble-t-il, le goût indigène de réalisme, l'indifférence aux règles théoriques et aussi la nonchalance à serrer une composition. Les drames justifient leur appellation par la violence de l'action, le tragique brutal, sanglant ou grave du dénouement : suicide de Catherine Kabanova, meurtre de Tatiana Krasnova, de Larisa Ogoudalova, remords religieux de Pierre (7). Les comédies enferment presque toutes du pathétique d'éléments variés : retours cruels de fortune, lutte entre forts et faibles, tyrannie du *samodourstvo*, poids du préjugé social, angoisses du manque d'argent chez ceux pour qui l'argent est tout, passion amoureuse. Beaucoup ne doivent leur heureuse issue qu'à une intervention opportune, à un tardif réveil de conscience. *La Pupille*, ce sombre tableau des mœurs seigneuriales, conçu d'abord comme drame, ne tient de la comédie que par l'absence, le retardement plutôt, de catastrophe ; mais *Pas un gros et tout d'un coup un altyne*, bien que l'avare Kroutitski s'y pende de désespoir d'avoir perdu son argent, peut s'appeler

(1) Voir les lettres à Bourdine, 29 octobre 1873, 1er octobre 1876 (*Artist,* n° 18, 1891, n° 19, 1892).
(2) *Pain du travail.*
(3) *Aventure inattendue.*
(4) *Bezdénéjié; Razgovor na bolchoï dorogê; Vetcher v Sorrento.*
(5) *Diadia Vania,* « Scènes de la vie de campagne ».
(6) *Méchtchané,* « Scènes dans la maison des Bezsêménov » ; *Na dnê,* « Tableaux ».
(7) *L'Orage; A qui n'arrive pas péché et malheur; Sans dot; Fais ce que dois.*

« comédie » : ce suicide met un terme aux longues souffrances de malheureuses femmes. Dans *Loups et brebis*, *les Esclaves*, *le Bel homme*, le plaisant a presque disparu : il ne reste que la « comédie humaine » amère et grimaçante. Parmi les « scènes », les unes tiennent de la franche comédie, même de la farce bouffonne ; d'autres touchent au drame, ou même y baignent complètement. La division régulière en actes et scènes manque parfois ; le premier acte des *Innocents coupables* « tient lieu de prologue (1) ». Des lieux, des personnages repassent d'une pièce à l'autre (2) ; une brève indication, un proverbe jeté en passant se développent plus tard en œuvres.

III

Est-il vraisemblable qu'un dramaturge probe jusqu'à la minutie dans son travail créateur, porté vers le théâtre dès les bancs du gymnase, et qui s'y est adonné pendant quarante ans, qui traduisait Shakespeare, Calderon, Goldoni, enfin Molière, connaissait les anciens et pratiquait les modernes, fréquentait, guidait les acteurs, qui a connu, parmi quelques échecs, de beaux succès, ignorât son métier, non de peintre de mœurs, mais de constructeur de pièces théâtrales? Le cas serait d'une étrangeté unique : mais peut-on l'appliquer ici? D'abord il faut laisser hors du débat (3) les « scènes » ou « tableaux » : par définition, ils échappent aux exigences techniques. Encore que quelques-uns aient une exposition, un nœud, un dénouement (4), la plupart sont des pages détachées d'observation, des images scéniques légèrement « intriguées ». On sent là une inclination de l'esprit russe : il conçoit à sa manière l'agencement des parties. Assez vite émancipé de la tutelle pseudo-classique, l'amour de la réalité domine en lui : la représentation de la vie, avec ou sans accent satirique, est devenue la loi unique de l'art. La terre russe, avec ses larges horizons, enseigne peu la construction harmonique : tout y est presque sur le même plan, sans reliefs vigoureux, sans paysages limités à contours nets avec une sorte d'ordonnance naturelle : en un sens, elle est inorganique. En revanche le détail y prend aisément toute son importance. D'où les deux formes préférées de la littérature narrative : le roman, avec ses vastes proportions, ses développements touffus, ses incidentes capricieuses, rattachées parfois

(1) Dans *la Pupille*, les actes sont indiqués par des chiffres.
(2) La ville de Kalinov, dans *l'Orage* et *Cœur ardent*; les personnages de Brouskov (*Tel en pâtit*; *les Jours qui portent malheur*), Dosoujev (*Une place lucrative*; *les Jours qui portent malheur*).
(3) *Moskovskiia Viédomosti*, n° 305, 1874, à propos de *Pain du travail*. (Zélinski, t. IV, p. 224.)
(4) La « Trilogie » de Balzaminov ; *les Farceurs*; *Ce n'est pas tous les jours fête*; *Pas faite pour ce bas monde*.

mollement au sujet principal, celui-ci réel, mais plutôt sous la forme
d'une idée circulant à travers tout l'ouvrage, plus riche de psychologie
et de pittoresque, que logiquement conduit ; et la nouvelle ou le « récit »,
vision condensée, scène de mœurs vivement traduite, « instantané »
pris sur la réalité. Le théâtre, sauf les limites de durée que des habitudes sensiblement pareilles imposent au spectacle, a suivi cette tendance. Tchékhov en est un frappant exemple : dans les pièces qui caractérisent le mieux sa manière dramatique, *l'Oncle Vania*, *Ivanov*, *la
Mouette*, *les Trois sœurs*, *la Cerisaie*, le sujet existe à peine : c'est moins
une situation à développements qu'un impressionnisme psychologique,
une juxtaposition d'états de sensibilité ; l'action a le décousu apparent
de la vie ; le dénouement tragique ou banal interrompt, trouble un
instant, il ne clôt pas. Et pour traduire extérieurement cette ressemblance du théâtre avec la vie, Tchékhov ne marque plus la succession
des scènes : les actes seuls se distinguent, plutôt, on le sent, pour les
exigences matérielles du spectacle. Effets faciles sans doute et purement
extérieurs, mais dignes d'attention par ce qu'ils veulent signifier. Quels
modèles au surplus la comédie russe offrait-elle, jusqu'au milieu du dix-
neuvième siècle? Fonvizine, là où cesse le pur satirique, est froid et
chargé : ses personnages « positifs » manquent de vérité et de vie ; *la
Chicane* de Kapnist a bien des longueurs et son unique honnête homme
paraît pâle à côté des fripons. Griboêdov parle par la bouche de Tchatski :
les tableaux de mœurs semblent ralentir l'action ; mais ils éclairent le
milieu, aident à comprendre, par contraste, le héros et le ton, le sens de
ses invectives. Enfin *le Réviseur* (1), si abondant en comique, repose
tout entier, comme un de ces vaudevilles français tant décriés par Gogol,
sur un simple quiproquo ; il se développe en pièce à tiroir et se dénoue,
par un artifice à point nommé, pour un « tableau » impressionnant.

Il serait donc injuste de blâmer chez Ostrovski le manquement à des
règles que ses prédécesseurs n'ont pas rigoureusement observées : même
un examen un peu attentif montrerait que mainte d'entre ses pièces,
et telle comédie contemporaine, comme *le Mariage de Kretchinski*, de
Soukhovo-Kobyline, ont une pureté toute classique de structure et de
conduite. Quant à nos critiques, F. Sarcey à part, ils l'ont trop jugé
avec la superstition française de la pièce bien faite, de la mécanique
théâtrale, selon la formule d'Alexandre Dumas fils ou même de Scribe ;
comme si le théâtre ne pouvait ignorer ou dédaigner les *recettes* sans
cesser d'être du théâtre.

Certes, dans une œuvre aussi vaste, les défauts existent et se voient.
Il y a des longueurs dans les cinq actes de *Fille pauvre ;* l'unité est dans un

---

(1) « Il n'y a pas l'ombre d'une situation dans le *Révisor* », écrit F. Sarcey (le *Temps*,
11 mars 1889, feuilleton dramatique).

fait social : pauvreté, difficulté pour une fille de modeste fonctionnaire de trouver un mari. Amis, épouseurs soupèsent Marie Nézaboudkina, la traitent sans respect, malgré ses solides et charmantes qualités : la vie, le dévouement filial l'acculent à une union ingrate. L'action chemine lentement à travers les présentations, les entretiens sentimentaux, les récriminations, les regrets, les conseils : des personnages épisodiques mais nécessaires (Dobrotvorski, les deux marieuses) y mettent de la couleur. Il en résulte une dispersion, une allure un peu traînante, dont Ostrovski avait conscience, semble-t-il, car il refit jusqu'à trois fois le plan (1). Avec même sujet, dans un autre monde, le drame *Sans dot* a une marche plus vive et plus serrée. La jeune femme du vieux fonctionnaire Vychnevski, dans *Une place lucrative*, ne joue aucun rôle actif : sa suppression allégerait la pièce de quelques scènes ou monologues en apparence inutiles, sans dommage pour le drame ; mais par sa présence, elle réconforte, encourage l'honnêteté de Jadov ; surtout, par son propre exemple, elle éclaire les mœurs privées de certains hauts fonctionnaires, les correspondances impures du marché matrimonial et de l'improbité administrative : or c'est le sujet même de la comédie (2). *La Forêt* viole nettement l'unité scénique ; elle a en réalité trois actions : 1o l'intrigue amoureuse de Gourmyjskaïa, comportant élimination de la nièce et du neveu ; 2o cette page de *Roman comique* qu'insèrent les deux comédiens errants, Nestchastlivtsev et Stchastlivtsev ; 3o le mariage d'Axioucha, nièce et pupille de Gourmyjskaïa, et de Pierre Vosmibratov. Mais au regard de la vie, l'unité réapparaît ; les trois actions fragmentaires sont la triple face d'un seul objet : le vice de la tradition, l'autorité abusive, qui arme les forts contre les faibles, la *barynia* contre sa pupille, le père contre son fils, les gens « bien posés » contre les déclassés. *Cœur ardent* est une pièce touffue ; une invention luxuriante multiplie les épisodes (3) autour du sujet principal : la lutte des opprimés contre les oppresseurs ; l'héroïne est Paracha, fille du marchand Kouroslêpov ; son « cœur ardent », loyal et résolu revendique, et, au dénouement, obtient la reconnaissance de ses droits. Mais que de chemins détournés avant de toucher au but ! La composition craque par surabondance de matière. Dans *Pas un gros et tout d'un coup un altyne*, *Il faut de la chance pour que la vérité triomphe*, *Dernier sacrifice*, *le Bel homme*, on retrouverait ce même vice par complexité et digressions. Ostrovski a voulu embrasser dans la limite de quelques actes le plus de réalités possible ; et le souci de la plé-

(1) Le même défaut se remarque dans *Fol argent; Pas un gros et tout d'un coup un altyne, Cœur ardent*.
(2) Touché dans d'autres pièces : *l'Abîme, Fol argent, Pain du travail, Filles riches*.
(3) Prétendu vol de Vasia, enquêtes et justice du *gorodnitchi* Gradoboev, flâneries de buveurs, divertissement de faux brigands, départ et retour de Paracha, intrigue de Matrena, femme de Kouroslêpov, avec le commis Narcisse.

nitude a fait oublier parfois celui de la proportion. Dans *les Innocents coupables*, il a usé d'artifices qui sentent le mélodrame et le vieux répertoire : mère et enfant abandonnés, séparés l'un de l'autre, puis jouant côte à côte (ils sont acteurs) sans se connaître, jusqu'au dénouement qu'on pressent. Sans doute faut-il voir là l'influence littéraire d'une pièce même de ce vieux répertoire (1) et ne pas oublier qu'en Russie, dans les classes pauvres, l'abandon d'enfant est assez fréquent. On notera enfin que par goût de réalisme, dans le dessein d'amener à l'art les vulgarités de l'existence quotidienne, les menues passions des petites gens, Ostrovski, surtout dans ses dernières pièces, s'attarde plus longtemps à l'office qu'au salon, transcrit complaisamment les simples propos de boutiquiers, de commères, de gens du peuple (2). A la scène, ces longueurs s'atténuent : elles se fondent dans l'ensemble, le mouvement les entraîne ; elles plaisent encore par la vérité psychologique, le naturel du dialogue et la saveur de langue.

En revanche, que de pièces au dessin clair, harmonieux, où la plus exacte vérité de mœurs se plie sans effort aux lois essentielles du théâtre ! *Entre siens on s'arrangera*, c'est le vieux thème de notre *Patelin* : le voleur volé, Bolchov dépouillé par celui dont il pensait se servir pour dépouiller ses créanciers ; c'est aussi le thème de *Turcaret*, du parvenu dont un subalterne obscur, employé ou laquais, guette les fautes, imite les voleries et sape sourdement la fortune. Podkhaliouzine a ruiné son patron par une escroquerie de large envergure ; mais les profits illicites qu'il prenait auparavant comme employé, le petit commis Tichka en a appris de lui la science et l'exercera aux dépens de son nouveau maître, Podkhaliouzine. Au premier plan reste la spéculation malhonnête entraînant une crise domestique. Les cinq actes de *Loups et brebis* déroulent avec régularité et sans encombrement, sauf une ou deux « utilités » pour le comique ou l'action, le duel qu'évoque le titre emprunté à Krylov. Une jeune bourgeoise veut contre le gré de son père épouser un noble ruiné (*Ne t'assieds pas dans le traîneau d'autrui*) ; un *koupets* vaniteux veut faire épouser à sa fille un riche « négociant » de Moscou (*Pauvreté n'est pas vice*) et finit par la donner à son employé : c'est la franche et droite comédie de mœurs à l'exemple du *Bourgeois gentilhomme;* le développement scénique naît du fait social lui-même et de ses suites, du désaccord dans la famille. Dans *Pauvreté n'est pas vice*, le divertissement du second acte, loin d'être un hors-d'œuvre « épique » sans valeur dramatique, sert au contraire, outre le pittoresque documentaire, à illustrer l'opposition de goûts entre Gordiéï Tortsov et sa femme ; il donne lieu à Tortsov d'étaler son sot orgueil, son autorité tyrannique

(1) Voir N. KACHINE, *Ostrovski i starinnaïa drama*. (*Ejégodnik Imp. téat*, t. IV, 1909, p. 32-56.)
(2) *Pas un gros et tout d'un coup un allyne; les Esclaves; Pas faite pour ce bas monde.*

sur les siens (1). *Le plus malin s'y laisse prendre* doit beaucoup de
vivacité au personnage de Gloumov, l'intrigant en quête d'une bonne
place et d'une femme riche ; son esprit protéiforme anime et mène avec
aisance cette jolie comédie de mœurs. En général l'action dramatique
naît d'un conflit toujours vraisemblable dans les régions de vie russe
observées, entre des forces inégales et contraires, entre les bons et les
mauvais penchants, entre le despotisme de caste, de tradition domestique, d'argent et la liberté, la dignité humaine en défense ; l'intrigue
relie, assemble seulement les scènes du tableau de mœurs.

S'agit-il des effets de nuit, des travestissements? C'est des habitudes
russes elles-mêmes qu'Ostrovski en prenait exemple et licence. Au
troisième acte de *la Pupille* le rendez-vous nocturne de Léonide et de
Nadia (la pupille) n'est possible, malgré la rigoureuse surveillance que
la « bienfaitrice » Oulanbékova exerce sur ses protégées, que grâce aux
us locaux (2). Les entrevues de Varvara Kabanova et de Koudriache, dans
l'Orage, dépassent l'heure permise par la vieille Kabanova ; pour le reste
Ostrovski a simplement transporté à la scène ce dont il avait été témoin,
lors de son exploration du bassin supérieur de la Volga : libertés laissées
à la jeune fille jusqu'à son mariage, vie enclose de la femme mariée (3).
Dans *Il faut de la chance...* c'est par un changement d'habitudes, un
abandon des règles séculaires, dont se plaint le vieux jardinier Glèbe,
que la soirée se prolonge et favorise le rendez-vous de Polyxène Barabocheva et de Platon Zybkine (4). Raïsa Gourmyjskaïa, au contraire,
a besoin de la nuit pour couvrir ses ardeurs amoureuses et garder sa
réputation d'austérité. Ainsi l'effet de nuit n'est plus un banal artifice
de scène, mais un trait de vérité ethnographique ou psychologique :
sans compter ce qu'il ajoute à l'action de charme mystérieux (5), de
quiproquos plaisants (6), d'attente tragique (7).

Reste le factice, le négligé des dénouements. Pourtant Ostrovski a
évité plusieurs fois l'illogisme final auquel se résolvent si facilement
les écrivains de théâtre, et non les moindres. La déchéance de Bolchov,

(1) *Filles riches; Talents et adorateurs; les Esclaves; le Cœur n'est pas une pierre,*
avec une action plus ou moins nourrie, sont des pièces bien faites.
(2) Indication scénique de l'acte III : « Une nuit claire. Au loin on entend une ronde » ;
III, 5 : « Que fais-tu là, ma mie? » demande Vasilisa Gavrilovna à la femme de chambre
Lisa. — Je me promène. — Qu'est-ce que ces façons à vous autres de vous promener
les nuits? — Et quand nous promènerions-nous? Le jour nous travaillons, nous servons
nos maîtres, alors nous nous promenons les nuits... »
(3) Voir liv. I, chap. III.
(4) Acte III. Une nuit de lune. Scène 1re. Glèbe : « Quel changement dans Moscou,
d'année en année ! »
(5) *La Pupille*, III ; *l'Orage*, III, 2e tableau ; *Cœur ardent*, V, 8 ; *Il faut de la chance...*,
III, 8 ; *Talents et adorateurs*, III, 10.
(6) *Cœur ardent*, II, 4 ; *Il faut de la chance...*, III, 9 ; *le Cœur n'est pas une pierre*,
III, 7.
(7) *Ne t'assieds pas...*, III, 1er tableau ; *l'Orage*, V ; *la Forêt*, II, 1 ; IV, 5 ; *Sans dot*, IV.

emprisonné pour dettes, abandonné par sa fille, donne à *Entre siens on s'arrangera* une conclusion brutale, mais vraie : le triomphe insolent du gendre qui a ruiné son beau-père, son ancien patron et bienfaiteur. La censure, gardienne officielle de la morale, exigea qu'elle triomphât sous la forme d'un officier de police mettant la main au collet de Podkha-liouzine : elle rompit la logique, que l'auteur avait osé suivre jusqu'au bout. L'avare qui concentre toute sa passion, et l'unique intérêt de sa vie sur l'argent, peut-il humainement en surmonter la perte (1)? Un coup pareil ne lui ôte-t-il pas proprement la raison de vivre? En comédie, Harpagon retrouvera sa cassette, et tout le monde sera content : cela en somme importe peu, une fois la preuve faite de l'odieux et du grotesque que traîne après soi l'avarice. Plus librement réaliste, Ostrovski laisse Kroutitski se suicider, par impuissance de survivre à une perte, même partielle. Il reste encore chez le vieux tchinovnik des objets de prix, des brillants cachés sous le plancher ; son manteau est doublé de billets de banque, sans compter tout l'argent qu'il prêtait à usure. Mais pour un avare, ne plus avoir tout, c'est avoir tout perdu. Quelle que soit la valeur du mobile, droit marital ou jalousie égoïste, qui arme le bras du mari (*A qui n'arrive pas péché et malheur*) ou du futur (*Sans dot*), les provo-cations des deux jeunes femmes rendent la catastrophe inévitable. Ailleurs, rien de plus conforme au caractère du *samodour* que ses con-versions brusques et bienfaisantes (2). Même, par un détour d'ingénieuse psychologie, l'orgueil aide à corriger ses propres méfaits (3). Le son de cloche lointaine qui arrête Pierre (*Fais ce que dois*) au bord du crime et de l'abîme, n'est pas un expédient, mais un symbole vrai : les emblèmes matériels de la loi religieuse, les cloches, les icones, qui tiennent tant de place dans la vie spirituelle du peuple russe (4), parlent toujours plus fort à une âme naïve, où la croyance n'est pas morte, que les exhorta-tions. On a critiqué assez vivement le « journal intime » de Gloumov (*Le plus malin s'y laisse prendre*) comme une invention destinée à faciliter le dénouement : il y contribue, sans doute, mais par les voies de la vrai-semblance. Gloumov, par calcul, flatte ses protecteurs : au fond il les méprise et drape tous ces pantins dans un journal intime, c'est la ven-geance et la consolation de sa bassesse. Et il est si sûr de ne jamais se trahir, qu'il en oublie la prudence : erreur assez commune aux fripons.

Ces exemples prouvent un dramaturge aussi expert à dénouer qu'à conduire une action. Mais comme il ne croyait pas que l'art consistât à clouer partout un finale à effet, il lui est arrivé de laisser, par delà le

(1) Voir, sur ce dénoûment, AVERKIEV, *O dramé*, p. 313.
(2) *Pauvreté n'est pas vice; Tel en pâtit...; Il faut de la chance...; le Cœur n'est pas une pierre.*
(3) *Pauvreté n'est pas vice; Tel en pâtit; la Forêt* (III, 11).
(4) Elles font l'objet d'un grand commerce ; en littérature, elles fournissent au roman, à la poésie, des thèmes descriptifs.

dénouement réel et saisissant, l'action s'achever et s'éteindre dans une sorte de *decrescendo*. Tel critique a vu là un effort de vérité dans la représentation de la vie : c'est peut-être excessif ; tel autre, un manquement aux règles, une marque de négligence : c'est sûrement injuste (1).

IV

Les quatre drames d'Ostrovski développent un même sujet, tiré presque des mêmes milieux sociaux : la disconvenance dans le mariage, mais avec des points de départ et une évolution différents. Bien que le comique s'y mêle en brefs passages, le tragique domine, tragique non pas surhumain, dressé en héroïsme, mais enchaîné aux faiblesses de la nature et de la passion. Il réside essentiellement dans le manque ou l'insuffisance des conditions nécessaires à l'harmonie conjugale. Une fois posé le conflit, l'amour l'envenime et le pousse fatalement vers une catastrophe, chacun n'écoutant que son cœur ou son prétendu droit. Le fond du drame populaire *Fais ce que dois* est l'idée chrétienne de l'indissolubilité du mariage. Dans la conscience religieuse du peuple, sauf dans les régions où règnent d'autres coutumes, un mariage par enlèvement, sans la bénédiction, c'est-à-dire sans le consentement des parents, n'a rien de respectable ; l'amour n'est que sensualité et met dans l'union des germes de mort spirituelle. Le tragique se montre déjà dans cette menace suspendue sur les âmes. L'inconduite du mari volage est le premier châtiment de la femme qui a méprisé l'autorité paternelle : elle aime encore l'infidèle et souffre de ne pouvoir le ramener. Lasse de cet abandon, et de brutalités répétées, veut-elle retourner auprès de ses parents? Ceux-ci, tout en plaignant sa peine, lui rappellent la « loi » qui défend à la femme de quitter son mari, et la ramènent à la maison conjugale, où l'épouvante ne la quitte plus : seconde expiation. Pour avoir négligé l'avis paternel, le mari n'a pas trouvé non plus la paix dans son mariage aventureux ; sourd aux remontrances, aux pieux avertissements, une autre passion l'égare ; pour reconquérir sa liberté, il songe à tuer sa femme. L'ivresse, des suggestions impures lui mettent le couteau à la main. Mais ce dévoyé est un chrétien : la cloche qui tinte au loin réveille en lui la foi ; la conscience ressuscite, le repentir ramène au foyer l'amour honnête. On discerne nettement ici la lutte symbolique entre la « loi » chrétienne, personnifiée par Agathon, père de Dacha, Ilia, père de Pierre, et l'Esprit du Mal, incarné dans Eremka, le forgeron-sorcier, dont les prestiges occultes attirent, envoûtent Pierre. Les péripéties du drame ne sont que les épisodes de ce duel, où la « loi » triomphe,

---

(1) SKABITCHEVSKI, *Istor. roussk. litér*, p. 402 ; WALISZEWSKI, *ouv. cit.*, p. 272-73, 278.

affirmant à la fois son autorité, son bienfait moral et social. — Tatiana Jmigoulina, petite bourgeoise prétentieuse, épouse sans amour l'honnête boutiquier Krasnov pour sortir de la pauvreté. Le souvenir du bellâtre Babaev, dont elle s'éprit jadis, les mauvais conseils de sa sœur, les idées grossières de la parenté marchande de Krasnov sur la sujétion de la femme dans le mariage : tout la rejette au regret du passé. Krasnov, au contraire, adore Tatiana, espère à force de patiente tendresse, fondre ce cœur de glace ; il la défend contre les siens, repousse leurs théories sur les droits du mari. Voilà la source première du tragique. Survient Babaev : Tatiana cherche à le rejoindre ; affolée de passion, elle se rit des hostilités sourdes, méprise les sages avis, brave enfin les défenses formelles. Krasnov, loyal et bon, excuse, avertit, supplie en vain ; les excitations de son entourage, la haine maladive de son jeune frère pour l'intruse l'emportent sur les graves remontrances de son père ; devant une provocation suprême, le vieil esprit de sa classe remonte en lui : l'immense amour trahi se mue en brutalité meurtrière. Dans cette action violente, toute scène porte coup, creuse l'abîme plus profond, entraîne vers l'irréparable *péché et malheur*.

Avec interversion de personnages, et dans un monde un peu plus relevé, de manières en apparence plus affinées, *Sans dot* possède les mêmes ressources pathétiques. La mésentente ici éclate avant le mariage. Lasse de jouer avec sa mère une comédie de fausse richesse, d'aguicher les épouseurs, d'entendre des offres équivoques, de vivre « dans un campement de bohémiens », Larisa Ogoudalova accepte pour mari, comme pis aller, Karandychev, qu'elle n'aimera jamais, car elle rêve toujours de l'armateur Paratov. Tristesse présente, avenir sans joie, créent l'atmosphère tragique. Puis même retour de l'homme aimé, même ardeur à le rejoindre hardiment, sans souci des convenances. Désespérée de ne pouvoir être sa femme, incapable de se résigner à une existence étroite et vide, il ne reste à Larisa Ogoudalova que le fleuve, comme à Catherine Kabanova, ou la galanterie. L'abîme l'effraie : elle suivra donc sa destinée, qu'elle avait cru un instant conjurer. Le refus provocant de sacrifier à Karandychev, qui les réclame, sa jeunesse et sa beauté, lui coûte une vie, qu'elle perd sans regrets et sans haine. Telle est l'ossature dramatique ; et comme effet de scène, on relèverait non le coup de pistolet qui brise ce rêve d'une nuit d'été, mais le chœur de tziganes dont les voix assourdies accompagnent les dernières paroles de la mourante.

Par l'authentique originalité du décor et des mœurs, la richesse et la profondeur de l'observation, la vigueur farouche de certains caractères, une source toute neuve d'émotion et de poésie, et la participation shakespearienne de la nature extérieure à l'action, *l'Orage* passe avec raison pour le chef-d'œuvre d'Ostrovski et du drame de mœurs russes : on y découvre par surcroît, avec une parfaite netteté, la technique propre de l'auteur. *L'Orage* a été plusieurs fois traduit en français ; même, voici quelque vingt ans, on en a tenté chez nous, sans succès, une adaptation scénique. A l'exception de F. Sarcey, depuis longtemps gagné et enthousiaste (1), la plupart de nos critiques semblent avoir suivi les impressions d'un spectacle qui fut un perpétuel contresens, une grossière trahison. Le lieu de l'action (2), les costumes (3) étaient indiqués inexactement ; les acteurs, « médiocres », « exécrables » même, parlaient tout bas ; « ceux qui n'ont pas lu la pièce n'ont rien dû y comprendre ». Faute d'avoir réfléchi qu'un sujet de mœurs veut une interprétation scrupuleusement fidèle, sans charge ni inventions fantaisistes, acteurs et actrices, déjà mal stylés ou pas préparés, jouèrent certaines scènes au rebours du texte : dans le rendez-vous nocturne de Varvara Kabanova et de Koudriache (4), le public prit Koudriache pour l'amant de Varvara ; de celle-ci, une actrice... « qui semblait montée de la rue », fit la « Nana de Coupeau, dans *l'Assommoir* (5) », « une ingénue gourgandine, la coquine la plus sereine (6) », « une jeune fille, écrit gravement M. de Vogüé, dont l'impudeur nous révoltera, à moins qu'elle ne nous désarme (7) ». Or les mœurs locales autorisaient ces rendez-vous ; seule, la vieille Kabanova, par rigidité dévote, n'en laisse pas jouir sa fille Varvara, et la pousse ainsi, comme telles autres de son monde, au mensonge, à la révolte. Sans doute ces rencontres n'allaient pas sans privautés et sans quelques risques ; un peu de lecture ou d'observation des mœurs indigènes apprend qu'on a là-bas, dans le peuple et les classes moyennes, le baiser facile et les amours précoces. Mais c'est dénaturer gravement la scène, comme le firent les acteurs parisiens, que d'y mettre la moindre indécence d'attitudes ou de gestes. Gorbounov, dont Koudriache fut un des meilleurs rôles, « menait la scène avec une vérité si vivante, un sens esthétique si fin, qu'elle faisait oublier qu'on était au théâtre, et non caché soi-même, par une chaude nuit d'été, sur une berge de la Volga, dans l'épais feuillage, où chantait et faisait ses trilles un vrai rossignol (8) ». Voilà le ton, que les acteurs russes eux-mêmes faussent parfois aujourd'hui. Plus encore que la pruderie et la pudibonderie, Ostrovski avait en horreur l'équivoque lascive, l'allure canaille de l'opérette : il a traité hardiment certaines situations, sans une phrase inconvenante. La première entrevue

(1) F. SARCEY, *le Temps*, feuilleton du 8 mars 1875.
(2) Il n'est pas « en Petite Russie », mais sur les bords de la Volga, dans une ville qui peut être Rjev ou Torjok.
(3) Boris : « habillé comme il faut » ; or la didascalie originale dit : « Tous les personnages, sauf Boris, sont vêtus à la russe. »
(4) *L'Orage*, III, IIe tableau, scène 1re.
(5) F. SARCEY, *le Temps*, feuilleton du 11 mars 1889.
(6) J. LEMAITRE, *Impressions de théâtre*, 4e série, p. 261-74. Paris, 1890.
(7) Cité dans la préface de la traduction de *l'Orage* par Isaac PAVLOVSKY et Oscar MÉTÉNIER, Paris, 1889.
(8) I. GORBOUNOV, *Sotchinéniia*, t. I, p. 102.

entre Catherine et Boris, si poétique, la seconde, si poignante, provoquèrent les lazzis et les rires ; la scène de l'aveu public, « en dépit du jeu
des acteurs, des mauvaises dispositions du public, a tout emporté »,
dit F. Sarcey ; mais « de sa préparation, on n'a rien vu, tant la chose
était mal mise en scène (1) ». Quel chef-d'œuvre n'eût sombré dans une
pareille interprétation ! Le pis est que cette « soirée néfaste » ait égaré
ou faussé le jugement des meilleurs critiques sur le vrai fond et la structure de l'œuvre.

Ils ont bien senti « une peinture exacte et pittoresque des mœurs de
la petite bourgeoisie russe », perçu la couleur et la vie, à travers le voile
de la traduction et la médiocrité des acteurs. Mais il leur manquait
de savoir comment ce pur moyen âge, ce « Domostroï vivant », avait pu
survivre dans la Russie de Bêlinski, de Herzen, de Tourguénev, quelles
causes historiques avaient maintenu en plein dix-neuvième siècle, dans
le monde marchand des petites villes, ces traditions de despotisme et
de servitude domestiques, ces idées superstitieuses sur les phénomènes
naturels, cette défiance de l'instruction et du progrès. Il eût fallu aussi,
devant une œuvre étrangère, dépouiller un peu l'esprit français et parisien, épouser un instant d'autres façons de vivre et de sentir, ne pas
toujours se dire : « Ah ! comment peut-on être Persan ! » L'un, dupe
de sa nature raffinée, a trop vu, dans les personnages de l'Orage, des
« primitifs, bizarres et lointains..., à mille lieues et quatre siècles de
nous (2) » ; il a discerné que tous « sont de bons chrétiens, même les vicieux
et les méchants, qu'ils ont encore une vie intérieure et spirituelle, l'appréhension du péché, la préoccupation de leur salut et... du jugement
dernier » ; mais il est bien près de trouver cela comique et d'en plaisanter
l'âme slave. Catherine Kabanova, criant l'aveu public de sa faute, ne
rappelle-t-elle pas Raskolnikov, de Crime et châtiment, Nikita, de Puissance des ténèbres? Le feuilletoniste n'a garde de perdre l'occasion d'un
bon mot sur cette « habitude du pays » de se confesser tout haut. Lui-
même pourtant et beaucoup d'autres n'ignorent pas combien sont profondes, vivaces dans le peuple russe la vie spirituelle, la « recherche de
Dieu », la foi et la soumission aux enseignements de l'Évangile. Dans
l'esprit premier de la doctrine, la confession publique n'humilie pas le
pécheur, elle le libère, devant la communauté dont il attend la sentence. Et de ce besoin d'alléger sa conscience, les exemples se rencontrent
non seulement chez les cœurs simples, mais parmi les esprits cultivés ;
ceux-ci ont seulement plus de respect humain ou d'orgueil : ils se confessent à eux-mêmes ou devant la société, par l'écrit ou par le livre. Même
acquitté, Pozdnychev, dans la Sonate à Kreutzer, étouffe sous le poids

(1) Le Temps, 11 mars 1889.
(2) J. LEMAITRE, ouv. cit.

de son crime : le récit qu'il fait à son compagnon de voyage est autant
un aveu qu'un plaidoyer. Un autre critique, le pénétrant auteur du
Roman russe, a péché par subtilité, en prêtant à Ostrovski on ne sait quel
dessein de satire tendancieuse : « Dans le masque d'une tragédie domestique, il a su enfermer une de ces allusions insidieuses, amenées de très
loin, que les Russes sont habiles à saisir à demi-mot..., une satire contenue
du despotisme et des malheurs qu'il engendre (1). » La censure, qui
avait pourtant de bons yeux, n'y vit rien de pareil. Il ne faut pas confondre Ostrovski et Saltykov. Comme tableau de mœurs, *l'Orage* a son
intérêt en lui-même ; il enferme d'ailleurs une leçon, mais à l'adresse du
régime familial et social, non du régime politique.

La vieille Kabanova, rigide gardienne des us auxquels elle croit lié
l'ordre du monde, étroitement dévotieuse, ennemie du présent et de la
jeunesse, atteignant presque à la grandeur, tant on la sent sûre de sa
force et de ses principes ; Tikhon Kabanov, sans volonté, mais sans méchanceté, plus capable de pardonner à sa femme coupable que de l'aimer
innocente ; Catherine, surtout par les côtés passionnés de sa nature,
avaient conquis du premier coup F. Sarcey. J. Lemaître goûta surtout
dans l'héroïne un mélange exotique et neuf de piété vertueuse et de
passion frémissante, d'abandon et de repentir : il négligeait l'éducation
domestique, le mariage forcé, ou subi sans amour, la vie presque cloîtrée,
traits importants de mœurs marchandes, le sens du surnaturel, si vivant
encore chez les Russes. M. de Vogüé trouvait « les personnages tout d'une
pièce, coloriés durement et sans nuances, comme ceux de l'imagerie
populaire » : il oubliait que le théâtre de mœurs, le théâtre ou le roman
d'analyse psychologique ont leurs lois et leurs effets différents. Quant aux
figures épisodiques, le marchand Dikoï, la « pèlerine » Fékloucha, l'amant
peu viril Boris, le couple Koudriache-Varvara, l'horloger autodidacte
et moraliste Kouligine, c'est à leur vérité indigène et locale qu'ils
doivent leur saveur, leur pittoresque, leur sens : isolés de leur milieu,
jugés abstraitement, ils perdraient tout intérêt.

Faute encore de s'être mis dans le juste point de vue, nos critiques
ont repris dans *l'Orage* une action gauche, coupée, décousue : ils n'ont
pas discerné, à travers la diversité extérieure, l'unité intime. Pourtant,
Sarcey, vieux routier de théâtre, était tombé droit sur la nouveauté
pathétique de certaines situations ; il avait, avec J. Lemaître, entrevu
la chaîne des mobiles qui poussent l'héroïne vers la faute, puis vers
l'expiation, inéluctablement. En réalité, cette apparente incohérence
s'ordonne en liaison harmonieuse, si on considère l'élément double de
l'action — drame et milieu — et sa marche par convergence. « On dirait
que tout conspire à jeter Catherine dans les bras de Boris. » J. Lemaître

(1) *Art. cit.*

l'a très finement vu ; il faut ajouter : tout conspire ensuite à l'en éloigner. Voilà le drame : mais il n'est possible que dans un milieu de tyrannie domestique, de crédulité grossière, de superstition, où se perd sans écho la protestation invoquant l'innocuité de lois naturelles et l'esprit chrétien de pardon. Et ce milieu agit sur le drame. Tout donc induit Catherine au péché d'amour : enfance mystique et rêveuse, ardente sensibilité, mariage accepté sans libre choix du cœur, un mari indifférent et timoré, une vie enclose et vide que n'occupent ni maternité ni culture de l'esprit, une belle-mère glaciale, à la dévotion revêche, hérissée de pointes, le désir honnête d'aimer repoussé ou condamné, l'apparition de l'étranger tout de suite paré de séduction, les suggestions de Varvara, le pressentiment d'une mort prochaine, une volonté soudain surgie de s'évader, de vivre enfin, la facilité offerte, l'absence du mari, la clé, la nuit complice, l'âme sans force devant le « péché ». Après de brèves délices, tout l'oppresse et l'achemine à l'expiation : solidité de la croyance religieuse, conscience du péché le plus grave qui soit pour une épouse chrétienne, hantise de la mort soudaine, imprécations de la vieille dame, qui bouleversent une âme déjà troublée, coïncidence d'un orage avec une « tempête » intérieure et la vision suggérée du jugement dernier (1), idée populaire que la peine enlève la faute et que l'expiation est salutaire. La vieille morale russe était sans pitié pour la femme adultère : Catherine ne peut donc espérer le pardon, la douceur consolatrice qui la relèverait. Cloîtrée plus rigoureusement qu'avant, injuriée, battue, le départ de Boris, l'impossibilité de le suivre, la perspective de jours misérables, la poussent, malgré sa foi, à la mort volontaire : sans l'amour, elle n'a plus d'attache à la vie.

La vertu de ce drame douloureux ne réside pas uniquement dans sa conduite ou dans le dessin vigoureux des caractères : un bonheur unique d'inspiration y a répandu une poésie gracieuse ou sombre, commmentée par le pittoresque du décor. On en jugera par cette scène, où Catherine conte à Varvara sa jeunesse toute fleurie de pieuses visions, et l'obscur changement qui se fait en elle, l'émoi de la passion naissante :

Comme j'étais alors ! Je vivais sans ombre de souci, libre comme l'oiseau. Maman m'aimait à la folie ; elle me parait comme une poupée, et ne me forçait pas à travailler. Je faisais absolument ce que je voulais. Sais-tu quelle a été ma vie de jeune fille? Tiens, je vais te raconter. Je me levais, des fois, de bonne heure ; si c'était en été, j'allais me laver à la fontaine, je rapportais de l'eau et j'arrosais toutes les fleurs de la maison, toutes. Et j'en avais beaucoup, beaucoup. Ensuite, maman et moi nous allions à l'église, et avec nous toutes les pèlerines, notre maison était pleine de ces dévotes voyageuses. Revenues de l'église, nous nous mettions à quelque ouvrage, le plus souvent une broderie

_____

(1) La pensée et l'image en sont encore très familières au peuple russe.

d'or sur du velours, et les pèlerines commençaient à dire leurs histoires : où elles avaient été, ce qu'elles avaient vu, toutes sortes de pieuses légendes de saints ; ou bien elles chantaient des cantiques. Le temps passait ainsi jusqu'au dîner. Alors les bonnes femmes allaient faire un somme : moi je me promenais dans le jardin. Puis, à vêpres ; et le soir, récits et chants recommençaient. Quelle heureuse vie !

VARVARA. — Mais, c'est bien la même chose chez nous !

CATHERINE. — Oui, mais ici on dirait que tout se fait par contrainte. J'aimais passionnément aller à l'église. Il me semblait entrer dans le paradis : je ne voyais plus personne, j'oubliais le temps, je n'entendais pas si l'office était terminé. Tout cela semblait n'avoir duré qu'un instant. Maman me disait que tout le monde me regardait, se demandant ce que j'avais. Sais-tu : les jours de soleil, quelle colonne de lumière descendait de la coupole ! la fumée y montait en nuages ; et je croyais voir, dans cette colonne, des anges voler et chanter. D'autres fois, je me levais la nuit, — chez nous aussi de petites lampes brûlaient toute la nuit devant les images, — j'allais dans quelque coin et je priais jusqu'au matin. Ou bien j'allais de bonne heure au jardin, quand le soleil se lève à peine, je tombais à genoux, priante et pleurante, ne sachant pas moi-même pourquoi je priais et pourquoi je pleurais ; et l'on me trouvait ainsi. Quelle était la cause, l'objet de mes prières, je n'en sais rien ; car je n'avais besoin de rien : j'avais tout à ma suffisance. Et quels rêves je faisais, Varenka, quels beaux rêves ! Des temples d'or ou je ne sais quels jardins merveilleux : des voix invisibles y chantaient toujours ; un parfum de bois de cyprès ; et des montagnes, des arbres pas pareils à ceux qu'on voit d'ordinaire, mais tels qu'on les peint sur les images saintes. Et puis encore il me semblait voler, voler tout le temps dans les airs. Et il m'arrive encore parfois de rêver, mais rarement, et ce n'est plus la même chose.

VARVARA. — Qu'est-ce donc?

CATHERINE (après un silence). — Je mourrai bientôt.

VARVARA. — Tais-toi, que dis-tu !

CATHERINE. — Non, je sais que je mourrai. Ah, jeune fille ! je sens venir quelque chose de mauvais, je ne sais quoi d'étrange. Jamais je n'ai eu cela. Il se passe en moi quelque chose d'extraordinaire. C'est comme si je commençais une vie nouvelle ou bien... vrai... je ne sais...

VARVARA. — Qu'est-ce que tu as, voyons?

Catherine (lui prenant la main). — Eh bien voici, Varia : quelque péché va se commettre. Il me vient un tel effroi, un tel effroi ! C'est comme si j'étais au bord de l'abîme, quelqu'un m'y pousse, et je n'ai rien à quoi me retenir. (Elle se prend la tête dans la main.)

VARVARA. — Qu'est-ce que tu as? N'es-tu pas malade, au moins?

CATHERINE. — Non... Mieux vaudrait que je le fusse... Il me monte en la tête je ne sais quelle rêverie ; et impossible de m'y dérober. Si je veux penser, je n'arrive pas à rassembler mes idées ; prier, je ne peux pas venir à bout de ma prière. Ma langue murmure des mots et mon esprit est à tout autre chose (1)...

(1) *L'Orage*, I, 7. — Voir la suite liv. III, chap. III.

Depuis vingt ans, *l'Orage* attend encore la réparation qu'espérait et demandait F. Sarcey. Maintenant que de fréquentes « saisons » ont familiarisé le public parisien avec le « costume » russe, ne se trouvera-t-il pas un directeur éclairé, une actrice en quête d'un beau rôle, pour tenter l'épreuve? L'initiative serait hautement artistique, peut-être même fructueuse, à condition d'observer rigoureusement la couleur du drame.

V

Boborykine a cru retrouver dans les comédies d'Ostrovski « les quatre formes traditionnelles, comédies d'intrigue, de mœurs, de types, de problèmes psychologiques » ; mais il avoue qu'une « foule de nuances forment une échelle ascendante et descendante entre la comédie et le drame (1) », comme entre ces divers types eux-mêmes. Rien de plus factice que cette classification. La libre observation des mœurs s'enferme mal dans des cadres rigides. Tel ridicule, tel vice entraîne parfois des suites douloureuses ; si l'auteur les laisse se produire, le drame se mêle, parfois se substitue à la comédie ; si la juste notation des caractères peut les atténuer ou les conjurer, la comédie domine. Reconnaissons donc simplement qu'ayant regardé toute la vie russe, Ostrovski a rejeté ces barrières artificielles, qu'il a possédé et employé à sa guise toutes les formes, les degrés, les ressources du comique.

En un temps où le vaudeville français, traduit ou adapté, amusait les Russes de ses inventions réjouissantes, contentait un besoin en somme légitime de facile gaieté, Ostrovski, à l'exemple de Gogol, ne dédaigna pas la farce, ses péripéties bouffonnes, coups, quiproquos, déguisements, sa psychologie caricaturale, mais tenue dans la vérité de la nature et des habitudes nationales. Il lui souvenait avoir vu en son enfance les baladins du Novinski Val : il a ainsi retrouvé, enrichi la veine populaire, le vieux fonds des *skomorokhi* d'avant Pierre le Grand, les « interludes » du théâtre primitif. Cela lui attira, sans autrement l'émouvoir, les reproches de quelques critiques pédants : il osait apporter ces grossières images à un public qu'ils peignaient désireux d'idées! Les trois « tableaux » du *Mariage de Balzaminov* développent la vive esquisse de Gogol : le trait est peut-être moins mordant, l'allure moins rapide, mais le coloris aussi savoureux, et la pâte plus grasse. Ailleurs, la farce s'insère en épisodes : telle, dans *la Forêt*, cette scène où le *tragique* Nestchastlivtsev, constellé de fausses décorations, se donne au marchand Vosmibratov pour un colonel, l'intimide et l'amène à restituer mille roubles escroqués à Gourmyjskaïa ; le duo amoureux entre le comique

_____

(1) *Slovo*, 1878, n°ˢ 7-8 : *Ostrovski i ego sverstniki.*

Stchastlivtsev et la cellerière Oulita (1) ; les facéties de Lioubim Tortsov devant l'invité de son frère (2) ; presque toutes les scènes, dans *Cœur ardent*, où paraît Kouroslêpov, type de bourgeois abêti, comme en offrent Molière, Labiche, Courteline.

Tout voisin de la farce, familier aux auteurs de tous les temps, et conforme à la tradition russe, est le comique de mots : confusions, équivoques plaisantes, noms estropiés, calembours.

La vanité du marchand qui veut jouer au barine, copier le train, le luxe, les manières et le vocabulaire des nobles, l'air de distinction que confère le parler français et qu'affectent même les petites gens, toutes les bizarreries du « franco-novgorodien » en fournissent un répertoire inépuisable. Ostrovski n'avait qu'à cueillir ; il tire parfois de son propre cru. Ces mots altérés, d'ailleurs, n'ont de sel qu'en forme russe, et par la conviction qu'ils donnent, à ceux qui les prononcent, de se hausser vers la suprême élégance. A cela s'ajoutent les « noms parlants » ; les Russes en ont le goût, et la souplesse de leur langue aide admirablement à les fabriquer. Ils abondent dans les comédies, apparaissent dans les drames d'Ostrovski ; leur choix, soigneusement élaboré, enferme de l'art. Par eux, un personnage porte dans son nom, ou son prénom, l'étiquette, le signe visible de son caractère (3).

Vient ensuite le bon et franc comique de mœurs, celui dont la cupidité, la sottise et la vanité humaines renouvellent l'éternelle matière. Les types généraux, banqueroutier imprévoyant, bourgeois gentilhomme, intrigant, riche orgueilleux, gens de théâtre, se colorent seulement de nuances indigènes ou locales ; les effets plaisants naissent du développement des caractères, des obstacles, des contradictions, des faiblesses, des revirements. A ce genre de comique appartiennent les « scènes » ou « tableaux de la vie moscovite » ; les deux premiers actes d'*Entre siens on s'arrangera* (la préparation de la banqueroute) ; *Pauvreté n'est pas vice*, presque en entier, *Ce n'est pas tous les jours fête*, *Le plus malin s'y laisse prendre* (les campagnes de Gloumov, l'acte III chez la veuve Tourousina) ; dans *la Forêt*, la rencontre et la conversation des deux acteurs ; dans *Pain du travail*, les scènes d'amusante psychologie entre le richard Potrokhov et son ancien condisciple, l'outchitel Korpêlov (4) ; dans *Talents et adora-*

---

(1) *La Forêt*, III, 9, 10 ; IV, 4.
(2) *Pauvreté n'est pas vice*, III, 10, 11.
(3) Pouzatov « le ventru » (*Tableau de famille*) ; Bolchov « celui qui fait le grand » ; Podkhaliouzine, de « podkhaliouza », « fripon habile, homme faux et flatteur » (*Entre siens...*) ; Rousakov, de « Rousak », « le vrai russe », Borodkine, de « boroda » « barbe », les marchands portant généralement la barbe (*Ne t'assieds pas...*) ; Korchounov, de « korchoun », « le milan » (oiseau de proie) (*Pauvreté n'est pas vice*) ; Brouskov, du français « brusque » (*Tel en pâtit*) ; Dikoï, « le sauvage » (*l'Orage*) ; Gloumov, de « gloumit » « plaisanter, railler » ; Tourousina, de « tourousy », « fadaises » (*Le plus malin...*), etc. — C'est une tradition déjà ancienne, et que les écrivains russes suivent très volontiers.
(4) *Pain du travail*, II, 3, 5, 6, 7, 9.

teurs, les mœurs et les gens de théâtre en province ; dans *le Cœur n'est pas de pierre*, la rédaction du testament de Karkounov, etc...

Il y a enfin un comique d'essence plus relevée ou plus fine : le comique inconscient ou dissimulé. Il se traduit par des paroles, des gestes dont le personnage ne perçoit pas le ridicule ; il s'exprime par l'humour, avec une pointe d'ironie ou d'amertume ; on y sent percer le pessimisme auquel aboutit aisément toute étude un peu creusée du monde et des hommes. Les Russes y excellent, par obligation de dire souvent les choses à demi-mot, sans éveiller les susceptibilités de la censure : Ostrovski y porte tantôt une douceur indulgente, tantôt une âpreté mal contenue. Ce comique se déroule en scènes entières : monologue où Podkhaliouzine se justifie devant lui-même de tromper Bolchov, qui trompe ses propres créanciers (1) ; récit que fait le vieux fonctionnaire Iousov à la veuve Koukouchkina, avec une sérénité pleine d'onction, de sa laborieuse carrière, de sa fortune assise sur la *vziatka* honnêtement pratiquée (2) ; comédie de passion que se jouent Irène Pribytkova et Doultchine, chacun prenant l'autre pour un riche parti, puis aveu réciproque du mensonge, après celui de la fortune absente (3) ; entretien de la mère de l'actrice A. Négina, avec le riche *pomêchtchik* Vélikatov, où la vision offerte d'une vie agréable dans un beau domaine, basse-cour bien peuplée, cygnes voguant sur des étangs, incline à son insu Mme Cardinal à écouter, à appuyer les offres de « protection (4) » ; dans *Loups et brebis*, l'escroquerie masquée de dévotion et de bienfaisance, la capture — il n'y a pas d'autre mot — du vieux célibataire Liniaev par Glafira, jeune parente pauvre de Mourzavetskaïa. Parfois une simple phrase éclaire ironiquement tout un caractère. Podkhaliouzine, après avoir trompé tout son monde, beau-père, agent d'affaires, marieuse, éprouve le besoin d'affirmer son honnêteté commerciale, et dit, s'adressant au public : « Ne le croyez pas : je vous l'ai dit, il ne fait que mentir. Il n'y a rien eu de tout cela. Il l'a rêvé pour sûr. Nous ouvrons un magasin : donnez-vous la peine d'entrer. Vous enverriez un petit enfant, que nous ne le tromperions pas d'un oignon (5) ! » Le marchand Brouskov, obligé d'en passer par où veut l'avocat Dosoujev, qui l'a tiré d'une assez vilaine affaire, consent, par force, au mariage de son fils avec Alexandra Krouglova ; mais son orgueil de *samodour* ne veut pas avoir l'air de capituler : « Ne t'imagine pas, dit-il à Dosoujev, que je t'aie écouté. C'est moi qui ordonne. Et sans moi, personne au monde ne me... Entends-tu, c'est moi seul... »

(1) *Entre siens on s'arrangera*, II, 3.
(2) *Une place lucrative*, II, 4.
(3) *Dernier sacrifice*, III, 14 ; V, 3, 6.
(4) *Talents et adorateurs*, III, 2, 7.
(5) *Entre siens on s'arrangera*, IV, 5. Pour cette façon de s'adresser au public, cf. Molière, *l'Avare*, IV, 7, et la note de G. Lanson (édit. Hachette).

Ce trait rappelle encore Molière (1). Enfin le chapelet en aigue-marine que Berkoutov, dans *Loups et brebis*, offre gravement à Mourzavetskaïa en remerciement de ses bons offices, de la riche proie qu'elle est obligée de lui lâcher, est une ironie froide, assez cruelle.

Ces exemples, pris au hasard, du don comique chez Ostrovski, n'en laissent qu'entrevoir et deviner l'effet ; peut-être le mesurera-t-on mieux dans la scène suivante, intégralement traduite, de *le Cœur n'est pas une pierre* : prise en pleines mœurs russes, elle évoque Molière et Regnard.

Le vieux « fabricant » Karkounov, riche, mais peu lettré, veut rédiger son testament : il a mandé son compère Khalymov. Constantin Karkounov, son neveu, qui croit être l'unique héritier, au détriment de la jeune femme de Karkounov, est présent.

KHALYMOV. — Prends une feuille de papier et écris.

KARKOUNOV. — Écris, voyez-vous ça? Qu'est-ce que j'écrirai? Qu'est-ce que je sais? Quand nous avons bu un bon coup, faire l'M (2), cela nous connaît ; mais quand on prend la plume, il faut qu'elle obéisse. Et si elle n'obéit pas, alors quoi ! c'est ne rien faire.

KHALYMOV. — Eh bien, prends-la bien ferme en main et écris pour commencer, avec la bénédiction de Dieu : Au nom de... etc...

KARKOUNOV. — C'est ça, c'est ça, avec la bénédiction de Dieu ; on ne peut rien sans ça, c'est la première des choses. (*A Constantin.*) Toi, on ne t'avait pas prié de venir : alors voilà du papier et un crayon. Écris. (*Il lui donne du papier et un crayon.*) Écris ce qu'on vient de dire.

CONSTANTIN. — Mais permettez ! Si je suis unique...

KARKOUNOV. — Tais-toi et écris. (*Constantin s'assied à la table.*) Qu'est-ce qu'il faut qu'il écrive?

KHALYMOV. — Écris ensuite : « Premièrement... »

KARKOUNOV. — Constantin, écris : Premièrement.

KHALYMOV. — « Je remets mon âme à Dieu... »

KARKOUNOV (*soupirant*). — Oh ! oh ! Oui ! oui ! (*Constantin écrit.*)

KHALYMOV. — « Et mon corps pécheur sera mis en terre selon le rite chrétien. »

KARKOUNOV. — Chrétien, chrétien, oui, oui, chrétien, comme il convient.

KHALYMOV. — Maintenant, la question des chantres... Lesquels te plairont le mieux? Ceux du monastère des Miracles (3), ou le chœur de Néchoumov (4)?

KARKOUNOV. — Ceux du couvent, mon bon ami, me plairont mieux.

KHALYMOV. — Eh bien, écris : « les chantres des Miracles ».

KARKOUNOV. — Constantin, écris : « les chantres des Miracles ».

---

(1) *Les Jours qui portent malheur*, III, 7. — Cf. MOLIÈRE, *les Femmes savantes*, V, 4, le mot de Chrysale.

(2) « Myslété », nom slavon de la lettre M : « écrire myslété (M) » familièrement : « faire des zigzags, tituber ».

(3) Couvent de Moscou, dont les chantres sont encore renommés aujourd'hui.

(4) Maître de chapelle.

KHALYMOV. — Maintenant, le drap qui recouvrira le cercueil (1)... le veux-tu en brocart ou en brocart glacé? Maintenant on est arrivé à en faire d'une finesse, ils ont figuré à l'Exposition universelle de Paris.

KARKOUNOV. — On a le temps d'y penser, compère, on a le temps.

KHALYMOV. — Mais comment ne pas y penser! C'est une chose qui demande mûre réflexion. Fais apporter des échantillons, et arrête celui qui va le mieux à ton visage : choisis un dessin un peu gai. Ah! nous avions encore oublié! Avant tout, il faut écrire : « Me trouvant sain d'esprit ». Ce que nous allions oublier! En vérité, sommes-nous sains d'esprit, ou non?

KARKOUNOV. — Sains d'esprit, mais oui, je crois bien! Constantin, ajoute en tête « sain d'esprit ».

CONSTANTIN. — Ma foi, j'en doute.

KARKOUNOV. — Écris toujours, ce n'est pas ton affaire.

KHALYMOV. — « Et la mémoire solide. »

KARKOUNOV. — Ah! pour la mémoire, ça ne vaut plus autrefois.

KHALYMOV. — Mais, voyons, tu te souviens bien de tous tes débiteurs?

KARKOUNOV. — De tous, de tous.

KHALYMOV. — Donc elle est solide. Peut-être oublies-tu ceux à qui tu dois? Il n'y a pas grand mal : ils sauront bien te le rappeler. Bon, tout l'essentiel est fait : le reste est sans importance. Écris : « A ma chère épouse, Vêra Philippovna, en retour de son affection pour moi et de sa sollicitude constante... »

KARKOUNOV. — Oui, oui, sollicitude constante.

KHALYMOV. — Alors, tu sais toi-même.

KARKOUNOV. — Constantin, écris : « Tout mon avoir mobilier et immobilier, et un million (de roubles) d'argent. »

CONSTANTIN. — Mais, mon oncle, permettez!

KARKOUNOV. — Silence! Elle vaut cela, elle le vaut, et même davantage.

KHALYMOV. — C'est ton affaire.

KARKOUNOV. — Elle vaut bien plus, bien plus. Seulement voilà, compère, ah!...

KHALYMOV. — Qu'est-ce qui est arrivé?

KARKOUNOV. — Si je lui laisse un million, et qu'avec mon argent elle se remarie, ou qu'elle prenne un amant?

KHALYMOV. — Qu'est-ce que ça peut te faire? Elle agira à sa guise, comme ça lui plaira le mieux.

KARKOUNOV. — Non, ça ne peut aller comme ça. L'argent est à moi. Elle va se marier, et puis encore, avec son mari, se moquer du barbon.

KHALYMOV. — Même s'ils se moquaient, tu n'y peux rien.

KARKOUNOV. — Non : voici ce que je veux : « A ma chère épouse, Vêra Philippovna, si elle ne se remarie pas, et si elle ne prend pas un amant, un million. »

KHALYMOV. — Cette rédaction est impossible, compère.

KARKOUNOV. — Pourquoi, compère?

---

(1) En Russie, le cercueil reste ouvert jusqu'au moment de l'inhumation (*pogrébénié*).

KHALYMOV. — On dirait que tu n'as pas toutes tes facultés.

KARKOUNOV. — Eh bien, nous n'écrirons pas cela, compère, nous ne nous infligerons pas ce déshonneur. Voici ce que je ferai : je lui dirai de dépendre du mur les saintes images et de jurer sur elles. Hein, compère?

KHALYMOV. — Soit, soit! mais elle non plus n'est pas une bête : l'image sur laquelle elle aura juré, elle la retournera du côté du mur ou bien elle l'emportera tout à fait hors de la chambre (1), pour qu'il n'y ait pas de témoins, et elle fera ce qu'elle voudra.

KARKOUNOV. — Autre malheur! Voilà ma peine, la voilà bien!

KHALYMOV. — Comment n'en aurais-tu pas? Tu as torturé ta femme toute ta vie durant, tu veux encore la tyranniser après ta mort, et tu ne sais quoi inventer. Mais vivait-elle sagement avec toi?

KARKOUNOV. — Sagement, sagement. D'un seul mot, une sainte.

KHALYMOV. — Elle faisait tous tes caprices, toutes tes fantaisies?

KARKOUNOV. — Oui, toutes.

KHALYMOV. — Cela mérite-t-il quelque chose?

KARKOUNOV. — Sans doute, sans doute, comment donc!

KHALYMOV. — Eh bien, donne-lui ce que ça mérite et ne te chagrine pas du reste. Qu'elle vive à sa guise.

KARKOUNOV. — Non, c'est peu, c'est trop peu. (*A Constantin.*) Hé, quoi? Écris : « Sans conditions, un million. » (Suit le legs d'un million au neveu, qui se fâche d'avoir si peu, et de 10 000 roubles à l'employé Éraste...) Maintenant donne le papier et va-t'en. Nous déciderons du reste sans toi.

SCÈNE IV

KARKOUNOV (*regardant si toutes les portes sont bien fermées*). — Allons, compère, viens à mon aide ; je t'en supplie à genoux. Prends le papier ; efface, efface tout. Et écris tout le testament de nouveau. Je ne voulais pas dire la vérité devant mon neveu.

KHALYMOV. — Et qu'est-ce que c'est, ta vérité?

KARKOUNOV. — Je suis un pécheur, oh, un grand pécheur! Que de péchés! que de péchés! Que de mensonges sur l'âme, que d'offenses aux gens, que de persécutions de toutes sortes!

KHALYMOV. — Eh bien?

KARKOUNOV. — Eh bien, il faut que beaucoup de gens prient pour mon âme ; il faut racheter mon âme de l'enfer dernier.

KHALYMOV. — Comment donc la rachèteras-tu?

KARKOUNOV. — Voici : rien à ma femme, rien à mon neveu, rien, tout au plus quelque legs insignifiant. Je ne me fie pas à eux : ils ne prieront pas. Tout ira au nom des pauvres, des malheureux, pour des prières. Inscris donc! Tu connais la façon de procéder : tant ici, tant là, tant ailleurs, pour une commémoration à perpétuité, pour l'éternité... éternelle. Voici la note de ce que je

---

(1) Croyance populaire, que si l'icone est retournée face au mur, ou emportée hors de la pièce, le personnage représenté sur l'icone ne voit pas ce qui se fait; d'où l'expression « c'est à retourner l'icone » pour dire : une chose, un spectacle inconvenant.

possède en espèces et autre avoir. (*Il tire de sa poche un papier et le remet à Khalymov.*)

KHALYMOV. — Oh! oh! que d'argent cela te fait! Et où gardes-tu tout cela?

KARKOUNOV. — Chez moi, compère, dans un coffre.

KHALYMOV. — Tu habites un quartier perdu; il n'y a tout autour que des terrains vagues : des voleurs peuvent tomber ici, t'emporter ton argent, et ton précieux coffre avec...

KARKOUNOV. — Je n'ai pas peur, compère, non. Aujourd'hui, dit-on, les gens sont devenus habiles, instruits : je me suis un peu éduqué avec eux, moi aussi. Vois ces deux boutons. (*Il montre deux boutons à côté du coffre-fort.*) Une sonnerie électrique! Hein, est-ce intelligent, cette invention-là! Je presse un bouton, tous les employés et les portiers sont là, un autre, cent ouvriers de ma fabrique y seront en deux minutes.

KHALYMOV. — Tout de même, compère, tu m'en donnes un, de problème!

KARKOUNOV. — Je t'en conjure! Sois mon ami! Je tremble, je tremble : que de péchés, que d'impiétés de toutes sortes!

KHALYMOV. — Pourquoi donc vas-tu faire affront à ta femme?

KARKOUNOV. — Oui, oui, ma femme est un être angélique, une pure colombe. Quand je pense à elle, compère, les larmes m'en viennent aux yeux. Tu vois, tiens, des larmes. Je l'ai fait mourir à petit feu, j'ai détruit toute sa vie... Mais quoi... mon bien est à moi... je le donne à qui je veux. Mon âme m'est plus chère que ma femme. Voilà encore mon employé... Je l'avais pris tout gamin chez un ami, j'avais promis de lui faire une position, de le récompenser... je ne lui ai rien fait du tout. Je lui payais un salaire dérisoire, je le bernais de promesses. Sur lui aussi je pleure, tu vois. Ma femme et mon employé, c'est tout ce que j'aimais au monde; mais mon âme tout de même m'est encore plus chère. On peut donner à Éraste quelque chose de mes habits..., une vieille pelisse... Inscris donc!

KHALYMOV. — J'inscris, il n'y a rien à faire avec toi. Seulement ton âme en profitera-t-elle beaucoup?

KARKOUNOV. — Oui, bien sûr. J'ai consulté des hommes de savoir et de piété... Et surtout que tout soit réparti par petites sommes, pour être distribué aux pauvres : à 10 kopeks pour chacun, cela fait 100 000, à 5 kopeks, 300 000.

KHALYMOV. — Parfait, au moins comme ça tout s'en ira au fisc : il a besoin d'argent.

KARKOUNOV. — Comment ça, compère, au fisc?

KHALYMOV. — Par la régie. Les débits de boisson feront de belles affaires.

KARKOUNOV. — Eh bien, soit, qu'est-ce que ça fait? Tout de même chacun de mes obligés, avant de boire, donnera à ma mémoire une bonne parole.

KHALYMOV. — Avant le premier verre, oui; mais s'il n'a plus d'argent pour un second, alors il t'arrangera bien.

KARKOUNOV. — Ca ne fait rien; si seulement il fait un signe de croix, et pousse un soupir vers l'icone, ça sera un poids de moins sur mon âme. (*Il ouvre les portes.*) Vêra Philippovna! Mon petit Constantin!... Ah! Toi aussi, Éraste, tu es ici! Entrez, entrez... Chère épouse, gentil neveu, et toi, Éraste!

Remerciez Dieu! Je vous ai tous récompensés, tous ; toute votre vie, vous garderez ma mémoire (1).

VI

Des multiples figures qui peuplent le théâtre d'Ostrovski, certaines n'ont qu'une signification isolée et passagère ; d'autres, plus largement représentatives, se sont agrandies en types. On ne pouvait guère, tant sa maîtrise s'y affirmait, contester au dramaturge ce don créateur par excellence : on les a discutés, on n'a pas nié leur originalité. La plupart sont devenus classiques, aussi familiers aux Russes, que nous le sont les types de Molière, de Regnard, de Beaumarchais, d'Augier. On notera pourtant une chose : ce sont plutôt des types que des caractères. Le caractère, sous le vêtement reconnaissable d'une époque, enferme le maximum de traits permanents et universels, le minimum de traits locaux et accidentels ; la peinture morale y tend en général : c'est de l'humanité condensée. Le type représente plus volontiers une catégorie sociale ou corporative, propre à un temps, à un pays. L'étude de l'un veut plus de réflexion, de contemplation, l'autre plus d'aptitude à saisir et à retracer l'image de la vie. Ainsi les types d'Ostrovski sont spécifiquement russes, plutôt qu'humains : très riches d'expression et de couleur, ils s'obscurcissent, si la réalité indigène ne les éclaire et ne les commente. De plus, les personnalités sont absentes : les originaux dont aurait pu s'inspirer l'auteur n'ont justement d'intérêt à ses yeux que typique : leurs traits individuels ont disparu dans l'effigie générale.

L'exposé qui remplit les livres II, III, IV de la présente étude a fait connaître les personnages assez caractéristiques pour figurer des types : chaque aspect de mœurs a les siens. Il suffira d'en faire ici une brève récapitulation. Au premier plan, le *samodour*, dont Ostrovski a le premier fixé les traits dans une image définitive : il représente ce que la nature russe a de plus foncier, en bien et en mal ; il est le pur produit du climat, du pays, de la tradition séculaire ; ses exemplaires les plus complets et les plus savoureux se perpétuaient dans le monde marchand de Moscou et des provinces. Il y a le type tout proche encore de la simplicité et de la vertu populaire, profondément religieux, avec une pureté morale qui va jusqu'à la grandeur : Ilia, Agathon (*Fais ce que dois*), Arkhip (*A qui n'arrive pas péché et malheur*) ; le bon samodour : Rousakov (*Ne t'assieds pas...*), Tolstogorazdov (*Songe de veille de fête...*) ; le samodour vaniteux, épris de grandeurs : Gordéï Tortsov (*Pauvreté n'est pas vice*), Bolchov (*Entre siens...*), Barabochev (*Il faut de la chance*) ; le richard orgueilleux et obtus : Akhov (*Ce n'est pas tous les jours fête*), Khrioukov (*Farceurs*), Kouroslêpov (*Cœur ardent*) ; le samodour domes-

(1) *Le Cœur n'est pas une pierre*, I, 3, 4, 5.

tique, père ou mari : Bolchov, Brouskov (*Tel en pâtit...*, *les Jours qui portent malheur*), G. Tortsov, Kouritsyne (*A qui n'arrive pas péché...*), Bezsoudny (*En place marchande*), Karkounov (*le Cœur n'est pas une pierre*). Dans les autres classes ou catégories sociales : le noble ruiné, Vykhorev (*Ne t'assieds pas...*), Téliatev (*Fol argent*) ; le parvenu de la vie économique, type nouveau d'énergie froide et raisonnée : l'entrepreneur Vasilkov (*Fol argent*) ; l' « affairiste » spéculateur, et parfois escroc : Koprov (*Pain du travail*), Doultchine (*Dernier sacrifice*) ; le fonctionnaire, ou pauvre et humble, Balzaminov, ou riche et gonflé de son importance : Bénévolenski (*Fille pauvre*), Iousov (*Une place lucrative*) ; l'ancien fonctionnaire, retraité ou renvoyé, et devenu agent d'affaires, *striaptchi* : Rizpolojenski (*Entre siens...*), Zakhar Zakharytch (*Tel en pâtit...*). Du monde des fonctionnaires « ayant quitté le service », Ostrovski a tiré le personnage de Kroutitski (*Pas un gros...*), le seul type d'avare qu'offre le théâtre russe. Le *Chevalier avare* (*Skoupoï rytsar*) de Pouchkine (1) n'est en effet qu'une esquisse en trois scènes ; la seconde, celle de la cave, où le baron vient emplir son sixième coffre, n'est qu'une belle amplification romantique. L'avare y paraît « une sorte de démon » qu'enivre non la vue de son or, mais le sentiment et la vision de toute la puissance enfermée là ; il a l'orgueil d'un roi, que trouble seule la crainte de laisser tous ces trésors à un héritier indigne. Kroutitski au contraire est un type, sinon un caractère d'avare véritable. Harpagon emplit la comédie des manifestations de son vice, on le connaît, on en rit, on lui donne l'assaut : on sait qu'Harpagon est riche, lui-même se trahit, par le soin maladroit qu'il met à le cacher. Kroutitski ne joue pas un rôle prépondérant dans la pièce : il est parfois noyé parmi les scènes épisodiques. Tout le monde le croit pauvre : lui seul se sait riche, il cache bien ses trésors et ses opérations d'argent. Il agit en gueux, oblige sa femme et sa nièce à mendier, les laisse presque mourir de faim ; sa passion, tapie tout au fond de lui-même, a tué en lui tout sentiment d'honneur et d'humanité. Sa mort seule, en révélant sa richesse, découvre l'étendue de son avarice. Du monde marchand et administratif, Ostrovski a reçu le type du déchu, du déclassé, de celui « qui fut un homme » : Lioubim Tortsov, frère de Gordéï Tortsov (*Pauvreté n'est pas vice*) ; Obrochenov (*Farceurs*). Pour celui-là son cœur s'ouvre à une large pitié : il le sait fréquent dans la vie russe, avec des naufrages irrémédiables, mais avec des réveils et des rédemptions possibles : c'est un trait de race, dû en partie à la profonde empreinte religieuse, que dans le sentiment même de la bassesse puissent germer les énergies réparatrices. Ostrovski le premier a, non pas glorifié, comme on l'a cru à tort en 1854, mais plaint et relevé le déchu : le récit que fait Lioubim Tortsov de son

(1) 1830. Joué à l'Odéon en 1909.

passé, de ses folies et des ses avilissements, de ses souffrances et de ses tristes méditations à l'hôpital, est une des plus émouvantes pages d'humanité vraie. On citerait enfin en contraste les types de l'intrigant : Podkhaliouzine (*Entre siens...*), Gloumov (*Le plus malin...*) ; de l'homme énergique par dignité : Platon Zybkine (*Il faut de la chance...*) ; et de ce demi-déclassé, par amour de la vie errante, dégradé par le milieu, mais relevé par son art et la naïve conscience d'une sorte d'apostolat social : l'acteur Nestchastlivtsev.

Les types féminins n'offriraient ni moins de relief ni moins de variété (1). Dans la vie domestique, le type de la mère ou de la grand'mère autoritaire, capricieuse exprime la forme féminine du *samodourstvo* : la vieille Kabanova (*l'Orage*), Mavra Barabochêva (*Il faut de la chance...*) ; en face, celui de la mère tendre, ou faible, en même temps épouse effacée, craintive devant son samodour de mari : Agraféna Bolchova (*Entre siens...*), Pélagéïa Tortsova (*Pauvreté n'est pas vice*), Nastasia Brouskova (*Tel en pâtit...*) ; de la femme tragiquement ou tranquillement libre de son cœur : Catherine Kabanova (*l'Orage*), Vêra Karkounova (*le Cœur n'est pas une pierre*) ; le type de la jeune fille docilement soumise aux volontés paternelles et résignée à souffrir : Lioubov Tortsova (*Pauvreté n'est pas vice*), ou rebelle et luttant victorieusement pour ses droits humains : Paracha Kourouslêpova (*Cœur ardent*), Polyxène Barabochêva (*Il faut de la chance...*). Dans la vie sociale se détache le type de l'amoureuse. Si romanciers, dramaturges, poètes, quand ils eurent du talent, l'ont dessiné avec tant de bonheur, ils le doivent, pour une bonne part, à la nature propre de la femme russe, à son énergie passionnée, à son besoin d'action et de dévouement, à son exaltation aisément mystique et farouche, à son mépris de la mort. Ces qualités, avec les défauts qu'elles entraînent, se retrouvent dans toutes les classes, dans toutes les conditions, de la femme du peuple jusqu'à la grande dame : par le cœur, Catherine Kabanova, Anna Karénina, Élisabeth Diakonova sont fraternelles. Après l'amoureuse, la coquette : Lydia Tchéboksarova (*Fol argent*), Irène Pribytkova (*Dernier sacrifice*), la « lionne pauvre », Julia Tougina (*Dernier sacrifice*), Laria Ogoudalova (*Sans dot*) ; l'intrigante : Glafira (*Loups et brebis*), un des personnages les plus hardis et les mieux développés d'Ostrovski ; enfin la fausse dévote, dont les trois exemplaires, Oulanbékova, Gourmyjskaïa, Mourzavetskaïa, appartiennent au monde seigneurial.

Dans l'ensemble, presque chaque comédie d'Ostrovski offre un ou deux types originaux : les meilleurs sont empruntés au monde marchand ; l'expression typique apparaît beaucoup moins dans les personnages des dernières pièces.

_____

(1) Skabitchevski, *Jenchtchiny v piésakh Ostrovskago* (*Sêverni Vêstnik*, n° 8, 1887).

VII

A cette ample création, il fallait un instrument adéquat : la langue. Celle d'Ostrovski est d'une justesse, d'une étendue, d'une souplesse incomparables. Là-dessus le témoignage fut de bonne heure unanime et formel ; il ne s'est guère démenti par la suite. Si les critiques discutaient, blâmaient les sujets, les thèmes sociaux touchés dans les pièces, l'action et les personnages, presque toujours la langue trouvait grâce, et soutenait sur le moment la fortune de l'œuvre. Elle a mérité les éloges officiels : Gontcharov, rapporteur pour l'attribution du prix Ouvarov au drame *l'Orage*, signalait sa vérité artistique (1) ; dans sa séance du 30 décembre 1886, l'Académie des sciences de Saint-Pétersbourg reconnaissait les services de cette langue « riche en expressions et tours nationaux, typiques ». Depuis vingt-cinq ans qu'Ostrovski est mort, la valeur, documentaire autant qu'artistique de sa langue n'a fait que se confirmer ; nul aujourd'hui ne doute qu'elle soit un précieux répertoire du parler national. On observera toutefois que l'originalité idiomatique abonde dans les pièces de mœurs marchandes qui dominent aux premières périodes (1847-1873) et va en décroissant dans les œuvres des dernières (1873-1885), où les personnages ont perdu leur couleur corporative.

La vertu essentielle de cette langue est la vérité, une vérité due à une patiente recherche, un sens très fin, au contrôle parfois accepté ou sollicité de sujets bien parlants comme I. Chanine, ou de connaisseurs comme T. Philippov. Elle ne se soucie dès lors ni du barbarisme, ni du solécisme : corriger, épurer, serait fausser l'image des mœurs, quand justement l'incorrection, l'emploi prétentieux de mots estropiés caractérisent un personnage. Le style personnel est en quelque sorte absent : dans le théâtre de mœurs, l'auteur n'est que le truchement de ses personnages, il s'efface derrière eux ; il n'a pas son style, mais leur style, aussi divers qu'eux-mêmes, et qui tient tout entier dans une étroite adaptation de la langue à leur condition, à leurs états de sentiments. L'étude d'un pareil vocabulaire, infiniment intéressante à tenter en russe ou par un Russe, est de celles qu'il serait le moins possible, sinon le plus ingrat, de vouloir atteindre par traductions. Ce qu'il y a de plus incommunicable, le choix des mots, leur son, leur couleur, leur provenance, leur ancienneté ou leur jeunesse, leur qualité expressive, leur valeur usuelle ou métaphorique, leur degré de création personnelle : tout se dérobe à une analyse française, tout s'évapore. On indique seulement ici les ressources variées, les registres de l'instrument : 1° vocabulaire

(1) Cité dans ZÉLINSKI, t. II, p. 1-3. — Voir t. XI de *Polnoé sobranié sotch.* (Éd. Marx. Saint-Pétersbourg, 1899) : *Milion terzani*, p. 157.

des métiers, avec ce qu'il ajoute au trésor commun par le passage du sens propre au sens figuré ; 2° langue populaire, celle de la conversation, et celle des chansons ; 3° archaïsmes : mots slavons de la langue religieuse ou dévote, vieux termes repris par naïf pédantisme d'outchitel ; 4° moscovismes, provincialismes, mots russifiés ou non, empruntés à la langue des peuples allogènes (1) ; 5° mots étrangers, intacts ou estropiés de forme et de sens ; 6° mots comme ceux que La Bruyère appelait « aventuriers », nés de la mode, d'une occasion, d'une fantaisie individuelle, et qui tôt disparus de l'usage, veulent une explication ; 7° mots rares, notés ou recherchés pour leur effet ; 8° mots, locutions créés par l'auteur lui-même, en observant les lois de la vraisemblance, et du milieu ; 9° proverbes.

Parmi les pièces où la langue contient à plus haute dose la propriété pittoresque et l'idiomatisme corporatif ou populaire, on peut citer : *Tableau de famille, Entre siens on s'arrangera, Pauvreté n'est pas vice, Tel en pâtit qui n'en peut mais, Fais ce que dois, A qui n'arrive pas péché et malheur, Ce n'est pas tous les jours fête*. Entre les personnages dont le parler a le plus de saveur indigène et de couleur, les *svakhi* (marieuses) mériteraient un rang à part. On ne voit guère quelles leçons auraient pu donner à Ostrovski ces *prosfirny* chez lesquelles, au dire de Pouchkine, il fallait étudier le russe : mais on se demande comment il a pu si vivement attraper le vocabulaire des marieuses. Gogol en avait déjà donné un exemplaire dans *le Mariage;* Ostrovski atteint la perfection. Elles s'expriment de préférence par images : leur métier étant de flatter, de négocier, de vanter de la « marchandise » humaine, l'expression suit chez elles les diverses phases de la négociation. Elles ont le miel et le fiel. Leur parler enjôleur, leurs flatteries intéressées visent la bonne rémunération ; si on les paie bien, elles ouvrent les écluses : épithètes chatoyantes, caressantes, tous les métaux précieux, les gemmes, les parfums s'y égrènent. Si le salaire est insuffisant, ou si on leur manque d'égards, elles se hérissent, les mots acerbes, cinglants pleuvent ; rien de plus expressif que leur façon d'injurier, ou de distiller le mot venimeux : elles prennent l'écume du ruisseau. Elles sont tantôt cette jeune fille du conte populaire, dont les lèvres à chaque mot laissaient échapper des roses, des perles et des émeraudes, tantôt sa méchante sœur, dont la bouche vomissait des serpents et des crapauds. Enfin les proverbes abondent chez Ostrovski : on lui en a reproché l'abus. C'est ignorer la place qu'ils tiennent, pour des raisons psychologiques aisées à comprendre, dans la langue populaire, la prédilection marquée dont ils sont encore l'objet, même dans la partie la plus cultivée de la nation. Ostrovski

---

(1) Voir, à la fin du tome X de l'édition d'Ostrovski par PISAREV, un index explicatif. Ostrovski a souvent expliqué lui-même le sens de ces mots.

enrichit encore ce fonds déjà si copieux : et tel a été le succès de ses créations, que Dobrolioubov pouvait écrire, en 1859 : « Le public a déjà
attrapé depuis longtemps les expressions justes d'Ostrovski, et les emploie
dans le langage courant, en forme de dictons. » Par là il se classe parmi
les plus parfaits maîtres de la langue russe.

CONCLUSION

Telles sont, un peu longuement peut-être, à coup sûr incomplètement esquissées, la vie et l'œuvre d'Ostrovski. De la première il reste encore à connaître ; on n'a pu qu'assembler les matériaux publiés à ce jour et encore épars. Ils suffisent, semble-t-il, à rendre de l'homme une image vraie, sinon définitive. Deux traits la résument : activité opiniâtre de l'esprit, qu'aiguillonne la vocation, non moins que la gêne matérielle ; honnêteté fière, amour et respect de la profession. Nulle complaisance, nulle bassesse envers le pouvoir ou le public. La libéralité impériale venue à la fin de sa carrière n'a pas laissé insensible le chef de famille et l'écrivain ; il l'a acceptée sans fausse honte, comme reconnaissance légitime d'une tâche utile au pays. Loin d'en jouir avec égoïsme, il souhaita que cette réparation pour lui tardive devînt pour ses frères de lettres un droit moins long à conquérir. Le service des lettres nationales lui paraissait aussi digne des faveurs que celui de l'État ; il appelait sur les écrivains les pensions officielles, trop probe pour supposer qu'elles pussent jamais faire pulluler les médiocrités. De son œuvre on n'a retenu ici que le « théâtre de mœurs », laissant de côté les « chroniques dramatiques » empruntées à l'histoire russe, *Snêgourotchka*, ce « conte de printemps », les pièces écrites en collaboration avec Nevêjine (1), Soloviev, où la part d'Ostrovski n'est sans doute pas accessoire, les traductions enfin, où un talent original sait mettre sa marque. Cela ne fait pas moins de quarante pièces, toutes demeurées ou reparaissant à la scène. Dans leur développement parallèle, la vie et l'œuvre se sont gardées de tout empiétement réciproque ; pourtant elles s'éclairent et se soutiennent. Ostrovski a porté dans son œuvre la rectitude de sa vie, sa franchise sympathisante, sa bonté aigrie parfois d'amertume, mais foncière.

Un goût de bonne heure incliné aux réalités plus qu'à la spéculation, un don d'observation nourri par la condition même de très modeste tchinovnik, rapprochaient Ostrovski de l'école dite « naturelle » et de son chef Gogol ; un jugement mûri l'a délibérément fixé dans la notation, et la transposition scénique de la vie. Quand, vers 1852, la masse du public « demandait du réalisme (2) », dont quelques esprits par contre signalaient

(1) Névêjine, *art. cit.* (*Ejég. Imp. téat.*, t. IV, p. 2-3, 1909 ; t. VI, p. 7-10, 1910.)
(2) Barsoukov, t. XI, chap. XIII.

l'abus dans l'intempérante imitation de Gogol (1), il est déjà converti pour toujours à une vision objective des mœurs. Les ressemblances entre son art et celui de Gogol frappèrent vite les contemporains : les *Mémoires d'un habitant du Zamoskvoretché* sont une esquisse à la Gogol. Bientôt de fréquentes rencontres chez des tiers, puis chez des admirateurs communs mirent les deux hommes en présence et en rapports cordiaux. Pogodine surtout fut entre eux le lien vivant et agissant. Ami de Gogol, qui célébrait chez lui son propre anniversaire (2), il accueillit aussi Ostrovski, fut le premier à révéler dans sa revue le « nouvel astre » qui semblait se lever dans la littérature nationale. En l'auteur d'*Entre siens on s'arrangera*, on saluait le disciple et l'héritier de l'auteur du *Révizor*. Le 10 mai 1853, un dîner d'adieu était offert à l'acteur Chtchepkine, avant son départ pour l'étranger ; on avait choisi l'anniversaire de Gogol. Le vieil acteur, qui s'était illustré dans les rôles de Famousov, et du *gorodnitchi* Skvoznik-Dmoukhanovski, qui avait été l'ami de Griboêdov, de Pouchkine, des Aksakov, des Botkine, de Lermontov, de Stankiévitch, Bêlinski, Herzen, Granovski, de Gogol surtout, se trouvait placé entre l'acteur P.₂₀ Sadovski et Ostrovski. Il reliait ainsi en sa personne les trois maîtres de la scène russe. Pogodine prononça un discours où il montrait que Chtchepkine avait eu la même influence sur Gogol que Sadovski sur Ostrovski : « ces mots ne me viennent pas par simple hasard. Dans l'histoire, dans le développement de notre comédie, du jeu comique, tous quatre ils constituent un tout organique. Commençant de nous divertir par ses brillants débuts, Ostrovski a reçu en héritage beaucoup des indications de Gogol. Sadovski n'est pas moins obligé à l'exemple et aux principes de Chtchepkine, l'aîné d'eux tous (3). » Un peu plus tard, quand parut dans le *Moskvitianine* (1854) *Art et vérité* (*Iskousstvo i pravda*) de Grigoriev, Khomiakov se plaignait que l'auteur n'eût pas dit un mot de Gogol « qui avait engendré » Ostrovski (4). Cette filiation si tôt découverte, aujourd'hui admise comme vérité, doit s'entendre plutôt comme une rencontre que comme une influence directe.

Les deux hommes, au reste, diffèrent profondément. Ostrovski n'a pas connu cette crise de mysticisme qui allait rejeter Gogol, si la mort ne l'eût enlevé, de la satire à l'idéalisation. Son clair bon sens l'a sauvé de ce double excès. Ensuite, il a vu plus loin, et plus profond ; il a ouvert à l'art un champ vierge, ou délaissé. Au dix-neuvième siècle la Russie ne se connaissait pas encore : ses grands écrivains l'ont révélée à elle-même. Ils ont fait entrer dans la littérature ses larges horizons, ses

---

(1) Barsoukov (Lettre de la comtesse Rostopchina à Pogodine, 23 mars 1852).
(2) 9 mai 1840. Il y avait comme convives : Gogol, Lermontov, I. Tourguénev, Viazemski, Orlov, Dmitriev. (Barsoukov, t. V, chap. LII, p. 360.)
(3) Chtchepkine est né en 1788, Gogol en 1809, Sadovski en 1818, Ostrovski en 1823.
(4) Barsoukov, t. XIII, chap. XXXVIII.

forêts mystérieuses, ses fleuves épiques, toutes les classes de ses habitants, du *dvorianine* des capitales au moujik des villages, son histoire et sa légende, sa foi et ses superstitions, les vices d'un état séculaire et ceux d'une fraîche adaptation, son esprit et son âme. Les noms de Pouchkine, de Lermontov, de Gogol, de Melnikov, de Tourguénev, de Saltykov, de Gontcharov, de Dostoevski, de L. Tolstoï, demeurent pour toujours liés à cette vaste exploration. En suivant les bords de la « mère Volga », depuis sa source jusqu'à Nijni-Novgorod, lors de la « mission littéraire » (1856), Ostrovski a dressé sa part de l'inventaire national : non pas des statistiques enfouies dans les archives de la Marine, des fragments d'articles insérés au *Morskoï Sbornik*, mais un trésor de vives impressions, d'où sont nés *l'Orage, En place marchande, la Pupille, Kozma Minine Sou-khorouk, Dmitri Samozvanets, Snégourotchka*. Surtout il a mis à la scène un monde oublié ou dédaigné : ces marchands moscovites et provinciaux, classe mitoyenne entre la noblesse et le peuple, orgueilleuse de sa richesse, à la fois avide de se moderniser et attachée à des formes séculaires d'activité professionnelle et de régime domestique.

Son choix et son effort ainsi fixés sur les régions de mœurs indigènes qu'il était le mieux placé pour connaître, il s'y est volontairement tenu : aussi bien les deux aspects, tradition et évolution, offraient-ils une abondante matière. Loin de s'immobiliser dans la peinture des mêmes types, il a suivi la vie en marche : le premier il a traité au théâtre, dans *le Bel homme*, des situations d'une hardiesse telle, qu'elle parut immorale, provoqua des protestations alarmées, et que l'actrice chargée du rôle de Zoïa Okoemova refusa de le jouer (1). Certains lui ont reproché de ne pas satisfaire cette minorité plus instruite, plus délicate, qui s'exagère parfois son importance sociale, de ne pas apporter d'aliment à sa pensée, de « vue du monde » ; d'autres ont blâmé dans son œuvre l'absence du peuple. Ostrovski, pour dire vrai, a laissé en dehors l'aristocratie urbaine, les docteurs de morale, l'*intelligence*, les paysans. On ne trouve pas chez lui, comme chez un Tchékhov, qui avait fait ses études médicales, des médecins, des professeurs, des juges, des avocats modernes ; non plus, comme chez un Gorki, le moujik attelé aux rudes métiers, le gueux des grands chemins, le *brodiaga*. Lacune méritoire, s'il eût dû peindre de loin et faux, ou se mettre lui-même en scène, sous le masque de ses héros. Sa contribution est déjà assez ample : noblesse terrienne, fonctionnaires, « gens de condition diverse » (*raznotchintsy*), acteurs, s'y ajoutent au monde marchand ; le peuple, sinon le village, apparaît maintes fois. Image d'un demi-siècle (1846-1885) de mœurs russes, ce théâtre compose toute une galerie non de fantômes ou de fantoches, mais de types pleins de vie et de couleur. Une confrontation avec la réalité

---

(1) Voir NÉVÉJINE, *art. cit., Ejég. Imp. téat.* t, VI, p. 17-18, 1910.

contemporaine lui assure la solidité d'un document historique, on a même dit « ethnographique ». Certaines parties du tableau ont pu vieillir ; mais, fût-il même certain que la Russie ne possède plus de Bolchov, de Gordiéï Tortsov, de Brouskov, d'Akhov, de Karkounov, de Mourzavetskaïa, de Balzaminov, d'Iousov, de Nestchastlivtsev, les autres ont-ils disparu? La vérité d'hier est-elle si loin?

Repris encore sur la banalité de ses idées morales, sa médiocrité de « pensée », Ostrovski se défend par l'exacte mesure de la leçon aux milieux observés. Il n'a voulu ni forcer sa nature : elle répugnait au dogmatisme ; ni fausser par la « tendance » la rectitude objective de la vision. Il laisse à la maîtresse souveraine d'expérience, la vie, le soin d'instruire les hommes, en y choisissant, bien entendu, les faits les plus propres à cet office. Sa morale tient plus du cœur que de l'esprit. Pénétré de l'idée que son théâtre devait et pouvait atteindre de « fraîches âmes russes », il a jugé que pour avoir chance de toucher, il fallait d'abord aimer. Cette bonté se sent au fond de ses tableaux, même durs ou d'aspect satirique. Il a aimé, tout en les fustigeant, ses samodours enragés de domination, obstinés, malfaisants même ; il fait crédit à leur nature encore fruste. Sans choir dans la sentimentalité larmoyante, il a eu pitié des épaves sociales. Il espère que tous ces frères attardés, égarés ou déchus, répudieront peu à peu les traditions contraires à la dignité humaine, apprendront à se respecter eux-mêmes en respectant autrui, remonteront de leur dégradation, ranimeront en eux « l'étincelle divine ». Par là il est russe, profondément, et démocrate, au sens le plus noble du mot ; mais sans profession de foi, sans déclamation. Ses qualités, ses manques sont ceux de toute peinture de mœurs à la scène : avec un public moyen, qu'il s'agit d'égayer ou d'émouvoir honnêtement, il fallait certains grossissements, l'abandon de la discussion pure, dès qu'elle perd contact avec les réalités prochaines. Œuvre de saine raison, de nette observation, le théâtre d'Ostrovski enseigne la patience, l'optimisme prudent ; il montre aux idéologues, souvent éblouis plutôt qu'éclairés par les idées occidentales, trop pressés de croire au progrès, qu'il reste des millions de retardataires ; qu'au lieu de prêcher au-dessus d'eux à une minorité, il faut élever peu à peu ces millions à la sage notion d'eux-mêmes, n'attendre que le possible, sans rupture violente avec un passé encore si peu lointain, et où tout ne fut pas mauvais. A l'absolutisme de la doctrine, il oppose la vertu pratique de la vie.

Enfin le réalisme de Gogol s'était enfermé, au théâtre, dans la comédie satirique et la farce. Délaissant le mélodrame factice et le vaudeville exotique, Ostrovski a enrichi l'école « naturelle » de la vraie comédie de mœurs (*bytovaïa*), sans rejeter à l'occasion les scènes bouffonnes, du drame historique, de la légende dramatique, du drame tout court, venu droit de la vie indigène. La nature a été pour lui la règle suprême. A ce même dîner en l'honneur de Chtchepkine, où Pogodine affirma l'étroite parenté entre Gogol et Ostrovski, le temps redevenu beau avait fait dire à Chévyrev : « La nature est aujourd'hui pour l'art » ; Ostrovski répondit : « Parce que l'art revient aujourd'hui à la nature (1). » A cet égard il a élargi la voie où d'autres à sa suite se sont engagés avec bonheur : Potêkhine, Pisemski, Soukhovo-Kobyline, Tolstoï lui-même. Tchékhov et Gorki se rattachent à lui, l'un par le goût de l'analyse psychologique, l'autre par la couleur populaire. Les imitations que suscitèrent pendant un temps ses « pièces de mœurs » en disent la nouveauté (2). Dans sa persistance à traduire fidèlement la réalité, d'injustes critiques voulurent voir un signe d'affaiblissement, une incapacité de se renouveler. Aujourd'hui la forte qualité de l'œuvre n'est plus contestée.

Ostrovski a donné au théâtre russe le répertoire dont Bêlinski déplorait l'absence ; par la vigueur de la peinture, l'intérêt dramatique, la richesse de la langue, ce répertoire a conquis pour toujours le public cultivé. Et toutefois il est plus apte qu'aucun autre à toucher des auditoires populaires. D'abord Ostrovski est le premier qui ait tiré un drame des mœurs populaires : *Fais ce que dois* est de 1855, *Amère destinée*, de Pisemski, de 1858 ; *Puissance des ténèbres* de Tolstoï n'a été imprimée qu'en 1887. De plus, de son vivant même, des lectures de quelques-unes de ses pièces furent essayées à Moscou, sur des élèves d'écoles communales, puis, concurremment avec *Guerre et paix*, *les Ames mortes*, sur des gens du peuple, enfin sur des paysans du district (3). Pour ces derniers, les pièces choisies furent *la Pupille*, *l'Orage*, *A qui n'arrive pas péché et malheur*, *Fille pauvre*, *Fais ce que dois*, *Pauvreté n'est pas vice*, *Une place lucrative*. Ceux qui tentèrent l'épreuve rapportent l'attention, les judicieuses réflexions de ces auditoires divers. Après la mort de l'auteur, ses œuvres ont été vite reconnues comme le vrai fond d'un répertoire populaire (4) : et nombre d'entre elles alimentent aujourd'hui les scènes des *Maisons du peuple*.

En même temps que la matière de l'art dramatique, Ostrovski en a rajeuni l'expression scénique : décoration, jeu, débit. On sait quelle importance il attachait à la vérité rigoureuse d'interprétation, et que d'ennuis lui suscitèrent de ce chef la lésine, la mauvaise volonté des administrations théâtrales officielles, les habitudes vicieuses et l'indocilité des acteurs. Aussi avait-il accepté avec joie, en 1885, un poste

(1) Barsoukov, t. XII, p. 468.
(2) Voir liv. V, chap. I.
(3) Kh. Altchevskaïa, *Ostrovski v primênénii k tchténiiou v narodê*. (*Séverny Vêstnik*, nº 3, p. 23-74, 1887.)
(4) K.-A. *Nékrolog Ostrovskago* (*Vêstnik Evropy*, nº 7, p. 440-447, 1886) ; Garchine, *Dramy Ostrovskago kak osnova narodnogo répertouara* (*Nablioudatel*, nº 11, p. 151-166, 1886) ; Vasiliev, *A.-N. Ostrovski i nach téatr*. (*Rousskoé Obozrênié*, nº 7, p. 297-314, 1890.)

où il espérait pouvoir mener à bien les réformes qui lui tenaient à cœur, et mûrement élaborées. Les programmes d'études établis par lui pour les élèves des conservatoires dramatiques révèlent une connaissance approfondie de la scène nationale et des scènes étrangères, le souci de préparer le futur acteur, par une instruction solide, à la pleine compréhension de ses rôles.

Sa gloire a subi une éclipse passagère. Saturé de réalité, curieux de changement, le théâtre russe a oscillé, parfois sous une influence étrangère, entre un naturalisme cru, à tendance humanitaire, ou révolutionnaire, et un symbolisme nuageux, à prétentions philosophiques, à mise en scène impressionnante. Aujourd'hui Ostrovski a retrouvé la première place dans le théâtre national. L'unanime sentiment d'admiration dans lequel la Russie a commémoré le vingt-cinquième anniversaire de sa mort ne doit plus rien à un engouement de circonstance : il traduit une conviction définitive. L'auteur de *l'Orage*, de *la Forêt*, de *Loups et brebis* et de tant de belles pièces est désormais l'égal des plus grands, dans le groupe desquels une photographie le montre en 1856. La présente étude de sa vie, et de la plus solide partie de son œuvre aurait pleinement atteint son objet, s'il apparaissait à des lecteurs français que ce haut rang lui est justement acquis.

INDEX BIBLIOGRAPHIQUE

A. *Komédiia obchtchestvennykh nravov* (*Rousski Véstnik*, n° 10, 1874).

AKSAKOV (S.), *Séméïnaïa khronika* (1856) ; *Détskié gody Bagrova vnouka* (1858).

AKSAKOV (S.), *Polnoé sobranié sotchinéni*, t. III : *Séméïnyia i litératournyia vospominaniia...* Saint-Pétersbourg, 1886.

[**I.-S. AKSAKOV**] *I.-S. Aksakov v ego pismakh...* t. I-II, Moscou, 1888.

ALEXANDROVSKI (S.), *Tchténiia po novoï rousskoï litératouré*, t. II. Kiev, 1903 : *Ostrovski*, p. 267-276.

ALTCHEVSKAIA (Kh.), *Ostrovski v priménénii k tchténiiou v narodê* (*Séverny Véstnik*, n° 3, 1887).

ANNENKOV (P.), *Vospominaniia i krititcheskié otcherki* (1849-1858), t. I ; t. XI : *Ostrovski*, p. 276-286, Saint-Pétersbourg, 1879.

A.-O. (G. AVSÉENKO), *Rousski Véstnik*, n° 10, 1874.

AVERKIEV, *O dramê.* Saint-Pétersbourg, 1893.

BALTALON, *Dvinoulos li vpéred naché temnoé tsarstvo?* (*Artist.*, n°ˢ 1, 2, 4, 1894).

BALTALON, *O litératournykh besédakh* (*Jenskoé Obozrênié*, n° 4, 1888).

BARSOUKOV (N.), *Jizn i troudy Pogodina*, 21 vol. Saint-Pétersbourg, 1888-1907.

BEAUMARCHAIS, *Le Mariage de Figaro*, préface.

BESTOUJEV-RIOUMINE, *Biografii i kharaktéristiki.* Saint-Pétersbourg, 1882.

BÉZOBRAZOV (P.), *Roukopisi Ostrovskago* (*Istoritcheski Véstnik*, n° 2, 1890).

BIBIKOV, *Krititcheskié étioudy.* Saint-Pétersbourg, 1865.

Bibliotéka dlia tchténiia, n° 1, 1859.

BOBORYKINE (P.), *Rousski téatr.* (*Délo*, n° 11, 1871).

BOBORYKINE (P.), *Ostrovski i ego sverstniki* (*Slovo*, n°ˢ 7, 8, 9, 10, 1878).

BOBORYKINE (P.), *Dêltsy, Kitaï-gorod, Péréval, Vasili Terkine, Kniaginia* (1874-1895).

BOURDINE (F.), *Vospominaniia artista Bourdina ob Imp. Nikolaê Pavlovitchê* (*Istoritcheski Véstnik*, n° 1, 1886).

BOURDINE (F.). *Iz vospominani ob A.-N. Ostrovskom...* (*Vêstnik Evropy*, n° 12, 1886).

BOURDINE (F.), *Pisma k Bourdinou* (*Artist*, n°ˢ 12, 18, 1891 ; n°ˢ 19-20, 1892).

BOUSLAEV (F.), *Rousskaïa Khrestomatia.* Moscou, 1894.

BOYER (P.) et SPÉRANSKI (N.), *Manuel pour l'étude de la langue russe.* Paris, 1905.

BRISSON (Ad.), Feuilleton dramatique du *Temps*, 20 mars 1905.

CATHERINE II, *Sotchinéniia Impératritsy Ekateriny II...*, Izdanié Impér. Akad. Naouk, t. I-IV. (*Dramatitcheskiia Sotchinéniia*), Saint-Pétersbourg, 1901.

CHACHKOV (S.), *Istoriia rousskoï jenchtchiny.* Saint-Pétersbourg, 1879.

CHAPPE-D'AUTEROCHE, *Voyage en Sibérie...*, fait en 1761, 3 vol. in-4. Paris, 1768.

CHELGOUNOV, *Sotchinéniia.* Saint-Pétersbourg, 1891.

COMBES (E.), *Profils et types de la littérature russe.* Paris, 1896.

COMBES DE LESTRADE (G.), *l'Empire russe en 1885.* Paris, 1885.

Comète (revue russe), p. 427-468, 1851.

COURRIÈRE (C.), *Histoire de la littérature contemporaine en Russie.* Paris, 1875.

CUSTINE (DE), *la Russie en 1839,* 4. vol. Paris, 1843.

DELINES (M.), Feuilleton dramatique du *Temps,* 3 juillet 1905.

DENISIOUK (N.), *Krititcheskaïa litéraloura o proïzvédéniiakh A.-N. Ostrovskago,* 4 vol. Moscou, 1906-07.

DIAKONOVA (E.), *Dnevnik* (1886-1895). Saint-Pétersbourg, 1905 ; *Dnevnik rousskoï jenchtchiny v Parijé* (1900-1902). Saint-Pétersbourg, 1905.

DIAKOV, *Kartinki i étioudy.* Saint-Pétersbourg, 1888.

DOBROLIOUBOV (N.), *Sotchinéniia N.-A. Dobrolioubova,* 4e édit., t. III. Saint-Pétersbourg, 1885.

DOSTOEVSKI, *Bratia Karamazovy* ; *Dnevnik pisatélia;* corr. et voy. à l'étranger.

DRYSEN (baron N.), *Epizod iz jizni Ostrovskago* (*Istoritcheski Véstnik,* no 11, 1906).

DUCHESNE (E.), *le Domostroï. Traduction critique.* Paris, 1911.

DUCRET DE PASSENANS, *la Russie et l'esclavage dans leurs rapports avec la civilisation européenne,* par M. P. DUCRET DE PASSENANS, 2. vol. Paris, 1822.

DURAND-GRÉVILLE (E.), *Chefs-d'œuvre dramatiques de A.-N. Ostrovsky, traduits du russe avec l'approbation de l'auteur et précédés d'une étude sur la vie et les œuvres de A.-N. Ostrovsky.* Paris, 1889.

EDELSON, Art. crit. dans *Moskvitianine* (1854), *Bibliotéka dlia tchténiia* (1864). etc.

Edinburgh Review, juillet, 1868 : *Ostrovsky's plays.*

EFSTAVIEV, *Novaïa rousskaïa litéraloura.* Saint-Pétersbourg, 1887.

ENGELHARDT (N.), *Istoriia rousskoï litératoury XIX-go stolétiia,* 2 vol. Saint-Pétersbourg, 1902.

Entsiklopéditcheski Slovar (Éd. *Brokhaus i Efron*).

Epokha, no 5, 1864, *Znatchénie Ostrovskago v nachéi litératouré.*

FÉDINE, *Narodni dramatitcheski pisatel i narodni akter : A.-N. Ostrovski i P.-M. Osdovski* (*Jivopisnoé Obozrénié,* no 6, 1876).

Extrait du compte rendu de la première année d'existence du Théâtre artistique (*Iz otcheta za pervy god souchtchestvovaniia Kh. T.*).

FOMINE (A.), *Polojénié rousskoï jenchtchiny v sémié i obchtchestvé po proïzvédéniiam A.-N. Ostrovskago. Litératournyé matérialy dlia istorii rousskago obchtchestvennago razvitiia v XIX-om véké* (*Rousskaïa Mysl,* no 1, 1899).

FONVIZINE, *Brigadir, Nédorosl.*

FORTIA DE PILES, *Voyage en Russie* (1790-1792), 5 vol. Paris, 1796.

Galléréia rousskikh pisatéléï. Saint-Pétersbourg, 1880.

GARCHINE (E.), *Dramy Ostrovskago kak osnova narodnago répertouara. Krititcheskié opyty.* Saint-Pétersbourg, 1888 ; ou *Nablioudatel,* no 11, 1886.

GLANIUS, *les Voyages de Jean Struys en Moscovie, Tartarie, Perse...* par M. GLANIUS. Amsterdam. Paris, 1681.

GOGOL, *Sotchinéniia N. Gogolia,* 5 vol. Saint-Pétersbourg, 1896.

GOLOVATCHEVA-PANAÉVA (A.), voir PANAÉVA.

Golos, 9-21 nov. 1868.

GOLTSEV (D.), *Po povodou zamétki Ivanova* (*Artist,* no 2, 1889).

GONTCHAROV, *Polnoé sobranié sotchinéni.* Saint-Pétersbourg, 1899.

GORBOUNOV, *Sotchinéniia I.-F. Gorbounova,* 2 vol. Saint-Pétersbourg.

GORKI (N.), *Thomas Gordéev; Razskazy,* t. IV. Saint-Pétersbourg, 1903 ; *O bezpokoïnoï knigé.*

GRIBOÊDOV, *Polnoé sobranié sotchinéni*. 2 vol., Saint-Pétersbourg, 1889.
GRIGORIEV, *Sotchinéniia A. Grigorieva*, t. I. Saint-Pétersbourg, 1876.
GRIGOROVITCH, *Dérevnia*.

HALLER (K.), *Geschichte der russischen Litteratur*. Riga et Dorpat, 1882.
HAUMANT (E.), *Ivan Tourguénief*. Paris, 1906.
HERBERSTEIN, *Rerum Moscoviticarum commentarii...* Basileæ, 1571.
HERZEN-ISKANDER (A.), *Kto vinovat? (Otet. Zap.* 1845-1847) ; *Soroka-Vorovka.*

IARON (S.), *Vospominaniia o téatrê* (1867-1897). Kiev, 1898.
IAZYKOV (Dm.), *Bibliografitcheski otcherk dëiatelnosti Ostrovskago (Vêstnik Evropy,* n° 7, 1886).
IAZYKOV (Dm.), *Obzor jizni i troudov pokoïnykh rousskikh pisatéléï (Istoritcheski Vêstnik,* 1889).
IAZYKOV (N.), *Bezsilié tvortcheskoï sily (Dêlo,* n°ˢ 2, 4, 1875).
IVANOV (I), *A.-N. Ostrovski. Ego jizn i littératournaïa dëiatelnost. Biografitcheski otcherk I. I. Ivanova.* Saint-Pétersbourg, 1900.
Iz otcheta za pervy god.. Voir *Extrait du compte rendu...*

JORDAN (Cl.), Voir *Voyages historiques de l'Europe.*
Journal des Goncourt, 2ᵉ série, 2° vol. (t. V), 1872-1877. Paris, 1881-1892.

K.-A. *Nékrolog Ostrovskago (Vêstnik Evropy,* n° 7, 1886).
KACHINE (N.), *K istorii texta proïzvédéni A.-N. Osrtrovskago (Izvéstiia otdéléniia rousskago iazyka i slovesnosti Impér. Akad. Naouk,* t. XIII, fasc. 2, 1908 ; *ibid.,* t. XIV, fasc. 3, 1909 ; *ibid.,* t. XV, fasc. 2, 1910.
KACHINE (N.), *A.-N. Ostrovski i starinnaïa drama (Ejégodnik Impérat. téatrov,* t. IV, 1909).
KACHINE (N.), *A.-N. Ostrovski v pismakh i v vospominaniiakh (Ejég. Impérat. téatrov,* t. VI, 1910).
KANTEMIR, *Satires du prince Cantemir*. Traduites du russe en français. Londres, MDCCL.
KAPNIST, *Iabéda.*
KARAMZINE, *Zapiska o drevnéï i novoï Rossii.*
KHVOCHTCHINSKAÏA (N.), *Albom* (1877).
KIRPITCHNIKOV, *Otcherki po istorii novoï rousskoï littératoury.* Saint-Pétersbourg, 1896.
KNIAZEV, dans *Journal ministerstva narodnago prosvêchtchéniia,* septembre 1905.
KOLTSOV (A.), *Polnoé sobranié sotchinéni A.-V. Koltsova (Akadémitcheskaïa Bibliotéka rousskikh pisatéléï, I).* Saint-Pétersbourg, 1909.
KORB, *Diarium Itineris in Moscoviam...,* Anno MDCXCVIII. Viennæ Austriæ.
KOROPTCHESKI (D.), *Bytovopisatel dénejnoï sily (Dêlo,* n°ˢ 2, 4, 1886).
KOTOCHIKHINE, *O Rossii v tsartsovovanié Alexëia Mikhaïlovitcha. Izdanié Arkhéologitcheskoï kommissii.* Saint-Pétersbourg, 1840.
KOUPRINE, *Iama (Zemlia,* n° 3, 1909).
KRESTOVSKAÏA (M.), *Ougolki téatralnago mira* (1886).
KROPATCHEV (N.), *A.-N. Ostrovski na sloujbé pri Impératorskikh téatrakh. Vospominaniia ego sekrétaria N.-A. Kropatcheva.* Moscou, 1901.
KRYLOV (I. A.) *Basni,* VIII, 11 ; IX, 5.

LEGER (L.), *la Littérature russe.* Notices et extraits. Paris, 1899.
LEGER (L.), *Russes et Slaves.* Paris, 1890.
LEGER (L.), *le Monde slave.* Paris, 1899.

LEGRELLE (A.), *l'Orage*, drame en cinq actes et en prose, par A.-N. OSTROVSKI. Traduit par A. Legrelle. Gand, 1885.

LEÏKINE, *Apraksintsy; Nachi za granitséi.*

LEMAITRE (J.), *Impressions de théâtre*, 4e série. Paris, 1890.

LEMKE (N.), *Otcherki po istorii tsenzoury i journalistiki XIX-go stolétiia.* Saint-Pétersbourg, 1894.

LERMONTOV, *Sotchinéniia.*

LEROY-BEAULIEU (A.), *l'Empire des Tsars et les Russes*, 4e édit., 3 vol. Paris, 1898.

LOBANOV, *Rousskié sovrémennyé déïatéli*, t. I. Saint-Pétersbourg, 1876.

MACKENZIE-WALLACE (D.), *la Russie : le pays, les institutions, les mœurs.* Traduit de l'anglais par Henri Bellenger, 2 vol. Paris, 1877.

MARKOV (E.), *Proïzvédéniia Ostrovskago (Rousskaïa Rétch, n° 7, 1880).*

MARTYNOV (A.), *Nazvaniia Moskovskikh oulits i péréoulkov.* Moscou, 1888.

MAXIMOV (S.), *A.-N. Ostrovski po moïm vospominaniiam (Rousskaïa Mysl, n° 1, 3, 5, 1895).*

MAXIMOV (S.), *Litératournaïa expéditsiia (Rousskaïa Mysl, n° 2, 1890).*

MÉJOV, *Rousskaïa istoritcheskaïa bibliografiia za 1865-1876 vklioutchitelno.*

MELNIKOV-PETCHERSKI, *Krasilnikovy; V lésakh; Na gorakh.*

MÉZIER (A.-V.), *Rousskaïa slovesnost s XI po XIX stolétié vklioutchitelno : Bibliografitcheski Oukazatel...* Saint-Pétersbourg, 1899.

MIKHAÏLOVSKI (N.), *Sotchinéniia*, t. VI : *Dnevnik pisatélia* (1885-1888).

MILIOUKOV (P.), *Otcherki po istorii rousskoï koultoury*, 4e édit. Saint-Pétersbourg, 1900.

MILLER (O.), *Rousskié pisatéli poslê Gogolia.* Saint-Pétersbourg, 1887.

MINORSKI, *Vospominaniia V.-M. Minorskago (Ejégodnik Impér. téatr.*, t. VI, 1910).

MOROZOV, *Minouvchi vêk.* Saint-Pétersbourg, 1902.

Moskvitianine, 1841, 1848, 1854.

NAÏDENOV, *Istoriia Moskovskago koupetchestva.*

NÉKRASOV, *Polnoé sobranié stikhotvoréni,...* 2 vol. Saint-Pétersbourg, 1899.

NÉLIDOV (F.), *A.-N. Ostrovski v kroujkê « Molodogo Moskvitianina »* (*Rousskaïa Mysl*, n° 3, 1901).

NÉLIDOV (F.), *A.-N. Ostrovski i ego doréformennyé tipy.* Moscou, 1901.

NÉMIROV, *Istoriia S. Pétersbourgskoï birji.* Saint-Pétersbourg, 1888-1889.

NÉMIROVITCH-DANTCHENKO, *Jenskaïa Obitel. Sviatyia gory.* Saint-Pétersbourg, 1904.

NÉVÊJINE, *Vospominaniia ob A.-N. Ostrovskom (Ejég. Impér. téat.*, t. IV, 1909 ; t. VI, 1910).

NÉZÉLÉNOV (A.), *Ostrovski v ego proïzvédéniiakh.* Saint-Pétersbourg, 1888.

NIKITINE, *Koulak.*

NIKITENKO, *Moïa povêst o samom sébê... Zapiski i dnevnik* 1826-1877, 3 vol., Saint-Pétersbourg, 1893.

Nos (A.), *A.-N. Ostrovski.* Esquisse biographique, en tête du tome Ier (p. v-lv) de la 10e édition des *Sotchinéniia A.-N. Ostrovskago.* Moscou, 1896.

Novyé matérialy dlia biografii Ostrovskago (Pérépiska). (*Rousskaïa Mysl*, n°12, 1890.)

Obrazavanié n° 5-6, 1896.

OLÉARIUS, *Relation du voyage d'Adam Oléarius en Moscovie...* Traduit de l'allemand par A. de Wicquefort. Paris, MDCILIX.

OSTROGORSKI, *20 biografi obraztsovykh rousskikh pisatéléï s portrétami.* Saint-Pétersbourg, 1891.

Oletchestvennyia Zapiski, n° 11, 1868 ; n° 1, 1869 ; n° 2, 1870 ; n° 1-2, 9, 1871 ; n° 1,

1872; n⁰ˢ 1, 11, 1874; n⁰ 11, 1875; n⁰ 2, 1876; n⁰ 1, 1877; n⁰ 6, 1879; n⁰ 1, 1880; n⁰ 1, 1881.

OUTINE, art. crit. dans *Véstnik Evropy*, n⁰ 1, 1869.

OVSIANIKO-KOULIKOVSKI, *Voprosy psikhologii tvortchestva*. Saint-Pétersbourg, 1902.

PALM, *Stary barine*, 1873.

PANAÉVA G. (A.), *Rousskié pisatéli i artisty*. Saint-Pétersbourg, 1890.

PAVLOV, *Iz Moskovskikh zapisok* (*Rousski Véstnik*, n⁰ 8, 1859).

PAVLOVSKI (I.), et O. MÉTÉNIER, *Ostrovsky, l'Orage*, drame en cinq **actes** et en six tableaux, traduit du russe par Isaac Pavlovsky et Oscar Méténier. Paris, 1889.

PIGOULEVSKI, *Ostrovski kak litératourny dëiatel*. Vilna, 1889.

PISAREV (D.), *Motivy rousskoï dramy* (*Rousskoé Slovo*, n⁰ 3, 1864).

PISAREV (M.), *Polnoé sobranié sotchinéni A.-. Ostrosvkago..., pod rédaktsiëï M.-I. Pisareva, artista Impér. téatrov*, 10 vol. Saint-Pétersbourg, 1905.

PISAREV (M.), *K matérialam dlia biografii A.-N. Ostrovskago* (*Ejég. Impér. téatrov*. Saison 1901-1902. *Priloj*. 4).

PISEMSKI, *Polnoé sobranié sotchinéni...* Saint-Pétersbourg, Moscou, 1896.

PLAVILCHTCHIKOV, *Sidélets*.

PLÉVAKO, *Rétchi Plévako, pod rédaktsiëï Mouravieva*.

POLÉVOÏ (P.), *Istoriia rousskoï slovesnosti*. Saint-Pétersbourg, 1900.

POLÉVOÏ (P.), *Iz oblasti shazani o temnom tsarstvé* (*Istoritch. Véstnik*, n⁰ 7, 1887).

PORFIRIEV, *Pravoslavny sobésédnik*.

POSOCHKOV, *Zavéchtchanie otetcheskoé k synou*. Publié en 1875. Moscou.

POTÊKHINE, *Brat i sestra; Doka na dokou nachel*.

POUCHKINE, *Evgéni Onêgine; Mysli na dorogê*.

Pravitelsvenny Véstnik, 9 mars 1882.

PYLIAEV, *Zamétchatelnyé tchoudaki i originaly*. Saint-Pétersbourg, 1898.

PYPINE, *Istoritcheskié otcherki. Kharaktéristiki litératournykh mnéni ot 1820 do 1850 godov*. Saint-Pétersbourg, 1890.

PYPINE, *Istoriia rousskoï litératoury*, t. II, Saint-Pétersbourg, 1898.

Raout, 1851.

RALSTON. — Voir *Edinburgh Review*.

RAMBAUD (A.), *Histoire de Russie*, 3ᵉ édit. Paris, 1887.

REINHOLDT (A. von), *Geschichte der russischen Litteratur von ihren Anfängen bis auf die neueste Zeit*. Leipzig, 1886.

Revue Britannique, n⁰ 12, 1835; n⁰ 4, 1856; n⁰ 11, 1863; n⁰ˢ 6 et 12, 1868.

Musée Roumiantsev. *Otdél roukopiséï : Roukopisi Ostrovskago*.

Rousskiia Védomosti. 15 janvier 1903.

Rousskoé Slovo, n⁰ˢ 273, 275, 1909.

La Russie. Paris, 1892.

La Russie à la fin du dix-neuvième siècle. Ouvrage publié sous la direction de M. W. de Kovalevsky. Paris, 1900.

SAINT-JULIEN, *Revue des Deux Mondes*, octobre 1847.

SALTYKOV-CHTCHÉDRINE, *Polnoé sobranié sotchinéni...*, 4ᵉ édit., 12 vol. Saint-Pétersbourg, 1900.

Sankt-Péterbourgskiia Védomosti, n⁰ˢ 1, 4, 5, 6, 8, 1866.

SARCEY (F.), Feuilletons dramatiques du *Temps*, 8 mars 1875, 11 mars 1889.

SAVODNIK, *Otcherki po istorii rousskoï litératoury XIX-go véka*, 3ᵉ édit. Moscou, 1905; deuxième partie, chap. v : *Ostrovski*.

SCHÉRER, *Anecdotes intéressantes sur la Russie*, 1792.

Sêdov (A.), *Vospitatelnaïa sreda, po proïzvédéniiam Ostrovskago* (*Vêstnik Vospitaniia*, n°⁸ 1 et 2, 1898).

Sémevski (N.), *Znakomyé, Albom M.-I. Sémevskago*. Saint-Pétersbourg, 1888.

Skabitchevski, *Istoriia novêïchêï rousskoï litératoury*, 4ᵉ édit. Saint-Pétersbourg, 1900.

Skabitchevski, *Otcherki istorii rousskoï tsenzoury* (1700-1863). Saint-Pétersbourg, 1892.

Skabitchevski, *Osobennosti rousskoï komédii* (*Otetchestvennyia Zapiski*, n°⁸ 1-2, 1875).

Skabitchevski, *Jenchtchiny v piésakh Ostrovskago* (*Sêverny Vêstnik*, n° 8, 1887).

Skalkovski, *V téatralnom mirê*. Saint-Pétersbourg, 1899.

Slobodine, *Héroï litératournago chantaja*. Saint-Pétersbourg, 1877.

Snêgirev, *Dnevnik* (*Rousski Arkhiv*, n° 11, 1903).

Sollogoub, *Tchinovnik* (1856).

Soloviev (*Rousski Mir*, n° 237, 1875.)

Sovrémennik, années 1856 et suivantes.

Soukhovo-Kobyline, *Svadba Kretchinskago; Rousskaïa svatba.*

Svod Zakonov.

Tatitchtchev, *Doukhovnaïa Vasiliia Nikititcha Tatichtcheva* (1734) (Typ. de l'Université Impériale, Kazan 1885).

Terpigorev, *Oskoudénié — otcherki, zamêtki i razmychléniia Tambovskago pomêchtchika* (1880).

Terpigorev, *Jeltaïa kniga-skazanié...* (1885); *Potrévojennyia têni* (1881-1886).

Tchékhov (A.), *Moujiki; V ovragê; Pianyé; Vichnévy sad.*

Tchernychev, *Ne v dengakh stchastié* (1859).

Tchernychevski, *Otcherki Gogolevskago périoda rousskoï litératoury*. Saint-Pétersbourg, 1892.

Tchernychevski, *Krititcheskiia stati*. Saint-Pétersbourg, 1893.

Tolstoï (L.). *Kreutserova sonata; Khoziaïn i rabotchi.*

Tourguéneff (N.), *la Russie et les Russes*, par Nicolas Tourguéneff, 3 vol. Paris, 1847.

Tourguénev (I.) *Sbornik pisem*. Saint-Pétersbourg, 1884.

Tourguénev (I.), *Polnoé sobranié sotchinéni*, 10 vol. Saint-Pétersbourg, 1897.

Tsvêtkov, *Novyé rousskié pisatéli. Opyt Khristomatii...* Saint-Pétersbourg, 1883.

Vasiliev (S.), *A.-N. Ostrovski i nach téatr* (*Rousskoé Obozrênié*, n° 7, 1890).

Vengérov, *Molodaïa rédaktsiia « Molodogo Moskvitianina »* (*Vêstnik Evropy*, n° 2, 1886).

Vêstnik Evropy, 1867, 1869 et suiv.

Vêtrinski, *V sorokovykh godakh. Istoriko-litératournyé otcherki i kharaktéristiki*. Moscou, 1899.

Vogué (E.-M. de). — Voir *la Russie*, 1892.

Voyage en Moscovie d'un ambassadeur conseiller de la Chambre Impériale, envoyé par l'empereur Léopold au czar Alexis Mihalowics, grand-duc de Moscovie. Leide, Paris, 1688.

Voyages historiques de l'Europe. Contenant l'origine, la religion, les mœurs, les coutumes et les forces des Moscovites... par Claude Jordan. (T. VII de la collection, 1692-1700.) 1698.

Vrémia, n° 9, 1861.

Vsémirny Troud, t. I, 1867.

Waliszewski (K.), *Histoires des littératures. Littérature russe*. Paris, 1900.

Warneke (B.), *Istoriia rousskago téatra*, t. II. Kazan, 1910.

WARNEKE (B.), *A.-N. Ostrovski. Biografitcheski otcherk.* Saint-Pétersbourg, 1905.
WYZEWA (Th. DE), *Revue politique et littéraire*, 10 février 1894 ; *Ecrivains étrangers, deuxième série.* Paris, 1896.

ZABÊLINE, *Istoriia goroda Moskvy.* Moscou, 2e édit., 1905.
ZABYLINE, *Rousski Narod.* Moscou, 1880.
ZAGOSKINE, *Moskva i Moskvitchi.* Moscou, 1842-1850.
ZÉLINSKI, *Krititcheskié kommentarii k sotchinéniiam Ostrovskago*, 5 vol. Moscou, 1894-1897.
Zaria, n° 2, 1871.

ERRATA

Page 15, *ligne* 4 : Chérémétiev ; *lire* : Chérémétev.
Page 17, *ligne* 16 et n. 2, page 18, *ligne* 5, page 354, *ligne* 12 : Nazymov ; *lire :* Nazimov.
Page 17, *ligne* 28, et *note* 5 : Vorobine ; *lire :* Voroba.
Page 33, *ligne* 26 : salons ; *lire :* salon.
Page 45, *ligne* 20 : Afanasiev, Tchoujbinski ; *lire :* Afanasiev-Tchoujbinski.
Page 48, *ligne* 12, page 78, *ligne* 15, page 190, note 6 : place ; lire : *Place.*
Page 51, *note* 7 : Féodorov ; *lire :* Fédorov.
Page 59, *ligne* 9 : 15 ; *lire :* 14.
Page 60, *ligne* 6 : Eliséev ; *lire :* Elisêev.
Page 71, *ligne* 31 : imprudences ; *lire :* impudences.
Page 75, *ligne* 9 : russes ; *lire : russes.*
Page 82, *note* 8 : le comte ; *lire :* le prince.
Page 100, *note* 1 : Bégitchev ; *lire :* Bêgitchev.
Page 102, *ligne* 14 : fonds ; *lire :* fond.
Page 103, *note* 1 : tchninovnitchestvo ; *lire :* tchinovnitchestvo ; *note* 3 : Sêline ; *lire :* Séline.
Page 109, *ligne* 7 : proverbe ; *lire :* préverbe.
Page 110, *ligne* 29 : sévérité ; *lire :* sérénité.
Page 118, *ligne* 26 : Iverski ; *lire :* Ibérie.
Page 121, *ligne* 21 : Féodotov ; *lire :* Fédotov.
Page 127, *ligne* 28 : se dénouer ; *lire :* dénouer.
Page 142, *ligne* 9 : Kouliguine ; *lire :* Kouligine.
Page 149, *ligne* 16 : pût ; *lire :* put.
Page 152, *ligne* 25, *lire :* dans Moscou.
Page 189, *ligne* 33 : Tolstogoradzov ; *lire :* Tolstogorazdov.
Page 243, *ligne* 8 : celui-ci ; *lire :* celui.
Page 277, *ligne* 41 : à passer ; *lire :* à faire passer.
Page 339, *ligne* 19 : était déjà ; *lire :* n'était pas encore.
Page 374, *note* 7 : Kolstov ; *lire :* Koltsov.
Page 420, *note* 6 : préjoratif ; *lire :* péjoratif.
Page 424, *note* 2, *ligne* 7 : tenaient ; *lire :* tenait ; *note* 9 : Bakhurouchine ; *lire :* Bakhrouchine.
Page 431, *notes* 1 et 5 : *Talents ; lire : Etoiles.*

INDEX ALPHABÉTIQUE

DES NOMS PROPRES

TABLE DES MATIÈRES

LIVRE I

LA VIE

CHAPITRE PREMIER

ORIGINES. — INFLUENCES FORMATRICES. — PREMIÈRES ŒUVRES

CHAPITRE II

OSTROVSKI ET LE *MOSCOVITE*

CHAPITRE III

LA PÉRIODE DE MATURITÉ (1855-1868)

CHAPITRE IV

SECONDE PÉRIODE (1868-1881) : OBSERVATION ÉLARGIE ; ACTIVITÉ VARIÉE

CHAPITRE V

LES DERNIÈRES ANNÉES (1882-1886).
OSTROVSKI A LA DIRECTION DES THÉATRES IMPÉRIAUX A MOSCOU. — SA MORT

LIVRE II

LES MŒURS PROFESSIONNELLES ET SOCIALES DU MONDE MARCHAND

CHAPITRE PREMIER

LES MILIEUX OBSERVÉS. — PRÉDOMINANCE DU MONDE MARCHADN

CHAPITRE II

L'IMPROBITÉ COMMERCIALE

CHAPITRE III

LA VANITÉ ET L'AMBITION BOURGEOISES

CHAPITRE IV

L'ORGUEIL TYRANNIQUE

LIVRE IV

LES AUTRES CLASSES ET TYPES SOCIAUX

CHAPITRE PREMIER

LA CLASSE NOBLE

CHAPITRE II

LES FONCTIONNAIRES

CHAPITRE III

L'ARGENT

CHAPITRE IV

L'ART

PARIS. — TYPOGRAPHIE PLON-NOURRIT ET Cⁱᵉ, 8, RUE GARANCIÈRE. — 16817.

DUCHESNE (E.), agrégé de l'Université. — **Michel Iouriévitch Lermontov.** *Sa vie et ses œuvres.* Un volume in-8°. . . . 7 fr. 50

VOGUÉ (Vte E.-M. de), de l'Académie française. — **Le roman russe.** Un vol. in-8°. . . . . 7 fr. 50

— **Maxime Gorky.** *L'Œuvre et l'Homme.* 31e édition. Un vol. in-16 avec couverture illustrée du portrait de Gorky. . . . . 1 fr.

KRILOF. — **Fables,** traduites en vers français par Charles PARFAIT. Un vol. grand in-18. . . . . 3 fr. 50

DOSTOIEWSKY (Th.). — **Humiliés et Offensés.** 4e édition. Traduit du russe par Ed. HUMBERT. Un vol. in-18. . . . . . . 3 fr. 50

— **Le Crime et le Châtiment.** Traduit du russe par Victor DERÉLY. 19e édition. Un vol. in-16 . . . . 3 fr. 50

— **L'Esprit souterrain.** Traduit et adapté par E. HALPÉRINE et Ch. MORICE. Un vol. in-18. . . . . 3 fr. 50

— **Les Possédés** (*Bési*). Traduit du russe par Victor DERÉLY. 3e édition. Deux vol. in-18. . . . . 7 fr.

— **Souvenirs de la Maison des morts.** Traduit du russe par M. NEYROUD. Préface par le vicomte E.-M. DE VOGUÉ. 11e édition. Un vol. in-18. . . . . 3 fr. 50

— **L'Idiot.** Traduit du russe par Victor DERÉLY. Préface par le vicomte E.-M. DE VOGUÉ. 4e édition. Deux vol. in-18. . . . . 7 fr.

— **Les Pauvres gens.** Traduit du russe par Victor DERÉLY. Un vol. in-18. . . . . 3 fr. 50

— **Les Frères Karamazov.** Traduit du russe par E. HALPÉRINE-KAMINSKY et Ch. MORICE. Ouvrage accompagné d'un portrait de Th. Dostoïevsky. Un vol. in-16. . . . . 3 fr. 50

— **Le Rêve de l'oncle.** Traduit du russe par E. HALPÉRINE-KAMINSKY. Un vol. in-18. . . . . 3 fr. 50

— **L'Eternel mari.** Traduit du russe par Mme Nina HALPÉRINE-KAMINSKY. Un vol. in-18. . . . . 3 fr. 50

TOLSTOI (Cte Léon). — **Contes et Fables.** Traduits avec l'autorisation de l'auteur, par E. HALPÉRINE-KAMINSKY, précédés d'une préface de l'auteur. Un vol. in-18. . . . . 3 fr. 50

PISEMSKY. — **Mille âmes.** Traduit du russe par Victor DERÉLY. Deux vol. in-18. . . . . 7 fr.

— **Les Faiseurs** (*Miéchtchanié*). Traduit du russe par Victor DERÉLY. Un vol. in-16. . . . . 3 fr. 50

GONTCHAROF. — **Marc le Nihiliste.** Traduit du russe et adapté par Eugène GOTHI. Un vol. in-18. . . . . 3 fr. 50

WALISZEWSKI (K.). — **Le Roman d'une impératrice.** — *Catherine II de Russie,* d'après ses mémoires, sa correspondance et les documents inédits des Archives d'Etat. 17e édition. Un vol. in-8°, accompagné d'un portrait d'après une miniature du temps. . 8 fr.
(Couronné par l'Académie française, prix Thérouanne.)

— **Autour d'un Trône.** — *Catherine II de Russie.* 9e édition. Un vol. in-8° accompagné d'un portrait. . . . . 8 fr.

— **Pierre le Grand.** — *L'Education.* — *L'Homme.* — *L'Œuvre.* 7e édition. Un vol. in-8° avec un portrait en héliogravure. . . . . 8 fr.

— **L'Héritage de Pierre le Grand.** 3e édition. Un vol. in-8° avec un portrait en héliogravure. . . . . 8 fr.

— **Marysienka.** 4e édition. Un vol. in-8° avec un portrait en héliogravure. . . . . 7 fr. 50

— **La Dernière des Romanov :** *Élisabeth Ire,* impératrice de Russie (1741-1762). 3e édition. Un vol. in-8° cavalier avec un portrait en héliogravure. 8 fr.

— *Les Origines de la Russie moderne.* **Ivan le Terrible.** 5e édition. Un vol. in-8° avec une carte. . . . . 8 fr.

— *Les Origines de la Russie moderne.* **La Crise révolutionnaire** (1584-1614). (Smoutnoïé Vrémia). Un vol. in-8°. . . . . . 8 fr.

— *Les Origines de la Russie moderne.* **Le Berceau d'une dynastie.** Les *Premiers Romanov* (1613-1682). 2e édition. Un vol. in-8°. . 8 fr.

— *Le Fils de la Grande Catherine.* **Paul Ier,** empereur de Russie. *Sa vie, son règne et sa mort (1754-1801),* d'après des documents nouveaux et en grande partie inédits. 5e édition. Un vol. in-8° avec un portrait en héliogravure. . . . . 8 fr.

PARIS. — TYP. PLON-NOURRIT ET Cie, 8, RUE GARANCIÈRE. — 16817.